・ウィリアムズ
最所篤子＝訳

# 小さなことばたちの辞書

＊

*The Dictionary of Lost Words*

PIP WILLIAMS

小学館

# 小さなことばたちの辞書

First published by Affirm Press
Japanese translation rights arranged with Kaplan/DeFiore Rights
through Japan UNI Agency, Inc., Tokyo

## 主な登場人物

エズメ・ニコル……………………辞典編纂助手、ことばの蒐集家
ハリー・ニコル……………………エズメの父、辞典編纂者
リリー・ニコル……………………エズメの母、故人
ジェームズ・マレー博士…………オックスフォード英語大辞典（ＯＥＤ）編纂主幹
リジー・レスター…………………マレー家の女中
イーディス（ディータ）・トンプソン……エズメの名付け親。歴史家、ＯＥＤの編纂協力者
ベス…………………………………ディータの妹
メイベル・オショーネシー………市場の老婆
ティルダ・テイラー………………女優、サフラジェット
ビル・テイラー……………………ティルダの弟
ホレス・ハート……………………オックスフォード大学出版局経理部長、印刷所監督
ガレス・オーウェン………………植字工
ヘンリー・ブラッドリー…………ＯＥＤの第二編纂主幹
フレッド・スウェットマン………辞典編纂者
ダンクワース………………………辞典編纂者
ヒルダ、エルシー、ロスフリス……マレー博士の娘、助手
フィリップ・ブルックス、サラ・ブルックス……ディータの友人夫妻

# 目次

装丁　鈴木久美
写真・イラスト　啓文社印刷工業株式会社

ママとパパに捧ぐ

# プロローグ

## 一八八六年二月

失われたそのことばの前に、もうひとつ失われたことばがあった。それは使い古しの封筒に入って、スクリプトリウム《写字室》に届いた。古い宛先に線が引かれ、その代わりにオックスフォード、サニーサイド、マレー博士、と書かれていた。

郵便物を開けるのはパパの仕事で、わたしの仕事はパパの膝に乗ることだった。わたしは玉座に座る女王様のようにして、折り畳まれた紙切れの揺りかごから、一つひとつのことばをパパがそっと取り出す手伝いをした。パパはそのことばを積む山を教えてくれ、時折ちょっと手を休めては、わたしの手に手を被《かぶ》せ、わたしの指を文字に合わせて上や下に動かし、丸みをなぞりながら、耳元でそれを声に出して読んだ。パパがことばを言い、わたしがそれを繰り返す。そしてパパはわたしにその意味を教えてくれる。

ことばは茶色い紙の切れ端に書かれていた。紙切れの端はぎざぎざで、マレー博士の好きな大きさに合わせて千切ってあった。パパが手を止め、わたしはそのことばを教えてもらおうと待ち構えた。でもパパの手が被さってこないので、急《せ》かそうと上を向いた。けれど、パパの顔を見てためらった。こんなにそばにいるのに、パパはどこか遠くにいるようだった。

わたしは向き直ってそのことばに目を落とし、読み解こうとした。導いてくれるパパの手なしに、わたしは文字をなぞっていった。

「なんて?」とわたしは訊《き》いた。

「リリー《百合》」パパは言った。

「ママとおんなじ？」

「ママと同じだね」

「じゃあ、ママは〈辞典〉に入る？」

「まあ、そうだね」

「わたしたちみんな、いつか〈辞典〉に入る？」

「いいや」

「なんで？」

パパが息をすると、それに合わせてわたしも上がったり下がったりした。

「〈辞典〉に入るなら、その名前には何か意味がなくちゃいけないんだ」

わたしはまたそのことばに目を向けた。「ママはお花みたいだった？」

パパは頷いた。「世界一美しいお花みたいだったよ」

パパはそのことばを手に取ると、下にある文を読んだ。そして裏返して続きを探した。「書きかけだな」そう言ったけれど、またそれを読み直した。その目はあちこち動いて、まるで足りないものを探しているみたいだった。パパはそのことばを、一番小さい山の上に置いた。

パパが仕分け台から椅子を後ろに引いた。わたしはパパの膝から降りて、最初のカードの束を受け取ろうとした。これもわたしにできるもうひとつのお手伝いで、わたしはことばが整理棚の仕切りの自分の場所に収まるのを見るのが大好きだった。パパが一番小さい山のカードを取り上げたので、ママの場所はどこかしら、と考えた。「高すぎてはいけません、低すぎてもいけません」とひとりで歌っていると、パパは、そのことばたちをわたしの手のひらに載せる代わりに、大股で三歩、暖炉の火《ひ》格子《ごうし》に近づき、それを炎の中に放り込んだ。

カードは三枚あった。パパの手を離れ、それぞれのカードは熱気に煽《あお》られて踊るように別々の場所へ散った。火の上に落ちる前に、リリーがもう丸まっていくのが見えた。

自分の悲鳴を聞きながら、わたしは火格子に駆け寄った。パパが叫ぶように名前を呼んだ。カードはちりちりと悶《もだ》えていた。

わたしは助け出そうと手を伸ばした。だが茶色の紙は焼け焦げて、そこに書かれた文字は影に変わっていた。冬枯れの、乾いて褪せた樫《かし》の葉のようなそれを捕まえたと思ったのに、わたしの指がそのことばを握り締めたとき、ことばは砕け散った。

わたしはその瞬間に永遠にとどまっていたかもしれなかった。でもパパが、息が止まるほどの力でぐいと引き戻した。パパはわたしを抱えてスクリプトリウムから駆け出し、わたしの手を雪の中に突っ込んだ。その顔は灰色で、だからわたしは痛くないよ、と言った。でも手を広げてみると、あのことばの真っ黒な尖《とが》った欠片《かけら》が、わたしの溶けた皮膚にこびりついていた。

⁂

ことばには重要なことばと、それよりも重要でないことばがある――わたしはスクリプトリウムで育つ中で、そのことを学んだ。しかしその理由を理解するまでには長い時間がかかった。

# 第一部

一八八七年－一八九六年

Batten（小割板）－Distrustful（疑い深い）

# 一八八七年五月

スクリプトリウム《写字室》。そう聞くと、ごくかすかな足音も大理石の床と金色の丸天井のあいだに反響する、さも荘厳な建造物を思い浮かべるかもしれない。けれどそれはただの小屋で、オックスフォードのとある家の裏庭に建っていた。

スコップや熊手の代わりに、その小屋にはことばが保管されていた。葉書と同じ寸法の紙のカードに記された、英語のありとあらゆることばだ。協力者たちが世界中から郵便で送ってくるカードは、束にまとめられ、小屋の壁にびっしりと並ぶ何百もの整理棚にしまい込まれる。スクリプトリウムと名づけたのはマレー博士だった。英語が庭の物置小屋にしまわれるのでは、威厳にかかわると思ったのに違いない。でも働いていたみんなは、そこをスクリッピーと呼んでいた。ただ、わたしだけは違った。わたしは〝スクリプトリウム〟が口の中を転がり、柔らかに唇のあいだに着地する感じが好きだった。そのことばを言えるようになるまで、ずいぶんかかった。ようやく言えるようになったとき、ほかのどんなことばも代わりにはならなかった。

パパは一度、わたしが整理棚から〝スクリプトリウム〟を探すのを手伝ってくれた。ふたりで見つけた五枚のカードには、そのことばがどう使われてきたかを示す用例が書かれていた。どの引用文も百年と少し前くらいのものだった。どれも似たり寄ったりで、オックスフォードのとある家の裏庭に立つ物置小屋のことが書いてあるものは一枚もなかった。スクリプトリウムとは、とカードたちはわたしに教えてくれた。修道院の写字室である、と。

でも、なぜマレー博士がそのことばを選んだのかは理解できた。博士とその助手たちは、どことなく修道士のようだったし、五歳だったわたしにとって、〈辞典〉を大人たちの神聖な書物だと想像するのはたやすかった。マレー博士が、ぜんぶのことばを集めるには一生かかるよ、と教えてくれたとき、わたしは誰の一生かしら、と不思議に思った。博士の髪の毛はもう灰のように真っ白だったし、みんなはまだ、Bの途中までしか来ていなかったから。

⁂

パパとマレー博士はずっと昔、まだスクリプトリウムができる前に、スコットランドで一緒に教師をしていた。ふたりは友達で、わたしには面倒を見てくれる母親がおらず、それにパパはマレー博士が特別に信頼を寄せている辞書編纂《へんさん》者だったので、わたしがスクリプトリウムにいても、みんなは大目に見てくれていた。

スクリプトリウムは魔法の場所のようだった。この世にあるもの、この世にあるかもしれないものがすべて、その壁の内側にしまい込まれていた。どんな平らな表面にも書物が載っていた。古い辞書、歴史書、遠い昔の物語が、机と机を仕切る棚にぎっしり詰め込まれ、あるいは椅子を置く隙間を残して積み上げられていた。整理棚は床から天井まで聳《そび》え立ち、押し込まれたカードではち切れんばかりだった。いつかパパはこう言った。もしこれを一枚残らず読んだなら、おまえは万物の意味を理解できるようになるだろう、と。

そのすべての中心に、仕分け台があった。パパが一方の端に座り、三人の助手たちは左右の側のどちらかに陣取った。パパの向かい側にはマレー博士の一段高い机があって、博士はすべてのことばと、それから博士を手伝ってそれらのことばを定義する部下たち全員を見下ろしていた。

わたしとパパはいつも、ほかの辞書編纂者たちより早くスクリプトリウムに着いた。その短いひと時、わたしはパパとことばたちを独り占めするのだった。仕分け台でパパの膝に座り、パパがカードを整理するのを手伝う。知らないことばが出てくるたびに、パパはカードに書いてある用例を読み、わたしがその意味を考えるのを助けてくれた。いい質問をすると、パパはその用例が採られた元の本を探してきて、もっと読んでくれることもあった。それは宝探しのようで、時々、わたしは黄金を発見した。

「〝この少年は生まれつきそそっかしい粗忽者《スカッター・ブレインド・スケープグレイス》だった〟」とパパはたった今封筒から出したカードの用例を読んだ。「わたし、そそっかしい粗忽者《そこつもの》?」と訊くと「時々な」とパパは言って、わたしをくすぐった。

わたしがその男の子は誰なの、と訊くと、パパはカードの一番上にそれが書かれているのを見せてくれた。

「アラジンと魔法のランプ」とパパは読んだ。

ほかの助手たちがやって来たので、わたしは仕分け台の下に潜り込んだ。

「ハツカネズミみたいにおとなしくして、邪魔をするんじゃないぞ」とパパは言った。

隠れているのはちっとも難しくなかった。

その日が終わると、わたしは暖炉の温もりのそばでパパの膝に座り、ふたりで『アラジンと魔法のランプ』を読んだ。古いお話だよ、とパパは言った。中国の男の子の物語だ。ほかにもあるの、と訊くと、パパはあと千もあるよ、と言った。そのお話はわたしが聞いたことのあるどんなお話とも違っていて、行ったことがあるどんな場所とも、知っている誰とも似ていなかった。わたしはスクリプトリウムを見回して、ここは魔神のランプなんだ、と想像した。外から見るとすごくつまらないのに、中には不思議がいっぱい。この世には見たまんまじゃないものもあるんだわ。

次の日、カードのお手伝いをした後で、わたしはもう一つお話を読んで、とパパにせがんだ。あまり一所懸命だったので、ハツカネズミみたいにおとなしくするのを忘れて、パパの邪魔をしてしまった。

「粗忽者はここにいられなくなるんだよ」とパパに叱られて、わたしは自分がアラジンの洞窟から追い払われるところを思い浮かべた。その日はその後ずっと仕分け台の下に籠っていた。すると小さな宝物がわたしを見つけにきた。

その宝物はことばだった。台の端から滑り落ちたのだ。床に落ちたら拾ってあげよう、とわたしは思った。そしてマレー博士に渡してあげようっと。

わたしはそれを見つめていた。千もの瞬きのあいだ、それが目に見えない空気の波に乗るのを見つめ続けた。埃《ほこり》だらけの床に今にも落ちるかと思ったのに、それは落ちなかった。鳥のように滑空し、着地するかと思うと舞い上がり、まるで魔神に命じられたように宙返りした。それがまさか自分の膝に舞い降りるとは思わなかった。こんなに遠くまで飛んでくるわけないもの。でも、それは飛んできた。

ことばは、天国から落ちてきた眩《まばゆ》いもののようにドレスの襞《ひだ》の上に座っていた。わたしにはそれに触れる勇気がなかった。パパと一緒のときしか、ことばを手に持ってはいけないことになっている。パパを呼ぼうと思ったが、なぜか舌が動かなかった。わたしは長い間、そのことばと一緒に座り、触りたいと思いながら触らずにいた。なんていうことばだろう？ 誰のだろう？ 誰も身を屈めてそれを取り戻そうとはしなかった。

ずいぶんと経ってから、わたしは銀色の羽を潰さないようにそっと両手でそのことばを掬《すく》い上げて、顔に近づけた。隠れ家の薄暗がりでは、読むことは難しかった。わたしは二脚の椅子の間の、埃がちらちら舞う光のカーテンのほうへと這っていった。

ことばを光に当ててみる。白い紙の上の黒いインク。八つの文字。ひとつめは butterfly《蝶々》 のB。パパが教えてくれたみたいに、口を動かしながら、残りの文字を辿《たど》っていく。orange《オレンジ》 のO、naughty《いたずらな》

のN、dog《犬》のD、Murray《マレー》のM、apple《りんご》のA、ink《インク》のI、また dog のD。そっと声に出して読んでみた。初めの半分は簡単だ。ボンド。残りの半分はもう少し時間がかかったけれど、AとIが一緒になるとどうなるかを思い出した。メイドだ。

　そのことばは〝ボンドメイド〟だった。下には、絡まった糸のようなほかのことばがいくつか走り書きされていた。そのことばたちが、協力者が送ってきた用例を作っているのか、マレー博士の助手の誰かが書いた定義なのか、わたしにはわからなかった。パパが朝から晩までスクリプトリウムにいるのは、協力者たちが送ってきたことばを解読して、〈辞典〉で定義できるようにするためなんだよ、とパパは言う。それは大事なことで、そのおかげでわたしは学校に行けるし、温かい食事を三度三度食べられるし、大きくなって素敵な若いレディになれる。ことばはね、とパパは言った。おまえのためにあるんだよ。

「ことばはみんな定義されるの？」一度、訊いたことがある。

「されないのもあるよ」とパパは言った。

「なんで？」

パパはちょっと黙った。「そういうことばは、ちゃんと定まっていないから」

わたしが困った顔をすると、パパは続けた。「それを文字に書いた人の数が足りないんだ」

「定義されなかったら、そのことばはどうなるの？」

「整理棚に戻る。でも、そのことばについての資料が足りなければ、捨てられる」

「でも、〈辞典〉に入れてもらえなかったら、忘れられちゃうんじゃない？」

パパは首を一方に傾《かし》げて、わたしを見た。まるでわたしが大事なことを言ったみたいに。「そう、忘れられるかもしれない」

わたしはことばが捨てられたらどうなるか知っていた。そこで〝ボンドメイド〟をそっと折り畳むと、エプロンのポケットにしまった。

次の瞬間、パパの顔が仕分け台の下に現れた。「さあ、走っていっておいで、エズメ。リジーが待ってるよ」

いろんな脚――椅子や机や男の人たちの脚のあいだから覗《のぞ》いてみると、開け放ったドアの向こうにマレー家の若い女中が立っていた。エプロンをぎゅっと腰で縛っていて、上にも下にも布がだぶだぶに余っている。そのうち大きくなったら合うからいいさ、と言っていたけれど、仕分け台の下から見ると、まるで仮装している人みたいだった。わたしはたくさんの脚のあいだから這い出して、リジーに駆け寄った。

「次はリジーが入ってきてわたしを見つけて。そのほうが面白いもん」リジーのそばに行くと、わたしは言った。

「ここは、あたしのいるところでないもの」リジーはわたしの手を取って、ふたりでトネリコの木陰に歩いていった。

「どこがリジーのいるところ？」

リジーは眉毛の間に皺《しわ》を寄せて、それから肩をすくめた。「階段のてっぺんの部屋かねえ。バラードさんの手伝いをしてるときはキッチンも。でもそうでなきゃ違うね、ぜったい。日曜日は聖マグダラのマリア教会」

「それだけ？」

「庭もだよ、あんたのお守《も》りをしてるときはね。そうすりゃあたしらふたりしてバラードさんの邪魔しないだろ。あとはカバード・マーケットも、だんだんあたしの場所になってきたかな。バラードさんの膝がよくねえから」

「サニーサイドはずっとリジーのいるところだった？」わたしは訊いた。

「ずっとじゃないよ」そう言ってわたしを見下ろした。もう笑っていないのはどうしてだろう。

「じゃあどこだった？」

リジーはためらった。「お母ちゃんと、リトランたちと一緒のところ」

「リトランって何？」

「子供たち」

「わたしみたいな？」

「あんたみたいなね、エッシーメイ」

「みんな死んじゃった？」

「お母ちゃんだけね。ちびたちは貰われてったよ、どこへかは知らねえけど。あの子らは奉公に上がるにはちっちゃこすぎたから」

「奉公って？」

「いい加減に訊くのはおやめ」リジーはわたしの脇の下に手を入れて抱き上げると、ぐるぐる振り回したので、ふたりとも目が回って芝生の上に倒れてしまった。

「わたしのいるところはどこ？」眩暈《めまい》が収まってくるとわたしは訊いた。

「スクリッピーでないのかい、お父さんと一緒のときは。あとは庭、あたしの部屋、それとキッチンの腰掛け」

「わたしの家は？」

「そりゃそうさ、あんたの家もだよ。でも家よりかここにいる時間のほうが長そうだけど」

「わたし、リジーみたいに日曜日にいるところがないの」とわたしが言うと、リジーはまた難しい顔をした。「あるさ、聖バルナバス教会だよ」

「でも時々しか行かないもん。行くときは、パパは本を持ってくの。聖歌集の前に本をおいて、歌わないで読むのよ」パパがちっとも声を出さないで、会衆の人々の真似《まね》をして口をぱくぱくさせるところを思い出してわたしは笑った。

「そんなの笑いごとでないんだよ、エッシーメイ」リジーは手を上げて十字架に触った。服の下にあるのをわたしは知っている。リジーがパパのことを悪い人だと思うだろうかと心配になった。

「リリーが死んだからだもん」わたしは言った。

リジーのしかめっ面は悲しい顔になったけれど、それもわたしの見たい顔ではなかった。「でもパパは、おまえは自分で決めなさいって言うの。神様とか天国のこと。だからふたりで教会に行くのよ」リジーの表情が和らいだので、もっと気楽な話に戻ることにした。「わたしの一等好きな場所はサニーサイド」わたしは言った。「スクリプトリウムと、リジーの部屋と、バラードさんが何か焼いてるときはキッチン。一番は、ぶつぶつのスコーンを焼いてるとき」

「あんたっておかしな子だね、エッシーメイ。あれはフルーツ・スコーンっていうの。ぶつぶつは干しブドウ」

でもパパは、リジーだってまだほんの子供だ、と言っていた。パパがリジーに話しかけるとき、わたしにもそれがわかる。リジーはできるだけじっとして、両手をもぞもぞさせないように握り、ほとんどひとことも言わずに、言われたことにいちいち頷く。パパのことが怖いんだ、とわたしは思う。わたしがマレー博士のことが怖いのとおんなじ。でもパパが行ってしまうと、リジーはわたしを横目で見て片目をつむる。

草の上で転がって、頭の上を世界がゆっくり回っているのを見ていると、リジーが急に身を乗り出して、わたしの耳の後ろから花を一輪、引き出した。手品師みたい。

「秘密があるの」とわたしは言った。

「それはどんな秘密なの、あたしのめんこいキャベツちゃん？」

「ここじゃ駄目。飛んでいっちゃったら困るから」

ふたりして、つま先立ちでキッチンを通り抜け、リジーの部屋に上がる狭い階段のほうへ向かった。バラードさんは食料部屋で小麦粉の入れ物の上に屈みこんでいたので、見えたのは紺色のギンガム地の襞に包まれた、ものすごく大きなお尻だけだった。バラードさんに見つかったら、何かリジーに言いつけることを思いつくに決まっているから、わたしの秘密は後回しになってしまう。わたしは指を一本、唇に当てたけれど、くすくす笑いが喉にこみ上げてきてしまった。それを見たリジーは、骨張った腕にわたしを抱きかかえ、階段を駆け上がった。

部屋は寒かった。リジーはベッドの上掛けをとって剝《む》き出しの床に敷物のように敷いた。壁を挟んだ向こうの部屋に、誰かマレー家の子供はいるのかな、とわたしは思った。そこは赤ちゃんの部屋で、時々小さいジャウエットの泣き声が聞こえたけれど、長く泣いていることはなかった。マレー夫人か、年上の子供たちの誰かがすぐにやって来る。壁に耳を寄せると、赤ちゃんが目を覚ます音がして、ことばにならない小さな声が聞こえた。ジャウエットが目を開き、自分がひとりぼっちだと気がつくところが目に浮かんだ。赤ん坊はしばらくぐずっていて、やがて泣き出した。今日来たのはヒルダだった。泣き声がやんで、聞こえてきた鈴を転がすような声でわかった。ヒルダはリジーと同じ十三歳で、妹のエルシーとロスフリスはいつも後ろにくっついて歩いている。リジーと一緒に敷物の上に座りながら、壁の向こうで子供たちが同じように座っているところを想像した。みんな、なんのゲームをするのかしら。

リジーとわたしは向かい合って座った。組んだ脚の膝と膝が少し触れ合っている。わたしは両手を上げて、せっせせっせを始めようとしたけれど、リジーはわたしの変な指を見てためらった。指は皺が寄り、ピンク色をしていた。

「もう痛くないのよ」わたしは言った。

「ほんと？」

わたしが頷いたので、ふたりで手を合わせはじめたけれど、リジーは変な指にすごくそっと触ったので、ちゃんとした音が出なかった。

「それで、あんたのすごい秘密って何、エッシーメイ？」リジーが訊いた。

忘れるところだった。わたしはせっせっせをやめて、エプロンのポケットに手を入れ、その朝わたしの膝に舞い降りてきたカードを引っ張り出した。

「これがどんな秘密だって？」リジーはカードをとり、ひっくり返しながら訊いた。

「それはことばなの。でもわたしはここしか読めないの」〝ボンドメイド〟を指さした。「残りを読んでくれない？」

リジーはわたしがさっきやったみたいに、ことばの上を指でなぞり、しばらくしてから、返してよこした。

「どこで見つけたの？」

「これがわたしを見つけにきたの」それでは足りないらしいと気づいて言った。「助手の誰かが捨てちゃったから」

「捨てたってかい？」

「うん」わたしはほんのちょっとも下を見ないで答えた。「意味がわからないことばもあって、みんなそういうのは捨てちゃうの」

「それであんた、その秘密をどうするの？」とリジーは訊いた。

そのことは考えていなかった。リジーに見せることしか考えていなかったから。パパにしまっておいてと頼むわけにはいかないし、エプロンのポケットにずっと入れておくわけにもいかない。

「リジーがしまっておいてくれる？」わたしは頼んだ。

「まあいいよ、あんたがそうしてって言うんなら。でもこれのどこがそんなに特別なのかねえ」

それはわたしのところに自分で来たから、特別だった。なんの値打ちもないようなものだけれど、まるでそうとも言えない。小さくてか弱く、重要な意味など持っていなかったとしても、わたしはそれを火格子から守ってやりたかった。でもわたしはこうしたことをリジーにどう説明すればいいかわからず、リジーもそれ以上は訊かなかった。代わりに、リジーは四つん這いになって、ベッドの下に手を伸ばし、小さな木のトランクを引っ張り出した。

見ていると、リジーは傷だらけの蓋に薄く積もった埃の膜に指で線を引いた。すぐに開けるつもりはないようだった。

「何が入ってるの？」わたしは訊いた。

「空っぽだよ。持ってきたものはみんな戸棚に入れてあるから」

「旅行のとき、使わないの？」

「使わないよ」リジーは言って、掛け金を外した。

わたしは秘密をトランクの底に置くと、しゃがみ直した。それはちっぽけで寂しそうだった。片側に寄せ、それから反対側に動かした。とうとう、わたしはそれを拾い上げ、両手でそっとあやしてやった。

リジーはわたしの頭を撫でた。「もっと宝物を見つけてお仲間を作ってあげないとね」

わたしは立ち上がって、トランクの上で紙のカードを精一杯高く差し上げ、離した。それはわたしの目の前を、左右に揺れながらふんわりと落ちていき、トランクの片隅に落ち着いた。

「ここにいたいんだって」わたしは言って、屈んでそれを平らに伸ばした。ところが平らにならなかった。トランクの底に貼ってある紙の下に出っ張りがある。端のほうがめくれていたので、もうちょっと剝がしてみた。

「空っぽじゃないわ、リジー」わたしは言った。ピンの頭が見えていた。リジーはわたしの上に屈んで、なんのことを言っているのか見ようとした。

「帽子ピンだ」そう言って、手を伸ばして拾い上げた。その頭には、小さいビーズが三個、つながってついていた。どのビーズも色が様々に変わる。リジーは親指と人差し指でそれをつまんでくるくる回した。回しているあいだに、リジーがそれを思い出したのがわかった。リジーはピンを胸に押し当てて、わたしのおでこにキスしてから、ベッドサイドテーブルに飾ったリジーのお母さんの小さな写真と並べて置いた。

⁂

わたしとパパがジェリコにある家へ歩いて帰る道は、普通に歩くより長くかかった。わたしは小さかったし、パパはパイプを吸いながらぶらぶら歩くのが好きだったから。わたしはパイプの匂いが大好きだった。

幅の広いバンベリー・ロードを渡ってセント・マーガレッツ・ロードを歩き出す。二軒ずつくっついて建っている背の高い家々と、可愛らしい庭と、樹々が影を落としている小道の前を通り過ぎる。それからわたしが先に立って、狭い道をくねくね曲がりながら歩いていく。そこは家がひしめき合うように並んでいて、整理棚に入っているカードそっくりだった。角を曲がってオブザーヴァトリー通りに入ると、パパは壁にパイプをトントンと打ちつけて綺麗にしてからポケットに入れる。そしてわたしを抱き上げて肩車をしてくれる。

「じきに大きくなって、これもできなくなるなあ」とパパは言った。

「大きくなりすぎるとリトランじゃなくなっちゃう？」

「リジーはおまえをそう呼ぶのかい？」

「リジーはほかにもいろいろ呼ぶの。キャベツとかエッシーメイって呼んだりもする」

「リトランはわかるし、エッシーメイもわかるが、なんでリジーはおまえをキャベツって呼ぶんだい？」

キャベツにはいつも、抱っこと優しい笑顔がついてくる。それはほんとに当たり前のことなのに、わたしはなぜそうなのか説明できなかった。

わたしたちの家はオブザーヴァトリー通りのちょうど真ん中あたり、アデレード通りの角を少し過ぎたところにあった。その角に着くと、わたしは大きな声で数を数える。「一、二、三、四、ここで止まればお玄関」

わが家の古い真鍮《しんちゅう》のノッカーは、手の形をしていた。リリーがカバード・マーケットのがらくたを売る屋台で見つけたものだ。色も褪せていたし、傷だらけで指と指の間には川砂《かわずな》が詰まっていたけれど、パパが綺麗にしてふたりが結婚した日にドアに取りつけたんだよ、とパパは言った。今、パパはポケットから鍵を出していて、わたしは身を乗り出してリリーの手に自分の手を重ねた。わたしはそれを四回、叩いた。

「お留守みたい」

「すぐ帰って来るさ」パパがドアを開ける。わたしは頭をひょいと引っ込め、パパは玄関ホールに入った。

⁂

パパはわたしを下ろし、サイドボードに鞄《かばん》を置くと、腰を屈めて床に散った手紙を拾い上げた。わたしはパパの後をついて廊下を歩き、キッチンでパパが夕食を作るあいだ、テーブルの前に座っていた。週に三度、通いの女中が来て料理や掃除やわたしたちの服の洗濯をしてくれるけれど、今日は女中が来る日ではなかった。

「リトランじゃなくなったら、わたし、奉公《サーヴィス》に行く?」

パパはフライパンを軽く揺すってソーセージをひっくり返すと、キッチンテーブルに座っているわたしのほうを見た。

「いいや、行かないよ」

「なんで?」

パパはまたソーセージを揺すった。「説明が難しいな」

わたしは待った。パパは深く息を吸った。すると眉毛の間の考えごとの皺が深くなった。「リジーは奉公に上がれて幸運なんだ。だがおまえにとっては、それは不幸なことなんだよ」

「わかんない」

「うん、難しいだろうなあ」パパはグリーンピースのお湯をこぼし、じゃがいもを潰してマッシュにすると、ソーセージと一緒にお皿に盛った。ようやくテーブルについてからパパは言った。「奉公ということばは人によって、いろんな意味を持つんだよ、エッシー。つまり社会の中での立場によってね」

「〈辞典〉にはそういういろんな意味がぜんぶ入るの?」

パパの考えごとの皺が緩んだ。「明日、一緒に整理棚を調べてみるか、うん?」

「リリーだったら、わたしに奉公のこと教えてくれた?」とわたしは訊いた。

「お母さんだったら、おまえに世の中のことをすっかり説明できるいろんなことばを知ってただろうね、エッシー」とパパは言った。「でもお母さんはいないから、わたしたちはスクリッピーを頼りにするよりしかたがない」


翌朝、ふたりで郵便を仕分けする前に、パパはわたしを抱き上げてSで始まることばが入っている整理棚を探させてくれた。

「さて、なにか見つかるかな」

パパはもうちょっとで高すぎるけれど、頑張れば手が届く仕切りを指した。わたしはカードの束を引っ張り出した。〝サーヴィス《service》〟と表紙カードに書かれていて、その下に〝多義語〟とあった。ふたりで仕分け台を前に座り、パパはわたしにカードを縛ってある紐《ひも》を解かせてくれた。用例が書かれたカードは小さな四つの束に分かれていて、束の一つひとつに表紙がつき、書かれている意味はマレー博士が特別に信頼している協力者のひとりが提案したものだった。

「これはイーディスが整理したんだな」パパは言いながら、カードの束を仕分け台に並べた。

「ディータおばさんのこと?」

「そうだよ」

「ディータおばさんは、じしょ……じしょへんしゃんしゃなの?　パパみたいに?」

「辞書編纂者。いや、違うよ。でもディータはとても教養のあるレディだから、〈辞典〉を趣味にしてくれてパパたちは大助かりなんだ。ディータは毎週欠かさずマレー博士に手紙をくれて、次の文字のためのことばや原稿を送ってきてくれるんだよ」

わたしたちもディータから毎週欠かさず手紙を受け取った。パパがそれを声に出して読んでくれる。手紙にはだいたいたいわたしのことが書いてあった。

「わたしもおばさんの趣味？」

「おまえはおばさんの名づけ子だよ。趣味よりうんと大事なものだ」

ディータの本当の名前はイーディスだったけれど、わたしがずっと小さかった頃、それをうまく言えなかった。ほかにもわたくしの名前の呼び方はあるのよ、とおばさんは言い、好きな呼び方を選ばせてくれた。デンマークに行くと、おばさんはディータと呼ばれる。ディータのほうが可愛い《スウィーター》、と、その音の重なりが気に入ったわたしは考えた。それからおばさんをイーディスと呼んだことは一度もなかった。

「さて、ディータは〝奉公〟をどう定義したかな」とパパは言った。

たくさんの定義がリジーのことを説明していたけれど、そのどれも、なぜ〝奉公〟がリジーとわたしとで意味が違うのか、説明してくれなかった。

パパとふたりで最後に見たカードの山には表紙がなかった。

「これは重複分だ」とパパは言った。そして読むのを手伝ってくれた。

「このカード、どうなるの？」とわたしは訊いた。でもパパが答えてくれる前に、スクリプトリウムのドアが開いて、助手のひとりがせかせかとネクタイを結びながら入ってきた。そして結び終わったネクタイは曲がっていて、チョッキの中にしまうのを忘れていた。

ミッチェルさんは、わたしの肩越しに仕分け台に並ぶカードの束を見た。波打った黒い髪の毛が顔にかかり、ミッチェルさんはそれを後ろに撫でつけたけれど、髪につけた油が足りなくてまた落ちてくる。

「〝奉公〟か」ミッチェルさんは言った。

「リジーは奉公してるの」わたしは言った。

「そのとおり」

「でも、パパはわたしが奉公するのは不幸なことだって」

ミッチェルさんがパパを見ると、パパは肩をすくめて笑った。

「エズメ、君は大人になったら、なんでも好きなことができるからだよ」とミッチェルさんは言った。

「わたし、辞書編纂者になりたい」

「そうか、じゃあこれが始まりだね」そう言って、ずらりと並んだカードを指した。

メイリングさんとボークさんが、前の日に議論していたことばについて話し合いながらスクリプトリウムに入ってきた。次は黒いガウンをひらひらさせたマレー博士。わたしは男の人たちを一人ずつ眺めながら、みんなの髭《ひげ》の長さと色で、何歳か当てられるかな、と考えた。パパとミッチェルさんの髭は一等短くて黒っぽい。マレー博士の髭は白くなりかけていて、チョッキの一番上のボタンまで届いている。メイリングさんとボークさんの髭はその中間のどこか。もうみんなが揃ったので、わたしが姿を消す番だった。仕分け台の下に潜り込み、迷子のカードが落ちてこないか番をした。また別のことばにわたしを見つけてほしくてたまらなかった。なんにも来てくれなかったけれど、パパが、さあ走ってリジーのところへ行っておいで、と言ったとき、わたしのポケットはすっかり空っぽというわけでもなかった。

わたしはリジーにそのカードを見せて言った。「秘密がもう一個」

「あんたがスクリッピーから秘密を持ってくるのをほっといていいのかねえ?」

「パパが、これは〝重複カード〟だって。だからおんなじことを書いてあるカードがもう一枚あるの」

「なんて書いてるの?」

「リジーは奉公して、わたしは誰か紳士がわたしと結婚したくなるまで、刺繍《ニードルポイント》をしてないといけないんだって」

「ほんとかね？　そんなこと書いてるんかい？」

「たぶん」

「そう、ならあんたにニードルポイントを教えてあげようね」とリジーは言った。

わたしはちょっと考えた。「ありがとう、リジー、でも結構よ。ミッチェルさんが、わたしは辞書編纂者になれるって言ったから」

それから何日か、毎朝パパの郵便物のお手伝いをした後、わたしは仕分け台の一方の端に這っていって、落ちてくることばを待った。でも落ちてくることばたちは、いつも助手の誰かがさっと拾ってしまった。何日か経つうちに、わたしは目を光らせてことばを待つことを忘れ、数か月が経つと、リジーのベッドの下にあるトランクのことも忘れてしまった。

# 一八八八年四月

「靴は?」パパが言った。

「ぴかぴか」わたしは答えた。

「靴下は?」

「ちゃんと上げた」

「ドレスは?」

「ちょっと短い」

「きついか?」

「ううん、ちょうどいい」

「やれやれ」とパパは言って、おでこをさすった。そしてわたしの髪をじっと見た。「こんなにどっさりどこから生えてくるんだろう?」つぶやきながら、大きくてぶきっちょな手で髪を撫でつけようとする。赤い巻き毛が指のあいだからぴょんと飛び出し、パパはふざけながら捕まえようとしたけれど、手がふたつでは足りなかった。ひと房捕まえたと思うと、別のひと房が逃げていく。わたしはくすくす笑い出し、パパは両手を宙に上げた。

わたしの髪のせいで、ふたりとも遅刻だった。パパはそれが流行なんだよ、と言った。流行ってなあに、とわたしが訊くと、パパは一部の人にはとても大事なことだけど、全然気にしない人もいる、と言った。そして帽子や壁紙から、パーティーに到着する時間まで、どんなものにもあるんだよ、と。

「わたしたち、流行になるの好き?」とわたしは訊いた。

「普通は違うね」パパは言った。

「じゃあ走ってこう」わたしはパパの手をとり、引っ張りながらとっとと走った。わたしたちは十分遅れて、ちょっと息を切らしながらサニーサイドに到着した。

表の門がいろんな大きさや形や色のAとBで飾られている。先週、わたしは何時間もいい子にして字に色を塗った。それがマレー家の子供たちのAやBと一緒に貼ってあるのを見て、胸がときめいた。

「ミッチェルさんだ。ミッチェルさんは流行?」とわたしは訊いた。

「いや、ちっとも」パパはミッチェルさんが近づいてくると、片手を差し出した。

「いよいよですね」とミッチェルさんがパパに言った。

「ようやくだ」とパパはミッチェルさんに答えた。

ミッチェルさんはしゃがんで、わたしと顔を見合わせた。今日はちゃんと油をつけているから髪の毛が落ちてこない。「お誕生日おめでとう、エズメ」

「ありがとう、ミッチェルさん」

「いくつになった?」

「今日で六つ。でもこのパーティーはわたしのじゃないって知ってるの。AとBのためなのよ。でもパパがどっちでもいいからケーキをふたつ食べていいって」

「いい答えだ」ミッチェルさんはポケットから小さな包みを出して、わたしにくれた。「パーティーにはプレゼントがないとね。これは君のだよ、お嬢さん。運がよければ、これを使って次の誕生日より前にCの文字を塗れるかな」

包み紙を剝がすと、色鉛筆の入った小さな箱が出てきて、わたしはミッチェルさんに向かってにっこりした。ミッチェルさんが立ち上がったとき、かかとが見えた。ミッチェルさんは、片方が黒で、もう片方が緑の靴下を履いていた。

長いテーブルがトネリコの木の下に置いてあって、わたしがこうだろうなと思っていたとおりだった。白いテーブルクロスがかかっていて、食べ物のお皿や、パンチがなみなみと入ったガラスのボウルが載っている。木の枝からは色とりどりのテープが垂れ下がり、数えきれないほどたくさんの人たちがいた。誰も流行になりたくないのね、とわたしは思った。

テーブルの向こうで、マレー家の小さな男の子たちが鬼ごっこをしていて、女の子たちが縄跳びで遊んでいた。わたしが行けば、一緒に遊ぼうと誘ってくれるだろう。いつもそうだから。でも、わたしの手で持つと縄が変な感じだし、縄跳びの中に入っても、どうしてもうまく調子を合わせて跳べなかった。みんなが励ましてくれるから、またやってみるけれど、縄が引っかかってばかりだと誰も楽しくない。わたしはヒルダとエセルウィンが縄を回しながら、歌に合わせて数えているのを見つめた。ロスフリスとエルシーが中に入り、手をつないで、お姉さんたちがどんどん速く回していくのに合わせてぴょんぴょん跳んでいる。ロスフリスは四つで、エルシーはわたしよりほんの二、三か月お姉さんなだけだ。ふたりの金髪のおさげが鳥の翼みたいに上がったり下がったりする。わたしが見ているあいだ、縄は一度も引っかからなかった。わたしは自分の髪を触ってみて、パパが編んでくれたおさげが解けているのに気がついた。

「ここで待っておいで」パパは言って、集まった人たちの端を回ってキッチンのほうへ行った。すぐにパパはリジーを後ろに従えて戻ってきた。

「お誕生日おめでとう、エッシーメイ」リジーは言って、わたしの手をとった。

「どこに行くの?」

「プレゼントをあげようね」

わたしはリジーについて、キッチンの狭い階段を上った。リジーの部屋に入ると、リジーはわたしをベッドに座らせ、エプロンのポケットに手を入れた。

「目をつむって、あたしのめんこいキャベツちゃん。そして両手を前にお出し」

わたしは目を閉じ、自分が笑顔になるのを感じた。何かが手のひらの上でひらひらと踊る。リボンだ。笑顔が消えないように我慢した。だって、わたしのベッドの横にはリボンの箱があって、溢《あふ》れそうなほどだったから。

「目を開けてごらん」

二本のリボン。パパが今朝、髪に結んでくれたような、つるつるした光るリボンじゃなくて、両端にはわたしのドレスに散っているのと同じブルーベルの花が刺繡《ししゅう》してある。

「ほかのリボンみたいにつるつるしてないから、すぐなくさないよ」リジーは言って、わたしの髪を指で梳《と》かしはじめた。「それに、フランス風の編み込みにつけたらとっても素敵だと思うよ」

数分後、リジーとわたしは庭へ戻った。「お宴《うたげ》の華よ」とパパは言った。「ちょうどいいところにきた」

マレー博士がトネリコの木陰に立っていた。前に置いた小さなテーブルにものすごく大きな本が載っている。博士がコップの縁をフォークで叩いたので、みんな口を閉じた。

「ジョンソン博士がかの辞典の編纂に着手したとき、博士は一語たりとも検討せざることばを残すまいと決意しました」マレー博士はことばを切り、みんなが聞いているか確かめた。「しかし、この決意はまもなく頓挫します。ひとつの調査はまた別の調査の機会を生むにすぎず、書物を参照すれば別の書物を参照せねばならず、集めたものは発見とは限らず、発見は必ずしも新たな知識につながらぬことを博士は悟ったからであります」

わたしはパパの袖を引っ張った。「ジョンソン博士って誰？」

「前の辞典の編纂者だよ」パパはささやいた。

「もう辞典があるのに、なんでパパたちは新しいのを作ってるの？」

「古いのが、じゅうぶんじゃないからさ」

「マレー博士のはじゅうぶん?」パパは指を唇に当てると、こっちに背中を向けてマレー博士が言っていることを聞こうとした。

「わたしがジョンソン博士を凌《しの》ぐ成功を収めてきたと仮定するならば、それは多くの碩学《せきがく》の士やその道の大家の善意と有益なるご尽力に負うものであります。諸賢の多くは多忙を極めながらもこの事業に関心を寄せられ、みずから進んで貴重なるお時間を割き、編集の用に供され、この事業をまったきものとせんがためその学識をもって甚大なる貢献を果たしてこられたのであります」マレー博士は、『Ａ＆Ｂ』のことばをまとめるのを手伝った人たち全員に御礼を言いはじめた。名前はいつまでも続き、わたしはずっと立っているせいで足が痛くなってきた。草の上に座り込んで、葉っぱを引き抜き、一番柔らかい緑色の芽のところまで剝くと、口に入れてしゃぶる。ディータの名前が聞こえたときだけ、顔を上げた。そのあとすぐ、パパの名前とスクリプトリウムで働いているほかの人たちの名前も聞こえた。

　挨拶が終わって、マレー博士はみんなにおめでとうを言われていた。パパがことばの本のところへ歩いていって、置いてあるところから取り上げた。

　パパはわたしを呼ぶと、座らせて、トネリコのざらざらした幹に寄りかからせた。そして重い本をわたしの膝に置いた。

「わたしのお誕生日のことばはここに入ってる?」

「入ってるとも」パパは表紙を開いて、最初のことばが出てくるまで頁《ページ》をめくっていった。

Ａ。

また二、三頁めくった。

アード・ヴァーク《ツチブタ》。

それからあといくつか。

わたしのことば、とわたしは思った。それがぜんぶ、革の表紙に綴《と》じられて、金色の縁のついた頁の中にある。ことばたちの重みで、その場所から永久に動けなくなるような気がした。

パパは『A&B』をテーブルに戻した。人々の群れがそれを呑み込んでしまい、わたしはことばたちが心配になった。「気をつけて」と言ったけれど、誰も聞いていなかった。

「そらディータが来たぞ」とパパが言った。

わたしは門から入ってきたディータに駆け寄った。

「ケーキ、もうなくなっちゃった」わたしは言った。

「あら都合がいいこと」ディータは屈んでわたしの頭のてっぺんにキスした。「わたくしはマデイラケーキしか頂かないの。そういう決まりで、だからこんなに締《トリム》まっているのよ」

ディータおばさんは、バラードさんと同じくらい横幅があって、背はバラードさんよりちょっぴり低い。

「トリムって?」

「叶わぬ夢。あなたはたぶんそんな心配はいらないわね」そう言って、付け足した。「何かをちょっぴり縮めることよ」

ディータは、本当はわたしの叔母さんではないけれど、わたしの本当の叔母さんはスコットランドに住んでいて、子供がすごくいっぱいいるのでわたしを甘やかしてくれる暇がない。パパがそう言ったのだ。ディータには子供がいなくて、妹のベスとバースで暮らしている。ディータはマレー博士のために用例を探したり、イングランドの歴史の本を書いたりするのですごく忙しい。でもわたしに手紙を書いて、プレゼントを持ってきてくれる時間はある。

「マレー博士が、おばさんとベスの貢献はめまざしいって言ってたわ」わたしはちょっと厳《おごそ》かに言った。

「めざましい」ディータが直した。

「それっていいもの？」

「めざましい貢献っていうのは、わたくしたちがマレー博士の辞書のためにたくさんのことばや用例を集めたってことよ。もちろん褒めてくださったんだと思うわ」

「でも、ディータはトマス・オースティンさんみたいにいっぱい集めてないでしょ。オースティンさんはディータよりずっとずっとめまざしいいじゃない？」

「めざましい。そうね、あの方いったいどこに暇があるのかしら。さ、パンチを頂いてきましょう」

ディータがわたしのいいほうの手をとり、わたしたちは一緒にパーティーのテーブルのほうへ歩き出した。

ディータの後をついて人混みの中を歩くうちに、わたしは茶色と格子縞《じま》のラシャ地のズボンと柄物のスカートの森に迷い込んでしまった。みんながディータと話したがる。わたしは足を止めるたびに、ズボンを穿《は》いているのが誰か当てっこすることにした。

「それは本当に採録すべきでしょうか？」と男の人が言うのが聞こえた。「あのような不愉快極まることばは、使用を控えるよう働きかけるべきだと考えるのですが」わたしの手を握ったディータの手に力が入った。わたしはその人のズボンに見憶《みおぼ》えがなかったので、上を見て、知っている顔か確かめようとした。でも見えたのは、その人の髭だけだった。

「わたくしたちは英語の裁定者ではありませんわ。われわれの仕事は記録することであって、裁くことではないのですもの」

やっとのことでトネリコの木の下のテーブルにたどり着き、ディータはパンチをふたつのコップに注いで、小さなお皿にサンドウィッチをいくつか載せた。

「信じないかもしれないけれどね、エズメ。こうしてわたくしがはるばる来たのは、ことばについて話すためじゃないのよ。どこか静かなところを見つけて座りましょう。そしてあなたとお父様がどうしていたか聞かせてちょうだい」

わたしはディータをスクリプトリウムに連れていった。中に入ってディータが扉を閉じると、パーティーの音は静かになった。パパやマレー博士やほかの男の人たちがいないときに、スクリプトリウムに入ったのはそれが初めてだった。ふたりで入り口に立ったとき、わたしは、ことばと用例がつまった整理棚や、古い辞書たちや参考書、並んだ〝分冊《ファシクル》〟をディータに見せてあげなくちゃ、という責任を感じた。分冊は一巻にまとめるだけのことばがまだ集まっていないときに、先に出版する辞書だ。ファシクルと言えるようになるまで、ずいぶんかかったので、ディータに言うのを聞いてもらいたかった。

わたしは、ドアのそばの小さなテーブルに載っているふたつのお盆の一方を指した。「ここが、マレー博士とパパとほかのみんなが書いた手紙の置き場所。時々は、一日の終わりにわたしがポストに入れるの」とわたしは言った。「ディータが博士に送った手紙はこっちのお盆。それで、カードが入ってたらカードを出して、それからパパがわたしに整理棚に入れさせてくれるのよ」

ディータはハンドバッグをかき回して、見慣れたいつもの小さい封筒を一通、取り出した。ディータがすぐそばにいるのに、見憶えのある綺麗に揃った斜めの文字を見ると、ちょっぴり胸がわくわくした。

「切手代を節約しようと思ったの」そう言うと、ディータは封筒をわたしに手渡した。

パパが言いつけてくれないので、それをどうすればいいのかわからない。

「カード、入ってる？」わたしは訊いた。

「カードは入ってないわ。ただ、わたくしの意見を書いただけよ。言語学会の紳士たちを少々慌てさせた古いことばを、辞書に入れるかどうかについてね」

「なんてことば？」

ディータは口をつぐみ、唇を噛《か》んだ。「残念ながら、上品な人のあいだでは使わないことばなの。あなたに教えたら、お父様が喜ばないわ」

「マレー博士に入れないでくださいってお願いするの？」

「その反対よ、ダーリン。ぜひ入れてくださいってお願いするの」

わたしはその封筒をマレー博士の机に載っている手紙の山のてっぺんに載せてから、部屋の案内を続けた。

「これが整理棚で、ぜんぶのカードが入ってるの」整理棚が並ぶ壁を差しながら腕を上げ下げしてみせ、それからスクリプトリウムのほかの壁ぜんぶにも同じようにした。「パパがね、何千枚も何千枚もカードが来るから、何百個も仕切りが必要だったんだよって。特別製なの。それでね、マレー博士がぴったり入るカードを作ったの」

ディータが棚からカードの束を取り出したので、胸がどきんとした。「パパがいないとき、カードに触っちゃいけないって」とわたしは言った。

「そうね、でもふたりともうんと気をつけたら、誰も気づかないと思うわ」とディータが内緒よ、というように微笑んだので、心臓のどきどきはますます速くなった。ディータがカードをめくっていくと、変な一枚が出てきた。ほかのよりも大きい。「見て」ディータは言った。「手紙の裏に書いてある。ほら、紙の色があなたのブルーベルと同じ色よ」

「なんて書いてあるの？」

ディータは読めるところだけ読んだ。「一部分しかないけど、たぶん恋文ね」

「なんでこの人、恋文を切っちゃったの？」

「想いが報われなかったってことでしょうね」

ディータがカードを整理棚に戻したら、それが棚から出されたことは全然わからなくなった。

「これはわたしのお誕生日のことば」わたしはAからＡｎｔ《蟻》までのことばがぜんぶしまってある、一番古い整理棚に向かって壁伝いに歩きながら言った。ディータが片っぽの眉を上げた。「これはわたしが生まれる前にパパが書いてたことばで、いつもはわたしがお誕生日に一個選ぶの。それでパパが、意味がわかるように手伝ってくれるのよ」そう言うと、ディータは頷いた。「それでね、これが仕分け台」わたしは続けた。「パパがここに座って、ボークさんはここで、メイリングさんがボークさんの隣。ボーナン・マテーノン」

わたしはディータがどんな顔をするか、見守った。

「なんですって？」

「ボーナン・マテーノン。メイリングさんがおはようの代わりに言うの。スペラントよ」

「エスペラント」

「そうそう。で、ウォロールさんがそこで、ミッチェルさんはだいたいそこに座ってるけど、あちこち動き回るのが好きなの。ミッチェルさんね、いつも色ちがいの靴下履いてるのよ、知ってる？」

「あなたはなぜ知ってるの？」

わたしはまたくすくす笑った。「だってわたしの場所はこの下だから」四つん這いになると、仕分け台の下に潜り込んで、顔を覗かせた。

「まあそうなの？」

もう少しで一緒に座ろうよ、とディータを誘うところだったけれど、やっぱりやめておいた。「この下に入るにはトリムでないとだめなの」とわたしは言った。

ディータは笑って手を伸ばし、わたしが這い出すのを手伝ってくれた。「お父様のお椅子に座りましょう、ね？」

毎年、ディータはお誕生日にプレゼントをふたつくれた。本とお話だ。本はいつも、子供が絶対に使わない面白そうなことばが詰まった大人の本だった。字を読めるようになってからは、ディータは、知らないことばが出てくるまで本を声に出してお読みなさいと言った。それからやっと、お話をしてくれる。わたしは本の包みを開けた。

「種──の──起源」ディータは最後のことばをすごくゆっくり言って、指でその下をなぞった。

「なんの本?」わたしは頁をめくって絵を探した。

「動物よ」

「わたし動物好き」そう言って、前書きのところを開いて読みはじめた。「HMSビーグル号に乗船した……」ディータを見る。「犬の本?」

ディータは笑った。「いいえ、HMSビーグル号は船よ」

わたしは続けた。「……わたしは……」そこでつまり、次の語を指した。

「自然学者」ディータは言って、ゆっくり発音してくれた。「自然界のことを研究する人よ。動物とか植物とか」

「自然学者」わたしは言ってみた。そして本を閉じた。「じゃあ今度はお話してくれる?」

「あら、お話って?」ディータはなんのことかしら、というふりをしたけれど、顔は笑っていた。

「知ってるくせに」

ディータが椅子に背を預けると、わたしはディータの膝と肩のあいだの柔らかな揺りかごに収まった。

「去年より背が伸びたわね」ディータは言った。

「でもまだ座れるもん」わたしが寄りかかると、ディータが両腕をわたしに回した。

「わたくしが初めてリリーに出会ったとき、リリーはきゅうりとクレソンのスープを作っていました」

わたしは目を閉じて、ママがスープの鍋をかき混ぜているところを思い浮かべた。普段着を着せようとしたけれど、ママはパパのベッドの横に飾った、写真の中でつけている花嫁のベールをどうしても取ってくれない。わたしはその写真がほかのぜんぶの写真より、一等好きだった。だって、パパがママを見ていて、ママはまっすぐわたしを見ているから。ベールがスープに入っちゃうわよ、とわたしは思ってにっこりした。

「リリーは、リリーの叔母さんのミス・ファーンリーの言いつけを守っていたの」とディータは続けた。「ファーンリーさんは、とっても背が高くて、とっても有能で、このお話の舞台のテニスクラブで秘書をしていました。でもそれだけでなく、小さな私立女子大学の学長先生でもあったの。リリーは叔母さんの学校の学生で、どうやらきゅうりとクレソンのスープは講義要目に載っていたようでした」

「講義要目って？」とわたしは訊いた。

「学校で勉強する科目の一覧表よ」

「聖バルナバスにも講義要目ある？」

「まだ入学したばかりだから、あなたの講義要目に載ってるのは読み書きだけね。大きくなるにつれて、科目が増えていくの」

「何が増えるの？」

「きゅうりとクレソンのスープより家事と関係ないものだといいけれど。続けていいかしら？」

「うん、お願い」

「ファーンリーさんは、リリーにクラブのお昼のためにスープを作りなさい、と言いつけました。そのスープはものすごく不味《まず》くて、みんなもそう思ったし、口に出して言った人さえいました。かわいそうに、リリーにも聞こえたのかもしれないわ。というのは、リリーはクラブハウスに引っ込んで、拭かなくてもいいテーブルをせっせと拭いていたからよ」

「かわいそうなリリー」わたしは言った。

「でもね、お話の続きを聞いたらそう思わないかもしれないわ。あの不味いスープがなかったら、あなたは生まれてこなかったかもしれないもの」

これからどうなるか知っているわたしは、息をつめて待ち構えた。

「どういうわけか、あなたのお父様はスープを平らげて自分のお皿を空っぽにすることができました。わたくしがびっくりしながら見ていると、お父様はキッチンにお皿を持っていって、リリーにお代わりを頼んだの」

「パパ、それも飲んだ?」

「飲んだのよ。そしてひと口ごとに、リリーにいろんな質問をしたの。初めは恥ずかしがりでもじもじした女の子だったリリーの顔が、自信いっぱいの若い女性の表情に変わっていったわ。たった十五分の間にね」

「パパは何をリリーに訊いたの?」

「それはわたくしにはわからないわ。でもスープを飲み終わる頃には、ふたりとも生まれてからずっと知り合いみたいな様子だったのよ」

「ディータはふたりが結婚するってわかった?」

「そうね、ハリーが卵の茹《ゆ》で方を知っていてほんとによかった、って思ったことは憶えているわ。だって、リリーはあまりキッチンに長居したそうもなかったから。だからそうね、わたくし、ふたりが結婚するってわかってたのね」

「それでわたしが生まれて、リリーは死んじゃったのね」

「そう」

「でもふたりでリリーのことを話すと、リリーは生き返るみたい」

「そのことをきっと忘れないようにね、エズメ。ことばはね、わたくしたち人間のもつ復活の道具なのだから」

新しいことば。わたしは顔を上げた。

「失《な》くしたものを取り戻すことよ」とディータは言った。

「でもリリーはほんとには帰ってこないでしょ」

「そうね、帰ってこない」

わたしは黙って、お話の続きを思い出そうとした。「それで、ディータはパパに、わたしの一等お気に入りのおばさんになってくれる、って言ったんでしょう」

「そうよ」

「それっていつでもわたしの味方ってことよね、わたしが悪い子でも」

「あら、そんなこと言ったかしら?」わたしは身をよじってディータの顔を見た。ディータは微笑んだ。「リリーはきっとわたくしにそう言ってほしいと望んだでしょうね。そう、わたくしはほんとにそのつもりで言ったのよ」

「おしまい」わたしは言った。

# 一八九一年四月

ある朝、朝食のテーブルでパパが言った。「Cのことば（The C words）には、まったく（certainly）面食らわされるよ（cause consternation）。なにしろ（considering）数えきれないほど（countless）ヘンテコな（certifiable）例（cases）がどんどん（kept）やって来た（coming）ものなあ」わたしは一分もかからずに答えを見つけた。

「kept」わたしは言った。「kept はcじゃなくてkから始まるから」

パパの口にはまだオートミールのお粥《かゆ》がいっぱい入ったままだった。わたしはそれくらい素早かった。

「certifiable で引っかかるかと思ったんだがな」とパパは言った。

「でも、cで始まらないとおかしいわ。certain《確かな》が語源だもの」

「そのとおり《certainly》。ところでおまえ、どの用例が一番好きかい?」パパは〈辞典〉の校正紙を一枚、食卓の向こうから押してよこした。

『A&B』のお祝いをしたあのピクニックから三年が経っていた。でもパパたちはまだCの校正に取り組んでいる。その頁は活字に組まれていたが、いくつかの行は線を引いて消され、余白にはパパの修正がごちゃごちゃと書かれていた。場所が足りなくなると、パパは端に紙切れをピンで留めてそこに書いていた。

「新しいのが好き」わたしは言って、紙切れを指した。

「なんて書いてある?」

「それを確かめ《certefye》んとするならば、かのをとめをば呼び寄せたまへ《sende for》。さすれば君、たうにんの口より聞くべし」

「なぜいいと思った？」

「変なことばだから。綴《つづ》りを知らない人が勝手にことばを作っちゃったみたいに」

「ただことばが古いだけだよ」パパは言って、校正紙を取り戻し、自分で書いたところを読んだ。「ことばは時間とともに変化するんだ。書き方も、発音もね。時には意味すら変わってしまうこともある。ことばにはそれぞれ歴史があるんだよ」パパはその文の下を指でなぞった。「いくつかeをとれば、だいたい今のことばに見えるよ」

「〝をとめ〟って何？」

「若い女性」

「わたしはをとめ？」

パパはわたしを見た。眉がぴくりと動いて、ほんのちょっぴりしかめ面になる。

「わたし次のお誕生日で十歳になるもの」わたしは期待に満ちて言った。

「十《とお》だって？　それならそうだな。おまえもあっという間にをとめだ」

「ことばはこれからもどんどん変わるの？」

パパが口に運ぶスプーンが途中で止まった。「そうだな、でも意味を書いてしまえば、固定されることはあり得るな」

「じゃあパパとマレー博士は、ことばの意味をパパたちがこうしたいって思う意味にして、わたしたちみんな、これからずっとその通りにことばを使わなくちゃいけないの？」

「もちろんそんなことはないさ。パパたちの仕事は、みんなの統一見解を見つけることだ。いろんな本を調べて、ことばがどんなふうに使われているかを確認して、そのぜんぶに通用する意味を考えるんだ。なかなか科学的なんだよ、実のところ」

「それどういう意味？」

「統一見解かい？　全員が同意するってことだ」

「全員に訊くの？」

「まさか、秀才さん。だが、この世に書かれた本でわれわれが当たらなかったものがあったら驚くよ」

「そういう本は誰が書くの？」とわたしは訊いた。

「いろんな人だよ。さあ、質問はもう終わり。朝ごはんを食べないと学校に遅れるぞ」

⁂

お昼の鐘が鳴り、わたしは校門の外のいつもの場所でリジーがうろうろしているのを見つけた。駆け寄りたかったけど、我慢した。

「あの子らに泣き顔を見せるんでないよ」そう言ってリジーはわたしの手をとった。

「泣いてないもん」

「泣いてた。なぜかも知ってるよ。あの子らがあんたにちょっかい出すのが見えたもの」

わたしは肩をすくめ、また涙が目に浮かんでくるのを感じた。俯《うつむ》いて、足が片方ずつ地面を踏んでいくのを見つめる。

「どしていじめられたの？」リジーは訊いた。

わたしは変な指を上げた。リジーはそれをつかむとキスして、わたしの手のひらでブッと口を鳴らしてみせた。わたしは思わず笑い出した。

「けどね、あの子らのお父ちゃんたちの半分は、変な指をしてるんだよ」

わたしは顔を上げた。

「ほんとさ。活字鋳造所で働いてる人らは、火傷は生業《なりわい》を知らせる勲章だみたいな顔してジェリコじゅうに見せて歩いてるんだよ。そういう人らのちびっこ《リトラン》どもがあんたにちょっかい出すなんて、とんだ親不孝だ」

「でもわたしは違うもん」

「あたしらはみんな違うんだよ」とリジーは言ったが、本当はわたしの言うことがわかっていなかった。

「わたしは〝アルファベタリー〟なの」わたしは言った。

「なんだい、それは」

「わたしのお誕生日のことばだけど、パパがもう廃語なんだって言ってた。誰の役にも立たないの」

リジーは笑った。「あんた、教室でそういう口のきき方をするんかい？」

わたしはまた肩をすくめた。

「いろんな家があるんだよ、エッシーメイ。あの子らはね、あんたやあんたのパパみたいにことばとか本とか歴史とかのことを話すのに慣れてないの。誰かをちょいといじめて憂さを晴らす連中もいるのさ。あんたが大人になったらみんな変わるから。ほんとだよ」

わたしたちは黙ったまま歩いた。スクリプトリウムに近づくにつれ、わたしは気持ちが晴れてきた。キッチンでリジーとバラードさんと一緒にサンドウィッチを食べたあと、庭を横切ってスクリプトリウムに行った。助手たちがひとりずつ、自分のお昼やことばから顔を上げて、誰が入ってきたのか見ようとした。わたしは音を立てないようにパパの隣に行って座った。パパが場所を少し空けてくれたので、鞄からノートを出して学校で習っている筆記体の練習を始めた。終わると、椅子からするりと降りて、仕分け台の下に潜り込んだ。

カードは落ちていなかったので、わたしは助手たちの靴を調べた。どの靴も持ち主にそっくりで、それぞれの癖を持っている。ウォロールさんのは綺麗に磨いてあって、じっと内股のまま動かない。ミッチェルさんのはその反対だ。くたびれて履きやすそうな靴のつま先が外を向いていて、かかとがずっと上下にパカパカ動いている。左右の靴から覗いているのは違う色の靴下だ。メイリングさんの靴は冒険好きで、この辺かな、と思う場所にあったためしがない。ボークさんのは椅子の下に引っ込んでいて、スウェットマンさんのは、いつもとんとんと、たぶん頭の中で鳴っている音楽に合わせて拍子をとっている。テーブルの下から覗くと、スウェットマンさんはだいたいいつもにこにこしていた。パパの靴はわたしのお気に入りで、調べるのはいつも最後にとっておく。今日は左右の靴が重なっていて、両方の靴底が見えていた。最近、水が染み込むようになった小さな穴を触ってみる。靴は蠅《はえ》を追い払うように動いた。もう一回触ると、動くのをやめてじっと固まった。靴は待ち構えている。指をほんのちょっとぐりぐりしてみた。するとそれは横向きに倒れて動かなくなり、急に古ぼけてしまった。靴に入っていた足がわたしの腕を撫ではじめる。すごくへたくそで、くすくす笑いが頬っぺたから逃げ出さないようにするのが大変だ。わたしは足の親指をぎゅっと握ってから、文字が読めるくらいの明るさの場所に這っていった。

スクリプトリウムのドアが三回、鋭くノックされて、みんな跳び上がった。パパの足が靴を探った。

パパがドアを開けるのをテーブルの下で見ていると、大きな金色の口髭を生やし、頭にほとんど髪の毛のない小柄な男の人が現れた。パパが招き入れると、「クレインです」とその男の人が言うのが聞こえた。「約束がありまして」その人の服はぶかぶかで、これから大きくなってちゃんと着られるようになると思っているみたいだった。その人は新しい助手だった。

助手たちは二、三か月だけいることもあれば、スウェットマンさんみたいにずっといることもあった。去年来たスウェットマンさんは、仕分け台の周りに座っているみんなの中でひとりだけ口髭がない。だからスウェットマンさんがにっこりすると、わたしにも見える。そしてスウェットマンさんはしょっちゅうにこにこする人だった。パパがクレインさんを仕分け台の周りのみんなに紹介したとき、クレインさんは一度も笑顔にならなかった。

「そしてこのちょろすけ《スケープグレイス》がエズメです」とパパがわたしを立ち上がらせながら言った。

　わたしは手を差し出したけれど、クレインさんは握ってくれなかった。

「その下でこの子は何をしてるんです？」クレインさんは訊いた。

「テーブルの下で子供がするようなことだよな」とスウェットマンさんが言ってにっこりしたので、わたしもにっこりしてみせた。

　パパがわたしのほうに屈んだ。「エズメ、マレー博士に新しい助手の方がいらっしゃったと知らせておいで」

　わたしは庭を突っ切って、キッチンへ駆けていった。バラードさんがわたしを食堂に連れていってくれた。

　マレー博士が大きな食卓の端に座っていて、マレー夫人がもう一方の端に座っている。ふたりのあいだには十一人の子供たち全員が座れるくらい場所があったけれど、三人はどこかへとんずらしたのさ、とリジーが言っていた。残った子供たちがテーブルの両側に間隔を空けて座っている。大きい子はマレー博士の近くで、高い椅子に座っている小さい子はお母さんのそばだ。わたしは黙って立ったまま、一家が食前の祈りを終えるのを待った。するとエルシーとロスフリスが手を振ってくれたので、わたしも手を振り返した。急に伝言はどうでもよくなった気がした。

「新しい助手？」マレー博士は、わたしがもじもじしながら立っているのを見て、眼鏡越しに言った。

　わたしが頷くと、博士は立ち上がった。ほかのマレー家の人たちは食事を始めた。

　スクリプトリウムでは、パパがクレインさんに何か説明しているところだった。わたしたちが入ってきた音で、クレインさんが振り向いた。

「これはマレー博士。あなたの下で働けて光栄です」そう言って手を差し出し、ちょっとお辞儀をした。

マレー博士は咳払いした。ちょっぴり唸《うな》り声みたいに聞こえる。そしてクレインさんの手を握った。

「誰にでも向く仕事ではありませんぞ。相当の……綿密さを要する。貴君は綿密なほうかな？　クレイン君」

「もちろんです、博士」とクレインさんは言った。

マレー博士は頷くと、お昼を食べに母屋に戻っていった。

パパはまた案内を続けた。カードの分類の仕方について何か言うたびに、クレインさんは頷いて、

「きわめて単純ですな」と言った。

「カードは世界中の協力者の人たちが送ってくるのよ」とわたしが言ったとき、パパは整理棚の順番について説明していた。

クレインさんはわたしを見下ろしたけれど、少し苦い顔をしただけで、返事をしなかった。わたしはほんの少し後ずさった。

スウェットマンさんがわたしの肩に手を置いた。「一度、オーストラリアからのカードを見たことがありますよ」とスウェットマンさんは言った。「英国から一番遠いのはそのあたりでしょう」

マレー博士がお昼から戻ってきて、クレインさんに指示していたけれど、わたしはしっかり聞いていなかった。

「あの人、ちょっとだけいるの、それともずっと？」わたしはパパに小声で訊いた。

「しばらくだね」パパは言った。「つまり、ずっとだろう」

わたしは仕分け台の下に潜り込んだ。二、三分すると、見慣れない靴が、お馴染みの靴たちの仲間

入りをした。

クレインさんの靴はパパのみたいに古かったけれど、しばらく磨かれていなかった。わたしは靴たちが落ち着こうとするのを見守った。クレインさんは右脚を左脚にかけた。と思ったら、左を右の上にして脚を組み直した。最後にやっと、両方の足首を椅子の前の脚に巻きつけた。まるでクレインさんの靴たちはわたしから隠れたがっているみたいだった。

リジーがわたしをまた学校に送るために迎えに来る少し前、カードの束が丸ごとクレインさんの椅子の横に落ちた。パパが、Cの束が「可能性の重圧に耐えかねて蜂起したぞ」と言うのが聞こえた。パパは自分が面白いことを言っているつもりのときに出す、いつもの小さい音を立てた。

クレインさんは笑わなかった。「結わえ方が悪いんです」そう言って身を屈め、手をさっと大きく動かして一度にできるだけたくさんカードを集めようとした。クレインさんの指がカードを握りしめて拳骨《げんこつ》を作り、カードがくしゃくしゃになった。わたしが驚いて小さく声を漏らしたので、クレインさんは台の下側に頭をぶつけた。

「大丈夫かね、クレイン君？」メイリングさんが訊いた。

「この子はテーブルの下にいるには大きすぎるでしょう」

「学校に戻るまでのことですよ」とスウェットマンさんが言った。

わたしは自分の呼吸が落ち着いて、スクリプトリウムがいつもどおりの書類をめくる音とつぶやき声に戻ってから、仕分け台の下の影になっているところを探した。ウォロールさんのお行儀のいい靴の横に、二枚のカードがまだじっとしていた。そこなら不注意な足に踏まれる心配はないと知っているみたいだった。その二枚を拾い上げた途端、リジーのベッドの下にあるトランクのことを思い出した。クレインさんにカードたちを返す気にはどうしてもなれなかった。

リジーがドアのあたりでうろうろしているのに気づいて、わたしはパパの椅子の脇から外に出た。

「もうそんな時間か？」とパパは言ったけれど、本当はずっと時計を見ていたのを、わたしは知っていた。

ノートを肩掛け鞄に入れ、庭にいるリジーのところへ行った。

「学校に戻る前に、トランクに入れたいものがあるんだけど、いい？」

あのトランクに何か入れるのはずいぶん久しぶりなのに、リジーは言った途端にわかった。「あそこに入れるものは見つかったかなあって、ときどき思ってたんだよ」

⁂

トランクに入ったことばは、カードだけではなかった。

パパの衣装だんすの底に、木の箱がふたつある。パパとかくれんぼをしているときに見つけた。一番奥の隅っこに潜り込もうとしたとき、片方の箱の尖った角が背中に痛く食い込んだ。わたしはその箱を開けてみた。

パパのコートとリリーのかび臭いドレスに囲まれ、暗すぎて中身は見えなかったが、わたしの手が触っているのは、たくさんの封筒のような感じのするものの縁《へり》だった。そのとき階段をドスンドスンと上ってくる音がした。パパが「フィー、ファイ、フォー、ファム、どこに隠れた、食べちゃうぞ」と歌っている。わたしは箱の蓋を閉じて、衣装だんすの真ん中のほうへ這っていった。光が差し込み、わたしはパパの腕の中に飛び込んだ。

その晩、本当は寝ていなくてはいけない時間にわたしは起きていた。パパはまだ階下《した》で校正刷りに手を入れている。わたしはこっそりベッドを抜け出して、つま先立ちで廊下を横切り、パパの寝室に入った。「開《ひら》けゴマ」とささやいて、衣装だんすの扉を手前に引いた。

手を伸ばし、ひとつずつ箱を引き出す。パパの部屋の窓の下に持っていって座ると、暮れなずむ夕べの光は、まだじゅうぶん見えるくらい明るかった。箱はどちらもほとんどそっくりだった。真鍮の金具が角に嵌《はま》った、淡い色の木の箱だ。でも片方の箱はぴかぴかで、もう片方は薄汚れていた。わたしはぴかぴかのほうの箱を引き寄せて、蜂蜜色の板を撫でた。すごくたくさんの封筒が、分厚いのも薄いのも、送られた順番にぎっしりと並んでいた。パパのあっさりした白い封筒とママの青い封筒。ほとんど交互に並んでいたけれど、二、三通、白いのが続いていることもあって、パパは何か話したいことがいっぱいあるのに、リリーが飽きてしまったみたいだった。もし最初の一通から最後の一通まで読んだなら、ふたりの求愛の物語を語ってくれただろう。でもわたしはそれが悲しい終わりを迎える物語だと知っていた。わたしは封筒を一通も開くことなく箱を閉じた。

もうひとつの箱も手紙でいっぱいだったけれど、リリーからのものは一通もなかった。いろんな人たちからの手紙で、紐で結わえてあった。一番大きい束はディータからの手紙。わたしは紐の下から一番新しい手紙を引っ張り出して読んだ。ほとんどは〈辞典〉のことだった。ちっとも終わりそうもないCのことばのことと、出版局の代議員会が〈辞典〉にお金がかかりすぎるから、マレー博士にもっと早くお仕事をしてくださいと何度もお願いしていることが書いてある。でも、最後のところにわたしのことが書いてあった。

エイダ・マレーによれば、ジェームズは子供たちにカードを整理させているらしいですね。手紙を読みながら、夜遅くまでみんなして食卓の周りで紙の山に埋もれている有様が目に浮かぶようでした。エイダは、そもそもジェームズが大勢子供を拵《こしら》えたのはこのためだったのじゃないかしら、とまでいうのですよ。まったく彼女の分別と大らかさには敬服します。ああした方でなければ〈辞典〉はどうなっていたかわかりませんわ。

エズメに、スクリッピーにいるときは見つからないように隠れていなさい、とお伝えください。さもないと次にマレー博士に捕まるのはエズメでしょう。あの子はそれができるくらい賢いでしょうし、実際、自分からやりたがるかもしれませんわね。

かしこ
イーディス

わたしは二つの箱を衣装だんすの中に戻すと、またつま先立ちで廊下を横切った。手紙はまだ、わたしの手の中にあった。

次の日、リジーがじっと見守る前で、わたしはトランクを開けた。ディータの手紙をポケットから出し、トランクの底を覆っているカードの上に置いた。

「ずいぶんと秘密が集まったねえ」とリジーが言った。その手が服の下の十字架を探り当てた。

「わたしのことが書いてあるんだもん」

「放ってあったの、それとも投げてあったのかい?」決まりをうるさく言う。

わたしはちょっと考えた。「忘れてあったの」とわたしは言った。

何度も何度も衣装だんすに行っては、ディータの手紙を読んだ。いつも何かわたしのことと、パパの質問への答えが書いてあった。なんだかわたしがことばで、そういう手紙はわたしのことを定義するためのカードみたいだった。手紙をぜんぶ読んだら、たぶん自分のことがもっとよくわかるかも、とわたしは思った。

でも、ぴかぴかの箱に入っている手紙はどうしても読む気になれなかった。手紙を眺めるのは好きだった。並んだ封筒の縁の上に手を走らせて、それがパタパタと過ぎていくのを感じた。ふたりは——ママとパパはその箱の中で一緒にいる。眠りがわたしを捕まえようとするとき、時々ふたりのひそひそ声が聞こえるような気がした。ある晩、パパの部屋に忍び込んで、狩りをする猫みたいに衣装だんすのなかに這い込んだ。びっくりさせようと思ったのに、ぴかぴかの箱の蓋を開けた途端、ふたりは黙ってしまった。怖くなるくらいの寂しさを影のように引きずりながら、わたしは寝床に戻り、ずっと目を覚ましていた。

翌朝、わたしは眠くて学校に行けず、パパはサニーサイドにわたしを連れていった。わたしは白紙のカードと色鉛筆と一緒に、仕分け台の下で午前中を過ごし、十枚のカードにいろんな色で自分の名前を書いた。

その晩遅く、わたしはぴかぴかの箱を開けて、カードを一枚ずつ、白と青の封筒のあいだに挟んだ。これでわたしたち三人、みんな一緒だ。わたしが聞き逃すことは何もない。

⁂

リジーのベッドの下にあるトランクは、いろんな手紙やことばの重みに気づき出した。

「貝殻とか石ころでもないんだねえ。綺麗なものはなんにもない」ある日の午後、それを開けたわたしにリジーは言った。「どしてこんなに紙ばっかり集めるの、エッシーメイ?」

「わたしが集めてるのは紙じゃないの、リジー。ことばなの」

「したってこういうことばのどこがそんなに大事なのさ?」リジーは訊いた。

わたしにもはっきりとはわからなかった。理屈ではなく、そう感じるのだった。巣から落ちた小鳥の雛《ひな》みたいなことばたちもいたし、まるで何かの手がかりを見つけたような気がすることばもあった。大切だとわかっているけれど、なぜだか理由はわからない。ディータの手紙も同じだった。ジグソーパズルのピースみたいに、いつか組み合わさったら、パパには言い方がわからなくて、リリーだったらたぶんわかっていたことを説明してくれるのかもしれない。

　こういうことをなんと言ったらいいのかわからなかったので、わたしは訊いた。「リジーはどうしてニードルポイントをするの？」

　リジーはずいぶん長いこと黙っていた。洗濯物を畳んで、ベッドのシーツを交換した。

　わたしは答えを待つのをやめて、ディータからパパへ宛てた手紙を読むのに戻った。エズメが大きくなって聖バルナバスを出たら、どうなさるかお考えになった？　とディータは訊いていた。わたしは、自分の頭が教室の煙突から飛び出して、両腕が左右の窓から突き出たところを思い浮かべた。

「手を動かしてるのが好きなんだろうね」とリジーが言った。咄嗟《とっさ》に、わたしは自分が訊いたことを思い出せなかった。「それに、あたしがいる証拠になるし」とリジーは言い足した。

「でもそんなの変よ。リジーはいるに決まってるじゃない」

　リジーがベッドを直す手を休め、ひどく真面目な顔をしてこちらを見たので、わたしはディータの手紙を置いた。

「あたしは掃除したり、料理の手伝いをしたり、暖炉の火をつけたりするけど、あたしのやったことはみんな、汚されて、食べられて、燃やされちゃうだろ。一日終わると、あたしがここにいたかどうかわからなくなっちゃうのよ」リジーはちょっと黙って、わたしの横に膝をつくと、わたしのスカートの裾の刺繍を撫でた。それはわたしがキイチゴの棘《とげ》にひっかけてスカートを破ったときに、リジーが繕ってくれたところをうまく隠していた。

「あたしの刺繍はこれからもずうっとここにある」とリジーは言った。「これを見ると思うんだよ……なんて言えばいいのかねえ。その、あたしはいつだってここにいるんだって」

「永久《パーマネント》に」とわたしは言った。「でも刺繍を見てないと？」

「風に吹き飛ばされる前のタンポポってとこかねえ」

# 一八九三年八月

夏の間はいつも、スクリプトリウムはしばらく静かになる。わたしがみんなどこへ行ったの、と訊いたら、「人生はことばだけじゃないからね」とパパは言った。でも、パパはきっと本気で言ったわけじゃない。わたしたちはスコットランドの叔母さんの家に行くこともあったけれど、いつもほかの助手たちの誰よりも早くサニーサイドに戻ってきた。わたしは仕分け台の下で靴たちが帰ってくるのを楽しみに待った。マレー博士が入ってきて、パパにわたしを忘れて帰ってきたのじゃあるまいな、と必ず訊き、パパはいつも忘れてきたふりをする。そしてマレー博士は仕分け台の下を覗いて、わたしに片目をつむってみせる。

わたしが十一歳になった年の夏の終わり、ミッチェルさんの足が現れず、マレー博士はスクリプトリウムに入ってきてもほとんど口をきかなかった。わたしは薄青い靴下の上に交差した緑色の靴下を履いた足首を待っていたけれど、ミッチェルさんがいつも座る場所は空いていた。ほかの足はしょんぼりして、スウェットマンさんの靴が上下にパタパタと動いていても、音楽は鳴っていなかった。

「ミッチェルさんはいつ帰ってくるの?」とわたしはパパに訊いた。パパが答えてくれるまで、長いことかかった。

「ミッチェル君はね、高いところから落ちたんだよ、エッシー。登山中にね。ミッチェル君は帰ってこない」

わたしはミッチェルさんの色違いの靴下と、わたしにくれた色鉛筆のことを思った。持つところがなくなるまで色鉛筆を使ったのは、もう何年も前のことだった。仕分け台の下のわたしの世界は、前よりも居心地が悪くなった気がした。

新しい年が来て、仕分け台が縮んだみたいだった。ある日の午後、その下に潜り込み、這い出して来るときにわたしは頭をぶつけた。

「見てごらん、ドレスをこんなにしちゃって」午後のお茶に呼びに来たリジーが言った。ドレスに染みと埃で模様ができていた。リジーは叩いて落とせるだけ落としてくれた。「レディはスクリッピーを這い回るもんでないよ、エッシーメイ。なんだってあんたのお父さんはほっとくのかねえ」

「だってわたし、レディじゃないもん」とわたしは言った。

「だけど猫でもないんだからね」

スクリプトリウムに戻ると、わたしは部屋を壁伝いに一周した。変なほうの指で棚や本の上をなぞって、埃の小さな塊を集める。猫になってもいいもん、わたしは思った。

スウェットマンさんのそばを通ると、スウェットマンさんが片目をつむる。

メイリングさんが言った。「キエル・ヴィ・ファルタス《ご機嫌いかがかな》、エズメ?」

わたしは言った。「ありがとう、メイリングさん。元気です」

メイリングさんはわたしを見て、眉を吊り上げた。「エスペラント語ではなんて言うのかな?」

わたしは考え込んだ。「ミ・ファルタス・ボーネ、ダンコン」

メイリングさんはにっこりして頷いた。「ボナ《よろしい》」

クレインさんはわたしが邪魔だとみんなに知らせるために、深い溜息をついた。

仕分け台の下にこっそり隠れようかと思ったけれど、そうしなかった。それは大人がするような決心で、わたしはそれを決めたのが自分以外の誰かみたいに、機嫌が悪くなった。台の下に隠れる代わりに、二つの棚のあいだに隙間を見つけ、無理やり入り込んだ。蜘蛛《くも》の巣と埃が舞い上がり、二枚の迷子のカードが出てきた。

カードは右側の棚の下に隠れていた。一枚を拾い、続けてもう一枚も拾った。Cのことばだから、迷子になったのはつい最近だ。わたしはカードをしまうと、仕分け台のほうを見た。一番近くに座っているのはクレインさんで、もう一つ別のことばが椅子の近くに落ちていた。クレインさんは気にもしてないみたい、とわたしは思った。

⁂

「あの子は手癖が悪いんです」とクレインさんがマレー博士に言っているのが聞こえた。マレー博士がこっちを見たので、体じゅうが冷たくなった。石に変わっちゃいそう、とわたしは思った。博士は高い机に戻って、校正刷りを取り上げた。そしてパパのところに近寄った。

マレー博士は、ことばのことを話しているみたいなふりをしていたけれど、ふたりとも校正刷りなんて見ていなかった。マレー博士が行ってしまうと、パパは仕分け台の向こうから棚に挟まれた隙間までをずっと見通した。パパの目がわたしの目と合い、スクリプトリウムのドアに向かって合図した。

ふたりでトネリコの木の下に立ち、パパが片手を差し出した。わたしはパパの手をただ見つめていた。パパは今まで出したことがないような大きな声でわたしの名前を言った。そしてわたしに左右のポケットを裏返させた。

そのことばはぼろぼろだったし、面白いことばではなかったけれど、わたしはその用例が好きだった。ことばをパパの手に置いたとき、パパはそれがなんだかわからないような顔をした。どうしたらいいいか途方に暮れているみたいに。わたしはパパの唇がそのことばと、そのことばが入っている文に合わせて動くのを見ていた。

## Count（カウント）

「わたしはおまえを愚か者だと思う《カウント》」

テニスン、一八五九年

長い長い間、パパは何も言わなかった。わたしたちはまるで、ふたりで彫像ゲームをしていて、どちらも相手より先に動きたくないみたいに寒い中でじっと立っていた。しばらくすると、パパはカードをズボンのポケットに入れて、わたしをキッチンに向かって歩かせた。

「リジー、午後のあいだ、エズメを君の部屋においてやってもらえるかね？」パパは、レンジの熱が外に逃げないように、ドアを閉めながら訊いた。

リジーは剝いていたじゃがいもを置くと、両手をエプロンで拭いた。「どうぞどうぞ、ニコル様。エズメならいつ来てくれてもいいですよ」

「リジー、この子と遊んでやってほしいわけじゃないんだ。この子は座って自分の行いについて考えないといけない。相手をしないでやってくれるかね」

「かしこまりました、ニコル様」リジーは答えたけれど、リジーもパパもお互いに目を合わせられないみたいだった。

上の部屋でひとり、リジーのベッドに寄りかかって座ると、わたしはドレスの袖に手を入れて、もうひとつのことば、〝カウンテッド《数えられた》〟を取り出した。誰が書いたのか、とても美しい筆跡だった。貴婦人ね、とわたしが確信したのは、その用例がバイロンの詩から採られていたからだけではない。ことばたちがみんな柔らかな曲線を帯びて、すんなりと手足を伸ばしていたからだ。

リジーのベッドの下に手を伸ばし、トランクを引き出した。いつももっと重そうな気がするのに、楽々と床板の上を滑ってくる。蓋を開けると秋の落ち葉の絨毯《じゅうたん》みたいにカードが底を覆っていて、その中にディータの手紙が混じっていた。

クレインさんがあんなにぼんやりなせいでわたしがこんな目に遭うなんてひどい。あのことばたちは重複カードに決まってるのに――ありきたりのことばだからいろんな協力者たちが送ってきたはずだもの。わたしは両手をトランクに入れて、指のあいだにカードを滑らせた。これはみんなわたしが助けたんだ。パパがほかのことばたちを助けようとして〈辞典〉に入れるのと同じじゃないの。わたしのことばたちは、部屋の隅や、隙間や、仕分け台の真ん中の、反故《ほご》を入れる籠から来たものだった。

わたしのトランクは〈辞典〉と同じだ、とわたしは思った。違うのは、そこに入っているのが迷子や、ほったらかしにされていたことばばかりだということだけだ。そのとき、いいことを思いついた。リジーに鉛筆をもらいに行きたいと思ったけれど、リジーがパパの言いつけを破るはずがない。鉛筆がしまってありそうな場所はどこだろうと思いながら、リジーの部屋を見回した。

リジーがいないリジーの部屋は、知らない場所みたいだった。なんだかリジーの部屋じゃないみたい。わたしは床から立ち上がり、衣装だんすのところに行った。一番上だけほかのボタンと違う、リジーの古ぼけた冬のコートを見つけてほっとした。リジーはエプロンを三枚と、ドレスを二枚持っていた。日曜日のよそゆきは、前はクローバーみたいな緑色だったのに、今は夏の芝生みたいに褪せている。よそゆきを手でさっと撫でると、リジーが裾を出したところのクローバー色が帯になって見えた。引き出しを開けてみても、下着と、シーツの替えが一組と、肩掛けが二枚、あとは小さな木箱しか入っていなかった。その箱の中身は知っている。ちょっと前に、バラードさんがわたしもそろそろ月のもののことを知っておかないといけないと思って、リジーがそこにしまってあるぼろ布とベルトを見せてくれた。そんなものはもう絶対に見たくなかったから、箱は開けないで、衣装だんすの扉を閉めた。

ゲームを入れたおもちゃ箱もないし、本が並んだ棚もなかった。ベッドの横にある小さなテーブルには、刺繍の見本のほかに、リジーのお母さんの写真がみすぼらしい木の額に入って置かれていた。わたしは写真をじっと見つめた。地味な帽子をかぶり、やっぱり地味な服を着た、あまり綺麗ではない若い女の人が小さな花束を手に持っていた。リジーはお母さんにそっくりだった。写真の額の後ろに、わたしがトランクの中に見つけた帽子ピンがあった。

跪《ひざまず》くと、ベッドの下を覗いた。一方の端にはリジーの冬のブーツがあり、もう一方にはリジーのおまると裁縫箱があった。わたしのトランクの居場所はちょうど真ん中で、その置き場には埃が積もっていない。ほかにはなんにもなかった。鉛筆もない。当たり前だけど。

わたしはトランクを見た。床で開けっ放しになっている。一番新しいことばが、ほかのことばたちの上で仰向けになっていた。わたしはリジーのベッドサイドテーブルに置かれた帽子ピンを見て、それがすごく尖っていたことを思い出した。


〝迷子のことば辞典〟

その午後じゅうかかって、わたしはトランクの蓋の内側にそう刻んだ。頑張ったせいで手が痛かった。彫り終えたとき、リジーの帽子ピンは、変な形に曲がって床に落ちていた。ビーズはわたしが見つけた日のように煌《きら》めいていた。

突然、何かがわたしの中にいっぱいに湧いてきた。奇妙な、胸がむかむかするような感じ。ピンをまっすぐに伸ばそうとしたけれど、どうしても元どおりにならなかった。先っぽが削れて丸くなり、どんな安物の帽子のフェルトにも刺さりそうもない。部屋を探し回っても、それを直せそうなものは何ひとつなかった。わたしはピンをリジーのベッドサイドテーブルの横の床に置き、ピンが落ちたときに曲がったのだとリジーが思ってくれることを祈った。

その後数か月、わたしはほとんどスクリプトリウムに近づかなかった。リジーが聖バルナバス校に迎えに来て、お昼を食べさせ、また学校に送ってくれた。午後は本を読んだり、書き方の練習をしたりした。お天気に合わせて、トネリコの木陰と、キッチンのテーブルと、リジーの部屋のあいだを行ったり来たりした。Cで始まることばがぜんぶ入った第二巻の出版のお祝いのときは、仮病を使った。〝カウント《count》〟と〝カウンテッド《counted》〟もそこに入っていた。

わたしの十二歳のお誕生日に、パパが聖バルナバスに迎えに来た。サニーサイドの門を入ったときも、パパはわたしの手を握ったままで、わたしはパパと一緒にスクリプトリウムに向かって歩いていった。

スクリプトリウムには、マレー博士のほか誰もいなかった。わたしたちが入っていくと、博士は机から顔を上げ、降りてきてわたしに声をかけた。

「お誕生日おめでとう、お嬢さん」と博士は言って、眼鏡越しに、にこりともしないでわたしをじっと見つめた。「十二歳だったね」

わたしは頷いた。博士はまだこちらをじろじろ見ている。

息が苦しくなってきた。わたしはもう大きすぎるから、仕分け台の下に隠れて、なんだか知らないけれど博士が考えていることから逃げ出すわけにはいかない。だから代わりにわたしは博士の目を見つめた。

「父上の話では、君は優等生だそうだね」

わたしは黙っていた。博士は振り向くと、机の後ろに並んだ二巻の〈辞典〉のほうに手を動かした。

「必要なときはいつでもこの二巻を用に供《アヴェイル》してくれたまえ。さもなければ、われわれがこんなに苦心しておる意味がないからね」と博士は言った。「Cより先のことばについての知識を要するならば、刊行されておる分冊を自由に使用してよろしい。それより先は――」また博士はじっとこちらを見た。「――父上に頼んで、整理棚を調べてもらいなさい。質問は？」

「アヴェイルってなんですか？」わたしは訊いた。

マレー博士は微笑むと、パパのほうをちょっと見た。

「幸いにしてAのことばだから、一緒に調べてみるかね？」博士は机の後ろの棚のところへ行って、『A&B』の巻を下ろした。


ディータから届いた十二歳のお誕生日カードの中に、ことばのカードが入っていた。ディータはそのことばはスーパーフルアス《superfluous》だから要らないと書いていた。

「スーパーフルアスってどういう意味？」わたしは帽子をかぶろうとしているパパに訊いた。

「余計な」とパパは言った。「望まれない、もしくは必要とされない」

わたしはもらったカードを見た。それはBのことばだった。ブラウン《茶色》。ブランド《味気なくて》でボーリング《つまらない》。迷子でも捨てられたのでも忘れものでもなくて、ただスーパーフルアスなだけ。パパはきっとわたしがことばを盗んだことをディータに言いつけたのだろう。わたしはディータのことばをポケットにしまった。

そのことを学校で一日中考えていた。指でカードの縁を弄《いじ》りながら、もっと面白いことばだったら、と想像した。捨ててしまおうかとも思ったけれど、捨てられなかった。余計だから、とディータは言った。リジーがうるさく言う決まりにそれも付け足したらどうだろう。

その日の午後、サニーサイドに着くと、わたしはまっすぐリジーの部屋へ上がっていった。リジーはいなかったけれど、わたしが部屋で待っていても気にしないに決まっている。ベッドの下からトランクを引っ張り出して蓋を開けた。

ちょうどポケットからカードを出しかけたときにリジーが入ってきた。

「ディータからよ」わたしはリジーのおでこの皺が深くなる前に慌てて言った。「お誕生日に送ってくれたの」

しかめ面は消えかけたけれど、そのとき何かがリジーの目に留まった。その顔が凍りついた。リジーの視線をたどると、トランクの蓋の内側を引っ掻いて彫りつけた、へたくそな文字が目に入った。あのときの怒りを思い出した。何も目に入らない、自分勝手な怒り。リジーを振り返ると、一粒の涙が頬を伝って落ちるところだった。

まるで胸の中でガス風船がぱんぱんに膨らんで、息をしたり話したりするのに使うところをぜんぶ、押しつぶしてしまったような気がした。ごめんなさい、ごめんなさい、ごめんなさい。頭の中で思っても、ことばはひとつも出てこない。リジーはベッドサイドテーブルのところに行き、ピンを手に取った。

「なして?」とリジーは訊いた。

まだことばは出てこなかった。意味のわかることばはひとつも。

「だいたいなんて書いてあるのさ」リジーの声は、強い怒りと失望のあいだで揺れていた。怒りであることを、わたしは願った。悪戯《いたずら》を叱る、厳しいことば。嵐が来て、やがて鎮まる。

「迷子のことば辞典」床板の節から目を上げずに、口ごもりながら言った。

「盗んだことば辞典でないの、どっちかってってったら」

わたしはさっと顔を上げた。リジーはこれまで見たことがないものを探そうとするみたいに、ピンを見ていた。下唇が子供みたいに震えていた。目が合ったとき、リジーの顔はくしゃくしゃになった。それは、わたしが捕まった日のパパの顔と同じだった。わたしについて新しい何かを知ってしまい、それが好きじゃないみたいに。じゃあリジーは怒ってるんじゃない。がっかりしてるんだ。

「そんなのみんな、ただのことばなんだよ、エズメ」リジーは片手を差し出してわたしを床から立たせた。そしてベッドの自分の横に座らせた。わたしは身を固くして座った。

「お母ちゃんのものはその写真しかなかったの」リジーは言った。「ほらお母ちゃん笑ってないしょ。だから、あたしら子供が生まれる前も、暮らし向きはずっときつかったんだろうって思ってたの。でもそしたらあんたがこのピンを見つけてくれて」リジーがピンをくるくると回すと、ビーズの色が溶け合った。「そりゃ、あたしはお母ちゃんのことはあんまり知らないけど、そのピンのおかげでお母ちゃんが幸せそうにしてるところも想像できたのよ。お母ちゃんだって綺麗なものを持てたんだってわかったから」

　わたしは自分の家じゅうに飾ってあるリリーの写真のことを、今もパパの衣装だんすに掛かっている服のことを、青い封筒のことを考えた。お誕生日が来るたびに、ディータが話してくれるお話のことを考えた。わたしのママは千枚もカードがあることばみたいだった。リジーのお母さんは、たった二枚しかカードがないことばみたいで、二枚なら数えるのにも足りない。その一枚を、わたしはまるで余計《スーパーフルアス》で要らないものみたいに扱ってしまった。

　トランクはまだ開いていて、わたしはそこに刻まれた文字に目を向けた。それからピンを見た。脚は曲がってしまっていたけれど、リジーの荒れた手の上でそれはとても綺麗だった。わたしにもリジーにも、自分が誰なのかを教えてくれるものが必要なんだ。

「わたし、直す」そう言って手を差し出した。強く願いさえすれば、まっすぐに直せる、そう思った。

リジーはピンを渡し、わたしが奮闘するのを見つめた。

「もうたくさんだよ」わたしがとうとう音を上げると、リジーは言った。「あとは砥石《といし》で、先っちょをなんとかできるっしょ」

胸の中の風船が破裂して、心が洪水のように溢れ出した。涙と鼻をすする音と途切れ途切れの謝罪のことば。「ごめんなさい、ごめんなさい」

「わかったよって、あたしのめんこいキャベツちゃん」リジーは泣きじゃくるわたしが落ち着くまで、わたしを抱きかかえ、髪を撫でながら、もうリジーの背を追い越しそうなのに、小さかった頃のように揺すってくれた。それが収まったあと、リジーはピンをお母さんの写真の前の置き場所に戻した。わたしは硬い床に膝をつき、トランクの蓋を閉めた。指が文字に触れた。〝迷子のことば辞典〟。ガタガタでも不格好でも、永久にそこにある。


クレインさんが早退しようとしていた。わたしがトネリコの木の下に座っているのを見ても、何も言わず、にこりともしなかった。わたしはクレインさんが自転車に向かって早足で歩いていき、肩掛け鞄を背中に押しやって、片脚を大きく上げてサドルに跨《また》がるのを見ていた。カードの束が後ろの地面に落ちたことに、クレインさんは気づかなかった。わたしは声をかけなかった。

十枚のカードがピンでまとめてあった。わたしは読んでいた本の頁のあいだにカードを挟んで、トネリコの下に戻った。

表紙のカードには〝ディストラストフル《Distrustful》〟とクレインさんのへたくそな字で書いてあった。クレインさんはそれを、〝自分自身あるいは他者への不信に満ちている、もしくは不信によって特徴づけられている、信用が足りない、いぶかしい、疑わしい、うさんくさい、胡乱《うろん》な〟と定義していた。わたしは〝胡乱な〟がどんな意味か知らなかったので、その語義を探そうとカードをめくった。用例を一つ読むごとに、わたしはだんだん落ち着かない気分になった。〝信用ならぬ《ディストラストフル》悪党め、最期のひと息まで戦え〟、とシェイクスピアが書いていた。

　でも、わたしはこのことばたちを救ったのだ、夕べの風と朝の露から。クレインさんの不注意から助けてあげたのだ。信用できないのはクレインさんのほうだ。

　わたしは一枚のカードを選び出した。用例に書き手の名前も、本の題名も年代もない。きっと捨てられるだろう。それを折り畳み、靴の中にしまった。

　残りのカードは本の中に戻り、五時にオックスフォードじゅうの鐘が鳴り渡ると、わたしはスクリプトリウムのパパのところに行った。

　パパはひとりで仕分け台の前に座って、校正刷りを広げていた。カードや本が周りに散らばっている。パパは紙の上に屈みこんでいて、わたしがいるのに気づかなかった。

　わたしはポケットの中の本の頁を指でめくり、〝ディストラストフル〟のカードの束を取り出した。仕分け台まで行くと、それをクレインさんの散らかった席に置いた。

「その子は何をしてるんです？」クレインさんがスクリプトリウムの入り口に立っていた。午後の陽ざしを背にした顔はよく見えなかったけれど、少し猫背の体つきと、甲高い声ですぐにわかった。

　パパがはっとしたように顔を上げ、わたしの手の下にカードがあるのに気づいた。

　クレインさんが大股で近づいてきて、手を伸ばしてわたしの手を払いのけようとしたが、醜い傷痕を見てたじろいだようだった。「こういうことはじつに困りますな」クレインさんはパパのほうを向いた。

「拾ったんです」とわたしはクレインさんに向かって言った。でもクレインさんはわたしを見ようとしなかった。「クレインさんが自転車を立てかけてるフェンスのそばで見つけたんです。クレインさんの鞄から落ちたの」パパに視線を移した。「だから返そうとしたのに」

「申し訳ないが、ハリー、お嬢さんはここにいるべきじゃありませんね」

「返そうとしてたんだってば」とわたしは言ったが、まるでわたしの声が聞こえず、姿も見えないみたいに、ふたりとも返事をしなかった。どちらもこっちを見向きもしなかった。

パパは深く息を吸い込み、ほとんどわからないほどかすかに首を振りながら吐き出した。

「ここはわたしに任せてくれないか」とパパはクレインさんに言った。

「もちろんです」とクレインさんは言い、肩掛け鞄から落ちたカードの束を手に取った。

クレインさんが行ってしまうと、パパは眼鏡をはずして鼻の付け根をこすった。

「パパ？」

パパは眼鏡を普段どおりかけ直し、わたしを見た。そして仕分け台から椅子を後ろに押し出して、お座り、と膝を叩いた。

「もうおまえもそろそろ大きすぎるなあ」パパは微笑もうとしながら言った。

「ほんとにクレインさんが落としたの。わたし見たんだもの」

「パパはおまえを信じるよ、エッシー」

「じゃあ、どうして何も言わなかったの？」

パパは溜息をついた。「説明が難しいな」

「そのためのことばはある？」わたしは訊いた。

「ことば？」

「パパがどうして何も言わなかったかを表すことば。そうしたら調べられるから」

パパはやっとにっこりした。「ぱっと浮かぶのは〝処世術《ディプロマシー》〟だね。あとは〝妥協《コンプロマイズ》〟、それから〝モリファイ〟」

「〝モリファイ〟がいい」

わたしたちはふたりで整理棚を調べた。

Mollify（モリファイ）

「こうした特権を許すことにより、最も苛烈な糾弾者たちの怒りを鎮《モリファイ》めようとした」

デイヴィッド・ヒューム『大英帝国史』一七五四年

わたしはしばらく考えて言った。「パパはクレインさんが怒ってるのをなだめようとしたのね」

「ご明察」

# 一八九六年九月

ベッドにおねしょをしたのかと思った。でも上掛けをめくると、ナイトドレスとシーツが赤く染まっていた。わたしは悲鳴を上げた。両手が血でねとねとする。腰とお腹に感じる痛みが急に恐ろしくなった。

パパが部屋に飛び込んできて大慌てで辺りを見回した。そして顔いっぱいに心配を浮かべて、ベッドのそばに来た。血だらけのナイトドレスを見たパパは、ほっとして、それからきまり悪そうにした。パパが端っこに座ったので、重みでマットレスが沈んだ。パパはわたしに上掛けをかけ直し、頰を撫でた。それでわたしはそれが何かに気づいた。そして急に恥ずかしくなった。上掛けをもっと引き上げて、パパを見ないようにした。

「ごめんなさい」わたしは言った。

「馬鹿を言うんじゃない」

ふたりでそのまま、一分間気まずく座っていた。パパがどんなにリリーがいてくれたらと願っているかがわかった。

「リジーは……」とパパが言いはじめた。

わたしは頷いた。

「必要なものはあるかい？」

わたしはまた頷いた。

「パパにその……？」

わたしはかぶりを振った。

パパはわたしの頬っぺたにキスをして立ち上がった。「今朝はフレンチトーストだよ」と言って、まるでわたしが病気か、眠っている赤ちゃんみたいにそっとドアを閉めた。でもわたしは十四歳なのに。

パパが階段を下りていく足音が聞こえるまで待ってから、上掛けをはいでベッドの端に座った。体からもっと血が漏れ出るのを感じる。ベッドサイドテーブルの引き出しには、リジーがわざわざ拵えてくれた月のものの箱が入っていた。中にはベルトと、リジーがぼろ布で縫ってくれた分厚いナプキンがしまってある。わたしはナイトドレスを丸めて脚の間に挟んだ。

パパが、外に出ても大丈夫なことを教えようとしてキッチンで盛大な音を立てている。箱を小脇に抱え、わたしは布の塊をもっとしっかり押しつけて血が垂れてこないようにしながら、廊下の向かい側の浴室に向かった。

⁂

学校はお休みだ、とパパは言った。今日はリジーのところで一日過ごしなさい。わたしはあんまりほっとして半泣きになった。

ふたりで家を出て、いつもの道をサニーサイドに向かって歩き出した。パパは、何ひとつ変わったことはないみたいに、今作業していることばのことを話したり、その意味を当ててごらん、と言ったりした。わたしはどう考えればいいかもわからず、今日ばかりは、ことばなんかどうでもよかった。道はまだまだ遠く、すれ違う人たちが、まるで知っているみたいにわたしを見る。わたしは着ている服がどれも体に合わないみたいな気分で歩いていた。

太ももの間が濡れ、頬っぺたを伝う涙みたいに、つうっと滴った。バンベリー・ロードに入る頃には、血が脚の内側を伝って流れていた。ストッキングに血が染みていくのを感じる。わたしは立ち止まると両脚をぎゅっと閉じ、血が漏れてくる場所を片手で押さえた。

　わたしは泣き声で言った。「パパ？」

　パパは少し先を歩いていた。振り返ってわたしを見ると、わたしの体を頭のてっぺんから足の先まで見下ろし、それから自分よりましな、助けてくれる人はいないかというようにきょろきょろした。

　パパはわたしの手を握り、ふたりして精一杯早足でサニーサイドに向かって歩いた。

「まあまあ」バラードさんが、そう言いながらわたしをキッチンに入れてくれた。そして、あとは引き受けましたよ、と頷いてパパを解放した。パパはわたしのおでこにキスすると、大急ぎで庭を横切り、スクリプトリウムに行ってしまった。リジーが入ってきて、憐れむような顔でわたしを見、お湯を沸かしにまっすぐレンジのところへ行った。

　上の部屋で、リジーはわたしの服を脱がせ、スポンジで体を洗ってくれた。たらいのお湯に、わたしの屈辱がピンク色の渦を作った。リジーはもう一度、ウエストにベルトを巻いて、ぼろ布を中に挟むやり方を教えてくれた。

「布の厚みが足りなかったか、締め方が足りなかったんだよ」リジーは自分の寝間着をわたしに着せて、ベッドに寝かせてくれた。

「こんなに痛いものなの？」とわたしは訊いた。

「そういうもんなんだねえ」とリジーは言った。「どうしてだかは、あたしも知らないけど」

　わたしは呻《うめ》き、リジーは優しいけれどじれったそうな顔でわたしを見た。「だんだん痛くなくなるはずだよ。たいてい最初が一番ひどいもんなの」

「はず？」

「運の悪い人もいるからね。でも楽になるお茶があるから」とリジーは言った。「バラードさんにノコギリソウがないか訊いてこようね」

「いつまで続くの?」わたしは訊いた。

リジーは、今度はわたしの服をたらいに浸している。わたしは服がぜんぶ赤く染まって、これからずっと、それを着なくてはならなくなるところを想像した。

「一週間——もうちょっと短いか、長いくらい」リジーは言った。

「一週間? ベッドに一週間も寝てないといけないの?」

「まさか。一日だけさ。初日が一番重いの。だからそんなに痛いんだよ。そのあとはちょっとずつ軽くなってって、最後は止まるから。でも布切れは一週間ぐらいはいるかねえ」

リジーは以前、わたしが毎月血を流すことを教えてくれたけれど、今度は、毎月一週間も血を流し、月に一日はベッドで寝ていなくてはいけないのだと言う。

「リジーがベッドに寝てたなんて、全然知らなかった」とわたしは言った。

リジーは笑った。「一日ベッドで寝てられるんなら、死にそうになってもいいけどね」

「でもどうやって血が脚につかないようにしてるの?」

「いろんなやり方があるんだよ、エッシーメイ。けど、女の子に話すことじゃないからね」

「でも知りたい」

リジーはわたしを見た。両手はたらいの水に浸かっている。わたしの血が手についても、リジーは気持ち悪がったりしなかった。

「奉公に上がるんなら知ってなきゃいけないけど、あんたは違うから。あんたは小さなレディだから、月に一日、ベッドで寝てたって誰にも何も言われないよ」そう言うと、リジーはたらいを持って、階段を下りて行った。

わたしは目を閉じ、まっすぐな板みたいにじっと横になっていた。時間はなかなか過ぎなかったけれど、いつの間にか寝入ったようだった。夢を見たからだ。

パパとわたしがスクリプトリウムに着くと、わたしのストッキングは血でたぷたぷになっていた。わたしが知っている助手と辞書編纂者が全員、仕分け台の周りに座っていた。ミッチェルさんまで、色違いの靴下を椅子の下に覗かせている。誰も顔を上げなかった。わたしがパパを振り向くと、パパはもうそばにいなかった。仕分け台のほうに顔を向けると、パパはいつもの席にいた。ほかのみんなの頭と同じように、パパもことばの上に頭を垂れている。わたしはパパに近づこうとするのに、体が動かない。部屋を出ようとしても、動けない。叫び声をあげても、誰にも聞こえない。

「おうちに帰る時間だよ、エッシーメイ。丸一日よく寝てたねえ」リジーが、腕にわたしの服をかけてベッドの足元に立っていた。「トーストみたいにほかほかだよ。レンジの前に掛けておいたから。さ、着せてあげようね」

もう一度、リジーがベルトとナプキンを着けるのを手伝ってくれた。頭の上から寝間着をすっぽりと脱がせて、代わりに温かい服を次々と着せてくれる。最後に、床に膝をついて脚にストッキングを履かせ、足を靴に入れて靴紐を結んでくれた。

⁂

次の一週間、わたしはそれまでの三か月間を合わせたよりも、もっとたくさんの洗濯物を作り、パパは数日おきに来る女中に特別にお金を払って、それをぜんぶ洗ってもらわなくてはならなかった。わたしは学校を休み、毎日、リジーの部屋で過ごした。ベッドで寝てはいなかったけれど、キッチンからあまり遠くまで離れる勇気はなかった。スクリプトリウムには足を向けられなかった。誰もそんなことは言わなかったけれど、体がまたわたしを裏切り、秘密をばらしてしまうことが怖かった。

「なんのためなの？」五日目に、わたしはリジーに訊いた。バラードさんが翌週の献立についてマレー夫人と話しているあいだ、わたしはブラウンソースをかき混ぜる役目を仰せつかっていた。リジーはキッチンテーブルに向かって座っていて、小山のように積み上げたマレー家の服の繕い物をしている。出血はほとんど止まっていた。

「何がなんのためかって？」リジーは言った。

「血が出ること。なんで起きるの？」

リジーは困ったようにわたしを見た。「赤んぼに関係があるんだよ」

「どんなふうに？」

リジーは顔を上げず、肩をすくめた。「さあね、あたしもよくは知らないよ、エッシーメイ。そういうもんなの」

リジーが知らないなんておかしい。こんなにひどいことが毎月起きているのに、そのひどい目に遭っている本人が理由を知らないなんてことがあるだろうか。

「バラードさんも血が出る？」

「もう終わったよ」

「いつ終わるの？」とわたしは訊いた。

「年取って赤んぼが産めなくなったら」

「バラードさんには赤ちゃんいたの？」わたしはバラードさんが子供の話をしているのを聞いたことがなかった。でもたぶん、もうみんな大人になってしまったのだろう。

「バラードさんは結婚してないよ、エッシーメイ。赤んぼは全然いねえの」

「だって結婚してるでしょう」とわたしは言った。

リジーはキッチンの窓から外を見て、バラードさんが戻ってこないのを確かめてからわたしのほうに身を寄せた。「バラードさんがミセス・バラードって名乗ってるのは、そのほうが通りがいいからさ。年取ったいかず後家は大概そうしてるよ。ほかの人間にあれこれ指図するようなお役目なら余計にね」

　わたしはあんまりわけがわからなくて、それ以上何も訊けなかった。

⁂

　思っていたより早く来たな、とパパは申し訳なさそうな顔で言った。それは〝カタメニア《経血》〟というもので、経血を体から排出する過程を〝メンストルエイション《月経》〟というんだ。パパは砂糖入れに手を伸ばして、すごく丁寧にオートミールのお粥の上にたっぷりとお砂糖をかけた。さっきもう、かけたのに。

　新しいことばだったけれど、そのことばのせいでパパは困っているようだった。生まれて初めて、わたしは質問をしていいものか迷った。わたしたちは珍しく黙り込み、〝経血〟と〝月経〟は意味を持たないまま宙に浮かんでいた。

⁂

　わたしは二週間、スクリプトリウムに近づかなかった。ようやく戻ったときは、人の一番少ない時間帯を選んだ。それは午後遅くで、マレー博士は出版局のハートさんのところに行っていて、助手のほとんどは家に帰ったあとだった。

　パパとスウェットマンさんだけが長いテーブルに座っていた。Ｆの見出し語の準備をしている。ほかの助手たち全員の仕事が、マレー博士が細かく決めたとおりになっているかを確かめているのだ。パパとスウェットマンさんは〈辞典〉の略語に誰よりも詳しかった。

「お入り、エズメ」わたしがスクリプトリウムのドアから覗いているとスウェットマンさんが言った。「大きくて悪い狼は帰っちゃったよ」

Mのことばは仕分け台からは見えない整理棚に入っていて、わたしが見たかったことばは一つの仕切りに押し込まれていた。もう分類が終わって、語義の下書きができている。それはディータがずいぶん長い時間をかけていた仕事で、表紙のカードを見たらディータの字がわかるかしら、とわたしは思った。

生理についてのことばはすごくたくさんあった。〝メンストルー《Menstrue》〟は〝カタメニア《Catamenia》〟と同じで、〝不潔な血〟という意味だった。だけど、清潔な血なんてある？　どんな血も必ず染みになるのに。

〝メンストルエイト《Menstruate》〟ということばには、いろんな用例が書かれた四枚のカードがピン留めされていた。表紙の一枚に、二つの語義が書かれている。経血を排出すること。経血のように穢《けが》れること。パパは最初の意味は教えてくれたけれど、二番目の意味は言っていなかった。

〝メンストルオシティ《Menstruosity》〟は月経がある状態。〝メンストルアス《Menstruous》〟は、昔はものすごく汚いとか穢されたという意味だった。

メンストルアス。なんだかモンストラス《怪物的な》みたい。それはわたしの感じていたことを説明するのに一番近いことばだった。

リジーはこれを〝カース《呪い》〟と呼んでいた。月経なんてことばは聞いたこともなくて、わたしがそう言ったら笑った。「お医者さんのことばでないのかい」とリジーは言った。「お医者さんにはお医者さんのことばがあるからね、こっちにはさっぱり通じないけど」

わたしは棚からCのことばがぜんぶ載っている巻を出してきて、カース《Curse》を探した。

**人間の不吉な運命。**

生理のことは書いていなかったけれど、わたしは納得した。親指でぱらぱらと扇のように頁を繰る。この一巻だけで一万三千語のことばが載っている。『A&B』もだいたい同じくらい。そしてパパはCで始まることばは果てしなくあると言っていた。わたしはスクリプトリウムを見渡して、整理棚と本とマレー博士と助手たちの頭の中に、いったいいくつことばがしまいこまれているのか想像しようとした。でもその中に、わたしに起こったことをきちんと説明してくれることばはひとつもない。ただのひとつも。

「この子はここにいていいんですか?」クレインさんの声で、考えごとは途切れてしまった。辞典を急いで閉じて、振り向いた。パパに目を向けると、パパはクレインさんを見ていた。

「もう帰ったのかと思っていたよ」パパの口調は愛想よく聞こえたけれど、ほんとうはそうではなかった。

「ここはどう考えても子供の来る場所じゃありませんよ」

わたしはもう子供じゃない。みんなそう言ったもの。

「何も悪さしないじゃないか」とスウェットマンさんが言った。

「しかし、資料をおもちゃにしてるじゃありませんか」

心臓が大きく鼓動を打つのを感じ、思わずことばが口をついて出た。「マレー博士が、わたしの好きなときに〈辞典〉を用に供《アヴェイル》してくれたまえって言いました」パパがさっと咎《とが》めるような視線を向けたので、わたしはすぐに言ったことを後悔した。でもクレインさんは何も答えず、こちらを見もしなかった。

「君も手伝っていくか、クレイン?」とスウェットマンさんが言った。「三人でやれば夕食前にこの仕事が片づくだろう」

「上着をとりに戻ってきただけですから」とクレインさんは言って、ふたりに軽く会釈するとスクリプトリウムを出ていった。

わたしはCのことばの大きな巻を棚にもどして、パパに、キッチンで待ってる、と言った。

「ここにいていいんだよ」とパパは言った。

でもわたしにはもう、よくわからなかった。それから数か月、わたしはスクリプトリウムよりもキッチンで過ごす時間のほうが長かった。

⁂

パパはディータの手紙を読んでいたけれど、中身を全然教えてくれなかった。読み終わると、折り畳んで封筒に戻し、サイドテーブルに置く代わりにズボンのポケットにしまった。ディータのほかの手紙は何日も置きっぱなしになっていることもあるのに。

「ディータはもうすぐ遊びにくる？」わたしは訊いた。

「書いてなかったな」パパは言って、新聞を取り上げた。

「わたしのこと何か書いてた？」

パパは新聞を下ろし、わたしを見た。「学校は楽しいか、と訊いてたよ」

わたしは肩をすくめた。「学校は退屈。でも自分の勉強が終わったら下級生の勉強を手伝ってあげていいの。それは楽しい」

パパが深く息を吸い込んだので、何か言うつもりだな、と思った。でも何も言わなかった。ただもうちょっとわたしを見つめて、そろそろ寝る時間だよ、と言った。
二、三日後、パパがおやすみのキスをしたあと、階下に降りて校正の仕事を始めてから、わたしはつま先立ちで廊下を横切り、パパの部屋に行った。衣装だんすに這い込み、ふたつの箱のうちみすぼらしいほうを出してきて、ディータの手紙を取り出した。

一八九六年十一月十五日

ハリー様

この間のお手紙でずいぶん複雑な気持ちになりました。リリーのおめがねにかなうようなお返事を書こうと苦心しているところです（それが何よりあなたが望むことだという結論に至ったからです。ですからあなたやリリー、エズメを失望させないように努めましょう。でも努めるだけです。何もお約束はできません）。

クレイン氏がエズメの盗みを非難し続けているそうですが、ずいぶんと大仰な物言いではありませんか、ハリー。背中に袋をかついだエズメが、蠟燭《ろうそく》立てやティーポットを入れながら忍び歩いている姿が目に浮かびますが、わたくしが小耳にはさんだ限りでは、あの子のポケットに入っていたのは、ほかの人が不注意な扱いをしたカードにすぎません。あなたの子育てが型破りという点については、確かにそのとおりだとは思います。しかしクレイン氏の言う〝型破り〟は非難でしょうが、わたくしは賞賛のつもりで申し上げています。型とか慣例のおかげで、女によいことがあったためしはありません。ですからハリー、ご自分を責めるのはもうおよしなさい。

さて、エズメの教育についてです。もちろん教育は続けさせなくてはいけませんが、成長したあの子に聖バルナバスでは間に合わなくなったら、どこに進学させるかが問題です。じつはこのところ、フィオナ・マッキノンという古い友人にいろいろと問い合わせておりました。彼女はスコットランドのメルローズという町の近くで、比較的こぢんまりした（つまり学費が手頃な、という意味です）寄宿学校の校長をしております。フィオナと会ったのはもう何年も前のことですが、非常に優秀な学生でしたし、彼女自身も早熟な生徒の必要に応える必要がありますから、コールドシールズ女学校はそちらの面も満たしていると思います。あなたの妹さんが五十マイルも離れていないところにおいでですし、学費の嵩《かさ》むイングランド南部の学校に代わる、理想的な選択肢のように思えます。

エズメは、はじめのうちはこの考えを喜ばないでしょうが、もう十四になるのですから、冒険をしてもよい年頃です。

最後に、あの子のよからぬ所業を奨励するわけではありませんが、エズメが喜びそうなことばを同封します。〝リテレイトリー《Literately》〟はエリザベス・グリフィスの小説で使われていることばです。ほかに用例は現れていないものの、わたくしはリテレイト《文学に通じた》の美しい発展形だと考えます。マレー博士は〈辞典〉のために立項することに賛成してくださったのですが、その後、収録される可能性は低いと告げられました。なんでも、われらが婦人作家は、サミュエル・テイラー・コールリッジによる〝文学を嗜《たしな》む婦人〟を表す唾棄《だき》すべき造語――リテラータ《女流文学者》として、その価値を証明するに至っていないのだそうです。このリテラータは、やはり用例はひとつしかないのに、収録を約束されております。負け惜しみに聞こえましょうが、わたくしはこれが定着しているとは思いません。世に文学を嗜む婦人は大勢おり、珍しくもありませんし、文学者《リテラーティ》として数えられてしかるべきですのにね。

かなりの協力者たち（わたくしの見る限りすべて女性です）が〝リテレイトリー〟について同じ用例を送ってまいりました。ぜんぶで六枚ありますが、一枚として〈辞典〉の役には立ちません。エズメがその一枚を持っていていけない理由はないと思います。あなた方おふたりがこの魅力的なことばをどう使うのか、伺うのを楽しみにしています。ことによるとわたくしたちでこのことばの命を長らえさせられるかもしれませんね。

かしこ

イーディス

それはクリスマス前の最後の学校集会だった。わたしはもう学年を終えるために学校に戻ることはない。聖バルナバス校女子部の校長のトッド先生がわたしとお別れをしたいと言ったので、わたしは集まった女の子たちと向かい合わせに、講堂の前のほうに置かれた椅子に座っていた。みんなはジェリコ地区の子供たちだった。出版局やウォルヴァーコート製紙工場で働く人たちの娘たちだ。その兄弟たちは聖バルナバス校男子部に通っていて、大人になったら工場や印刷所で働く。クラスの女の子の半分は一年も経たないうちに製本をしているだろう。わたしはいつもひとり浮いている気がしていた。

いつもどおりのお知らせがあった。わたしは俯いて両手を見つめながら体を固くして座り、時間が速く過ぎることを祈っていた。トッド先生の言うこともほとんど耳に入らなかったけれど、女の子たちが拍手し出したので顔を上げた。わたしが歴史と英語で表彰されるところだった。トッド先生がこちらに来なさい、と頷いたので、そばに行くと、先生は全校生徒に向かって、わたしが転校してコールドシールズ女学校に行くことを話した。

「はるばるスコットランドまで行くんですよ」と先生は言って、わたしを振り向いた。女の子たちはまた手を叩いたけれど、今度はさっきほど熱心ではなかった。遠くに行くことが想像できないんだわ、とわたしは思った。わたしだって想像できないもの。でも、ディータはこれで準備万端ね、と言った。

「なんの準備？」とわたしは訊いた。「あなたが夢見ることをなんでもできるようになる準備よ」とディータは言った。

クリスマスの翌週は陰気な雨が続いた。「スコティッシュ・ボーダーズのいい予行演習だ」とある日バラードさんが言って、わたしはわっと泣き出した。バラードさんはパン生地をこねるのをやめて、キッチンテーブルに向かって豆の皮むきをしているわたしのそばに来た。「あれまあ」とバラードさんは言って、両手でわたしの顔をはさんだので、頬っぺたが粉だらけになった。わたしがしゃくりあげるのをやめると、バラードさんはボウルをわたしの前に置き、バター、小麦粉、砂糖、レーズンの分量を量った。食料部屋の一番上の棚からシナモンの瓶をとると、わたしの横に置く。「ひとつまみだけだよ、いいかい」

ロックケーキは手が温かくても冷たくても、器用でもぶきっちょでもお構いなしなんだよ、とバラードさんはよく言っていた。わたしがリジーのそばにいられないときや元気がないときに、バラードさんがわたしの気を紛らすのに使うのがロックケーキだった。ロックケーキはわたしの得意なお菓子になった。バラードさんはまたパン生地をこね始め、わたしはバターを細かく切って、粉とすり合わせた。いつもと同じで、右手は手袋をはめているような感じがした。ぼろぼろした粉がまとまり始めるのがわかるまで、変な指たちがちゃんと仕事をしているか見張っていなくてはいけなかった。

バラードさんがぺちゃくちゃとしゃべっていた。「スコットランドはね、それは綺麗なところだよ」若い頃に行ったことがあって、友達と一緒にハイキングしたのだそうだ。わたしは若いバラードさんを想像できなかった。そして、バラードさんがサニーサイドのキッチン以外の場所にいるところも想像できなかった。「それに、ずっとってわけじゃないんだからね」とバラードさんは言った。

⁂

その日、スクリプトリウムにいた全員が外に出てきて、わたしにお別れを言った。わたしたちは庭に立ち、早朝の空気の中で震えていた。パパ、バラードさん、マレー博士、助手たちが何人か。でもクレインさんはいなかった。マレー家の小さい子たちもいて、エルシーとロスフリスがお母さんの両脇にいた。ふたりは、マレー家の末のふたりとそれぞれひとりずつ手をつなぎ、自分の靴ばかり見つめていた。

リジーは、パパがこっちへおいで、と呼んだのにキッチンの戸口に立ったままだった。〈辞典〉の男の人たちのそばにいくのが好きではないのだ。そのことでわたしが揶揄《からか》うと、「したってあの人たちにどんな口をきけばいいかわからねえもの」とリジーは言った。

マレー博士が、わたしがさぞ多くのことを学べるだろうとか、コールドシールズ湖《ロッホ》を取り巻く丘を歩くとじつに健康にいいとかと話し終えるまで、わたしたちはそこに立っていた。博士はわたしにスケッチブックと絵を描くための鉛筆のセットをくれて、新しい学校の周りの田園風景を写生して手紙で送っておくれ、楽しみにしているよ、と言った。わたしはそれを、パパがその朝くれた新しい肩掛け鞄にしまった。

バラードさんが、オーブンから出したての温かいビスケットを詰めた箱をくれた。「旅のお供だよ」そう言って、ぎゅっときつく抱きしめたので、わたしは息が止まるかと思った。

しばらく誰も何も言わなかった。助手たちのほとんどは、何を大袈裟な、と思っていたに違いない。みんな左右の足を動かしながら、なんとか暖をとろうとしていた。彼らはことばのもとへ、ここよりは暖かいスクリプトリウムへ戻りたがっていた。わたしの半分も、助手たちと一緒にスクリプトリウムに戻りたがっていたけれど、もう半分は冒険の始まりを待ち望んでいた。

わたしは向こうのリジーが立っているところに目をやった。遠くからでも、リジーが目を腫らし、鼻を赤くしているのがわかる。リジーは微笑もうとしたが、胡麻化《ごまか》しきれずに、顔をそむけた。その肩が震えていた。

これで準備万端ね、とディータは言った。わたしは学者になるのだろう。「そしてコールドシールズを出たら」とパパが言い添えた。「サマーヴィルに入学すればいい。どの女子カレッジとも同じくらい家に近いし、出版局の真向かいだしね」

パパがそっとわたしを小突いた。マレー博士に挨拶してスケッチブックと鉛筆のお礼を言わないといけない。でもわたしにわかるのは、箱を通して手の中に伝わってくるビスケットの温もりだけだった。旅のことを思った。日が暮れるまでの時間ぜんぶと、夜の半分もかかる旅だ。向こうに着く頃には、ビスケットの温もりは消えているだろう。

# 第二部

一八九七年－一九〇一年

Distrustfully（疑い深く）－Kyx（干し草）

# 一八九七年八月

季節がふたつ過ぎたあとのサニーサイドの庭は、前よりも狭くなった気がした。樹々が鬱蒼《うっそう》と茂り、空は、家と生垣をつなぐ小さな継ぎ当てのようだった。馬車のカラカラという音と、バンベリー・ロードに沿って鉄道馬車を曳いていく馬の蹄《ひづめ》の音が聞こえた。

わたしはトネリコの木の下に長いこと立っていた。家に戻ってからもう何週間も経っていたが、ようやく今になって何が恋しかったのかに気づいた。オックスフォードがブランケットのようにわたしを包み、数か月ぶりにわたしは楽に息をしはじめていた。

コールドシールズから家に戻ってきた途端、スクリプトリウムにいられれば、ほかに何もいらないと思った。でもスクリプトリウムに足を向けるたびに、お腹の中に波打つものを感じた。ここはわたしの居場所ではない。わたしは厄介者だ。だから遠くへやられたのだ。ディータが冒険だとか夢を叶える機会だとかいくら言っても、つまりはそういうことなのだ。だからわたしはパパの前では、スクリプトリウムなんて卒業した、というふりをした。本当は行きたい気持ちを必死でこらえていたのだけれど。

あと一週間でコールドシールズに戻ろうという今、スクリプトリウムは空っぽでそこに立っていた。クレインさんはずっと前に去っていた。間違いが多すぎて馘《くび》になったのだ。そのことをわたしに話しながら、パパはわたしの視線を受けとめるのに苦労した。パパとマレー博士は出版局のハートさんのところに行っていて、ほかの助手たちはお昼休みを川辺で過ごしていた。スクリプトリウムには鍵がかかっているかも、とわたしは思った。以前は鍵がかかっていたことはないけれど、どんなことも変わっていく。コールドシールズでは何もかもに鍵がかかっていた。わたしたちが中に入らないように。

わたしたちが外に出ないように。一歩踏み出し、もう一歩を踏み出した。扉を試してみると、蝶番《ちょうつがい》の軋《きし》む懐かしい音がして、それは開いた。

　わたしは入り口に立って覗き込んだ。仕分け台は本やカードや校正刷りで散らかっている。パパの上着がいつもの椅子の背にかかっていて、マレー博士の角帽が高い机の後ろの棚に載っている。整理棚はいっぱいに見えても、新しい用例のための場所は必ず見つかることをわたしは知っていた。スクリプトリウムは前と少しも変わっていなかったけれど、お腹は落ち着いてくれなかった。変わったのは自分だという気がした。わたしは中に入らなかった。

　背を向けてスクリプトリウムを離れようとしたとき、ドアを入ってすぐのところにまだ開封されていない手紙が重ねてあるのに気づいた。ディータの筆跡。大き目の封筒は、ディータが〈辞典〉の仕事のやりとりによく使うものだ。わたしは咄嗟《とっさ》にそれをつかみ、スクリプトリウムを離れた。

　キッチンではりんごがレンジで煮えていたが、バラードさんの姿はどこにもなかった。わたしはディータの封筒をりんごから立ち上る湯気に当てて、封をゆるめた。そしてリジーの部屋へ行く階段を一段飛ばしで上った。

　入っていたのは、〝ハーリー・バーリー《大騒ぎ》〟から〝ハリー・スカリー《あわただしく》〟までのことばの校正刷り四枚だった。ディータはそれぞれの頁の端に追加の用例をピンで留めつけていた。〝赤毛の騒々しい《ハーリー・バーリング》スコットランド人の教授〟、と一枚目にピン留めされていて、マレー博士がこれを認めるかしら、とわたしは首を傾げた。ディータが校正刷りに書き込んだ変更箇所を読み、修正によってその項目がどう改善されるのかを理解しようとした。そうしているうちに涙がぽろぽろと頬に零《こぼ》れてきた。ディータに会いたくてたまらない。どうしても会って話をしたい。復活祭には学校に来て、十五歳のお誕生日にどこかへ連れて行ってくれると約束したのに。ディータは来なかった。わたしをコールドシールズへ行かせるようにパパを説き伏せたのはディータだ。わたしに行きたいと言わせたのもディータだ。

わたしは涙をぐいと拭った。

リジーが部屋に入ってきて、わたしは跳び上がった。リジーは、ディータの校正刷りが部屋の床に散らばっているのに気づいた。

「エズメ、あんた何してるの？」

「べつに」わたしは言った。

「あのねえ、エッシーメイ。あたしは字が読めないかもしれないけど、その紙がどこのもんかくらいはよっく知ってるよ。この部屋にあっちゃいけないもんでないの」リジーは言った。

わたしが返事をしないでいると、リジーは目の前の床に座った。以前よりも太ったリジーは、座りにくそうにしている。

「これはあんたのいつものことばとは違うね」そう言って紙を拾いあげた。

「校正刷りよ」とわたしは言った。「〈辞典〉に載ると、ことばはこういうふうに見えるの」

「じゃあ、あんた入ったんだね？　スクリッピーに」

わたしは肩をすくめ、ディータの校正刷りを集めはじめた。「入れなかった。中を見ただけ」

「エッシーメイ、もうスクリッピーからことばをとってくるんでないってば。わかってるしょ」

わたしは校正刷りの最後の一枚にピン留めされたカードに書かれた、懐かしいディータの文字をじっと見つめた。「リジー、わたし学校に戻りたくない」

「あんたは運がいいんだよ、学校へ行けて」とリジーは言った。

「リジーだって学校に行ったことがあれば、学校って時々すごく残酷な場所になるの、わかるわよ」

「あんたみたいにさんざ好きにしてきた子は、そんなふうに思っても無理ないかもねえ」リジーは慰め顔になった。「でも、ここにはあんたを教えられる人はいないんだし、あんたは勉強をやめるには賢すぎるんだよ。ほんのちょっとの間でないの。そのあとは、あんたの好きなようになんぼでも選べるんだよ。先生になったっていいし、トンプソン様みたいに歴史の本を書いたっていいし、ヒルダ様みたいに〈辞典〉の仕事をしたっていいし。ヒルダ様はスクリッピーで働きはじめたんだよ、知ってたかい？」

　知らなかった。コールドシールズに行ってからのほうが、それまで夢見ていたものからずっと遠ざかってしまったようだった。リジーはわたしの目を見ようとしたが、わたしは目をそらした。リジーは裁縫箱をベッドの下から出すと、ドアへ向かった。

「お昼をおあがりよ」とリジーは言った。「それからスクリッピーにその紙を返しておいで」そして部屋を出、そっとドアを閉めた。

　わたしはディータのメモを校正紙に留めつけたピンをはずした。それは〝ハリー《Hurry》〟ということばの意味を追加したものだった。この定義は〝ヘイスト《迅速》〟よりも〝ハラスメント《悩ますこと》〟に近く、それを裏づける用例がひとつだけ書かれていた。わたしは声を出してそれを読み、気に入った。身を乗り出してベッドの下を覗き、トランクを引き寄せながら、革の持ち手の感触とその重みに安堵《あんど》を覚えた。リジーはわたしがいない間ずっと、トランクのことを内緒にしていてくれたのに違いない。誰かがこれをここで見つけたら、リジーはどうなるだろう、とふと気になった。

　そう考えると手が止まり、〝ハリー〟を元どおりピン留めしようかと思った。でも、それを盗むことは過《あやま》ちを罰することのような気がした。わたしはトランクを開け、ことばたちを吸い込んだ。〝ハリー〟を一番上に置き、蓋を閉じた。

　その途端、ディータへのわたしの怒りは、ほんの少し和らいだ。そしてある考えが浮かんだ。そうだ、ディータに手紙を書こう。

　わたしは校正刷りを封筒に戻すと、封をし直した。サニーサイドから家に帰るとき、出がけにディータの封筒を門の郵便受けに落とした。

一八九七年八月二十八日
わたくしの可愛いエズメ

いつものことですが、昨日の郵便物を整理していて、あなたの懐かしい筆跡を見つけたときは嬉しかったわ。あなたの手紙のほかには、写字室《スクリプトリウム》からの手紙が二通ありました。マレー博士からの手紙とスウェットマン氏からの手紙です。〝I〟の項目に、少しばかり手間取っているの――接頭辞がとにかくたくさんあって、いったいいつ終わるのやら。仕事を後回しにして、あなたのオックスフォードでの夏休みのことを読めるのはありがたかったわ。

でも、陽気が暑くて鬱陶しいこと以外、ほとんど何にも書いてありませんでした。スコットランドで六か月過ごしたら、湿った肌寒さや茫漠《ぼうばく》とした広大な土地にすっかり馴染んでしまったようですね。〝果てなく続く丘の連なり、その先に広がる不穏な空と湖《ロッホ》の底知れぬ深淵《しんえん》〟が恋しくなったのかしら？

これはあなたがコールドシールズに入って数週間後に書いたものです。憶えていますか？ これを読んだとき、あなたのお父様があの地に抱いていらっしゃる愛着を思い出しました。あの荒涼とした孤独が自分を生き返らせてくれるのだとおっしゃって。わたくしはお父様と同意見とは言えないのですけれどね。丘も湖も、あなたがたおふたりと違って、わたくしの血には流れていませんもの。

でももしかすると、わたくしはあなたの風景描写を誤解していたのかもしれません。あの美しいことばには、あなたが心に抱いている思いが隠されていたのでしょうか？ というのは、あなたのお願いごとに少々、驚いてしまったからです。

いろいろな話を聞き合わせると、あなたはコールドシールズでとても立派にやっています。多くの科目で、クラスで一番に近い成績ですし、マッキノン先生によると、〝ひっきりなしに質問〟しているそうですね。これは学者や教養人にとってなくてはならない特質です。わたくしの父はいつもそう考えていました。

あなたの手紙は、一通残らず、二十世紀の若い女性が受けるべき理想的な教育を窺《うかが》わせています。なんてことでしょう、二十世紀だなんて！　わたくしがこのことばを書いたのはたぶんこれが初めてです。二十世紀はあなたの世紀よ、エズメ。それはわたくしの生きた世紀とは違ったものになるでしょう。あなたはもっと多くのことを知る必要があるのです。

わたくしにあなたが学ぶべきことをすべて教えられると思ってもらえてすっかり舞い上がっています。じつは舞い上がったあまり、あなたをわたくしたちと一緒に住まわせるという考えにとり憑《つ》かれて、ベスと何時間も話し合いました。わたくしたちふたりでなら、歴史と文学と政治学をそこそこ教えられるでしょう。フランス語とドイツ語も、あなたの今の知識をそれなりに広げてあげられるかもしれません。でも、自然科学や数学はわたくしたちの手に負えますまい。そしてまた、それに必要な時間の問題があります。わたくしたちには本当にその余裕がないのです。

わたくしがどんなときもあなたの味方をすると約束した、とあなたは言いますが、こと教育に関しては、あなたの期待を裏切ることになりそうです。わたくしはあなたの希望を退けることで、少し大人になったエズメの味方ができることを願っています。いつかあなたも同意してくれますように。

バラードさんに手紙を書いて、ジンジャー・ナッツ・ビスケットをひと焼き分、あなたのために焼いてくれるように頼んでおきました。それだけあれば、学校へ戻る長い道中にはじゅうぶんでしょうし、新学期の最初の週の滋養になるでしょう。

学校に着いて落ち着いたらまた手紙をください。あなたの毎日について読むのは、いつもわたくしの喜びです。

変わらぬ愛をこめて
ディータ

⁂

わたしはベッドの端に座って、学校用のトランクを見やった。たった今まで、これと一緒にバースのディータとベスのところに行くのだと確信していたのに。わたしはディータの手紙を読み直した。〝変わらぬ愛をこめて〟。わたしは手紙を握りつぶすと、床に投げつけ、足で踏みにじった。

パパとわたしは黙りこくったまま夕食をとった。ディータがパパとあのことをわざわざ話し合ったとは思えなかった。

「明日の朝は早いよ、エッシー」パパはお皿をキッチンに運びながら言った。

わたしはおやすみを言って、階段を上がった。

パパの部屋はほとんど真っ暗だったが、カーテンを開けると長い夏の日の最後の光が差し込んできた。衣装だんすを振り返る。「開けゴマ」と、わたしは小さかった頃をせつなく思い出しながら小声で言った。リリーのドレスの奥に手を差し入れ、磨きあげられた箱を取り出す。塗り直したばかりの蜜蠟《みつろう》の匂い。わたしは箱を開けて、ハープの弦をかき鳴らすように、醜い指を並んだ手紙に走らせた。リリーに口を開いてほしかった。わたしをこのまま家においてくれるようにパパを説得することばを与えてほしかった。でも、リリーは沈黙したままだった。

かき鳴らす手が止まった。端のほうの封筒の音がくるっている。青でも白でもなくて、コールドシールズの安っぽい未晒《みさらし》の茶色だ。わたしはその最後の一通を取り出して、窓のそばへ行き、自分が書いたものを読んだ。

一言一句、覚えていた。どうして忘れられるだろう？　何度も何度も何度も同じことを繰り返し書いたのだから。それはわたしが選んだことばではなかった。わたしが選んだことばたちは引き裂かれてしまった。お父様がご心配なさるだけです、とマッキノン先生は言った。そして書くのにふさわしいことを書き取らせた。書き直し、と先生は書いたばかりの手紙を破りながら言った。もっと丁寧に。さもないとお父様はあなたが進歩してもいなければ、努力もしていないとお思いになりますよ。〝朗らかな女の子たちがたくさんいて……遠足は素晴らしく……できたらわたしも教師になりたいと思います……歴史の試験でAをとりました〟。

本当のことは成績だけだった。書き直し、と先生は言った。背筋を伸ばしなさい。ほかの少女たちはもう寝てしまっていた。わたしはあの寒い部屋に、時計が十二時を打つまで座っていた。あなたは甘やかされています、ミス・ニコル。お父様だって、そのことを誰よりもよくご存じです。少しばかり快適でないからと不平を言うのは、その証拠でしかありません。そして最後に書いた三枚を並べ、一番きれいに書けている一枚を選ぶように言った。最後の一枚ではない。それはほとんど判読不能だった。わたしの醜い指は、まだペンを握っているかのように曲がったままだった。その指を動かす痛みは耐え難かった。これです、マッキノン先生。そうね、いいわ、わたしもそう思います。さ、もう休みなさい。

そしてそれがここにある。宝物みたいに大切にされて。リリーの手紙が宝物なのと同じように。偽りのことばが、母と父の両方であることを押しつけられた男に、偽りの安らぎを与えている。たぶん、わたしは本当に重荷なのだ。

家を離れていたあいだ、毎週一通ずつ書き送った手紙。それをすべて箱から出し、便箋を抜き取った。このどの一枚にも、わたしは全然いない。パパはどうしてこれを信じられたんだろう。封筒を箱へ戻したとき、それはことばを奪われて、空っぽだった。代わりに、そこにはそれまでにはなかった意味が詰まっていた。

⁂

なかなか寝つけなかった。ディータとコールドシールズ、それにパパにさえ向けられた恨みや混乱が凝り固まり、闇の中で力をもった。とうとう、わたしはそれを黙らせようと努力することを諦めた。パパが鼾《いびき》をかいている。低く震えるようないつもの音は、夜中に目を覚ましたわたしをどんなときも安心させてくれた。それは今もわたしを安心させた――パパが目を覚まさないということだから。わたしはベッドから出ると服を着替え、蠟燭と燐寸《マッチ》をベッドサイドテーブルからとり、ポケットに入れた。そして自分の部屋から滑り出、階段を下りて夜の中へ出ていった。

空は晴れ渡り、月はほとんど満ちていた。黒い夜は様々な物の輪郭のあたりで、ただ戯れているにすぎなかった。サニーサイドに着いたとき、マレー家は影に沈んでしんと立っていた。ぐっすりと眠り呆《ほう》ける家族たちの寝息がひとつになって聞こえるような気がした。

門扉を押した。家は急に目を覚ましたように空に向かって伸び上がったが、窓辺に明かりは灯らなかった。隙間から忍び込み、門を少し開けたまま、木陰の深い闇に隠れるようにして敷地の端を回っていく。やがて、わたしはスクリプトリウムを見つめていた。

月の光に照らされたそれは、なんの変哲もないただの小屋だった。わたしは自分がそれをもっとすごいものだと思い込んでいたことに腹が立った。近づくと、そのみすぼらしさが見てとれた。樋《とい》には錆《さび》が浮き、窓枠のペンキは剝がれ、木の板が腐った穴には、隙間風を防ぐために丸めた紙を詰めてある。

ドアはいつもどおり開き、わたしは入り口に立って、目が慣れるのを待った。汚れた窓から差し込む月光が、部屋のそこここに長い影を作っている。ことばの匂いがし、次にことばが見え、思い出が押し寄せてきた。昔、わたしはこの場所を魔神のランプの内側だと思っていたのだ。

ディータの手紙をポケットから取り出した。それはまだくしゃくしゃのままだったので、仕分け台の上に空いた場所を見つけて、できる限り平らに伸ばした。蠟燭を灯すと、悪いことをしている興奮をかすかに感じた。隙間風が互いに競い合うようにして、てんでな方向に炎を倒したが、どれも火を吹き消すほどには強くなかった。仕分け台の上に場所を作ると、蠟を少し垂らし、蠟燭を立てた。念を入れて、しっかりとくっついていることを確かめる。

わたしが探したいことばはもう出版されていたけれど、カードのありかはわかっていた。整理棚の列を指でなぞりながら、「Ａ‐Ａｎｔ」の棚を見つける。わたしの誕生日のことばたち。〈辞典〉がもし人間だったら、といつかパパは言った。「Ａ‐Ａｎｔ」は、最初の覚束《おぼつか》ない数歩だろうな。

わたしは整理棚からカードの小さな束を取り出し、ピンを抜いて表紙のカードをはずした。

〝アバンダン《Abandon》〟。

一番古い用例は六百年以上も前のもので、それを形作っていることばたちは妙な形をしていて難解だった。カードを読み進めていくにつれ、用例は簡単になっていき、カードの束の一番下近くで、わたしは気に入った用例を見つけた。それはわたしの年齢よりもたいして古くなく、ミス・ブラッドンという人が書いたものだった。

〝わたしは自分が見捨てられ《アバンダンド》、この世にひとりぼっちなのだと知った〟。

わたしはディータの手紙にそのカードをピン留めし、もう一度読んだ。〝この世にひとりぼっち《アローン》〟。

〝アローン《Alone》〟は整理棚の仕切りをひとつ丸ごと占領していて、カードの束がいくつも積みあげられていた。一番上の束を取り出し、紐を解く。カードはいろんな意味に分かれていて、一つひとつに定義を示した表紙がついていた。『A&B』の巻を棚から下ろしてくれれば、表紙に書かれた定義が何列にも印刷され、下のほうには用例があるはずだ。

わたしが選んだ定義を書いたのはパパだった。パパの細かい文字を読む。〝まったくひとりの、同伴者のない、孤独な〟。

パパはいろんな〝アローン〟があることを、リリーと話したのかしら、とふと思った。リリーなら、きっとわたしを遠くの学校にやったりしなかっただろう。

用例のカードから表紙を留めているピンをはずした。どうせ役目はもう終わったのだもの——そして用例のカードを整理棚に戻した。それから仕分け台に戻り、パパの定義をディータの手紙にピンで留めつけた。

そのとき、物音がした。静寂の中に長く尾を引く音符。門だ。油を差していない蝶番の音。

わたしは隠れられそうなところを求めてスクリプトリウムを見回した。焦燥と恐怖で心臓が早鐘のように打つ。ことばを取りあげられたくない。このことばたちはわたしを説明しているのだもの。わたしはスカートの下に手を入れ、手紙をピン留めしたカードごと、ズロースのウエストに押し込んだ。

それからテーブルの蠟燭を手に取った。

ドアが開き、月光が洪水のように流れ込んだ。

「エズメ?」

パパだった。ほっとすると同時に怒りがこみ上げる。

「エズメ、蠟燭を置きなさい」

蠟燭が傾いていた。蠟が仕分け台に広げてあった校正紙の上に滴り、紙をくっつけてしまっている。

わたしはパパに見えているものが見えた。パパが考えていることが想像できた。本当にそんなこと、わたしにできるだろうか。

「そんなことしな――」

「蠟燭をよこしなさい、エズメ」

「でも、パパわかってない、わたしただ……」

パパは蠟燭を吹き消し、椅子に崩れ落ちた。わたしは細い煙がよろめくように立ちのぼるのを見つめた。

わたしはポケットをひっくり返したが、何も入っていなかった。ひとつのことばもそこにはなかった。パパに靴下や袖の中を見せなさいと言われるかもしれないと思ったが、わたしは隠しているものなんか何もない、という顔をしてパパを見つめた。パパはただ溜息をついて、背を向けるとスクリプトリウムを出た。わたしはその後ろに従った。音を立てないように扉を閉めなさい、とパパがささやき、わたしは言われたとおりにした。

朝の庭は、ようやく色がつきはじめたばかりだった。家はまだ暗かったが、キッチンの上のてっぺんの窓に、ひとつだけ明かりが揺らめいていた。リジーが外を見たら、わたしを見つけるだろう。リジーのベッドの下から引っ張り出すトランクの重みが感じられるようだった。

でもリジーとトランクは、スコットランドと同じくらい遠くにあった。リジーとトランクに会わないいまま出発することが、わたしにとっての罰だった。

## 一八九八年四月

復活祭の休暇中にパパがコールドシールズに来た。パパの妹、つまりわたしの実の叔母から手紙を受け取ったのだった。叔母はわたしのことを心配していた。この子は昔からこんなにおとなしかったかしら？　わたしの知っているこの子はいつも質問攻めで、こんなふうではなかったわ。叔母は、もっと早く訪ねてこなかったことを申し訳ながった――いろいろあって難しくて、と――でも、わたしの手の甲についた痣《あざ》には気がついた。それも両手の。ホッケーで、とわたしは言った。馬鹿を言うのじゃありません、と叔母はパパに手紙を書いた。

パパはオックスフォードに戻る列車の中で、こうしたことをぜんぶ話してくれた。わたしたちはチョコレートを食べ、わたしはパパに、ホッケーなんてやったことないの、と言った。パパの肩越しに客車の暗い窓に映る自分を見つめた。前より大人びて見えた。

パパはわたしの両手をとると、親指で指の節のところを円を描くように幾度も撫でた。いいほうの手についた痣は薄くなって気味の悪い黄色に変わり、痕は微《かす》かになっていたが、右手の甲には赤いみみずばれが走っていた。皺の寄った皮膚はいつも治りが遅い。パパはわたしの両手にキスし、それを濡れた頰に押しつけた。パパ、わたしをどこへもやらない？　怖くて訊けなかった。どうせパパは、おまえのママならどうすればいいかきっとわかるだろうに、と言い、それからディータに手紙を書くのだから。

わたしはパパの手から手を引っ込め、客車の座席に横になった。大人と同じくらい背が高くたって、気にするものか。自分が子供みたいに小さく感じた。それに本当に疲れ果てていたのだ。わたしは両膝を胸に引き寄せ、腕で抱えた。パパがコートをかけてくれた。パイプ煙草のそこはかとなく甘い匂いがし、わたしは目を閉じて吸い込んだ。自分がこの匂いをこんなに恋しがっていたことをそのとき初めて知った。コートを手繰り寄せて、ちくちくするウールに顔をうずめた。甘い匂いの下に酸っぱい匂いが隠れている。古い紙の匂い。わたしは仕分け台の下にいる夢を見た。目を覚ましたとき、わたしたちはオックスフォードに着いていた。

翌日、パパはわたしを起こさなかった。そして、わたしがようやく階下に降りたのは、午後遅くなってからだった。暖かい居間で夕食までの時間を過ごそうと思ったのに、扉を開けたらそこにディータの姿があった。ディータとパパは暖炉の両脇に座り、ふたりの会話はわたしを見たとたん凍りついた。パパはパイプに煙草を詰め直し、ディータはわたしが立っているところへ近づいてきた。なんの迷いもなく、ディータは太々とした両腕をわたしに回して、痩せ細った体を、そのでっぷりした体に包み込もうとした。そんなことさせるものか。わたしは身を固くした。ディータは無理強いしなかった。

「オックスフォード女子高等学校に問い合わせしたわ」とディータが言った。

わめき声をあげ、泣いてディータを罵りたかった。でもそのどれもせずに、わたしはパパに目を向けた。

「初めからおまえをそこに入学させればよかったんだ」パパは悲しげに言った。

わたしはベッドに戻り、ディータが帰った音が聞こえるまで、下に降りなかった。

　それからというもの、ディータは毎週のように手紙を書いてきた。わたしは玄関のサイドボードの上にディータの手紙を封も切らずに置き放し、三通か四通溜まると、パパがそれを集めて片づけた。しばらくすると、ディータはパパ宛の手紙にわたしへの手紙を同封するようになった。パパはそれをサイドボードに置いた。広げられたその紙たちは、読んでほしいと懇願していた。わたしは筆跡を一瞥《いちべつ》し、つい引き込まれて数行読んでしまっては、紙をこぶしに握りしめてくしゃくしゃに丸め、屑箱《くずばこ》か暖炉の火に投げ入れるのだった。

　オックスフォード女子高等学校はバンベリー・ロードにある。パパもわたしも、学校がスクリプトリウムから目と鼻の先にあることを口にしなかった。そこに進学した聖バルナバス校の女の子たちが何人か、喜んで迎えてくれたが、わたしは足を引きずるようにして学年の残りを終えた。校長先生がパパを校長室に呼び、わたしが試験に落第したことを告げた。わたしは閉じたドアの外で椅子に掛け、先生が「このまま学校を続けることはお勧めできません」と言うのを聞いていた。

「おまえをどうしたものだろうなあ」ジェリコの家に向かってふたりで歩きながら、パパが言った。

　わたしは肩をすくめた。わたしがしたいことは眠ることだけだった。

　家に着くと、ディータからパパに宛てた手紙が届いていた。パパはそれを開けて読みはじめた。頬をみるみる紅潮させ、奥歯を噛みしめる。そして居間に入っていき、扉を閉めた。わたしは廊下に立ったまま、悪い知らせを待った。パパが出てきたとき、片手にはディータがわたしに宛てて書いた手紙があった。もう一方の手で、パパはわたしの腕を撫でおろし、しっかりと手を握った。「パパを許してくれるか」そう言うと、手紙をサイドボードに載せた。「この手紙は読んだほうがいいと思うよ」そしてパパはキッチンに行き、湯沸かしに水を注いだ。

　わたしはその手紙を手にとった。

一八九八年七月二十八日
わたくしの可愛いエズメ
　ハリーの手紙では、まだ本調子ではないようですね。もちろん、細かいことはぼかしてありますが、お父様は、たった一段落の中であなたが〝よそよそしく〟〝ぼんやりしていて〟〝疲れている〟と書いていらっしゃいました。とりわけ気がかりなのは、あなたがスクリッピーを避けていて、一日中、自分の部屋で過ごしているという話です。
　コールドシールズから離れてお父様とおうちで過ごすようになれば、様子も変わってくるだろうと願っていましたが、そろそろもう三か月になります。夏も来たことですし、少しずつ気分が晴れてくればいいのですが。
　エズメ、食事はとっていますか？　この前あなたに会ったとき、本当に痩せていたわ。バラードさんに好きなだけおやつを食べさせてやってほしいとお願いしておいたのだけれど、ハリーによれば、あなたは家からほとんど出ないそうですね。それを聞くまでは、バラードさんがケーキを焼くあいだ、キッチンの腰掛けにちょこんと座っているあなたを想像するのが慰めでした。わたくしが思い浮かべるあなたは、今よりもっと幼くて、黄色の水玉模様のエプロンを胸元につけているの。いつかオックスフォードを訪ねたとき、わたくしが見たあなたはそんなふうだったのよ。あのとき九つだったかしら、それとも十？　思い出せないけれど。
　エズメ、コールドシールズで何かあったのね、そうでしょう？　問題は、あなたの手紙には何も書いていなかったということです。でも思い返してみれば、あなたの手紙は完璧すぎました。今読み直してみると、ほかの誰かが書いたといっても通りそうです。ところが筆跡は確かにあなたのものなのです。
　あなたがトリモンティウムのローマの要塞に遠足に行って、ワーズワースのようなロマン派様式の詩を書き、数学の試験で優秀な成績をとったと知らせてきた手紙を、先日もう一度読み返してみました。あなたはハイキングを楽しんだのでしょうか？　自分の詩の出来映えに満足したのでしょうか？　そのことが気になりました。そこにないことばが手がかりだったのに、わたくしには読み取れなかったのです。

エズメ。あなたの手紙に欠けているものにわたくしはもっと注意を払うべきでした。あなたを訪問するべきでした。ベスが病気にならなければ、そうしたでしょう。ベスが回復したときには、校長に訪問を反対されたのです。学期の途中では勉学の妨げになるという話でした。わたくしは彼女のことばを額面どおりに受け取ってしまいました。

ハリーは、もっと早くあなたを連れ戻したがっていたのですよ（本当のことを言うと、初めからあなたを手放すことに反対でした）。可愛いエズメ、わたくしが悪かったのです。お父様に、ご心配には及ばない、地元の教区の学校に通い、昼休みを写字室で過ごしていた子が寄宿学校に慣れるには時間がかかるものだと申し上げてしまいました。あと一年もすれば、万事よい方向に向かうだろうとお話ししたのです。

復活祭にあなたを迎えに行ったあと、ハリーはこれまで見たこともないほど率直な手紙を書いてよこしました。あなたは学校へは戻らない、わたくしの意見がどうあろうとも、とそこにはありました。あなたも憶えているとおり、それを受け取った翌日、わたくしはオックスフォードに参りました。そしてあなたを見て、お父様の決断に反対する余地はないことを悟ったのです。

わたくしたち――あなたとわたくしは、ほとんどことばを交わすことはありませんでしたね。時があなたを回復させてくれることを願っていたのですが、どうやらもう少し時間が必要なようです。愛《いと》しいエズメ。あなたはいつもわたくしの心の中にいるのよ。たとえわたくしがあなたの心に居場所をなくしてしまってもね。それが永遠ではないことを願っています。

新聞の切り抜きを同封します。あなたにとって大切なことかもしれないと思ったので。憶測はしたくありませんが、せずにはいられません。わたくしの目が節穴だったことをどうか許してください。

変わらぬ深い愛をこめて
ディータ

わたしは小さな新聞の切り抜きを包むようにその手紙を畳み、ポケットに入れた。リジーの部屋へ行ったら、これを久しぶりにトランクに入れてこよう。

⁂

「そこに何持ってるの、エッシー?」部屋に入ってきて、汚れたエプロンを頭からすっぽりと脱ぎながらリジーが言った。

わたしは新聞から切り抜いた小さな記事を眺めた。一行だけの記事。せいぜい用例くらいの長さだ。

〝ゴールドシールズ女学校の生徒が入院し、その後、教師一名が解雇された〟。

「ただのことばよ、リジー」わたしは言った。

「あんたに〝ただのことば〟なんてあるもんかね、エッシーメイ。トランクに入れるんならなおさらだよ。なんて書いてあるのかい?」

「わたしひとり《アローン》じゃなかった、って」

## 一八九八年九月

わたしは、昼間はキッチンでバラードさんの手伝いをし、午後遅く、みんながほとんどいなくなってから、勇気を出してようやくスクリプトリウムに向かうようになった。以前、リジーがそうしていたように戸口で逡巡《しゅんじゅん》し、ヒルダが整理棚の間を動き回っているのを見つめる。ヒルダはカードを出し入れしたり、手紙を書いたり、校正刷りに修正を入れたりしていた。そのあいだじゅう、マレー博士は賢いフクロウのように、一段高い自分の席に座っていた。時折、博士はわたしを招き入れてくれたが、放っておくこともあった。

「博士は怒っているわけじゃないんだよ」とあるときスウェットマンさんが耳打ちした。「ひとつのことしか見えない人だからね。〈辞典〉の項目について考えているときは、髭に火がついたって気づかないだろう」

ある日の午後、わたしは仕分け台に向かっているパパのそばへ行き、「わたし、パパの助手になれない？」と訊いた。

パパは作業をしていた校正の何かを線で消し、その横にメモを書き入れた。そして顔を上げた。

「だがおまえはバラードさんの助手だろう」

「わたし、料理人にはなりたくないの。編集者になりたい」

そのことばにパパもわたしも驚いた。

「その、編集者じゃなくても、たぶん助手なら……ヒルダみたいに……」

「バラードさんがいろいろ教えてくれるのは、おまえを料理人にしようと思ってるからじゃないよ。ただ料理の仕方を教えてくれてるんだ。お嫁に行ったら役に立つからね」とパパは言った。

「でも、わたしお嫁に行かないもの」

「そりゃあ、今すぐじゃないさ」

「もし結婚したら、助手になれないわ」とわたしは言った。

「どうしてだね？」

「だって、朝から晩まで赤ちゃんの世話をして、食事の支度をしなくちゃいけないでしょう」

パパは黙り込んだ。応援を求めるようにスウェットマンさんのほうを見る。

「結婚しないなら、なぜ編集者を目指さない？」スウェットマンさんが訊いた。

「女の子だから」揶揄《からか》われてむっとしたわたしは言った。

「関係あるかい？」

わたしは顔を赤らめ、返事をしなかった。スウェットマンさんは首を傾《かし》げ、両方の眉を上げた。

「どうなんだい？」と問うように。

「まったくだ、フレッド」パパは言って、わたしの宣言の真剣さを量るようにこちらを見た。「助手こそ、まさにわたしの必要としているものだよ、エッシー」とパパは言った。「それにきっとスウェットマンさんも時々、手伝いがいたら助かるだろう」

スウェットマンさんは頭をこっくりさせて同意した。

⁂

ふたりはそのことばを守り、わたしはスクリプトリウムで過ごす午後を楽しみにするようになった。たいてい頼まれるのは、マレー博士に来た、新しい分冊の出版祝いの手紙に丁重な礼状を書くことだった。背中が痛くなりはじめ、手を休めたくなると、本や写本の返却に出かける。スクリプトリウムには古い辞書や本が並ぶ棚がいくつもあったが、助手たちはことばの出典を調査するために、大勢の学者やいろいろなカレッジの図書館からありとあらゆる文献を借り出す必要があった。天気のいい日には、それはほとんど仕事とも呼べないくらいだった。カレッジの立派な図書館の多くは街の中心近くにある。わたしはパークス・ロードを自転車で走り抜け、ブロード・ストリートに出ると、そこで自転車を降り、ブラックウェルズ書店とオールド・アシュモレアンのあいだの賑やかな人混みを掻き分けるようにして歩いた。そこはオックスフォードの中でもわたしのお気に入りの場所だった。ここでは街の人々《タウンズ》と学者や学生たち《ガウンズ》が珍しく同盟を結ぶ。トリニティ・カレッジの庭をひと目見ようとしたり、シェルドニアン・シアターに入ろうとしたりする観光客たちを、どちらも心の中で見下しているのだ。わたしはタウンズ？　それともガウンズ？　そう時々、考えた。わたしはどちらにもしっくりはまらなかった。

「今朝は自転車に乗るにはいい日和《ひより》だね」ある日、マレー博士が声をかけてきた。博士はちょうどサニーサイドの門を入ってきたところで、わたしは出かけようとしていた。

「どこへ行くのかね？」

「あちこちのカレッジです。本を返しに行きます」

「本？」

「助手の皆さんが使い終わった本を、元の場所へ戻しに行くんです」

「なるほど」と博士は言って、何だかよくわからない声を出した。博士が行ってしまうと、わたしは不安になった。

翌朝、マレー博士がわたしを呼んだ。

「エズメ、わたしと一緒にボドリアンに来てもらいたいんだがね」

わたしはパパのほうを見た。パパは微笑んで頷いた。マレー博士は黒いガウンを羽織ると、わたしの背を押すようにしてスクリプトリウムを出た。

わたしたちは自転車を並べてバンベリー・ロードを走り、マレー博士は、わたしのいつもの道順どおり、角を曲がってパークス・ロードに入った。

「この道のほうがはるかに爽快だな」と博士が言った。「樹が多い」

博士のガウンが風を孕《はら》み、長い白い髭が片方の肩の後ろになびいている。博士とふたりでボドリアン図書館に何をしにいくのか見当もつかなかったが、呆気《あっけ》にとられて質問することもできなかった。

ブロード・ストリートに入ると、マレー博士は自転車を降りた。シェルドニアン・シアターに向かう博士に、タウンズもガウンズも観光客も、そろって気圧《けお》されるようだった。博士が中庭に入っていくと、建物を取り囲んで守る石の皇帝たちが偉大な編集者に向かって頷き、挨拶を送るような気がした。

わたしは徒弟のように博士に付き従い、やがてわたしたちはボドリアンの入り口で立ち止まった。

「本来ならば、君が閲覧者《えつらん》になることはできんのだよ、エズメ。君は学者でも学生でもないからな。しかしわたしはね、君がここに来て、われわれの代理として用例を確認する許可を得られれば〈辞典〉がもっと早く形になるということを、ニコルソン氏に納得してもらおうというんだよ」

「マレー博士、本を借りるのではいけないのですか?」

博士は振り向くと、眼鏡越しにわたしを見た。「たとえ女王陛下であっても、ボドリアンから本を借りることは許されんのだ。さ、おいで」

ニコルソンさんはすぐには納得しなかった。わたしはベンチに座って、学生たちが通り過ぎるのを眺め、高まっていくマレー博士の声を聞いていた。

「いいや、彼女は学生ではない。それくらい見てわからんかね」と博士は言った。

ニコルソンさんはわたしを見ると、落ち着いた声でマレー博士に別の反論をした。

偉大なる編集者はいっそう声を張り上げた。「彼女の性別も年齢も、その資格を損なうものではありませんぞ、ニコルソン君。学問のために雇用されておる限り——そのことはわたしが保証します——、彼女は閲覧者になる根拠を十全に備えておるんだから」

マレー博士がわたしを呼んだ。ニコルソンさんがわたしにカードを渡した。「これを読みあげたまえ」とニコルソンさんは見るからにしぶしぶと言った。

わたしはカードを見た。それから周囲を行き交う短いガウンをまとった青年たちと、長いガウン姿の年長の男性たちを見回した。ことばは喉に引っかかって出てこなかった。

「もっと大きな声で」

女の人がひとり、通りかかった。短いガウンの学生だ。彼女は足取りをゆるめ、微笑を浮かべて頷いた。わたしは背筋を伸ばし、ニコルソンさんの目を見つめ、そして読みあげた。

「〝わたしはここに、図書館に帰属し、あるいはその管理下にあるあらゆる書物、文書、その他のものを図書館から持ち出すことなく、またそれらに対し、いかなる刻印、汚損、損傷をも及ぼさないことを誓います。また、いかなる火や炎も図書館に持ち込まず、図書館内で火を起こさず、図書館で喫煙をおこないません。そして図書館のすべての規則に従うことを約束します〟」

⁂

数日後、学者たちやカレッジの図書館に返却する本の山の上に、メモが載っていた。

ご苦労だが、ボドリアンに行って〝フラウンダー《Flounder》〟のこの用例の年代を確認してきてもらいたい。雑誌『文学の記念』に掲載されたトマス・フッドの詩の一節だ。

〝それとも君は鰈《フラウンダー》の棲《す》みかにいるのか／幾尋《いくひろ》もの塩水の底に〟

トマス・フッド作「トム・ウッドゲイトに捧げるスタンザ」一八？？　J・M

わたしの気分は次第に明るく晴れていった。頼まれごとやおつかいが増えるにつれ、スクリプトリウムに行く時間も少しずつ午後の早い時間になった。一八九九年の夏が終わる頃には、わたしは多くのカレッジの図書館や、〈辞典〉の事業に蔵書を喜んで貸し出してくれる学者たちのもとを頻繁に訪問するようになっていた。そのうちにマレー博士は、わたしにウォルトン・ストリートのオックスフォード大学出版局にメモを届けさせるようになった。

「今ここを出れば、ハートのところにブラッドリーもおるはずだ」マレー博士はメモを大急ぎで走り書きしながら言った。「〝forgo〟《差し控える》について彼らがもめておるのを忘れておった。もちろんハートが正しい。eの根拠などない。だが、ブラッドリーを説き伏せねばならん。これを見せれば援軍になるだろう。ブラッドリーはわたしに感謝はせんだろうが」博士はメモを渡しながら、わたしのきょとんとした顔を見て付け加えた。「接頭辞は for- なのだよ。forget《忘れる》と同じだ。だから foregone じゃない。わかったかね？」

　わたしは頷いたが、わかったかどうかよくわからなかった。

「もちろんわかるに決まっておる。単純至極だ《straightforward》」そして眼鏡越しにわたしを見て、口の一方の端を吊り上げて珍しく微笑んだ。「ところで、この forward《前へ》にもeがない。ブラッドリーの担当箇所がなかなか先へ進まんのも道理というものじゃないかね？」

　ブラッドリーさんは、十年近く前に代議員会によって次席編集主幹に任命されたのだが、マレー博士は、ブラッドリーさんに自分の分をわきまえさせるようにする癖があった。以前パパは、博士はそうやって誰が機関士なのかをみんなに思い出させているんだよ、と言っていた。だから博士がそういうことを言ったら、黙っているのが一番なんだ、とも。わたしがにこりとすると、マレー博士は机に向かった。スクリプトリウムを出てから、わたしはメモを読んだ。

一般的用法を語源的論理に優先すべきではない。forego は不合理である。小生としては、〈辞典〉にこれを別綴《つづ》りとして収録するのは遺憾であり、これに異を唱える『ハートの規則集』を支持するものである。

J・M

『ハートの規則集』のことは知っていた。パパがいつも手放さない本だから。「かならず全員の同意を得られるとは限らないんだ、エズメ」といつかパパは言った。「しかし、一貫性を持たせることはできる。原則を定めたこのハートの小さな本が、ことばの綴りをどうするか、ハイフンが必要かどうかといったいろんな議論に決着をつけてきたんだよ」

子供の頃、パパはハートさんと話す用事があると、出版局にわたしを連れて行くことがあった。ハートさんは〝監督〟と呼ばれ、〈辞典〉を印刷する工程すべてを差配していた。初めて石の門を通って四角い中庭に入ったとき、わたしはその壮麗さに圧倒された。中央には大きな池があり、その周囲は、樹々が茂り、花々が咲き乱れる庭になっていた。二階建てや三階建ての石造りの建物が四方に聳《そび》え、わたしはパパに、出版局はどうしてスクリプトリウムよりもこんなに大きくなくちゃいけないの、と訊ねた。

「ここでは、〈辞典〉だけを印刷してるんじゃないんだよ、エズメ。聖書や、そのほかありとあらゆる本を印刷してるんだ」

それを聞いて、わたしは世界中の本が、一冊残らずここからやって来るのだと思い込んだ。急に、出版局がこれほど立派であることに得心がいった。わたしは〝かんとく〟はちょっと神様みたいなものなのだろうと想像した。

厳《いか》めしい石のアーチの下で自転車を降りる。中庭は、見るからにここで働いている人たちでごった返していた。白い前掛けをつけた少年たちが、紙を山積みにした台車を引いていく。印刷されて裁断済みの紙もあれば、真っ白でテーブルクロスくらいの大きさの紙もあった。インクで汚れた前掛けをつけた男の人たちが煙草を吸いながら数人ずつ固まって歩いている。前掛けをつけていない男の人たちは、前を見る代わりに本や校正刷りに目を通していて、わたしの腕にぶつかったひとりは謝罪のことばをつぶやいたが、顔を上げもしなかった。そういう男の人たちはふたりずつ組になって話しながら、綴じていない紙に向かって身振り手振りしている。きっと書いてあることに問題があるのだろう。あの人たちがこの広場を横切るあいだに、ことばの問題はいくつ解決するのかしら？　そう思ったとき、ふたりの女の人が目に留まった。どちらもわたしより少し年上だ。毎日この場所を歩いているような顔で中庭を横切っていくので、出版局で働いているに違いない。だが近くまでくると、ふたりのおしゃべりは男の人たちとは全然違うことがわかった。肩を寄せ合い、ひとりが片手を口元にあげる。相手は耳を傾け、少し笑う。どちらの手にも気を取られて上の空になるようなものはなく、解決するべき問題もない。一日が終わり、嬉しそうに家に帰っていく。すれ違うとき、ふたりはわたしに頷いた。

数えきれないほどの自転車が、中庭の一方の端に並んでいた。わたしは帰りにすぐ見つけられるように、自分の自転車を少し離れたところに停めた。

事務室のドアをノックしても、ハートさんの返事がなかったので、わたしは廊下をぶらぶらと歩き出した。パパが、監督は夕食の時間より前に建物を離れることは絶対にないし、必ず先に植字工を帰らせて、印刷機の点検をすると言っていたからだ。

組版室はハートさんの事務室のすぐそばにあった。ドアを押し開き、中を見回す。ハートさんは部屋の向こう側にいて、ブラッドリーさんと植字工のひとりと話していた。監督の大きな口髭は、パパと一緒にここに来ていた頃のことの中で一番よく覚えていた。何年も経つうちに以前より白いものが増えていたが、たっぷりした口髭の大きさは昔のままだ。それを目印にして、わたしは並んだ植字台の列に沿って近づいていった。斜めになった台には、活字の入れ物がぎっしり載っている。なんだか入ってはいけない場所にいるような気がした。

　近づいていくと、ハートさんはこちらにちらりと視線を向けたが、ブラッドリーさんとの会話をやめなかった。聞いているとそれは何かの論争で、ハートさんが勝つまでは続きそうだという気がした。ハートさんは次席編集主幹という立派な地位もなく、着ている服もブラッドリーさんのほど上等ではなかったけれど、ブラッドリーさんの親切そうな顔に向き合うその顔に一歩も譲る気配はなかった。これはもう時間の問題だろう。植字工がわたしの視線をとらえ、年上の男たちに代わって謝るように微笑した。植字工はふたりよりずっと背が高く、痩せていて、きれいに髭を剃っていた。髪はほぼ漆黒で、瞳はほとんど菫《すみれ》色だった。そのときわたしは気がついた。聖バルナバス校の男の子だ。わたしは校庭で女の子たちが誰も一緒に遊んでくれないとき、男子部の校庭で男の子たちが遊んでいるのをよく眺めていた。彼にはわたしのことがわからないらしかった。

「君は forgo をどう綴るか、聞いてもいいかな?」彼は、わたしのほうに身を寄せるようにして訊いた。

「まあ、今もその話をしてるの?」わたしはささやいた。「わたしがここに来たのもそのためなの」

　彼は眉根を寄せたが、それ以上質問する前に、ハートさんがわたしに声をかけた。

「エズメ、お父上はお達者かね?」

「はい、元気にしております」

「こちらにおいでかね?」

「いいえ、わたし、マレー博士のおつかいで参りました」わたしはメモを差し出した。緊張した手で握りしめていたせいで、少し皺になってしまっていた。

ハートさんはそれを読むと、ゆっくりと同意するように頷いた。くるりと巻いた口髭の両方の先がちょっぴり上がったのがわかる。ハートさんはメモをブラッドリーさんに渡した。

「これで一件落着ですな、ヘンリー」とハートさんは言った。

ブラッドリーさんはメモを読んだが、口髭の先は動かなかった。紳士らしく頭を軽く下げ、forgoについての議論からいさぎよく引き下がった。

「じゃ、ガレス。ブラッドリーさんに〝Get〟の紙型《しけい》をお見せしてくれ」とハートさんは言いながら、ブラッドリーさんと握手を交わした。

「はい、監督」と植字工は答え、それからわたしに向かって、「会えてよかったです、お嬢さん」と言った。

でもこんなの会ったうちに入らないわ、とわたしは思った。

彼は自分の植字台のほうに向かい、ブラッドリーさんがそれに続いた。

わたしはハートさんに挨拶しようとしたが、監督はもう別の作業台に移動して、もっと年配の人の仕事を点検していた。できるならハートさんの後について歩き、植字工が銘々どんな仕事をしているのか知りたかった。ほとんどの植字工は、原稿を見ながら活字を組んでいる。それぞれのケースに同じ大きさの紙の束が入っていて、ひとりの筆跡で埋まっている。ということは、著者はひとりしかいない。わたしは、ブラッドリーさんがさっきの若い植字工と一緒に立っている台のほうに目を向けた。紐で結わえたカードの束が三つ。もう一つの束の紐は解かれ、ことばの半分はすでに活字に組まれて、残りの半分はこれから組まれるところだった。

「ミス・ニコル」

振り返ると、ハートさんが開いたドアを押さえていた。わたしは植字台の列の間を縫うようにして戻った。

そのあと数か月のあいだに、マレー博士は監督に宛てたメモを何度かわたしに届けさせた。わたしはそれを喜んで受け取り、また組版室を覗けるだろうかと胸を膨らませた。しかし、事務室のドアをノックするたびに、ハートさんの声が応えた。

マレー博士がすぐに返事を欲しがっているときだけ、ハートさんはわたしに少し待つように言った。そういうときにも、椅子を勧められることはなかった。わたしはそれを、ハートさんがわざとそうしているというより、気がつかないだけだと受け取った。監督はいつも悩んでいるように見えたからだ。ハートさんもきっと組版室にいるほうがいいんだわ、とわたしは思った。

午前中はバラードさんのお手伝いだったが、わたしに素質はなさそうだった。「ボウルをきれいに舐《な》めてりゃいいってもんじゃないんだよ」と、またしてもケーキがしぼんだり、味見をしてみて何か大事な材料が抜けていたりするたびに、バラードさんは叱言《こごと》を言った。〈辞典〉のおつかいをするためにわたしがキッチンで過ごす時間が削られて、ふたりともほっとしていた。マレー博士の配達係を時々頼まれるようになってからは、スクリプトリウムの居心地もよくなっていた。不埒《ふらち》な行いが忘れられたわけではなくても、少なくともわたしが役に立つことには目を留めてもらえるようになっていた。

「君がその本を借りてきてくれるまでに、見出し語をふたつ書き終えられるよ。君がいなければそうはいかない」と、あるときスウェットマンさんが言った。「この調子でやってくれれば、今世紀が終わるまでに〈辞典〉が完成するぞ」

バラードさんのお手伝いが終わると、わたしはエプロンをはずして食料部屋のドアの掛け釘に掛けた。

「この頃楽しそうでないの」リジーは、野菜の下ごしらえの手を休めて言った。

「時ぐすりよ」わたしは言った。

「スクリッピーだよ」そう言ってリジーが浮かべた用心深い表情に、わたしは戸惑った。「あそこに長くいればいるほど、前のあんたに戻ってきたみたい」

「それっていいことじゃない？」

「そりゃ、いいことさ」刻んだ人参の山を押しやりボウルに入れると、パースニップを半分に切りはじめた。「ただ、出来心が湧いたら困ると思ってね」

「出来心？」

「ことばにさ」

そのときわたしは、自分がことばにまったく触れていなかったことに気づいた。いろいろなおつかいや、本やメモや口頭の伝言はあったのに、ことばだけはなかった。校正刷りも。たった一枚のカードさえ任せてもらえていなかった。

スクリプトリウムのドアのそばに、わたしのおつかい用の籠がある。毎日、あちこちへ本を返しに行き、借り出してくる本のリストを渡され、ボドリアン図書館で用例を確認し、手紙を投函《とうかん》し、ハートさんや時々はカレッジの学者たちにメモを届けるのがわたしの仕事だった。

その日は、ブラッドリーさん宛の三通の手紙が脇によけてあった。ブラッドリーさん宛の手紙は時々スクリプトリウムに届くので、それを出版局の辞典室に配達するのも仕事のひとつだ。辞典室はスクリプトリウムとは全然違う。ごく普通の事務室で、ブラッドリーさんは助手を三人使っているのに、広さもハートさんの部屋と同じくらいだった。助手のひとりはお嬢さんのエレノアだった。エレノアはたしか二十五歳で、ヒルダ・マレーと同い年なのに、もうどこかの奥様のように見えた。わたしが訪ねるたびに、エレノアはお茶やビスケットを出してくれる。

　この日、わたしたちは部屋の奥の小さなテーブルに座っていた。テーブルにはお茶の道具が載っていて、ふたりが座るのもようやくだったが、エレノアは何かこぼしたら困ると言って、自分の席で食べたり飲んだりすることを好まなかった。エレノアがビスケットをひと口齧《かじ》ると、欠片《かけら》がスカートに散った。彼女は気づかない様子で、わたしのほうに身を乗り出した。

「噂があるの。出版局の代議員会が、三人目の編集主幹をもうじき任命するのですって」針金眼鏡の奥の目が大きくなった。「代議員会はわたしたちの仕事の進み具合に不満らしいわ。分冊がもっと出れば、それだけ出版局の金庫にお金が戻るんですものね」

「その人はどこで働くの？」わたしは狭苦しい事務室を見回した。「マレー博士がスクリプトリウムを誰かと一緒に使うなんて、わたし想像もできないわ」

「それは誰も想像できないわよ」とエレノアは言った。「ありがたいことに別の話もあってね、わたしたちオールド・アシュモレアンに移るかもしれないの。お父様が先週行って、部屋の寸法を測ってきたわ」

「ブロード・ストリートの？　わたしあの建物大好き。でもあそこは博物館じゃなかった？」

「収蔵品のほとんどを移動しているところよ、パークス・ロードの自然史博物館に。だからわたしたちは二階の広い場所を使えるの。これからも上の階では講義があるし、下は研究室だけれど」エレノアは辺りを見回した。「ずいぶん変わるでしょうね、でもきっと慣れるわ」

「ブラッドリーさんは、新しい編集主幹と辞典室を一緒に使うのは嫌じゃないのかしら？」

「そのほうが効率が上がるなら、父はまったく気にしないと思うわ。それにボドリアンの隣でしょう。イングランドの本の半分はこの出版局で印刷されているというけれど、イングランドで出版された本はぜんぶボドリアンに所蔵されているのよ。最高のお隣さんだわ」

わたしはミルクがたっぷり入った紅茶をすすった。「ねえエレノア、今どんなことばの仕事をしてるの？」

「動詞の〝ゴー〟に取りかかったところ」エレノアは言った。「何か月もかかりそうな予感がするわ」ティーカップのお茶を飲みほした。「こちらへいらっしゃいよ」

わたしはこれまで彼女の机を間近で見たことがなかった。いろいろな書類や本や、何百枚もカードが詰まった細長い箱でいっぱいだ。

「ご照覧あれ、〝ゴー〟よ」そう言って、気取った手振りをした。

思わずそれに触れたくなり、とたんに恥ずかしさがこみ上げてきた。帰り、わたしは自転車を引きずりながら大勢の人が行き交う出版局の中庭を横切り、アーチをくぐってウォルトン・ストリートに出た。エレノアのカードは、わたしがスクリプトリウムに戻ってから初めて間近で見たカードだった。あのことについて、話し合いはあったのだろうか？　マレー博士は、わたしがことばに近づかないという条件で、スクリプトリウムに戻っていいと言ったのだろうか？


「わたし、カードの整理を手伝いたいの」その晩、パパと歩いて家に帰る途中でわたしは言った。パパは何も言わず、その手がポケットに入れた硬貨を探り、指の間で動かすあいだ、わたしは硬貨がぶつかり合うちゃらちゃらという音を聞いていた。

　ふたりとも黙ったまましばらく歩き、わたしは頭の中に質問を思い浮かべては、その一つひとつに嬉しくない答えを見つけた。セント・マーガレッツ・ロードを半分ほど来たところで、パパは言った。

「ジェームズがロンドンから戻ったら頼んでみるか」

「パパ、これまでマレー博士に頼んだりしたことないのに」

　パパのポケットの中で硬貨がぶつかり合うのが聞こえた。パパは歩道を見下ろし、返事をしなかった。

　数日後、わたしはマレー博士からハートさんのところへ行くように言いつかった。〝グレード《等級》〟と〝グレーデッド《等級をつけた》〟のカードを届けてきてくれたまえ、と博士はカードの束をわたしに差し出した。紐で結わえた束がいくつかあり、カードや表紙にはどれも、順番がくるったときのために番号が振ってあった。わたしは醜いほうの手でそれをつかんだが、マレー博士はカードを離さなかった。眼鏡越しにわたしを見ている。

「エズメ、活字に組むまでは、これが唯一の原稿なのだ」博士は言った。「一枚たりとも欠けてはならん」そしてカードから手を離すと、わたしが返事を思いつく前に、くるりと向きを変え机に向かった。

　わたしは肩掛け鞄を開け、注意深くカードの束を底に収めた。一枚たりとも欠けてはいけないのに、失われてしまう方法はいくらでもある。あの植字工の作業台に置かれたことばの束が目に浮かび、風や迂闊《うかつ》な客を想像した。カードが床に滑り落ち、空気の波に乗った一枚が、子供にしか見つからないような場所に着地する。

　ずっとこれに触れることを禁じられてきた。それが今、その庇護《ひご》者の役目を与えられた。そのことを誰かに話したくてたまらなかった。もし庭に誰かいれば、きっと口実を見つけてカードを見せびらかし、マレー博士がこれをわたしに預けてくれたと吹聴したにちがいない。わたしはスクリプトリウムの裏から自転車を取ってくると、サニーサイドの門を走り抜け、バンベリー・ロードを漕《こ》いだ。セント・マーガレッツ・ロードに入ったとき、涙が頰を伝い出した。その涙は温かく、優しかった。

ウォルトン・ストリートの出版局の建物は、いつもと違う顔をわたしに向けた。その広々と開かれた入り口は、威圧するのではなく、両腕を広げて迎え入れてくれるようだった。だってわたしは大事な〈辞典〉の用事で来たのだもの。

建物に入ると、わたしは鞄からカードの束をひとつ取り出し、結んである蝶結びを解いた。〝グレード〟の意味がひとつずつ表紙に定義され、それを表す用例のカードが続いている。わたしは様々な語義に目を通し、ひとつ足りないことに気づいた。パパに話そうか、それともマレー博士に？　そして偉そうなことを考えた自分が可笑《おか》しくなった。そのとき誰かがわたしにぶつかった。いや、わたしがぶつかったのかもしれない。醜い指が開き、カードがばらばらと地面に散っていく。どこに落ちたのか確かめようとしても、目に映るのはせわしない足、足、足……。一瞬にして顔に血がのぼる。

「大丈夫だよ」男の人が言って、腰を屈めて落ちたものを拾っていた。「番号が振ってあるのは、こういうときのためなんだ」

彼はカードを渡してくれた。受け取るために差し出したわたしの手は震えていた。

「どうしたの、大丈夫？」彼はわたしの肘をとった。「気を失う前に座ったほうがいい」すぐ手前のドアを開け、内側にあった椅子に掛けさせてくれた。「うるさくてごめんよ。ちょっと待ってて。すぐ水を持ってくるから」

そこは印刷室だった。そして確かにうるさかった。でも一定の調子で響く音の上に別の規則的な音が重なり、それを聴き分けようとしているうちに、気持ちが落ち着いてきた。カードを確かめる。一、二、三……三十枚まで数えた。一枚も欠けていない。紐を結び、鞄の中にしまう。さっきの人が戻ってきたとき、わたしは両手で顔を覆っていた。この一時間に味わった様々な感情が一気にこみ上げてきて、もう抑えられなかった。

「さ、これを」と彼は言って、しゃがんで水の入ったコップを差し出した。

「ありがとう」とわたしは言った。「わたしどうしちゃったのかしら」

彼は片手を差し出して、わたしを椅子から立ち上がらせた。その目が醜い指に注がれ、わたしはそれをひっこめた。

「ここで働いてるの？」と訊ね、彼の背後の印刷室を覗いた。

「たまに印刷機の修繕が必要な時だけね」と彼は言った。「いつもは活字を組んでるんだ。植字工だから」

「ことばを現実《リアル》にする仕事ね」と言ってから、ようやく彼をまともに見た。ほとんど菫色の瞳。わたしが初めて出版局に来たとき、ハートさんとブラッドリーさんと一緒にいた若い植字工だった。

彼が首を傾げたので、言ったことが通じなかったのかしら、と思った。でもそう思った途端、彼は微笑した。「僕ならことばを形にするって言うかな。本物《リアルな》のことばっていうのは、口に出して話すことばとか、誰かにとって大事な意味のあることばのことだよ。そういうのがみんな印刷されるわけじゃないけどね。小さい頃からずっと聞いてるのに、一度も活字に組んだことがないことばもあるし」

どんなことば？　わたしは訊ねたかった。どういう意味なの？　誰が使うの？　でもわたしの舌は動かなくなってしまっていた。

「行かなくちゃ」やっとのことで声を絞り出した。「このカードをハートさんに届けなくちゃいけないの」

「そうか、それじゃ会えてよかったよ、エズメ」彼は微笑みながら言った。「エズメだよね？　僕らちゃんと名乗ってなかったけど」

わたしは彼の瞳は憶えていたが、名前は憶えていなかった。わたしはぼうっと突っ立ち、黙りこくっていた。

「ガレスだ」彼は言って、また手を差し出した。「どうぞよろしく」

わたしはためらい、それから彼の手を握った。ガレスは長く細い指をしていたが、親指が奇妙に膨れていて、それが目を惹いた。

「よろしく」わたしは言った。

彼はドアを開け、わたしを廊下に通した。

「行き方はわかるね？」

「ええ」

「よし、それじゃ気をつけて」

わたしは、監督の事務室へ向かって歩き出した。カードの束を渡したときはほっとした。


新世紀が始まり、何が起きても不思議はない気がしていたけれど、まさかマレー博士がキッチンの戸口に来るのを見ようとは思ってもみなかった。博士が芝生をのしのしと横切ってやって来るのを見つけたバラードさんは、エプロンを撫でおろし、帽子からはみ出したほつれ毛を直した。バラードさんが上のドアの閂《かんぬき》をはずすと、マレー博士が身を乗り出した。長い髭が、炉辺から吹いてくる暖気になびいている。

「それでリジーはどこにいるのかね？」博士は、作業台のそばに立って、ケーキの種を混ぜているわたしに目をやりながら訊ねた。

「ちょっとおつかいに出しましたんでございます、マレー博士、その、旦那様」とバラードさんは言った。「もうすぐ帰ってまいりますですよ、そしたらリジーが物干し部屋で洗濯物を干すのをエズメが手伝ってくれるんでございます。エズメのおかげで、わたしども大助かりでございますよ」

「ふむ、それはそうかもしれんが、エズメには、わたしと一緒に写字室に来てもらいたいんだがね」

本能的に、わたしはポケットを調べた。バラードさんがわたしを見る。わたしはかぶりを振った。何もしてないわ、本当よ、と言うように。

「ほら行っておいで、エズメ。マレー博士と一緒にスクリッピーに」わたしはエプロンをはずすと、ねばねばの糖蜜の中を漕ぐような足取りで、キッチンのドアへと向かった。

スクリプトリウムに入ると、パパがにこにこしていた。パパにはいろんな種類の笑顔があるが、わたしのお気に入りは、〝檻《おり》の中の笑顔〟だ。ぎゅっと結んだ唇と、ぴくぴく動く眉毛の向こうで、微笑みが外に出ようともがいている。それを見て、さっきから拳骨に握りしめていた指が緩んだ。

パパがわたしの手をとり、わたしたちは三人でスクリプトリウムの奥に向かった。

「エズメ、ここがおまえの席だよ」パパが笑顔を解放した。

古い辞書が詰まった棚の後ろに、木の机があった。それはコールドシールズの寒い部屋で、わたしが座っていたような机だった。蓋が叩きつけられたときの痛みを思い出し、指がぴくりと動いた。どうせその指は役立たずじゃありませんか、と嘲《あざけ》るささやきが頭の中にこだました。体が震え出したが、肩にパパの手がかかり、わたしをスクリプトリウムに連れ戻してくれた。マレー博士が蓋を開けると、そこには真新しい鉛筆と白紙のカード、そして二冊の本が入っていた。わたしはすぐにその本に見憶えがあることに気づいた。

「これはエルシーのです」盗んだのではないことを弁明しようと、マレー博士にそう言っている自分の声が聞こえた。

「エルシーはもう読み終わったから、君にあげたいそうだよ。遅いクリスマスプレゼントだと思ってくれたまえ。いや、むしろ新世紀を記念するプレゼントと言ったほうがよかろうな」

そのときわたしは、蓋の裏側に壁紙の端切《はぎ》れが貼ってあることに気づいた。淡い緑の地に小さな黄色の薔薇《ばら》模様。マレー家の居間の壁に貼られているのと同じ壁紙だ。その机には、ほかにもコールシールズの机と違うところがあった。もっと大きいし、木は磨かれていて、蝶番は光を反射する。それに椅子と机は別々だった。

マレー博士は蓋を閉じて、少しきまり悪そうに立っていた。「さてと」と博士は言った。「ここが君の座る席だ。あとは父上が、君が役に立てる仕事をなんなりと見つけてくれるだろう」

そう言ってパパに向かって素っ気なく会釈すると、自分の席に戻っていった。

わたしはパパに両腕を回し、そのとき初めてパパの頰に自分の頰を寄せるのに、屈まなければいけないことに気がついた。

翌朝、わたしは普段よりも念入りに身支度した。床に脱ぎっぱなしにしていたスカートが皺になっていたので、衣装だんすからきれいなものを出した。半時間かけて髪をなだめすかし、昔リジーが編んでくれたようにきつく三つ編みにしようとしたが、結局、いつもどおりのくしゃくしゃの髷《まげ》にまとめた。靴に唾をつけて、ベッドカバーの端で擦る。そしてパパの部屋に入り、リリーの鏡を覗き込んだ。

「よかったら、おまえの部屋に持っていってもいいんだよ」とパパに声をかけられ、わたしは跳び上がった。「おまえのお母さんは見栄坊《みえぼう》の女性ではなかったが、その鏡をとても大事にしていたんだ」

わたしは鏡に映った自分の姿が恥ずかしくなり、観察され、比べられていたことに気づいて赤くなった。リリーはわたしのように背が高くほっそりしていた。そしてわたしはリリーの透き通った肌と茶色の目を受け継いでいた。でも、彼女の亜麻色の豊かな髪の代わりに、パパの燃えるような赤い巻き毛がわたしの頭を飾っていた。鏡の中のパパを見ながら、わたしはパパの目に映るもののことを考えた。

「リリーはきっと自慢に思ってるよ」とパパは言った。

サニーサイドで、パパは朝の郵便物を点検し、わたしはキッチンのリジーとバラードさんのところへ行く代わりに、パパと一緒にスクリプトリウムに向かった。パパは新しい電灯のスイッチを入れ、石炭の世話をして火を熾《おこ》した。部屋の温度はほとんど変わらなかったが、気のせいか温かくなったようだった。わたしは仕分け台のそばに立ち、緊張しながら指示を待った。

パパが手紙の束をわたしに手渡した。「今からこれはおまえの仕事だよ、エッシー」とパパは言った。「わたしがするのを見ていたように、手紙を取ってきて分類しなさい。マレー博士はもうことばの募集をしてないから、おまえは助かったよ。以前は袋にいっぱいいくつも届いたものなんだ。だがそうは言っても、ぜんぶの手紙を開封して、カードが入っていないか確認しないといけない」

パパは一枚の封筒を開けた。「これは手紙だな。封筒にピンで留めて、宛先の人のところに置いておいで。誰がどこに座っているか知ってるね？」

わたしは頷いた。もちろん知ってるわ。

郵便物をスクリプトリウムの奥に持っていく。わたしの机は古い辞書が詰め込まれたふたつの棚に挟まれ、そこだけ壁が見える窪《くぼ》みに置かれていた。わたしはそれを、自分の寸法に合わせて特別に作られた整理棚の仕切りなのだと想像した。そこからは、仕分け台を囲む助手たち全員と、一段高い机に座るマレー博士が見えた。でもわたしを見るには、みんなは振り返って首を伸ばさなくてはならない。

これからも観察されずに観察できることに気づいて、ほっとした。しかもわたしがここにいることには理由がある。わたしには席があり、助手たちは誰も、わたしを無視するように言われてはいない。

みんながことばに仕えているように、わたしもことばに仕えるのだ。マレー博士は、わたしに月に一ポンド五シリング払ってくれると言った。それはパパが貰う金額の四分の一にもならないし、リジーのお給金よりも少なかったけれど、花を週に一度買ったり、居間のカーテンを作らせたりするにはじゅうぶんだ。それに、新しい服が欲しいときも、もうパパにお金をくれるように頼まなくていい。

⁂

わたしは郵便物を整理する毎日の儀式と、それを届けたときに、助手たちのお決まりの反応を見るのが楽しみになった。助手たちには、それぞれそれを定義する態度と台詞《せりふ》がある。昔、彼らの靴と靴下が彼らを定義したように。

わたしが一番に回るのはメイリングさんだ。「ダンコン《ありがとう》」とメイリングさんは言って、上体を少し傾けて会釈する。ボークさんはめったに顔を上げず、いつもわたしをミス・マレーと呼ぶ。ヒルダは一年も前に、ロイヤル・ホロウェイ・カレッジの教職を得てサリー州に行ってしまい、今はエルシーが父親の席の隣に座っているのだが、ボークさんは、わたしの背丈や髪の色がどうであれ、三人の区別がつかないらしかった。パパはただありがとうと言う。取りかかっている仕事の複雑さに応じて顔を上げたり、上げなかったりする。

わたしが少し長居するのはスウェットマンさんのところだけだ。スウェットマンさんは鉛筆を置くと、座ったまま体をひねって向きを変え、「エズメ、ミセス・Bのキッチンの偵察情報を報告したまえ」と必ず言う。

「午後のお茶はスポンジケーキにするそうです」と、わたしは答える。

「よろしい。行ってよし」

ほとんどの手紙はマレー博士宛だった。

「郵便です、マレー博士」

「読む値打ちはあるかね？」博士は眼鏡越しにこちらを見ながら言う。

「わかりません」

すると、博士は手紙を取りあげ、気に入った送り手の順に入れ替える。言語学会の特定の紳士たちの手紙はだいたい後回しになるが、決まってビリになるのは出版局の代議員会の手紙だった。

郵便を配り終えると、わたしは席に戻って、与えられた細々した仕事に取りかかった。でもたいていは、Mで始まることばのカードの束をいくつも整理し、一番古い用例から最近の用例まで順番に並べて一日の大半を過ごした。

郵便でカードが届く日がなにより嬉しかった。パパやマレー博士に新しいことばを見せられることを期待しながら、一枚ずつカードを調べていく。アルファベットのどれに当てはまることばだとしても、必ずすでに蒐集《しゅうしゅう》したことばと照らし合わせて確認しなければならない。用例が少し違った意味を示しているかもしれないし、採集済みの用例よりも古いかもしれないからだ。郵便にカードが入っていたときは、わたしは整理棚の間で何時間でも過ごし、時が経つのもほとんど気づかなかった。

## 一九〇一年八月

　わたしは熱心に働き、また一年が過ぎた。毎日は判で押したように同じだったが、ことばたちがそれを様々に彩った。郵便があり、カードがあり、手紙への返信があった。午後になると、相変わらず本を届け、ボドリアンに用例を確認しに出かけた。心がざわめくことも、退屈することもまったくなかった。ヴィクトリア女王が崩御《ほうぎょ》されても、わたしは悲しくなかった。みんなと同じように、黒い服を着はしたが、仕分け台の下で暮らしていた頃以来、わたしは一番幸福だった。

　冬が過ぎ、春が来て、ブラッドリーさんは出版局からオールド・アシュモレアンの辞典室に引っ越した。そして三人目の編集主幹のクレイギーさんが、ふたりの助手を連れてブラッドリーさんに合流した。マレー博士は新しい編集主幹に感心せず、もっと急いでことばの原稿を出すようにと、部下たちを急《せ》き立てた。まるで新しい編集主幹など不要であると証明したがっているようだったが、わたしたちはみんな、〈辞典〉がすでに十年も遅れていることを知っていた。

　一九〇一年の夏頃になって、ようやくボークさんがわたしをミス・ニコルと呼びはじめた。

⁂

「今日は、スクリッピーは暑くなるよ」わたしがおはようを言いにキッチンに顔を出すと、リジーが言った。

「みんなのためにレモネードを作ってくれない？」とわたしはねだった。

「もう市場に行ってきたよ」リジーは頭を傾けるようにして、鮮やかな黄色のレモンを盛ったボウルを指した。

わたしはリジーに投げキスをすると、スクリプトリウムに向かった。歩きながら郵便物を点検する。封筒を開ける前に中身を当てるのがわたしの癖になっていた。庭を横切りながら、郵便物の束をより分けて手がかりを探す。〝編集者殿〟と宛先が書かれた手紙が数通あり、何通かは、その薄さから中にはカード一枚しか入っていないはずだとわかる。これはわたしの、と心の中で言う。ジェームズ・マレー博士に宛てた手紙が数通。たいていは一般の人からで、それは見憶えのない筆跡と差出人の住所でわかる。言語学会の紳士たちからの手紙が二、三通、そして出版局の代議員会のいつもの封筒が一通。この最後の一通は、おそらく資金についての警告だろう。もしそれが、〈辞典〉の進行を速めるために見出し語を削ることをマレー博士に提案する手紙なら、わたしたち全員が博士の不機嫌に耐えなくてはならなくなる。わたしはその手紙を束の一番下にし、博士が見知らぬ誰かの賛辞で一日をはじめられるようにした。

助手のそれぞれに一、二通ずつ手紙が届いていた。そして束の下のほうに、わたし宛の手紙があった。

オックスフォード、バンベリー・ロード
サニーサイド内写字室
下級助手
　ミス・エズメ・ニコル

それはわたしがスクリプトリウムで受け取った初めての手紙だった。そして助手として認めてもらえたのもそれが初めてだった。興奮で体中がぞくぞくしたが、その筆跡がディータのだと気づくと、その感覚はしぼんでしまった。もう三年にもなるのに、ディータのことを考えるとどうしてもコールドシールズを思い出してしまう。あの場所のことは考えたくなかった。

　その日はすでに気温が上がっていて、机を取り巻く空気はよどんで息詰まるようだった。ディータの手紙はほかの手紙の山とわけて置いた。一枚の便箋と一枚のカード。ディータはわたしが元気でいるか、スクリプトリウムで調子よくやっているかと訊ねていた。数人からよい評判を聞いている、とも書いてあり、わたしは得意になって顔を赤らめた。

　そのカードに書かれていたのは、ありふれたことばだった。心を動かされまいとしたが、胸を打たれずにはいられなかった。整理棚を探しても、同じ用例は見つからなかった。そのことばは、すでに分類が終わり、二十通りの様々な語義別に整理されているカードの大きな束に入るべきものだった。それを本来の場所に入れる代わりに、持ったまま自分の席へ戻った。

　読み方を覚える前にパパと一緒にしたように、文字をなぞる。ディータは分厚い羊皮紙を使ってカードを作り、縁を波打つような曲線で飾っていた。カードを顔に近づけ、懐かしいラヴェンダーの香りを吸い込む。カードに吹きつけたのかしら、とわたしは思った。それともカードを胸に押し当ててから、封筒に入れたのかしら。

　わたしにとって、沈黙だけが彼女を罰する手段だった。そして、その沈黙を破るのにふさわしいことばを見つけられないまま時が過ぎてしまった。でも、どんなにかディータに会いたかったことだろう。

　机の中から白紙のカードをとると、ディータのカードのことばを一字一句写し取った。

Love（ラヴ）
「愛《ラヴ》は心を赦《ゆる》しへといざなう」
『幼子の書』一五五七年

わたしは整理棚へ戻り、書き写したカードを、最も近い意味の表紙にピンで留めつけた。ディータの書いたカードはスカートのポケットに入った。そうしたのは久しぶりで――それは安堵をもたらした。

ディータのことを考え、沈黙を終わらせるためにどんなことばを使おうかと考えているうちに、一時間が経ってしまった。ようやく郵便物に戻ると、別の封筒から一枚のカードが出てきた。これには装飾はついていなかったが、なかなか興味深かった。〈辞典〉に入ることばの中には、わたしが誰かが話しているのを一度も聞いたことがなく、自分が使う場面を想像もできないものがある。しかしそれらは誰か偉い人が書き留めたという理由で〈辞典〉に収録される。そういうことばに出くわすと、過去の遺物ね、とよく思ったものだった。

この〝ミスボード《Misbode》〟もそんなことばのひとつだった。用例はチョーサーの『騎士の物語』から採られている。

〝誰が汝《なんじ》を玩弄《ミスボーデン》したのか、それとも害をなしたのか〟と、そこにはあった。

それは少なくとも五百年前のことばだった。わたしはカードが漏れなく記入されているのを確認して、それが入るべき整理棚を探した。小さな束があったが、表紙はない。わたしはチョーサーの用例をそこに加えた。遠からず、Mのことばも語義づくりが必要になるだろう。Kはほぼ終わっていた。机に戻ると、次の封筒を取りあげて中身を取り出す。こうしてぜんぶの手紙の確認と整理を終えると、席を回って男性たちにそれを配り、代わりに仕事を言いつかる。マレー博士の席に近づくと、博士は先週届いた手紙の束を差し出した。

「簡単な問い合わせだ」と博士は言った。「君の知識なら返事を書いてもお釣りがくるだろう」

「ありがとうございます、マレー博士」

博士は頷くと、手を入れている原稿に戻った。

一時間かそこらのあいだ、男性たちが上着を脱いだり、ネクタイを緩めたりする音のほかに、がさがさと紙が擦れあう物音に変調はなかった。やがて太陽が鉄の屋根を照らしはじめ、スクリプトリウムは苦しげに呻《うめ》いた。スウェットマンさんがドアを開けて風を入れようとしたが、入るような風も吹いていなかった。

わたしが読んでいたのは、〝Jew（ジュー）《ユダヤ人》〟がなぜ二冊の分冊に分かれているのかという問い合わせの手紙だった。ひとつの単語を二冊に分割することについては、マレー博士と出版局の代議員会のあいだで一度ならず議論になった。マレー博士が次の分冊は遅れると知らせたとき、これは収益の問題だ、と代議員会は主張した。別綴りについてももう少し詳しく調査する必要がある、と博士は言ったが、今手元にあるものを出版したまえ、というのが受け取った返事だった。

〝ジュー〟が決着するまで六か月かかり、毎週、少なくとも三通は読者から説明を求める手紙が博士に届いた。わたしは、印刷にかかわる諸々《もろもろ》の条件によって各分冊の頁数は決まっており、そうした制限内に収めるために英語という言語を編集するわけにはいかない、という趣旨の返信を書いた。見出しを分割する必要性はまま起きるものですが、〝ジュー〟の語義は次回配本の『H・K』の巻で一つにまとめられ、刊行されることになっております。

わたしは自分が書いたものを読み、満足した。顔を上げてマレー博士が座っているほうを見、封筒に封をして切手を貼る前に、読んでもらったほうがいいかしら、と考えた。

マレー博士は昼食のためにクライストチャーチに行くことになっていて、もう学位服に着替えて仕分け台を見下ろしながら、一段高い机についていた。角帽をきっちりとかぶり、まとったガウンはさながら伝説の怪鳥の黒い翼だ。わたしのいる部屋の奥からは、博士は陪審員をまとめる裁判官のように見えた。

勇気を奮い起こして裁判官席に近づき、仕事の出来を見てもらおうとしたそのとき、マレー博士が椅子を後ろに引いた。博士以外の誰かだったら非難のまなざしを集めそうな勢いで椅子が床をこすった。男性たちは全員顔を上げ、編集主幹の怒りが燃え上がるのを見つめた。

博士は一通の手紙を手にしていた。何を読んだにせよ、それを否定するように、頭を左右にゆっくりと振っている。スクリプトリウムは静まり返った。博士は背を向け、『A&B』の巻を棚から引き出した。

それが仕分け台に置かれたどすんという音に、わたしは胸を小突かれたような気がした。博士は巻の半ばを開くと、一頁ずつ繰っていき、探していた箇所を見つけて息を深く吸い込んだ。その目は列を追い、助手たちは落ち着きなく身動きしはじめた。パパでさえ不安そうで、片手がポケットの中に入り、入れてある硬貨を弄《いじ》り出した。マレー博士はその頁に目を通し、また上に戻り、さらに丹念に見直した。指が列を上から下までなぞっていく。博士はことばを探している。わたしたちは待った。一分が一時間にも感じられる。博士が探していることばが何であれ、それはそこにないのだ。

博士が目を上げた。顔から火を噴きそうだ。そして何か言おうとするように、間を置いた。わたしたち一人ひとりに視線を向けていく。その目は細くなり、長い銀色の髭の上で鼻の孔《あな》が広がった。険しい双眸《そうぼう》が、わたしたちの心の奥底にある真実を探っている。それがわたしに向けられたとき、初めてその視線が揺らいだ。博士の頭が傾き、眉が上がった。博士はわたしが仕分け台の下にいた数年間を思い出している。わたしが思い出しているように。

誰が汝を玩弄《がんろう》したのか？　わたしは博士がそう考えているのを想像した。マレー博士の視線がわたしに注がれていることに最初に気づいたのは、パパだった。次がスウェットマンさん。助手の全員が首を伸ばしてわたしを見たが、新入りの助手たちには、なんのことかわからなかった。その瞬間ほど、晒《さら》し者にされている気がしたことはなかった。わたしは自分が背筋を伸ばして座っていることに驚いた。そわそわしたり、俯《うつむ》いたりもしなかった。

博士はわたしを糾弾しようと考えたのかもしれないが、だとしても思い直したようだった。代わりに、手紙をもう一度取りあげて読み直し、それから開いた〈辞典〉に目をやった。四度もそのことばを探しても仕方がない。博士は頁のあいだに手紙を挟むと、無言でスクリプトリウムを出ていった。その背中をエルシーが追いかけた。

助手たちが溜息をついた。パパはハンカチで額を拭った。マレー博士が家の中に入ったことを確かめてから、数人が風を求めて庭に出ていった。

スウェットマンさんが立ち上がり、マレー博士の机に置かれたことばの書物に近寄った。『A&B』の巻。手紙を取りあげて、目を通す。わたしを見たスウェットマンさんの目には、気の毒そうな表情が浮かんでいたが、かすかな笑いも含まれていた。パパがスウェットマンさんのところへ行って手紙に目を通し、それから声に出して読みあげた。

謹啓

貴殿による冠前絶後たる辞典について御礼を申し述べたく一筆啓上つかまつります。小生は刊行されるごとに分冊を受け取れるべく配本の予約をしておりまして、現在までに四冊すべてを製本させたところであります。その四冊は、この辞典のために特別に誂《あつら》えた書棚に並んでおり、いつの日か辞典で埋まったこの書棚を見ることが小生の願いであります。しかしながら、その満足はわが愚息に託すことになるやもしれません。小生は齢《よわい》六十を重ね、病がちでもありますゆえ。

貴殿がその手段をお備えくださって以来、種々のことばについて熟慮し、その由来を理解することが小生の愉《たの》しみとなっております。じつは『島の神』の書見中に、わけあって貴殿の辞典を参照いたしました。このとき小生が探しておりました単語は〝ボンドメイド〟です。珍しいことばではありませんが、スコットは小生が必要を感じない場所にハイフンを使用しておったのです。ところが、この単語の男性に当たることばについては適切な説明があったものの、〝ボンドメイド〟は辞典にありませんでした。

率直に申しまして小生は当惑いたしました。小生にとり、貴殿の辞典はまったく議論の余地のない権威ある地位を占めているが故であります。とは申せ、人なる身のいかなるおこないに対しても、完全無欠という期待の重荷を課すことは公正を欠くものでありましょう。貴殿にも小生と同じく過ちはあり、小生としては、これは不作為の遺漏であったと結論づけるほかありません。

憚《はばか》りながらここにご注進申し上げる次第であります。

敬白

⁂

わたしはなるべく落ち着いた足取りで芝生を歩き、めいめいレモネードの入った背の高いグラスを手に、草の上で伸びをしている助手たちの横を通り過ぎた。リジーの部屋に続く階段を上りかけたとき、バラードさんが食料部屋から卵を両手にふたつずつ持って出てきた。

「黙ってあたしのキッチンを通ってくなんて、あんたらしくないね」とバラードさんは言った。

「ミセス・B、リジーはいる？」

「おや、ご挨拶だね。おはようはどうしたの、お嬢さん」バラードさんは眼鏡越しにわたしを見た。

「ごめんなさい、ミセス・B。スクリプトリウムで騒ぎがあって、みんなちょっと休憩しているの。リジーがいたらいいなと思って。たぶんちょっと……」

「騒ぎだって？」バラードさんはそのままキッチンの作業台へ向かい、ボウルの縁で卵を割りはじめた。こっちを見ながら答えを待っている。

「ことばがひとつなくなったの」とわたしは言った。「マレー博士がかんかんよ」

バラードさんは首を振って微笑した。「そのことばがあの辞典に入らなかったら、あたしらがそれを使わなくなるとでも思うのかねえ？　なくしたことばなんて、それが初めてでもあるまいに」

「マレー博士は初めてだと信じてるみたい」

バラードさんは肩をすくめると、ボウルを腰骨のところに構えた。手がぼやけて見えるほどの勢いで卵をかき混ぜ、キッチンは、心安らぐかちゃかちゃかちゃという音で満たされた。

「リジーの部屋で待ってるわ」とわたしは言った。

リジーは、わたしがちょうどトランクに手を伸ばしたときに入ってきた。「エズメ、いったい何やってるのさ？」

「この下すごく汚いわよ、リジー」わたしはリジーの小さなベッドの下に頭を突っ込み、両手で空間を探っていた。「オックスフォード一の評判の女中さんが、こんなありさまなんて思ってもみなかったわ」

「そこから出ておいで、エッシーメイ。ドレスが汚れちゃうよ」

わたしはトランクを引っ張りながら、後ろ向きに這い出した。

「そのトランクのことはきれいさっぱり忘れちゃったんだと思ってたよ」

わたしはディータが送ってきた新聞の切り抜きのことを考えた。それはトランクの中にあるすべてのことばの上に載っているだろう。わたしは長い間、それと向き合うことができなかったのだ。

トランクはうっすらと埃に覆われていた。「リジー、わたしが学校に行ってたあいだ、これわざわざ大事に守っててくれたの？　それともたまたま？」

リジーはベッドに座ってわたしを見つめた。「誰かに話さなきゃいけない理由もなさそうだったしね」

「わたし、本当にそんなに悪い子だった？」わたしは訊いた。

「いいや、ただ母なし子だっただけだよ。あたしら大勢と同じでね」

「でも、遠くへやられたのはそのせいじゃないわ」

「学校へやられただけでないの。それもたぶん、あんたに世話してくれるお母さんがいないからだったんだよ。それが一番だとみんな思ったの」

「でも一番じゃなかった」

「わかってるって。みんなもだんだんわかってきて、あんたを連れ戻してくれたしょ」

リジーはわたしの乱れた髪をひと房、ピンで留め直した。「今頃なんだってそんなこと思い出したの？」

「ディータがカードを送ってきたから」わたしはそれをリジーに見せた。用例を読みあげると、リジーがほっとするのがわかった。

わたしはおずおずとリジーを見た。「わけはもうひとつあってね」

「どんな？」

「マレー博士がね、ことばがひとつ、〈辞典〉から抜けてるって思ってるの」

リジーはトランクを見た。その手が十字架を探した。おろおろし出したのかと思ったけれど、そうではなかった。

「開けるんならゆっくりだよ」とリジーは言った。「何かそこに住みついていたら、急に明るくなったらびっくりするからね」

⁂

わたしは午後じゅうずっと、〝迷子のことば辞典〟と一緒に座っていた。リジーは何度か部屋を覗きに来、サンドウィッチとミルクを運んでくれ、気分が優れないというわたしの伝言を、しぶしぶとパパに伝えてきてくれた。三度目に部屋に来たとき、リジーはランプを灯した。

「ああ、バテバテだよ」そう言うと、ベッドにどさりと腰を下ろしたので、周りに散らばっているカードが乱れた。落ち葉に手を差し入れるようにして、リジーはカードをかき混ぜた。「見つかったかい？」リジーは訊いた。

「見つかったって、何が？」

「抜けちゃったことば」

マレー博士の顔に浮かんだ表情を思い出した。

「ああ、あれ」わたしは言った。「やっと見つけたわ」

わたしはリジーのベッドサイドテーブルに手を伸ばし、カードを取りあげた。それをマレー博士に渡すなんて考えられなかった。たとえ博士の機嫌が悪くなかったとしても、そのことばをわたしが持っていてもおかしくない言い訳なんてひとつも思いつけなかったから。

「リジー、これ憶えてない？」わたしは言って、それを差し出した。

「なしてあたしが憶えてるのさ？」

「これがほんとの最初の一枚だったの。あるかどうかわからなかったけど、トランクの中身をぜんぶ出してみたらあったの、一番底に。憶えてない？　すごく寂しそうに見えたでしょ」

リジーは少し考えて、顔を明るく輝かせた。「ああ、思い出した思い出した。あんたがお母ちゃんの帽子ピンを見つけてくれたっけ」

わたしはトランクの内側に彫り込まれた文字を見た。迷子のことば辞典。わたしは赤面した。

「もういいって」リジーは言った。そしてわたしがまだ持ったままのことばを顎で指した。「なんでまたマレー博士はそのことばが抜けてるってわかったの？　ぜんぶ数えてるのかい？　いっぱいあるんだろうに」

「手紙が来たの。AとBのことばがぜんぶ入ってる巻にあるはずだと思ったら、なかったって」

「世の中のことばがみんなあの中に入ってるなんて思うほうが間違ってるよ」リジーが言った。

「あら、でもみんなそう思ってるのよ。だからマレー博士は時々、あることばをなぜ〈辞典〉に載せなかったか、理由を説明する手紙を書かなくちゃいけないの。いろんなもっともな理由があるってパパは言うけど、今度はそれとは違うのよ」わたしは今朝の騒ぎを思い出してわくわくしてきた。真っ当な考えとはいえないけれど、してやったりという気分を拭い去れなかった。わたしのせいで、どうやら本当に重大な事件が起きたのだもの。

リジーの顔が心配そうに曇った。

「それで、なんなのそれは？」リジーは訊いた。「なんてことばだったの？」

「ボンドメイド」わたしは言った。慎重に、ゆっくりと。その音《おん》を喉と唇に感じながら。「ボンドメイドってことばよ」

リジーはそれを口にしてみた。「ボンドメイドね。どういう意味？」

わたしはその紙片を見た。それは表紙カードで、パパの筆跡だった。用例のカードをすべて留めつけていたピンの跡がわかる。それとも留めてあったのは校正紙だろうか。もしそれがパパの書いたカードだと知っていたら、わたしはそれを自分のものにしておいただろうか？

「ねえ、なんて意味なのってば」

語義は三つあった。

「奴隷娘」わたしは言った。「ほかには、契約に縛られた召使、または死ぬまで奉仕することが定められている者」

リジーはしばらく考えたあと、「それ、あたしだね」と言った。「あたしは死ぬまでマレー家にお仕えするんだろうから」

「そんな、リジーのことじゃないと思うわ」

「だいたい合ってるよ」リジーは言った。「そんな情けない顔をしなさんな、エッシーメイ。あたしは〈辞典〉に入れて嬉しいよ。というかあんたのせいで入りそこなったけど」リジーはにっと笑った。

「ほかに、あたしのことを表すことばはどんなのがあるのかねえ」

わたしはトランクの中のことばたちを思った。カードを見るまで、聞いたことも読んだこともないことばもあった。たいていはありきたりなことばだったが、カードや手書きの文字にまつわる何かが、それらのことばをわたしにとって愛おしいものにした。たどたどしく書き写された用例がついた、決して〈辞典〉に入ることはないだろうへたくそな文字のことばたち。たった一文にしか存在しないことばたち。そうした生まれたてのことばや一度しか使われたことのないことばが〈辞典〉に載ることはない。でもわたしはそのすべてが愛おしかった。

ボンドメイド《はしため》は生まれたてのことばではない。そしてその意味にわたしは心をかき乱された。リジーの言うとおりだ。それはローマの女奴隷を指すのと同じように、リジーのことも指している。

マレー博士の激怒を思い出し、受けて立つように自分の怒りがこみ上げるのを感じた。あっちゃいけないのよ、こんなことば。わたしは思った。存在するべきじゃない。こんな意味は忘れられて、誰も思いつかないのが本当なのだ。こんなの過去の遺物になるべきなのに、今この時も、歴史の中のあらゆる時代でそうだったように簡単に通じてしまう。もうその話をする楽しみは薄らいでしまった。

「リジー、わたしはそれが〈辞典〉に入ってなくてよかったって思ってるの。あんまりひどいことばだもの」

「かもしれないけど、現実のことばだよ。〈辞典〉があってもなくても、はしためはいつの時代にもいるんだろうし」

リジーは衣装棚のところへ行って、清潔なエプロンを選んだ。「エッシーメイ、ミセス・Bに夕食のお給仕を任されたから、あたしは行くよ。あんたはここにいたけりゃいていいからね」

「もしよかったらそうさせてもらうわ。ディータに手紙を書かなくちゃ。朝の郵便に間に合わせたいの」

「そろそろ書いてもいい頃合いだもね」

一九〇一年八月十六日
わたくしの愛しいエズメ
あなたの手紙を長いあいだ待ち焦がれていました。それがわたくしの罪ほろぼしであり、当然の報いだとも思っていましたが、つらい刑罰でもありました。それが終わったことを喜んでいます。
わたくしは独房に閉じ込められていたわけではありませんので、いろいろな方面から伺って、事実に関することについてはよく承知しています。ジェームズは『H・K』の巻の刊行を祝う園遊会のことを知らせる手紙で、あなたが〝柳の若木〟のごとく成長していると、珍しく華やいだことばを使って書いていました。あなたのお父様は、今ではあなたのほうがずっと背が高くなったとこぼしつつ、ますますリリーに似てくることを切ない思いで見ておられるようです。

あなたがよく読書をし、若い女性にとって必要だと見なされている家事の技術をひとつふたつ学んでいるといったことで満足すべきなのはよく承知しています。こうした細々した知らせをわたくしは喜んで受け取ってきましたが、ここ何年か、憧れてやまなかったものは、エズメ、あなた自身の何かでした。あなたの考えや願い。成長していくあなたの意見や好奇心です。

その点、あなたの手紙はその飢えを満たしてくれました。何度も何度も読み返し、そのたびにあなたの聡明さを示す新たな証《あかし》を見つけました。行方不明になったことばをめぐる今回の騒動は、間違いなくあなたの興味を誘ったことでしょう。〝ボンドメイド〟は意図的に除外されたものではありませんが、この語は第一巻に載るべきだったにもかかわらず掲載されなかった、なんの落ち度もないことばの群れに加わっていたわけです（マレー博士に〝アフリカ〟について指摘しては駄目よ。そこは痛い所ですからね）。

仕分け台の下で過ごしていたあいだに、黒板の前で六年間座っていたたいていの子供たちよりも、あなたがずっと多くのことを吸収したのは明らかです。スクリプトリウムが、子供が成長し学ぶ場として不適切だと考えたことはわたくしたち全員の過ちでした。わたくしたちの考え方は慣習（最も狡猾《こうかつ》で抑圧的な独裁者）の軛《くびき》に繋がれていたのです。どうか、わたくしたちの想像力の欠如を許してください。

さてそれでは、あなたの質問に答えましょう。

残念ながら、〈辞典〉には文献による出典のないことばを掲載する余裕がありません。どのことばも書かれたことがあるものでなければならず、あなたが推測するとおり、大部分は男性によって書かれた書物から採られています。ただしすべてがそうとは限らず、女性の手による用例もかなり含まれています。もちろん、少数派ではありますが。せいぜい技術的な説明書やパンフレットほどの価値しかないようなものを出典とすることばもあると知ったら、あなたは驚くでしょうね。わたくしが承知している中には、薬瓶のラベルで見つけられたことばが少なくともひとつあります。

一般に使用される、書きことばではないことばが必然的に除外される可能性がある、というあなたの見解はそのとおりです。ある種のことば、もしくはある種の人々が用いることばが将来失われてしまうことを恐れるあなたの懸念は正鵠《せいこく》を射ています。しかしながら、わたくしには解決策が思いつきません。では除外しないとしたらどうなるでしょうか。こうしたことば——一年や二年で現れては消えていくことば、世代を超えて定着することのないことばをすべて収録することになり、それらのことばで〈辞典〉は埋め尽くされてしまうでしょう。すべてのことばは平等ではありません(こう書きながら、あなたの懸念がもっと明確に見えてきたように思います。ある集団のことばが、他の集団のことばよりも保存する価値が高いとみなされるのか……確かに、少し考えてみなければなりません)。

〈辞典〉を英語のあらゆる語の語義と歴史の完全なる記録とする、という当初の大望を達成することは不可能であるとわかりました。でも、わたくしに言わせれば、文献に記録されていて、なんの欠陥もないのに、マレー博士や言語学会が定める試験に及第しなかったことばは数多くあります。そうしたことばをひとつ同封しましょう。

〝フォーギブンネス《Forgiven-ness》〟。

これは、『情景と識見』というアデライン・ホイットニーの小説から採られています。出版されてすぐにベスがこの本を読み、まったく褒めてはおりませんでしたが(ホイットニー夫人は、女性は活動の場を家庭に限定し、家庭的な事柄だけを口にすべきだという意見をあからさまに主張しているためです)、このことばは興味深いと思って、自分でカードを書いたのです。数年経ってから、わたくしは項目を書くように依頼されましたが、第一稿より先に進むことはありませんでした。

ご説明するまでもないでしょうが、いくつかの理由から、この頃のわたくしはこのことばについてつくづく思うところがありました。却下されたことばを写字室に送り返す手間をとったことはかつてありませんが、今こうしてお送りします——贈り物として、そしてお願いとして。もしあなたが受け取ってくださるなら、わたくしの魂は、その贖《あがな》いが果たされ、（ホイットニー夫人を引用するならば）〝赦《フォーギブンネス》されたこと〟によって喜びに満ちあふれるでしょう。

愛をこめて
ディータ

# 第三部

一九〇二年－一九〇七年

Lap（垂下物）－Nywe（新しい）

## 一九〇二年五月

初めての給料袋を受け取った二年後、わたしは、マレー博士からロスフリスにカードの整理や語義の確認の仕方などの諸々を教えて、新米の助手として仕事に馴染むのを助けてやってほしい、と頼まれた。だが半時間もすると、わたしが指図する必要はまったくないことが判明した。ロスフリスも彼女の兄弟姉妹全員と同じく、幼い頃からカードの整理を手伝ってきたからだ。仕分け台の下に隠れてはいなかったかもしれないが、彼女はスクリプトリウムのことをよく承知していた。

「余計なお世話《スパーフルアス》だったわ」とわたしは言い、ロスフリスはにこりとした。エルシーにそっくりだが、エルシーよりも少しほっそりして、少し背が高く、少し色が白い。同じ整った顔立ちで、同じように目尻が下がっている。こんなによく微笑むのでなければ、その目元のせいで悲しげに見えたかもしれない。わたしはマレー博士の机のすぐ左側にある、これからロスフリスが姉と共用する机に彼女を残し、自席に戻った。Lから始まることばのカードをきちんと重ねた山が、机の縁に沿って並んでいる。椅子に腰を下ろしながら、このカードを整理する仕事を、自分に少し似た誰かと一緒にできたらどんな気がするだろう、と考えた。

普段なら、わたしはじっくりと時間をかけてことばを分類する。よく知っていることばは閲読者《えつどく》が送ってきた用例に照らして、自分の理解が正しいか確認し、知らなかったものは、その意味を必ず覚えるようにした。そうした新しいことばが、パパと一緒に家に歩いて帰るときの話題になる。パパがそのことばを知らなければ、説明してあげて、かわるがわるどんどん複雑な文を作ってはそのことばをやりとりするのだ。

ところが、〝リストレス〟《大儀な》でわたしは欠伸《あくび》を始めた。ほとんど同じ意味のカードが十三枚もあって、うっかりすると心はスクリプトリウムの壁の外に彷徨《さまよ》っていってしまう。ディータが、ことばには文献に書かれた歴史が必要だと言ったことが頭に浮かんだ。まあ〝リストレス〟にそれがあるのは間違いない。最古の用例は一四四〇年に書かれた本から採られているから、〈辞典〉に収録されるのは確実だ。でもこのことばはリジーの使う〝ナッカード《バテバテ》〟に比べたらちっとも面白くない。リジーは大儀だなんて一度も言ったことはないが、いつだってバテバテだ。

わたしは〝リストレス〟のカードを、一番古い用例から新しいものまで並べ、すべてまとめてピンで留めた。内容が欠けているカードが一枚あった。左上の隅に〝リストレス〟と書かれ、用例が記入されているが、年代も書名も著者名もない。捨てられてもいいカードだったが、それでもポケットにしまい込んだとき、わたしの心臓は早鐘を打った。

⁂

キッチンに入っていくと、バラードさんはもうテーブルについていて、リジーがお昼のためのハムサンドウィッチを拵《こしら》えていた。紅茶のカップが三つ、並んでいる。

「ねえリジー、〝ナッカード〟ってどういう意味?」

バラードさんがまぜっかえした。「奉公人にかたっぱしから訊いてごらん、エズメ。みんなして教えてくれるよ」

リジーはお茶を注いでから座った。「疲れたって《タイアード》意味だよ」

「じゃあなぜ、ただ〝タイアード〟って言わないの?」

リジーは考え込んだ。「寝てなくて疲れてるっていうのとは違うんだよ。働いて――体を使う仕事で疲れたってことだね。あたしは夜明け前に起きて、お屋敷の皆様が寒くないように部屋を暖めるだろ。起きてくりゃお食事を支度する。それで皆様がぐうすら寝てる頃まで寝に行けない。一日の半分はバテバテ《ナッカード》だねえ、よぼよぼの馬みたいに。要はもう役立たずってこと」

わたしはポケットからカードを出して、書かれたことばを見た。〝リストレス〟は〝ナッカード〟とはずいぶん違っていた。〝リストレス〟はもっと怠惰な感じがする。わたしはリジーを見て、彼女がこのことばを使ったことがない理由に納得した。

「鉛筆はあるかしら、ミセス・B?」

バラードさんはあやふやな顔をした。「その紙切れをあんたが持ってるのを見ると、どうも気になってしょうがないんだけどね、エズメ」

わたしはカードを見せた。「これ、不完全なの。ね？　ごみになっちゃうの。だからほかのことに使うのよ」

バラードさんは頷いた。「リジー、悪いけど食料部屋の入ったところに鉛筆があるから。あたしの買い物の表のところ。エズメにとってきてやっておくれ」

わたしは〝リストレス〟を線で消し、カードを裏返した。白紙だったが、少しためらった。それまでカードを書いたことは一度もなかった。何年もことばを手に取り、読み、覚え、救ってきたし、説明が欲しいときはことばに頼ってきた。なのに、〈辞典〉のことばたちに失望したときですら、この手で新たにことばを付け足せるとは想像もしなかった。

リジーとバラードさんが見守る前で、わたしは書いた。

Knackered（ナッカード）

「あたしは夜明け前に起きて、お屋敷の皆様が寒くないように部屋を暖めるだろ。起きてくりゃお食事を支度する。それで皆様がぐうすら寝てる頃まで寝に行けない。一日の半分はバテバテ《ナッカード》だねえ、よぼよぼの馬みたいに。要はもう役立たずってこと」

リジー・レスター、一九〇二年

「マレー博士はちゃんとした用例だとは思いなさらんだろうけど」とバラードさんは言った。「だけど、字に書いたのを見るっていいもんだねえ。リジーの言うとおりだよ。丸一日立ちっぱなしだと、くたびれ果てるからね」

「なんて書いたの？」リジーが訊いた。

わたしがそれを読んであげると、リジーは十字架に手を伸ばした。わたしはリジーが気を悪くしたかと心配になった。

「あたしの言ったことを書いてもらうなんて生まれて初めてだよ」リジーはようやく言った。そして立ち上がると、テーブルを片づけた。

わたしはカードを見た。整理棚のひとつに収まっていても違和感はなさそうだった。自分の名前とことばが、ワーズワースやスウィフトのような人々のことばと一緒に並んだなら、リジーはどんな気がするだろう。表紙を作ってリジーのことばにピンで留めよう、とわたしは決めた。が、Kのことばは全部もう出版されてしまったことを思い出した。

わたしはお昼の片づけをするリジーとバラードさんを残して階段を一段飛ばしで上った。リジーのベッドの下のトランクはもう半分がた埋まっている。〝ナッカード〟をその山の上に置いた。

これが最初のひとつだ、とわたしは思った。このことばはほかのことばとは違う。なぜなら本から採られたものではないから。でもほかのカード全部と比べても、それを区別できるようなところは何もなかった。わたしは髪のリボンを解くと、カードに巻いて結んだ。〝ナッカード〟はひとりぼっちで寂しそうだったが、わたしはほかのことばたちが仲間に加わることを夢想した。

⁂

　カードがこの大きさになったのは、マレー博士の思いつきだったとパパに聞いたことがある。当初、博士はこちらで用意したカードを協力者に送っていたが、しばらく経つと、縦四インチ、横六インチの紙にことばと用例を書いて送ってほしいと指示するだけで済ませるようになった。白い紙がいつも手に入るとは限らない協力者もいて、わたしが子供の頃、パパは仕分け台の下を覗き込んでは、新聞や古い買い物リスト、使い回しの肉屋の包み紙（単語のあいだから茶色の血の染みが花のように広がっていた）、本の頁を破いたものまで、様々な紙を切って作ったカードを見せてくれた。わたしは本の頁を破いたカードに憤然とし、マレー博士は本を大事にしない協力者なんて辞めさせたほうがいい、と進言した。パパは笑った。一番の犯人はフレデリック・ファーニヴァルなんだよ。マレー博士はファーニヴァルを馘《くび》にしたいと常々思っているだろうが、あいにくフレデリック・ファーニヴァルは言語学会の事務局長でね。〈辞典〉はファーニヴァルの発案なんだ。

　マレー博士のカードはうまくできている、とパパは言った。単純で効率的なカードは、スクリプトリウムがことばで埋まり、保管場所が限られていくにつれてその真価を発揮した。マレー博士は整理棚の仕切りにぴったり合わせてカードを考案した。だから一インチの隙間も無駄になることはない。

　どのカードにもそのカードにしかない個性があり、整理されながら、そこに書かれていることばを誰かに理解してもらえる可能性がある。少なくとも、手に取って読んでもらえはする。カードによっては、手から手へと渡り、中には長い議論や下手をすると喧嘩の種になるものもある。しばらくのあいだは、たとえどんな紙から切ったものだとしても、そこに書かれたことばの重要性は、その前に来たことば、あるいはその後に届くことばと変わらない。記入内容が完全なら、ほかのカードと一緒にピン留めされ、紐で結わえられて整理棚にしまわれる。大きすぎたり色がついたりした数枚の独りよがりなカードのおかげで、かえってカードが一糸乱れず揃っていることが強調される。

ときどき、もし自分がことばだったらどんなカードに書かれるのだろう、と考えた。きっと縦に長すぎるカードだろう。たぶん色も違うだろう。どうしてもほかのカードと揃わない紙切れだ。もしかしたらわたしには整理棚に居場所がないかもしれない、と心配になる。

自分のカードもマレー博士のカードとまったく同じにしよう、と決めたわたしは、決まった寸法に切るために、ありとあらゆる紙を集めはじめた。お気に入りのカードはリリーが昔使っていた青いボンド紙《し》を切って作った。パパの書き物机の引き出しから二、三枚くすねておいたのだ。このカードは美しいことばたちのためのとっておきにしよう。それ以外は、普通の紙と珍しい紙が入り混じっていた。スクリプトリウムの白紙のカードの束は、埃だらけの隅にほったらかしになっていた。もう誰もいらないに決まっている。学校の作文や代数のノートから切ったカードもある。パパが買ったけれど誰にも出さなかった葉書が何枚か（ほぼ正しい寸法だが、ぴったりではない）。それから壁紙の切れ端。少し厚手だが、片側に綺麗な模様がついている。

〝ナッカード〟のようなことばにもっと出会えることを願って、わたしはそうしたカードを持ち歩くようになった。

リジーはことばの素晴らしい鉱脈だった。一週間で、わたしは整理棚にはないはずだと思うことばを七つも記録した。調べてみると、そのうち五つはそこにあった。わたしは重複した自分のカードを捨てて、残った二つのことばを、〝ナッカード〟と一緒にリボンで結わえてトランクにしまった。

スクリプトリウムではそれほど収穫はなかった。時折マレー博士が、スコットランドの方言で、たいていはつぶやくように面白いことを言った。〝グレイキット《Glaikit》〟は、仕事ができなかったり遅かったりすることに対して博士がよく口にすることばだが、わたしには博士にもう一度言ってください、と頼む勇気はなかった。しかしそれでもカードを書いて、〝愚か者、たわけ者〟という語義を書いた。『F&G』の巻を探してみると、驚いたことにそのことばはもうそこに載っていた。助手たちは皆、立派な書物で読んだことばしか話さなかった。彼らの誰も、バラードさんのキッチンで話されていることばや、カバード・マーケットの商人たちの間で飛び交うことばにじっくり耳を澄ませたことはありそうもなかった。

わたしはもうキッチンで手伝いをする必要はなかったが、時々は手伝うこともあった。パパが遅くまで残業する日は、ひとりで家へ帰るよりもお手伝いのほうがいい。新しいカーテンや生花がわたしたちの家を明るくしてくれたが、長い夏の夕べには、リジーとおしゃべりしながら居残るほうが好きだった。そして寒くなれば、たったひとりのために石炭を使うのは不経済な気がした。

「リジー、ちょっとお願いがあるの」わたしたちは流しの前に並んで立っていた。

「言ってごらん、エッシーメイ。なんも遠慮はいらないよ」

「ことば集めを手伝ってくれないかしら」わたしは横目でリジーの反応を見ながら言った。リジーの顎の線が緊張する。「スクリプトリウムからじゃないわよ」と慌てて付け足した。

「あたしがどこでことばを探すのさ?」リジーは、皮を剝いているじゃがいもから目を離さずに言った。

「どこでも、リジーが行くところで」

「世の中はスクリッピーとは違うんだよ、エッシー。ことばがそこらへんに転がって、手癖の悪い娘っ子に拾われようと待ってたりしねえんだから」リジーがこちらを向いて笑顔を見せたので、わたしはほっとした。

「そうなのよ、リジー。わたしね、そういうこれまでカードに書かれてない素敵なことばがいっぱいあって、そこらを飛び回ってるはずだと思うの。それを記録したい」

「なしてまた?」

「だって、そういうことばだって、マレー博士やパパが集めてることばと同じくらい重要だと思うから」とわたしは言った。

「んなわきゃ――」とリジーは言いかけて、言い直した。「だからあたしが言うのは、そんなはずはないよって。ああいうのは、あたしらに学がないから使ってるだけなんだよ」

「そうじゃないと思う。わたし思うんだけど、きちんとしたことばがどうしてもしっくりこないことがあるでしょ。そういうときに、みんな新しいことばを作ったり、前からあることばを違ったふうに使ったりするんじゃないかしら」

リジーは小さく笑いを漏らした。「あたしがカバード・マーケットで口をきく相手なんか、どういうのがきちんとしたことばなのかも知らないよ。大方は字だってほとんど読めないし、紳士方が近寄ってきて話しかけでもしたら、そのたんびにみんな面食らってぼうっとしちまうんだよ」

わたしたちはじゃがいもの皮剝きを終えた。リジーがそれを半分に切り、大鍋に入れていく。わたしはレンジの前に掛かっている温かいタオルで手を拭いた。

「それにね」とリジーは続けた。「奉公に上がってる女が、下品なことばを使いたがる連中の周りで油を売ってるわけにいかないんだよ。おつかいのあと、妙なおしゃべりをしてるところを誰かに見られでもしたら、マレー家のご体面に関わるからね」

新しいトランクが必要になるほど、ことばの大きな山を築くことを夢見ていたのに、リジーが手伝ってくれなければ、リボンで縛り切れなくなるほどの枚数も集まらないだろう。

「ねえお願い、リジー。わたし、用もないのにオックスフォードをひとりで歩き回るわけにいかないの。リジーが手伝ってくれなかったら、諦めるしかないわ」

リジーは残ったいくつかのじゃがいもを切ってしまうと、向き直ってわたしを見た。「あたしが立ち聞きして歩くにしたって、女たちしか相手にしてくれないよ。男は荷船で働いてるような連中でも、あたしみたいな女相手のときは、ことばを慎むからね」

もうひとつの考えが浮かんできた。「ねえ、女の人しか使わないことばってあるかしら。それとも女性にしか当てはまらないことばとか」

「あるんでないかね」とリジーは言った。

「そういうことばを教えてくれない？」わたしは頼んだ。

「その塩とっておくれ」リジーは言うと、じゃがいもの鍋の蓋をとった。

「ねえってば」

「できそうもないね」

「なぜ？」

「あたしには言いたくないことばもあるし、説明できないことばもあるし」

「リジーのおつかいのとき、わたしも一緒に行ったらどうかしら。わたしが立ち聞きすればいいわ。リジーの邪魔をしたり、油を売らせたりしないから。ただ耳を澄ませていて、面白いことばが聞こえたら書き留めるの」

「まあそんならいいかねえ」リジーは言った。

わたしは毎週土曜日になると早起きして、リジーと一緒にカバード・マーケットに通うようになった。ポケットにはカードと二本の鉛筆を入れ、メリーさんの羊よろしくリジーについて歩く。はじめは果物と野菜からだ——入りたての新鮮なものを真先に手に入れる。次に肉屋か魚屋、それからパン屋と食料雑貨店へ回る。ふたりで通路を進み、チョコレートや帽子や木製の玩具を売る小さな店の飾り窓を覗きながら別の通路を戻ってくる。それから狭い小間物屋に寄る。リジーは時々、帰りがけに新しい糸や針を買うこともあった。たいていは、わたしはがっかりして家路についた。露店の店主たちは愛想がよくて礼儀正しく、そして使うことばはひとつ残らずわたしが知っているものだったから。

「みんなあんたにお金を遣ってもらいたいんだからね」とリジーは言った。「あんたのお上品な耳に障るようなうっかりしたことは言いやしないよ」

魚屋の店先や、野菜を積んだ荷車から荷下ろしをしている男たちのそばを通りかかると、ふとことばが耳に入ることがある。でも、リジーはその意味を相手に訊ねてくれないし、わたしが彼らに近づくことも許してくれなかった。

「リジー、こんなふうじゃ、ちっともことばが集まらないわ」

リジーは肩をすくめ、市場の勝手知ったる通路を歩き続けた。

「やっぱりまたスクリプトリウムでことばを救い出すしかないのかしら」

思ったとおり、リジーは立ち止まった。

「あんたまさか……？」

「つい手が出ちゃいそう」

リジーはわたしをじっと見つめた。「メイベル婆さんのとこに、今日は何が入ってるか見に行こうか」

⁂

メイベル・オショーネシーは磁石の両端のように人を遠ざけ、同時に引き寄せる。その店はカバード・マーケットで一番小さかった。ふたつの木箱をくっつけて置き、その中身のどこかで拾ってきたがらくたを上に並べている。リジーはわたしと一緒のときはまずこちらへ足を向けなかったので、わたしは長い間、薄い皮膚を今にも突き破りそうな骨ばった顔と、ところどころ禿《は》げた頭をようやく隠している古びた帽子を通りすがりに見かけるだけだった。

近づいていくと、リジーとメイベルが旧知の仲であることがすぐわかった。

「今日はなんか食べたかい、メイベル？」リジーは言った。

「売れねえもんで、かびたパンも買えねえよ」

リジーは持っている食料品に手を伸ばし、ロールパンを一個、手渡した。

「で、こちらさんは？」メイベルはパンを口に頬張りながら言った。

「エズメ、こちらはメイベルだよ。メイベル、エズメだよ。お父さんがマレー博士のところで働いてるんだよ」と言ってから、謝るようにわたしを見た。「エズメも〈辞典〉の仕事をしててね」

メイベルは手を差し出した。長い、垢《あか》で汚れた指が、指のない手袋の残骸から突き出している。わたしは普通ならするようにその手を握らず、無意識に自分の醜い指をスカートの布にこすりつけた。そうすればその気味悪さをいくらかでも拭い去れるとでもいうように。わたしが手を差し出すと、老女は嗤《わら》った。

「なんぼ拭いてみたって、治るもんかね」そして、両手でわたしの手をとって調べた。そんなふうにしたのはこれまで医師しかいなかった。汚らしい指がわたしの指を一本ずつ握り、関節を確かめ、そっと伸ばす。メイベルの指はまっすぐで器用だった。わたしの指は曲がってこわばっていた。

「使えるんかい？」メイベルは訊いた。

わたしは頷いた。メイベルは満足したように手を離し、店の売り物へ向かって身振りをした。「そんなら好きにやっとくれ」

わたしはメイベルの売り物を調べはじめた。食べていないのも無理もない。老婆が売っているものは、川から引き揚げてきたがらくたや壊れ物ばかりだった。色のあるものといえば紅茶茶碗と受け皿だけだ。どちらも欠けているが、それを気にしなければ使えそうではある。メイベルは組であるかのように茶碗を受け皿に載せているが、これが対だったはずがなかった。これに払う銅貨が余っているような人がこのカップで紅茶を飲むとは思えなかったが、わたしは気を遣ってそれを手に取り、繊細な薔薇模様を鑑賞した。

「磁器《チャイナ》だよ、それは。受け皿もさ」メイベルが言った。「日に透かしてごらんな」

彼女の言うとおりだった。どちらも上等の磁器だ。わたしは薔薇をブルーベルの受け皿に戻した。沈泥《ちんでい》の茶の濃淡に囲まれて、その組み合わせはどこか晴れ晴れとしていた。わたしたちは微笑を交わした。

だがそれで終わりではなかった。メイベルがまた商品に向かって顎をしゃくるので、わたしは手を触れ、ひっくり返し、ひとつふたつを手に取った。一本の棒があった。長さは鉛筆ほどで、全体がねじれている。粗い手触りを予想したのに、それは大理石のように滑らかだった。その瘤《こぶ》のような先端をよく見ようと取り上げると、老いた顔がわたしを見つめ返した。老人の表情には一生分の憂いが刻まれていて、その髭がねじれた棒に巻きついていた。これがパパの机の上に載っているところが目に浮かび、胸がときめいた。

わたしはメイベルを見た。待ち構えていた老婆は、歯茎を見せてにっと笑いながら片手を差し出した。

わたしは財布から硬貨を一枚出した。「素晴らしいわ」

「あたしの手すさびはもうこれだけさ。今じゃこの手を竿《シャフト》に近寄らせる奴はおらんでね」わたしは言われたことが理解できたか自信がなかった。わたしが思ったような返しをしないので、メイベルはリジーを見た。「この子はどっか足りねえんかい?」老婆は訊いた。

「違うよ、メイベル。あんたの使う類の英語に耳が慣れてないだけさ」

サニーサイドに戻ると、わたしはカードと鉛筆を出した。リジーは〝シャフト〟の意味を教えることを拒んだが、わたしがいろいろと当て推量すると、首を横に振ったり縦に振ったりした。リジーの顔に上った色で、自分が正解を言い当てたのがわかった。

わたしたちはメイベルの店の常連になった。わたしの語彙《ごい》は膨れ上がり、パパは時折もらう木彫りを喜んだ。それらはパパの机に昔から載っている古い賽子壺《さいころつぼ》に、ペンや鉛筆ともたれあうように立っていた。

⁂

メイベルは二言三言話すごとに咳き込み、べっとりした大きな痰《たん》の塊を吐いた。リジーと一緒にメイベルを訪ねるようになって一年ほどになるが、老女が静かだったためしはなかった。咳のせいで話してくれなくなるかと思ったが、その心配は無用だった。咳はただ彼女のことばを余計聞き取りにくくするだけだった。また咳き込みだしたメイベルに、腰掛けの横の敷石に唾を吐くのをやめてくれることを願いながらハンカチを差し出したが、老女は一瞥《いちべつ》しただけで受け取ろうとはしなかった。

「うんにゃ、とっときな、嬢」メイベルは言った。そして体を横に倒すようにして、口に溜まったものを勢いよく地面に吐き出した。わたしは身震いした。老女は満足げな顔をした。

わたしが木彫りを見ているあいだ、メイベルは近隣の店主たちの罪業や、お金や異性関係にだらしないことについて、とりとめなく話し続けた。ものの値段を言うほかは、その饒舌《じょうぜつ》がやむことは滅多になかった。

老女の痰混じりのことばのなかに、以前、聞いたような気がするものがあった。リジーはそんなことばは一切知らないと言い張ったが、赤くなったその顔を見れば、嘘をついているのは明白だった。

「カント」わたしがそのことばを繰り返すように頼むと、メイベルは言った。

「さ、行くよ、エズメ」リジーは言って、彼女らしくもなく、せかすように腕をとった。

「カント」メイベルは声を少し大きくした。

「エズメ、もう行くよってば。することがいっぱいあるんだから」

「それ、どういう意味?」わたしはメイベルに訊いた。

「あの女はカントだってことさ。とんだ糞《くそ》アマだってね」メイベルは花屋の屋台をちらりと見やった。

「メイベル、声が大きい」リジーがささやいた。「そんな口きいたら、ここを追い出されるよ、わかってるしょ」リジーはまだわたしをそこから引き離そうとしていた。

「だけど、本当はどういう意味なの?」わたしは重ねてメイベルに訊いた。

メイベルは歯茎をぜんぶ見せてわたしを見た。ことばについて説明してほしいとわたしにせがまれるのが大好きなのだ。「紙と鉛筆は持っとるかい? こいつは書いとかんといかんよ」

わたしは腕にかかったリジーの手を振り払った。「リジー、先に行って。追いつくから」

「エズメ、もしあんたがそんなことばを使ってるのを誰かに聞かれたら……あたしらが家に着く前にバラードさんの耳に届いちゃうよ」

「大丈夫よ、リジー。メイベルとわたし、小さい声で話すから」わたしは言うと、真面目くさって老女のほうを向いた。「ね、メイベル?」

メイベルはボウル一杯のスープを待つ浮浪児のような顔で頷いた。自分のことばを書き留めてほしいのだ。

わたしはポケットから白紙のカードを出すと、左上の隅に〝カント〟と書いた。

「カントってのはあんたのクイムさ」とメイベルは言った。

わたしはメイベルを見た。彼女の言うことがわたしに通じるまでに一、二秒かかることがある。今言ったこともわかることを願ったが、お手上げだった。

「メイベル、それじゃわからないわ」わたしはもう一枚カードを出すと、左上に〝クイム〟と書いた。

「〝カント〟の入った文を言ってみて」わたしは言った。

「あたしゃカントが痒《かゆ》くてね」そう言うと、スカートの前を掻いてみせた。

それで少しわかったが、まだ書かなかった。「それは股《クロッチ》と同じもの?」わたしは小声で言った。

「おまえさん、鈍いねえ」とメイベルは言った。「あんたにもついてるし、あたしにもついてるし、リジーにもついてるけど、あすこのネッドじいさん、あいつにゃカントはねえんだよ。おわかりかい?」

わたしは息を止めてメイベルの悪臭をこらえながら、もう少し身を乗り出し、ささやいた。「ヴァギナ?」

「やれやれ、とんだ天才《ファック》さね」

わたしは身を引いたが間に合わず、メイベルの爆笑をもろに顔にかぶってしまった。煙草と歯茎に染みる膿《うみ》。

わたしは〝女性のヴァギナ、侮蔑語〟と書き、〝女性の〟に線を引いて消した。「メイベル、その意味がはっきりわかるような文を言ってくれない?」

老女は考え、何か言おうとして口をつぐみ、またしばらく考えた。それからわたしを見た。複雑な地形のようなその顔いっぱいに子供じみた楽しげな表情を浮かべている。

「ええかい、嬢?」メイベルは訊いた。わたしは彼女の木箱に寄りかかり、ことばを書き留めた。

〝キューから来た若え娼婦がおめこ《カント》に糊《のり》をたんと詰めとった。女はにんまり笑って言った。入るのに金を払った奴は、出るにも金を払う羽目になるのさ〟。

　老女の笑いは激しい咳の発作を引き起こし、和らげるために何度か強く背中を叩いてやらなくてはならなかった。

　発作が収まると、わたしはその用例の下に、〝メイベル・オショーネシー、一九〇二年〟と書いた。

「それと〝クイム〟は？」わたしは訊いた。「同じ意味なの？」

　メイベルはまだ面白そうな顔をしたまま、わたしを見上げた。「そりゃあんた、おつゆのほうさ」ひび割れた唇のあいだにちろちろと舌を出し入れする。「あたしのはもう甘くねえけどね。昔はね」二本の指に親指をこすりつけた。「おまんまをたんといただけたのは、あたしのおつゆのおかげ。男は自分がイカせたと思うのが嬉しいもんなのさ」

　理解できたと思ったわたしは書いた。〝親密な交渉中に女性器から分泌される液〟。

「これも悪口？」わたしは訊いた。

「そりゃそうさ」メイベルは言った。「クイムは恥の証拠だからね。あたしらみたいな手合いはカントとおんなじに使っとるよ」そして花屋の屋台のほうを見た。「あのアマとあの女の亭主はろくでもねえクイムさ。ちげえねえ」

　わたしは〝侮蔑語〟と書き足した。

「ありがとう、メイベル」ポケットにカードをしまった。

「文はいらねえかい？」

「たくさん教えてもらったわ。帰ってから一番いいのを選ぶことにする」わたしは言った。

「あたしの名前がついてりゃなんでもええよ」メイベルは言った。

「もちろんよ。これを欲しがる人はほかに誰もいないわ」

　メイベルはまた歯茎を見せて笑うと、木を削って作った棒を一本見せた。「人魚だよ」

パパが喜びそうだった。わたしは財布から銅貨を二枚取り出した。

「もう一ペニー分の値打ちはあると思うがね」とメイベルが言った。

わたしはあと二枚、銅貨を渡した。ことばひとつにつき一枚。そしてリジーを探しに行った。


「で、メイベルはどんなことを言ったのかい?」帰り道、サニーサイドに向かって歩きながら、リジーは訊いた。

「ずいぶんいろいろ。カードが足りなくなっちゃった」

わたしはリジーがもっと質問してくるのを待ち構えたが、彼女はもう懲りているらしかった。サニーサイドに着くと、リジーはわたしをお茶に誘った。

「スクリプトリウムで調べたいことがあるの」わたしは言った。

「新しいことばをトランクに入れるんでないの?」

「後でね。〝カント《cunt》〟が〈辞典〉でどう定義されているか確認しようと思って」

「エズメ」リジーは絶望的な顔をした。「そんなことば、口に出して言うもんでないって」

「じゃあリジーも知ってるのね?」

「知らないよ。そりゃ、聞いたことはあるよ。あたしが知ってるのは、上品な人たちが使うことばじゃないってこと。そんなこと言っちゃいけないよ、エッシーメイ」

「わかった」そのことばの持つ力に楽しくなって、わたしは言った。「じゃあ、Cのことばって呼びましょ」

「どんなふうにも呼ばないよ。そんなの使わなきゃいけない理由なんてないもね」

「メイベルはすごく古いことばだって言ってたわ。だからCの巻にあるはずなの。わたし、自分の書いた定義がどれくらい近いか見てみたくて」

スクリプトリウムには誰もいなかったが、パパとスウェットマンさんの上着が椅子の背に掛かったままだった。わたしはマレー博士の机の後ろにある棚に近づき、ことばがぎっしりと詰まった第二巻を下ろした。『C』は『A&B』の巻よりもさらに大きく、編纂《へんさん》にはわたしの子供時代の半分もかかった。わたしはその頁を探したが、メイベルのことばはそこにはなかった。

わたしは本を戻し、Cの整理棚を探し始めた。整理棚は放置され、埃が積もっていた。

「探しものかい？」スウェットマンさんだった。

わたしはメイベルのカードを手の中で折ると、振り返った。「月曜日まで待ってもいいんです」とわたしは言った。「パパは一緒ですか？」

スウェットマンさんは椅子の背から上着をとった。「お父さんはマレー博士にちょっと話があって、母屋のほうに寄ったよ。すぐに来るだろう」

「庭で待つことにします」わたしは言った。

「そうか。じゃあまた月曜日」

わたしは自分の机の蓋を開け、本の頁のあいだにカードを挟んだ。

⁂

わたしはひとりでカバード・マーケットに行くようになった。仕事でボドリアンやオールド・アシュモレアンに行く用事があると、屋台や商店が立ち並ぶ混み合った路地を抜けて遠回りした。ゆっくりとぶらつき、飾り窓に並んだ婦人帽の前に立ち止まっては、食品雑貨店の主人と丁稚《でっち》が道端で交わす会話に耳を澄ませた。そして毎週金曜日になると、魚屋とそのおかみさんがやりとりする珍しいことばを拾えないかと、時間をかけて魚を選ぶのだった。

「マレー博士は書かれていないことばをなぜ〈辞典〉に入れないの？」ある朝、パパとスクリプトリウムに向かいながら、わたしは質問した。ポケットには三枚の新しいカードが入っていた。

「書かれていなければ、その意味が正しいか確かめられないからだよ」

「普段使われていることばはどうなの？　わたし、カバード・マーケットで同じことばを何度も何度も聞いたわ」

「世間一般で話されているかもしれないが、広く文字に書かれているのでなければ〈辞典〉には入れられないんだ。八百屋のスミス氏が話していたという用例では、不十分なんだよ」

「でも、作家のディケンズ氏が書いた戯言《たわごと》なら？」

パパは横目でわたしを見た。

わたしは微笑んだ「〝ジョグ・トロッティー《Jog-trotty》〟よ、憶えてない？」

〝ジョグ・トロッティー〟は、数年前に仕分け台を囲んだ大論争を引き起こしたことばだ。十七枚のカードがあったが、どれにも同じ用例が書かれていた。メイリングさんが突きとめた限りでは、それが唯一の用例だった。

〝それはいささか単調《ジョグ・トロッティー》で退屈だ〟。

「ですがディケンズですよ」とひとりの助手が言った。「戯言さ」と別の助手が言った。「ここは編集主幹の判断を仰がないと」とメイリングさんが言った。マレー博士は留守だったので、判断を下す役目は新しい編集主幹のクレイギーさんが果たすことになった。クレイギーさんはディケンズを崇拝しているのだろう。なぜならそのことばは『H・K』の巻に入ることになったから。

「一本とられたな」パパは言った。「じゃあ、市場でおまえが聞いたことばを何か言ってごらん」

「ラッチ‐キード《Latch-keyed》」そう言って、花屋のスタイルズのおかみさんが、こちらをちらちら見ながらお客にそのことばを言った様子を思い浮かべた。

「おや、そのことばは聞き憶えがあるぞ」パパは嬉しそうな顔をした。「たぶん、探してみたら見出しがあると思うよ」

　パパの足取りが速くなった。スクリプトリウムに着くと、パパは一目散に分冊が並んでいる棚へ向かった。『Lap（垂下物）‐Leisurely（ゆっくりした）』の分冊を取り出すと、「ラッチ‐キード」とぶつぶつ繰り返しながら頁をめくりはじめた。

「ふむ、〝ラッチ‐キー〟は夜、門を開けるのに使う鍵だが、〝ラッチ‐キード〟はここにないな」パパは整理棚へ向かい、わたしはその後についていった。

　わたしたち以外、スクリプトリウムには誰もいなかった。また子供の頃に戻ったような気がした。〝ラッチ‐キード〟は真ん中あたりのどこかにあるんだわ、とわたしは思った。高すぎてはいけません、低すぎてもいけません。

「あったあった」パパはカードの薄い束を仕分け台に持っていった。「思い出したぞ――わたしがこの見出しを書いたんだ。〝ラッチ‐キード〟は〝ラッチ‐キー〟を備えているという意味だ」

「じゃあ、ラッチ‐キードな誰かは、好きなときに出たり入ったりできるってこと？」

「そういうことだね」

　わたしはパパの肩越しに表紙カードを読んだ。パパの字で様々な語義が書かれていた。

〝付き添いがないこと。躾《しつけ》がなっていないこと。家庭の規範に縛られない若い女性を指す〟。

「用例の出典はすべてデイリー・テレグラフ紙だがね」と、パパは一枚をよこした。

「そのどこがいけないの？」

「まさかと思うだろうが、マレー博士も同じことを訊いたよ」

「誰に？」

「出版局の代議員会にさ。代議員会が経費を削減したがったときにね。経費を削るということは、ことばを削るということだ。代議員会に言わせると、デイリー・テレグラフは信用のおける典拠ではないから、そこに載っていたことばは犠牲にして構わないそうだよ」

「たぶんタイムズ紙なら信用がおける典拠ね？」

パパは頷いた。

わたしはパパがくれたカードを見た。

Latch-Keyed（ラッチ‐キード）
「奔放な娘《ラッチ・キード》たち、ニッカーボッカー姿の乙女たち、ありとあらゆる不満分子たち」
デイリー・テレグラフ、一八九五年

「それなら、褒めことばではないわね？」

「それは場合によるな。おまえが若い娘は常に付き添いが必要で、躾がゆきとどき、家庭の規範の下にあるべきだと考えるならそうだね」パパは微笑したが、すぐ真顔になった。「一般には、非難として使われると思うよ」

「片づけてくるわ」わたしは言った。

カードを集め、整理棚に戻る途中で、わたしはドレスの袖に奔放な娘たちをしまった。余計《スパーフルアス》だからもう要らないもの、と思いながら。

一九〇二年が終わる頃には、自分のことばを集めることに自信がついていたが、スクリプトリウムでの仕事は、相変わらずおつかいに出たり、新しく来た用例を何年も前に閲読者たちが分類したカードの束に追加したりすることだった。わたしはいつの間にかことばにつけられた語義に苛立《いらだ》ちを覚えるようになっていた。線を引いて消してしまいたくなる語義はあまりにも多かったが、下っ端の身分でしていいことではなかった。だが、そう長く誘惑に抗《あらが》い続けられるものではない。

「エズメ、これはおまえの仕業かね?」

パパが朝食のテーブルで、校正刷りをこちらに押してよこし、その端にピンで留めつけてある紙片を指した。それはわたしの筆跡だった。パパの声からは、修正が適切なのか的外れなのか、まったく読み取れなかった。わたしは押し黙っていた。

「いつやった?」パパは訊いた。

「今朝よ」お粥のボウルから目を上げずに答えた。「昨日の夜、パパ、置きっぱなしで寝にいったでしょう」

パパはそこに座って、わたしが書いたものを読んだ。

Madcap(マッドキャップ)

活発な、あるいは衝動的な気質の若い女性にしばしば向けられる軽口。

「舞台の上の彼女は世界一陽気で明るく、無鉄砲《マッドキャップ》だった」

メイベル・コリンズ『ワルシャワ一の美女』一八八五年

わたしは顔を上げた。パパは説明を待っている。「そのほうが、前にはなかった意味を捉えているでしょう」とわたしは言った。「別の語義の引用を持ってきたの。ちっとも合ってなかったから。閲読者はときどき、意味をすっかり取り違えていると思うわ」

「われわれもそうなんだよ」とパパは言った。「だからこそ、こんなに時間をかけて書き直しをしてるんだ」

パパが校正刷りを置きっ放しにしていたのは、まだ作業中だったからだと気づき、わたしは顔を赤らめた。「パパはもっといいのを思いつくに決まってるけど、わたしが下書きをしておいたら、パパの時間の節約になるかしらと思って」とわたしは言った。

「いや。このことばはもう仕上げてあったんだ。わたしの語釈でよかろうと思っていた」

「まあ」

「だがわたしが間違っていたな」パパは校正刷りを手に取って畳んだ。一瞬、わたしたちは黙り込んだ。

「あの、また提案してもいいかしら?」

パパは眉を上げた。

「ことばにつける意味のことよ」とわたしは言った。「整理したり、新しいカードを追加したりしてるときに、表紙カードに語義の提案を書き入れてもいいかしらって……わたしから見て……」批判がましいことを言えずに、口ごもった。

「不十分?」とパパが言った。「恣意《しい》的? 独善的? 尊大? 不正確?」

わたしたちは笑い出した。

「まあ、よかろうよ」とパパは言った。

わたしが願い出たことには答えないまま、マレー博士は眼鏡越しにこちらをしげしげと見ていた。「むろん構わんよ」ようやく博士は言った。「君が思いついたものを見るのが楽しみだ」

却下された場合に備えて演説を用意していたので、博士があっさりと許してくれたことに拍子抜けし、わたしはぽかんと博士の机の前に突っ立っていた。

「提案には、おそらく手を入れることになるだろうが」と博士は言った。「しかし君の視点は、英語を定義するというわれわれの企《くわだ》てに益をもたらすに相違ない」博士は身を乗り出した。口髭が口の端でぴくぴくと動いている。「うちの娘たちも、年配の閲読者に特有の偏見を、よると触るだ指摘しおってね。君が味方についたらさぞかし喜ぶだろう」

そのとき以来、わたしは自分を余計者《スパーフルアス》と感じることはなくなり、カードを整理する仕事に新たな挑戦を見出すようになった。パパは、わたしの提案のどれかが分冊に採用されると必ず教えてくれた。その数が増えるにつれて自信もつき、わたしは記録代わりに、書いた語義が採用されると机の内側に小さな刻み目を彫りつけた。年月と共に、わたしの机の内側はいくつもの小さな成功によって、あばた面《づら》のようになっていった。

# 一九〇六年五月

わたしは給料を稼ぐことによる自由を謳歌《おうか》し、カバード・マーケットの大勢の商人たちと顔馴染みになった。土曜日の朝はリジーと一緒に行くが、今では自分の買い物籠を持ち、食料品を買うためにパパからお金を渡されている。ふたりの買い物が済むと、リジーと一緒に布地の店に寄った。わが家の古びて擦り切れた、あるいは悲しくなるほど機能一点張りの調度を、わたしは少しずつ入れ替えていた。パパはたまにしか気づかなかったが、こうして自分のお金を使うことが楽しかった。わたしたちが最後に立ち寄る店は決まって小間物屋で、そこでリジーに新しい糸を買ってあげるのがわたしの何よりの楽しみだった。

リジーが一緒ではない日には、風変わりなことば遣いをすると知っている露天商たちを訪ねた。多くはイングランドのずっと北や南西部の端のほうの訛《なま》りで話す。ジプシーもいればアイルランド人の流れ者もいて、来たと思えば姿を消した。たいていは女たちで、老いも若きもいたが、自分が教えてわたしが書き留めたことばを読める者はごくわずかだった。それでも彼女たちは喜んでことばを教えてくれた。二、三年のうちにわたしは百以上のことばを集めた。整理棚にすでに入っているのを見つけたものもあったが、ほとんどはそうではなかった。猥雑《わいざつ》なことばを聞きたい気分のときは、決まってメイベルのところへ足を向けた。

⁂

見かけない女性が、メイベルの品物をわたしがいつもそうするように気のないふうで確かめていた。

ふたりは熱心に話し込んでいたので、邪魔するのはためらわれた。わたしはスタイルズさんの露店に並ぶ、花の入ったバケツのあたりで待っていた。

毎週花を買っているのに、ここ数年のメイベルとの交友を見咎《みとが》めてか、スタイルズのおかみさんは不愛想だった。おかげで、店先をうろうろするのがいっそう気まずい。

「お決まりですかね？」おかみさんがカウンターの後ろから出てきて、直さなくてもいい花を揃え直した。

メイベルが、さっきの女性が言ったことを鼻で嗤ったのが聞こえた。そちらに目を向けると、顔をほんのわずかそむけた女性の白い肌と紅を刷《は》いた頬がちらりと見えた。例の悪臭のする息に襲われたのだろう。なぜあの人はまだいるのかしら、とわたしは訝《いぶか》しんだ。憐《あわ》れみをかけるだけならこんなに時間はかからない。自分自身を見ているような奇妙な感じがした。ほかの人たちはこんなふうにわたしを見ていたのだ。スタイルズのおかみさんが見ていたのは間違いない。

花屋の女主人は何かしらの反応を待っているようだったので、わたしはカーネーションのバケツのほうへゆっくりと移動した。左右に釣り合いよく並べられた淡い色の花は、平凡でどことなく不快だったが、メイベルの客をもっとよく観察するには都合がよかった。わたしは花束を吟味するように少し身を屈めた。おかみさんが不機嫌を隠そうともしていないのは明らかだった。花を整えようとした手の勢いが余って、ライラックの花弁が散った。

「はいどうぞ、メイベル」数分後、わたしはライラックの小さな花束を手渡しながら言った。その香りは、メイベルの新しい知人に見るからに安堵をもたらした。わたしには花屋のほうを振り返る勇気はなかったが、メイベルは平気だった。花束を取り上げ、その茶色い包み紙とあっさりした白いリボンを腐《くさ》すように調べた。「花さえよけりゃええってこった」聞こえよがしに言って、大仰に喜び、花束を鼻に当てた。

「どんな香り?」と若い女性が訊いた。

「さあね。匂いなんか何年も嗅いどらんもの」メイベルは花を彼女に手渡し、女性はその中に顔をうずめて、香りを吸い込んだ。

彼女が目を閉じている隙に、わたしはその姿を観察した。わたしほどではないが背が高く、ペアーズの石鹼の広告に描かれる女性のように肉感的だ。レースの高い襟の上の肌は色白で、染みひとつなかった。ゆるやかに編んだ蜂蜜を思わせる金髪を背に垂らしていて、帽子はかぶっていない。

彼女は、もう二度と鳴ることはなさそうなフジツボに覆われた鐘と、木彫りの天使の顔のあいだに花束を置いた。

わたしは木彫りを取り上げた。「メイベル、これ初めて見るわ」

「今朝、仕上げたんでね」

「メイベルの知ってる人?」とわたしは訊いた。

「歯なしになる前のあたしさ」メイベルは笑った。

女性が立ち去る気配はなく、わたしは自分が何か内輪の話の邪魔をしてしまい、ふたりは続きを始めるつもりで待っているのだろうと思った。ポケットから財布を取り出して、値段に見合った硬貨を探した。

「気に入ると思ったよ」メイベルは言った。はじめ、メイベルが若い女性のことを言っているのかと思ったがそうではなく、老女は木彫りの天使を手に取り、わたしの銅貨を受け取った。

「わたし、ティルダというの」そう女性は言い、手を差し出した。

わたしはためらった。

「この嬢は握手が嫌《きれ》えでね」とメイベルが言った。「あんたが肝をつぶすんでねえかと怖いのさ」

ティルダはわたしの指に視線を向け、それからまっすぐに目を見つめた。「わたしが肝をつぶすものって滅多にないの」彼女の握手は力強かった。わたしは感謝した。

「エズメよ」とわたしは言った。「メイベルのお友達？」

「いいえ、今、会ったところ」

「似たもん同士ってとこさね」メイベルが言った。

ティルダが身を寄せた。「彼女ね、わたしがドーリーモップだって言い張るの」

わたしには意味がわからなかった。

「この顔ごらんよ。ドーリーモップなんて聞いたこともねえのさ」メイベルにはティルダのような分別はなく、スタイルズのおかみさんは、これ見よがしにバケツを引きずり、抗議のことばをつぶやいて、憤慨していることを顕《あら》わにした。「ほれ嬢」メイベルはわたしに言った。「カードをお出し」

ティルダは首を傾《かし》げた。

「この子はことばを集めてるんだよ」メイベルが言った。

「どんなことば？」

「女のことばさ。ふしだらなことばだよ」

なんと申し開けばいいかわからず、わたしは無言で立ちすくんだ。パパにポケットを裏返しなさいと言われたときのようだった。

だがティルダは驚き呆《あき》れるどころか、興味を持った。「まあそうなの？」と彼女は言って、わたしのぶかぶかの上着と、その袖口にリジーが刺繡《ししゅう》したヒナギクの花輪を見つめた。「ふしだらなことばを？」

「違うわ。というか、時々はね。ふしだらなことばはメイベルのお得意なの」

わたしは白紙のカードの束と鉛筆を出した。

「あなたはドーリーモップなの？」それがどれくらい失礼な質問かわからないまま、そのことばを言ってみたくて訊ねた。

「女優よ。どっちも同じだという人もいるけど」そう言って、メイベルに微笑を向けた。「ここにいるわたしたちのお友達が言うにはね、彼女は舞台を踏んだおかげで、そういう特別なお仕事に就いたんですって」

理解しはじめたわたしは、捨ててあった校正紙を切って作ったカードの左上に〝ドーリーモップ《Dollymop》〟と書いた。このカードは最近のわたしのお気に入りだが、〈辞典〉に認められた正統なことばを線で消し、その裏にメイベルのことばを記録する快感には、いつもかすかなうしろめたさが混じっていた。

「それを入れた文を言っていただける?」わたしは頼んだ。

ティルダはカードを見て、それからわたしに視線を移した。「あなたとっても真面目なのね、そうでしょ?」

両頬がかっと熱くなった。彼女の目から見たカードを、その馬鹿馬鹿しさを想像した。わたしはさぞ変人に見えるだろう。

「ほれ、文を言っておやりよ」メイベルがせっついた。

ティルダはわたしが顔を上げるのを待っていた。「ひとつ条件があるわ」望みが叶いそうだというように微笑んでいる。「ニュー・シアターで『人形の家』を上演中なの。今日の午後、マチネーに来て、その後わたしたちと一緒にお茶をしてちょうだい」

「するさするさ。ほれ、文を言っておやりって」

ティルダは空気を胸いっぱいに吸い込んで、姿勢を正した。視線をわたしの肩の少し向こうに向け、それまでわたしがまったく気づかなかった労働者階級のアクセントで言った。「銅貨一枚ドーリーモップにくれてやりゃあ、その膝あっためてくれるってよ」

「こりゃ場数を踏んどるよ、あたしに言わせりゃね」メイベルが笑いながら言った。

「誰も言ってなんて頼んでないわ、メイベル」わたしは言い、その文をカードの中央に書いた。

「これは売春婦と同じもの？」ティルダに訊く。

「そうでしょうね。でもドーリーモップはもっと行き当たりばったりで、素人《しろうと》っぽいの」

ティルダはわたしが定義を書くのをじっと見つめた。

「うまくまとまってるわ」と彼女は言った。

「あなたの姓は？」鉛筆を宙に浮かせて訊いた。

「テイラー」

メイベルが木を削る小刀で木箱を叩いて、わたしたちの注意を惹こうとした。

「あたしにも読んどくれよ」

わたしは周囲を行き交う市場の人々を見回した。

ティルダはカードに手を伸ばした。「約束するわ、声を張り上げたりしないって」

わたしはカードを渡した。

Dollymop（ドーリーモップ）
時折、金銭と引き換えに、性的な接待を行う女性。
「銅貨一枚浮かれ女《ドーリーモップ》にくれてやりゃあ、その膝あっためてくれるってよ」
ティルダ・テイラー、一九〇六年

いいことばだわ、と思いながら、わたしはポケットにカードをしまった。それに教えてくれた人も素敵だわ。

「行かなくちゃ」とティルダが言った。「あと一時間で支度だから」ハンドバッグに手を入れ、プログラムを出す。

「わたしノラを演《や》るの」と彼女は言った。「幕が上がるのは午後二時よ」

ஃஃ

パパがスクリプトリウムから帰ってきたときには、昼食の用意はできていた。市場で買ってきたポークパイと茹でたインゲン豆だ。キッチンの食卓の上には、花瓶に新しく花が活けてある。

「ニュー・シアターにかかってる『人形の家』のマチネーに招待されたの」食事をしながらわたしは言った。

パパは目を上げた。驚いたようだが微笑んでいた。「ほう？ 誰が招待してくれたんだね？」

「カバード・マーケットで会った人よ」パパの微笑が、眉間の皺に変わったので、わたしは慌てて続けた。「女の人よ。女優さん。劇に出てるの。パパも一緒にどう？」

「今日かい？」

「ひとりでも平気よ」

パパはほっとしたようだった。「午後はゆっくり新聞を読むのを楽しみにしていたのでね」

昼食後、わたしはウォルトン・ストリートを街に向かって歩いた。出版局では、大勢の人が労働の一週間を終えてアーチから吐き出されてくるところだった。これから始まる長い午後を前に、会話が活気づいている。多くはわたしが今来た方向へ向かい、ジェリコにあるわが家へ帰るのだが、数人ずつ連れ立った男たちや何組かの若い男女は、オックスフォードの街中へ向かって歩き出した。わたしはその後について歩きながら、誰かニュー・シアターに行く人はいるかしらと考えた。

ジョージ・ストリートで、前を歩く小さな人の群れは、剝がれ落ちるように道をはずれ、パブや軽食堂へと入っていった。劇場に入る人は誰ひとりいなかった。

早めに着いたとはいえ、劇場の閑散とした様子にいささか呆気《あっけ》にとられた。そこは記憶にあるよりも広々として見えた。何百人分もの座席があったが、座っていたのはやっと三十人というところで、わたしはどこに座ろうかと途方に暮れた。

ティルダが舞台からカーペット敷きの階段を小走りに上り、ぼんやり立っているわたしのところへ来た。「ビルが、素晴らしく目を惹く女性が劇場に入ってくるのを見たって言うから、きっとあなただと思ったの」ティルダはわたしの手を取って、最前列へ引っ張っていった。そこにはひとりだけ人が座っていた。

「ビル、あなたの言うとおりだったわ。こちらはエズメ」

ビルは立ち上がり、少し芝居がかったお辞儀をした。

「エズメ、弟のビルよ。最前列で弟と一緒に座ってちょうだい。そうしたらわたしからもあなたが見えるから。見てのとおり、それ以外の場所に座ったら人混みに紛れてあなたを見失ってしまうもの」

ティルダは弟の頰にキスし、わたしたちを残して行ってしまった。

「最前列に座って、劇場が大入り満員だって想像したらいいんですよ。切符が完売の芝居を最高の席で観てるんだってね」と、ふたりとも席に腰を下ろしたとき、ビルは言った。

「そういう想像はよくなさるの？」

「いつもじゃないけど。でもこの芝居では役に立ってくれてますよ」

ビルと一緒にそこに座っているのは気安かったが、本当は戸惑いを感じるべきなのだとも思った。ビルには、スクリプトリウムに出入りする男性たちの、わたしが慣れている堅苦しさがなかった。もちろん彼は大学人《ガウン》というより町の人《タウン》だ。だがそれよりも、彼にはわたしがうまくことばに表せない何かがあった。自分はティルダより十歳下だとビルは言った。つまり二十二歳で、わたしより二歳若いだけだ。彼はわたしとまっすぐ目を合わせられるほどの身長で、ティルダの繊細な鼻と豊かな唇を持っていたが、そのどちらも咲き乱れるそばかすに埋もれていた。瞳は姉と同じ緑だったが、髪は彼女のような蜂蜜色ではなかった。ビルの髪はもっと暗い、糖蜜のような色だった。

ふたりで開演を待ちながら、わたしはビルの話に耳を傾けた。彼は主にティルダについて語った。ほかに誰も自分を気にかけてくれなかったときに、ティルダが面倒を見てくれた、と彼は言った。ご両親はいらっしゃらないの？　とわたしは訊いた。

「ええ。いや、死んだわけじゃありません」ビルは言った。「ただそばにいないだけです。だから僕は劇団が姉に声をかけてきたら、どこでもついて回ってるんです」そのとき照明が暗くなり、幕が上がった。

ティルダはうっとりするほど素晴らしかったが、ほかの出演者たちはそうでもなかった。

⁂

「今日の午後は、お茶じゃ足りない気分だわ」ようやく三人で劇場を出たとき、ティルダは言った。「エズメ、どこかで一杯やれないかしら？　ほかの出演者が行きそうもないところ」

パブなんて、日曜日のランチにパパと行くだけで、お酒を飲むためだけに入ったことなど一度もない。わたしたちはジェリコの外に足を延ばしたことはほとんどなかったが、一度だけ、クライストチャーチのそばの小さなパブに行ったことがあった。わたしは先に立ち、セント・アルデーツに向かって歩き出した。

「〝オールド・トム〟って店の主人？」三人でパブの表に立ったとき、ビルが訊いた。

「グレート・トムにちなんだ名前なの。トム・タワーの鐘よ」わたしはセント・アルデーツ・ロードの先にある鐘楼を指した。もっと詳しく説明しようと意気込んだのに、ティルダは背を向けて店に入っていった。

夕方五時の〈オールド・トム〉亭は客が入りはじめていたが、ビルとティルダがふたりでいるとひどく人目を惹いた。まるで温めたナイフでバターを切り分けるように人混みの中を過ぎていく。わたしは少し俯《うつむ》き、伏し目がちに後をついていった。夕食には妙な時間だし、婦人客は片手で数えられるほどしかいなかった。今日の午後をどこで過ごしたか話したら、リジーはきっと十字架をつかむだろう。

「まあご親切に」ティルダが言うのが聞こえた。三人の男たちが立ち上がって、テーブルを彼女に譲っていた。

ビルが椅子を引いて彼女を座らせ、次にわたしにも同じことをした。「何を飲む？」ビルは訊いた。わたしは見当もつかなかった。「レモネード」と、これで許してほしいというように答える。バーはほんの数フィート先なのに、ビルはほかの男たちの頭越しに注文を怒鳴った。不平がましいつぶやきが起きたが、ビルがわたしたちの座っているほうを指すと、突如として誰もかれもが我がちにわたしたちの飲み物に先を譲った。

ティルダがウィスキーを飲み干した。「エズメ、お芝居を楽しんでくれたかしら？」

「あなたはとっても素晴らしかったわ」

「まあありがとう。でも、質問をうまくかわしたわね」

「凡庸だったよ」ビルが言って、助け舟を出した。

「それは、あの芝居についていろいろ言われてきた中では、一番ましな感想かもしれないわ、ビル」

ティルダは弟の腕に片手を載せた。「そして今季の公演が中止になった理由でもある。今日限りでね」

「ファック《畜生》」

わたしは目を瞠《みは》った。そのことばのせいではなく、彼があまりにも自然にそれを口にしたからだった。

ビルはこちらを向いた。「失敬」

「謝ることないわ、ビル。エズメはことばの蒐集家なの。運がよければ、それも例の小さな紙切れに書き留めてくれるわよ」ティルダは空になったグラスを上げた。

「ごめんよ、姉さん。このたびの失職により、ウィスキーのお代わりを誂《あつら》えること能《あた》わずだ」

「ところが、いい知らせはこれからなの」ティルダはにっこりした。「エズメが言ったとおり、わたしはとっても素晴らしかったのよ。オックスフォード大学の役者たちにもそう思った人が二、三いてね。今日の観客はほとんどそういう役者ばかりだったんだけど。で、『空騒《からさわ》ぎ』に出ないかって誘ってくれたの。わたし、ベアトリスを演るのよ。もともと決まっていた役者が水疱瘡《みずぼうそう》になって役を降りたんですって」ことばを切ると、ビルがそれを咀嚼《そしゃく》するのを待った。「劇の前評判は上々で、初演から数夜は予約でほとんどいっぱい。興行のあがりの一部を貰えるように手を打ったわ」

ビルがテーブルを平手でぴしゃりと打ち、グラスが三つとも跳ね上がった。「そいつは馬鹿《ファッキン》に豪気じゃないか。僕の仕事はあるかな?」

「もちろんよ。そもそもわたしたちは二人一組だしね。あなたは衣装替えと、時々台詞を教える係よ。みんなであなたの取り合いになるわ、ビル」

ビルはバーに戻り、わたしはカードを取り出した。メイベルは否定的な意味でしか〝ファック〟を使ったことはなかった。

「きっと一枚じゃ足りないわよ」ティルダが言った。「あれほどいろんな意味がある単語はそうは思いつかないもの」

〃ファック《fuck》〃は『F&G』の巻に入っていなかった。

「調べものかね、エッシー?」わたしがその巻を棚に置いたとき、パパが訊いた。

「ええ。でもわたしがそのことばを声に出して言ったら、パパはきっと嫌がるわ」

パパは微笑んだ。「なるほど。整理棚を探してごらん。書かれたことばなら、あそこにあるだろう」

「書かれたことばなら、〈辞典〉に入っているはずじゃないの?」

「とも限らんよ。英語の中できちんと由緒を辿《たど》れなくちゃいけないからね。それに……」パパはことばを切った。「……こう言えばいいかな。おまえがそれを口にする気がしないということは、ある人の品位ある良識にそぐわないのかもしれない、とね」

わたしは整理棚を探した。〃ファック〃のカードはたいていのことばよりもずっと多く、その束は、ビルとティルダが教えてくれたよりもさらに多くの様々な意味に分けられていた。最古のものは十六世紀に遡る。

スクリプトリウムのドアが開き、メイリングさんがヨックニーさんと一緒に入ってきた。ヨックニーさんは最近加わったばかりで、一番小柄で一番髪の薄い助手だ。わたしはカードを返し、自分の席に戻って郵便物を仕分けした。

十一時になると、わたしはキッチンに行ってリジーとテーブルについた。

「メイベルが言ってたけど、土曜日に新しい友達ができたんだってね」リジーはお茶を注いでくれながら言った。

「じつはふたりお友達ができたの」

「その友達のことを聞かせておくれよ」

わたしが土曜日のことを話しているあいだ、リジーはほとんど無言だった。〈オールド・トム〉亭のことを口にすると、その手は十字架を探った。わたしはティルダのウィスキーのことは黙っていたが、自分がレモネードを飲んだことは抜かりなく話した。

「二、三週間は通し稽古なんですって。お芝居が始まったら、リジーと行けたらと思ってるの」

「その時になったらね」とリジーは言った。そしてテーブルを片づけた。

スクリプトリウムに戻る前に、わたしは階段を上ってリジーの部屋へ行き、ビルとティルダのことばをトランクに入れた。


ボドリアン図書館はニュー・シアターからほんの数分の場所にあるので、ことば探しや用例の確認を頼まれるたびに、通し稽古中のビルとティルダのところに顔を出すのに好都合だった。こうしたおつかいに妙に精を出すわたしの様子は人目につかずにはいなかった。

「今朝はどこへお出ましかい、エズメ?」スウェットマンさんは、わたしが自転車で出かけようとするのと入れ違いに、自転車を引いてスクリプトリウムのほうに歩いてくるところだった。

「ボドリアンです」

「しかし、この三日間で三度目じゃないか」

「マレー博士が用例を探してるんです。用例探しはわたしのお役目ですもの」とわたしは言った。

「それに楽しいんです――図書館が大好きだから」

スウェットマンさんはスクリプトリウムのトタン壁を見た。「ああ、君がそう言うのはもっともだよ。それで、なんのことばか訊いてもいいかな?」

「〝サフレッジ《参政権》〟です」わたしは言った。

「重要なことばだね」

わたしは微笑んだ。「ことばはみんな重要でしょう、スウェットマンさん」

「もちろんだ。しかし、われわれが想像するよりもさらに多くの意味を持つことばもあるからね」と彼は言った。「時々〈辞典〉には荷が重い気がして、心配しているんだ」

「あら、それは仕方ありませんわ」わたしは自分が急いでいることを忘れた。「ことばは物語のようなものでしょう、そう思いません、スウェットマンさん? 口から口へと伝わるあいだに変わっていくんです。ことばの意味は、話されることに合わせて広がったり縮んだりするんだわ。〈辞典〉ですべての意味の違いを集め切ろうなんてどだい無理なんですわ。しかも、書かれたことがないことばは本当にたくさんあるんですもの――」わたしは口をつぐんだ。急に気恥ずかしくなった。

スウェットマンさんは満面の笑みを浮かべていたが、小馬鹿にしているような顔つきではなかった。

「君の言うことはじつに的を射ているよ、エズメ。それにこう言ってはなんだがね、君は辞書編集者らしい口のきき方をするようになってきたと思うね」

わたしは全速力でパークス・ロードを走り、新記録でボドリアンに着いた。『ブラックストーンの英国法釈義』はすぐに見つかった。手近な机に持っていき、マレー博士が確認するように言った三枚のカードに目を通した。どれにもほぼ同じ用例が書かれている(その〝ほぼ〟について確認をとってもらいたい、というのがマレー博士の言いつけだった)。

わたしはその頁を見つけ、ざっと読むと文に沿って指を走らせ、それぞれの用例と照らし合わせた。どの用例もことばがひとつかふたつ欠けている。今日は図書館ではついてるわ、とわたしは思いながら、閲読者が書いた文を線で消した。早く出たくてむずむずしたが、新しいカードに正しい引用文を丁寧に書き写した。

ゆえに、あらゆる民主主義国家において、誰によって、また如何《いか》なる方法で参政権《サフレッジ》が与えられるのかを統制することは非常に重要である。

わたしは用例を読み直し、間違っていないか念のためもう一度確認した。刊行年を探す。一七六五年だ。ブラックストーンは誰に対して参政権を与えるべきだと思ったのだろう、とわたしは思った。カードの左下の隅に〝修正〟と書き、イニシャルのE・Nを書き足した。そしてほかの三枚のカードにピンで留めた。

スクリプトリウムに帰る途中、遠回りしてニュー・シアターに寄った。中に入ると暗がりに目が慣れるまで少しかかった。役者たちは舞台の上にいて、場の途中で動きを止めていた。数人が中ほどの列に座っていた。

「今日も会えるかな、と思ってたんだ」わたしが隣に座ると、ビルが言った。

「十分だけあるわ」わたしは言った。「衣装を着たところを見たかったの」

衣装をつけた通し稽古だった。初演の晩はもう三日後に迫っている。

「なぜ毎日来るんだい？」ビルが訊いた。

わたしは考え込んだ。「完全な形になる前のものを見るためかしら。それが進化していくところを見守りたいの。そのほうが初日にここに座ったとき、きっと一つひとつの場面をもっと味わって楽しめそうな気がするから。だってどうしてそこに至ったかがわかってるんですもの」

ビルは笑った。

「何が可笑《おか》しいの？」

「何も。ただ、君は滅多に話さないけど、話すときはじつに完璧なことを言うね」

わたしは俯いて手をこすり合わせた。

「それに、帽子のことを全然話さないのもすごくいい」ビルは言った。

「帽子？　なぜわたしが帽子の話をするの？」

「女性は帽子の話が好きだから」

「そうなの？」

「君がそのことを知らないおかげで、僕は君に恋しちゃいそうだよ」

その刹那、わたしが知っていることばはひとつ残らず宙に溶けて消えてしまった。

一九〇六年五月三十一日
わたくしの愛しいエズメへ
あなたの新しいお友達は興味深いご姉弟《きょうだい》のようですね。興味深いというのは、型破りという意味です。一般的にはよいことですが、常にそうとは限りません。あなたならその違いが判断できると思います。
〈辞典〉に俗語を採録することに関しては、マレー博士の原則を唯一の規範とするべきです。これは非常に科学的で、厳密に適用するならば、規則に則《のっと》った根拠が要求されます。根拠が存在すれば、そのことばは採録されます。この原則が素晴らしいのは感情を排除できる点です。ただし、これは正しく使用すれば目的どおりの役目を果たしますが、無視すればなんの意味もありません。そしてそれが（その発明者によってさえ）無視され、個人的な意見が通されてきたことは幾度となくありました。あなたが呼ぶところの俗語はよくその犠牲になります。採録を支持する根拠があってもなくても、そんなことばはなくしてしまいたいと考える人はいるものなのです。

わたくし自身は、そうしたことばは彩りを添えるものだと考えています。庶民のことばは、適切な場面でふさわしい熱をもって発語されるとき、そのことばの上品な類語に比べてはるかに多くのことを表現できますから。

エズメ、もしあなたがそうしたことばを集めはじめたなら、人前では口にするのを慎むことをご忠告します――口にしてもあなたにとってよいことはひとつもありません。そうしたことばをどうしても使いたいなら、メイリング氏にお願いしてエスペラント語の翻訳を伺うとよろしいでしょう。かの言語がいかに豊かで、俗な表現となると、メイリング氏がいかに寛大かにきっと驚くことと思います。

かしこ

愛をこめて、ディータ

# 一九〇六年六月

六月九日、ニュー・シアターで『空騒ぎ』の幕が上がった。初演の夜のビルの役目は、コルセットやストッキングや鬘《かつら》をつける役者たちを手伝って回ることだった。問題があちこちで起こるので、わたしは舞台の袖に彼と一緒に座り、脇から芝居を眺めた。

「やってみたいと思ったことないの?」ふたりでティルダがベアトリスに変身するのを見ながら、わたしは訊ねた。

「死んでも芝居はできないよ」ビルは言った。「だからこそ、僕はこんなに衣装作りがうまいんだ」

「そうなの?」

「それに大工仕事も、表方の仕事も、必要とされることならなんでもね」彼の手がわたしの手をかすめた。「君は? やってみたいと思ったことある?」

わたしはかぶりを振った。ビルの指がわたしの指に戯れかけ、わたしは指を引っ込めなかった。

「感じる?」ビルは傷痕の残る皮膚を撫でながら言った。

「ええ、でも遠くにね。まるで手袋越しに触っているみたいに」

それはつまらない説明だった。彼の触れ方は、まるで耳元のささやきのようだった。その吐息が全身に広がり、わたしを慄《おのの》かせた。

「痛い?」

「ちっとも」

「どうしてそうなったの?」

子供の頃、その問いに対する答えは胸の真ん中に居座る、複雑にもつれあった感情の絡まりだった

――それを解きほぐすことばを、わたしは持たなかった。だがビルの手はわたしの手をしっかりと包んでいて、わたしはその温もりを手放したくなかった。

「昔、カードがあって……」わたしは話しはじめた。

「ことば？」

「わたし、それは大事なものだと思ったの」

ビルはじっと耳を傾けた。

スクリプトリウムで過ごす時間が気分次第で長く感じたり短く感じたりするのはいつものことだが、のろのろといつまでも続くような気がすることは滅多になかった。だがティルダとビルに出会ってからというもの、わたしは気がつけば時計ばかり見ていた。

『空騒ぎ』の公演は、何週間にもわたって連日劇場を満員にした。わたしは土曜日のマチネーに三度出かけ、一度は夜の公演にパパを連れて行った。わたしが机に向かっているあいだ、時計の二本の針は三時半に貼りついたまま動かないように見えた。

出版局の代議員会との会合から戻ってきたマレー博士が、まる半時間かけて、自分が浴びた叱責を助手たちへの叱責へと翻訳した。「Mに入って三年にもなるのに、われわれが刊行できたのはわずか〝ミーナルティ《Mesnalty》〟までではないか」と博士は吠えた。わたしは〝ミーナルティ〟の意味を思い出そうとした。法律用語だ。パパとわたしのことば遊びの種にはまずならない。でもその語根は〝mesne《ミーン》〟で、わたしは〝寛大な、親切な、配慮のある〟という意味の〝mense《メンス》〟を連想した。パパはそのことばの用例の照合と語義の作成に普段よりも長く時間をかけたが、最終的にマレー博士は語義のいくつかを線で打ち消した。わたしはパパが座っているほうを見た。その素敵なことばにかけた時間を一分たりとも悔いていないに決まっている。

お説教が終わると、沈黙が部屋を支配した。時計が四時を指している。マレー博士は一段高い席に座って、いつもより気ぜわしい様子で校正刷りを読んでいた。助手たちはほとんど体を起こすこともなく仕事に向かい、誰も口をきかなかった。五時前にスクリプトリウムを出る勇気のある者はひとりもいなかった。

五時になると、首がそろってマレー博士のほうを向いたが、博士は相変わらずそこにいて、作業は続いていた。五時半、再び首がそちらを向いた。わたしが座っているところから見ると、それはまるで踊りの振り付けのようだった。思わず小さな声を漏らすと、パパが振り向いた。咎めるような顔。ハツカネズミみたいにおとなしくしていなさい。マレー博士はまだ座っている。鉛筆を構え、修正し、削除する。

六時、マレー博士は作業していた校正刷りを封筒にしまい、机から立ち上がった。スクリプトリウムのドアのほうへ向かい、朝になったら出版局へ届けるようにと盆に封筒を置く。博士は仕分け台を振り返った。そこでは七人の助手たち全員の頭がまだ俯いたままだ。釈放への期待に鉛筆が止まっている。

「諸君には帰る家がないのかね？」マレー博士が訊いた。

わたしたちはほっと溜息をついた。嵐は過ぎ去った。

「今日はパパ用のことばはあるかい、エッシー？」スクリプトリウムのドアを閉めながらパパが訊いた。

「今晩はないの。ほら、リジーを劇場に連れて行くでしょう」

「またかね？」

「リジーはまだ行ってないもの」

パパはわたしを見た。「『空騒ぎ』なんだろうね？」

「きっと面白がってくれると思うの」

「リジーはこれまで芝居に行ったことがあるのかい？」

「聞いたことないわ」

「心配じゃないかね、ことばがその……」

「パパ、なんてこと言うの」わたしはパパの額にキスし、キッチンに向かって歩き出した。不安が羽ばたきを始める。

リジーは、何年も一張羅を直し直し着ていた。もともと洒落《しゃれ》た服ではなかったが、そのクローバーのような緑が彼女の肌を明るく見せるとわたしはいつも思っていた。それなのにマグダレン通りを歩いているとき、その色のせいでリジーの顔色が青ざめて見えるような気がした。リジーは教会の前に差しかかると十字を切った。

「あらリジー、染みがあるわ」わたしはリジーのウエストの上についた油染みに触れた。「ミセス・Bに、肉にたれを塗る手伝いをしてくれって言われてね」とリジーは言った。「あの人も前と違って手に力が入らないもんだから。オーブンから出したとき跳ねちゃったのさ」

「拭いてきれいにできなかったの？」

「浸け置きするのが一番だけど、時間がなかったからね。あんたとあたしだけなんだし、誰も気にしやしないだろうと思ってさ」

計画を変更するにはもう遅い——ティルダとビルは〈オールド・トム〉亭で待っているだろう。わたしはふたりの目を通してリジーを見てみた。リジーは三十二で、生まれたのはティルダのほんの一か月前だ。しかしその顔には皺が刻まれ、痩せた艶のない髪がほつれ、茶色にもう灰色が混じり出している。ペアーズの石鹸《せっけん》の広告を連想させるどころか、彼女の姿はバラードさんのそれへと近づいていた。これまで、そのことにわたしはほとんど気づいていなかった。

「そこを曲がってジョージ・ストリートを行ったとこでなかったかい?」まっすぐコーンマーケットに向かって歩いていくわたしに、リジーは言った。

「あのねリジー、わたし、リジーもわたしの新しいお友達に会ってみたくないかしらって思ったの。お芝居の前に〈オールド・トム〉亭で乾杯する約束なのよ」

「セント・アルデーツ通りのパブかい?」リジーの腕はわたしの腕の中にあった。わたしはリジーが身を固くするのを感じた。

⁂

わたしたちが〈オールド・トム〉亭に入ると、ビルは顔いっぱいに笑顔を浮かべ、ティルダは手を振った。リジーは入り口で尻込みした。それは、いつか見たスクリプトリウムの戸口でためらっていた姿と同じだった。

「声をかけられなくても入っていいのよ、リジー」わたしは言った。

リジーはわたしの後につき、わたしは自分が大人で、彼女が子供になったような気分を味わった。

「さては、こちらが名高いリジーだね」ビルが言い、お辞儀をして、リジーの脇にだらりと下がっている手をとった。「初めまして」

リジーはつっかえるように何か言うと、そそくさと手を引っ込め、まるで叩かれたかのようにさすった。ビルは気づかないふりをして、ティルダに注意を移した。

「ティルダ、カウンターに三列も並んでる。君の魅力を使ってみんなの注文をしてきてくれないか」

リジーを見る。「見ててご覧、みんなが道を開けて彼女を通してくれるんだ。モーセみたいにね」

リジーがわたしに身を寄せた。「あたしはお酒はいらないよ、エズメ」

「リジーにはレモネードね、ビル」わたしは言った。

ティルダが微笑みかけ、頷きかけしながら、飲み物を注文しようと押し合うように並んでいる男たちのあいだを進んでいく。ビルは怒鳴らなくてはならなかった。「姉さん、レモネードと僕らのいつものを頼む」

ティルダはわかったというように片腕を上げた。わたしがリジーを振り返ると、初めて出会った相手が何者なのかを見定めるような目つきでこちらを見ていた。

「七時に支度部屋に戻らないといけないのって言ったの」数分後、ティルダは四杯の飲み物を器用に両手で持ったまま言った。「ひとりは衣装替えを手伝ってくれるんですって。あと三人はお芝居を観にくるって約束してくれたわ。歩合だったらよかったのに。わたしのおかげで切符がこんなに売れるんですもの」

リジーはティルダが差し出したグラスを受け取った。その視線は、ティルダのドレスの深い襟ぐりと豊かな胸元に落ちている。わたしはふたりを見比べ、互いの目に映る相手を想像した。老けた女中と娼婦。

「リジーに乾杯」ティルダは言って、ウィスキーを上げた。「エズメとメイベル婆さんのおかげで、あなたとはもうお友達みたいな気分よ」そして頭を後ろにそらしてグラスを空けた。「もう行って着替えなきゃ。お芝居のあとで会えるかしら?」

「もちろんよ」とわたしは言ったが、リジーがわたしの横でそわそわと身じろぎした。「いいえ、たぶんんね」

「ビル、ふたりを口説き落としてちょうだいね。あなた得意でしょ」

ティルダは、男たちからのお定まりの視線と、女たちからの別の視線を集めながら、人混みを掻き分けていった。

⁂

次の月曜日、リジーはレンジの上の大きなポットから紅茶を注いで、カップをパパに渡した。

「芝居は楽しかったかね、リジー?」パパは訊いた。

リジーは続けて別のカップに注ぎ、顔を上げなかった。「半分もわかりませんでしたけど、見るのは楽しかったですよ、ニコル様。エズメが連れてってくださってご親切なことで」

「それでエズメの新しい友達には会ったかね? テイラー嬢の演技には感心したんだが、ふたりの人柄については君の目を頼りにするほかなくてね」

ふたつめのカップはわたしのためだった。リジーはゆっくりと、わたしの好みの量の砂糖を加えた。

「これまであたしは、ああした方々に会ったことがあるとは申せません、ニコル様。遠慮がないんで驚きましたけど、あたしには礼儀正しくしてくれましたし、エズメにも優しくて」

「それじゃ、おめがねにかなったかね?」

「あたしがどうこう言うことではございません」

「しかしまた行くんだろう、劇場へ?」

「もっと好きになってもよさそうなもんだとは思うんでございますが、あたしに合っているかどうか。翌日は恐ろしく疲れてしまいましたし、それでも暖炉に火を入れたり朝食を拵えたりしなくちゃなりませんので」

「わたしのおめがねにはかないそうかな?」その後、ふたりで庭を横切ってスクリプトリウムに向かいながら、パパは訊いた。

わたしはパパのお墨つきがほしいのかしら？　自分でもよくわからなかった。

「パパもきっとふたりを気に入るわ。それに議論ならパパはたぶん、ティルダの味方をすると思うの」と言ってから、口ごもった。芝居の後、〈オールド・トム〉亭で片手に葉巻、もう一方の手にウイスキーを持って、アーサー・バルフォアの物真似をするティルダの姿が浮かんだ。声を低くして、巻き舌で母音を発音し、去年首相を辞任したバルフォアを茶化す。自由主義者も保守派も、集まった全員がどっと沸いた。「でも、パパが認めてくれるかどうかはわからない」わたしは口を閉じた。

パパはスクリプトリウムの扉を開けた。中に入る代わりに、振り返ってわたしを見上げた。この顔は知っている。またリリーの偉大な知恵を持ち出すのだろう。リリーならどうすればいいかわかるだろうに、と。パパ自身のことばで背中を押すのでも警告するのでもない。少なくともディータから手紙が届いて、その中のことばを引用できるまでは。でも今回は、パパは胡麻化《ごまか》さなかった。

「わたしは語義を書けば書くほど、自分が何も知らないことを思い知るんだよ。こうして来る日も来る日も、とうの昔に死んだ人々がことばをどう使っていたのか理解しようと苦労しているのは、今の時代だけでなく、将来もじゅうぶん通用する意味を書くためなんだがね」パパはわたしの両手を取って、まるで〝リリー〟が今もそこに刻印されているかのように、傷痕を撫でた。「〈辞典〉は歴史書なんだよ、エズメ。あれがわたしに何かを教えてくれたとすれば、今のわれわれのものの見方は、ほぼ間違いなく変わってゆくということだ。どう変わるんだろうね？　わたしにはただこうであってほしいと願い、推し量ることしかできないが、おまえの未来は、お母さんがおまえくらいの年頃で楽しみにしていた未来とは間違いなく違うだろう。おまえの新しい友達が、その未来について何か教えてくれるなら、耳を傾けるといい。しかしエズメ、どんな思想や経験がその未来にふさわしいか、そうでないかは、自分の判断を信じなさい。おまえが望むなら、わたしはいつでも意見しよう。だがおまえはもう一人前の女性だ。賛成しない者もいるだろうが、自分自身で選びとっていくことはおまえの権利だとパパは思う。だから、認める認めないに関して、わたしからは強く言えないのだよ」パパはわたしの醜い指を唇に当て、キスした。そしてそれを頬に当てた。そこには告別の空気があった。

わたしたちはスクリプトリウムの中に入り、わたしは月曜の朝の匂いを吸い込んでから自分の席に向かった。

分類して整理棚にしまうカードの束があり、簡単な返信が必要な手紙が二、三通、そしてマレー博士のメモのついた校正刷りが一枚あった。〝各用例が正しい年代順であることを確認してくれたまえ〟。忙しい一日には到底なりそうもない。

スクリプトリウムに人が増えはじめた。男の人たちはことばの上に背を丸めている。ことばの意味を明確に表現するという挑戦が、彼らの眉間に皺を寄せさせ、ひそやかな議論に火をつける。わたしは十五世紀の用例を十六世紀の用例の前に移した。誰もわたしの意見を求めない。

ちょうど昼前に、パパが〝メス《乱雑》〟の語義のひとつとして、わたしが作った修正案がごくわずかな手直しだけで次の分冊に載ることを教えてくれた。

わたしは机の蓋を開け、傷だらけの板に刻み目を追加した。だがそれは、以前のような満足をまるで与えてくれなかった。物足りなさを慰められているようだった。わたしはマレー博士のほうを見やった。博士は背筋を伸ばして腰掛けに座り、頭を書類のほうに垂れている。校正、それとも手紙だろうか。その表情は穏やかで、ペンの動きは滑らかだ。博士に話しかけるなら今だった。わたしは席を立つと、内心よりも自信に満ちた足取りでスクリプトリウムの前方に向かった。

「マレー博士？」わたしは書き上げた手紙を博士の机に置いた。博士は仕事から目を上げない。

「きっと立派に書けておるだろう、エズメ。郵便ポストに入れておいておくれ」

「思ったのですが……」

「なんだね？」まだ博士は仕事を続けている。すっかり没頭している。

「思ったのですが、わたし、もう少し何かさせていただけないでしょうか？」

「午後の郵便で、次の分冊の出版時期を問い合わせる手紙が何通か来るに決まっておる」と博士は言った。「いい加減によしてくれればいいんだが、君が返事を喜んで書いてくれるおかげで大助かりだ。エルシーは退屈で我慢できんと言うんでね」

「わたし、もう少しことばの仕事をしたいという意味で申し上げたんです。たとえば調べものとか。もちろん、手紙のお仕事もいたしますけれど、もっと有意義なお手伝いがしたいのです」

マレー博士の鉛筆が止まり、くつくつと珍しい含み笑いが聞こえた。博士は眼鏡越しにわたしを見ると、久しぶりに会った姪を見るようにじっと観察した。そして机の周りの書類を押しのけて、探しものを見つけ、無言でそれを読んだ。その紙片を取り上げる。「これはトンプソン嬢から来たものだ。君の名づけ親のね。〝ペンシル《Pencil》〟の関連語を調べてもらったんだよ。君に頼めばよかったかもしれんな」そのメモを渡してよこした。「この続きを頼む。意味を示す用例を見つけて、語釈の下書きを書いてくれたまえ」

一九〇六年七月四日
マレー博士
　柄にもなくこのようなものを探し歩いたおかげで、品位を損ないかけた気がいたします。こういったものを扱っているのは理髪店でございました。わたくしが〝アイペンシル〟を求めましたところ、店の者が茶色、栗色、黒、それから赤茶色を出して参りましたが、〝リップペンシル〟なることばは初耳とのことでした。

かしこ

イーディス・トンプソン

正面の席が埋まりはじめても、ティルダは現れなかった。ビルがベネディック役の若い男に怒鳴りつけられていた。

「彼女は君の姉さんだろう。なぜ居場所を知らないんだ？」

「僕は姉のお目付け役じゃない」とビルは言った。

俳優は信じがたいという顔でビルを見た。「お目付け役じゃないか、決まってるだろう」そして荒々しく立ち去った。

ビルが振り向いた。鬘は曲がり、汗の滴りが塗りたてた顔に幾筋も走っていた。

「ほんとにお目付け役なんかじゃないんだよ。彼女が僕のお目付け役だもの」

そう言って楽屋口のほうを見やった。

「もしティルダが今すぐ現れなかったら、あなたがベアトリスを演じなくちゃいけなさそうよ」わたしは言った。「台詞は全部覚えてるでしょ」

「ティルダはロンドンだよ」とビルは言った。

「ロンドン？」

「〝仕事〟だと言ってた」

「何かしら？」

「女性参政権さ。姉はパンクハースト家に運を託したんだ」

楽屋口の扉が開き、ティルダが駆け込んできた。満面に笑みを浮かべ、大きな包みを両腕に抱えている。

「これお願いね、ビル。着替えなくちゃ」

「ベネディックにご用心よ」わたしは言った。

「彼が信じたくなる嘘をつくことにするわ」

その晩のベアトリスにベネディックは歯が立たなかった。ティルダが舞台でお辞儀をしたとき、拍手はきりもなく続き、ベネディックはそれが鳴りやむ前に舞台を歩み去った。

その後、〈オールド・トム〉へ向かう代わりに、ティルダはわたしたちを逆方向の、セント・ジャイルズ通りにある〈鷲《わし》と子〉亭に連れていった。

ふたつある表側の部屋のひとつはすでに満員だったが、ティルダはその中を縫って奥へ入っていった。わたしはビルと一緒に狭い戸口に立ち止まり、なんの集まりか見定めようとした。数えると、まちまちな身なりの女性たちが十二人いた。裕福そうな人たちもいたが、大半は、パパが〝中流階級〟と呼びそうな、わたしとそう違わない女性たちだった。

ティルダは挨拶の途中で振り返ると、わたしたちが立っているほうへ呼びかけた。「ビル、さっきの包み。こっちに回してくれる?」

ビルは包みを背が低くてずんぐりとした婦人に渡した。婦人は彼に礼を言う代わりに「ご立派よ、わたしたちにはあなたみたいな殿方がもっと必要だわ」と言った。

「僕なんかそんなに珍しいほうじゃありませんよ」彼女の言う意味がわかったらしく、ビルは言った。わたしは会話の途中に紛れ込んでしまったような気がした。

「いつもの?」ビルが訊いた。

「飲んだら、どういうことなのかわたしにもわかるかしら?」

「そのうちわかるさ」ビルは狭い廊下をバーへ向かった。

「姉妹《シスターズ》たち」ティルダが口を切った。「闘争に加わっていただき感謝します。パンクハースト夫人は皆さんがきっと馳せ参じてくださると請け合っていらっしゃったけれど、本当だったわ」女性たち十二人全員が誇らしげな顔をした。まるで先生に特別扱いされた生徒だった。

「パンフレットを持ってきました。めいめいが配布する場所を記した地図もあります」ティルダが包みを開けると、パンフレットがみんなのあいだに回覧された。そこには、大学の式服を着た女性が、罪人と一緒に牢獄に押し込められている絵が描かれていた。

「オックスフォード大学の学位をとれたら素敵だわね」とひとりが言うのが聞こえた。

「それも一覧に加えましょうよ」もうひとりが言った。

「エズメ」ざわめきにかぶせるようにティルダの声が響いた。「もうひとつのテーブルに地図を広げてくれない?」前に立つ女性たちの頭上に折りたたんだ地図を差し出している。わたしは逡巡《しゅんじゅん》した。これに応えたら、ほかに何を引き受けることになるのだろう。ティルダにはそれが通じたようで、彼女は地図を持ったまま、辛抱強くわたしの目を見つめ続けた。わたしは頷き、女性たちのいる部屋に足を踏み入れた。

　わたしは通りに面した窓を背にして座り、興奮した女性たちが地図を調べるあいだ、テーブルから滑り落ちないように片手で地図の隅を押さえていた。熱を帯びたやりとりが交わされた。女性たちは作戦について話し合い、住まいの都合に合わせて担当の経路を交換した。パンフレットを配るなら誰も知り合いのいない地区がいい、という者もあれば、自分の住む通りのほうが、咎められたらすぐに家に戻れるので都合がいいという者もいた。

　女性たちの多くは、パンフレットは夜間に配るのがいい、という意見で一致した。暗い夜道や夫の渋い顔が怖いという女性もいて、禁酒の会の案内状にパンフレットを一部ずつ挟む手だてを編み出した。その思いつきは歓迎されたが、囮《おとり》の案内状を作る仕事はその方法を選んだ者が引き受けることになった。

細々した決めごとがまとまると、ティルダは一人ひとりにパンフレットの小さな包みを渡した。女性たちは二、三人ずつ組になって、浮き浮きと〈鷲と子〉亭から立ち去っていった。

三人が残り、ほかの女性たちが行ってしまったあと、ティルダは彼女たちを地図のところへ招き寄せた。四人がさらに計画を立てているあいだ、わたしは狭い部屋の向こう端に移り、カードを取り出した。

Sisters（シスターズ）
共通の政治的目標によって結ばれた女性たち、同志。
「姉妹《シスターズ》たち、闘争に加わっていただき感謝します」
ティルダ・テイラー、一九〇六年

残った女性たちも、それぞれのパンフレットと、別のもう少し大きな包みを手に去った。ティルダが地図を畳んでいるところに、ビルが戻ってきた。

「そろそろ飲み物の番かな？」ビルは言って、ウィスキーと、わたしが味を覚えたシャンディを差し出した。

「いいところに来たわ、ビル」ティルダは言って、グラスを受け取り、わたしを見た。「わくわくするでしょう、ね？」

わくわくするかどうか、わたしにはわからなかった。顔が火照《ほて》り、好奇心をそそられ、鼓動が高まったが、それは不安だったのかもしれない。この経験を喜んで受け入れるべきなのか、拒絶すべきなのか決めかねていた。

「さっさと飲んで」ティルダは言った。「まだすることがあるんだから」

わたしたちは〈鷲と子〉亭を出ると、角を折れてバンベリー・ロードのほうへ向かった。ティルダがわたしの分のパンフレットを渡してよこした。茶色の紙に包まれ、紐で縛ってある。出版局から届いたばかりの校正刷りの束といっても通りそうだった。

「わたし、やるべきなのかしら」落ち着かない気分でそれを手にしながらわたしは言った。

「もちろん、やるべきよ」ティルダは言った。ビルはすぐ前を歩き、わざとわたしたちの会話から距離を置いていた。

「わたし、あなたとは違うの、ティルダ。あそこにいたあの女の人たちとも全然違うし」

「あなた子宮を持ってるんじゃない？　まんこ《カント》も？　バルフォアの糞野郎と自由党のキャンベル＝バナマンのどっちを選ぶべきか判断できるおつむもね？　あなただってさっきの女性たちと全然変わらないわ」

　わたしは危険な酸か何かでも入っているように、包みを体から離して持っていた。

「びくびくしないの」ティルダは言った。「やるって言っても、郵便受けに何枚か紙を入れるだけよ。悪くしても火にくべられるだけだし、うまくいけば読んでもらえて、誰かの考えを変えるかもしれない。まるでわたしが爆弾を仕掛けさせようとしてるみたいじゃない、人聞きが悪いわ」

「もしマレー博士が知ったら……」

「ほんとに博士の気に障ると思うなら、見つからないようにすればいいのよ。さ、ここからあなたの担当の通りよ。バンベリー・ロードの両側に配る分はたっぷりあるわ。ベヴィントン・ロードからセント・マーガレッツ・ロードまでね」

　その道沿いにはサニーサイドも含まれていた。わたしはまだ渋っていた。

「あなた、ジェリコに住んでるのよね？」

　わたしは頷いた。

「帰り道からそれほど離れてないわ」ティルダは言った。「ビル、一緒に行ってあげて」

「あなたは？」わたしは訊いた。

「わたしが付き添いなしで夜気に当たっていたって、誰も驚かないわ。でもあなたには男の腕が必要よ。嫌になっちゃうけど」

わたしたちがセント・ジャイルズを北へ向かって歩くあいだ、行き会った人の数はわずかだった。男女が一組、それと酒に酔った学生《ガウンズ》たちの一団が、仰々しいほど礼儀正しく挨拶し、二手にわかれてわたしたちを迂回した。セント・ジャイルズがバンベリー・ロードに変わると、前方に人影はなかった。わたしの不安は引っ込み、代わりに、尻込みしたことへの後悔が湧いてきた。

「僕がやろうか？」ベヴィントン・ロードの先の最初の郵便受けにふたりで近づきながら、ビルが言った。

ビルはわたしが知っていることを知っている――わたしはあの女性たちとは本当に違うのだということを。彼女たちと意見は同じでも、わたしはその輪の中に立つほど肝が据わっていない。彼が包みに手を伸ばしたが、わたしはかぶりを振った。彼は、代わりにその手をわたしの腰に置き、わたしはしっかりした支え手に感謝した。ティルダが結んだリボン結びを解くと、包み紙が開いてパンフレットが現れた。牢獄の女性の絵が傍観者のわたしを睨《にら》んでいる。

サニーサイドに着く頃には、紙束はだいぶ減っていた。わたしは早足で歩き、ビルも、あなたのおしゃべりで誰かが目を覚まして、窓の外を見るかもしれない、とわたしが小言を言ってからは、気も悪くせずに沈黙してくれていた。赤い円柱形の郵便ポストを見て、わたしは足取りを緩めた。子供の頃、自分の郵便ポストを持っているマレー博士はすごく偉い人に違いない、と思っていた。そこにぎっしり詰まった、ことばのことしか話さない手紙のことを考えるのが大好きだった。アルファベットを覚えると、パパはわたしに自分で手紙を書かせてくれた。わたしは出鱈目《でたらめ》に作ったことばと、出鱈目に作った語義と、パパとわたし以外には誰にもわからないふざけた文をそこに書いた。パパは封筒と切手をくれ、わたしは手紙の宛先にオックスフォード、バンベリー・ロード、スクリプトリウムと書き、パパの名を書いた。ひとりで庭を抜けて門の外に出、マレー博士の郵便ポストにその手紙を投函した。それから数日、わたしはパパがサニーサイドに配達される郵便物を開け、カードを束に仕分けして手紙を調べるあいだ、その顔を見守っていた。とうとうわたしの手紙の番が来ると、パパはほかの全部の手紙を見るときと同じ真面目な顔でそれを眺めた。手紙を読み、重要な提案に賛成するように頷くと、わたしを呼んで意見を求めた。わたしがくすくす笑っても、パパは真面目な顔を崩さなかった。スクリプトリウムの手紙を郵便ポストに入れるとき、わたしはいまだにあの特別なときめきを感じる。

「七十八番地」ビルの声が静寂の中に響いた。

「スクリプトリウムよ」

「嫌なら、抜かしてもいいんだよ」

わたしはさっと一歩踏み出し、門の郵便受けにパンフレットを落とし込んだ。紙の擦れるかすかな音を立てて、それは底に滑り落ちた。

⁂

翌朝、パパが傘を差しかけるあいだに、わたしはサニーサイドの郵便受けの中身を取り出した。パンフレットは手紙の山の一番下にあり、封筒にも入らず、剝き出しで心細げに見えた。その端が目に入り、これを捨てるのが自分の役目になるかもしれない、と急に心配になった。そもそも誰の郵便物の束に入れたらいいのだろう。パンフレットを郵便受けに入れてからというもの、その意味が次第に重みを増し、それに合わせるようにわたしの不安も高まっていたのに、朝の光の中で、学識豊かな紳士たちや聡明な婦人たちから寄せられた多くの手紙に囲まれたパンフレットは、その力を失っていた。わたしは失望した。それが引き起こすかもしれない事態に恐れをなしていたのに、今となっては何も起こりそうもないことが無念だった。

「パパ、わたしね、マレー博士が原稿整理のためにディータに送るカードに、新しい用例をいくつか追加しておきますって約束したの」わたしは言った。「今朝の郵便は後回しでいいかしら?」

「こっちへよこしなさい。朝一番の仕事には気楽でいい」

わたしは思ったとおりの返事に感謝した。

席に着くと、そこからパパの横顔がよく見える。わたしはカードを整理する代わりに、郵便物に目を通すパパの表情の変化を見守った。積んだ山の一番下まで来ると、パパはパンフレットを取り上げた。わたしは固唾《かたず》をのんだ。

パパはそれにざっと目を通し、見出しを読み、真面目な顔でしばし思案した。それから表情を和らげて笑顔になると、漫画の意味がわかったらしくしきりに頷いている。頓智《とんち》に感心しているのだろうか？　あるいはその主張に？　パンフレットを握りつぶすことなく、パパはそれを郵便物の束のひとつに入れた。仕分け台の席から立ち上がると、それぞれの束を決まった場所へ配達していく。

「これはおまえが興味を持ちそうだよ、エッシー」パパはそう言いながら、わたしの机にカードの小さな束を置いた。「郵便と一緒に届いていた」

わたしがパンフレットを受け取り、今初めて見るような顔をして目を通すのをパパは見守った。

「おまえの若い友達と議論してみるといい」パパは言って、歩み去った。

ティルダの言うとおりだった。わたしは臆病者だ。パンフレットを机にしまうと、わたしはポケットから自分が書いた一番新しいカードを取り出した。

〝シスターズ〟。わたしは整理棚を探した。〝シスターズ〟のカードはたくさんあったが、すでに整理されていて、様々な語義の表紙カードが作られていた。だが、その中に〝同志〟はなかった。

⁂

バラードさんが発作を起こすようになってから、リジーがキッチンにいる時間がだんだん増えてきた。医師が長時間立っていてはいけないと警告したので、バラードさんはお茶のポットを前にキッチンテーブルに座り、あれこれと指図した。わたしがキッチンに入っていくと、バラードさんはオックスフォード・クロニクル紙の頁をめくりながら、配達されてきたばかりの丸鶏に塩をするようにリジーに注意していた。

「ほら、けちけちするんでないって」バラードさんは言った。「たっぷり振らないと柔らかくならないよ。長く置けば置くほどいいんだからね」

リジーはうんざりしたように目玉を天井に向けたが、笑顔は消さなかった。「バラードさん、あたしが十二のときから鶏に塩を振らせてきたでしょうが。何をすりゃいいかくらいわかってますって」

「町で騒ぎがあったみたいだね」リジーを無視して、バラードさんは言った。「サフラジェットが何人か、市役所になんだかお題目を落書きしてるところを捕まったんだって。セント・アルデーツをぼっかけられたんだとさ。ひとりが転んで、ほかのふたりが助けようとして立ち止まらなかったら、逃げちまってただろうって」

「サフラジェット？」リジーが言った。「聞いたことないね」

「そう書いてあるんだよ」バラードさんが記事を通して読んだ。「パンクハースト夫人の手下の女たちをそう呼んでるんだと」

「標語だけ？」わたしは言った。火でもつけるのかと思っていた。

「赤いペンキで〝女性の権利は囚人に及ばじ〟って書いてあったそうだよ」

「エズメ、それあんたのパンフレットに書いてなかった?」リジーが訊いた。両手は鶏の腹に埋もれているが、目はわたしに注がれていた。

「転んだのは治安判事の奥さんだったんだってさ」バラードさんは続けた。「あとのふたりはサマーヴィル・カレッジの学生だって。みんな学のあるご婦人じゃないか。まったく世も末だね」

「あれはわたしのパンフレットじゃないわ、リジー。郵便で届いたのよ」

「誰が届けてきたか、心当たりはないのかい?」目をそらさずにリジーは訊いた。

火照りが首を這い上り、顔が紅潮するのを感じる。わたしの答えを見てとったリジーは、鶏の下拵えに戻ったが、その手つきは少し荒くなっていた。

わたしは近づいて、バラードさんの肩越しに記事を読んだ。逮捕者は三人。起訴されることもなく、したがって裁判もない。ティルダとパンクハースト夫人はがっかりするかしら、とわたしは思った。

スクリプトリウムでわたしは整理棚を探した。〝サフレッジ《参政権》〟はあったし、〝サフラジスト《婦人参政権論者》〟もあった。だが〝サフラジェット《Suffragette》〟はなかった。わたしは最近のロンドン・タイムズ紙、オックスフォード・タイムズ紙、オックスフォード・クロニクル紙を探し出すと、机に運んだ。どの新聞にも〝サフラジェット〟に言及する記事があり、男性を表す〝サフラジェンツ〟に触れている新聞も一紙あった。サフラジェットを動詞として使っている記事もある。わたしはそれらを切り抜き、用例に下線を引いて、ひとつずつカードに留めつけた。そしてすべてのカードをしかるべき整理棚の仕切りにしまった。

⁂

その晩も興行が終わり、ビルとわたしはティルダを手伝って普段着に着替えさせていた。

「あなた、暢気《のんき》すぎるのよ、エズメ」ティルダはベアトリスのブルーマーを脱ぎながら言った。

「でもティルダ、わたしここに住んでるんですもの」

「治安判事の奥さんだってサマーヴィル・カレッジの女学生たちだって同じよ」

一時間後、わたしたちは再び〈鷲と子〉亭にいた。手伝いのために集まった女性たちの熱気にわたしは辟易《へきえき》した。新しいパンフレットはエメリン・パンクハーストと共にロンドンで行進しようと女たちを煽《あお》り、彼女たちは早速、遠征の計画を立てていた。そうした意気込みが自分に伝染すればいいのにと思いはしたが、みんなで通りに出た頃には、わたしは自分が彼女たちの仲間に加わらないことを悟っていた。

「あなたは怖がってるの、それだけよ」とティルダは言って、子供にするようにわたしの頰に手を当てた。パンフレットの束をビルに渡すと、後ろ向きに歩きはじめる。「問題はね、エズメ、あなたは間違ったものを怖がってるってことよ。選挙権がなければ、わたしたちの発言はまるで意味を持たないの。あなたが怖がらなくちゃいけないのはそこなのよ」

⁂

リジーがキッチンテーブルに向かっていた。その前には裁縫道具の籠と、服の小さな山があった。わたしは食料部屋のほうを見てバラードさんの姿を探した。

「マレーの奥様のところだよ」とリジーが言った。そしてくしゃくしゃになったパンフレットを三部、差し出した。「あんたのコートのポケットに入ってた。嗅ぎ回ってたわけじゃないよ。縁《へり》のところを直そうと思って、縫い目を確かめてただけ」

わたしは棒を飲んだように立ちすくんだ。いつものように、叱られて当然だという気がしたが、なぜなのかはよくわからなかった。

「あちこちでこれを見たよ。郵便受けから落ちてたり、カバード・マーケットに貼ってあったりするからね。なんて書いてあるかも教えてもらった。挙句にあたしも行くかって訊かれてさ」リジーは鼻で嗤《わら》った。「あたしが丸一日ロンドンくんだりまで行けるもんかね。あの女はあんたを堕落させるよ、エッシーメイ。あんたが好きにさせてたらね」

「誰のこと?」

「よくわかってるくせに」

「自分の気持ちはわかってるわ、リジー」

「かもしれないけどね、あんたは自分にとって何がいいことかわかってたためしがないよ」

「これはわたしだけの話じゃないの、すべての女性に関係あるの」

「したらあんた、やっぱりこれを配ったんだね?」

リジーは三十二歳なのに、四十五歳に見える。わたしは突然、その理由を理解した。「リジー、あなたはみんなに言われたとおりにするだけで、自分の言いたいことを言えないでしょう」とわたしは言った。「このパンフレットに書かれているのはそのことなの。今こそわたしたちは、自分のために声を上げる権利を与えられるべきなのよ」

「そんなのお金持ちのご婦人たちが、もういっぱい持ってるくせに、もっとなんだか欲しがってるだけの話でないの」とリジーは言った。

「彼女たちは、わたしたち全員のためにもっと欲しいと言ってるの」声が大きくなる。「リジーが自分のために立ち上がらないなら、ほかの誰かが立ち上がってくれることを喜ぶべきでしょ」

「あんたがその紙と縁を切ってくれたら喜ぶさ」リジーは落ち着き払って言った。

「女性が選挙権を持てないのは無関心のせいよ」

「無関心」リジーは鼻を鳴らした。「あたしはそれだけじゃないと思うけどね」

それを聞いてかっとしたわたしは、コートも忘れてキッチンを飛び出した。

昼食の少し前にキッチンに戻ってみると、バラードさんが湯気の立つ紅茶茶碗を前に、テーブルについていた。

「今日のサンドウィッチは三人だけよ、ミセス・B」わたしはリジーを探して辺りを見回した。

「もう作っちまったよ」そう言うと、調理台の上の皿に向かって顎を動かした。サンドウィッチが積み上がっている。そのとき、リジーが自分の部屋に通じる階段の下に顔を覗かせた。

わたしは笑顔を向けたが、リジーは頷いただけだった。

「マレー博士は出版局の代議員会と会合だし、パパとボークさんはハートさんに会いに行ったの」リジーと喧嘩をしているわけではないというふりをしたくて、わたしは続けた。「なんでも、綴《つづ》りの間違いなんですって。パパは何時間もかかりそうだって言ってたわ」

「それじゃ、あたしらは晩もサンドウィッチだね、リジー」バラードさんが言った。

「無駄にしちゃいけませんからね」リジーはそう答えながら調理台のほうへ行くと、サンドウィッチをいくつか小さな皿にとり分けはじめた。

「わたしがやるわ」わたしは言った。

「あんた、夜は劇場に行くのかい、エズメ?」リジーはふりをするつもりはないらしかった。

「たぶん行くと思うわ」

「もう台詞を覚えちゃったんでないのかい」

その指摘には返すことばがなかった。実際そのとおりで、わたしがティルダの台詞を口真似しているのを見つけると、ビルは面白そうにわたしを揶揄《からか》った。「彼女の代役が務まるよ」と彼は言う。

「リジーもどう?」わたしはリジーに訊いた。

「いいや。初めてのときはありがたかったけどね、エズメ。いっぺんでたくさんだよ」

わたしがほっとしたのがそれほど見え見えでなければ、リジーはそこでやめたかもしれない。だが彼女は溜息をつき、声を低くした。「あんたはあの人たちみたいに世間ずれしてないんだよ、エッシーメイ」

「わたし、もう子供じゃないわ」

バラードさんが床を引きずるように椅子を押し出すと、ハーブ用の籠を手に庭へ出て行った。

「そろそろわたしも、リジーの言う〝世間ずれ〟したほうがいいんじゃないかしら。世の中は変わってきてるの。女性だって、誰かに言われたとおりの人生を生きる必要はないのよ。女性にも選択肢があるの。これからの人生、人に言われたとおりのことをして、他人の顔色を窺《うかが》いながら生きていくなんて、わたしは選択しない。そんなの生きてるって言えないもの」

リジーは引き出しから清潔な布巾を出すと、あとで自分とバラードさんが食べる分のサンドウィッチの皿の上に広げた。そして背筋を伸ばし、深呼吸をして、首にかけた十字架を片手で探った。

「ごめんなさい、リジー、わたしそんなつもりじゃ――」

「選択もいいだろうさ。けどあたしがいるところからは、世の中はこれまでとちっとも変わってないように見えるんだよ。あんたに選択肢があるんならね、エズメ、間違わないように選びなさいよ」

⁂

千秋楽の公演は満席だった。三度のアンコールがあり、興奮した観客は一斉に立ち上がって万雷の拍手を送り、役者たちは祝杯を上げる前から舞台の上で酩酊《めいてい》していた。ティルダは、ニュー・シアターから〈オールド・トム〉亭へとみんなを先導した。左右の腕にそれぞれ男優をひとりずつぶら下げている。役者たちはティルダにしなだれかかり、その狎《な》れた様子は夜の街を行く人々を振り返らせた。

わたしはその後ろをビルと一緒に歩いていた。毎週恒例のこの行列で、わたしたちはいつもこの位置にいる。そしていつものように、ビルはわたしの手を探り当てると自分の腕に導き、ぴったりと寄り添った。ただ、そこに漂う空気が違っていた。手を重ねたまま、彼の指が、わたしの素肌に刻まれた複雑な模様をなぞっていた。彼はほとんど口をきかず、遅れずについていこうというつもりもあまりないようだった。

「みんな浮かれているわ」わたしは言った。

「最後の晩はいつもこんな感じだよ」

「このあとどうなるの?」わたしは、内緒話のように身を寄せた。

「少なくとも誰かひとりは逮捕される。ひとりはチャーウェル川に落ちる。あとは……」彼はわたしを見た。

「あとは?」

「ティルダがあのふたりのどっちかのベッドにもぐりこむ。彼女を自分の部屋にうまく忍び込ませたほうのね」

「なぜわかるの?」

「ティルダの習慣だから」ビルは、明らかにわたしの反応を計りながら言った。「彼女、公演中はずっとふたりを遠ざけててね。男と寝るのは芝居によくないんだそうだ。だから終わったら相手をしてやるってわけ」

そのことはもう知っていた。ティルダがそのままのことを言っていたからだ。聞いたとき、わたしは赤面したが、ティルダは「雄のガチョウがやっていいことを、雌のガチョウがやったらなぜいけないの?」と言った。彼女はわたしの反論に取り合おうとせず、わたしは自分の主張が借り物で、本心からではないような気がしはじめた。

「あのね、エズメ」彼女は言った。「女だってあれが好きなようにできてるのよ」

そして彼女はわたしにやり方を教えた。

「あれ、なんていうの？」翌日、自分の指の愛撫《あいぶ》と快い恍惚《こうこつ》の記憶から醒《さ》めやらぬ態でわたしは訊いた。

ティルダは笑った。「じゃあ見つけたのね？」

「見つけたって？」

「あなたのつぼみ。クリトリスよ。綴りを教えてあげるわ、もし書き留めるつもりなら」

わたしはポケットからカードと短い鉛筆を取り出した。ティルダが綴りを言った。「医学生が名前を教えてくれたの。でもあれのことはちっともわかってなかったけど」

「どういうこと？」わたしは訊いた。

「つまりね、彼はあれをペニスの名残だと説明したのよ。わたしたちがアダムから作られた証拠なんですって。でもね、あなたと同じで、あれの働きを全然知らなかったわ。知ってたんなら、無意味だと思ってたのね」彼女は微笑んだ。「あれは女に悦《よろこ》びを与えるの、エズメ。それがクリトリスの唯一の機能。このことを知ればすべてが変わる、そう思わない？」

わたしは理解できず、かぶりを振った。

「わたしたちはあれを愉しむように作られてるってこと」ティルダは言った。「あれを避けるんでも、あれに耐えるんでもなく、愉しむのよ。男と同じにね」

ティルダとその取り巻きのあとを歩きながら、ビルは、出会ってから初めて含羞《はにか》んでいるように見えた。

「今夜はティルダは帰ってこない」彼は言った。

お行儀のよい返事が舌先に出かかったまま、わたしは黙っていた。

「僕にそう念押ししてたから」

そのことばがわたしの全身を伝わり、今はその呼び名を知っている場所に届いた。彼と一緒に行けば、何が起こるかをわたしは知っていた。わたしはそれを疼《うず》くように欲していた。

「遅くなると困るの」わたしは言った。

「大丈夫だよ」

⁂

数日後、ビル、ティルダ、わたしは駅で待ち合わせてお茶をした。ビルはわたしの頬にキスした。それを見た人は、古い友人同士か、おそらくいとこ同士だと思っただろう。わたしの耳にかかる彼の柔らかな吐息にも、それに応える慄《おのの》きにも気づかなかっただろう。三夜にわたって、彼はわたしの体を探索した。わたしが存在を知らなかった悦楽の鉱脈を発見した。僕、オックスフォードに残ろうか？　彼は訊いた。わざわざ訊かないといけないなら、とわたしは言った。たぶん残るべきじゃないわ。

ティルダはわたしに紙袋を手渡した。

「安心して、パンフレットじゃないから」彼女は微笑んだ。

わたしは袋を開けた。

「リップペンシル、アイペンシル、それからアイブロウペンシル」とティルダは言った。「手に入れるのは簡単だけど、あなたの名づけ親が行くような美容室では無理かもしれないわね。それからあなたに口紅も買ったわ。赤よ。あなたのその髪に合わせて。口紅が映える新しいドレスがいるわね」

わたしはカードを取り出した。「〝リップペンシル〟を入れた文を言ってみて」

「リップペンシルが、彼女のルビイ色をした唇の曲線を画家の筆のようになぞった」

「練習してるんだよ」ビルが言った。

「その部分はカードに書けないわ」

「これを〈辞典〉に載せるんなら、本から採らないといけないんだろう?」ビルが訊いた。

「本当はそうだけど、手元の用例が意味に合わないときは、マレー博士だって自分で用例を作ってること、誰でも知ってるわ」

「それはわたしの文よ。使うなり捨てるなりお好きにどうぞ」ティルダが言った。

わたしはそれを採用した。ビルがお茶のお代わりを注いだ。

「マンチェスターでは、もう出るお芝居が決まってるの?」わたしは訊いた。

「僕らがマンチェスターに行くのは芝居の仕事じゃないんだ、エッシー」ビルが言った。「ティルダがＷＳＰＵに参加したんだよ」

「ＷＳＰＵって?」

「女性社会政治連合《Women's Social and Political Union》」とティルダが言った。

「パンクハースト夫人がティルダの舞台の才能を見込んでね」

「わたしの声は通るのよ」

「おまけに気取った発音もできるし」ビルは心から誇らしそうに姉を見た。彼がティルダから離れることなど、わたしには到底想像できなかった。

# 一九〇六年十二月

エルシー・マレーがたくさんの封筒を手に、スクリプトリウムの中を巡回している。わたしは助手たちがそれぞれの封筒を受け取るのを見つめていた。厚みの違いが、年功、教育、性別の違いを示している。パパの封筒は分厚かった。わたしのは、ロスフリスとエルシーのと同じく、ほとんど空のように見えた。エルシーはロスフリスの席のそばで立ち止まり、何か話しながら、ロスフリスの髷《まげ》からこぼれ落ちた金髪の房をピンで留め直した。髪が収まったことに満足したエルシーは、わたしの席に近づいてきた。

「ありがとう、エルシー」わたしは給料を渡してくれたエルシーに言った。

彼女は微笑むと、ひと回り大きな封筒を机に置いた。「エズメ、ここのところちょっと退屈そうね」

「そんなことないわ」

「気を遣うことないのよ。わたしだってカードの分類も手紙書きもさんざんやったんですもの。時々うんざりするの、知ってるわ」エルシーは封筒を開けると、校正刷りを一枚取り出して、わたしのほうにすっと滑らせた。「父がね、原稿整理をやってみたらどうかって」

それは重石《おもし》のようなわたしの鬱屈を晴らす薬にはならなかったが、それでも嬉しかった。「まあエルシー。ありがとう」

彼女は満足げに頷いた。わたしはお決まりの質問を待った。

「今晩、新しいお芝居がニュー・シアターで始まるんですって」エルシーは言った。

「そう」

「あなた行く?」

毎週金曜日に封筒を受け取るようになって六年になる。そして金曜日が来るたびにエルシーは、あなた、自分へのご褒美はなあに、と訊くのだった。それはいつもわが家を明るくする何かだったが、ティルダに出会ってからは、わたしの答えは必ずと言っていいほど同じだった。お芝居に行くつもりよ、と。

「『空騒ぎ』の何がそんなに面白いの？」といつか彼女に訊かれたことがある。ビルのことが心に浮かんだ。舞台の向こうの闇の中で、わたしの腿《もも》に触れる彼の腿。ふたりの目はティルダに注がれている。

「今晩は行かないと思うわ」とわたしは言った。

エルシーは一瞬、わたしを見つめた。その濃い色の瞳に同情が籠っている気がした。

「まだ時間はたっぷりあるものね。ロンドンで評判だったんですって、記事で読んだわ。興行も長くなりそうよ」

でも、わたしは別の劇団や別の芝居など思いもよらず、一階正面の特別席にビル以外の誰かと座ることを考えただけで、涙ぐみそうだった。

「じゃあね」エルシーは言って、わたしの肩に軽く触れると、歩み去った。

エルシーが行ってしまうと、わたしは彼女が置いていった校正刷りに目を向けた。次の分冊の一頁目で、端にカードが留めつけてあり、〝ミスボード《Misbode》〟の追加の用例が記されている。

マレー博士の走り書きの指示には、その頁を用例が入るように編集するようにとあった。何年も前に封筒から出てきたこのことばが記憶に蘇《よみがえ》った。婦人の几帳面《きちょうめん》な文字とチョーサーからの引用。パパとわたしはまる一週間、それを使ってことば遊びをしたものだ。この新しい文を見て、わたしは手を留めた。〝彼を失う悲嘆の暗い予感《ミスボーディング》に、彼女は取り乱さんばかりだった〟。

ふたりが恋しかった。まるでふたりが台本を書き、舞台の書割《かきわり》を作っていたかのように、ふたりと一緒にいるわたしには、いつも演じるべき役柄があった。その役に入り込むのはあまりにもたやすかった。脇役として、主役の輝きを引き立てる平凡な誰かとして。ふたりが荷造りして去ってしまった今、わたしは口にするべき台詞を忘れてしまったようだった。

だが、ビルの不在はわたしを取り乱させただろうか？

彼は初めてわたしの手をとったときから、わたしが望んでいたものを与えてくれた。それは、愛ではない。愛とはまるで違うものだった。それは知識だった。ビルはわたしがカードに書いたことばを、わたしの体の様々な場所へと翻訳してみせた。どんなに優れた文章も、決して定義しきれない感覚を教えてくれた。極まりが近づくと、わたしは自分の吐息に混じる快楽の声を聞き、背が弓なりに反り、差し伸べた首筋に脈が浮き出すのを感じた。それは降伏だった。だが、彼にではない。錬金術師のごとく、ビルはメイベルの猥雑とティルダのあけすけさを何か美しいものへと変えた。わたしは感謝した。だが、恋をしたわけではなかった。

誰よりも恋しいのはティルダだった。彼女がいない悲しみは、わたしを暗澹《ミスボーディング》とさせた。彼女はわたしが理解したいと望む思想を持ち、わたしには口に出せないことばを語った。彼女は意義のあることに目を注ぎ、そうでないことは無視した。彼女と一緒にいると、自分が何か特別なことを成し遂げられそうな気がした。彼女が行ってしまった今、自分には何ひとつ成し遂げられそうもないことが怖かった。

⁂

「また気分が悪いんかい、エッシー？」わたしが水を一杯もらいにキッチンへ行くと、リジーが訊ねた。「ちょっと顔色が悪いね、ほんとに」

バラードさんが、何か月か前に拵えたクリスマス・プディングの出来を確かめ、ブランデーを回しかけていた。バラードさんは目を凝らすようにしてわたしを見つめ、眉間に皺を深く寄せた。リジーがキッチンテーブルの水差しから水を注いでくれ、食料部屋に行くと、ダイジェスティブビスケットの包みをとってきた。

「ミセス・B、店売りのビスケットなんて！」わたしは言った。「こんなものが食料部屋に潜んでるって知ってたの？」

バラードさんは目をぱちくりして、頬を緩めた。「マレー博士が、マクビティがいいっておっしゃってきかないんだよ。スコットランドを思い出すってね」

リジーがビスケットを差し出した。「これでお腹がおさまるよ」と彼女は言った。食べ物などまったく欲しくなかったが、リジーは引き下がらなかった。わたしはキッチンテーブルに座り、バラードさんとリジーが周りで忙《せわ》しなくするあいだ、ビスケットを齧《かじ》っていた。だがふたりはほとんど何も手につかないようだった。リジーが三度目にレンジを拭くのを見て、わたしはとうとう、どうかしたの、と訊ねた。

「なんでもない、なんでもない」バラードさんが慌てて言った。「きっといいようになるから」しかしその顔にはまた困惑が戻っていた。

「エズメ」ようやく布巾をおいて、リジーが言った。「ちょっと上の部屋に来てくれないかい？」

わたしはバラードさんを見た。リジーについて行け、と頷いている。何かがおかしかった。そのとき不意に、嘔吐《おうと》するかと思った。深呼吸をすると、吐き気は過ぎ去り、わたしはリジーのあとについて彼女の部屋へ続く階段を上った。

わたしたちはリジーのベッドに座った。リジーは自分の両手を見つめた。手は膝の上でいたたまれなさそうにしている。それを握ろうと手を伸ばしたのはわたしのほうだった。何か悪い知らせがあるんだわ、とわたしは思った。リジーは病気なのか、それともわたしが選択について演説したせいで、もっといい働き口を見つけてしまったのかもしれない。リジーがまだひとことも口にしないうちに、目に涙が湧いてきた。

「どのくらいになるのか、知ってるのかい？」リジーは言った。

わたしは目を瞠《みは》って彼女を見つめ、そのことばを意味のわかる何かに結びつけようと努力した。

リジーは言い直した。「いつから……」わたしのお腹を見て、それからわたしと目を合わせる。

「……おめでた《エクスペクティング》なのかい？」

やっとわたしはリジーの言うことを理解した。両手を彼女の手から引っ込めると、立ち上がった。

「馬鹿言わないで、リジー」わたしは言った。「ありえないわ」

「ああ、エッシーメイ、ほんとにお馬鹿さんだね」リジーも立ち上がると、もう一度わたしの手をとった。「知らなかったのかい？」

わたしはかぶりを振った。「リジーにはどうしてわかるの？」

「お母ちゃんがしょっちゅう授かってたから。ここに来る前にあたしが知ってたのはそのことくらいさ。つわりはもうじき終わると思うよ」リジーは言った。

わたしは気でも触れたのかというようにリジーを見た。「わたし、赤ちゃんなんて産めないわ、リジー」

エクスペクト《予期する》。エクスペクタント《待ちわびて》。エクスペクティング《期待しながら》。

それは待つことを意味する。招待を、誰かを、できごとを。でも赤ん坊ではない。決して。『D&

E』に入っている用例に、赤ん坊のことが書かれているものはただのひとつもない。リジーの計算では、わたしは〝身籠って《エクスペクティング》〟十週目なのに、まったく気づいていなかった。

翌日、わたしはパパと一緒に朝食の席につかず、ベッドから出なかった。頭痛がするの、と言うと、パパはわたしの顔色が悪いことに同意した。パパがスクリプトリウムに出かけてしまうとすぐ、わたしはパパの部屋に行って、リリーの鏡の前に立った。

顔色は確かに少し悪い。でもナイトドレスを着ていると、変化はまったくわからなかった。首元のリボンをほどき、寝間着を床に落とす。ビルの指は、わたしの頭からつま先までをなぞっていった。わたしのあらゆる部分に名前をつけながら。視線が彼の道筋を辿る。彼と一緒にいるといつもそうなったように、肌が粟立《あわだ》った。腹部に目を留める。微かな丸みは、食べ過ぎとも、ガスとも、月のものの前のむくみともいえそうだった。しかし腹の膨らみはそのどれでもなく、わたしが読み方を覚えたばかりの体は、突然不可解なものに変わってしまった。

ナイトドレスを引っ張り上げ、リボンをきつく結ぶ。ベッドに戻ると、上掛けを首まで引き上げた。何時間も横たわったまま、ほとんど身じろぎもしなかった。自分の中で起きているだろうことを感じたくなかった。

わたしは待っていた。しかし待っていたのは赤ん坊ではなく、解決策だった。

その晩はなかなか寝つかれなかった。朝になると睡眠不足でさらに気分が悪かったが、スクリプトリウムに行くと言い張った。マクビティのビスケットの包みを机に入れておき、朝の郵便物を仕分け、カードを整理しながらちびちびと齧った。表紙カードに閲読者が書いてきた語義を手直ししようとしたが、今よりもよいものは何ひとつ思い浮かばなかった。

わたしは仕分け台のほうを見やった。パパはいつものパパの席に座っている。スウェットマンさんもメイリングさんも同じだった。ヨックニーさんは昔ミッチェルさんが座っていた席にいて、その姿が目に入った途端、ヨックニーさんがどんな靴を履いていて、靴下の色は合っているだろうかという疑問が湧いた。仕分け台の下の新しい子供は歓迎されるだろうか。それとも新入りの助手たちは苦情を言い、叱責し、非難するだろうか。パパが咳をし、ハンカチを出して鼻をかんだ。

パパは風邪をひいたのだ――それだけだ。しかしわたしは突然気がついた。パパは老い、白髪が増え、でっぷりと肉がついている。パパには、母と父、祖母と祖父を兼ねる元気はあるだろうか？　それをパパに期待するのは正しいことだろうか？

昼休み、キッチンのバラードさんとリジーのところに行くと、ふたりの繰り言に耐えなくてはならなかった。

「お父さんに話すんだよ、エッシーメイ。それから、ビルにはしっかり落とし前をつけてもらわないと」リジーは言った。

「ビルに話すつもりはないわ」わたしは言った。リジーは目を丸くしてわたしを見つめ、顔いっぱいに怯《おび》えた表情を浮かべた。「とにかくトンプソン様に手紙をお書きよ。トンプソン様ならお父様に話すとき助けてくださるから。どうすればいいかもおわかりだろうし」バラードさんが口を出した。

「まだ時間はあるわ」時間があるのかないのか、知りもせずに、わたしは言った。リジーとバラードさんは顔を見合わせたが、何も言わなかった。キッチンは静まり返り、耐えがたいほどだった。リジーが土曜日にカバード・マーケットに一緒に行くかい、と訊いたとき、わたしは、行くわ、と答えた。

⁂

マーケットは混雑していて、それは救いだった。リジーが店から店へと回り、果物の固さや熟れ具合を確かめるあいだ、わたしはその傍らをうろうろした。冗談交じりのやりとりが普段と変わらないのも心強かった。わざわざ気分はどうかと訊いたり、顔色が悪いと言ったりする人は誰もいなかった。ようやくわたしたちはメイベルの店に向かった。彼女に会うのは数週間ぶりだった。メイベルは小さく縮んだように見え、背の不自然な湾曲がますます目立つようだった。近づいてみると、彼女は木彫りをしていた。さらにそばに寄ると、その手さばきは魔法のようだった。巧みな動きは老いさらばえた体にはおよそ似つかわしくなかった。

メイベルはすっかり没頭していたので、わたしたちが店のそばに立っても、リジーが目の前の木箱にオレンジをひとつ置くまで気づかなかった。骨張ったその顔は、その贈り物を見てもぴくりとも動かなかったのに、小刀を置くと、オレンジをさらってぼろ布の襞《ひだ》のなかにしまい込んだ。そしてまた小刀を取り上げ、木を削り続けた。

「嬢が気に入りそうだね。仕上がったら」そう言うと、わたしを見た。

「それはなんなんだい？」リジーが訊いた。

メイベルはちょっとリジーのほうを向くと、その像を渡した。

「楽人のタリエシンさ。魔法使いのマーリンでもいいがね。こちらのことば長者《ワーズ・ワース》の嬢ちゃんが、父ちゃんのために欲しがりそうだと思ってさ」またわたしを見て、詩人とかけたことば遊びを褒めてもらいたそうにした。わたしは力ない微笑で応えた。

「どっちかでないとおかしいよ」リジーが言った。

「どっちも同じさ」とメイベルは答え、目を少し細くするようにしてわたしの体をじろりと見た。

「名前なんてもんは、しょっちゅう変わるんだ」

リジーが木彫りの像を返すと、メイベルはわたしの顔から目をそらさないまま、それを受け取った。わたしがきまり悪くもじもじしていると、身を乗り出した。

「あんた、できちまったろ」老女はささやいた。「顔見りゃわかる。そのコートを脱いだら、一目瞭然さね」

露天商たちが張り上げる声、ガタガタいう荷車の音、われがちに話す人声、市場のあらゆる音が、耳を刺すただひとつの音に吸い込まれた。わたしは本能的に周囲を見回し、外していたコートのボタンを上まで留めた。

メイベルはにやりと笑い、座ったまま後ろに寄りかかった。ご満悦だ。わたしは震え出した。

その瞬間まで、わたしの不安は、パパに話すことだけだった。ほかの人がどう思うか、あるいは他人に知られることでどんな結果を招くかには思いが至らなかった。わたしは周囲を見回した。逃げ場を失った小さな獣になったような気がした。

「婚礼の話は聞いとらんがね」メイベルが言った。

「もういいから、メイベル」リジーがささやいた。

ふたりのことばが、耳鳴りのする耳を貫き、市場の音が再び押し寄せてきた。誰も気づいていないらしいと知って、わたしは束《つか》の間《ま》、胸をなでおろした。しかしそれも続かなかった。わたしは崩れ落ちないように、メイベルの木箱に寄りかからなくてはならなかった。

「心配おしでないよ」メイベルが言った。「まだ二、三週はあるさ。たいていの人間は、思ってもみねえもんには気づかねえもんだ」

リジーがわたしの代わりに口を開いた。彼女の声に、わたしの恐怖の幾分かが表れている。

「したってメイベル、あんたにわかるんなら……」

「ここらにゃ、あたしの――なんて言うんかね――特技か、特技のある奴はおらんよ」

「メイベルは子供がいるの？」そう訊ねる自分の消え入るような声が聞こえた。

メイベルは笑った。黒ずんだ歯茎が醜くわたしを嘲る。「あたしゃそこまで間抜けじゃないよ」そう言うと、声をさらにひそめた。「産まねえで済ます手があるんだよ」

リジーが咳払いをして、メイベルの台の上にある雑多な品物を手にとりはじめた。あれこれとわたしに見せ、気に入ったかと訊ねる。その声は必要以上に大きかった。

メイベルはわたしの目を見つめた。そして花屋の先まで届きそうな声で言った。「気に入ったものはおありかい、嬢ちゃん？」

わたしも調子を合わせ、まだ仕上がっていないタリエシンの像を取り上げると、震える手でひねくり回した。ほとんど見てもいなかった。

「上出来なほうだよ、そりゃ。まだ仕上がっとらんけど」メイベルは手を伸ばした。「昼を済ましたら仕上げといてやるさ、また戻ってくるんならね」

「そろそろ帰らないと、エズメ」リジーがわたしの腕をとった。

「誰かが買っちまわないように、しまっといてやっから」帰ろうとしたわたしたちにメイベルが声をかけた。

わたしは頷いた。メイベルも頷き返した。リジーとわたしは、買い物を済まさないままに市場を出た。

「お茶してくかい？」サニーサイドに着くと、リジーが訊いた。土曜日は上席の助手たちは皆、半日で仕事を切り上げる。だからわたしはキッチンでリジーに付き合いながら、パパを待つことがよくあった。

「今日はやめておくわ、リジー。帰って、ちょっと飾りつけしてパパを驚かせたいの」

帰宅したわたしは、階段を上ってパパの部屋へ行き、またリリーの鏡の前に立った。メイベルが気づいたのはわたしのお腹ではない。わたしの顔だった。鏡を覗き込み、老女が見たものを見つけようとした。だがこちらを見つめ返す顔は、今までと少しも変わらなかった。

でもそんなことがあるだろうか？　年を追うごとに顔は変わってきているはずなのに、わたしにはそれがわからない。鏡から目をそらし、またちらっと見直して、他人の目に映るはずの自分の姿を捉えようとした。女の顔。思ったよりも老けている。大きくて茶色の怯えた目。だが、彼女が妊娠していることをわたしに教えるようなものは見つからなかった。

階下に降り、パパに書き置きをした。服を買いに行ってきます、と書いた。午後のお茶のペイストリーをお土産に三時頃に戻ります。

わたしは自転車でカバード・マーケットへ戻った。市場に着いたとき、わたしはいつもより息を切らせていた。顔見知りの少年がわたしの立っているところへ来て、自転車を近くの壁に立てかけてくれた。見ててやるよ、と少年は言った。その母親が、自分の露店の中から頷いてみせ、わたしも頷き返した。彼女はわたしの顔に何か見てとったのだろうか？　だから息子に手を貸すように言ったのだろうか？　わたしは市場の中を覗いた。喧騒は頭の中の混乱をいっそう増しただけだった。

商店や屋台のあいだを歩いていると、目という目がこちらを向くような気がした。何気なく振る舞わなければ。一軒また一軒と、店に寄りながら、ティルダやほかの役者たちが舞台裏で稽古していた姿を思い起こした。通し稽古の演技が、本番ほど説得力があったことは決してなかった。わたしは、誰かを納得させられるだろうか。

メイベルの店にたどり着くまでに、買い物籠はいっぱいになっていた。わたしはメイベルにりんごをひとつ差し出した。

「もっと果物を食べなくちゃだめよ、メイベル」わたしは言った。「胸のカタルを追い払わないと」

老女は腐った笑みをわざとらしく浮かべ、歯抜けの口を見せた。「あんたくらいの娘ん頃から、りんごなんぞ食ったことないね」

わたしはりんごをバスケットに戻して、熟れた梨を取り出した。メイベルはそれを受け取り、親指で果肉を押した。もし老女がそれもいらないと言ったら、家に持って帰る頃には痣《あざ》になっていることだろう。

メイベルは断らなかった。「ごっつぉおだよ、こりゃ」そう言って、歯茎で果物にしゃぶりついた。顎に汁を滴らせ、ぼろ布を巻いた手の甲で拭う。肌のその部分だけ、何日分かの溜まった垢が取り除かれた。

「メイベル」わたしは口を切ったが、ことばが出てこなかった。

メイベルのひび割れた唇が、梨の果肉を吸って柔らかく潤った。わたしは火照りを感じ、過ぎ去ったと思った吐き気の不快な波が戻ってきて、メイベルの木箱の縁にすがらなければならなかった。

「あんたがやろうとしてることを、リジーは喜ばんよ」メイベルはひそめた声で言った。

それはわたしが何日も葛藤し続けてきた真実だった。わたしが、子供を産むわけにはいかないと言うと、リジーは耳を塞いだ。わたしのことばが直截《ちょくさい》であればあるほど、リジーは首にかけた十字架をまさぐった。彼女の信仰と同じく、十字架はいつもそこにあった。ひっそりと静かに、彼女だけのために。だがこの一週間、リジーは地獄に行かずに済むためにはそれだけが頼りだとでもいうように、必死にそれにしがみついていた。

それは——十字架はわたしを裁き、わたしはそれを憎んだ。それがわたしのことばを捻《ね》じ曲げて、勝手な解釈をリジーの耳に吹き込むような気がした。わたしたちは、リジーを真ん中にして、ある種の綱引きをしているのだった。その闘いにわたしは敗れたくなかった。

「スマイズ夫人はまだあの商売《トレード》から足を洗っちゃいねえだろう」品物の値打ちを示そうとするように、その辺のものを手当たり次第に取り上げながら、メイベルはささやいた。「あたしが難儀してた頃は、見習いだったがね。今じゃばばあになって、腕も上がったろうよ」

震えは両手から始まった。それは四肢を伝わり、全身をわななかせた。

「普通に息をするんだよ、嬢」メイベルがしっかりとわたしの目を見つめながら言った。

わたしは木箱につかまり、喘《あえ》ぐような呼吸を抑えようとしたが、震えは止まらなかった。

「鉛筆といつものカードは持ってるかい？」メイベルが言った。

「え？」

「ポケットからお出し」

わたしはかぶりを振った。意味がわからない。

メイベルが身を乗り出した。「早くするんだよ」そう言ってから、少し声を大きくした。「せっかくことばを教えてやったのに、書いとかなかったら忘れちまうじゃないか」

わたしはポケットに手を入れてカードと鉛筆を出した。鉛筆を構えたとき、震えは鎮まっていた。

「トレード」とメイベルが言った。少し後ろに寄りかかったが、その目はまだわたしの顔を見つめていた。

わたしは左上の隅に〝トレード《Trade》〟と書いた。その下に、〝スマイズ夫人はまだあの商売《トレード》から足を洗っちゃいねえだろう〟と書き留めた。

「気分はましになったかい？」メイベルが訊いた。

わたしは頷いた。

「恐怖ってのは当たり前が苦手なのさ」メイベルが言った。「おっかねえと思ったら、普段どおりのことを考えて、普段どおりのことをすりゃいい。聞いてるかい？　そうすりゃ恐怖は引っ込むよ、まあしばらくはね」

わたしは再び頷いて、カードを見た。〝トレード〟はどう見ても当たり前のことばだった。

「あなた、スマイズ夫人はどこに住んでるって言ってたかしら？」わたしは訊いた。

メイベルは教えてくれ、わたしはそれをカードの下のほうに走り書きした。

帰る前に、メイベルは寒さ除《よ》けに幾重にも重ねている布の間から、何かを引っ張り出した。「とっときな」そう言って、クローバーを刻んだ、淡い色の木の円板をくれた。「梨をありがとさんよ」

　わたしはカードでそれを包み、ポケットにしまった。

⁂

　その家は、両側にそっくりなテラスハウスが連なる通りの、ごく普通の一軒だった。もう新年になったのに、まだクリスマス・リースがドアにかかっていた。住所をもう一度確認し、通りをずっと見渡した。人っ子ひとりいない。わたしはノックした。

　戸口に現れた女性は、年はとっているようだが、背筋をまっすぐに伸ばし、上品な身なりで、わたしの目を覗き込めそうなほどの上背があった。やっぱり家を間違えたのだと思い、口ごもりながら謝罪を始めると、女性が口を挟んだ。

「まあ、お久しぶりだこと」彼女はいささか大きすぎる声で言った。「お母様はお元気？」

　わたしはわけがわからず、相手を見つめたが、彼女は笑みを浮かべたまま、わたしの腕をとり、家の中へ引き入れた。

「体裁が大切なのよ」ドアを閉じると彼女は言った。「隣近所はみんなお節介だから」それからこちらを見ると、メイベルがそうしたようにわたしの顔を探り、上から下まで全身に目を走らせた。「あなただって、御用を世間に知られるのは困るでしょうし」

　わたしは返すことばが見つからなかったが、スマイズ夫人は気にするふうもなかった。コートを受け取ると、ドアのそばのコート掛けに掛け、先に立って狭い廊下を進み、わたしはその後に従った。通されたのは小ぢんまりした居間で、壁には本がぎっしりと並び、暖炉で炎が小さく燃えていた。ノックする前に、彼女がどこに座っていたかが見てとれた。濃紺の大きなベルベットのソファ。柄違いの柔らかそうなクッションがその背もたれにいくつか散らばっている。二人掛けにじゅうぶんな大きさだったが、ベルベット地が擦り切れているのは片側だけで、長年好んで座ったせいか座面が凹んでいた。その脇にあるテーブルには、本が開いたまま伏せられていた。背が折れている。スマイズ夫人が暖炉の火を熾《おこ》しているあいだに、わたしは本に近づいた。バロネス・オルツィ著『メアリイの治世にて』。何年も前にわたしもブラックウェルズ書店で買った。一瞬、自分がそこにいる理由を忘れ、読書の邪魔をしたことを申し訳なく思った。

「わたし、読書が好きなのよ」スマイズ夫人は、わたしが本を見ているのに気づいて言った。「あなたはお好き？」

わたしは頷いたが、口が渇きすぎていて声が出なかった。彼女はサイドボードに寄って、水をグラスに注いだ。

「少しずつね。一気に飲んじゃだめよ」そう言ってグラスを手渡した。わたしは言われたとおりにした。

「それでいいわ」と言うと、彼女はわたしからグラスを受け取った。「さて、わたしのことを誰に聞いたか伺ってもいいかしら？」

「メイベル・オショーネシー」わたしはささやいた。

「普通に話していいのよ」と彼女は言った。「ここなら誰にも聞かれないから」

「メイベル・オショーネシーです」わたしは言い直した。

スマイズ夫人はメイベルの名前を聞いてもすぐにはわからず、老女の外見を説明してもほとんど役に立たなかった。だが、わたしが彼女の過去について知っていることを話し、アイルランド訛りについて触れると、スマイズ夫人は頷きはじめた。

「あの人はお得意さんだったわ」固い表情のまま彼女は言った。「カバード・マーケットで店を出してるんですって?」

わたしは頷き、足元に目を落とした。居間の床は、豪奢《ごうしゃ》な模様の絨毯に覆われていた。

「あの稼業《ゲーム》を生き延びたとはねえ」と彼女は言った。

わたしは顔を上げた。「ゲーム?」

「あなたは、どう見てもそっちじゃないわね」

「え、なんですって?」

「うちのドアをノックする女たちには二種類いるの」と彼女は言った。「世間を知りすぎているのと、世間を知らなすぎるのと」わたしを上から下まで眺め、着ているものをつぶさに観察した。「あなたは後のほうだわね」

「ゲームって?」わたしはまた訊いた。片手がポケットを触り、カードと鉛筆が入っていることを確かめる。

「ゲームって売春のことよ」ホイストとかドラフトとかといったゲームと何も変わらないかのような口ぶりだった。「どんなゲームもそうだけど、勝負を張るのがいるの。ただ、賽《さい》は必ず仕込まれているんだけどね。勝負に負ければ、行きつくのは牢屋か、墓地か、ここってわけ」

彼女が手でわたしのお腹に触れ、わたしは跳び上がった。彼女が指を食い込ませはじめると、わたしは身を引こうとした。

「じっとして」彼女は言い、片手をわたしの腰に置いて支えにし、もう一方の手を使った。「ウォレン夫人の職業、って呼ぶ人もいるわね。バーナード・ショーの劇のおかげで。演劇は好き?」そう訊ねたものの、返事を待たずに続けた。「わたし、あの芝居の初演の晩に招待されたのよ。わたしの家を探し当てる女たちは、娼婦だけとは限らないの。女優もずいぶん来るわ」彼女はつつくのをやめて一歩後ろに下がった。

「わたしは……」

「あなたが娼婦でも女優でもないのは見ればわかるわよ」彼女は言った。

それから黙ったまま、わたしたちはそこに立ち尽くした。彼女は何かを考え合わせるように思案していた。とうとう、長い溜息をついた。

「胎動《クイックニング》してるわ」彼女は言った。「お腹の中でぴくぴくするでしょう、それが胎動。赤ちゃんがお腹に居座ることにしたってことよ」

わたしは彼女を見つめた。

「つまり、来るのが遅すぎたのね」

ああ神様、とわたしは思った。

Game（ゲーム）

売春。

「ゲームって売春のことよ。どんなゲームもそうだけど、勝負を張るのがいるの。ただ、賽は必ず仕込まれているんだけどね」

スマイズ夫人、一九〇七年

クイックニング（Quickening）

生命の兆し。

「お腹のなかでぴくぴくするでしょう、それが胎動《クイックニング》。赤ちゃんがお腹に居座ることにしたってことよ」

スマイズ夫人、一九〇七年

わたしが自転車を引いて門を入ったとき、サニーサイドはしんとしていた。午後も遅く、辺りは暮れかかり、スクリプトリウムは暗かった。みんなは家に帰ったあとだった。キッチンの窓の向こうにリジーの姿があり、わたしはしばらく彼女を見つめていた。レンジとテーブルのあいだを行き来している。マレー家の夕食の支度をしているのに違いない。昔、わたしがまだ小さかった頃、リジーは自分はあまり料理が好きではないと言ったことがあった。

「何が好き？」わたしは訊いた。

「裁縫。あとはあんたのお守りをするのも好きだよ、エッシーメイ」

わたしは震えていた。自転車をトネリコの木にもたせかけると、キッチンに向かった。中に入り、閉じた扉を背にしたまま動けなかった。レンジの熱が顔を温めてくれる。だが震えは止まらなかった。

リジーがわたしを見た。片手が胸元に浮かんでいる。口にできない問いがあるのだ。

震えはますますひどくなり、気がつくとリジーがいた。頑丈な腕がわたしを抱え、椅子に導いていく。カップをわたしの両手に持たせた。熱すぎるくらいの、だがなんとか持てるくらいの。お飲みよ、とリジーは言った。わたしは飲んだ。

「わたしにはきっとできなかったわ」そう言って、彼女の顔を見上げた。リジーは自分の腹にわたしを抱き寄せ、髪を撫でた。

リジーが口を開いたとき、その口調はゆっくりとして慎重だった。まるでわたしが野良猫で、助ける前に逃げてしまうのを恐れているかのようだった。「あの人はなかなかよさそうな人に見えたよ、あのビルって人は。あの人に話してごらんよ」リジーは言った。

そう言いながら、わたしをもう少しきつく抱きしめた。そしてわたしも身を離そうとしなかった。そのことは考えた。想像もした。心の奥底では、もしビルが知れば、するべきことをするだろうと確信していた。ティルダが必ずそう許らうだろうと。わたしはリジーがしたようにそろそろと慎重に話しはじめた。

「でも、彼を愛してないの。それにわたし、結婚したくない」

リジーは少し身を強張《こわば》らせた。彼女が息を吸い込んだのを感じた。それから、リジーは椅子をわたしの椅子のほうに引き寄せて、真向かいに座った。わたしたちは手をしっかりと握り合った。

「女はみんな結婚したいもんなんだよ、エッシーメイ」

「それがほんとなら、なぜディータは結婚してないの？　ディータの妹も？　エルシーもロスフリスもエレノア・ブラッドリーも結婚してないでしょ？　リジーだって？」

「みんながみんな、ご縁があるわけじゃないからね。それに中には……つまりね、あんまりいろんな本やら難しい考えやらに囲まれて育ったおかげで、結婚に収まりきらない人もいるんだよ」

「わたしも収まりきらないと思う、リジー」

「そのうち慣れるって」

「でも慣れたくなんかないのよ」

「したらどうしたいのさ？」

「今までどおりがいいの。ことばを整理して、その意味を理解することを続けたいの。もっと上手になって、仕事を任せてもらいたいし、自分のお金をずっと稼ぎ続けたい。わたし、やっと自分がわかりはじめたような気がしているの。誰かの奥さんとか母親になることは、どうしてもわたしに合わないのよ」それは一気に溢れ、すすり泣きに変わった。

すすり泣きが収まるまでに、わたしは自分がすべきことを悟った。リジーに便箋とペンを探してきてもらった。ディータに手紙を書くのだ。

一九〇七年二月十一日
わたくしの大事な大事なエズメ

もちろん、こちらへいらっしゃい。手配すべきことの手配はわたくしがお手伝いしましょう。でも、お父様と、それから世間体の問題があります。今週の金曜日にオックスフォードに行くことにするわ。午前十一時三十分に着きますから、駅で出迎えてちょうだい。まっすぐ〈クイーンズ・レーン・コーヒー・ハウス〉へ行きましょう。ジェリコからはだいぶ離れているので、知り合いに出くわすことはまずないと思います。リジーにはサニーサイドのお務めをしていてもらってね。でもわたくしが帰る前に、三人でお話しするからと伝えて安心させてあげてちょうだい。

あなたのような身の上になることは、あなたが思うほど珍しくありません。財産のある、あるいは学問のある大勢の若いお嬢さんが、同じように不測の事態に陥ってきました。これは歴史始まって以来の悩ましい問題なのです――処女マリアとはよくいったものだわ、本当に（これをリジーに読んであげては駄目よ。喜ばないに決まっていますからね）！　でもあなたにはわたしの言うことがわかるでしょう。恥ずかしくないお仲間もいるということよ。そうは言っても慰めにはならないでしょうけれど。なにしろ、ほかの手立てを考えつく前に、わたくしに打ち明けてくれるだけの分別があなたにあったことを感謝するばかりです。ずいぶん多くの若い女性が、あの小路《こうじ》の奥から戻ってこなかったのですから。

エズメ、あなたに提案があります。ベスとわたくしと一緒にこちらで暮らすなら、あなたにわたくしの研究助手になっていただきたいのです。わたくしの『イングランド史』は手を入れる必要がありますし、祖父の伝記を書こうと思いながらもう何年にもなります。祖父は庶民院の議員だったのよ。とても興味深い人物で、時代に先駆けた考えを持っていました。あなたのお友達のティルダなら祖父をさぞかし気に入ったと思うわ。当然のことながら、お仕事はなるべく早く始めていただく必要があります。細かいことは、金曜日にお茶をいただきながらお話ししましょう。

エズメ、わたくしの言う意味がわかるかしら？　あなたはわたくしのために素晴らしいお仕事をしてくださって、お仕事が終わったらオックスフォードへ戻り、スクリプトリウムでのお仕事を続ける、ということです。あなたの進む道は、あなたがどんな道を望むにせよ、変える必要はありません。

マレー博士宛の手紙には、伝えるべきことだけを余さず書きます。わたくしの申し出を読んだら、博士はあなたが戻った暁には、自分にとっていっそう値打ちが増すとお考えになるはずです。

さて、次はお父様のことです。お父様には〝お話《ナグ》があります〟ということにして、オックスフォード行きのことをお知らせしました（このことばの意味の手がかりがこういう用例だと、この手の小言で相手を悩ますのはもっぱら女性だと書かれそうね）。今のところわたくしの計画は、ハリーにお宅でお会いして、この知らせをあらかじめお耳に入れ、一番のご心配を鎮めて差し上げることです（お父様の心配はすべてあなたの現在と将来の幸福のためなのですよ）。そして手筈《てはず》は万端整っていることをきちんとお伝えします。その上で、あなたからすべてお話しなさい――節度をもってね。エズメ、お父様は善良な方です。潔癖すぎるわけでも、偏狭な狂信者でも、頑固親父《おやじ》でもありません。ただ父親であり、あなたを心から愛していらっしゃるのです。お父様が毎朝目覚めて、まず目にするのはスモック姿の幼いあなたの写真であることを忘れてはいけません。この知らせは大変な打撃でしょう。お父様には時間と理解が、そしておそらくは怒り、荒れ狂う機会が必要です。それを与えて差し上げてください。

ほかにも話し合うべきことはありますが、美味しいお茶のポットを挟んで、ふたりで向かい合うときまで待つべきだろうと思います。

それでは、今度の金曜日、午前十一時三十分に。遅れないでね。

かしこ
ディータ

⁂

雨が降っていた。激しくはなかったが、大通りを往来する人々は傘を開き、襟を立てて細かな霧を防いでいた。わたしが彼らを見つめるあいだ、ディータは話していた。ディータは、わたしがスクリプトリウムを離れることをもっともらしく見せるために、様々な嘘や、半ば作り話の筋書きをあれこれ拵えていた。

わたしたちはそのコーヒーハウスで大きなポットに二杯分の紅茶を飲んだ。ふたりで通りに出たときには、雨はやみ、弱々しい太陽が濡れた舗道を照らしていた。ぎらつく反射に、わたしは目をしばたたかせた。

# 一九〇七年三月

二週間後、パパとわたしは一緒にプラットフォームに立ち、わたしをバースへと連れていく列車を待っていた。わたしは、ディータがわが家の居間から出てきて、入ってお父様とお話しなさい、と頷いてみせてからパパと交わした一つひとつの会話を思い浮かべていた。わたしたちは本当に僅かなことしか口にしなかった。身振りや嘆息がふたりのやりとりの句読点だった。パパはことばに詰まると、わたしの顔に触れ、醜い指を握った。リリーがここにいてくれたらとパパが心底願っていることを、わたしは知っていた。リリーさえいたなら、こんなことにはならなかったと思っていることも。パパは、わたしがパパを失望させたのではなく、自分が至らなかったのだと思っていて、わたしはそのことも知っていた。だが、パパは何も言わず、だからわたしも、愛情をこめて触れることでパパの愛情に応えるしかなかった。

列車が来ると、パパはトランクを二等車に運び入れ、ドアの近くの座席にわたしを座らせた。何か言うつもりだったのかもしれないが、周りにはほかにもう三人の乗客が座っていた。パパはわたしの額にキスし、通路に出た。だが、すぐには列車を降りなかった。悲しげな微笑を浮かべたパパを見て、わたしは不意に悟った。今度帰ってくるわたしは、まったく違う自分なのだということを。ディータが約束してくれたこととは裏腹に、わたしの道は、それがどんな道であれ、もはや進路を逸《そ》れてしまっていた。わたしは立ち上がって、両腕をパパに回した。パパは笛が鳴り渡るまでわたしを抱きしめていた。

バースで列車を降りるわたしをベスが迎えてくれることになっていたが、プラットフォームを見渡してもそれらしき姿はなかった。わたしは客車から降りて、ポーターがトランクを下ろしてくれるのを待った。

女性が手を振っている。ディータよりも背が高く、細身で、ずっとお洒落だ。だが、その鼻の形がどことなく似通っていた。わたしは近づいてくる彼女に笑顔を向けた。

「今日が初めましてだなんてとんでもないわ」そう言うと、だしぬけにわたしを抱きしめたので、わたしは思わず転びかけた。

「もちろん、あなたのことはなにもかも知ってるわ」辻馬車の座席に座るとベスが言った。

わたしは真っ赤になり、膝に目を落とした。

「あら、そのことだけじゃないわ」そんなことは些細《ささい》なことだといわんばかりだ。「イーディスはあなたのことばかり話題にするの。あたくしもあなたの話ならいくら聞いても飽きないし」身を乗り出す。「エズメ、許してちょうだいね。あたくしたち、犬も飼ってない行かず後家のふたりでしょう。なにかおしゃべりの種が必要なのよ」

ディータとベスはバース駅とロイヤル・ヴィクトリア・パークのちょうど中間に住んでいたので、馬車に乗っていた距離は短かった。わたしたちが止まったのは三階建てのテラスハウスの正面だった。左右にはどこをとってもそっくり同じ建物がずっと連なっている。ベスは、わたしが屋根裏の並んだ窓を見上げているのに目を留めた。

「遺産で継いだの」ベスは言った。「おかげでふたりとも結婚しないで済んだわ。もちろん広すぎるんだけど、お客様が多いし、毎朝、お掃除の女の人が来てくれるし。トラヴィスさんはね、上の階のお部屋は閉め切りにしておけってうるさいのよ。はたきをかけないで済むからですって。あの人、掃除の素質がさっぱりなのね。だからそうすることにしたの」

部屋がこんなにたくさん、とわたしは思った。十四のときに招《よ》んでくれていたら、自分の部屋くらいはたきをかけたのに。

ディータより若いベスは、ほぼあらゆる点で姉と正反対だったが、姉妹はいがみ合うことも、口論することもないらしかった。わたしは昔からディータを見ると大樹の幹を思い出した。その木は、彼女が真実だと確信していることにがっしりと根を張っている。バースに来て数日経つと、わたしはベスをその木の樹冠《じゅかん》だと思うようになった。ベスは、自分に向かってくるどんな力も心と体で受け流す。五十歳という年齢にもかかわらず、彼女はきらめいていて、わたしはそれに魅了された。

わたしは一週間、ベスの言う〝腰を落ち着ける〟ための猶予をもらい、それから彼女は午後のお茶に客を招きはじめた。「あたくしたちだって、朝から晩まであなたのことばかり話してるわけにいかないわ」と彼女は悪戯《いたずら》っぽく言った。

初めての客が来ることになっていた日、姉妹はわたしを階下に呼んで、お盆の支度をするように言った。「トラヴィスさんはどこといって取柄のない家政婦だけど」とディータは言いながら、ケーキ台から焼き菓子を皿に移した。「でもあの人のマデイラケーキは絶品なのよ」

「わたしは部屋にいたほうがいいんじゃないかしら」とわたしは言った。

「まあお馬鹿さんね」キッチンに入ってきたベスが言った。「これで万事うまくいくのよ。イーディスの『イングランド史』の改訂のことを話題にするから、あなたを雇ったことにみんな合点がいくじゃないの」ベスは身を乗り出して、秘密めかした声で言った。「あなたにだって、評判というものがあるんだから、ね」

手がまだ目立たない腹部を押さえ、わたしは顔を紅潮させた。ベスは動転したわたしを前にけろりとしていた。

「揶揄《からか》わないのよ、ベス」ディータが言った。

「でもあんまり造作ないんですもの」ベスは笑って言った。「あなたには評判があるのよ、エズメ。生まれながらの学者だという評判がね。マレー博士に言わせると、あなたはどんなオックスフォードの卒業生とも太刀打ちできるんですって。博士は、あなたが日がな一日、仕分け台の下で暮らしてた話をするのが何よりお好きなの。自分がそれを許したからこそ、稀《まれ》にみることばへの愛着が育まれたんだっておっしゃるのよ」

恐怖は感謝に変わったが、顔の火照りは引かなかった。

「もちろん、こんなことをお話ししたら、あたくし博士に叱られるでしょうけど」ベスは言った。

「賞賛は知性を鈍磨するそうだから」

扉をノックする音がした。

「相変わらず時間どおりだこと」とベスはディータに言い、それからわたしのほうを向いた。「とにかく、お腹の上に手をやらないようになさいね。そうすれば誰もなんにも気がつかないわ」

三人の紳士。全員が学者で、講義を持っていないときは、皆サマセットに住んでいる。レイトン・チザム教授はウェールズ大学の歴史学者で、姉妹と同世代だった。ふたりとは気兼ねのない間柄らしく、勧められなくても勝手にケーキをとり、何も言われないうちに一番座り心地のいい椅子に座ってしまった。フィリップ・ブルックス氏も友人だったが、そこまで傍若無人に振る舞うほどの年齢ではなかった。戸口で頭をぶつけないように屈まなければならず、ベスは彼の頬にキスしようと、ふざけてつま先立ちになった。ブルックス氏は、三人の中で最年少のショウ＝スミス氏と同じく、ユニバーシティ・カレッジ・ブリストルで地質学を教えている。ショウ＝スミス氏は姉妹とは初対面で、ブルックス氏に強く勧められて参上したのだった。その若々しい顔は熱意に溢れていたが、髭を蓄えるにはまだ早かった。彼は口ごもりながら自己紹介した。

「そのうちあなたもあたくしたちにお慣れになるわ、ショウ＝スミスさん」とベスは言い、わたしは彼女が言うのはわたしたち三人のことか、それとも女性全般のことだろうかと考えた。

男性たちが腰を下ろすと、ディータとわたしは長椅子の両端に落ち着いた。ベスがお茶を注ぎ、わたしに頷いて、ケーキを回すように合図した。全員にお茶とケーキがゆき渡り、マデイラについての賛辞が述べられたあと、わたしはまた長椅子に戻って、ベスが男性たちが勇み立つような、何か挑発的な質問をするのを待った。わたしが予期したのは、紳士たちが披露する逸話や自慢話だった。知的な意見が対立し、次第に焦点がぼやけていく議論が延々と続く。たまには（儀礼上）意見を求められるだろうが、わたしたち三人がスカートを穿《は》いているという事実のために、当然のごとくその説明は易しく言い換えられる。それに気づく失望を、わたしはもう待ち構えていた。

ところが、予想に反してその午後はそんなふうには進まなかった。紳士たちは話に耳を傾け、自分たちの意見を検証し、そして論駁《ろんばく》されるためにやってきたのだった——それもお互いにではなく、姉妹たちに。男性たちはくつろいでベスに視線を向け、ランプに明かりを灯して回る彼女を目で追い、ティーポットにお茶が入っているかを確かめて一人ひとりにお代わりを注ぐその手つきを見つめた。彼女が発言するときは身を乗り出し、説明を求め、交互に彼女の意見を検討して、自分の意見と結びつけた。三人は彼女と議論を戦わせ、彼女に自分の立場を擁護させた。ベスはよく微笑みを浮かべては、杜撰《ずさん》な論法を容赦なくやり込めた。紳士たちは往々にして彼女の意見に鞍替《くらが》えしたが、それが社交辞令だったことは一度としてなかった。わたしは目を丸くした。

ディータはベスよりもずっと口数が少なかったが、よくチザム教授のほうに身を乗り出しては、年若な紳士たちがベスと論争している問題について静かに話し合っていた。ディータが意見を求められたときは、座が静まり返った。様々な歴史的議論について彼女が権威であることは明らかで、その発言は丁重に受け止められた。マレー博士以外の誰かにそんな敬意が払われるところをわたしは見たことがなかった。

「イーディスが『イングランド史』の改訂版で検討しようとしているのは、まさにその問題なの」と、会話のどこかでベスが言った。「それで、しばらくエズメに来ていただくことにしたんですわ。イーディスの研究助手をしていただくのよ」

「それは君の仕事じゃないのかね、ベス？」チザム教授が言った。

「いつもならそうですわ。でも、ご存じのとおり、あたくしも自分の著作活動があるものですから」

澄ましかえった微笑を向ける。

「それで、それはどのようなものでしょうか、ミス・トンプソン？」ショウ＝スミス氏が訊いた。

ベスは体ごとその問いに向き直ると、もったいぶって口を開いた。

「じつはね」と彼女は言った。「とても破廉恥《はれんち》なことなのよ、本当は。あたくし、小説を書いてますの。それもとってもいかがわしい内容の。ある奇跡のおかげで出版されるのよ」

もうひと切れマデイラケーキを取ろうと手を伸ばしたディータの顔に、微笑がちらりと浮かんだ。

「なんという題名ですか？」彼が訊いた。

「『竜騎兵の妻』ですわ」とベスは威張って言った。「舞台は十七世紀。これから何か月かは、物語にもう少しむんむん《スティーム》した感じを付け足さないといけないの」

「蒸気《スティーム》ですか？」

「そう、むんむんよ、ショウ＝スミスさん。あたくしうっとりしてしまって、お話にならないくらい」

若い紳士はようやく理解すると、ティーカップに救いを求めた。わたしはポケットに手を入れて、鉛筆とカードの端に手を触れた。

「もちろん、身振りや仕草は重要ですわ」ベスが続けた。「彼は手を差し出すかもしれないし、彼女はそれを取るかもしれない。でも性的興奮といえば身体機能でしょう、そうじゃなくて、ショウ＝スミスさん？」

彼は言葉を失っている。

「むろんご存じよね」とベスは言った。「小説に少しばかりむんむんがほしいと思ったら、肌は火照り、脈は速まらなくちゃいけませんわ——登場人物も、それからあたくしに言わせれば、読者もね」

「欲望は顕示されねばならんということですな」とブルックスさんが言った。

「そのとおり」ベスは言った。「皆さん、お茶のお代わりはいかが？」

わたしがひとこと詫びて席を立つと、男性たちは一斉に立ち上がった。ショウ＝スミス氏は、会話が途切れてほっとしたように見えた。わたしはベスのことばを正確に憶えているうちに書き留めたいと思ったのだった。

居間に戻ってみると、もうひとり客がいた。

「エズメ、こちらはブルックス夫人よ」

ブルックス夫人が挨拶するために立ち上がった。背はわたしの肩にようやく届くくらいしかない。「ブルックス夫人なんて呼ばないでくださいね」と言って、彼女は手を差し出した。「サラと呼ばないと返事しないわ。わたし、フィリップの妻兼運転手なの」

彼女はしっかりと手を握り、きびきびと揺すった。人柄は小粒どころではないだろう、という気がした。

「いや本当なんですよ」とブルックス氏が言った。「妻は運転を覚えたんですが、わたしはやらなかったもので。面白がってくださっていいですよ、友人たちはたいてい笑いますから。でも、わたしたちにはこのやり方がいい具合なのです」サラに目を移した。「わたしは運転席に体を押し込むのも一苦労だろうしね、なあ君？」

「あなたはどこに体を押し込むのも一苦労よ、フィリップ」サラは笑いながら言った。「ほんとは、自動車はわたしの体つきにも合ってないの。でもわたし、楽しくて楽しくて」

ポットにもう一杯分のお茶が飲み干され、皿にはケーキの屑もなくなり、サラはそろそろお暇《いとま》する時間だと言い出した。

「こちらの紳士たちを、暗くなる前にお宅にお届けしないといけませんから」

全員が立ち上がった。だが紳士たちがそれぞれ挨拶をするたびに、ベスがお喋りに引き込んでしまう。十分経つと、サラは女学校の校長よろしく手を叩き、後について外へ出るようにと紳士たちを急《せ》き立てなくてはならなかった。

⁂

姉妹は客を午後のお茶に招くのが楽しみで、次の一か月のうちに、わたしはスクリプトリウムで過ごした年月すべてを合わせたよりも大勢と顔見知りになった。ショウ＝スミス氏は二度と現れなかったが、チザム教授は頻繁に顔を出した。

「あの方は、トラヴィスさんがマデイラを焼くと、魔法みたいにわが家の玄関に現れるの」と、ある日ベスはささやいた。「ほんとに不思議」

フィリップ・ブルックスは一度、チザム教授と一緒に訪れ、また別の機会にはフィリップとサラだけでやってきた。ブルックス夫人は平凡な容姿で、ぶっきらぼうな口をきくことが多かった。知性は姉妹に比べてぱっとしないと感じたが、なぜか真実を浮き彫りにする独特の話術を持っていた。彼女を見ていると、わたしはティルダを思い出した。

お腹を隠すのが難しくなってくると、わたしは午後のお茶の時間に合わせて、外出を計画した。初めはヴィクトリア・パークかローマン・バスへ行ったが、雨が降ると、大聖堂《アビー》で雨宿りをし、聖歌隊の少年たちの練習に耳を傾けた。だがすぐにディータがこれに待ったをかけた。

「エズメ、あなたには歴史家にふさわしい調査の才能があるんだから」ある晩、夕食の席でディータは言った。「明日はヴィクトリア・パークを無暗《むやみ》にほっつき歩く代わりに、ギルドホールの公文書館に行ってちょうだい」

「イーディス、指輪を忘れないでね」とベスは言い、牛肉をもうひと切れとって、グレイヴィに浸した。

ディータは、小指に嵌めていた金の指輪を外して、わたしに差し出した。その果たす役目を承知していたわたしは、それを指に滑らせた。指輪はぴったりだった。

「どうしてもその指に嵌められなかったの」とディータは言った。

「だって望まなかったでしょう」とベスが言った。「でもエズメにはよく似合うわ」

⁂

次に姉妹が客を招いたとき、わたしはロンドンにいた。大英博物館の書庫で調べものをし、パパと数日を過ごした。その後はケンブリッジで、ベスの友人のところに滞在した。親身になってくれたその友人は、わたしの夫について一度も訊ねなかった。

わたしは真剣に研究に取り組み、調査の腕はお腹が膨らむのに合わせて上がっていった。ディータはわたしを決まりごとで縛ることなく、ある種の自由を与えてくれた。紹介状によって道筋をつけ、手紙にはわたしを姪だと書き、自分の姓をわたしに与えた。彼女はわたしとスクリプトリウムとがつながらないように慎重に計らった。どこに行ってもわたしは迎え入れられ、書庫や閲覧室にすぐさま入ることができた。必要な資料は前もって揃えられ、わたしに調査されるのを待っていた。

はじめ、誰もわたしを信用してくれるはずがないと思っていた。あちこちでしくじりをしては謝ってばかりいたし、入館を許可されたときの感謝の仕方もあまりに大仰だった。ケンブリッジのオールドスクールズでは、閲覧室の入り口の受付係が二度もディータの手紙を読み直し、それを見ながら、歳月が刻まれた石と革と木の匂いが混じりあうあの知の刺激に満ちた空気を吸うこともなく、門前払いされるのかと胸が苦しくなった。係員はわたしの手の金の指輪に目を留めたが、その下にある腹はほとんど看過《みす》ごされた。彼はわたしを通してくれたが、わたしは敷居を跨《また》ぐ前に、一呼吸長くその場に立ち止まった。

「お加減でも、マダム?」受付係が訊いた。

「なんでもありませんわ」わたしは言った。

わたしは落ち着いた足取りで、部屋の突き当たりのテーブルへ向かった。木の床が、首を項垂《うなだ》れて書物に没頭する閲覧者たちにわたしの来訪を告げた。その広間を建設した建築家は、婦人靴の立てるかつかつという音を計算に入れていなかった。学問に励む紳士たちの好奇心に、わたしは痛む背をまっすぐにし、短い頷きで応じていった。席に着いたときには、その努力で疲れ切っていた。

歴史の豊かさと美しさの点で、オックスフォードに肩を並べられる場所があろうとは考えたこともなかったが、ひとりで冒険に出かけるたびに、自分がいかに無知だったかを思わずにいられなかった。わたしはオックスフォードとスクリプトリウムだけでいつも満ち足りていた。スコットランドの親戚への訪問はいつも少し長すぎるように感じ、一度ひとりで訪ねたときなどは、帰る日がもう来ないような気がしたものだった。いつの間にかわたしは、この新しい冒険を楽しみはじめていた——ただし、それをもたらした原因は、日に日に見ないふりができなくなっていった。

姉妹は苦境に置かれたわたしの共謀者ではあったが、同時にそこに楽しみを見出しているようでもあった。朝食の席で、ふたりはわたしに、よく眠れたか、食欲はどうか、妙な食べ物を食べたくなりはしないかと質問を浴びせた（妙な食べ物への欲求は皆無で、ベスはこれに大いに落胆した）。わたしの体重と起床と就寝の時間は小さな帳面に書きつけられた。そんなある日、ベスが彼女らしくもなく羞《は》じらいながら訊いた。あなたの裸を見せていただけないかしら、と。

「絵を描きたいの」と彼女は言った。

わたしは鏡の前に素裸で立ち、胸から下腹部までの曲線をなぞるのが習慣になっていた。それは、記憶に留《とど》めようとする努力だった。わたしは承諾した。

ベスがデッサンしているあいだ、わたしは寝室の窓のそばに立ち、庭を眺めた。色彩が入り混じり、芝生の縁が伸びすぎている。りんごの木は生命に満ち、その花を木の下の地面に散らしていた。美しいわ、とわたしは思った。刈り込まれず、打ち捨てられたものに宿る美。日差しが腹部に落ちかかる。そのぬくもりは、わたしが裸体であることの証だった。しかしわたしは羞恥もきまり悪さも感じなかった。ベスはベッドに腰かけ、彼女の木炭が紙を引っ掻く音が聞こえた。

ベスが、丸い腹の上と下に手を置くように言い、わたしは従った。肌は温かく、わたしは手をそれに押しつけた。そのときだった。張りつめた皮膚の下の動き。わたしへの応答。理性のあらゆる働きを裏切って、わたしは自分のなかで育ちつつあるものを愛撫し、挨拶のことばを二言三言ささやいた。

いつの間にかベスがスケッチブックを置いていた。彼女はわたしの肩に化粧着を着せかけ、ドアのところへ行ってディータを招じ入れた。

「美しいわ」ディータはスケッチを見て言った。だが、目を上げてわたしを見るには努力を要した。彼女は来たときと同じく、静かに出ていったが、わたしはディータが目元を拭うのに気づいていた。

「サラ・ブルックスが今日、午後のお茶に来るわ」と、三人で昼食をとっているときにディータが言った。普段なら、前日に予告してくれるはずだった。

「ヴィクトリア・パークにお散歩に行くことにするわ。いいお天気だし」

ディータはベスを見て、それからわたしに視線を戻した。「じつは、あなたにいてもらいたいの」

わたしは自分の腹部を見下ろした。今や途轍《とてつ》もなく膨れ、言い逃れようがない。わたしは戸惑ってディータを見た。

「いい方たちだから」と彼女は言った。

初め、わたしは意味がわからなかった。四月の二十五歳の誕生日にパパが訪ねてきて以来、わたしは姉妹のほか、誰かと同席したことはなかった。もうそろそろ六月で、わたしのお腹ははち切れそうになっている。

ベスがキッチンテーブルから立ち、せかせかとコーヒーポットの用意を始めた。「あのご夫妻は、ご自分たちの赤ちゃんができなかったのよ、エズメ」とベスは言った。「きっとあなたの子のいいご両親になってくれるわ」

そのことばがしかるべきところに落ちてきたとき、ディータがテーブルの向かい側から手を伸ばし、わたしの手を握った。わたしは手を引っ込めなかったが、彼女がその手を優しく握りしめた仕草に応えられなかった。息が止まり、胸の中に真空が生まれ、そこからことばを発することができなかった。息が止まったせいばかりではない。ことばでは足りなかった。はっきり理解している感覚はあっても、それを表すためのことばがなかった。

その感覚のどこか端のほうで、ベスがコーヒーポットを片手に、ストーブから振り返ったのが見えた。その目鼻が、ばつの悪そうな笑顔を必死で支えていた。顔がくしゃくしゃになり、手が震えているのは、何を見たというのだろう？　コーヒーが少し床にこぼれたが、ベスはそれを拭こうともしなかった。その代わり、彼女は姉のほうを見た。これほど心細げなベスを、わたしは見たことがなかった。

⁂

何を着るか迷ったが、といって選択肢はほとんどないのだった。最後にサラに会ったときは、お腹をうまく隠せたと思っていたが、今になってみると彼女は初めから知っていたのかもしれないという気がした。そう思うと居たたまれなくなり、不愉快になった。胸を強調し胴回りがきつすぎるドレスを着て、鏡の前に立った。その姿はどこか卑猥で、なぜか素晴らしかった。醜い指で、胸の丸みを、乳首を、張り詰めた皮膚の下の胎児の膨らみを辿った。膨らみが動くのを感じ、ドレスの布の下のくねりを見つめた。

わたしはブラウスとスカートに着替えた。どちらもディータからの借りものだ。その上に部屋着を羽織った。

居間に入ったとたん、サラが立ち上がった。姉妹たちは、その午後の気まずさを精一杯軽減しようと思ってか、腰を下ろしたまま、妙に明るい声を無理に張り上げ、気安く歓迎のことばをかけてきた。

「あら来たわね」「お茶を飲むでしょ、エズメ？」「今日は暑いわねってお話ししてたところなのよ」

「マデイラを一切れいかが、サラ？」

サラはふたりに目もくれず、つかつかとわたしが立っているところへ来た。両手でわたしの両手をとる。「エズメ、あなたがこうなることを望まないなら、わたし納得するわ。誰よりもつらいのはあなたですもの。ゆっくり考えて。迷いがあるうちは駄目よ」

それは、悔恨と、悲哀と、喪失だった。それは希望と安堵だった。そして名前のない何かであり、わたしはそれらをはらわたに感じ、その苦さを口に味わった。そうした感情のどれひとつとして明確にことばに表せない苛立ちに、涙がとめどなく溢れた。

サラはわたしをつかみ、力強い両腕をわたしに回すと、すすり泣くわたしをその肩にもたれさせた。彼女は頼もしく、恐れを知らなかった。

ベスがようやくお茶を注いだとき、その場の全員が鼻をかんでいた。

わたしたちはお茶を飲み、ケーキを食べ、わたしはサラの口の端にこびりついたケーキのかけらを見つめていた。サラはベスが言うことすべてに耳を傾け、決して口を挟まなかったが、答えを返す機会をとらえたときは、必ずしもすべてに同意するわけではなかった。その声の響きを聞くうちに、わたしは彼女がちょっとしたことですぐ笑うことを思い出した。彼女は歌を歌えるだろうか、とわたしは思った。

妊娠が終わったとき、どうなるのかについて考えることをずっと避けてきた。わたしは何も質問せず、姉妹たちはせいぜい仄《ほの》めかすだけだった。初めからこういう計画だったのかしら？　わたしは首を傾げた。

もちろんそうに決まってる。

そうしなくちゃいけないのかしら？

当たり前じゃないの。

赤ん坊は女の子だ。なぜかは言えなくても、わたしはそのことを知っていた。そしてその子を愛しはじめていた。

「エズメ?」ベスが言った。

三人の女たちが、わたしが聞いていなかった何かに答えるのを待っている。

「エズメ」サラが言った。「またお伺いしてもよろしいかしら?」

わたしはディータを見た。彼女の歴史の本の改訂が終われば、わたしはオックスフォードに戻り、スクリプトリウムでの仕事がまた始まる。ディータはそう言い、わたしは同意したのだ。

そのとき感じたものを言い表すことばはあるはずだった。しかし、スクリプトリウムであれだけの年月を過ごしてきたというのに、たったひとつのことばも思い浮かべることができなかった。

わたしはこくりと頷いた。


暑い陽気が続き、わたしは途方もなく膨らんだ。ディータはわたしの調査に満足し、いくらでも長椅子でゆっくりして、自分が歴史の本に加えた編集箇所の校正をしていてちょうだいと言い張った。サラは毎週火曜の午後のお茶に来て、わたしは黙ったまま観察した。会うたびに彼女の好きなところを見つけたが、その時間は気詰まりで、わたしの揺れる心に変化はなかった。言うべきことはいくらでもあったのに、そのたびにお茶が注がれ、マデイラケーキが回されて、話の接《つ》ぎ穂は失われた。

そんなある火曜日、わたしがよちよちと居間に入っていくと、まだ帽子をかぶり、運転用の手袋をはめたままのサラがいた。

「あなたを連れ出そうと思って」と彼女は言った。

それを聞いて思いがけずほっとした。わたしはもう新鮮な空気の中にいるように、深く息を吸い込んだ。

「わたしたちふたりだけでね」彼女は続け、姉妹を振り返った。ふたりは揃って頷いた。

驚いたことに、サラはダイムラーの助手席のドアを開け、わたしに手を貸して乗り込ませた。個人が所有する自動車に乗ったことはほとんどなかったし、女性の運転は初めてだった。サラは脚も腕も短く、全身で車を動かしていた。ギアを入れ替えるたびに体を前に倒し、後ろにそっくり返ってはペダルを踏んだ。その手足は人形遣いに操られているようで、わたしは咳をして笑いを胡麻化した。

「お加減が悪い?」彼女は訊いた。

「なんともありませんわ」わたしは言った。

サラはどんなときも会話を強要することがなかったが、それだけでなく、世間話が人並外れて苦手だった——天気について誰かが何か言ったことへの応対に、大気圧と雨の関係を説明したことがあるほどだ。そういうわけでわたしたちの道中は、ギアを入れ替える硬い音と、たまに差し挟まれる他人の運転への悪態を除けば、沈黙に包まれていた。

バース・レクリエーション・グラウンドに着くまでに、わたしは三枚のカードに、〝ダーム《大》・ダン《馬》ダー《鹿》ヘッド《者》〟の様々な用例を書き留めていた。それらの文字は、まるで中風の発作の最中に書いたかのようだった。

「サマセットが優勝をかけてランカシャーと対戦してるの」サラが言いながら、わたしを座席から助け下ろし、スコアボードを見ようと首を伸ばした。「ランカシャーが一八一ランを追っているわ。このターゲットじゃ守る方は大変。フィリップは頑張りどころね。エズメ、あなたクリケットはお好き?」

「どうかしら。試合を初めから終わりまでそっくり観たことがないんですもの」

「あなたは礼儀正しいから、クリケットなんか時間がかかりすぎて、草が伸びるのを眺めてるほうがまだ面白いなんて言えないんだわ。いいえ、否定してもだめよ。その顔に書いてあるもの」彼女は腕をわたしの腕に通すと、わたしの身長に合わせて軽く具合を直した。そしてわたしたちは楕円《だえん》の形をしたクリケット場の端を回って歩きはじめた。「午後が終わるまでには、そんなふうに思ってたなんて信じられなくなるわよ」

ブルックス氏はすでにピッチの上におり、サラはわざとこの頃合いを見計らったのかもしれないという気がした。ふたりの意図が明らかになってからというもの、ブルックス氏は妻と共に姉妹の家のお茶に来ることはなかった。おそらく、この取り決めに関するあれこれは、もっぱら女性に任せるのが一番だと考えているのだろう。彼が初球を投げるのを見ながら、わたしは初めて、〝この取り決め〟が実現しない可能性に思い至った。自分は口説かれているのだと、わたしは気づいた。時がくれば、申し出を受け入れるか拒絶するかしなくてはならない。彼は審判に帽子を渡し、禿頭《はげあたま》が日に照らされて光った。彼は、サラの背が低いのと対照的に長身で、ひょろ長い脚でピッチに向かって大股で助走をつけ、腕を風車のように回転させて投球した。

「フィリップの思いつきだったの」とサラは、夫が再びワイドボールを投げた後に言った。

「何がですか?」

「あなたを試合に連れてくることよ。まあ、失投《ショート》だわ。あれじゃ打球がバウンダリーを越えてしまうわ」

楕円の向こう側に座っている集団の一角から拍手が起きた。

「味方は怒るでしょうね。きっと気が散ったんだわ。かわいそうに、あなたを感心させたくて必死なのよ」

「わたしを?」

「そうよ。言ったでしょ、彼の思いつきだって。あの人、お茶に来たくて仕方がなかったんだけど、わたしが止めていたの。気まずかったから。ね、あなたもそうだったでしょ?」

わたしはただ俯くしかなかった。

「今のうちに試合で格好よく決めて、父親にふさわしいところを見せたいと思ったのね、きっと」

嫌な気持ちはしなかったが、彼女の開けっ広げな物言いには相変わらず意表を突かれる。

「さて、もうあの人が投げる機会はないわね。このオーバーで十五ランとられたわ。ティーになってほっとしてるでしょう」

わたしは、選手たちがピッチからクラブルームに向かって歩いていくのを見つめた。フィリップがこちらを見、サラが手を振った。チームメイトの後に続く代わりに、彼はグラウンドを横切ってわたしたちのところへ来た。大股で、わずかに肩を落としながら。

「頼むから今来たばかりだって言ってくれよ」彼は近づきながら言った。赤面しているのか日焼けしているのか、わたしには区別がつかなかった。

「そうはいかないのよ、ごめんなさいね、あなた。ちょうどシャープが打席に入ったときに着いたの」サラはつま先立ちになって夫にキスし、わたしはフィリップの猫背は結婚のおかげで身についたのかしらと思わずにいられなかった。

彼はスコアボードを見た。「これから先、僕はずっとフィールダーだな」そう言ってから、わたしのほうに向きなおった。はしばみ色の目がきらめいている。

「エズメ」彼は言った。「また会えてじつに嬉しいですよ」

何と応じればいいかわからなかった。頷きはしたが、笑顔はほとんど見せなかった。彼が大きな手を差し出したので、手を与えた。醜い指を見ても彼はたじろがなかったが、わたしはそれでも、あまりにも脆《もろ》く見えるそれを握りつぶすことを恐れて、弱々しい握手をするだろうと予想した。思いがけず、彼はわたしの手がすべって抜け落ちないくらいの、力のこもった握手をし、手を離す頃合いも申し分なかった。手の握り方で、相手の男のことがいろいろとわかるものだよ、といつかパパが言っていた。

それは火曜日だった。トラヴィスさんはその日一日、暇をもらっていた。サラが午後のお茶に来ることになっていて、姉妹はキッチンでお盆の支度をしていた。わたしが入っていくと、ディータがケーキを切って皿に並べ、ベスがティーポットを温めていた。手伝いはないかと訊こうとしたとき、脚の内側を何かが伝い落ちるのを感じた。それが何かに気づく前に、どっと溢れ出した。わたしは喘ぎ、姉妹が振り返った。

「破水《はすい》したのかも」わたしは言った。

ディータはケーキを一切れ持ったまま、ベスは湯沸かしを持ったままだった。数秒間、ふたりとも身じろぎもしなかった。そしてだしぬけに怯えた雌鶏《めんどり》のように慌てふためき出し、あっちを向いたりこっちを向いたりしながら、互いに言い合いをはじめた。ふたりはわたしが何か食べるべきか、食べざるべきか、ラズベリーの葉のお茶を飲み続けるべきか、やめるべきか議論した。横になったほうがいいのかしら、それともお風呂に入るべきなの？

「お医者様は、お風呂に入れたらいけないっておっしゃったはずよ」とベスが言った。

「でも、マレー夫人がお風呂に入ってすごく楽になったっておっしゃってたのよ。あの方、何百人も赤ん坊を産んでるんだし」とディータが言う。日ごろの冷静で正確な話しぶりはどこかへ消し飛んでしまっている。

わたしは食べたり、飲んだり、入浴したりする気分ではなかったが、ふたりとも訊ねようとは思いつかないらしかった。

「乾いた服に着替えるだけでいいと思うわ」わたしは口を挟んだ。姉妹たちをすっかり動転させた水たまりに突っ立ったままだった。

「陣痛は始まった？」ベスが訊いた。

「いいえ。十分前とまったく同じよ。びしょびしょなだけ」

そう答えればふたりが落ち着くかと思ったのに、姉妹はまごまごとわたしを見るだけだった。ドアをノックする音が聞こえた途端、ふたりとも玄関に出るために慌てて行ってしまい、わたしはひとりでキッチンに取り残された。

「それでどちらにいらっしゃるの？」サラの声だ。

三人が揃ってキッチンに入ってきた。先頭のサラは、そばかすだらけの顔いっぱいに笑みを浮かべている。

「これはまったく正常よ」そう言うと、わたしのまなざしを捉え、わたしが理解したことを確信してから視線を離した。そして姉妹に向き直ると、同じことをもっと厳《いか》めしい口調で言った。「まったく正常ですわ」キッチンテーブルの上のケーキと、湯気が立つポットに気づいて言った。「あら、素敵。お茶は何よりですわ。エズメとわたしは十分ほどしたら参りますから」彼女はわたしの腕をとると、階上へ導いた。

寝室で、サラは立っているわたしの前で床に跪《ひざまず》いた。片方の靴を脱がせる。そしてもう一方も。何も言わず、彼女はわたしのスカートの下に手を差し入れ、ストッキングの留め具を外した。ストッキングをくるくると丸めながら、彼女の指がわたしの脚を片方ずつ伝っていく。その感触を追いかけるように鳥肌が浮いた。サラは介助をしてもかまわないかと訊ねなかった。黙々と、ただそうした。

「本当に正常なの？」わたしは訊いた。

「エズメ、あなたは破水したの。水は濁っていなかったわ。正常そのものよ」

「でも、スカンラン先生は、そのあとすぐ痛みが始まるっておっしゃったの。でもわたし、何も感じないわ」

サラは、わたしのふくらはぎをぼんやりと撫でながら顔を上げた。「痛みはくるわ」彼女は言った。「五分後かもしれないし、五時間後かもしれない。痛みがきたら、悪魔のように痛いわよ」

それが真実だと知ってはいたが、例外があってほしいと願っていた。顔が青ざめるのを感じた。サラが片目をつむった。

「悪態をつくのをおすすめするわ。最悪のときにましになるから。ただし、本気で言わないと駄目よ。口先だけとか、小さい声で言うのはなし。大声を出すの。それが許されるのはお産のときだけなんだから」

「なぜご存じなの？」わたしは訊いた。

サラは立ち上がった。

「寝間着はどこにしまってあるの？」

わたしは衣装だんすを指した。「一番下の引き出し」

「わたし、ふたり赤ちゃんを産んだの」サラは洗いたてのナイトドレスを出しながら言った。「残念ながら、ふたりとも羊水が濁ってたのよ」

彼女はわたしを手伝って頭からドレスをすっぽりと脱がせ、次にスリップを脱がせた。また跪くと、そのスリップでわたしの脚を叩くようにして拭いた。わたしのズロースを脱がせ、その湿った布を隅々まで調べ、最後に鼻に当てた。

わたしは怯《ひる》んだ。

「匂いも問題なし」そう言って、にっと笑った。「それに妹のお産も手伝ったし。おちび《リトラン》さん五人ともね。妹の下着も毎回こんな匂いだった。赤ん坊はみんな、ぎゃんぎゃん泣きながら生まれてきたわ」

サラは下着をほかの服の山の上に拋《ほう》った。もう脱ぐものは何もない。ここまで裸をさらしたのは初めてだった。

「一緒にいてくださる？」わたしは訊いた。

「そうして欲しいなら」

「女の人は赤ん坊を産むとき、悪態をつくものなの？」

サラはわたしの頭上からナイトドレスを落とした。それはふうわりと広がり、そよ風のように肌に落ち着いた。彼女はわたしが袖の穴を見つけるのを手伝ってくれた。

「ふさわしいことばを知ってたら、つい言ってしまうのよ」

「わたし、ずいぶんひどいことばを知ってるの。オックスフォードの市場にいるお婆さんから集めてるから」

「そうね、でも市場で聞くのと、自分の口の中で転がしてみるのはわけが違うわ」そう言いながら、ドアの後ろから化粧着をとり、わたしに着せかけた。「紙の上の文字に収まりきらないことばもある、そう思わない？」ガウンの紐を、わたしのお腹の周りに結ぼうと苦心しながら言う。「そういうことばには形や手触りがある。威勢のいい鉄砲玉と言ったらいいかしら。それに息を吹き込むと、唇に鋭い切れ味を感じるわ。ここぞという場面で使えばずいぶん爽快なものよ」

「たとえばクリケットに行く途中で誰かに横入りされたときみたいに？」わたしは言った。

サラは笑った。「あらいやだ。わたし、フィリップにも車に乗ると口汚くなるって言われるの。あなた気を悪くしなかったかしら」

「少し驚いたけれど、あのときからわたし、あなたがほんとに好きになったんだと思うわ」

それには答えず、サラはつま先立ちになってわたしの頰にキスした。わたしは少し屈んで彼女の唇を迎えた。

Attend（アテンド）
心を傾注する。世話をする。監督する。気を配る。介護する。守る。

Travail（トラヴェイル）
（女性が）分娩《ぶんべん》の痛みに苦しむ。

Delivered（デリヴァード）
放出された。子を出産した。引き渡された。明け渡された。

Restless（レストレス）
眠れない。休息がない。（特に心や精神が）落ち着かない。

Squall（スコール）
小さな人、または重要でない人。
突然の強風。疾風。短時間の嵐。
大きい、または耳障りな悲鳴を上げる。

カーテンを光が縁取る。さっきまで集まっていた人々の姿はなく、部屋は空っぽだ。混沌《こんとん》は秩序を取り戻した。ラヴェンダーが血と糞の臭いを覆い隠す。

糞《シット》。わたしはそのことばを声に出して言った。何度も、何度も。それから、メイベルが教えてくれたほかのことばをいくつも言った。わたしの喉は、それらのことばによって嗄《か》れ果てていた。今までは、そんなことばを夢にも見なかった。

だがわたしは夢を見た。その夢の中で赤ん坊が泣いていた。赤ん坊は今も泣いている。乳房がその声に応えて疼《うず》いている。

⁂

彼女たちはささやき声でことばを交わすが、それはわたしの耳に届いている。

「見ないほうがいいんですよ、見ると気が変わるから」産婆《さんば》が言った。

「でもお乳がいるわ」とサラが言う。

「ライ‐チャイルドを手元におくのは、本人も子供もつらいんですよ。あたしが乳母を見つけてきます」産婆が言う。

上掛けをはねのけ、両脚を回してベッドの片側に下ろした。これまで知らなかった筋肉が苦痛に呻《うめ》く。恐ろしい、刺し貫くような痛みに悲鳴を上げた。この痛みには憶えがある。エーテルでぼやけた記憶が。

起き上がろうとしたが、頭がずきずきと脈打ち、一瞬前まで響いていた鋭い音が、まるで風呂の水の底に滑り落ちたかのように鈍くくぐもった。わたしはまた腰を落とし、目を閉じた。瞼《まぶた》の裏の闇に、顔の陰画が映る。揺らぐことのないふたつの光が、わたしの瞳孔を焼き焦がす。ようやく立ち上がったとき、内臓が滑り出るのを感じた。押しとどめようと手を伸ばしたが、その必要はなかった。誰かがベルトをつけ、タオルを当ててくれていた。

「いい子にしてベッドに戻りなさい」サラだった。彼女はまだそこにいた。そばかすが燃えるようだ。その目がわたしを、相変わらず揺らぐことなく見つめている。

「その子にお乳を上げないと」

「〈彼女〉よ」彼女は言った。

〈彼女〉、とわたしは思った。

「〈彼女〉にお乳を上げないと」

⁂

# Nurse（ナース）

（女性が）授乳するなどして乳児を育てる。または単に乳児の世話、監督をする。

皆そこにいた。ディータとベス、サラ、それに産婆。全員が、わたしが乳を含ませるのを見つめていた。わたしは〈彼女〉の乳を吸う音を聴き、彼女らも〈彼女〉が乳を吸う音を聴いた。しかし彼女らは、〈彼女〉が乳を吸う力も、わたしが腹に受け止める〈彼女〉の重みも感じることはできなかった。彼女らは〈彼女〉の匂いに気づかなかった。半時間、〈彼女〉の立てる小さな音だけが、部屋に響く唯一の音だった。誰も、それぞれの希望や不安に声を与えなかった。
「涙が出るのはよくあることですよ」と産婆が言った。わたしはいつから泣いていたのだろう？

何度、〈彼女〉に乳を与えただろうか。数えようと思っていたのに、数えることができなかった。時間は伸縮し、夢とうつつの境は判然としなかった。彼女たちは代わる代わるわたしたちに付き添い、わたしたちを決してふたりきりにしなかった。〈彼女〉の貝殻のような耳の下の、あの甘やかな場所に顔をうずめ、〈彼女〉の温かいビスケットのような香りを吸い込みたかった。「あなたを丸ごと食べちゃいたい」そう言いたかった。〈彼女〉の服を脱がせ、丸々した身体の皺をひとつ残らず辿り、頭のてっぺんからつま先まで口づけし、その肌の毛穴の一つひとつにわたしの愛をささやきたかった。
数週間が経った。わたしはそのどれもしなかった。

サラはベッドに座っていた。大きな、そばかすだらけの手が、金色の産毛に覆われたわたしたちの赤ん坊の頭を撫でていた。「決心を変えてもいいのよ」

わたしはもう、そのことを百通りも違う形で思い描こうと試みていた。

「変えなきゃいけなくなるのは、わたしの決心だけじゃないもの」わたしは言った。

サラはそのことを知っていた。彼女がわたしを見たとき、安堵が憐憫《れんびん》の影とせめぎ合っていた。彼女は喜んでいる。わたしがそれを声に出して言ったことを。サラは目をそらし、いつもより時間をかけて、新しいおむつを畳んだ。

「この子を連れて行くわね?」サラは訊いた。

わたしは答え方を思いつけなかった。下を見ると、眠っている〈彼女〉の口の端に乳が溜まってい た。少し体をずらし、それが〈彼女〉の顎を伝って零《こぼ》れるのを見つめた。〈彼女〉の顎。〈彼女〉の重み。はじめて〈彼女〉を抱いたときに比べて、ずいぶんと重くなっていた。わたしは〈彼女〉の美しさにふさわしいことばを思いつこうと躍起になった。

そんなことばはなかった。そんなことばは存在しないのだ。〈彼女〉に釣り合うことばがひとつでも現れることは永遠にないだろう。

わたしは〈彼女〉をサラに与えた。数か月後、サラとフィリップは南オーストラリアに移住した。

# 第四部

一九〇七年－一九一三年

Polygenous（多種の形成物から成る）

－Sorrow（悲しみ）

## 一九〇七年九月

ことばに終わりはなかった。ことばの意味にも、ことばの用法にも。あまりにも歴史が古く、現代のわたしたちの理解は、本来のことばの木霊《こだま》——歪曲《わいきょく》にすぎないものもあった。以前、わたしはその逆だと思っていた。過去から来た奇妙なことばは、後に完成するものの不格好な下書きであり、わたしたちの時代に、わたしたちの舌の上で形作られることばこそ、真の完成形なのだと思っていた。だがじつは、最初に発せられたことばよりあとに現れるものはすべて、その転訛《てんか》であることにわたしは気づきはじめていた。

わたしはもう、〈彼女〉の耳の正確な形を、〈彼女〉の瞳のあの青を、思い出せなくなっていた。その瞳の色は、わたしが〈彼女〉に授乳していた数週間で濃さを増していった。きっとさらに濃くなったことだろう。毎晩、わたしは〈彼女〉の泣き声を夢うつつに聞いて目を覚まし、〈彼女〉の声の妙《たえ》なる調べに乗せたことばを、自分は一語たりとも聞くことはないのだと思い知った。わたしが腕に抱いた〈彼女〉は全《まった》き者だった。そこに一点の曖昧さもなかった。〈彼女〉の肌の肌理《きめ》。〈彼女〉の匂い。〈彼女〉が乳を吸うかそけき音。それらはそれ以外の何物でもありえなかった。わたしは〈彼女〉を完全に理解していた。

夜明けが来るたびに、〈彼女〉の細部を思い浮かべた。〈彼女〉のちっぽけなつま先の透き通った爪から始め、だんだん上に移っていき、ぽっちゃりした手足のクリームのような肌、そしてあるかなきかの金色の睫毛《まつげ》まで。

でもそこで、些細な何かを思い出せずに焦《じ》れる。そしてわたしは気づく。日々が、歳月が過ぎるにつれ、わたしの〈彼女〉の記憶は薄れていくのだと。

ライ‐チャイルド《Lie-child》。産婆はそう〈彼女〉を呼んだ。しかしそのことばは『Leisureness（安楽）‐Lief（喜んで）』には入っていなかった。わたしは整理棚を探した。五枚のカードがあり、表紙がピン留めされていた。すでに定義はできていた。〝嫡出でない子。庶子《しょし》〟。それは収録から除外されていた。表紙に但し書きがある。

〝ラヴ‐チャイルド《私生児》に同じ——削除〟。

だがそうだろうか？　わたしはビルを愛《ラヴ》していたろうか？　彼が恋しかったろうか？

答えは否《いな》だ。わたしはただ、彼と寝ただけだった。

だが〈彼女〉のことは愛していた。〈彼女〉が恋しかった。

わたしが見つけたどんなことばも、〈彼女〉を定義することはできなかった。やがて、わたしは探すのをやめた。

わたしは働いた。スクリプトリウムの自分の机に向かい、ほかのことばたちで心の空白を埋めた。

一九〇七年九月二十日

ハリー様

〈辞典〉とスクリッピーでの毎日について書かれた何枚ものお手紙に紛れて、気になることばがいくつかありました。あなたは大袈裟な物言いをなさる方ではありませんし、わたくしに言わせると確たる根拠がなくても、楽観主義に傾きがちですから、エズメについてのご懸念は正しいものと拝察するよりほかありません。

　エズメがくぐり抜けたようなことを経験すると、女性は鬱々とすることがあるとは聞いております。それに、エズメが悲嘆に暮れている可能性も考えに入れるべきでしょう。彼女のような境遇は珍しいことではありません（昨年は、こうした問題についてずいぶんと勉強いたしました。窮地に陥る若い女性がこうも多いことにあなたも驚かれると思います。背筋の凍る話も耳にしましたが、繰り返しますまい。ただ、わたくしたちの可愛いエズメは、慈愛深いお父様がいらっしゃって幸運だったとだけ申し上げておきます）。ですから、あの子が立ち直るまで、このまま心配りをして参りましょう。

エズメがいなくなって、こちらはふたりともぼんやりしております。ベスが言うのですが、エズメがひっきりなしに質問を浴びせるおかげで、わたくしたちはいつも正直にものを言う癖がつきました。あの子も大人になって、そうした性分も抜けたかと思いきや、本音を申せば、この子はどうしてこう他人の知恵を素直に受け入れないのかと辟易《へきえき》することが幾度もありました。でもあの子は納得しないと気が済まないのですね。そのおかげでわたくしの歴史の本はきっとよりよいものになるでしょう。

それはそれとして、あなたからエズメが沈み込んでいると伺いましたので、出過ぎたことかと存じましたが、いくつか照会をいたしました。

わたくしの友人が、シュロップシャーに小さなコテージを所有しております。丘に囲まれて、ウエールズまで見渡せる（もちろん晴れた日にですが）風光明媚《ふうこうめいび》なところです。しばらく前に借家人が亡くなって空き家になり、先日ベスとわたくしで一週間滞在いたしました。散歩についてはベスが請け合うでしょう。大変に素晴らしく、心臓破りの急坂だらけで、頭を空っぽにするにはぴったりです。それこそエズメに必要なものではないかしら。居心地のよさのほうはわたくしが保証します。お気に召さないお嬢さんもいるでしょうが、エズメはこだわらないほうですから。

そのコテージを十月いっぱい押さえておきました。ジェームズ・マレーとエイダ・マレーにも手紙をしたためましたところ、ふたりともリジーがエズメの旅行に付き添うことを承諾してくれています。ハリー、あなたが抗議なさる前に申し上げておきますが、わたくしは何も明らかにしておりません。ただし計略が必要だったのは確かです。まずマレー夫妻に、エズメがバースにいるあいだにひいた風邪がなかなか治らないと聞いた、と書き送りました。ジェームズはすぐさまエズメは体力をつけねばならぬと同意しました。あの方は健康的な散歩は万病の薬であるという固い信念の持ち主ですから、誰かが咳をし出すとたちまち毛布にくるんで海辺の安楽椅子に座らせるやり方には賛成できないと、熱心に主張しておられました。そんなに長いことリジーが暇をとることには反対なさるかと危惧したのですが、彼女は長年せいぜい数日しか休みをとっておらず、休暇を貰ってしかるべきである、と了解してくださいました。そこでわたくしは、手紙が来た同じ日の午後の郵便で、博士に賛同するという旨の返事を送ったというわけです（博士が心変わりしないように、送られてくるのはあと一週間は先だと思っているはずのことばを二、三同封しておきました）。

　親愛なるハリー、こうした手配があなたのお気に召すことを願っております。そして、もちろんエズメの気に入ることも。わたくしたちで、エズメを説き伏せることは問題なくできるでしょう。オックスフォードからシュルーズベリーへの列車の旅はわけはありませんし、友人は、近所に住むロイド氏が世話を焼いてくれると請け合っております。ロイド氏は少々の賃金を貰って、コテージの手入れをしている人です。この人がふたりを出迎えて、コテージに落ち着くよう計らってくれます。

かしこ
イーディス

わたしたちが〈コブラーズ・ディングル《靴直しの谷》〉に着いたのは、もう日が傾き、昼間の穏やかな陽気が肌寒さに入れ替わろうとする頃だった。ロイドさんは、帰る前にどうしてもストーブに火を入れると主張した。彼はしゃがんで手を動かしながら、毎日昼過ぎに自分が顔を出すか息子をよこすかし、ストーブの様子を見て、寝室の暖炉に火を熾《おこ》すと言った。でももっと早くから火が欲しくなったら、薪もたきつけも小屋にいっぱい入ってますよ、とも。

ロイドさんはわたしたちに暇乞《いとまご》いをし、リジーが立ち上がった。軽いお辞儀はリジーに向けられ、本来それはわたしの役目だったが、仕方なくリジーが応対した。

「ありがとうございます、ロイドさん」リジーは言った。「わたしども、とても感謝しております」

「なんなりと言ってくだせえ、ミス・レスター。うちはその小道を十分ばかし登ったとこですから」

ロイドさんが行ってしまうと、リジーはせっせと働き出した。わたしは戸口に立って、ロイドさんの荷馬車が長い馬車道を遠ざかり、小道に入っていくのを見つめていた。リジーが引き出しや戸棚を開ける音が聞こえた。どんな食料品や台所道具が揃っているか頭に入れているのだ。湯沸かしに水が入っているのに気づくと、それをストーブにかけ、ポットにお茶の支度をした。

「食料部屋にいろいろ揃っててありがたいね」と言いながら、茶葉の缶に蓋を戻し、煮え立った湯をポットに注いでからわたしを振り返った。わたしはまだ戸口に立っていた。

「こっちに来てお座りよ、エッシーメイ」リジーはわたしの腕を取って、小さなキッチンテーブルの椅子に座らせた。前に湯気の立つカップを置いたあと、また腕に触れ、目を合わせようとした。「熱いよ、気をおつけ」まるで五歳の子に言うような口ぶりだったが、リジーがそうやって気を遣うのも無理もなかった。

リジーはひと回り大きくなり、背筋がしゃんと伸びたように見えた。それは〈コブラーズ・ディングル〉が狭いからだけではなかった。マレー夫人の権威も、バラードさんの言いつけも取り払われた今、リジーは、わたしがめったに見たことのない自信を漂わせていた。彼女はコテージを隅から隅まで調べて、その様々な個性を頭に入れようとした。この場所の女主人はリジーだ、とわたしは二日目の朝に思った。その思いつきは、一条の光のように霞《かすみ》のかかったわたしの心に差し込んだが、もっと深く考えようとするとたちまちかき消えてしまった。

わたしはリジーに言われた場所に座り、周りをくるくると動き続ける彼女を見つめた。立ち上がるとすれば、リジーに促されるときだった。逆らうことは決してなかったが、自分から何かを始めることができなかった。

到着してから数日経つと、ロイドさんが奥さんからことづかったケーキと卵を入れた籠を手に、キッチンの戸口に現れた。リジーはまたしても彼とことばを交わさなくてはならなくなった。この間は文がふたつだけだったが、今回はなんとか三つの文をひねり出した。

その翌日、ロイドさんは、火の世話をさせるために息子のトミーを差し向けてきた。リジーはトミーに一緒にお茶をしていくようにと言い、この辺りで散歩するのにいいところはないか訊き出そうとした。

「丘に登る道を行くとブナの森に出るよ」と母親のケーキを口いっぱいに頬張りながらトミーは言った。「急だけど、眺めはいいよ。そっからは好きなほうへ行ったらいいけど、木の門はちゃんと閉めとかないといけないよ」

⁂

リジーが身を屈めてわたしのブーツの紐を結んだ。何年も昔の懐かしい仕草だった。何も被っていない頭の天辺《てっぺん》から、針金のような白髪が飛び出していた。リジーは老いつつあるのだ、とわたしは思った。でも彼女はわたしより八歳年上なだけだ。その差はいつも、もっと大きいような気がした。リジーは今と違う人生を歩みたかっただろうか、とわたしは思った。〈コブラーズ・ディングル〉を小ぢんまりした自分の家だと思ってみたりするのだろうか。きっと一生持つことのない赤ん坊を、切なく望んではいないだろうか。

ロイドさんは話すとき、帽子を脱いでリジーの目を見つめる。なんも遠慮せんで、ミス・レスター。するとリジーは、男の人にわざわざ何かしてもらうのは初めてだというように顔を赤らめる。だが、もうリジーは年をとりすぎている、とわたしは思う。老いすぎて、十一の頃からずっとやってきたことよりほかに、できることは何もない。屈んでわたしの靴紐を結ぶ。屈んで誰かに言いつけられたあれやこれやの用をする。涙がひと粒かふた粒、鳥の巣のような髪に落ちたが、リジーは気づかなかった。

その小道に着くまでに、コテージの脇の小さな原っぱを横切ったせいでふたりともスカートの裾がぐっしょりと濡れ、わたしはすでに息を切らせていた。リジーが念を入れて木戸が動かないようにしていたので、わたしはこの先の道をつぶさに眺める暇があった。トミーが警告してくれたとおり、傾斜のきつい、でこぼこの道だった。どれだけ登るのか、丘の頂はうねうねと続く樹々に隠れていた。捻《ね》じくれて苔《こけ》に覆われた枝が、そこここで小道に覆いかぶさり、見たところ羊より背の高い生き物がこの道を使うことはなさそうだった。わたしはぜひとも引き返したかった。

「これをお使いよ」リジーが隣に来て言った。差し出したのは頑丈そうな杖《つえ》だった。

リジーが納得する言い訳を拵《こしら》えてコテージに帰るのを許してもらおうとしたが、彼女は首を横に振った。杖をわたしの手に押しつけたリジーの頬は運動のせいで赤く火照り、瞳は輝いていた。わたしが杖を落とさないと確信するまで、リジーはまるでリレーのバトンを手渡すように、杖を持ったまま離さなかった。わたしが握った手に力をこめると、彼女は手をゆるめた。そして向きを変え、狭い道を先に立って登りはじめた。

小道が森から外れたときは、ほっとした。道はよろよろと覚束《おぼつか》なく丘を横切り、どうやらそれを作った羊たちは傾斜をなるべく避けようとしたらしかった。リジーはその道が正しい方向へ導いてくれるものと信じ、わたしはその背を追いながら、いつのまにか調子よく道を踏んでいた。ふたりとも無言で歩き続け、やがてリジーが踏越し段《スタイル》を見つけた。

「こっちだよ」

リジーはスカートをたくし上げて、木造の段を上ったが、身を支えようと片手を離した途端、布が落ちて風雨にさらされた板に引っかかった。わたしはスプリットスカートを持ってくることを思いつかず、それはリジーも同じだった。迂闊《うかつ》だった——わたしはスコットランドで一年過ごしたのだし、あそこでは散歩だけがあの恐ろしい学校からの逃げ場で、短めのスプリットスカートは制服のひとつだったというのに。しかしリジーはオックスフォードから一度も出たことがなく、ふたり分の荷物を詰めたのは彼女だった。

リジーは笑い出した。「明日はふたりしてズボンを穿《は》くんだね」

「ズボンなんて穿けないわ」

「しようがないよ。コテージの衣装だんすに入ってる服はみんな男物なんだもの」とリジーは言った。「借りたって誰も気にしやしないだろうし」

翌日、リジーはズボンを二本、朝食後に着替えるようにベッドの上に並べた。

「リジーはズボンを穿いたことあるの?」キッチンのリジーのところに行って、わたしは訊ねた。

「生まれてから一度だってあるもんかね」そう言った顔には、これからどんな楽しみが待っているか知っていると言いたげに、微笑が浮かんでいた。

リジーはレンジの弱火で一晩かけてオーツを煮ていた。そこにロイド家から貰った新鮮なクリームを注ぎ、わたしが目覚める前に煮ておいたりんごをのせた。

「そこらじゅう痛いわ」わたしは椅子の左右の縁をつかみながら腰を下ろした。

「あたしもだよ」リジーが言った。「けど体にいい痛さだよ。バテバテの痛さでなくて」

「痛みは痛みよ」

「あたしは、体のどこかしらが痛くなかった日なんて思い出せないもの。痛いのが体にいいことの印らしいと思ったのなんて、生まれて初めてだよ。病気でなくてね」

わたしはスプーンを取り上げ、りんごとクリームを粥《ポリッジ》に混ぜ込んだ。わたしの芯に居座る痛みは依然としてそこにあったが、その朝はたしかに、その痛みの切羽詰まった感じがほんの少しやわらいでいた。

朝食後、リジーはぶかぶかのズボンと大きすぎるシャツを着た。

「大きすぎるわよ、リジー」

「ベルトで締めりゃ、どうとでもなるさ」リジーは言って、衣装だんすを探った。「それにここらにケチつける人なんているかい？」

「ロイドさんがひょっこり顔を出すかもしれないわ」

リジーはちょっと顔を赤くしたが、肩をすくめた。「あの人はやかましいことを言いそうもないよ」

わたしのズボンは小柄な男性に合わせて作られていた。それとも、同じ男性のもっと若い頃のものかもしれない。穿いてみると脚は短かったが、ウエストはそこそこ合った。リジーは、わたしもぶかぶかのシャツを着るべきだと主張した。そうすれば毎日、ブラウスを洗濯しないで済むから、と。

「引き出しに厚手の靴下があったよ」とリジーが言った。「足首をひっかかれないように、履いといで」

階下のキッチンで、リジーはわたしのブーツの上に屈みこみ、それから自分のブーツに移った。食料部屋の扉裏の掛け釘に帽子がかかっているのを見つけ、ふたりの頭に載せる。それから大事にとっておいた前日の杖をとり、わたしの手に押しつけた。

すっかり服装を整えたわたしたちは、向かい合って立った。リジーはわたしをしげしげと見た。

「あんた、宿無しみたいだね」そう言って自分の衣装を見下ろし、わたしがその晴れ姿を拝めるようにくるりと回って見せた。リジーはくすくす笑い、やがてそのくすくす笑いは本物の笑いに変わって、とうとう目から涙を流し、洟《はな》を垂らすまで彼女は笑い転げた。リジーの言うとおりだ。わたしはオックスフォードの街の人々が、わたしたちの帽子にパンの切れ端や銅貨を投げ込むところを思い浮かべた。わたしは笑いはしなかったが、頬が緩むのを抑えられなかった。

⁂

わたしたちは毎日、朝食後と午後に散歩に出かけた。わたしは杖を手放さなかったが、徐々に体力がつくのを感じるにつれ、それを必要とすることは減った。自分の衰弱を自覚していたわけではなかったものの、そうした散歩とリジーのポリッジ、そしてロイド夫人のケーキによって、わたしの中の何かが息を吹き返した。寝ている時間が減り、いろいろなことに気づくようになった。

リジーはもう、ロイドさんに話しかけられても、顔を赤くしなくなった。相手の目をまっすぐに見て、何か訊ねられれば俯《うつむ》くこともなく自分の意見を言った。一週間が経つと、ロイドさんの奥さんがみずからケーキを持ってくるようになった。午後に夫かトミーと一緒にやってきて、どちらかが火を熾し終わったあとも居残った。毎朝ビスケットを焼き、午後になるとキッチンテーブルにお茶の準備をするのがリジーの習慣になった。用意するのは四人分だったが、ロイドさんはいつも辞退した。

「わしがいたら、ご婦人方がしゃべりてえことをしゃべれねえでしょうから」ある日そう言うと、帽子を腹に押しつけ、腰を少し屈めて、まるで王様の前から下がるように後ずさりしながらキッチンを出ていった。

　ロイドさんが行ってしまうと、リジーはすぐさまビスケットと分厚く切った奥さんのケーキを皿に並べる。そして湯沸かしを火にかけて、茶葉とポットの支度をした。奥さんはもうストーブの前の椅子に座って、前日の話の続きを始めている。バドミントンの試合よろしくぽんぽんと軽口をやりとりするふたりは、生まれてこのかたずっと知り合いだったかのようだった。わたしは、あり得たかもしれないリジーの姿を見ているような気がした。

　ロイドさんの奥さんはなぜ立ち上がって手を貸そうとしないのだろう、と自分が不思議がっていることにふと気づいた。人見知りして、会話に入れてくれようとする礼儀正しい誘いをずっとはぐらかしていたせいで、考えごとをする時間はたっぷりあった。わかりやすい理由――無礼だから、怠惰だから、自分のかまどと四人の息子の世話で疲れているから、といった理由はすべて退けた。おしまいに、それは親切心なのだという結論に至った。奥さんの振る舞いには相手への要求が一切なかった。お茶が注がれるのを見つめていても、それは濃さに文句をつけるためではなかった。彼女はただ、そこがリジーのキッチンであり、リジーの小さなコテージであり、自分はリジーの客であると認めていた。わたしは生まれてからずっと、リジーがお茶を淹《い》れる姿を見てきたが、それはいつもマレー家の人々や、バラードさんや（バラードさんは必ずお茶が注がれるのを見つめる）、わたしのためだった。女主人や、上役や、世話を任された相手のためだ。それに気づいて愕然《がくぜん》とした。わたしはリジーが友達といるところを一度も見たことがなかったのだ。

　わたしは口実を作っては席を外し出した。リジーはあまり文句も言わず、ふたり分のテーブルを用意するようになった。

　シュロップシャーでの滞在は、わたしの気鬱《きうつ》に対する一種の治療として計画されたものだった。以前なら、そうはっきりとした考えは浮かばなかっただろうが、〈彼女〉なしで生きることの重苦しさが剝がれていくにつれて、もし思いつくだけの気力があれば、自分はチャーウェル川に身を投げていたかもしれないことに気がついた。

　丘は、代償を要求した。いくら鍛えたとしても、肺と脚に苦痛を覚えずには頂上にたどり着けないことをわたしは知った。初めの数日、わたしはそのことに不平を言った――座り込み、息が切れるとかその他いろいろな泣きごとを並べた。そんなところにいたくなかった。だが、リジーは後戻りすることを決して許さなかった。

「それは何かをやり遂げる痛みなんだよ」とリジーは言った。

「これで何をやり遂げるのよ？」わたしは呻《うめ》いた。

「そんときがくりゃ、わかるさ」リジーは言って、わたしを引っ張って立たせた。

　そしてある日の午後、わたしは涙をこぼすことも不平を言うこともなく、丘の頂に立った。わたしは腰に両手を当てて立ち、爽やかな空気を吸い込みながら、谷の向こうのウェールズのほうを眺めた。その景色は何週間も毎日見ていたが、好ましいと思ったのは、そのときが初めてだった。

「あの辺の丘はなんていうのかしら」わたしは言った。

「ウェンロック・エッジだって、ロイドさんが言ってたよ」とリジーが言った。

　わたしは驚いてリジーを見た。ほかにどんなことを彼女は知っているのだろう？

　それからは、リジーはわたしをじっと観察することをやめ、ときどき、彼女とロイドさんの奥さんとで、ポット一杯分のお茶では間に合わないほど話題があるときは、わたしがひとりで丘へ散歩に行くのを許すようになった。

「だからあたしは、〈辞典〉にお仕えするはしため《ボンドメイド》ってわけさ」ある午後、わたしがブーツを履いていると、リジーが奥さんに言うのが聞こえた。

「で、エズメお嬢様も、そういうことばを探してる人だって言うんかい？」と奥さんが言った。

リジーは笑い、わたしはそちらをちらりと見た。「まあそうだね」そう言って、わたしに片目をつむってみせた。

「そんな面白くもなさそうなこと、ほかに思いつかないねえ」と奥さんが言った。「あんた、字の向きが斜めに揃うまで、何度も何度も同じ単語を書かされたことなかったかい？　あたしは算術のほうがまだよかった。数字の意味は変わらないからね」

「あたしは字をみんな斜めに揃えさせられたことはなかったね」とリジーが言った。

「そういう人もいくらもいるけどさ」と奥さんは言って、もう一枚ビスケットをとった。

わたしは、この頃は戸口に立てかけてある杖を手にとった。

「ひとりで平気かい？」リジーが言った。何気なさそうな声だったが、その視線は用心深かった。

「大丈夫よ」わたしは言った。「お茶をごゆっくり」

丘を登りながら、リジーとロイドさんの奥さんは何を話していたのだろうかと考えた。そのことを考える気になったのはそれが初めてで、つくづく自分のことしか眼中になかったのだと気づき、唖然《あぜん》とした。歩いていくと小道から羊が散ったが、遠くまでは行かなかった。羊たちはわたしが通り過ぎるのを眺め、ケンブリッジの閲覧室に入ったときにわたしに注がれた学者たちの視線を連想させた。その思い出は不快ではなかった。

あのときわたしはかすかな勝利を感じ、今もかすかな勝利を感じている。わたしは何かをやり遂げたのかもしれなかった。


リジーが荷馬車から降り、トミーがその後に続いた。「俺がやるよ、ミス・レスター」そう言うと、後ろの荷台にある食料品の籠に手を伸ばした。

「助かるよ、トミー」とリジーは言った。リジーはトミーが籠をキッチンへ運ぶのを見つめ、それからロイドさんの奥さんを見上げた。「いい朝だったね、ナターシャ。ほんとに、一緒に出かけられなくなるのが寂しいよ」

ナターシャ。農家のおかみさんにしてはなんと異国風の名前だろう。わたしは寝室の開いた窓から、ふたりをそのまま見つめていた。奥さんは、体を小刻みに揺らすようにして荷馬車の前の座席を反対側に移動すると、身を乗り出し、上を向いたリジーの頰に片手を添えた。「ボスティン」彼女がそう言ったのが聞こえた。わたしはその意味するところを知らなかったが、リジーにはわかっているようだった。彼女はそのことばに感謝するように、奥さんの手に自分の手を重ねた。声を落としたふたりの別れの挨拶が続いた。トミーが荷馬車に戻っていくのが見え、わたしは急いで階段を下り、自分もさよならを言うと、手を振りながらふたりを見送った。

家に入るやいなや、わたしはリジーのほうを向いた。「ロイドさんがボスティンって言ったのはどういう意味なの？」

リジーはストーブのほうを向き、湯沸かしを火にかけるのに余念がなかった。

「ああ、ただの親しみを表すことばだよ」

「でも聞いたことないわ」

「あたしもなかったよ」リジーは言って、流しの横から、今朝わたしが洗って水を切っておいたそれぞれの紅茶のカップをとった。「ナターシャが言ったのは一度か二度だね。ほかの人も使ってたよ。外国語かと思ったから、どこのことばかって訊いてみたんだけどね」

「そしたらなんて？」わたしはポケットを探ったが、空っぽだった。リジーはポットを温めるためにお湯を注いだ。茶葉の缶を開けて用意する。

「ここいらのことばなんだって。外国語なんかじゃなくて」

わたしはキッチンを見回したが、書き留めておくものも、書くものもなかった。

「あんたのベッドの脇に引き出しがあったしょ。あの上の段に、帳面と鉛筆が入ってるよ」リジーは言いながら、ポットを取り上げて回し、温もりをポットの腹に広げた。「先に取っておいで」

わたしが降りてきたとき、リジーはテーブルに向かって座っていた。茶碗からは湯気が立ち、ビスケットの皿と、ポットの横には鋏《はさみ》が一丁置いてあった。「紙を寸法に合わせて切ったらいいよ」とリジーが言った。

わたしの準備ができると、リジーは話しはじめた。わたしは老メイベルを、そして彼女がこの手順に示した敬意を思い出した。いったい何が、彼女たちに背筋を伸ばして座り直させ、口を開く前に考えを吟味させるのだろう？ 彼女たちはなぜそうまで心をこめるのだろう？

「ボスティン《bostin》」と、リジーは「n」の音を注意深く発音して言った。「可愛いとか素敵っていう意味だよ」そう言って顔を赤らめた。

「文で言ってみてくれる？」

「いいけど、その下にはナターシャの名前を書かないといけないよ」

「もちろん」

「〝リジー・レスター、あたしの素敵《ボスティン》なマート〟」

わたしはカードに書き、もう一枚カードを切った。

「それからマートは？ なんて意味？」

「友達」とリジーは言った。「ナターシャはあたしの友達。あたしのマートなんだよ」

わたしは綴《つづ》りの見当をつけ、この新しいことばたちをトランクに入れることが楽しみになった。トランクのことを考えたのは久しぶりだった。

翌日、わたしたちは〈コブラーズ・ディングル〉を去ることになっていた。波のように重なり合う緑の丘をわたしは懐かしみ、この静寂を恋しく思うだろう。来てまもなくは、ここはあまりにも静かすぎ、頭に響く様々な思いがうるさくてしかたがなかった。だがやがてその静けさが無音ではないことに気づいた。谷間は羽音を立て、囀《さえず》り、めえめえと啼《な》いた。自分の思考に耳を貸し、それと議論を戦わせ、やがて和平めいたものを結ぶと、わたしはまるで音楽や神聖な詠唱を聴くように、谷に耳を澄ませるようになった。その韻律に慰められ、わたしの胸の鼓動は休まっていった。

ディータによると、わたしは前より元気らしい。ディータからは頻繁に手紙が届いた。わたしからの便りは、初めのうちはそう頻繁ではなかったが、この頃は彼女に手紙を書く習慣を取り戻し、どうやらそれもわたしの健康が回復しているひとつの証らしかった。ディータが知らせてきたもうひとつの証拠は、リジーからの思いがけない手紙だった。

ロイド夫人が代筆したものでした。リジーは頼むのにさぞ勇気が要ったことでしょう。手紙には〝そこらじゅう高い山やら深い谷やらどこまでも続く森ばかりです――自分に始末をつける場所には不自由しませんが、エッシーは毎度、やってみようとした様子もなく家に帰ってきます〟とありました。本当に、誰もがリジーのように率直だったらと思います。

わたしは元気になったのだろうか？　シュロップシャーに来る前、わたしは打ちひしがれていた。仕事という足場を外されたら、崩れ落ちてしまいそうだった。今はそんなふうには感じないが、わたしの芯には細かなひびが走っていて、それが修復することは決してないだろうという気がした。わたしはロイドさんの奥さんが初めておしゃべりのために後に残ったとき、リジーがカップにひびが入っているのを謝ったことを思い出した。

「ひびくらい入ってたって、お茶は汲《く》めますって」と奥さんは言った。

⁂

わたしたちの最後の日が暮れていき、空が薄紅色に染まった。お別れの贈り物だわ、とわたしは思った。リジーはチーズとパンと、ロイドさんの奥さんが漬けた甘いきゅうりのピクルスでピクニックの支度をした。彼女はそれをコテージの横の芝生に並べた。

「ここには神様がいらっしゃるね」ウェンロック・エッジにじっと目を注いだまま、リジーは言った。

「そう思う?」

「ああ、そう思うよ。教会にいるときよりか、ここにいるほうがずっと神様を近くに感じる。ここにいると、あたしらの身なりも、がさがさの手で分際が知れることも、しゃべり方とかことば遣いも、みんな綺麗さっぱり取っ払われちまうような気がする。神様はそんなことお気になさらないからね。大事なのは、心の中でどんな自分でいるかなんだよ。あたしは、ほんとはもっと神様をお慕いしなきゃいけないのにできなかったけど、ここでは神様をお慕いしてるよ」

「それはなぜ?」わたしは訊いた。

「きっと、神様があたしに初めて気がついてくだすったからだね」

ずいぶん長い間、わたしたちはふたりとも黙っていた。長く刷毛《はけ》を引いたような雲のあいだから太陽の光が差し、ウェンロック・エッジとその背後のロング・マインドを照らした。一方の丘はもうひとつの丘の影のようだった。

「ねえリジー、わたし、神様に赦《ゆる》していただけると思う?」それは頭に浮かんだだけのようだったが、わたしは自分がそのことばを口にしたことを知っていた。

リジーは黙ったままだった。ロング・マインドはついに日没の記憶へと変わり、青く連なる丘の眺めだけがあとに残った。リジーは立ち上がると、コテージに入っていった。そのときわたしは、心に懸かっているのは神の赦しではないことに気づいた。それはリジーの赦しだった。わたしはリジーの葛藤を想像した。彼女はわたしを安心させたいのに、神の顔が自分に向いた今、嘘をつくことはできないのだ。

〈彼女〉が生まれてから、ずっとわたしの耳を満たしてきた低い耳鳴り。両目を覆ってきた薄い帳《とばり》。手足と乳房に感じる重怠《おもだる》さ。それらがそのとき唐突に消え去った。耳で聞き、目で見、体に感じるものの鮮やかさにわたしは息を呑み、恐ろしくなった。急に寒気を感じて身震いした。かすかな石炭の煙の匂いがし、鳥たちが仲間と啼き交わしてねぐらへ向かう声が聞こえた。彼らの囀りは教会の鐘のようにはっきりと澄み切っていた。わたしの顔は、喪失と愛と悔悟の涙に濡れ、そのすべてを、恥に塗《まみ》れた安堵の糸が紡ぎ合わせていた。

リジーはひざ掛けを手に出てきた。秋の森のあらゆる色を使って編み上げられている。彼女はそれでわたしの肩をくるみ、頑丈な両腕を重石《おもし》のようにのせた。

「あんたを赦すのは神様の仕事じゃないよ、エッシーメイ」リジーは耳元でささやいた。「それはあんたのほか、誰にもできないことなのよ」

# 一九〇七年十一月

　リジーとわたしは列車から降りた。旅行鞄を置き、十一月の冷気を締め出そうとコートの襟を高くする。シュロップシャーで過ごしたわたしたちの日々は小春日和だったが、オックスフォードはまるで冬のようだった。サニーサイドに向かう辻馬車を待つあいだ、立ち並ぶ硬い石の建物の向こうには川が流れていることを、自分に思い出させなくてはならなかった。

　サニーサイドでは、スクリプトリウムとキッチンの間にあるトネリコの木に、深紅の葉がまだしがみついていた。リジーとわたしはその下に立って、さよならを言い合った。それは――その別れのことばは、どこか重苦しさを帯びていた。あたかもここで袂《たもと》を分かち、別々の方角へ旅立とうとするかのようだったが、本当はふたりとも慣れ親しんだ場所にまた立っているのにすぎなかった。ただ、何かが変化していた。リジーはこれまでのリジーではなかった。それとも彼女を見るわたしの目が変わっただけだろうか。リジーは、わたしの用を果たしてくれるだけではない、ひとりの女性として存在していた。わたしたちがオックスフォードを出発したとき、わたしはこれまでどおり、リジーにとって世話を託された相手だった。今のわたしたちは友として抱擁を交わし、慰藉《いしゃ》は互いに与え合うものだった。シュロップシャーで、わたしたちはそれぞれずっと希《こいねが》ってきたものを発見した。しかしわたしはリジーを抱きしめながら、リジーが新たに手に入れた自信はあまりにひ弱で、オックスフォードでそうあらねばならない自分に負けてしまいはしないかと不安だった。リジーはリジーでわたしを心配していて、ふたりの抱擁の静かな空間に向かってそれを口にした。

「赦す赦さないいじゃないんだよ、エッシーメイ。あたしらはなんでも好きに選べるわけじゃないけど、今あるものでなるたけのことをしようと努力することはできるんだからね。あんまりくよくよするんでないよ」

リジーはわたしの顔を探るように見たが、わたしは彼女の望む保証を与えられなかった。彼女をもう少しきつく抱きしめたが、なんの約束もしなかった。

バラードさんが杖に寄りかかって、リジーのためにキッチンのドアを押さえていた。わたしは背を向けてスクリプトリウムに向かった。それぞれの生活に戻るときが来たのだった。

家に帰ってくるたびに、スクリプトリウムは小さく縮んでいくようだった。ディータの家から戻ったとき、わたしはその存在に感謝した。それはわたしを包み込み、ことばが連なる壁の内側にいる限り、自分は守られていると感じた。だが今回は違っていた。戸口に立ち、旅行鞄の重みを手に感じながら、わたしの居場所はあるだろうかと不安になった。

新しい助手が三人いた。二人は仕分け台に加わり、もう一人はわたしの席に少し近すぎる場所に新しい机を置いていた。戸惑っているわたしをパパが見つけ、その顔に笑みが広がるのを見て、わたしはこみ上げるものに負けそうになった。パパがあまり慌てて椅子を押し下げたので椅子が倒れかかった。それを押さえようとして、作業していた紙が宙を舞う。わたしは鞄を落として、助けにいった。身を屈めて仕分け台の下に手を伸ばし、はぐれたカードを拾った。それをパパに渡すと、パパはその手をとって唇に当てた。そしてわたしの顔を探った。たった今、リジーがしたように。

わたしは頷き、小さく微笑んだ。パパは満足したが、言うべきことはあまりにもたくさんあり、そこは見物人が多すぎた。仕分け台の作業が中断してしまったのを見て、家に帰らずに、スクリプトリウムにまっすぐ来た自分が軽率だったと感じた。だが、パパが仕事をしているのはわかっていたし、空っぽの家は怖かった。

パパはわたしの腕を自分の腕に組ませると、新しい助手たちのほうを向いた。

「クッシング君、ポープ君。これが娘のエズメです」

クッシングさんとポープさんがそろって立ち上がった。ひとりは長身で金髪、もうひとりは小柄で黒髪だった。それぞれ挨拶しようと手を差し出し、互いに先を譲り合って手を引っ込めた。わたしの手は握られることなく、三人のあいだに気まずく浮かんだ。ふたりがこんなに互いに躍起になっているのでなければ、わたしの溶けた皮膚に触りたくないのだろうと邪推するところだったが、しかしふたりは笑い出した。そして相手を急《せ》かしはじめ、茶番は続いた。

「いいから、お嬢さんにお辞儀をしてけりをつけなさい。頭をぶつけないように気をつけるんだぞ」と仕分け台の反対側からスウェットマンさんが言った。「エズメ、君がいないとどうなるかわかったろう？　ミュージックホールの芸人を連れてきて埋め合わせする始末だ」

長身のクッシングさんがお辞儀をしたので、その隙にポープさんがまんまとわたしの手を握った。

「あ、卑怯《ひきょう》じゃないか」クッシングさんが言った。

「機を見るに敏なだけさ、友よ。幸運の女神は大胆なる者に味方し給《たま》うからね」

ふたりは交互にわたしに話しかけた。お会いできて光栄だ、〈辞典〉でのわたしの仕事ぶりについてはかねがね伺っている、トンプソン嬢のためにわたしが調査をしたとパパに聞いて感激した――ふたりとも学校でディータの英国史を学んだのだった。ふたりは、わたしの肺にシュロップシャーでの滞在の効き目があったことを願ってくれた。わたしは自分が話題になっていたと知り、またそこに含まれる真実と嘘のせいで顔を赤くした。

「マレー博士はあなたに会ったら喜ばれますよ、ミス・ニコル」とクッシングさんが言った。「ほんの昨日ですが、僕らは倍も場所塞ぎなのに、写字室の奥で働く若い女性の半分も原稿を出してこないって、通りすがりに言われたんです。それはあなたのことですよね。じつに光栄です」重ねて彼はお辞儀をした。

「僕らは平気ですけどね」ポープさんがさっと口を挟んだ。「ふたりとも新参者なので。ここには学期の間いるんです。言語学を学んだご褒美ってわけで。この一か月で、ベリオールで一年学ぶよりずっと多くのことを学んだ気がしますよ。僕もあなたには脱帽です、ミス・ニコル」

スクリプトリウムの奥から聞こえよがしな嘆息が聞こえた。

「ポープ君、皆さんの邪魔になるよ」パパが微笑して言った。「そうでした」とポープさんは言い、クッシングさんと一緒にわたしに向かって頷いてみせると、それぞれの椅子に腰を下ろした。

パパはわたしの肘をとり、スクリプトリウムの奥へ導いた。

「ダンクワース君、娘のエズメをご紹介したいのですが」

ダンクワースさんは書きかけの修正を書き終えてしまってから、椅子から立ち上がり、素っ気なく会釈した。「ミス・ニコル」

わたしが会釈と挨拶を返すと、ダンクワースさんは席に座った。パパとわたしが立ち去ろうと背を向ける前に、彼の注意は目の前の頁に戻っていた。

「新参者じゃなくてね」声の届かないところまで来たとき、パパが言った。

⁂

翌日、スクリプトリウムはさらに混雑していた。マレー博士が自分の一段高い席に着き、エルシーとロスフリスの姉妹が、父親が仕事中のときはたいていそうしているように、書棚のあたりを行き来している。ふたりはそれぞれわたしを抱きしめて挨拶してくれた。そんな温かい挨拶を受けたことはこれまでになかったが、嫌な気持ちはしなかった。

「エズメ、もうすっかりよくなったのならいいのだけど」エルシーが小声で言い、わたしは彼女がどんな話を聞かされたのかと気になった。だが、それ以上ことばを交わす前に、マレー博士が口を挟んだ。

「ああ、いいところへ来た」と、わたしが娘たちと一緒に立っているのを見た博士が言った。片手に一枚の紙と、もう一方の手にカードの束を持って降りてくる。「〝プロフェシー《預言》〟の語源的意味で、クッシング君が困っておるんだ。彼がどこで迷子になったかは明白なんだが」クッシングさんがわたしの視線を捉え、そうなんです、と頷いた。「君、彼の仕事を確認して、必要な修正を加えてくれないかね？　一週間のうちに、活字に組めるように準備せねばならんのだ」マレー博士は資料をわたしに手渡した。それから、思い出したように付け加えた。「散歩はいい。人間に多大なる効能を及ぼす。そうは思わんかね？」

「はい、博士」わたしは言った。

博士はわたしが本心から言っているのか見極めようとするように見つめたが、向き直って仕事に戻った。

わたしは仕分け台を回って、スウェットマンさんにおはようを言い、メイリングさんにボーナン《おは》・マテーノン《よう》と挨拶し、パパの肩にほんの一瞬、手を置いた。パパはその手をぽんぽんと叩いた。パパが向きを変えてスクリプトリウムの奥に目を向けたとき、わたしはさっきのぽんぽんは、わたしを慰めようとしたのだと気づいた。わたしが大切にしてきた仕事場は、小山のようなダンクワースさんに隠れてほとんど見えなかった。彼の机はわたしの机と直角に置かれていた。

近づいてみると、わたしの机の上には、明らかに一か月前にわたしが置いていったのではない本や書類が積み上げられていた。わたしは机の中で、女性たちのことばを書いたカードが数枚、リジーのベッドの下のトランクに仲間入りするのを待っていることを思い出した。不安が胸の中で蝶のように羽ばたきした。

わたしの近づく音は聞こえたはずだが、ダンクワースさんは顔を上げなかった。わたしは少しの間、彼の脇に立って観察した。大柄だが太ってはいない。どこをとってもぴかぴかに身綺麗だ。黒い髪は短く、ちょうど真ん中で一直線に分けられている。顎鬚《あごひげ》も口髭もなく、爪は女の爪のようによく手入れされていた。みんなに背を向けて座っているのは、わざとそうしているのに違いなかった。

「おはようございます、ダンクワースさん」

彼はちらりと目を向けた。「おはようございます、ミス・ニコル」

「どうか、エズメと呼んでください」

彼は頷くと、仕事に視線を戻した。

「ダンクワースさん、よろしければ、わたしの机を返していただけないでしょうか？」聞こえたようには見えなかった。「ダンクワースさん、わたし……」

「ええ、ミス・ニコル、聞こえましたよ。この項目を書き終えたら、やりますから」

「あら、ごめんあそばせ」わたしはそこに立ったまま、その後の許しが出るのを待った。身の程を思い知らされるのは、なんと簡単なのだろう。

彼は校正紙の上に屈みこんだままだった。立っているところから、不要な文に定規で引いたような線がぴしりと引かれ、細かな文字で修正が余白に書き込まれていくのが見えた。左肘を机につき、脳みそからことばをそっと誘いだそうとするようにこめかみを揉《も》んでいる。その様子に、わたしは自分の姿に似たものを見つけ、好意的どころではなかった初めの印象が、僅かに良い方向へと傾いた。

一分が過ぎた。そしてまた一分。

「ダンクワースさん？」

彼の手が机に音を立てて落ち、頭が勢いよく跳ね上がった。肩が深い息とともに持ち上がるのが見え、わたしはその目が天に向けられるのを想像した。ダンクワースさんは椅子を後ろに押すと、自分の机とわたしの机のあいだに立った。彼が入れる余地はほとんどなかった。「お手伝いします」わたしは言って、自分の机から本を一冊取り上げ、相手と目を合わせようとした。

彼はそれを受け取ったが、目はそらしたままだった。「結構です。順序があるので。自分でやります」

ダンクワースさんが最後の本を取り除《の》けた。わたしは指先でスカートを捏《こ》ねながら、彼が今度は机の蓋を開けるのではないかと身構えていた。その瞬間、わたしは学校へ戻っていた。検査のために、女の子たちみんなと一緒に並ばされる。机の中、ストッキングの中、引き出しの中。それにどんな意味があるのか、さっぱりわからなかった。ダンクワースさんが席につき、抗議するような椅子の音で、わたしはスクリプトリウムに連れ戻された。彼は片づけを終えていた。わたしの机は空っぽだった。だが今度はダンクワースさんの机の前面と脇に沿って本の壁ができていた。要するに衝立《ついたて》だ。

わたしは座り、〝プロフェシー〟のカードの束を広げた。年代順に並べ、それからクッシングさんが書いたメモに目を通した。

⁂

一週間が過ぎ、スクリプトリウムは、改めて知り合い直さなければならない古い友人のように感じられた。ポープさんとクッシングさんは、エルシーとロスフリス、それにわたしが入ってくると椅子から立ち上がり、先を争って手を貸そうとしたり、気の利いたお世辞を言おうとしたりした。ふたりの多弁はみんなを苛立《いらだ》たせたが、パパだけは違い、ふたりがわたしに注目すると、小さく微笑んだり頷いたりしてそれに報いた。マレー博士はそんなふうにふたりの奮起を促すつもりはなかった。

「そこの紳士ふたり、貴君らがご婦人方を誉《ほ》め称えるのにことばを尽くすほど、貴君らの定義することばが減るんだぞ。そうやって絶え間なく英語を使いながら、じつのところ英語に損害を及ぼしておるんだ」ふたりは慌てて仕事に戻った。

ダンクワースさんはまったく別の意味で問題だった。わたしたちの間で交わされることばは、彼の席のそばを通過しなければ自席につけないという、わたしにとって避けようのない不都合に関するものに限られた。「ごめんください、ダンクワースさん」「申し訳ありません、ダンクワースさん」「お鞄なのですが、ダンクワースさん、お机の下に置いていただけたら、いちいち跨《また》がないで済むのですけれど」。

「彼は、仕事に関しては非常に優秀なんだ」ある晩、わたしが夕食の支度をしているとき、パパが言った。この頃、女中は週に四回、午後に来るので、それ以外の三日は、自分たちで夕食を用意していた。わたしの努力によって『ビートン夫人の家政読本』は染みだらけになったが、腕前のほうはさっぱり上がらなかった。

「矛盾や無駄なことばを見つけることにかけては、鷹《たか》のような目を持っている。まず間違いをしないな」

「でも、変わってるわ。そう思わない？」わたしはハッシュド・コッドをテーブルに運んだ。それはマッシュポテトの土手に囲まれた淀《よど》んだ沼のように見えた。

「われわれはみんな少々変わっているよ、エズメ。まあ、辞書編纂《へんさん》者は大方の人間より変わっているかもしれんが」

「あの人、わたしのことあまり好きじゃないんだと思うわ」パパの前に料理を置き、次に自分のところに置いた。

「彼は人間があまり好きじゃないんだと思うね。理解できないんだよ。悪くとるんじゃない」パパは水をひと口飲むと、咳払いした。「ところで、ポープ君とクッシング君はどうだね？　おまえはどう思ってる？」

「あら、とても感じがいいわ。それに面白いし。不器用なところが」鱈《たら》は火が通り過ぎ、塩気も足りなかった。パパは気づかないようだった。

「そうだね、気持ちのいい青年たちだ。どちらか気に入ったかね？　いいご家庭の出だと聞いている。ふたりともね」パパはまた水をひと口飲んだ。「思うんだがね、エッシー。その……つまりだね、おまえ、考えてみたら……」

わたしはナイフとフォークを置くと、パパを見た。汗の玉がこめかみにびっしりと浮かんでいる。パパはネクタイを緩めた。

「パパ、何を言いたいの？」

パパはハンカチを出すと額を拭った。「リリーなら、こういうこともみんなうまくやってくれたんだろうが」

「何をうまくやるの？」

「おまえの将来さ。これからの安定だよ。結婚とか」

「結婚とか？」

「わたしが手回しすべきことだとは思いもよらなかったものでな。いつもならディータが……だが、あれも思いつかなかったと見える」

「手回し？」

「いや、手回しじゃない。手助けする、だ」パパは料理に目を落とし、また視線をわたしに戻した。「わたしが悪かったんだ、エッシー。わたしが気を配っていなかった。何に気を配るべきかもよくわかっていなかったんだよ。そうしたらもう……」

「そうしたらもう、何？」

パパはためらった。「そうしたらもう、おまえは二十五だ」

わたしはパパをじっと見下ろした。パパは目をそらした。わたしたちはしばらく黙ったまま食事をした。

「パパ、いいご家庭ってつまりどういうこと？」

話題が少し変わったことに、パパがほっとしたのがわかった。

「そうだね、家柄だという人もいるだろうし、財産だという人もいる。教育や立派な職業だという人もいるかもしれん」

「でも、パパにとってはどうなの？」

パパはナプキンで口元を拭くと、ナイフとフォークを空の皿に置いた。

「どうなの？」

パパは食卓のこちら側に来ると、隣に座った。「愛情だよ、エッシー。いい家庭というのは愛のある家庭だ」

わたしは頷いた。「ほっとしたわ。だってわたしには教育もお金もないし、わたしの評判は秘密と嘘に守られているんですもの」苛々《いらいら》と自分の皿を押しのけた。魚は喉を通らなかった。

「ああ、わたしの大事な大事なエズメ。わたしが至らなかったのはわかってるんだ。だが、パパにはどうやって償えばいいのかわからんのだよ」

「パパはあんなにいろいろあった後でも、わたしのことを愛してくれているの？」

「当たり前だ」

「それなら、パパが至らなかったなんてことないわ」

わたしはパパの手をとり、染みの散った甲を撫でた。その皮膚は乾いていたが、パパの手のひらと指先は、絹のように滑らかだった。昔からそうで、わたしはずっとそれが不思議だった。「パパ、わたしは過ちを犯して、そしていくつか決心したの。そのうちのひとつが、結婚を求めないこと」

「そんな決心を？」パパが訊いた。

「そうなの。でも結婚はわたしが望んでいるものじゃなかったから」

「しかしね、エッシー。結婚せずに女性が生きていくのは大変だよ」

「ディータはなんとかやっているみたいよ。エレノア・ブラッドリーも幸せそうだし、ロスフリスとエルシーも、わたしの知る限りでは婚約してないわ」

パパはわたしの顔を探り、わたしが言わんとすること、それが意味することを理解しようとした。そして思い描いていたわたしの未来に、編集を加えはじめた。結婚式を、義理の息子を、孫たちを削除した。悲しみがその目を覆った。わたしは〈彼女〉のことを思った。

「ああ、パパ」涙が零《こぼ》れ落ちたが、ふたりとも頬を拭わなかった。「わたし、自分の決心が正しかったと思いたいの。どうか、どうかお願いだから、わたしのことを愛し続けていて。パパが一番得意なことなんですもの」

パパは頷いた。

「それから約束して」

「なんでも言いなさい」

「何かを正そうとしないで。パパは素晴らしい辞書編纂者だけど、キューピッド役には向いてないの」

パパは微笑んだ。「約束しよう」

⁂

スクリプトリウムは、しばらくの間、居心地の悪い場所になってしまった。ポープさんとクッシングさんは、わたしの反応がはかばかしくなくても、そしてわたしを感心させようとする努力をパパが応援しなくなっても、なかなか気づこうとしなかった。「あのふたりは、あらゆることに少々鈍いんだ」パパは謝るような微笑を浮かべて言った。

しかし、わたしの居心地の悪さの一番の原因はダンクワースさんだった。彼が来る前は、わたしの席は誰にも見られず、しかも室内を見渡せる理想的な場所だった。邪魔されずに仕事ができ、手を休めたときは、ほんの少し右に体を傾ければ、仕分け台と止まり木にいるマレー博士が見えた。さらに体を傾けると、スクリプトリウムのドアを誰が出入りするかも見える。だが今、右を見て視界に入るのは、小山のようなダンクワースさんの丸まった肩と、完璧な髪の分け目だけだ。わたしは牢獄に閉じ込められた気がした。

そして、彼はわたしの仕事ぶりを監視しはじめた。

わたしはスクリプトリウムで最も資格に欠ける助手だった。ロスフリスですら、学校を終えた今はわたしより上だ。でもダンクワースさんほど、そのことをわたしに思い知らせようとする人はほかにいなかった。彼には独特の流儀があり、スクリプトリウムの人々とやりとりするときは、自分の目から見た各人の序列に基づいて態度を変える。マレー博士の前では必ずと言っていいほどお辞儀をする。パパとスウェットマンさんには素直に従う。クッシングさんとポープさんは無視する。それはどうやら、ふたりが〝新参者〟だからだった。エルシーとロスフリスに対しては奇妙な態度をとった。どちらとも決して目を合わせないので、姉妹を区別できているのかは怪しかったが、ふたりに近づくとまるで足を踏み外して崖から転げ落ちるとでもいうように、遠巻きにして避けた。しかし彼女たちの言うことを正したり、疑ったりすることはなかったので、やがてわたしは、姉妹の父親の名が彼女たちを彼の詮索や嫌悪から守っているのだと思うようになった。彼にとって、そのふたつ——詮索と嫌悪——はわたしのために特別にとってあるものだった。

「これは正しくありません」ある日彼は、昼食から戻ったわたしに言った。机の脇に立ち、その大きな手には小さな正方形の紙がある。わたしは、それが編集中の校正刷りにピン留めしておいた周辺語義だと気づいた。

「なんですって？」

「あなたの構文法は明瞭さに欠けています。書き直しておきましたから」

わたしは彼をなんとか避けて席についた。なるほど、新しい正方形の紙が校正刷りに留めつけられ、そこにはダンクワースさんの几帳面な文字が並んでいた。書かれるべきことが書かれているので、わたしは自分が書いたものとどこが違うのか、確かめようとした。

「ダンクワースさん、わたしの書いたものを返していただけますか？」

答えはなかった。目を上げたとき、遅かったと気づいた。彼は暖炉のそばにいて、それが燃えるのを眺めていた。

⁂

クリスマスが家の中でも外でも、まだ木々に吊り下がっていた。サニーサイドへ向かう道すがら、パパはセント・マーガレッツ・ロード沿いの居間の窓越しに見える飾りつけをいちいち指差しながら歩いていた。昔、これはわたしたちのゲームだった。こうした家族だけの空間に一番立派なツリーや一番可愛らしいツリーを探し、木の下に置かれているのはどんな贈り物か、それに駆け寄って包み紙を開けようとするのがどんな子供たちかを当てっこするのだった。それは今のわたしが遊びたいゲームではなかった。わたしはそれまでクリスマスを失《な》くしたものに数えていなかったが、〈彼女〉を手放したときにクリスマスも手放したのだということがわかってきた。物思いに沈むわたしの気を引き立てようとするパパをよそに、わたしは、自分はほかに何を喪《うしな》ったのだろうと考えていた。

スクリプトリウムに着いてみると、そこは無人だった。スウェットマンさん、ポープさん、クッシングさんは水曜に戻ってくる。それまでふたり占めだな、とパパが言った。マレー家は新年までスコットランドにいるし、ほかの助手たちは、週末までにぽつぽつ戻ってくることになっていた。

「それでダンクワースさんは？」わたしは訊いた。

「新年の最初の月曜だ」パパが言った。「まる一週間、彼に肩越しに見張られないで済むよ」

ほっとしたのが顔に出たのか、パパは微笑した。「包み紙にくるまれて、ツリーの下にあるばかりがプレゼントじゃないってことだ」

そのあとの数日は、ふんわりとした懐かしさに包まれて過ぎていった。毎朝、わたしたちは郵便物を取り込み、わたしがそれを仕分けして確認し、受け取るべき人の席に配達した。カードが入っていれば、それがわたしの午前中の仕事になった。

戻ってきたスウェットマンさんは、しばらくのあいだ室内を行ったり来たりし、仕分け台と並んでいる小さな机を見渡した。「クッシングとポープは、ちょっと昼食に出かけたみたいに見えるなあ。しかし確かな筋によると、ふたりとも戻らんことで双方合意したらしいよ」ようやくそう言った。「マレーがふたりの仕事ぶりは不足だと判断してね、銀行の仕事に就くことを勧めたんだ。じつに結構なご忠告です、とポープが言って、みんなで握手したそうだよ」

仕分け台のふたりの席には、書類や本が雑然と置かれていた。「片づけましょうか？」わたしは、一、二冊の表紙を開き、持ち主を確認した。

「名案だ」とスウェットマンさんが言った。「片づいたら、そこはダンクワース君の席にちょうどぴったりだ。そう思わんかね？」

わたしはスウェットマンさんを見た。「あの方、そのほうがいいでしょうか？」

「マレーは前から、ダンクワースをわたしたちと一緒に座らせるつもりだったんだが、クッシングとポープを監督する必要があったから場所がなくてね。われわれ全員が一九〇七年の代わりに一九〇八年と書く癖がつくまでには、君の平安は回復していることを保証するよ」

わたしの平安は回復されなかった。ダンクワースさんは、もう決まった仕事の順序があるから、仕分け台に移動すると支障があると言った。そうでしょうとも、とわたしは思った。移動すればわたしがした修正を検分するのがずっと難しくなる。

スウェットマンさんが折に触れてその提案を持ち出したが、ダンクワースさんの答えは変わらなかった。今の配置で快適です、ご親切にどうも。そして短い一礼。

⁂

春に向かって日が長くなるにつれ、わたしの気分も晴れていった。スクリプトリウムの外へのおつかいが楽しみになり、わたしはサニーサイドと出版局、ボドリアン図書館を三角に結んでせっせと行き来した。

ドアの脇にある籠から本を取り出し、自転車の後ろに取りつけた箱に入れていると、マレー博士が近づいてきた。

「修正済みの校正刷りをハート氏に。それから〝ロマニティー《古代ローマ的なるもの》〟のカードを頼む」博士は一面に編集記号が書き込まれた校正紙を七枚と、カードの小さな束を手渡した。カードは順番に並べられ、番号が振られ、紐で結わえられている。鞄に入れたときに、修正のひとつが目に留まった。これは先に見てみなくては。わたしは自転車を押してバンベリー・ロードに出ると、リトル・クラレンドン通りへ向かった。

リトル・クラレンドンは、出版局からちょっと角を曲がった通りで、いつも人で賑わっている。喫茶店の飾り窓のそばに自転車を立てかけると、わたしは店内のテーブルに着き、女給がポットの紅茶を運んでくるのを待った。それから例の校正刷りを鞄から取り出した。見開きの頁が七枚あった。パパのが三枚、ダンクワースさんのが三枚、ディータのが一枚。ディータの校正紙はいつもの封筒に押し込められていたせいで折り皺がついていたが、ほかの頁と同じように、注釈や新しい見出し語が見憶えのある筆跡で両脇に書き込まれていた。マレー博士がディータの書き込みに対してメモを付け足していた。同意にせよ不同意にせよ、博士の意見が常に最終稿になる。

　わたしが探していた修正はパパが書いたものだった。校正刷りの端に留めつけられた追加の項目だ。一語残らず定規で引いたような線で打ち消され、ダンクワースさんが書き直している。いつかしら？　わたしは思った。パパは知っているのかしら？　わたしはそれを校正紙から外した。

　スカートのポケットを探り、白紙のカード数枚と、短い鉛筆を見つけて嬉しくなった。そのスカートを穿くのは久しぶりで、カードも鉛筆もだいぶ前に使ったきりだった。カードを手に取ると、一語一句、パパが書いたとおりにその項目を書き直し、元のカードがあった場所に留めつけた。パパの校正のほかの部分に注意深く目を通してみると、二つ、三つ、四つ、と、ダンクワースさんが手を入れた箇所が見つかった。

　わたしはパパが編集したとおりに書き直しはじめた。一語ごとに自分の正しさを確信していったが、最後のことばで手が凍りついた。それは〝マザー《母》〟の項目だった。校正紙には「女親」という第一義が記されていたが、ダンクワースさんはこう付け足していた。子を出産した女、と。

　わたしはそれを残した。

# 一九〇八年十一月

キッチンテーブルでパンの生地を捏《こ》ねていたリジーが顔を上げた。

「おやまあ、なんつう難しい顔してるの」

「今朝は三つ間違えたわ」わたしは言った。「あの人のせいで緊張しちゃうのよ」わたしは椅子にどさりと座った。

「当ててみようか。スウェットマンさんかい？　メイリングさんかい？　それとも、あんたが言うのはもしやダンクワースさんのことかい？」

一年前にシュロップシャーから戻ってからというもの、リジーは様々に形を変えたこの愚痴を聞かされている。わたしが隙あらば彼女のキッチンに逃げ込むからだ。いつもリジーはわたしの周りで立ち働いているが、ロイドさんの奥さんから手紙が来たときは、ポットに新しくお茶を淹れ、その朝に焼いたばかりのビスケットの皿をふたりの間に置いた。そしてわたしが手紙を声に出して読み上げる。リジーはシュロップシャーの彼女の朝を再現し、わたしはリジーとその友達の間に自分を割り込ませないようにいつも気を配った。ことばを差し挟んだり、間をおいたりせずに丁寧に読み、読み終わるとキッチンの引き出しから紙とペンを出してきて、リジーが返事を考えるのを待つ。あたしの懐かしいナターシャへ、リジーはいつもそう始めた。

今日は手紙はなく、従ってビスケットもなしだった。わたしはキッチンテーブルに置かれた皿からサンドウィッチをとった。「あの人、わたしを見てるの」ひと口齧《かじ》る。

リジーは顔を上げ、眉を吊り上げた。

「そういうのじゃないわ。間違いない、間違いなくそういうのじゃない。あの人、おはようも言えないのに、わたしの文法や文体のどこが間違ってるか言うのは平気なのよ。今朝は、わたしが〝サイコティック《精神病の》〟の周辺語義について逸脱行為をしたって言われたわ。あの人に言わせると、女性には物事を誇張する傾向があり、ゆえに正確さが要求される場に雇用されるべきではないんですって」

「あんた、逸脱行為ってのをやったんかい？」リジーが揶揄《からか》った。

「そんなこと思いもよらないわ」わたしはにっと笑って応じた。

　リジーはパン生地を捏ね続けた。

「昨日、お昼から戻ったら、机に『ハートの規則集』があったの。あの人が置いたのよ。わたしが編集したところに頁番号を書いたメモがピン留めしてあったわ。そこを見て修正したところをまた直せってことよ」

「『ハートの規則集』って大事なもんなの？」

「あの規則集は、主に出版局の植字工や校正者のためのものよ。〈辞典〉の仕事をする人が、全員同じ綴りを使って、書き方を揃えるには便利だけど」

「書き方とか綴り方っていろいろあるんかい？」

「馬鹿らしい《コッズワロップ》と思うでしょ、でもあるのよ。そしてほんとにどうでもいいことで、ものすごい議論になったりね」

　リジーは微笑した。「で、その『規則集』に〝コッズワロップ〟のことはなんて書いてるのさ？」

「なんにも。認められたことばじゃないから」

「したってあんた、カードに書いたんでないの。書いてたの憶えてるよ、ここで、このテーブルで」

「それは素敵なことばだからよ」

「それで、役に立ったんかい？　あの人がくれたその『規則集』は？」

「全然。おかげで何をしても自信がなくなっただけ。はっきり知ってるはずのことまで急に混乱しちやって。前より仕事は遅くなるし、こんなにたくさん間違えたの初めてよ」

リジーはパン生地をまとめて、ブリキの型に入れ、粉を振った。慣れた手つきだった。彼女はキッチンで必要とされる仕事のすべてに同じように自信をつけていた。バラードさんは、この前倒れてから、日曜のローストを焼くためと、毎週の注文票を書くため以外にキッチンに来ることはなくなり、ほかのことはすべてリジーがやっていた。ただ、マレー家の子供たちは皆成長し、ほとんどは家を出ていたので、食べさせる口は減っていた。臨時雇いの女中が、ほぼ毎日のように、家の中の手伝いをしに通ってきていた。

「土曜に、市場に一緒に来てくれないかい?」リジーがこちらを窺うように訊いた。「メイベル婆さんがあんたのことを気に掛けてたから」

メイベル。彼女に最後に会ったのは……その考えはすぐには形をなさなかった。あれはいつだった? わたしが助けを求めたとき? ディータのところに行ったとき? それは、〈彼女〉以来だった。最後にメイベルを訪れたときのことを考えると、いつもこうなるのだった。その訪問は時間の流れのある一点を指し示し、そのことを考えると〈彼女〉が頭に浮かぶ。わたしは物思いに沈んだ。サラとフィリップは〈彼女〉の最初の誕生日をどう祝っただろう。クリスマスにどんなプレゼントを〈彼女〉に贈っただろう。〈彼女〉が歩くところを想像した。〈彼女〉の初めてのことばを聞きたかった。

「あんたのためのことばがあるんだそうだよ」リジーが言い、わたしははっとして顔を上げた。一瞬、彼女が誰のことを話しているのかを見失った。「とっておいたんだって。あたしも、ほんとなら頼んだりしないんだけど、メイベルはもう長くないと思うからさ」

わたしは早起きして、不必要に念を入れて身支度をした。メイベルに会うことに気後れしていた。こんなに長く音沙汰なしだったことを恥じてもいた。朝の郵便がドアの投入口から落ち、ほっとしてそれに意識を向けた。それは時折届く、ティルダからの絵葉書だった。表側の写真は、ウエストミンスターの国会議事堂だった。

一九〇八年十一月二日
親愛なるエズメ
以前あなたが、わたしたちの掲げる標語が〝ことばではなく行動を〟ではなくて〝行動ではなくことばを〟だったらいいのにと言ったとき、わたしはあなたの初心《うぶ》さを嗤《わら》いました。そのせいか、ミュリエル・マターズが庶民院の婦人傍聴席の格子に鎖で自分を縛りつけたと聞いたとき、あなたのことをつい思い出しました。
創意に富み注目を集める行動でしたが（パンクハースト夫人は、自分で思いつきたかったに違いありません）、むしろ人々の心を動かすのは彼女のことばでしょう。彼女は女性として初めて庶民院で発言し、知性に満ちたことばを雄弁に語りました。たとえ議会議事録《ハンサード》には記録されなくても、新聞には記されています。聞くところによると彼女はオーストラリア人だそうです。祖国の議会で発言する権利が、彼女にわが国の議会で発言する自信を与えたのかもしれません。
彼女はこう言いました。〝われわれは、この屈辱的な格子の後ろにあまりにも長く座り過ぎました。イングランドの女性たちが、男性と同様、自らに影響を及ぼす立法行為において、発言権を与えられるべき時がきたのです。われわれは投票権を求めます〟。

〝賛成《ヒヤ》、賛成《ヒヤ》！〟と、わたしたち女性は全員で叫ばなければね。

愛をこめて
ティルダ

オーストラリア、とわたしは思った。〈彼女〉は投票できるのだ。その絵葉書をポケットに入れ、〈彼女〉が世界の反対側でよりよい人生を送れるという思いが、後悔の念から自分を守ってくれることを願った。

⁂

リジーとわたしは、果物の屋台の前を行き交う朝の人混みの中で足を止めた。

「買うものがいっぱいあるからね」とリジーが言った。「あたしもすぐ行くよ」

リジーは行ってしまったが、わたしは少しの間、その場を動かなかった。メイベルの店が見える。哀しいほどみすぼらしく、客の姿はない。スタイルズさんの店にずらりと並ぶ花のバケツとむごいほどの対比をなしていた。

近づいていくと、メイベルは気づいてひょいと頷いた。それは、ほんの昨日もわたしに会ったかのような仕草だった。骨と皮の体をぼろに包み、その声はかつての声の残響でしかなかった。かろうじて息をするたびに、胸の中で嗽《うがい》のような湿った不吉な音がした。老女が言おうとすることを聞き取ろうと身を乗り出したわたしは、腐敗臭に圧倒された。木箱に残っているのは、壊れたがらくたがいくつかと、削った木の棒が三本だった。そのうちの一本は、メイベルに最後に会ったときに見た記憶があった。もう一年以上前のことだ。それは精緻に刻まれた老婆の頭部だった。

わたしはそれを手に取った。「メイベル、これはあなた?」

「達者だった頃のね」老女はかすれ声で言った。

ほかの二本は、小刀を握るのもやっとの手で彫ろうと試みた惨めな出来だった。わたしはその二本を取り上げてくるくると回し、それが彼女の最後の作品だと悟って、深い悲哀を味わった。

「今も一ペニー?」

咳に襲われ、メイベルはぼろ切れに唾を吐いた。「一ペニーの値打ちもねえよ」息も絶え絶えに言った。

わたしは財布から銅貨を三枚出すと、木箱の上に置いた。

「リジーが言っていたけれど、わたしのためにことばをとっておいてくれたんですってね」

メイベルは頷いた。わたしはカードと鉛筆に手を伸ばし、彼女は自分の服の襞《ひだ》の中に手を差し入れた。メイベルは紙のカードを数枚つかみ出し、ふたりの間の木箱に置いた。そして顔を上げてわたしを見ると、また唾を吐こうとしているのかという音を立てた。だが、それは笑い声だった。涙の溜まった目は微笑していた。

「あの女が……手伝ってくれたんさ」メイベルは、花の入ったバケツをきちんと並べ直しているスタイルズのおかみさんのほうを見ながら言った。「ご婦人方があの女の花をつっついてるときゃあ、唾を吐かんでやるって言ってね。そのほうが商売によかんべって。うんと言うしかねえべさ」また、溺れるような笑い。

わたしはカードを取り上げた。しまいこんであったせいで皺になり、汚れていた。大きさは合っていた。書かれている内容は、概《おおむ》ねわたしが書くようなことだった。

「これはいつ?」わたしは訊いた。

「おまえさんが行っちまったあとだよ。帰ってきたら景気づけがほしかろうと思ってさ。何があったにしたって」老女はまた服の中に手を入れた。「これもおまえさんに」

彫刻だった。細部まで精巧だった。見憶えがあった。

「タリエシンさ」メイベルが言った。「マーリンだよ。こいつのあと手がいかれちまってね」

わたしは財布からさらに銅貨を出した。

「いんや、嬢」メイベルは手を振って銅貨を退けた。「贈りもんだ」

わたしはメイベルをずっと避けていた。しかし老女のこの姿、この心づくし、そしてそうやって思いをかけてくれていた理由にわたしは不意を打たれた。わたしは呆然とし、押し寄せてくる記憶に身構えることができなかった。悲しみがわたしという器に満ち、もはや溜めきれなくなると、それは溢れ出し、顔を濡らした。

「おまえさん、モーブズだったってね」メイベルは、目をそらそうとせず言った。「無理もねえべ」

いつの間にか隣にリジーがいた。ハンカチを手に、わたしの肩に腕を回している。「メイベルは大丈夫だって」勘違いしたリジーは言った。「ねえ、メイベル?」

メイベルはもうひと呼吸長くわたしを見つめてから、顎に手をやって、考える人の姿勢になった。

一瞬おいて、彼女は言った。「いんや、もういけねえな」そして言ったことを裏づけるように、最後のことばは痰《たん》がからまった咳に変わり、その激しさは老女の骨が外れはしないかと思うほどだった。

おかげでわたしは気を取り直した。

「変なこと言うからさ」リジーは言いながら、メイベルの背を優しくさすった。メイベルの咳がやみ、わたしの涙が乾いたとき、わたしは訊いた。「メイベル、〝モーブズ〟って?　どういう意味?」

「ときどきふっと悲しくなることとさ」そう言うと、息を継いだ。「あたしだってモーブズになるし、あんただってモーブズになるし、そこのリジー姐《ねえ》さんだってモーブズになる。ぜったいそうは言わねえけどな。女の性《さが》なんだろうさ」

「きっと〝憂鬱《モービッド》な〟から来たんだわ」わたしはカードを書きはじめながら独り言《ご》ちた。

「あたしに言わせりゃ、どん底の悲しみから来るもんだ」とメイベルが言った。「あたしらが失くしちまったもの、一度も手に入らんくて、これから先も絶対に手に入らねえもの。言ったろ、女の宿命《さだめ》なのさ。あんたの辞典にも入ってるべ。こんなにありふれてんのに、知らねえなんてとんでもねえ」

リジーとわたしは、それぞれ物思いに沈みながらカバード・マーケットを出た。メイベルの有様に頬を打たれたような気がしていた。

「あの人、どこに住んでるの?」わたしはこれまでそのことを一度も考えなかった自分を恥じた。

「カウリー・ロードの救貧院の診療所」リジーが言った。「ぼろぼろの連中だらけのひどい所だよ」

「行ったことあるの?」

「あたしが連れてったんだもの。道で寝てるところを見つけてね。あの木箱に引っかかったぼろ布の山みたいになってさ。死んでるかと思ったよ」

「わたしに何かできる?」

「これからも木彫りを買ってやって、ことばを書いておあげよ。どうしようもないんだもの」

「本当にそう思うの、リジー?」

彼女はその問いを警戒するようにわたしを見た。

「変化を望む人がたくさんいれば、必ず物事は変わるはずよ」わたしは続けた。そして国会でミュリエル・マターズが話したことを教えた。

「メイベルみたいな連中にとっては、なんも変わんないと思うけどね。サフラジェットの人らがああやってごたごたを起こしてるけど、メイベルとかあたしみたいな女のためでないもの。あれは財産のあるご婦人方のためなんだよ。そういうご婦人方だって、これから先も床をこすったり、おまるを空けたりする誰かが要るんだろうし」その口調には、滅多に耳にしたことのない険があった。「あの人らが投票権をもらったって、あたしはやっぱりマレー夫人のはしための《ボンドメイド》まんまだよ」

ボンドメイド。もしわたしがあのことばを見つけず、その意味を説明しなかったら、リジーは自分自身を違った目で見ていただろうか？

「でも、もしできるなら世の中を変えたいって思ってるみたいに聞こえるわ」わたしは言った。

リジーは肩をすくめ、足を止めて持っていた袋を下ろした。持ち手が赤く食い込んだ両手をさすっている。わたしの袋はずっと軽い。でもわたしも同じことをした。

「知ってるかい」またふたりで歩きはじめたとき、リジーは言った。「メイベルは自分のことばが〈辞典〉に載るんだと思ってるんだよ。自分の名前と一緒に。スタイルズさんに自慢してるのを聞いたの。ほんとのことはとても言えなかったよ」

「なぜそう思ったのかしら？」

「思わないわけないしょ。あんた載らないとは全然言ってないんだから」

わたしたちの足取りは遅かった。寒い日だったが、汗がリジーの横顔を伝って落ちた。わたしは、メイベルや、リジーや、ほかの女たちから集めてきた多くのことばのことを思った。魚のはらわたを抜く、布を裁断する、マグダレン通りの婦人用公衆便所を掃除する女たち。彼女たちは自分の考えを自分なりのことばで語り、わたしがそのことばを書き留めるのを、恭《うやうや》しく見つめた。そうしたカードはわたしの宝物となり、わたしはそれをトランクに隠し、安全に守ってきた。でも何から？　わたしが惧《おそ》れたのは、ことばたちが詮索され、あら捜しをされること？　それとも、そうした危惧は、わたし自身のため？

ことばを与えてくれた人々が、それぞれのことばに、わたしのカードに書かれる以上の願いを託しているとは夢にも思わなかった。だが突如明瞭になったのは、それを読む者はわたし以外に誰ひとりいないということだった。女たちの名前が――あれほど注意深く書かれた名前が――活字に組まれることは決してないだろう。彼女たちのことばも、名前も、わたしがそれらを忘れれば、その途端に失われる。

わたしの〝迷子のことば辞典〟は、庶民院の婦人傍聴席の格子と何が違うのか。それは目を向けられるべきものを隠し、耳を傾けられるべきものを沈黙させている。メイベルが去り、わたしが去ったなら、あのトランクはまさしく棺《ひつぎ》でしかなくなるのだ。

⁂

後になって、わたしはリジーの部屋でトランクを開け、メイベルのことばをダンクワースさんのひそやかな修正の数々と一緒に収めた。こんなに集まっていたのかと驚いた。

ダンクワースさんが無断で修正をしていることに気づいてからというもの、ハートさんに届ける前に校正紙を調べるのがわたしの習慣になった。とはいえ、そうした修正のピンを外すのは、それらが元の編集に何も付け加えていないと思う場合だけだった。

わたしはダンクワースさんを見張りはじめた。彼が棚のカードや本を調べ、マレー博士と打ち合わせをし、仕分け台に座って助手たちの誰かに質問する様子を観察した。彼が助手たちの仕事に視線を注いでいるのは見たが、鉛筆でそれに書き込むところは一度も見なかった。そうするうちに、ある朝、ダンクワースさんがスクリプトリウムに早めに現れた。わたしはちょうどリジーとお茶を飲み終えたところだった。パパは、ほかの編集者たちとの早朝の会議のために、マレー博士と一緒にオールド・アシュモレアンに行っていた。

ダンクワースさんがスクリプトリウムに入っていき、ドア近くの籠に入った編集済みの校正刷りをめくりはじめるのが見えた。「リジー、見て」とわたしが言うと、リジーがキッチンの窓のところに来た。ふたりが見つめる前で、ダンクワースさんは、積んである束から一枚の校正紙を抜き出し、胸ポケットから鉛筆をとった。

「へえ、スクリッピーで秘密を持ってるのはあんただけじゃないんだね」リジーが言った。

わたしはダンクワースさんの秘密を守ることにした。不本意ながら、その秘密のおかげでほんの少しだけ彼に好意をもったからだった。

今、わたしはトランクの中を覗き込み、メイベルのことばがダンクワースさんの几帳面な文字の隣に安らいでいるのを見つめていた。彼女はきっと嬉しがるわ、とわたしは思った。彼は嬉しがらないだろう。目についたカードを読む。彼のを、そして彼女のを。〝不正確〟と、彼が書き込んでいるのは、スウェットマンさんが書いた表紙カードだった。どうやらダンクワースさんのあら捜しの的にならずに済んでいるのは、マレー博士の書いたものだけのようだった。ダンクワースさんは、語釈に線を引いて書き直していた。二語短いとはいえ、わたしの見るところ正確さの点では同等だった。それでわたしはスウェットマンさんが書いた元の語義を書き直して、ダンクワースさんの修正をポケットにしまったのだ。そのカードは、綴りも怪しい、子供のような筆跡のメイベルのカードとはあまりにも対照的だった。スタイルズのおかみさんは見るからに苦心しながら書いていて、そのことが彼女の親切をいっそう際立たせていた。

わたしは〝モーブズ〟について自分が書いた意味を読み直した。不正確だわ、と思った。メイベルは憂鬱症《モービッド》ではないし、わたしもそうではない。悲しくはある。でもいつもではない。わたしはポケットから鉛筆を出して、修正した。

Morbs（モーブズ）

一時的な悲しみ。

「あたしだって気《モーブズ》が塞ぐし、あんただって気《モーブズ》が塞ぐし、そこのリジー姐さんだって気《モーブズ》が塞ぐ……女の性《さが》なんだろうさ」

メイベル・オショーネシー、一九〇八年

わたしはカードをトランクに入れ、タリエシンの像を上に載せた。


次の土曜日、わたしはまたカバード・マーケットに買い物に行くリジーについていった。いつものとおり市場は混雑していて、わたしたちは人混みを掻き分けるように進んだ。

「死んだよ」わたしたちが来るのを見つけたスタイルズのおかみさんが、屋台から声をかけてきた。「昨日、荷車で運ばれてった」

スタイルズのおかみさんは一瞬、わたしの目を見つめ、それから腰を屈めて、カーネーションのバケツを並べ直した。リジーとわたしは、振り返ってメイベルの姿を探した。

「婆さんの咳がやんでね。あたしは、ああ助かった、やっと静かになったって思ったんだけど、なんだかちょっと静かすぎてさ」花を並べる手を休め、息を深く吸い込んだ。屈んだ背の布地がぴんと張り詰める。スタイルズのおかみさんは身を起こして、わたしたちと向き合った。「哀れだねえ。婆さん、死んで何時間もそのまんまになってたの」両手でエプロンをしきりに撫でおろしながら、おかみさんはわたしからリジーへ、リジーからわたしへと視線を動かした。ぎゅっと結んだ口元が、小刻みに震えていた。「もっと早く気がついてやればよかった」

メイベルがいた場所は、早くも消えていた。両隣の屋台が店を広げ、その空間を埋めてしまっていた。わたしはそこに立ち尽くした。一分だったのか一時間だったのかはわからない。ただ、メイベルと、彼女の木彫りの棒の入った木箱が、そこにどう存在していたかを懸命に思い出そうとした。通行人の誰ひとり、彼女の不在に気づいていないようだった。

# 一九〇九年五月

ダンクワースさんが仕分け台に引っ越したとき、きつすぎるコルセットの金具がようやく外れたときのような気がした。それが実現したのはエルシーのおかげだった。

「ねえ、エズメ」ある朝わたしが、このことばにはわたしよりももっと熟練した目が必要だと思う、と進言しようとしたとき、エルシーは言った。「〈辞典〉のために原稿を書く人は誰だって自分の痕跡を残すものよ。父やダンクワースさんがどんなに型に嵌《は》めようとしてもね。ダンクワースさんの意見は、忠告だと受け取ったらどうかしら。絶対的な正解ではなくて」

一週間後、エルシーが、ダンクワースさんの机が近すぎて手が届きにくい棚があると話しているのが聞こえた。その午後、マレー博士がダンクワースさんに声をかけ、翌日わたしが出勤してみると、ダンクワースさんは、仕分け台のスウェットマンさんの向かい側に座っていた。ふたりの間には、積まれた本が壁を築いていた。

「おはようございます、スウェットマンさん、ダンクワースさん」わたしは言った。

一人は微笑み、もう一人は頷きを返した。ダンクワースさんはいまだにわたしと目を合わせられない。彼の机はもう片づけられ、わたしの机が並んだ棚の陰にわずかに見えていた。

わたしは席について蓋を上げた。内側に貼ってある紙は端がめくれあがっていたが、薔薇《ばら》の模様は、いつもと変わらない黄色だった。花々を指先でなぞりながら、この席に初めて着いてからの歳月を数えた。九年、いえ、十年かしら？　ほんとうにいろいろなことがあったのに、わたしはここから一インチも動いていない。

「あら、それ見憶えがあるわ」とエルシーが言った。「わたしが貼ったのよ。ずいぶん昔だけど」

一瞬、わたしたちは黙り込んだ。エルシーもまた、自分を通り過ぎていった時間にふと思いを馳せたのかもしれない。わたしはスクリプトリウムの外での彼女の人生について、あまり考えたことはなかった。ロスフリスについても同じだ。ふたりは成長し、一筋の乱れもないあの三つ編みを卒業すると、父親の助手となった。相変わらずふたりを羨む気持ちに変わりはなかったが、これはふたりが望んだことだったのだろうか、それともただ受け入れるしかなかったのだろうか、という疑問が浮かんだ。

「勉強はどう、エルシー？」わたしは訊いた。

「もう終わったのよ。去年の六月が試験だったの」その顔は、誇らかに輝いていた。

「まあ、おめでとう！」わたしは言った。去年の六月といえば、〈彼女〉が一歳になった頃だ。「知らなかったわ」

「もちろん、卒業証書もないし、学位もないけれどね。でも、もしわたしがズボンを穿いていたらどちらも貰えたんだって思うと満足よ」

「でも、ほかからなら授与してもらえるでしょう？」

「ええ、そうね。でも急ぐことないの。わたしはずっとここにいるんだし」エルシーは手にした校正紙に目を落とし、それが何か思い出そうとするようにした。それから彼女はそれをわたしに差し出した。「父からよ。ざっと目を通してもらえるかしら。明日の朝、出版局に出したいんですって」

わたしは校正紙を受け取った。「もちろんよ」そして、ダンクワースさんの机があった場所に目を向けた。「それから、ありがとう」

「たいしたことじゃないわ」

「それは見方によるわ」

彼女は頷くと、仕分け台の脇を通り過ぎて、マレー博士の机に向かった。そこでは、返事を書く手紙の山が彼女を待っていた。

　わたしの机の蓋はまだ開いたままだった。仕事をするために必要なものはすべてそこに揃っている。メモ用紙、白紙のカード、鉛筆、ペン。『ハートの規則集』。『ハートの規則集』の下にあるのは、仕事には必要のないものだ。ディータからの手紙にティルダからの葉書、綺麗な紙で作った白紙のカード、それに小説が一冊。それを取り上げると、三枚のカードが落ちた。メイベルの名前が目に入り、涙がこみ上げた。これだけでモーブズ《ふっと悲しく》になっちゃうわ、そう思ってわたしは微笑を浮かべた。

　カードにはどれも同じ単語が書かれていたが、意味には違いがあった。それを聞いたときの衝撃と、メイベルの嬉しそうな顔、そして初めて書き留めたときの、早鐘のように打つ自分の鼓動を思い出した。〝カント《cunt》〟は〝丘に負けねえほど〟大昔からあることばだとメイベルは言ったが、〈辞典〉には入っていなかった。わたしは確かめたのだ。

　Cのカードは箱に片づけられていたが、補遺のためのことばは、わたしの机からすぐそばの棚に保管されていた。マレー博士は『A‐Ant（蟻）』の分冊が発行されるとすぐに、それを集めはじめた。「博士は、われわれが定義するよりも速く英語が変化していくことを、もう見込んでいるんだよ」とパパは言った。「〈辞典〉がついに刊行された暁には、またAに戻って、穴を埋めていくことになるだろうな」

　整理棚は、補遺のことばのカードでほぼいっぱいだった。細心の注意を払って整理されているので、様々な書物から採った用例カードの分厚い束を見つけるのは造作なかった。最古のものは一三二五年に遡る。そのことばは、メイベルが言ったとおり古いものだった。マレー博士の原則に従っていれば、間違いなく博士の机の後ろに並ぶ分厚い一巻に収められてしかるべきものだ。

　わたしは表紙カードを見た。いつも書かれる情報の代わりに、そこにはマレー博士の字で、〝除外。猥語《わいご》〟とだけ書かれていた。その下には、誰かがいくつかの意見を筆写していた。きっと手紙から抜き書きしたのだろう。エルシー・マレーの筆跡のように見えたが、確信は持てなかった。

そのもの自体は猥雑ではない！　――ジェームズ・ディクソン

非常に長い歴史を持つ、きわめて古いことばである。――ロビンソン・エリス

単にそれが俗悪な用いられ方をしているという事実をもって、英語からそれを排除してはならぬ。

――ジョン・ハミルトン

わたしは表紙をもう一度見直した。そこに語義はなかった。カードの束を元の場所に返すと、席に戻った。白紙のカードにこう書いた。

Cunt（カント）

1. 女性器を表す俗語。
2. 女性器は卑猥であるという前提に基づいた侮蔑語。

わたしはメイベルのことばを小さな束にまとめて、自分の語釈をピンで留めた。それからほかにカードがないかあちこち探し回った。数枚が出てきた。どれもリジーのベッドの下のトランクに入るはずだったが、何かのときに慌てて隠し、そのまま忘れかけていたものだ。カードを集め、小説の頁のあいだに大切に挟み込んだ。

午後の残りは、エルシーに渡された校正に費やした。時折、顔を上げては彼女を観察した。エルシ

ーはスクリプトリウムの中を普段どおり忙しく歩き回り、父親の声がかかるとすぐに飛んでいった。父娘《おやこ》はあのことばについて議論したのだろうか？　それとも、エルシーがあのことばが抜けていることに気づき、その理由を調べたのだろうか？　マレー博士は、あのことばの採録に関する議論を、娘が自分の表紙カードに書き写したことや、それを補遺のことばに忍び込ませたことを知っているのだろうか？　いや、知るはずはない。彼女もまた、わたしと同じように〈辞典〉の行間に生きているのだから。

「そろそろ帰るか？」パパが言った。

わたしは、もうそんな時間だと知って驚いた。「この校正を終わらせたいの」わたしは言った。「それからリジーのところにちょっと寄っていくわ。パパはお先にどうぞ」

「いったい、何が始まったのさ？」部屋に入ってきたリジーは、床に跪《ひざまず》きトランクに身を屈めているわたしを見て言った。「りんご食い競争でもやってるみたいだよ」

「ねえ、におわない？　リジー？」

「におうよ」とリジーは言った。「なんかがそこに這いこんで死んでるんでないかって気になってたの」

「嫌なにおいじゃないわ。なんのにおいかって……なんて言えばいいかわからないけど」わたしはにおいの正体が明らかにならないかと、また身を乗り出した。

「時々風に当ててやらなきゃいけないものを、長いことしまいこんでたみたいなにおいだね」とリジーが言った。

気づいたのはそのときだった。わたしのトランクは、スクリプトリウムの古いカードのようなにおいを放ちはじめている。

リジーはエプロンを外した。それにはローストの汁が飛び散っていた。以前バラードさんがしていたように、ローストをテーブルに運ぶ前に染みのないエプロンに着替えている。まるで彼女たちの労苦の証が失礼に当たるとでもいうように。リジーが新しいエプロンを着ける前に、わたしは彼女を抱きしめた。

「ほんとにそのとおりだわ」

リジーは抱擁を逃れ、わたしをつかんだまま両腕を伸ばした。「こんだけ長年そばにいたら、あたしにはあんたのことがなんでもお見通しだと思うんだろうけどね、エッシーメイ。けど、あたしにはあんたが言ってることがさっぱりわからないよ」

「このことばよ」わたしは言い、トランクの中に手を伸ばして、ひとつかみ取り出した。「これは、隠しておくためにわたしに託されたんじゃないのよ。風に当ててあげないといけないの。このことばたちは、読まれて、広められて、理解されないといけないの。相手にされないかもしれない。でも機会を与えるべきよ。スクリプトリウムにあるすべてのことばと同じように」

リジーは声を上げて笑い、洗ってあるエプロンを頭からかぶった。「それじゃ、あんた自分の辞典を作ろうってのかい？」

「そうなの、それを考えてたの、リジー。女たちのことばの辞典よ。女性が使うことばと女性について語ることば。マレー博士の辞典に載せてもらえそうもないことば。どう思う？」

リジーの顔が曇った。「無理だよ。辞典には向かないのもあるし」

わたしは思わず微笑んだ。〝カント〟が英語から失われたら、リジーはさぞ喜ぶだろう。

「リジー、あなた自分で思ってるよりマレー博士と似てるわよ」

「でも、それをどうするのさ?」トランクからカードをつまみ出し、眺めている。「こういうことばを使う連中の半分は、そんな辞典、読めやしないのに」

「そうかもしれないけど」わたしはトランクをベッドの上に持ち上げながら言った。「でも彼女たちのことばは重要だから」

わたしたちはトランクを埋めるばらばらのカードに目を向けた。わたしは自分が感じ、経験していることを説明するのにふさわしいことばを探して、辞典や整理棚を漁《あさ》ったときのことを思い出した。〈辞典〉の男たちが選んだことばでは物足りないことがいかに多かったことか。

「マレー博士の辞典は除外してるものがあるの、リジー。ことばとか、意味とか。文字に書かれていなければ、候補にも入れてもらえないのよ」わたしはメイベルの最初のカードを重ねてベッドに置いた。「こういう女性たちが使うことばが、ほかのことばと同じように扱われるのはいいことじゃない?」

わたしはトランクの中のカードや紙をより分けはじめ、女性のことばを抜き出すと、脇に置いた。様々な女性たちからの様々な用例で、山を作りはじめることばもあった。自分がこんなに集めていたとは思ってもみなかった。

リジーはベッドの下に手を伸ばして、裁縫道具の籠を引き出した。「それをみんな順番に並べとくんなら、これがいるよ」わたしの前に置いた針刺しは、針鼠《はりねずみ》のようだった。

トランクの中のことばすべてを整理し終えたとき、外はもう暗かった。ふたりとも、カードをピン留めする作業で指先がひりひりしていた。

「とっておき」わたしが針刺しを返そうとしたとき、リジーは言った。「新しいことばのためにね」

スクリプトリウムの壁には小さな穴がある。わたしの机のすぐ上のところだ。去年の冬、冷気が手の甲を針のように刺すので気がついた。紙を丸めて穴を塞ごうとしたが、何度やっても落ちてしまった。そのうちわたしは、ここから外が見えることに気がついた。煙草を吸っている人たちや、パパとボークさんがパイプに煙草をつめて〈辞典〉の噂話をしている姿がちらちらと見えた。興味深い話題を小耳に挟むたびに〝ゴシッピアニア《噂の種》〟ということばが頭に浮かんだ。この単語のための項目が立てられたが、最終稿で削除された。わたしはそこから見える服装の一部だけで助手たち全員を見分けられ、また仕分け台の下に戻ったような、不思議な気持ちに襲われた。

細い光の筋が、仕事をしている紙の上を日時計のように動いていく。だからそれが消えたときはすぐに気づいた。自転車がスクリプトリウムに立てかけられる、からんという音がして、わたしは穴のほうへ身を乗り出した。見慣れないズボンに見慣れないシャツ、両袖は肘までまくり上げられている。インクの染みついた指が、インクの染みついた鞄の留め金を外す。指は長く、ただ、親指の先だけが妙に広がっていた。その男の人は鞄の中身を確認していた。ちょうど、わたしが出版局の門を入る前に、鞄の中身を確認するように。わたしは視線を上に向け、やや無理な格好になってその人の顔を見ようとした。顔は見えなかった。

穴から身を引くと、少し右側へ体を傾けた。こうするとスクリプトリウムのドアが見える。

彼は入り口に立っていた。背が高くて痩せている。髭をきれいに剃っていて、黒髪が縮れている。わたしが書棚の向こうから覗いているのに気づいて微笑んだ。遠すぎてその目は見えなかったが、それがほとんど菫色のような夕暮れの青であることをわたしは知っていた。

彼の名前は思い出せなかったが、名前を教えてくれたことは憶えていた。あれは初めて出版局にことばを届けたときだった。わたしはほんの少女といっていいほどの年頃で、彼は親切だった。

あれからは、出版局でハートさんを探しにいくとき、遠くから彼を見かけるだけだった。植字工の彼は、いつも組版室の一番奥にある台の前で、ありとあらゆる活字を入れた棚にほとんど埋もれるように立っていた。わたしがドアから入っていくと、彼は時々、目を上げた。いつも微笑を浮かべたが、手招きをするようなことは一度もなかった。わたしの知る限り、彼がサニーサイドに来たことはなかった。

スクリプトリウムにいたのは、わたしのほかにダンクワースさんだけだった。見ていると、彼は弾《はじ》かれたように頭を上げ、誰が来たのか見ようとした。わずかな間をおいて、判断を下した。

「何か？」彼は、爪が汚れた男たち用にとってある声音を出して言った。

わたしのこぶしが鉛筆をきつく握りしめた。

「マレー博士の校正刷りを持ってきました。『Si（シ）- Simple（単純な）』です」

「預かっておく」ダンクワースさんは手を差し出したが、席を立とうとはしなかった。

「あなたは？」植字工が訊いた。

「なんだと？」

「監督に誰が受け取ったか、報告しないといけないので。マレー博士本人でなければ」

ダンクワースさんは仕分け台の席から立ち上がり、植字工に近づいた。「ダンクワース氏が受け取ったと、監督に言いたまえ」彼は差し出されないうちに、書類をひったくった。

部屋の奥の自分の席で、わたしは息を殺していた。苛立ちと気まずさが募った。間に割って入り、植字工をスクリプトリウムに迎え入れたかったが、名前も思い出せないのでは間抜けに見えるだろう。

「間違いなく伝えましょう、ダンクワースさん」植字工は、ダンクワースさんの顔をまっすぐに見て言った。「ところで、僕の名前はガレスです。お会いできて光栄です」インクに汚れた手を差し出したが、ダンクワースさんはそれをただ凝視しながら、自分の手をズボンの脇に上下にこすりつけていた。ガレスは腕を下ろすと、代わりにかすかに会釈した。わたしが座っているところにちらりと目を走らせてから、スクリプトリウムを去っていった。

わたしは机から白紙のカードを取り出して書いた。

Gareth（ガレス）

植字工。

⁂

わたしはスクリプトリウムの戸口に立ち、オックスフォード・クロニクル紙の記事を読みながら、マレー博士がわたしにブラッドリーさんへ届けさせたい手紙を書き終えるのを待っていた。

それは新聞の中程の紙面に埋もれた小さな記事だった。

ハーバート・アスキス首相に対する抗議活動を屋根に上って行い、逮捕されたサフラジェット三名が、数日間のハンガーストライキの後、ウィンソン・グリーン刑務所で強制摂食の措置を受けた。女らは、アスキス首相主催による公開予算会議が開かれたビングリー・ホール（バーミンガム市）の屋根から警察に向かってタイルを投げ、市民的不服従と器物損壊罪により収監された。なお、会議への女性の出席は認められていなかった。

喉がつかえるような気がした。「いったいどうやって大人の女性に無理やり食べさせるの？」わたしは誰へともなく言った。紙面に目を通したが、その措置についての説明も、女性たちの名前も書かれていなかった。ティルダのことが胸をよぎった。彼女から最後にきた絵葉書はバーミンガムからだった。女性たちは請願書に署名する以上のことをやろうと意気込んでいます、と彼女は書いていた。

「出版局のハート氏に、これを」とマレー博士が言い、わたしは我に返った。「だが先にオールド・アシュモレアンに寄ってくれたまえ。ブラッドリー君がこれを待っておるのだ」博士は、ブラッドリーさんの名前を封筒に記した手紙と、Tの文字の初校を渡してよこした。

スクリプトリウムがみすぼらしいのと対照的に、オールド・アシュモレアンは威風堂々とした建物だ。ブリキではなく石で造られ、入り口には、功を遂げた——何の功かは知らないが——男性たちの胸像が並んでいる。初めて彼らを見たときは、自分がちっぽけで場違いのように感じたが、やがて彼らに励まされてわたしは不遜な野心を抱くようになり、その建物に歩み入って編集主幹の席に座るところを夢想した。だが、女性が公開予算会議への出席を認められないようでは、わたしにそんな野心を持つ権利などあるわけがない。わたしはティルダを、彼女の闘争への渇望を思った。そして刑務所に入った女性たちのことを。わたしは食を断つことができるだろうか？　そうすれば編集者になれると考えたなら？

階段を上り、大きな両開きの扉を開いて辞典室に入った。そこは石の壁に囲まれた風通しがよく明るい部屋で、高い天井をギリシャ風の石の柱が支えている。〈辞典〉には、こうした場所こそふさわしい。この部屋を初めて見たとき、なぜマレー博士ではなく、ブラッドリーさんとクレイギーさんがこの部屋を使う栄誉を与えられたのかと不思議に思った。「博士は〈辞典〉の殉教者だからね」と、わたしの問いに答えてパパは言った。「博士にはスクリッピーが合っているんだ」

わたしは広々とした室内を見回し、机という机に積み上がる紙の山に隠れた助手たちを見分けようとした。エレノア・ブラッドリーが本のやぐら越しにこちらを見て、手を振った。

エレノアは椅子から書類を除けて、わたしを座らせた。「あなたのお父様宛のお手紙を持ってきたわ」わたしは言った。

「まあ、よかった。父はクレイギーさんと話し合っている問題について、マレー博士に味方してほしがっているの」

「話し合い？」わたしは片方の眉を上げた。

「まあね、ふたりとも礼儀正しいもの。でも、どちらも親分に自分に向かって頷いてほしいのは山々よ」エレノアはわたしが手にした封筒を見た。「いずれにせよ解決すれば、父もほっとするでしょう」

「何かことばのことで？」

「言語丸ごとよ」エレノアは噂話に身を乗り出した。針金眼鏡の向こうの目を大きく見開いている。声をひそめて続けた。「クレイギーさんがまたスカンジナビアとオランダへ行きたがっているの。フリジア語を言語として認める運動を支持しているのですって」

「フリジア語って聞いたことないわ」

「ゲルマン語よ」

「ああ、そうだったわ」わたしは言った。『O&P』が出版されたお祝いのピクニックでクレイギーさんと交わした一方通行の会話を思い出したのだ。そのゲルマン語について、クレイギーさんは一時間以上も口角泡を飛ばして語っていた。

「父は、英語辞典の編集者の仕事の範疇《はんちゅう》を越えていると思っているの。クレイギーさんがほかのことに掛かりきりになると、Rが終わらなくなるのが心配なのよ」

「それがブラッドリーさんの意見なら、マレー博士は味方よ、間違いなく」わたしは言った。

行こうとして立ち上がったものの、後ろ髪を引かれた。「エレノア、バーミンガムの刑務所にいるサフラジェットのこと読んだ？　強制摂食ですって」

エレノアの顔に血が上り、口元がきっと結ばれた。「読んだわ」彼女は言った。「恥ずべきことよ。〈辞典〉と同じで、選挙権だって必ず実現するでしょう。なぜわたしたち女性がこんなにいつまでも苦しまないといけないのか理解できないわ」

「わたしたちが生きてるうちに、権利を行使できるようになると思う?」わたしは訊いた。

エレノアは微笑んだ。「その点については、わたしはお父様やサー・ジェームズよりも楽観的なの。きっとそうなると思うわ」

わたしはそんなふうに確信を持てなかった。だが、それ以上言う前に、ブラッドリーさんが近づいてきた。

⁂

わたしはオールド・アシュモレアンとウォルトン・ストリートのあいだを全力でペダルを漕いだ。わたしを駆り立てたのは、垂れこめていく空ではなく、ティルダや彼女のような女性たちの身を案じる思い、そして彼女たちの努力が報われなかったとき、わたしたちすべてを待つものへの恐怖だった。だがそうやって必死に体を動かしても、その不安は晴れなかった。

出版局に着くと、停めやすい場所があったためしがない、とむかっ腹を立てながら、自転車をほかの二台のあいだに突っ込んだ。広場をつかつかと横切りながら、男たちをにらみつけ、女たちの顔を探った。彼女たちが強制摂食のことを知っていたとしても、その表情からは読み取れなかった。わたしのように自分の無力を感じている者は何人いるのかと気になった。

ハートさんの事務室には行かず、わたしは組版室に足を向けた。あの植字工の名前を書いたカードがポケットに入っていた。確かめる必要もないのに、それを取り出して見返した。部屋に着く頃には、足取りは遅くなっていた。

　ガレスは活字を組んでいた。わたしが部屋に入ったとき、彼は顔を上げなかったが、わたしは呼ばれるまで待つ気分ではなかった。深呼吸すると、植字台のあいだを歩き出した。

　男たちが頷いて挨拶し、わたしも頷き返した。愛想のいい顔を向けられるたびに、わたしの怒りは蒸散していった。

「こんちは、お嬢さん。ハートさんかい？」名前を知らない、顔見知りの誰かが言った。

「いいえ、ガレスに挨拶したくて」わたしは応じた。その自信に満ちた声が自分のものとはとても思えなかった。

　わたしが組版室を歩き回っていても、誰も気にしないようだった。いつも覚えていた威圧感は、自分が勝手に作り出したものかもしれないという気がふとした。ガレスの植字台まで来る頃には、わたしを突き動かしていた激情は涸れ果て、自信は萎えていた。

　彼が顔を上げた。まだ集中によって硬くこわばっている。それを破るように微笑みが現れた。「やあ、これは嬉しいな。エズメだよね？」

　わたしは頷いた。言うべきことを何も用意していなかったことを急に思い出した。

「この段落を拾っちゃってもいいかい？　ステッキがもうすぐいっぱいになるから」ガレスは〝ステッキ〟を左手に持っていた。金属の活字を組んだ行を入れていくトレーのようなものだ。ガレスは組んだものが動かないように、親指でがっちりと押さえている。右手は目の前の植字台をあちこち飛び回り、小さな仕切りからさらに活字を集めていく。それは、マレー博士の整理棚を思いきり小さくしたようだった。一つひとつの仕切りは、束にまとめられたことばの代わりにひとつの文字にあてられていた。

　いつの間にか、彼のステッキはいっぱいになっていた。

　ガレスは視線をちらりと上げ、わたしが興味を持っていることに気づいた。「次は、これを台に移して組版にするんだ」そう言うと、植字台の横の木枠を指した。「これ、見憶えあるかい?」

わたしは組版に目を向けた。新しい活字が入る分の隙間が空いていたが、それを除けば大きさも形もことばを集めた頁そのものだった。だが、どんなことばの頁なのかはわからなかった。「外国語みたい」

「左右逆だからね。でもこれは〈辞典〉の今度出る分冊の一頁になるんだよ。僕がこの修正を終わらせたら」

彼はステッキを慎重に下ろすと、親指をこすった。「植字工の親指《コンポジターズ・サム》」そう言って、よく見えるように上げてみせた。

「じろじろ見るなんて失礼だったわ」

「いくら見たっていいさ。僕の職業の印ってだけだもの」彼は腰掛けから降りた。「僕らみんな、こういう指をしてるんだ。とはいっても、君は親指の話をしに来たんじゃないよね」

わたしは、かねてから感じていた壁に挑むつもりで組版室に乗り込んできたのだった。今は我ながら馬鹿馬鹿しくなった。

「ハートさんが」わたしは言いよどんだ。「ここで見つかるかしらと思って」ハートさんが並んだ植字台のどれかの後ろに隠れているとでもいうように辺りを見回した。

「どこにいるか見てこよう」ガレスは白い布で自分の腰掛けの座面を払った。「よかったらここに座って待ってて」

わたしは頷いて、彼に腰掛けを押してもらって座った。ステッキにはまだ活字が入ったままだったが、解読するのはほとんど不可能だった。文字が反転しているせいもあるし、すべてが暗い鉛色で、背景とほとんど区別がつかなかった。

ほかの植字工たちは、ガレスに話しかける見知らぬ女に好奇心を惹かれたとしても、すでに興味を失っていた。わたしはそばの仕切りから活字を一個つまみ上げた。

それは小さなスタンプのようだった。長さ一インチほどで、幅は楊枝《ようじ》ほどしかない金属の棒の先端に、文字がかすかに浮き出ている。指先に押しつけてみると、それは小文字のeの形をした凹みを残した。

わたしはステッキをもう一度見た。彼はこれが〈辞典〉の頁になると言った。しばらくかかったが、やがてことばが意味を成しはじめた。読み取れた瞬間、わたしは頭に血が上るのを感じた。

b. Common scold（コモン・スコールド）　口喧《くちやかま》しさによって近隣の平和を乱す女。

あの女性たち、ウィンソン・グリーン刑務所の女性たちはこれなのかしら？　わたしは組版の横にある校正紙を見た。この版が組まれたのはこれが初めてではないようだった。ガレスは修正分の作業をしているのだ。項目の端に、マレー博士のメモがピン留めされていた。

〝スコールズ・ブライドルの定義は不要。ブランクス《鉄製のくつわ》の該当の語釈を引照するにとどめること〟。

わたしはこれから修正される項目を読んだ。

c. Scolol's bit（スコールズ・ビット）、Bridle（ブライドル）　口喧しい女などを罰するために使用される刑具。頭部を囲う鉄製の枠状のものから成り、口内に入れて舌を押さえる尖った金属製のくつわ、ないし馬銜《はみ》が付属する。

わたしは女性たちが押さえつけられ、その口がこじ開けられ、管が突っ込まれるところを想像した。

声にならない女たちの叫び。彼女たちの唇、口、喉の繊細な粘膜は、どれほど傷ついただろうか？その処置が終わったあと、彼女たちは果たしてことばを発することはできただろうか？

わたしは植字台を探し、別々の仕切りからひとつずつ文字を拾った。s、c、o、l、d。それらの文字にはずっしりとした重みがあった。活字を手の中で転がす。尖った角が皮膚に食い込み、もはやどんな頁を刷ったのか定かではないインクが痕を残した。

組版室のドアが開き、ガレスがハートさんと一緒に入ってきた。わたしは活字をポケットに入れ、腰掛けを後ろに引いた。

「Tの最初の修正です」わたしは言うと、ハートさんに校正刷りを渡した。

ハートさんはそれを受け取ったが、わたしの指についたインクの染みには気づかなかった。わたしは慌てて手をポケットに入れた。ガレスはハートさんほどぼんやりしていなかった。わたしは目の端で、彼が組んでいた活字を確認するのに気づいた。何も欠けていないのを確かめると、その視線は活字棚の上をさっと動いた。わたしは活字をつかみ、その尖った角を感じながら、痛いほどきつく握りしめた。

「よし」ハートさんは、頁を確かめながら言った。「わずかながら前進だ」それからガレスに向き直った。「明日、これを確認しよう。九時にわたしのところへ来てくれ」

「はい、わかりました」ガレスが言った。

ハートさんは、また校正刷りに目を通しながら、事務室へ戻っていった。「もう行かなきゃ」わたしはそう言うと、ガレスを見ないままそこを離れた。

「よかったらまたおいでよ」彼が言うのが聞こえた。

出版局から自転車を引いて出てくると、空はさらに暗くなっていた。バンベリー・ロードに着くまでに土砂降りになり、スクリプトリウムに着いたときは、わたしは滴を垂らしながら震えていた。

「待ちたまえ！」スクリプトリウムのドアを開けたとき、ダンクワースさんが怒鳴った。

わたしは足を止め、そのとき初めて自分の有様に気がついた。全員がわたしのほうを見ていた。父親の机に座っていたロスフリスが立ち上がった。「ダンクワースさん、あなた、エズメに午後じゅう雨の中に立っていろとおっしゃるの？」

「原稿に滴を落とすじゃありませんか」彼はさっきより声を落として言うと、あとがどうなっても関心がないというように、仕事の上に背を丸めた。わたしはその場に立ち尽くしていた。歯がかたかたと鳴りはじめた。

「父はあなたをおつかいに出すべきじゃなかったわ。誰が見たって雨になりそうだったのに」ロスフリスは傘立てから傘を出すと、わたしの腕をとった。「いらっしゃい、父とあなたのお父様はもうじき戻るはずよ。ふたりともあなたのこんな姿を見たら大変だわ」

ロスフリスが傘をさしかけ、わたしたちは庭を横切って家の正面玄関へ向かった。マレー家の住居に招き入れられることは滅多になく、玄関から入ったことは片手で数えるほどしかなかった。その瞬間、わたしはリジーが日々感じているに違いないものの片鱗《へんりん》を知ったような気がした。

「ここにいてね」一緒に中に入ると、ロスフリスはドアを閉めて言った。彼女はキッチンへ向かい、リジーを呼んでいるのが聞こえた。一分後、リジーはわたしの前にいて、リネン棚から出してきた温かいタオルでわたしを叩くようにして拭いてくれていた。

「なして出版局で雨宿りしなかったのさ？」リジーは、膝をついてわたしの靴紐をほどき、濡れそぼったストッキングを脱がせながら訊いた。

「ありがとう、リジー。あとはわたしがするわ」ロスフリスはタオルを受け取ると、先に立って階段を上がり、自分の寝室に導いた。

　わたしはロスフリスより二歳近く年上だったが、いつも年下のような気がする。衣装だんすからわたしが着られそうな服を探しているロスフリスを見ていると、自信に満ちた実務家肌の彼女の母親の姿が重なった。マレー夫人は、マレー博士が勲爵士《ナイト》の称号を授与されたとき、デイムの称号を与えられた、とパパが言っていた。「彼女なしでは、〈辞典〉はとっくの昔に頓挫していたよ」

　自分がどう振る舞うべきか知っていたら、さぞかし心強いだろう。まるで自分というものの定義が、活字で黒々と印刷されているようなものだ。

「あなたはわたしより背が高くて細いけど、これなら合うと思うわ」ロスフリスはスカートとブラウス、カーディガン、そして下着をベッドの上に並べ、わたしが着替えられるように部屋を出ていった。

　スカートを脱ぐ前に、わたしは左右のポケットを探った。片方には、ハンカチ、鉛筆、湿った白紙のカードの束が入っていた。カードの束を屑籠《くずかご》に捨てようと近づいたとき、ロスフリスの机の上の書類をつい覗いた。すべてが几帳面に整頓されている。勲爵士の称号を授与されたときの父親の写真と、サニーサイドの庭で撮った家族全員の写真が飾ってあった。様々な段階の、手を入れている途中の校正刷りや、書きかけの手紙が何通か。今書いているらしい手紙の宛先に見憶えがあった。ウィンソン・グリーン刑務所の所長。〝親愛なる所長殿〟とそこにはあった。〝わたくしは抗議いたします〟。ロスフリスが書いたのはそこまでだった。その傍らにロンドン・タイムズ紙があった。

　わたしはもう一つのポケットから、ガレスから盗んだ活字と、彼の名を書いたカードを出した。それは雨に濡れて向こうが透けて見えそうだったが、彼の名前はまだ読み取れた。

ロスフリスの服に着替えた後、わたしは活字を濡れたハンカチに包み、スカートのポケットにしまった。ガレスの名前を書いたカードをつまみ上げる。彼はわたしが活字を盗んだことを知っている。合わせる顔がなくてとても彼のところには行けない。わたしはカードを屑籠に落とした。

それからもう一度ロスフリスの机に向かった。ロンドン・タイムズ紙は、ウィンソン・グリーンの女性たちにもっと紙面を割いていた。ティルダはそのひとりではなかった。今回は違ったんだわ、とわたしは思った。シャーロット・マーシュは画家のアーサー・ハードウィック・マーシュの娘だった。ローラ・エインズワースの父親は、学校監督官という立派な地位についていた。メアリー・リーは大工の妻だった。女性たちはそんなふうに定義されていた。

ボンドメイド《はしため》。奴隷女。ふとそのことばが浮かび、わたしは気づいた。わたしたちを定義するために使われることばは、わたしたちが他者との関係で果たす役割を説明していることがほとんどだ。一見害のなさそうなことば――〝乙女〟〝妻〟〝母〟ですら、わたしたちが処女かそうでないかを世間に向かって公言している。〝乙女〟と対になる男性を表すことばはなんだろう？ わたしには思いつけなかった。〝夫人〟に、〝淫売〟に、〝近所迷惑なガミガミ女《コモン・スコールド》〟に当たる男性を指すことばは？ わたしは窓の外のスクリプトリウムに目をやった。あそこには、こうしたことばの定義が寝かしつけられている。どのことばがわたしを定義するのだろう。

裁き、抑えつけるために、どのことばが使われるのか。わたしは乙女ではない。だが男の妻でもない。そしてそうなることを願ってもいない。

〝処置〟がどのように行われたかを読みながら、わたしはこみ上げるえずきと、管が頬から喉、胃へと粘膜を削っていく苦痛の幻影を感じた。それはある種の強姦だ。いくつもの体重に押さえつけられ、掻きむしる手と蹴る足を拘束される。無理やり自分を開かされる。その瞬間、わたしにはわからなくなった。人間性を喪おうとしているのは、女性たちか、それとも当局か。当局だとしたら、その汚辱はわたしたち全員が負うものだ。つまるところ、ティルダがオックスフォードを去ってから、わたしは大義を支えるためにいったい何をしたというのだろう？

ロスフリスが戻ってきて、わたしたちは一緒に階段を下りた。「ロスフリス、あなた、サフラジェットなの？」わたしは訊ねた。

「夜中にこっそり出かけて窓を割って歩いたりはしないわ、あなたが訊いているのがそういうことなら。むしろ、自分はサフラジストだと考えたいの」

「わたし、あの人たちがやっていることを自分ができる気がしなくて」

「断食するとか、公衆の面前で厄介を起こすとか？」

「どっちもよ」

ロスフリスは階段で立ち止まると、振り返った。「わたしもできないと思うわ。それにあんな……ね、あなたも読んだのよね。でも武装闘争だけが手段じゃないわ、エズメ」

ロスフリスはまた階段を下りはじめ、わたしは二段遅れてそれに続いた。訊きたいことは山ほどあった。だが、〈辞典〉の陰で育ってきたのは同じでも、わたしたちは天と地ほども違っている気がした。

わたしたちはキッチンの戸口にしばらく立ったまま、少しのあいだ雨を見つめていた。

「走っていったほうがよさそう」とうとうロスフリスが言った。「でもあなたは、今日はもうじゅうぶん濡れたんだから、雨がやむまでここの温かいところにいたらいいわ。あなたに風邪をひかれたら困るに決まってるもの」彼女は傘を開くと、キッチンからスクリプトリウムへ小走りに駆けていった。

リジーがレンジの前にしゃがんでいた。「なんて顔してるの、エッシーメイ。何かあったのかい」

「新聞よ、リジー。どんなことが起きてるか知ったら青くなるわ」

「新聞なんか読むことないよ。市場でなんもかもわかるんだから」立ちのぼる炎に石炭をシャベルでくべ、重い鋳鉄製の扉を音を立てて閉めた。ぎくしゃくと体を引き上げるように立ち上がる。

「じゃあ、バーミンガムでサフラジェットがどんな目に遭っているか、みんな話してるの？」わたしは言った。

「そうだよ。みんな噂してる」

「みんな怒ってる？　断食と強制摂食のこと」

「怒ってる人もいるね」リジーはそう言って、野菜を薄切りにして、大鍋に入れた。「けど、あの人らのやりかたがまずいっていう人もいるよ。蠅を捕りたきゃ蜂蜜を使えっていうでないの」

「でも、あんな目に遭って当然だってみんな思ってるの？　あれは拷問よ」

「ほっといて飢え死にさせるわけにいかないっていう人もいるんだよ」

「じゃあ、リジーはどう思う？」

リジーは顔を上げた。その目の縁は、玉ねぎが沁《し》みて赤くなり、涙がにじんでいた。

「あたしにはあんな度胸はないねえ」と彼女は言った。

それは答えになっていなかった。だが自分に正直になれば、わたしも同じことを言ったかもしれなかった。

⁂

一九一〇年四月十一日
可愛いエズメ、お誕生日おめでとう。
あなたが二十八だなんて信じられません。おかげですっかり年寄りになった気がします。今年は、あなたのかねてよりの危惧に照らして、エミリー・デイヴィスの著書をお送りします。エミリーはわたくしの母の友人で、半世紀のあいだ女性参政権運動に関わっています。パンクハースト夫人とは方針がかなり違い、女性教育こそ平等をもたらすという強い信念を抱いています。なかなか説得力のある主張ですよ。『女性に関する諸問題への考察』を読んだら、あなたも学位を取得することを考えてくれるのではないかと期待しています。そうそう、そのことであなたのお手紙を思い出しました。

朝食のテーブルで、あなたの手紙を読み上げました。ベスもわたくしも、あなたの懸念に同意見ですが、あなたほど無力だとは思っておりません。

これは新しい闘いではないのです。エメリン・パンクハーストの率いる女性たちによる行動は、確かに大義への注目を集めるでしょうが、満足のいく結論が出るのを早めるかといったら疑問です。わたくしたちは遅かれ早かれ選挙権を得るでしょうが、それで終わりではないのです。闘いは続きます。そしてその闘いは、飢え死にする覚悟のある女性たちだけのものではありません。

わたくしたちの祖父は、〝普通選挙権《ユニバーサル・サフレッジ》〟が政治的議論の的だった時代に、女性の投票権について積極的に発言していました。〝ユニバーサル〟は、わたくしたちの辞典で果たしてどう定義されるのでしょうね。祖父の時代、それは〝人種、収入あるいは財産の有無を問わずすべての成人〟という意味でした。ところが女性がその意味の中に入っていなかったので、祖父は抗議したのです。長い運動になるだろう、と祖父はよく言っていました。そして、それを成就させるには、多方面にわたる闘いが必要になるだろう、とも。

あなたは臆病者などではありませんよ、エズメ。信念のために非人道的な扱いを受けていないからといって、若い女性がそんなふうに感じていると思うと胸が痛みます。ティルダがWSPUのために運動しているなら、それが彼女にふさわしいのです。彼女は女優であり、観客の心を動かす術《すべ》を心得ています。あなたが自分を役立てたいと思うなら、これまでずっとやってきたことをお続けなさい。いつだったかあなたは、単に文字に記されているからという理由で、ほかのことばよりも重要だと見なされていることばがある、と指摘したことがあります。あなたは、学問のある男性たちのことばは、無学な階級、中でも女性たちのことばよりもおのずと重視されると主張していました。わたくしの可愛いエズメ、あなたが得意なことをおやりなさい。わたくしたちが使うことばについて考え続け、記録するのです。女性参政権の問題が解決したら、より目につきにくい不平等を暴く必要が起こるでしょう。それと知らずに、あなたはもうこの大義のために働いているのです。祖父が言ったように、これは先の長い闘い《ゲーム》になります。あなたの得意な持ち場で勝負なさい。そうでないところは得意な人に任せるのです。

さて、ほかにもお知らせがあります。黙っているのが最善なのか、ずっと悩んでいましたが、沈黙の空隙《くうげき》を埋めるのは不安だとベスに説き伏せられました。サラの手紙によると、一家はアデレードに落ち着き、小さなメガンは元気にすくすくと育っているそうです。これについてはまだお話しできることはあるのですが、あなたから訊かれるまでは控えておきましょう。

それから、あなたの質問とも無関係ではないのですが、サラが生まれて初めて選挙で投票したそうです！　素晴らしいと思いませんか？　南オーストラリア州の女性たちは、過去十五年間、この権利を行使してきました。あちこちから聞き及ぶ限りでは、その特権を得るために、誰も窓を割ったり、飢えを耐え忍んだりする必要はありませんでした。きっとあなたもご存じでしょうが、こうした善良なる女性たちの何人かが、大義を支援するためにイングランドへ渡ってきています。婦人傍聴席の格子に鎖で自分を縛りつけて、庶民院で発言した若い女性をご記憶ですか？　彼女はアデレード出身のお嬢さんです。誰の話を聞いても南オーストラリア州は、女性参政権を認めたからといっておかしなことにはなっていません。それどころかサラの手紙では、暑さに慣れてしまえば、大変快適な土地だそうです。社会はいかなる点においても崩壊しているふしはありません。ここイングランドでもそれが実現するのは時間の問題に過ぎないのです。

手紙を締めくくる前に、ベスが、『竜騎兵の妻』がこのほど増刷されたとあなたに伝えてほしいそうです。参政権獲得のための闘争は、ロマンスに夢中になることと両立しないわけではなさそうよ。わたくしたちは複雑な種族なのです。

かしこ
ディータ

メガン。メグ。メギーメイ。

〈彼女〉は名前を持ち、すくすくと育っている。それだけ知ればじゅうぶんだ。それ以上知れば、心が破裂してしまう。

それから二度の誕生日が過ぎた。メガンは三歳になり、四歳になった。〈彼女〉の消息は、かつてリリーの物語がそうだったように、ディータの毎年の贈り物のひとつになった。ディータは本を一冊と手紙、〈彼女〉の最初の歩み、最初のことばを贈ってくれた。本はいつも脇に置かれ、ディータからの知らせはすぐに忘れられた。わたしは必死に、自分の日常の所作を取り戻そうとした。

## 一九一二年十二月

時は一年を追うごとにスクリプトリウムにかすかな印を刻んでいった。積み上げられた本の山がさらに高くなり、増えたカードを収める整理棚が増設された。棚と棚の隙間にロスフリスが家から運んできた古い椅子が置かれ、メイリングさんが外国語のテクストを研究するときに引きこもるお気に入りの場所になった。仕分け台を囲む髭に白髪が増え、マレー博士の髭はますます長くなった。

スクリプトリウムは決して騒々しい場所ではないが、様々な音が重なり合い、心地よいざわめきを作り出していた。紙がこすれ合う音や、ペンが軋《きし》む音、指紋さながらその人を表す苛立ちの音、そうした音にわたしはすっかり馴染んでいた。マレー博士は、ことばに悩むと唸《うな》り声を出し、椅子から降りて戸口で胸いっぱいに深呼吸する。ダンクワースさんは鉛筆をメトロノームのように動かし、その緩慢に鳴る音で、思考の拍子をとった。パパは、一切の音を立てなくなる。眼鏡をはずし、鼻の付け根をこする。それから顎を片手に載せ、目を天井に向ける。ちょうど、わたしたちの夕食どきの会話で、ことばに詰まるときのように。

エルシーとロスフリスにも、それぞれの音がある。わたしはふたりのスカートの裾が床を滑り、誰かが不注意に落としたカードを掃き寄せるのを聞きつけるのが楽しみだった（まあ、ついてるわ、と思ったものだ。そして誰も拾わなければ自分が拾おうと、カードの行方を注意深く観察した）。それからマレー家の女の子たちは――わたしたち三人とも、もう三十路《みそじ》を越えようとしているのに、わたしはいまだに彼女たちをそんなふうに思っていた――スクリプトリウムの空気をラヴェンダーと薔薇の香りで乱すこともする。衛生がおろそかになりがちな男性たちのあいだで、わたしはその香りを一服の清涼剤のように胸に満たしした。

たまさか、スクリプトリウムがしんと静まり返り、わたしだけのものになることがある。たいていそれは、分冊が刊行される直前だった。編集者や上級の助手たちは、オールド・アシュモレアンで会合し、最後の議論の決着をつけていた。エルシーとロスフリスは、この機を逃さず、どこかへ外出する。

普段なら、スクリプトリウムにひとりになると、わたしは仕分け台や棚の周りをゆっくりと歩き回って、ささやかなカードの宝物を探すことにしていた。だがこの日、わたしは忙しかった。午前のお茶の時間にリジーの部屋でトランクのカードを分類したので、女性たちのことばの小さな束を記録しておきたかったのだ。

机の蓋を上げて、自分のことばの整理棚代わりに使っている靴箱を取り出す。その半分を埋めているカードの小さな束は、それぞれひとつのことばのもので、意味と様々な女性たちによる用例がピンでひとまとめにしてあった。わたしは新しいカードを机に広げた。すでに定義したことばもあったが、表紙カードが必要な新しいことばもあった。これがわたしの何よりの楽しみだった。ひとつの語のあらゆる異型を考慮しながら、どれを見出し語にするかを決める。それからふさわしい語義を考える。この作業のあいだ、わたしが孤独だったことは決してなかった。必ず、そのことばを使った女性の声がわたしを導いてくれた。それがメイベルなら、わたしは少し余計に時間をかけ、文句なしにぴったりくる語釈を書こうとする。会心の語釈が書けたときは、歯茎を剥き出しにして笑うメイベルの顔が瞼に浮かんだ。

リジーの針刺しは、今ではわたしの机の中が居場所になった。わたしはそこからピンを抜くと、〝ギット《ろくでなし》〟の用例を留めつけた。用例を最初に教えてくれたのはティルダだったが、メイベルは気に食わない男の話をするときによくそのことばを使った。リジーですら時々使う。だから、それは侮蔑語ではあるが、卑語ではない。メイベルはスタイルズのおかみさんのことを話すときには一度も使わなかった。だからこれは男性だけを表すのだろう。わたしはカードの片隅にピンを打ち、表紙カードに書くものを頭の中で練りはじめた。

「これはなんですか？」

ピンが親指を刺し、わたしは息をのんだ。顔を上げると、ダンクワースさんがわたしの脇に立って、机一面に散らばるカードを覗き込んでいた。それらは剝き出しで、無防備だった。わたしが作業をしているべきことばではないのは明らかだった。

「つまらないものなので」わたしは言うと、カードを集めて元どおり束にしようとしながら、顔を上げて彼に微笑みかけた。どんなに愚かに見えるだろう。いい年をした女が、学校の机に座って叱られるなんて。

彼は少し身を屈めて、ことばをよく見ようとした。わたしは椅子を後ろに押し下げようとしたが、できないことに気づいた。わたしが身動きできずにいるあいだ、彼は検閲を続けた。

「つまらないものなら、なぜそんなことをしてるんです？」と彼は言い、こちらへ手を伸ばしたので、わたしはよけるために身を縮めなくてはならなかった。彼はカードの束を取った。

突然、記憶がくっきりと浮かび上がった。時間と人々の優しさの下に埋もれたと思っていた記憶。わたしはもっと小さく、机はこれと似ていた。だがこれから起きようとしていることに対して自分は無力だという感覚は、あまりにも烈《はげ》しかった。息苦しくなった。わたしはずっと、自分の人生は、これまで目にしてきた大勢の女性たちのそれとは違うという幻想に浸ってきた。しかしその刹那、わたしが味わっている抑圧と無力感は、彼女らのそれと少しも変わるところはなかった。

そしてわたしは憤然とした。

「あなたにとってはつまらないもの、という意味です」とわたしは言った。「でも重要なものなんです」さらに力を入れて椅子を押すと、ダンクワースさんは仕方なく脇によけた。

わたしは立ち、彼の間近に迫った。キスをせんばかりの距離だった。彼の額には、絶えず何かを思い詰めているような皺が刻まれ、ぴしりと分けて左右に撫でつけた黒髪から硬い白髪が数本飛び出していた。白髪は秩序を乱している。彼が抜いてしまわないのが不思議だった。ダンクワースさんはよろめくようにあとずさりした。わたしはカードに手を伸ばしたが、相手は放そうとしなかった。

彼はわたしのカードを持ったまま、仕分け台へ向かった。それをまるでトランプのように広げ、指で弄《いじ》り、あちこちへ動かした。嬲《マンハンドリング》っている、とわたしは思った。これが終わったらカードを書いてやろう。

ダンクワースさんは手を止めて、その価値について考えを巡らすようにひとつかふたつのことばを読んだ。彼の中に棲む言語学者が興味を惹かれたらしかった。額の皺が浅くなり、口元が緩んだ。ごく稀《まれ》に訪れる、わたしたちには似たところがあるのかもしれないという思いが胸をよぎった。彼がわたしのことばたちを吟味する時間が過ぎるにつれ、自分の反応は大袈裟すぎたかもしれないという気がしてきた。

いからせた肩が下がり、食いしばっていた奥歯が緩む。女性たちのことばについて、誰かと話してみたいとどんなに憧れてきただろう。これらのことばの〈辞典〉での位置づけや、これらが除外される原因となったらしい手法的欠陥についても。その瞬間、わたしはダンクワースさんと自分は盟友なのだと空想した。

突然、彼はカードを順番も気にせずに一つに寄せ集めた。「あなたは正しい。そして間違ってもいます、ミス・ニコル」と彼は言った。「あなたのこの仕事は、わたしにとって確かにつまらないものだ。だが、なんの重要性もありません」

わたしは啞然として言い返すこともできなかった。手がひどく震え、彼が渡してよこしたカードを落としてしまった。

ダンクワースさんは、埃だらけの床に散ったカードを見ても、拾うのを手伝おうともしなかった。ただ仕分け台のほうに向き直ると自分の書類を探し、目的のものを見つけると出ていった。

わたしの手の震えは体じゅうのあらゆる部分に広がっていった。跪《ひざまず》いてカードを集めようとしたが、並べ方がわからなくなった。わたしは放心し、ことばは意味を失ったかのようだった。スクリプトリウムの扉がまた開く音が聞こえたときは、ダンクワースさんかもしれない、とぞっとして目を閉じた。あの男に四つん這いの姿を見られる屈辱。

誰かが横で身を屈め、カードを拾いはじめた。彼の指は長く、美しかったが、左手の親指は不格好だった。植字工のガレス。前にもこんなことがあったというぼんやりとした記憶が蘇った。彼は一枚、また一枚とカードを拾い、いちいち塵《ちり》を払ってから渡してくれた。

「整理するのは後でいい」彼は言った。「今は、とりあえず集めよう。それに君をこの冷たい床から立たせないとね」

「わたしが悪いの」自分が言うのが聞こえた。

ガレスは答えなかった。ただ、次々とわたしにカードを渡した。彼から活字を盗んでからもう何年にもなる。彼は気さくに振る舞ったが、わたしは礼儀正しい知り合い以上になることを避けてきた。

「ただの趣味よ。本当はここのものじゃないの」わたしは言った。

ガレスは一瞬、手を止めたが、何も言わなかった。それから最後のカードを拾い上げ、指でなぞりながらことばを声に出して読んだ。「ピロック《たわごと》」目を上げて微笑した。目元に扇のような皺が寄る。

「そのことばがどう使われているかの例文もあるわ」わたしは言って、少し身を近づけると、カードに書かれた用例を指さした。

「合ってるんじゃないかな」彼は言うと、それを読んだ。「ティルダ・テイラーって？」

「そのことばを使った女性よ」

「じゃあ、これは〈辞典〉には入ってないんだね？」

わたしは身をこわばらせた。「ええ。ひとつも入ってないわ」

「でも、けっこうよく使われることばもあるね」そう言うと彼はカードをめくった。

「こういうことばを使う人たちの間ではそうよ。でもよく使われるっていうのは、〈辞典〉に採録される条件じゃないの」

「使うって誰が？」

わたしは、ほんの数分前に怖気《おじけ》づいた対決に今度こそ立ち向かった。「貧しい人たちよ。カバード・マーケットで働いてるような人。女性たちも。だからこういうことばは文字に書かれていないし、〈辞典〉から除外されてきたの。文字に書かれているのもあるけど、やっぱり除外されてる。上品な階級の人たちには使われないから」精根尽き果てた気がしたが、それでもけんか腰だった。手の震えは止まらなくても、わたしはまだ続ける意気込みだった。相手の目を睨みつける。「このことばたちは重要なの」

「だったら、大事にしまっておかないとね」ガレスは言って、立ち上がると最後の一枚を渡した。それから手を差し出し、わたしを床から立ち上がらせた。

わたしはカードを机に戻し、蓋を上げて中にしまった。それからガレスを振り向いた。「そもそも、あなたどうしてここにいるの？」

彼は肩掛け鞄を開き、最新の分冊の校正刷りを引っ張り出した。「『Sleep（眠る）- Sniggle（穴釣りをする）』だ」そう言って、それを掲げてみせた。「修正がそんなに多くなければ、クリスマス前に印刷へ進めるよ」ガレスは微笑んで頷き、校正原稿をマレー博士の机に置くと、スクリプトリウムを出ていった。振り返ってもう一度微笑んでくれるかと思ったけれど、振り返らなかった。もしそうしていたら、修正はたくさん入りそうよ、と言ったのだけれど。

昼食後、みんながスクリプトリウムに戻ってきた。わたしはダンクワースさんに密告される覚悟をしていた。もう大人だから遠くにやられることはないが、時間が静かに流れていくあいだ、それ以外の一ダースもの罰を思い浮かべた。そのどれもが、ポケットを裏返される屈辱で始まり、スクリプトリウムに二度と戻ってこられない結末で終わる。

だが、ダンクワースさんは、わたしのことばについてマレー博士に何も言わなかった。数日間、彼を観察し、彼が何かの用で編集主幹に相談しに行くたびに固唾をのんだが、ふたりがわたしのほうを見ることはなかった。ダンクワースさんにとってつまらないのは、わたしのことばだけではなかった。わたしが〈辞典〉の仕事をしているべき時間を浪費していたことも、彼にはどうでもいいことらしかった。

⁂

わたしは、『Ribaldric（野卑な）- Romanite（ローマ文化）』が刊行されてから頻繁に来るようになった、綴りに関する問い合わせに返事を書いていた。いかなる理由で、と差出人は書いていた。新しい〈辞典〉は斯《か》くも広く一般に用いられている〝rhyme〟《韻》ではなく〝rime〟の綴りを採択するのでありましょうか？　習慣と良識は前者の正統性を主張しております。小生は無教養を断罪されるべきなのでありましょうか？　それは報われない仕事だった。なにしろ筋の通る答えなどないのだから。耳慣れたガレスの自転車の音がして、わたしはたちまち書きかけの手紙を中断した。ペンを置き、ドアのほうを見る。

数週間前、わたしのことばたちを床から拾ってくれてから、彼がスクリプトリウムに来るのはこれで三度目だった。

「なかなかいい青年だ」ガレスがわたしに挨拶するのに初めて気づいたとき、パパは言った。

「ポープさんやクッシングさんみたいに？」わたしは訊いた。

「はて、おまえは何を言っているのかな」パパは言った。「彼は職工長だよ。ハート氏が信頼を寄せて、文体や表現法に関する疑問を託してよこす、ごく少ない人間のひとりだ」そしてわたしを見て両方の眉を上げげた。「ただ、そういう話は普通、出版局でするものなんだがね」

ドアが開くと、淡い陽の光が差し込んだ。助手たちが顔を上げ、パパが頷いて挨拶してから、わたしのほうを見やった。マレー博士が腰掛けから降りてきた。

遠すぎて、何を話しているかは聞こえなかったが、ガレスは校正紙の一部を指しながら、何かをマレー博士に説明していた。博士が同意しているのがわかった。質問し、耳を傾け、頷き、それからガレスを自分の机のそばに招いて、一緒にほかの数頁を検討している。わたしは、ダンクワースさんが仕事に没頭し、この一部始終を懸命に無視しているのに気がついた。

ガレスは、マレー博士がハートさん宛の伝言を走り書きするのを待っていた。書き上がったそれが肩掛け鞄に収まると、若者と老人は一緒に庭に出ていった。

ふたりがドアのすぐ外にいるのが見えた。マレー博士は、午前中ずっと校正刷りの上に屈みこんでいたときに時々するように、伸びをしている。どちらも態度が変わり、もっと親しげになった。ハート氏が疲労のせいで具合が悪いんだよ、とパパが言っていた。きっとふたりしてそれを心配しているのだろう。

マレー博士がひとりでスクリプトリウムに入ってきた。わたしは自分の肺から吐き出された深い吐息に驚いた。博士はドアを開け放したままにしたので、新鮮な十二月の空気が仕分け台の周囲を循環しはじめた。

　ふたりの助手が上着に腕を通し、ロスフリスが肩にかけたショールを掻き合わせた。普段なら、わたしは新鮮な空気は思考を鋭敏にするというマレー博士の考えに賛成しないのだが、そのときは火照ってろくに頭が働かなかったので、珍しくほっとした。わたしは〝rime〟の綴りを弁護する仕事に戻った。

「これを君に」ガレスが言った。

　すぐには顔を上げられなかった。体中の熱が、今度は顔に集まっていた。

「君のコレクションのためのことばだよ。僕の母親のことばなんだ。母さんはこういうふうによく使ってたけど、出版局に保管してある校正刷りの中には見つからなかったから」小声だったが、わたしはひとこと残らず聞いていた。それでも顔を上げなかった。口をきける気がしなかった。顔を上げる代わりに、わたしはガレスがわたしの前に置いたカードに目を凝らした。ドアに一番近い棚に保管してある白紙カードの束から失敬したにちがいない。ごくごく当たり前のことばだったが、意味が違っていた。わたしはそれを見て、幼い少女だった頃を思い出した。

Cabbage（キャベジ）

「こっちへおいで、あたしの可愛いキャベツ《キャベジ》ちゃん、お母ちゃんをぎゅっとしておくれ」

デリス・オーウェン

デリス、なんて美しい名前だろう。その文は、リジーが言っていたこととほとんど同じだった。

「母親って、変わったことばづかいをするよね、そう思わない？」と彼は言った。

「さあ、わからないわ」わたしはパパのほうを見た。「母を知らないから」

ガレスははっとしたようだった。「そうか、ごめん」

「いいの、気にしないで。ご想像どおり、わたしの父も変わったことばづかいをするから」

ガレスは笑った。「ああ、だろうね」

「あなたのお父様は？」わたしは訊いた。「お父様も出版局で？」

「出版局で働いてたのは母さんなんだ。製本所でね。僕が十四のときに見習いになったのも、母の伝《つ》手《て》なんだ」

「でもお父様は？」

「母ひとり子ひとりでね」彼は言った。

わたしは手にしたカードを見て、この男性をあたしの可愛いキャベツちゃんと呼んだ女性を思い浮かべようとした。「カードをありがとう」わたしは言った。

「君のところに寄って、迷惑じゃなかったかな」

わたしは仕分け台を見た。こっちをちらちらと見る視線が一つ二つ。パパの顔には妙な微笑み。だがその目は微動だにせず書類に注がれている。

「寄ってくれてとても嬉しいわ」わたしは言って、彼の顔を見つめ、慌ててカードに目を戻した。

「じゃあ、またきっと寄るよ」

彼が帰ったあと、わたしは机の蓋を開けて、靴箱のカードをより分け、ガレスのカードの居場所を見つけた。

# 一九一三年一月

ボドリアン図書館に向かって自転車を漕いでいると、殉教者記念碑のあたりに人が集まっていた。いつものようにパークス・ロードを行けば群衆を避けられたが、そのまま人混みにぶつかるまでバンベリー・ロードを走り続け、脇道に逸れた。

告知文がオックスフォード中に貼られていた。パンフレットが道に散らばり、どの新聞にも支持や反対の記事が掲載された。オックスフォードのすべての参政権支持団体が手を結び、セント・クレメンツ地区から殉教者記念碑まで平和的な行進をすることになっていた。行進が始まるまでまだ何時間もあったが、準備は整えられ、すでに期待と興奮が満ちていた。まるで移動遊園地のようだったが、空気は嵐の気配に張り詰めていた。

ボドリアンは、いつもより人が少なかった。わたしはアーツ・エンドの翼廊に並ぶ棚を、時間をかけて探した。マレー博士に確認するように言われた本はどれも古く、頁に見つけた文は外国語と言ってもいいほどで、うっかりすると間違えそうだった。わたしが腰を下ろしたベンチは、とうの昔に死んだ学者たちが何世代にもわたって座り続け、滑らかにすり減っていた。その中に女性は幾人いたのだろう、とわたしは思った。

来た道を自転車で引き返した。行列はすでに到着していて、群衆が膨れ上がっていた。女性たちの数は三対一の割合で男性を上回っていたが、わたしはそこにいる男性たちを見て驚いた。あらゆる種類の男たちがいた。ネクタイを締めた者、ネクタイをしていない者。女性と腕を組んでいる者。ひとりで立っている者。少人数でたむろしている男たちは、縁なし帽と襟のないシャツ姿で、胸の前で腕組みし、両脚を踏んばっていた。

わたしはセント・メアリー・マグダレン教会の横にある小さな墓地の柵に自転車を立てかけると、群衆の端に立った。

行進のことを読んだとき、わたしはティルダがオックスフォードに戻ってくるのではないかと期待した。彼女に手紙を出し、そこにパンフレットも同封した。〝殉教者記念碑の近くにある小さな教会の脇で待っています〟。

彼女は葉書を送ってきた。

少し様子を見ましょう。WSPUは招かれていないのです（パンクハースト夫人のやり方は、オックスフォードの教養ある多くのご婦人たちには支持されていないので）。でも、あなたが女性の連帯《シスターフッド》に加わり、この叫びに声を合わせようとしているのは嬉しいわ。やっと時満ちたということね。

殉教者記念碑のそばに作られた演台の上で、女性が演説していた。わたしが立っているところからは、それが誰なのか見分けるのは難しく、やじにかき消され、彼女が話していることはほとんど聞こえなかった。パンフレットには、邪魔しようとする者は〝無視してください〟という指示が書かれていて、演者を支持する女性や男性のほとんどは、それに従っていた。しかし、暴言を浴びせる者は多く、群衆のそこかしこで罵声が上がっていた。セント・ジョンズ・カレッジの開け放たれた窓に置かれた蓄音機から音楽が大音量で流れはじめた。演台の横に集まった男たちの群れからパイプの煙が雲のように立ち上っている。別の一団が大声で歌い出し、ほかの音をかき消してしまった。人垣のはずれに立ったまま、わたしは妙に心細くなった。

殉教者記念碑を取り巻く人々がどっと沸きかえった。何が起きているのか見ようと、わたしはつま先立ちになった。揉み合っている塊が人の海を掻き分け外に出てこようとしている。それはこちらに向かってきたが、ふたりの男が目の前に現れるまで、わたしにはそれが何を意味しているのかわからなかった。男がふたり、互いに腕をがっちりと組み、拳骨を浴びせ合っている。カラーとタイをつけた男のほうが大柄だったが、腕をやけに振り回し、拳は的を逃してばかりいた。相手はもっと正確だった。この寒空にその男は上着も着ず、シャツの袖を肘までまくり上げていた。わたしは後ずさりしたものの、マグダレン通りは相変わらず人がひしめいていて、教会の墓地の柵に並んで立てかけられている自転車に体を押しつけられた。

騎馬の警官が人だかりの中を抜けてくるのが見えた。馬たちに驚いた群衆は左右に分かれ、どっと走り出した。半分はブロード・ストリートへ、残りはセント・ジャイルズへ。一歩踏み出したところで、わたしは足を掬われた。女性の靴、男性の靴、泥が跳ねたドレスの裾。引っ張り上げられたが、また倒された。見知らぬ女性ふたりがわたしを力いっぱい引き上げると、家へ帰りなさい、と言った。

わたしは呆然と立ち尽くした。

「売女《ばいた》！」

粗野な赤ら顔が、わたしの顔に触れんばかりの近さにあった。何年も前に折れたらしい鼻が曲がっている。唾の塊。息もできなかった。両腕を上げて身を守ろうとする。しかし覚悟した殴打は来なかった。

「ちょっと！　離れなさい！」

女性の声だった。大きな声。獰猛《どうもう》な……そしてそれは優しくなった。「奴らはびくついてるの」彼女は言った。そのことばと声に聞き覚えがあった。わたしは腕を下ろし、目を開けた。ティルダがいた。彼女はわたしを脇へ引っ張っていき、頬についた唾を拭いてくれた。「女房が言うことを聞かなくなるのが怖いのよ」ハンカチを地面に捨て、一歩、後ろへ下がった。

「エズメ。まあ綺麗になって」わたしが浮かべた表情を見てティルダは笑った。

わたしたちの傍らで、また別の揉み合いが始まった。一瞬、気をそらすものが現れてほっとしたが、その途端、揉み合っているひとりに気づいた。

「ガレス？」

彼が振り返り、相手の男はその隙を突いた。荒々しい拳骨がガレスの唇を捉え、男の顔にざまあみろという笑いが広がった。わたしは殴った男の折れた鼻に気づいた。ガレスはかろうじて踏みとどまったが、反撃する間もなく男は走り去った。

「唇から血が出てるわ」ガレスがもっとそばに寄ったとき、わたしは言った。彼は唇に触れて、ぴくりとした。それから心配するわたしの顔を見て微笑み、また痛そうにした。

「大丈夫、死なないよ」と彼は言った。「あの男をあんなに怒らせるようなこと、何かしたのかい？あいつ、君らふたりを目がけてまっしぐらだったよ」

「くそったれ」ティルダが言った。ガレスの頭がさっと彼女のほうを向いた。「ああ、あなたじゃないわ。あなたは輝く鎧《よろい》をまとったわれらが騎士ですもの」スカートをつまみ、芝居がかったお辞儀をした。揶揄《からか》うような微笑を浮かべている。ガレスはその皮肉に気づいて、きまり悪そうにした。

「ティルダ」わたしは、彼女の腕をとった。「こちらはガレス。出版局で働いてるの。お友達よ」

「お友達？」ティルダは眉を上げた。

わたしはそれを無視したが、ガレスの目を見られなかった。「ガレス、こちらはティルダよ。何年も前に彼女の劇団がオックスフォードに来たとき、知り合ったの」

「よろしく、ティルダ」ガレスは言った。「ここに来たのは芝居のため？　それともこれのため？」

彼は混乱を見回した。

「エズメが招《よ》んでくれたの。それにパンクハースト夫人が意識向上のいい機会だと考えたから。それで来たのよ」

悲鳴や怒号が満ち、サイレンが鳴り響いた。女たちがブロード・ストリートを追いかけられている。

「もう行ったほうがいいと思うわ」わたしは言った。

ティルダがわたしを抱きしめた。「あなたはお行きなさい。この人がいれば安心だわ」彼女は言った。「でも、金曜の晩に〈オールド・トム〉に来て。積もる話もあることだし」それからガレスのほうを向いた。「あなたも来ないと駄目よ。来るって約束してちょうだい」

ガレスは伺いを立てるようにわたしを見た。ティルダはじっとそれを見つめながら、わたしがどう答えるか待っていた。彼女に最後に会ってから、まるで時間が経っていないような気がする。冒険心と怯懦《きょうだ》がわたしの中でせめぎ合った。怯懦に勝たせたくなかった。

「もちろん行くわ」わたしは言って、ガレスを振り返った。「よかったら一緒に行かない？」

にやっと笑ったために、切れた唇の脆《もろ》いとじ目が裂け、また血が流れ出した。わたしはドレスのポケットに手を入れたが、ハンカチを持っていないことに気づいた。

「紙切れがちょっとあればいいんだけどね」ガレスはそう言って、目だけで微笑み、口元を動かさないようにした。「ひげ剃りの傷みたいなもんだよ」

わたしは白紙のカードを取り出し、角を千切った。彼がシャツの袖で唇をぬぐうと、わたしは傷の上に千切った紙を載せた。それはたちまち赤く染まったが、落ちることはなかった。

「ふたりとも、金曜にね」ティルダは言って、わたしに片目をつむってみせた。そして、乱闘の舞台になっているらしいブロード・ストリートへ向かった。

ガレスとわたしは反対方向に歩き出した。

「エズメ！　まあ大変、何があったの？」サニーサイドの門を入ってきたわたしたちを見て、ロスフリスが言った。釈明を求めるようにガレスのほうを向く。

「殉教者記念碑の行進が暴動になったんです」と彼は言った。

ガレスとわたしは、バンベリー・ロードを歩きながらほとんど黙ったままだった。ティルダに心をかき乱され、ふたりとも遠慮がちになっていた。

「これは、行進で？」とロスフリスは言った。わたしを上から下までじろじろ見ている。スカートは裂けて泥だらけ、髪はほどけ、あの男の憎しみのこもった汚物をぬぐおうとこすり続けていたせいで頬がひりついていた。「どうしよう」彼女は言った。「お母様がヒルダとグウィネスと一緒に行っているの。あなたがたはふたりで行って賢明だったけど、それでもそんな目に遭ったなんて」

わたしはようやく口がきけるようになった。「あら、違うの。たまたま会ったのよ。わたしも、どうしてガレスがあそこにいたのか知らないの」

ロスフリスは、疑わしげにガレスからわたしに視線を移した。

その凝視に耐えられなくなり、わたしはガレスのほうを向いた。「どうしてあそこにいたの？」

「君と同じ理由だよ」彼は言った。

「わたし、自分がどうしてあそこに行ったのかよくわからないの」とわたしは答えたが、それは自分自身へ向けたことばでもあった。

ちょうどそのとき、マレー夫人が長女と末娘と一緒に門を入ってきた。三人とも無傷で興奮した様子だ。ロスフリスが駆け寄った。

ガレスがわたしと一緒にキッチンに入ってきたので、リジーに紹介した。彼に助けてもらいながら、何があったのかを説明した。

「その口に付けとくものをあげようね」リジーは清潔な布を湿らせて彼に渡した。彼は紙切れをとり、つまんでわたしたちに見せた。

「大出血で死ぬところを助かったよ、これのおかげで」

「そりゃいったいなんなんだい？」リジーが目を凝らした。

「カードの端っこ」とガレスは言って、微笑をわたしに向けた。

「あの、あなたにはほんとに感謝してるの」わたしは言った。「あの男の人は恐ろしかったわ。ティルダったら、あなたを馬鹿にしたりして」

「彼女は僕を試しただけさ」

「どういう意味？」

「僕が正しい側の人間か確かめたんだよ」

わたしは微笑んだ。「それで、あなたは正しい側なの？」

彼も微笑み返した。「もちろん」

彼はわたしよりもずっと迷いがないように見え、わたしは心の隅で恥ずかしくなった。

「時々、側といってもふたつだけじゃない気がするの」わたしは言った。

「サフラジェットの側にはつかないほうがいいよ」とリジーは言った。「あの人たちは、さんざ悪さをしては足を引っ張ってるんだからね」ガレスに水の入ったコップを渡した。

「ありがとう、レスターさん」彼は言った。

「リジーって呼んでおくれ。ほかの呼び方したって返事しないよ」

わたしたちは彼が水を飲み干すのを見ていた。飲み終わると、彼はコップを流しに持っていき、すすいだ。リジーはびっくりした顔をわたしに向けた。

「人間は昔から、いろんな道を通って同じところを目指してきたんだし」そう言うと、ガレスは向き直ってわたしたちの顔を見た。「女性参政権だって同じだよ」

ガレスが立ち去ったあと、リジーはわたしを座らせて、顔を洗ってくれた。髪を梳《す》き、髷《まげ》に結い直す。

「あんな男、見たことないよ」彼女は言った。「せいぜいあんたのお父さんくらいかねえ。あんたのお父さんも紅茶の茶碗をゆすぎなさるから」

リジーは、ガレスがスクリプトリウムを訪れるたびに、パパが浮かべるのと同じ表情をしてみせた。わたしは見ないふりをした。

「なんであんたがそんなとこにいたのか、まだ聞いてないよ」とリジーは言った。

ティルダのことは言い出せなかった。彼女の話題はふたりとも避けてきたし、その日の出来事はリジーが彼女を見直す役には立ちそうもなかった。「ボドリアンから帰ってくる途中だったの」とわたしは言った。

「パークス・ロードをずっと来るほうが早かったろうに」

「みんなものすごく怒っていたわ、リジー」

「とにかく、あんたが大怪我したり、逮捕されたりしなかっただけよかったよ」

「あの人たち何を怖がっているの？」

リジーは溜息をついた。「みんな、持ってるものを取られるのが怖いんだよ。けどあんたの顔に唾を吐いた男みたいな輩《やから》はね、自分の女房が今よりもっといい目に遭いたいと思いだしたら困るのさ。ああいう連中の女房になるくらいなら、奉公してるほうがなんぼかましだ」

わたしがスクリプトリウムに戻ったときには、その日はもう終わりかけていた。ティルダの葉書が机に載っていた。それをもう一度読み、わたしは新しく同じカードを二枚書いた。

Sisterhood（シスターフッド）

「でも、あなたが女性の連帯《シスターフッド》に加わり、この叫びに声を合わせようとしているのは嬉しいわ」

ティルダ・テイラー、一九一二年

わたしは分冊を調べた。〝シスターフッド〟はすでに刊行されていた。主要な語義は、様々な形の修道女たちのつながりを指している。ティルダの用例は第二の語義に該当していた。〝なんらかの共通の目的、特質、使命を持つ複数の女性を漠然と表し、しばしば否定的な意味で使用される〟。

わたしは整理棚のところへ行き、元のカードを見つけた。用例のほとんどは新聞からの切り抜きだった。何もわかっていないくせにあれこれの問題で世間を騒がせる女たちに関する記事で、閲読者は〝金切り声を上げる女たちの連帯《シュリーキング・シスターフッド》〟に下線を引いていた。最新のカードは一九〇九年の記事から採ったもので、サフラジェットの女性たちを、〝うるさく喚きたてる、高い教育を受けた、夫も子供もいない女性の連帯〟と描写していた。

どの用例をとっても侮蔑的だったが、マレー博士は却下したのだと考えるとほっとした。そうはいってもわたしは新しいカードに、〝否定的な意味で使用される〟を抜いて刊行済みの定義を書き直し、ティルダの用例の写しをその前にピンで留めた。そして、補遺のことば用に確保されている整理棚にそれをしまった。

棚から振り返ると、パパがわたしを見ていた。「おまえ、語義の出典として新聞をどう思う？」パパは訊いた。

「パパ、見てたの？」

パパは微笑したが、無理をしているようだった。「エッシー、おまえが整理棚に何を追加してもわたしは構わない。おまえの用例が文献からのものでなくても、似たような用例を探すきっかけになるかもしれんしね。新しいことばを理解するために、なんとか手に入る材料が新聞記事なんだよ。ジェームズはこの頃、新聞の妥当性を擁護するのにずいぶん苦心している」

わたしはたった今読んだ切り抜きのことを考えた。「どうかしら」わたしは言った。「単なる意見にすぎないように見えるのもあるわ。意見を基に何かの意味を定義するなら、少なくともすべての立場の言い分を考慮するべきよ。自分たちを代弁してくれる新聞を持たない勢力もあるんですもの」

「それなら、そういった勢力におまえがいてよかったじゃないか」

⁂

パパとわたしは居間に座っていた。ふたりとも会話を始めようとしてはうまくいかず、ドアをノックする音に熱心に耳を澄ませていることを互いに見せないように苦労していた。もう六時になっていた。パパは通りに面した窓のほうを向いている。誰かが通りかかるたびにパパはそちらに目を向けた。わたしは息を止めて門の鳴る音を待ち受け、門が歌い出さないと息を吐き出した。

パパはしばらくないほど溌剌《はつらつ》として見えた。〈オールド・トム〉亭にガレスがついてきてくれると話したとき、ほっとしたように笑みを浮かべたが、わたしはそれをどう受け取るべきかわからなかった。ティルダと会うときにわたしに付き添いがいることを喜んでいるのか、それともわたしに男性の訪問客がいることが嬉しいのか。パパは後者が現れることはもう二度とないと思っていたにちがいない。いずれにしても、数週間ぶりにパパの額の皺は緩んでいた。

「パパ、この頃疲れてるみたい」

「Sのせいさ。四年かかって、まだ半分も来てないからな。気力も吸い取られるし（sapping）、ぼんやりするし（stupefying）、眠くなるし（soporific）……」そこで止めて、次のことばを考える。

「まぶたが垂れて（slumberous）、うつらうつらして（somnolent）、眠気を催す（somniferous）わね」わたしが助け舟を出す。

「お見事」パパは言い、その微笑みは何年も昔の、ふたりのことば遊びへとわたしを引き戻した。と、そのとき、パパがわたしの後ろの窓を見て大きく顔をほころばせた。門扉が歌う。わたしは脇の下に汗がにじむのを感じ、パパがノックに応えて立っていってくれたことにほっとした。パパとガレスはしばらく廊下で立ち話をしていた。わたしは立ち上がり、暖炉の上の鏡で顔を点検した。両頬をつねる。


ティルダがオックスフォードを去ってから、〈オールド・トム〉亭に入ったことはなかった。ガレスと一緒にパブに近づくうちに、不意にビルの記憶が蘇った。そして〈彼女〉の記憶も。

「どうかした？　エズメ？」

わたしは狭いパブのドアの上にかかった看板を見上げた。クライストチャーチの鐘楼の絵。

「なんでもないわ」わたしは言った。ガレスはドアを開け、わたしを通した。〈オールド・トム〉は以前のように混んでいて、わたしは初め、ティルダはまだなのだろうと思った。が、そのとき彼女の姿が見えた。一番奥のテーブルに三人の女性たちと一緒に座っている。入ってきたときは、相変わらず辺りを騒然とさせたのだろうが、今は七年前のようにそれをけしかけるような態度ではなかった。わたしたちは数人ずつ固まっている男たちを押しのけるようにして彼女のところにたどり着いたが、ティルダに向かってお世辞のことばをかける者はないようだった。かつてほど歓迎されている雰囲気はなかった。

ティルダは立ち上がって、わたしを抱擁した。「皆さん、こちらはエズメよ。わたしがこの前オックスフォードにいたときに親友になったの」

「こちらにお住まいなの？」女性たちのひとりが訊いた。

「そうよ」ティルダが答え、腕でわたしを引き寄せた。「でも、この人、小屋に隠れてるのよね」女性は怪訝《けげん》な顔をした。ティルダが振り向いた。「辞書は進んでる？　エズメ」

「Sまで来たわ」

「まあ、本当？　そんなにのんびりしていてよく我慢できるわね」彼女はわたしを離すと腰を下ろした。

ほかの女性たちは、そろってこちらを見上げ、わたしの答えを待っている。そこに空いた椅子はなかった。

「わたしたち、いくつかの文字のことばを同時に集めてるの。そう聞こえるほど退屈なわけじゃないのよ」一瞬、全員が沈黙した。わたしはガレスが少し身を寄せるのを感じ、彼が来てくれたことに感謝した。

「それでこちらは……」ティルダは口をつぐみ、記憶を探るそぶりをした。「ガレス、だったわね？」

「また会えて光栄です、ミス・テイラー」彼は言った。

「ティルダと呼んでちょうだい。それからこちらの素敵なご婦人方は、ショーナ、ベティ、それからガートよ」ショーナが三人の中で一番若く、せいぜい二十歳《はたち》くらいだった。ほかのふたりはわたしよりも十歳は年長だった。

「思い出したわ」ガートが言った。「あなた、〈鶩と子〉亭で、あの晩ティルダの手伝いをしていたでしょう」彼女はティルダを見た。「ティルダ、憶えてらっしゃる？　あれがわたしにとって初めての本格的な遠征だったのよ」

「あの後、いろんなことがあったわね」ティルダが言った。

「これからもいろいろありそうよ。こんな調子なら」ガートがわたしを見た。「選挙権は十年前も今も、相変わらず手が届かないんですもの」いくつかの頭がこちらを向いた。ティルダが睨みつけた。

「それで、あなたはこういう諸々についてどう思っているの、ガレス？」ティルダが言った。

「女性参政権についてですか？」

「違うわ、豚肉の値段よ。馬鹿ね、決まってるでしょう、女性参政権についてよ」

「僕ら全員に関係があると思ってます」彼は言った。

「なら、支持者ってことね」ベティが言った。その話し方で彼女が北部の出であることに気づき、わたしは、ベティがティルダと一緒にマンチェスターから来たのだろうかと思った。

「当然です」

「でも、どこまでやるつもり？」ベティは訊いた。

「どういう意味ですか？」

「だって、立派なことを口で言うのは簡単だもの」彼女はわたしにちらりと視線を向ける。「でも行動を伴わないことばに意味はないわ」

「そして、行動が立派なことばを裏切ることもありますね」とガレスは言った。

「じゃあガレス、あなた、わたしたちの苦難について何を知ってるわけ？」ティルダは椅子の背にもたれ、ウィスキーをすすった。

わたしはひとりからもうひとりへと首を動かした。

「僕の母は出版局で働きながら、ひとりで僕を育てなきゃならなかった」ガレスは言った。「だからいろいろと知ってますよ」

ガートが鼻を鳴らした。ティルダが目顔で相手を黙らせる。ガートはシェリーのグラスを口元へ上げ、わたしは金の指輪と、大粒のダイヤモンドの指輪に気づいた。彼女はベティよりもひとつかふたつ上の階級に属している。ショーナは会話のあいだ、つつましく頭を垂れたままずっと無言だった。ショーナはガートの女中かもしれない、と不意に気づき、心臓が大きく鼓動を打ちはじめた。

「それなら、あなたはわたしたちが苦しんできたことについて何をご存じなの、ガート?」わたしは訊いた。ショーナが笑みを噛み殺そうとする。

「なんですって?」

「だって、わたしたちの苦しみはみんな同じってわけじゃなさそうですもの。パンクハースト夫人は、財産と教養のある女性たちが投票権を手に入れるための交渉にはご執心でも、たとえばガレスのお母様のような女性たちのためには違ったわ。そうじゃなくて?」

ティルダはぽかんと口を開けて座っていたが、その瞳には微笑が浮かんでいた。ガートとベティは憤然としたまま、ことばを失っていた。ショーナは一瞬顔を上げ、また膝に目を落とした。わたしたちのすぐ隣にいた男たちは静まり返っていた。

「見事だわ、エズメ」ティルダは空になったグラスを上げた。「あなたがいつ仲間になってくれるのかと思ってたのよ」

一月の晩は冷え込み、オックスフォードの通りをジェリコへ向かって歩きながら、ガレスはわたしにコートを差し出した。

「大丈夫よ」とわたしは言った。「それに、脱いだらあなたが凍えちゃうわ」

　彼は無理に押しつけなかった。「君が仲間になるって、ティルダが言ったのはどういう意味？」と彼は訊いた。

「あの人、わたしは女性参政権のこととなるとどっちつかずだと思ってたから」

「君の考えは、かなりはっきりしてるように聞こえたけど」

「でも、このことで意見を言ったのはせいぜいあれくらいよ。あのガートって人があんまり意地悪だから、お愛想なんて言えなかった」

「僕は、あの人たちが仄《ほの》めかしていたことが気に食わなかったな」ガレスは言った。

「どういうこと？」

「ことばではなく行動を、だよ」彼はしばらく考え込んでいた。「エッシー、ティルダがオックスフォードにいる理由は知ってる？」

　エッシー。ガレスは今まで、わたしをミス・ニコル、あるいはエズメ以外の呼び方をしたことは一度もなかった。震えが体を走った。

「やっぱり寒いんだよ」彼は言い、コートを脱いで、わたしの肩に掛けてくれた。襟をまっすぐに整えるとき、その手が首筋をかすめた。わたしは一瞬前に彼が訊ねたことを思い出そうとした。

「行進のためよ」とわたしは言って、彼のコートを掻き寄せた。彼の温もりが残っている。「それにわたしのためもあるわ。しばらくとても親しかったから」

　わたしたちはゆっくりとウォルトン・ストリートを歩き、サマーヴィル・カレッジの裏を通り過ぎて、出版局のところで立ち止まった。アーチの上の事務室から橙《だいだい》色の明かりがぼんやり漏れているほかは、真っ暗だった。

「ハートさんだ」ガレスが言った。

「あの方、家に帰らないの？」

「出版局が家なんだよ。奥さんと敷地内に住んでる」

「あなたはどこに住んでるの？」

「運河の近く。子供の頃から母さんと暮らしてきた労働者用のコテージだよ。母さんが死んだあと、そのまま住まわせてもらってる。狭くて湿っぽくて、家族が住むには向かないから」

「出版局で働くのは好き？」わたしは訊いた。

ガレスは鉄柵にもたれた。「それしか知らないもの。好きとか嫌いとかいう問題じゃない」

「ほかの生き方を想像したことある？」

彼はわたしを見て、小首を傾《かし》げた。「君は当たり前の質問をしないんだね」

わたしはなんと答えればいいかわからなかった。

「当たり前の質問は、たいていひどくつまらないからさ」彼は続けた。「旅をすることを考えたりはするよ。フランスやドイツへね。どっちのことばも読み方を覚えたんだ」

「読み方だけ？」

「僕の仕事で必要なのはそれだけだから。見習いの頃からずっと勉強してる。ハートさんの方針なんだ。無学な従業員たちを教育するためにクラレンドン学院を設立してね。楽隊の練習場所にもなってる」

「楽隊があるの？」

「もちろんさ。聖歌隊もあるよ」

また歩きはじめたとき、わたしたちの距離は縮まっていた。しかし角を曲がってオブザーヴァトリー通りに入ると、ふたりとも黙り込んだ。ガレスはまた一緒に出かけようと言ってくれるかしら、とわたしは考えていた。彼がそのことを考えてくれていることを願い、自分はイエスと答えるだろうかと思案した。家まで来ると、居間にいるパパの姿が見えた。宵の口と同じように、窓に向かって座っている。わたしがノックもしないうちにパパはドアを開けた。ガレスとわたしは、おやすみを言う暇しかなかった。


ティルダはオックスフォードに居続けた。

「友人のところに居候しているの」と彼女は言った。「彼女、カースル・ミル・ストリームにボートを浮かべててね。ベッドの横の窓から聖バルナバス教会の鐘楼が見えるわよ」

「居心地はいいの?」

「まあまあね。それに温かいわ。彼女、妹と一緒に住んでるから少し狭いけど。交代でないと着替えもできないくらい」にっと笑う。

わたしはカードに住所を書き、彼女に渡した。「何かあったときのためにね」とわたしは言った。


冬が過ぎ、春が夏へ移り変わろうとしていた。なぜまだオックスフォードにいるのかとティルダに訊くと、彼女はWSPUのために会員を集めているのだと言った。わたしが食い下がると、話をはぐらかした。

「ここにいる間に、もっとあなたに会えると思ったのに」と、ある午後、ふたりでカースル・ミル・ストリームの川岸の曳き船道を散歩しているときにティルダは言った。「でもあなた、暇さえあればガレスと一緒にいるみたい」

「そんなことないわ。わたしたち、たまにジェリコでお昼を一緒にするだけよ。何回か劇場に連れて行ってもらったけど」

「あなた、昔から劇場にお熱だったものね」ティルダは言った。「あらエズメったら、小娘みたいに赤くなって」わたしの腕に腕を絡めた。「さてはあなた、まだ処女ね」

わたしはいっそう赤くなり、俯《うつむ》いた。気づいていたとしても、彼女は何も言わないことを選び、わたしたちは無言のまましばらく歩き続けた。川の水面《みなも》は命に満ちていて、わたしは蚊が首の後ろを刺すのを感じた。「ボート暮らしはどう？　ティル。こんなに陽気が暖かくなると」

「もうひどいものよ。日向《ひなた》に置きっぱなしのイワシの缶に住んでるみたい。三人とも少しばかり臭ってきたわ」

「よかったらうちに来てくれて構わないのよ。ひとり増えてもパパは気にしないわ」そう勧めたが、いつものとおりティルダが断るのはわかっていた。

「もう少しの辛抱だから」と彼女は言った。「わたしの任務はだいたい終わりなの」

「なんだか兵隊さんみたいな言い方」

「あら、だってそうなのよ、エズメ。パンクハースト夫人の軍隊にいるんだもの」ふざけて敬礼した。

「WSPU軍」

「わたし、マレー夫人と娘さんたちが出席してるオックスフォードの参政権の集いに行きはじめたの」とわたしは言った。「男の人もずいぶんいるわ。話すのはほとんど女性だけど」

「あの人たち話すことしかしないのよ」とティルダは言った。

「そんなことないと思うわ」とわたしは反論した。「雑誌も出してるし、いろんな集まりも開いてるし」

「でも、それだって話すばっかりじゃないの。同じことばを何度も何度も繰り返して、それで何が変わった？」

ティルダがオックスフォードにいる本当の理由は何か、とガレスに訊かれたことを思い出した。わたしのためではないのはずいぶん前にわかっていたが、きっと運河のボートに住んでいる友達のためなのだろうと思っていた。わたしは今になって、それがまったく別の理由であることに気づいた。しかしそれが何であるかを知りたくはなかった。

「ビルは元気？」わたしは彼女を見ないで訊いた。

ティルダは時折、ビルのことを口にした。いつもあっさりと触れるだけで、わたしはそのたびにほっとしたものだった。だが、彼女がもうすぐオックスフォードを去るとなると、急に彼がどうしているか訊ねずにいられなくなった。

「ビル？　あのごろつき。弟にはがっくりだわ。どこかの馬鹿娘をナップトさせて、わたしの付き人をやめちゃったの。わたし、かんかんだったんだから」

「ナップトって？」

ティルダはにっと笑った。「その顔、知ってるわよ。今でもポケットに例のカードを入れて歩いてるの？」

わたしは頷いた。

「じゃあ、お出しなさいよ」

わたしたちは散歩を中断し、ティルダがショールを小道の脇の草むらに広げた。わたしたちはそこに座った。

「懐かしいわ」彼女はわたしがカードと鉛筆を構えるのを見て言った。「昔みたいね」

わたしもそう感じていた。だが、昔どおりのものなど何ひとつない。「ナップト」とわたしは言って、カードに書いた。「文に入れて言ってみて」

彼女は仰向けになると肘をついて体を支え、夏の最初の日差しを顔に浴びた。昔のようにじっくりと考え、申し分のない例文を作ろうとする。

「〝ビルはどこかの馬鹿娘を孕《ナップト》ませて、父親になった今は、泣きわめく赤ん坊に食わせるために日がな一日、夜も半分働いている〟」

彼女が最初に口にしたときに〝ナップト〟の意味は明らかだったが、その新奇なことばに気を取られ、その前後が耳に入っていなかった。わずかに震える手で、わたしはその文を書き留めた。

「お父さんになったの?」そう言って、ティルダの顔を見つめた。その目は降り注ぐ日差しに閉じられたままで、顎はぴくりともしなかった。

「リトル・ビリー・バンティング。わたし、そう呼んでるの。五歳になるわ。ボタンみたいに可愛らしくて、ティディー伯母ちゃんが大好きなのよ」わたしに目を向けた。「いまだにわたしのことをそう呼ぶの、もう誰にも負けないくらいちゃんと話せるのに。あの年頃のビルみたいに賢い子よ」

わたしはカードを見た。

Knapped(ナップト)

妊娠した。

「ビルはどこかの馬鹿娘を孕《ナップト》ませて、父親になった今は、泣きわめく赤ん坊に食わせるために日がな一日、夜も半分働いている」

ティルダ・テイラー、一九一三年

ビルは、ふたりのことを彼女に話さなかった。武勇伝にすることも、打ち明けることもしなかった。〈彼女〉を手放してから、彼を愛せればよかったのにと思ったのはそれが初めてではなかった。

マレー博士がわたしを呼んだ。「エズメ、今後数か月、君の仕事量と責任が増えそうなんだが」と博士は言った。

わたしは頷いた。何気なさそうに装ったが、わたしは仕事を任されたくてうずうずしていた。「ダンクワース君が今日限りでここを去り、明日からクレイギー君の配下に入る」マレー博士は続けた。「彼はさぞかし第三編集主幹の役に立ってくれるだろう。君は誰よりもよく知っていると思うが、じつに正確無比な男だからね」口髭が震え、眉がわずかに上がった。「ああした資質は、クレイギーの部門の仕事を捗《はかど》らせるのに大いに貢献するはずだ」

一度の会話でふたつも朗報を受け取り、わたしはなんと答えていいか、ほとんど口もきけなかった。

「で、君のほうはどうかね？　それで構わんかね？」

「はい、マレー博士。もちろんです。ダンクワースさんの分も全力で務めます」

「君の全力はじゅうぶん以上だよ、エズメ」博士は再び机の上の書類に注意を向けた。

下がってよいということだが、わたしはそこを動かなかった。唇を噛み、両手を握りしめた。言いたいことを飲み込んでしまう前に、急いで口に出した。

「マレー博士？」

「うむ」博士は顔を上げなかった。

「もしお仕事が増えるのでしたら、それはお給金に反映されるのでしょうか？」

「ああ、うん。もちろんだとも。来月からな」

ダンクワースさんにすれば、なんの挨拶もなく立ち去るほうが余程ありがたかったのは明らかだったが、スウェットマンさんがそうはさせなかった。その日の最後に、スウェットマンさんは椅子から立ち上がると、送別の辞を述べはじめた。ほかの助手たちもそれに倣い、それぞれ、ダンクワースさんの仕事の細かさや、鷹のような目へのお世辞を繰り返した。ほかに何か言おうにも、誰もダンクワースさんのことをよく知らなかった。

ダンクワースさんは、わたしたちの祝辞や握手を、手をズボンにこすりつけながら耐え忍んでいた。「ありがとうございました、ダンクワースさん」とわたしは言い、またしても手を握るという不愉快から彼を救うために、軽く会釈した。彼はほっとしたようだった。「あなたからはたくさんのことを学ばせていただきましたわ」これを聞いてダンクワースさんは混乱した。「いつも感謝が足りなくて、申し訳ありませんでした」

スウェットマンさんが笑いを噛み殺そうとしている。咳払いして仕分け台の自分の席へ戻った。ほかの人たちもそれぞれ離れていった。わたしはダンクワースさんと目を合わせようとしたが、彼はわたしの右肩のほんの少し先を凝視していた。

「どういたしまして、ミス・ニコル」そして彼は背を向け、スクリプトリウムを去っていった。

そのあとすぐ、ガレスがやってきた。マレー博士に、博士が待っていた校正刷りを渡し、パパとスウェットマンさんに向かって頷いてから、こちらに近づいてきた。

「遅れてごめん」彼は謝った。「ハートさんがよりによって今日の午後、僕ら全員に規則の復習をさせようと思い立ったもんだから」

「ハートさんの冊子の規則？」

ガレスは笑った。「あんなの氷山の一角さ、エズ。出版局の部屋という部屋に規則が貼ってあるんだよ。入ると壁に貼ってあるの、見たことない？」

わたしは申し訳なさそうに肩をすくめた。

「まあとにかく、ハートさんは、僕らがみんな規則を無視してると考えてね。それで今日の午後、帰る前に一人ひとり音読させたんだ」そこで顔をほころばせた。「新主任としては、しんがりを務めないわけにいかなくてさ」

「主任？　まあガレス、おめでとう」思わずわたしは跳び上がって、彼に腕を回した。

「君がこんなに喜んでくれるんなら、もっと早く昇進を願い出るんだったなあ」ガレスは言った。

パパとスウェットマンさんがなんの騒ぎかとこちらを向いたので、わたしはガレスの腕が体に回る前に身を引いた。

慌てて鞄の支度をし、帽子のリボンを結ぶ。パパのそばに行き、頭にキスした。「今晩は遅くなるかもしれないわ。マレー夫人が会合は長くなりそうだとおっしゃってたから」

「構わなければ、先に休んでるよ、エッシー」とパパは言った。「ガレス君がおまえを無事に家に送り届けてくれるだろう」微笑みが疲れた表情を脇へ追いやった。

バンベリー・ロードを歩きながら、わたしは自分の昇進のことをガレスに話した。

「ほんとは昇進とはいえないの――相変わらずロスフリスと一緒に下のほうをうろうろしてるんですもの。でも、認めてもらったことには違いないわ」

「それだけの仕事は立派にやってるしね」彼は言った。

「なぜ、こういう会合に男性も来るんだと思う？」とわたしは訊いた。

「オックスフォード女性参政権協会の主催者たちが招待したからだよ」

「それだけじゃないでしょう」

「理由はいろいろじゃないかな。奥さんや姉妹が望んでいるものを望むという人もいるし、応援しないとひどいわよって言われた人もいるだろうし」

「あなたはどっち？」

彼は微笑した。「一番目だよ、もちろん」そして真顔になった。「エズ、僕の母さんは苦労したんだ、すごくね。なのに何ひとつ自分で決める権利がなかった。僕がこういう会合に行くのは母さんのためなんだよ」

会合が終わったのは深夜を過ぎていた。わたしたちは疲労と心地よい沈黙に包まれて、オブザーヴァトリー通りへの帰り道を歩いた。

門扉が鳴らないようにそっと開けようとしたが、それは軽やかな音色を立て、それまでわたしが気づかなかった、暗がりに潜んでいた人影を驚かせた。

「ティルダ、いったいどうしたの？」

ガレスがわたしから鍵を受け取り、ドアを開けた。わたしたちはティルダをキッチンへ通し、明かりをつけた。彼女はひどい姿だった。

「何があった？」ガレスが言った。

「知らないほうがいいわ。それに言うつもりもない。でも、助けてほしいの。本当にごめんなさいね、エズメ。来るつもりはなかったんだけど、怪我をしちゃって」

ドレスの片袖はひどく汚れていた。いや、ただ汚れているのではない。焼け焦げていた。黒焦げのぼろが垂れさがっている。一方の手をもう一方の手が庇《かば》っていた。

「見せて」わたしは言った。

彼女の手の皮膚は、赤と黒の斑《まだら》に変わっていた。黒は汚れなのか、焦げた皮膚なのか、判別できなかった。わたしの醜い指たちを、何かの記憶が棘《とげ》のように刺した。

「なぜまっすぐ医者へ行かなかった?」ガレスが言った。

「そんな危険は冒せなかったのよ」

わたしは薬や包帯がないかと棚を探したが、見つかったのは絆創膏《ばんそうこう》と咳止めだけだった。リリーならもっときちんと棚にいろいろ用意していただろうに、とわたしは思った。リリーならどうすればいいか知っていただろうに。

「ガレス、リジーを呼んできて。薬袋を――火傷に使えるものを持ってきてって言って」

「もう夜中をとっくに過ぎてるんだよ、エズ。リジーは寝てるよ」

「たぶんね。キッチンのドアはいつも開いてるの。階段の上に声をかけて。リジーを驚かさないようにね。きっと来てくれるから」

ガレスが行ってしまうと、わたしはボウルに冷たい水を満たし、キッチンテーブルのティルダの前に置いた。「何があったのか話してくれる?」

「駄目よ」

「なぜ? わたしが非難すると思う?」

「非難するに決まってる」

わたしは返事を聞きたくもない質問をした。「ほかに誰か怪我をした人はいるの、ティル?」

ティルダはわたしを見た。不安と怯えの影がその顔をよぎった。「正直、わからない」

憐れみが胸にこみ上げたが、怒りがそれにとってかわった。わたしは背を向けると引き出しを開け、清潔な布巾を取り出し、叩きつけるように引き出しを閉めた。

「何をしたか知らないけど、それで何を成し遂げられると思うの?」ティルダのほうに向きなおったとき、彼女の不安と怯えは消え去っていた。

「政府は、あなたたちのサフラジストが分別くさいことばをいくら並べても、耳も貸さない。でも、わたしたちがやることは無視できないわ」

　わたしは深呼吸すると、ティルダの手に意識を集中しようとした。「痛む？」

「少し」

「わたしのときは痛くなかったわ。だからたぶん痛いのはいいことだと思う」彼女の腕を持ち上げ、水のボウルの上に手が来るようにした。彼女は抗おうとしたが、わたしは手を水に沈めた。彼女は無言だった。巨大な水膨れで指の形が変わっていた。手全体が膨れ上がりはじめていた。水の下で拡大された黒焦げの爛《ただ》れた皮膚は、彼女のすんなりした青白い手首と恐ろしい対比をなしていた。

「わたしもあなたと同じものを望んでるのよ、ティル。でも、これは正しいやり方じゃない。正しいはずがない」

「正しいやり方なんてないのよ、エズメ。あるなら、前回の選挙でわたしたちも投票していたわ」

「あなたが目指してるのは選挙権だって本当に言える？　世間の注目じゃなくて？」

　彼女は弱々しく笑った。「あなたは間違ってないわ。でも、それで人々が注目すれば、考えるきっかけになるかもしれないでしょう」

「あなたたちは頭がおかしくて危険だと思うだけかもしれない。そんな相手と交渉するわけないわ」

　ティルダは目を上げてわたしを見た。「それなら、そのときがあなたたちが応援するサフラジストのご立派なことばの出番じゃないの」

　門が歌うように鳴った。わたしは慌てて立ち上がり、ドアを開けに行った。リジーが戸惑った様子で戸口に立っていた。わたしの肩越しにホールを見ている。彼女がこの家に入るのはこれが初めてだということを思い出した。

「ああリジー、本当に助かったわ」わたしはふたりを入れるとドアを閉め、キッチンへ導いた。

　リジーはティルダの顔をほとんど見ようともしなかったが、それでも彼女の腕をそっととり、水を張ったボウルからその手を持ち上げた。手を布巾の上にのせ、息を吹きかけて火傷を乾かす。「ひどく見えるかもしれないけど、ほんとはそうでもないよ」とうとうリジーは言った。「水膨れができるってことは、下にきれいな皮膚があるもんなんだよ。慌てて破らないようにおしよ」革の袋から軟膏《なんこう》の小瓶を取り出し、蓋をとった。水膨れを慎重に避けながら、ティルダの赤剝けになった肌に軟膏を塗り広げるあいだ、ガレスが瓶を持っていた。一度だけ、ティルダが鋭く息を吸い込んだ。リジーは彼女のほうを見て、そのとき初めて二人の目が合った。リジーは、わたしがよく知っている不安を顔いっぱいに浮かべていた。

リジーはティルダの手をガーゼに包んだ。「痕が残らないとは保証できないね」

「残ったら、わたしにはいいお仲間がいるわ」ティルダはわたしのほうを見た。

「それからお医者に診てもらったほうがいいよ」

ティルダは頷いた。

「さてと」リジーが言った。「あたしが呼ばれたのがこのためだったんなら、そろそろ帰って寝るよ」

ティルダが無事なほうの手をリジーの腕にかけた。「リジー、あなたがわたしを認めていないのはわかってるし、その理由も理解してる。でもわたし、心から感謝しているのよ」

「エズメの友達だからね」

「断ることもできたでしょう」ティルダは言った。

「いんや、できないね」それだけ言うと、リジーは立ち上がり、ガレスに導かれて玄関へ向かった。

わたしは目を合わせようとしたが、彼女はそっぽを向いた。

ガレスがリジーを送って戻ってきたときは、午前三時になっていた。

「リジーは許してくれるかしら?」わたしは訊いた。

「可笑《おか》しいね。リジーも同じことを訊いてたよ」そしてティルダのほうを向いた。「朝六時にロンドン行きの列車がある。それに乗ったほうがいいんじゃないか？」

「そうね、そう思う」

ガレスはわたしを見た。「ティルダがそれまでここにいても、お父さんは大丈夫？」

「パパは気づかないわ。七時前に起きることはまずないから」

「ボートから取ってこないといけないものはいろいろあるのか？」彼はティルダに訊いた。

「後で送ってもらえばいいものばかりよ。エズメが着替えを貸してくれればだけど」

ガレスは上着を着た。「じゃあ、一時間くらいしたら、戻ってきて駅まで送るよ」

「わたしに付き添いはいらないわ」

「いや必要だ」

ガレスは立ち去った。わたしはつま先立ちで二階へ上がり、ティルダが我慢できそうな服を探した。少し丈が長すぎるし、彼女のような女性の目には洒落ているとはとてもいえないが、背に腹は代えられない。居間に戻ってみると、ティルダは眠りに落ちていた。

わたしは彼女にひざ掛けを掛けると、次はいつ会えるだろうかと考えた。彼女を愛していたし、彼女の身を深く案じてもいた。姉妹とはこういう感じがするものなのだろうか、という思いがよぎった。同志とは違う。同志ではないことはわかっている。そうではなく、血を分けた姉妹だ。ロスフリスとエルシーのように。ディータとベスのように。彼女が吸い込み、吐き出す息を見守り、その目が細かく痙攣《けいれん》するのを見つめた。彼女が夢見ているものを思い浮かべようとした。

表の窓から曙《あけぼの》の光が淡く差し込む頃、門が歌うのが聞こえた。

⁂

オックスフォード・タイムズ紙に、ラフス・ボートハウスの記事が載った。消防隊の努力もむなしくボートハウスは焼け落ち、被害額は三千ポンドを超えると推定された。負傷者はなかったと記事は報じていたが、四人の女が逃げるところが目撃されていた。三人は小舟で逃亡し、一人は徒歩だった。身柄を確保された者はないものの、女たちはサフラジェットだという見方が大勢を占めていた。直前に出回っていたパンフレットで、このスポーツへの女性の参加に反対するボートクラブが標的になっていたためだ。放火はサフラジェットの運動が過激化している証拠であり、武装闘争への懸念と抗議を示すために、オックスフォードで市民権を得ている女性参政権運動諸団体はすでにこの行為への非難を表明し、事件によって職を失った労働者たちのための募金活動を始めていた。

翌日、マレー夫人が募金用の瓶を手にスクリプトリウムに入ってきたとき、わたしは手持ちの硬貨をすべて入れた。

「立派よ、エズメ」彼女は言い、瓶を揺すった。「仕分け台の紳士たちも見習ってほしいわ」

パパがわたしのほうを見て笑顔になった。何も知らず、誇らしげに。

# 一九一三年五月

わたしはパパにお別れを言わなかった。家から運び出されたとき、パパの顔の片側は崩れていて、話すことができなかった。わたしはパパにキスし、パジャマとベッドの傍らの本を持って追いかけると言った。わたしがうわごとのように話し続けるあいだ、パパは必死にわたしを見つめていた。

わたしはパパのシーツを取り換え、自分の部屋に飾っていた黄色の薔薇をいけた花瓶をベッドサイドテーブルに置いた。パパの本を取り上げる。『智慧《ちえ》の獲得』。「オーストラリアの小説だよ」とパパは言っていた。「聡明な若い女性が主人公でね。男が書いたとは信じられん。おまえなら非常に気に入ると思うんだ」もっとふたりで話してもよかったのに、わたしにはできなかった。オーストラリア。言い訳を拵《こしら》えて、わたしはテーブルを離れた。

ラドクリフ病院に着いたとき、パパは逝《い》ってしまったと伝えられた。

〝逝《ゴ》って《ー》しまった《ン》〟、とわたしは思った。それはまったくもって不適切なことばだった。

⁂

ガレスがマットレスを狭い階段からリジーの部屋へ担ぎ上げてくれ、わたしはお葬式までそこで眠った。必要なものはリジーが家から取ってきてくれたので、空っぽの家に向き合うことを免れた。それでもリジーが部屋から部屋へと、変わったことがないかと点検して歩く姿を、どうしても想像せずにはいられなかった。心の中で、わたしはリジーについて玄関を入り、彼女が郵便物を拾い集め、どうしようかと思案しながらそこに佇む姿を見守った。どんな手紙にせよ、書かれているものからわたしを庇うために、玄関ホールのテーブルに残していくつもりだろう。

わたしはもう先に進みたくないのに、リジーは居間をひょいと覗き、パパとわたしが使ったためしのない食堂に入る。そこを抜けてキッチンに向かい、汚れた皿を洗う。窓がしっかりと閉まり、どのドアにも錠がかってあるのを確かめる。それから階段下の手すりに手を載せて、上に目を向ける。ちょっと間をおき、深呼吸してから上りはじめる。それは毎年少しずつぼってりとしていく彼女が身につけた癖だった。リジーのあとについて彼女の階段を上るとき、数えきれないほどそうする姿を見てきた。

そこでやめたくても、天気が思いどおりにならないように、わたしは思考を馭《ぎょ》することができなかった。リジーが衣装だんすで黒いドレスを探すところを想像し、むせび泣いた。そしてパパのベッドの傍らにある薔薇のことを思い出した。リジーは萎《しお》れたそれを見つけるだろう。花瓶を取り上げ、ラドクリフに運ばれる前に、パパは綺麗な盛りを見て楽しんだろうかと思いながら階下へと運ぶだろう。わたしは薔薇に、そこにいてほしかった。朽ちてほしいのではない。微かに項垂《うなだ》れ、だが永遠にそこにいてほしかった。

一九一三年五月五日
わたくしの大切なエズメへ
わたくしは明後日、オックスフォードに着きます。そちらにいる間はずっとあなたについていますからね。ふたりで支え合いましょう。もちろん、あなたは大勢の善意の方々と握手して、お父様の善行(ひとつやふたつではありません)の思い出話に耳を傾けなくてはならないでしょうが、わたくしが頃合いを見計らって、サンドウィッチと弔問の方々のもとからあなたを連れ出します。一緒にカースル・ミル・ストリーム沿いを散歩して、ウォルトン橋まで行きましょう。あそこはハリーのお気に入りの場所でした。そこでリリーに求婚したのです。

可愛いエズメ、今は意地を張るときではありませんよ。ハリーはあなたにとって父であり母でもあったのですから。お父様を亡くし、あなたはこれから途方に暮れることでしょう。わたくしの父も、わたくしにとってとても大切な存在でしたから、あなたがどんなに心を痛めているか、多少なりともわかります。痛みに身をお任せなさい。

父は今も、わたくしがよき忠告を必要とするときには、心の中で応えてくれます。きっといつか、あなたのお父様の声も同じように響くことと思います。それまでは、あなたが親しく交際するようになったあの青年にお頼りなさい。〝リリーなら彼を非常に気に入ったと思う〟と最後の手紙にハリーは書いていました。あなたには言ったのかしら？　これほどの祝福の言葉はありませんよ。

リジーの部屋で寝泊まりしていることと思いますから、列車を降りたら、まっすぐサニーサイドへ向かうことにしますね。

愛をこめて
ディータ

約束どおり、ディータはわたしを大勢の弔問客たちのもとから連れ出してくれた。わたしたちは挨拶もせず、ただ庭に出て、スクリプトリウムを過ぎ、バンベリー・ロードに出た。セント・マーガレッツ・ロードで、わたしはほんの数歩後ろをガレスがついてきていることに気づいた。わたしたちはカースル・ミル・ストリーム沿いの曳き船道に出るまで、無言のまま歩き続けた。

「ハリーは毎週日曜の午後、この道を散歩したものなのよ、ガレス」ディータは言った。ガレスはわたしの隣に来て歩調を合わせた。

「ここに来ては、リリーとその週のことを語り合っていたの。エズメ、知っていた？」

知らなかった。

「語り合うといっても、本当は瞑想《めいそう》みたいなものね。その週の心配ごとで頭をいっぱいにしてこの道を歩いていると、ウォルトン橋に着く頃には、まず取り組むべき問題が自然とわかってくるんですって。座って、リリーの目を通して考えてみるんだって言っていたわ」ディータは、話を続けたものか決めかねているようだった。続けてほしかったが、わたしは無言のままだった。

「もちろん、主な話題はあなただったけれど、どこかの宴会に何を着ていくかとか、日曜のお昼に子羊肉か牛肉のどちらを買うべきかなんてことまでリリーに相談してるって聞いたときは驚いたわ――相談の結果、何度かローストに挑戦しようと決意したこともあったんですって。付け合わせもそっくりね」

ほんのかすかな微笑が浮かぶのを感じた。記憶の中の牛肉は生焼けか黒焦げ。それからふたりでジエリコへ向かう日曜の散歩。

「ほんとなのよ」ディータは言って、わたしの腕をぎゅっと握った。

それは――その物語は贈り物だった。ディータの言葉に耳を傾けながら、パパとの毎日の様々な記憶に、ほのかな仕上げが加えられた。まるで画家が絵具をほんのわずか付け足して、朝の光を生み出すように。リリーは――いつも不在だったリリーは、俄《にわ》かにそこに立ち現れた。

「さあ着いたわ」ディータが言い、わたしたちは橋に近づいた。「ここがふたりの場所よ」

この橋の下を何度も歩いたことがあるのに、今はすっかり違って見えた。ガレスがわたしの手をとり、小道の端にあるベンチへと導いた。そしてわたしの震えが伝わるほど身を寄せて座った。

こんなはずじゃなかったのに、とわたしは思った。でもそれはパパのことか、それともガレスのことだろうか？　ガレスがわたしの手をとったことは今まで一度もなかった。わたしはパパが永遠にそばにいてくれると信じていた。

わたしたちは座った。川は橋の下をほとんど動かなかったが、時折、わずかに水面を乱すものがあった。パパがここに座り、たゆたうような物思いに身を任せていた姿を、思い浮かべるのはたやすかった。

「誰かが花束を置いたみたいだ」ガレスが言った。

わたしは彼が指したほうを見、ディータも顔を向けた。橋のアーチの傍らに、花束がそっと置かれていた。新しくはないが、枯れ果ててもいない。二、三輪はまだ形や色を保っていた。

「まあ」ディータの声に嗚咽《おえつ》が混じるのが聞こえた。「それはリリーのためのお花よ」

わたしは戸惑った。ガレスがさらに身を寄せた。

ディータの目を囲む皺に、涙が静かに滲《にじ》んだ。「リリーのお葬式のあと、初めてハリーとここに来たの。今でもリリーにお花を供えていたなんて思いもしなかった」

わたしはあたりを見回した。パパの姿を半ば期待して。まだ数日しか経っていないのに、わたしは悲嘆がもたらすこの詐術に慣れはじめていた。でもそのとき初めてわたしはそれに飲み込まれなかった。空気はいつもより安らかに肺を満たした。その息を吐く前に、わたしは朽ちていく黄水仙《きずいせん》の香りを嗅いだ。パパはこの花を好まなかったが、リリーが好きな花なんだよと、いつか話してくれたことがあった。

⁂

わたしはパパの不在から逃れられなかった。角を曲がりオブザーヴァトリー通りに入るたびにそれを感じ、わたしたちの家のドアを開けるときは、敷居を跨《また》ぐのに自分を励まさねばならなかった。リジーは数週間泊まり込んでくれ、パパのパイプの残り香は彼女の料理の匂いにかき消されていった。

朝、リジーが起きるとわたしも起き、ふたりでサニーサイドへ歩いていった。わたしは一時間、キッチンでリジーを手伝い、わが家に泊まり込んでいるために彼女が失った時間の幾分かを埋め合わせした。スクリプトリウムに最初の誰かが出勤してくると、わたしも庭を横切り、スクリプトリウムに入った。

仕分け台に、誰も座ろうとしない場所があった。たぶんわたしに気を遣ってくれていたのだろう。しかしわたしの座っているところからは、スウェットマンさんがパパの椅子を台の下に押し込む様子や、ついそちらを向いては口に出かかった質問を飲み込むメイリングさんが見えた。パパが亡くなったあと数週間が経ち、やがてそれが数か月になるにつれ、マレー博士はめっきりと老け込んだ。博士は仕分け台をじっと見渡し、新しい助手を探そうともしなかった。わたしはパパの場所が空いたままになっているのが嫌で仕方がなく、スクリプトリウムに入るたびにそこを見ないようにした。

悲嘆のほかに何の感情もなかった。それはわたしの思考を覆いつくし、心を占領し、それ以外のものが入る余地を残さなかった。時折、わたしはガレスと散歩に出かけた。雨が降ればジェリコで昼食をとったが、空模様が許すときは、チャーウェル川沿いを歩いた。サンザシが、パパが亡くなってから流れた月日の目印になった。実が熟し、葉が散った。今年の冬は雪が降るだろうかとわたしたちは言い合った。わたしはガレスの友情を当然のように受け取った。空白を埋めるためにそれを必要としていたが、今あるもの以上にも以下にも考えることができなかった。彼がわたしの腕を自分の腕に絡めさせようとしても、わたしは彼が諦めてその腕を引っ込めるまで気づかなかった。

クリスマスが近づき、叔母が自分やいとこたちのいるスコットランドへ来るようにと強く勧めてくれたが、パパがいないと、親戚たちは他人同然のような気がした。わたしは口実を作り、代わりにバースを訪れた。ディータとベスは、巧みなユーモアと、おせっかいと、マデイラケーキをたっぷりと処方してくれた。わたしは出発したときより幾分明るい気持ちでオックスフォードに帰ってきた。

一九一四年が明けて三日目にスクリプトリウムに行くと、パパが座っていた場所に新しい辞書編纂者がいた。ローリングズさんは若くもなく、年寄りでもなかった。目立たない人で、仕分け台のその場所に自分の前に誰が座っていたかなど、頓着していなかった。

それはわたしたち全員に途方もない安堵をもたらした。

# 第五部

一九一四年－一九一五年

Speech（話す行為）－Sullen（不機嫌な）

# 一九一四年八月

スクリプトリウムを新たなざわめきが満たしていた。嵐の前に気圧が下がると動物がそれに気づくように、わたしもそれを感じとった。戦争の予感がわたしたちの神経を鋭敏にした。オックスフォード中を若い男たちが意気軒昂と闊歩《かっぽ》した。歩幅は広がり、声は大きくなった――あるいはそのように感じられた。学生たちは日頃から綺麗な娘を感心させ、一般人《タウニー》を威圧するために、必要以上に声高に話すのだったが、以前はその話題は様々だった。今はそうではない。学生たちも街の人々もこぞって戦争のことばかりを口にした。多くは開戦が待ちきれないようだった。

スクリプトリウムでは、最近入った助手のふたりが、休憩時間になるたびに皇帝《カイザー》と直談判すれば戦争を始めるまでもなく勝てると息まいた。ふたりは若く、青白く、痩せていた。どちらも眼鏡をかけていた。どんな戦列に加わったとしても、没になった反故紙《ほごがみ》が、図書館の書物や正しい文法に立ち向かうようなものだったろう。ふたりとも、マレー博士に話しかけるにもためらったり口ごもったりしなかったためしがなく、わたしの見る限り、皇帝を説得してベルギーを手放させるには難儀しそうだった。年長の助手たちの会話はもっと冷静で、彼らの表情には、ことばについて意見が食い違うときには滅多に見ない暗い翳《かげ》が差していた。

ボーア戦争で弟を失ったローリングズさんは、殺し合いに栄光などないと若者たちを諫《いさ》めた。彼らは礼儀正しく頷いたが、相手の声の震えに気づくことなく、まだローリングズさんの耳に届くうちから、再び志願の細々した手続きについて相談をはじめ、どれくらい訓練を受ければ戦場に立てるだろうかと言い合った。ローリングズさんはそのことの重みに打ちひしがれていた。

「この戦争で〈辞典〉の進みは遅れるでしょうな」とメイリングさんがマレー博士に話しているのが

聞こえた。「彼らが手にとりたいのは、鉛筆ではなく銃なんですから」

それからというもの、わたしは毎朝、恐ろしい不安とともに目覚めるようになった。

⁂

八月三日の夜は、たとえベッドに入り、寝ようとしたとしても、誰にも眠りは訪れなかった。スクリプトリウムのふたりの若い助手たちはロンドンへ行き、ドイツがベルギーから退却したという知らせを待ちながらペル・メルのクラブで大いに飲み騒ぎ、酔夢の一夜を過ごした。知らせは来なかった。ビッグ・ベンが新しい一日の最初の刻《とき》を知らせて鳴り響いたとき、彼らは「神よ王を守り給え」を高唱した。

翌日ふたりは、柄にもない虚勢で膨れ上がったままスクリプトリウムに帰館した。連れ立ってマレー博士のところへ行くと、自分たちは軍に志願したと言った。「君らはどちらも近眼だし、体だってひょろひょろではないか」マレー博士が言うのが聞こえた。「ここにおったほうが余程国家のためになるぞ」

とても集中できないので、わたしは自転車で出版局へ向かった。こんなに静まり返った出版局は初めてだった。組版室では、人が立っている作業台は半分しかなかった。

「ふたりだけかい？」わたしがスクリプトリウムでの出来事を話すと、ガレスは言った。「今朝、出版局から六十三人が列を作って出ていったよ。ほとんどは国防義勇軍に志願したんだが、全員じゃない。ハートさんが首根っこをつかんでふたり引っ張り出さなかったら六十五人だった。監督はそいつらが年が足りないのを知ってたからね。おふくろに鞭《むち》でひっぱたかれて来い、その後で、俺も一発食らわせてやるからと言ってたよ」

メイリングさんは正しかった。戦争によって〈辞典〉の進行は遅れた。二、三か月も経つと、スクリプトリウムに残ったのは女性と老人だけになった。それほど年寄りでもなかったローリングズさんは、神経を病んでスクリプトリウムを去り、またしても仕分け台の端がぽっかりと空いた。そこを埋める者は現れなかった。

オールド・アシュモレアンでも、ブラッドリーさんとクレイギーさんの部下たちが同じように減っていて、ハートさんの印刷工と植字工の数も半分に落ち込んでいた。

わたしはこんなに必死で働いたことは今までになかった。

「楽しそうだね」ある日、わたしが項目を書き終えるのを机の横に立って待ちながら、ガレスが言った。

以前より責任を与えられるようになり、そのことに満足を感じているのは否めなかった。彼は肩掛け鞄から封筒を取り出した。

「校正刷りは？」わたしは訊いた。

「マレー博士宛のメモだけだよ」

「今度は使い走りの男の子になったの？」

「僕の仕事はどんどん増えててね。若い連中がみんな入営したから」

「だったら、あなたが若い連中じゃなくてよかったわ」とわたしは言った。

「このおつかいに来るためにずいぶん粘ったよ」とガレスは続けた。「植字工も印刷工も減ってるから、職工長や主任もなるべく穴を埋めるようにハートさんに言われてる。できることなら僕を昔の作業台に糊《のり》で貼りつけておきたいらしいけど、僕は君に会いたかったからさ」

「ハートさんは、世の中が変わってもやり方を変えようとしないのね」

ガレスはそんなものじゃないという顔をした。「用心しないと、残った僕らもみんな軍に入っちゃ

えたのだった。

「そんなこと言わないで」わたしは言った。彼は、目覚めとともにわたしに訪れる恐怖にことばを与

うよ」

⁂

熱気と狂乱の八月が過ぎ、じめついた秋へと変わった。マレー博士は咳き込むようになり、マレー夫人は、博士はスクリプトリウムにいるべきではないと主張した。「氷室《ひむろ》みたいに寒いんですから」と夫人は言った。そしてそれは、たとえ暖炉の火が燃え盛っていたとしても、誇張とは言いがたかった。

「くだらん」と博士は応じたが、どうやらふたりの間で折り合いがついたらしく、マレー博士は毎朝十時に現れ、午後二時に引きあげるようになった。ただし、マレー夫人が家を空けていて気づかないときは、五時まで居残った。博士の荒く乱れた呼吸に駆り立てられるように、わたしたちはさらに熱心に、さらに遅くまで働いた。博士は、〈辞典〉にとって甚だ不都合であるとこぼすほかは、滅多に戦争のことを話さなかった。わたしたちの努力にもかかわらず、原稿の仕上がりは遅れ、印刷は滞っていた。見積もられていた完成日に数年が追加された。マレー博士が生きてそれを見届けられるだろうかと案じていたのは、わたしひとりではなかっただろう。

ディータをはじめ信頼の厚い閲読者たちは、さらに大きな任務を課されるようになり、毎日、英国中から校正紙や新たな原稿が届くようになった。マレー博士はフランスで戦っている〈辞典〉の編集部員たちに校正刷りを送ることまで始めた。「気が紛れて喜ぶだろう」と博士は言った。

英仏海峡を越えて初めて届いた封筒を開いたとき、わたしは息をするのを忘れた。旅をしてきたそ

れは、そこここに汚れがこびりついていた。わたしはその原稿が辿ってきた道を、それが通ってきただろう様々な手を思い浮かべた。これに触れた男たちは皆、今も生きているだろうか。その筆跡に見憶えはなかったが、封筒の裏に書かれた名前は知っていた。彼を思い出そうとしたが、オールド・アシュモレアンの辞典室で、奥の机に向かって背を丸めていた、青白い顔の小柄な若者の姿がぼんやりと浮かぶばかりだった。彼は普段、ブラッドリーさんのところで働いていて、エレノア・ブラッドリーは、物静かな天才だけれど、人付き合いが怖いのよ、と評していた。修正は行き届いていて、わたしが付け足す必要はほとんどなかった。マレー博士の言うとおりだわ、とわたしは思った。彼はこの気晴らしに感謝したに違いない。

翌週、わたしはガレスと待ち合わせてジェリコのパブで昼食をとった。

「ハートさんが原稿をフランスに送って印刷させるわけにはいかないのは残念ね」わたしは言った。ガレスは黙っていた。その沈黙を埋めようとしてわたしは続けた。「前線に大きな印刷機を引っ張っていって、兵隊さんたちが、鉄砲玉のかわりに金属の活字を持たされるんだったらいいのに」ガレスはパイを見つめ、フォークでパイ皮をつついて穴を開けていた。目を上げると、苦い顔をした。「このことで軽口をたたくもんじゃない、エズ」

わたしは顔が熱くなるのを感じ、そしてガレスが涙ぐんでいることに気づいた。テーブル越しに手を伸ばして、彼の空いたほうの手をとった。

「何があったの？」わたしは訊いた。

答えるまでに長い間があった。そのあいだ、目を一度もわたしの目からそらさなかった。「ただ虚しくなっちゃってさ」彼はまた食べ物に目を落とした。

「話してみて」

「ちょうど〝悲哀《ソロー》〟の活字を組み直してたんだ」彼は短く息を吸い込み、天井を見上げた。わたしは彼の手を放し、彼はその手で顔をこすった。

「誰だったの？」わたしは訊いた。

「ふたりとも見習いでね。出版局に入ってせいぜい二年かな」彼は口をつぐんだ。「一緒に始めて、一緒にいなくなった。付き合いよすぎだろ」

ガレスはパイを押しのけて、テーブルに肘をつき、両手で頭を抱えた。テーブルクロスを睨みつけるようにして、話を続けた。「ジェドのおふくろさんが、ハートさんを探しに組版室に来てね。ジェドは年下のほうで、まだ十七にもなってない。おふくろさんは、ハートさんにジェドはもう戻らないって言いに来たんだ」顔を上げた。「ぼろぼろだったよ、おふくろさん。取り乱して。ジェドはひとり息子だったんだ。来週やっと十七になるんですよって言い続けてさ、何度も何度も。だからジェドは帰してもらえるはずだっていうみたいに。そもそもうちの子は戦争なんかにいくはずじゃなかったんだからって」彼は深く息を吸った。わたしは自分の涙を抑えようと瞬きした。「誰かがハートさんを見つけてきて、ハートさんがおふくろさんを事務室に連れていった。廊下を連れていかれながら、おふくろさん泣き叫んでさ。それをみんなで聞いてたんだ」

わたしは自分の皿を押しのけた。ガレスはグラスの黒ビールを半分空けた。

「あのことばに戻るなんてできなかった」彼は言った。「活字を見るだけで吐き気がした。戦争が始まってまだ二、三か月だよ。なのに何年も続くって言うじゃないか。これから先、ジェドみたいな奴が何人出る？」

わたしは答えられなかった。

彼は溜息をついた。「急に馬鹿らしくなってね」と彼は言った。

「今やっていることを続けるしかないわ、ガレス。それがなんであっても。じゃないと、ただ待ってるだけになるもの」

「何か役に立つことをやってると思えればいいよ。〝ゾロー〟の活字を組んだって、悲しみが消えるわけじゃない。ジェドのおふくろさんは、辞書になんて書いてあろうが、今感じてるものをずっと感じ続けるんだ」

「でも、ほかの人たちがお母さんの気持ちを理解する助けになるかもしれないわ」

そう言いながらも、わたしには確信がなかった。経験からいって、〈辞典〉が与えてくれるのは、おおざっぱな大意でしかなかった。〝悲哀〟も、そうした語のひとつであることをわたしは知っていた。

⁂

一週間もたたないうちに、別の母親が息子はもう戻らないという知らせを携えて、監督室の戸口に立った。スクリプトリウムとオールド・アシュモレアンの編集者たちはそうした重荷を免れていたが、まるで無縁というわけでもなかった。教育や人脈がものを言い、辞書編纂《へんさん》者たちは士官になった。ただし彼らの学問は、兵士たちを率いるのにほとんど役に立たなかった。一方、出版局で働く人々はもっと幅広い階級、ガレスのことばを借りるなら、〝捨て駒《フォッダー》の階級〟に属していた。彼は、出版局の誰かが死ぬたびにわたしに告げることをしなくなった。

⁂

ハートさんの事務室のドアがわずかに開いていた。わたしはノックして少しそれを押し開けた。

「何か」と彼は書類から目を上げずに言った。

わたしが机に歩み寄っても、ハートさんはまだ顔を上げなかった。わたしは咳払いをした。「駆け込みの修正ですわ、ハートさん。『Speech（話す行為）- Spring（泉）』です」

彼は顔を上げた。校正刷りとマレー博士のメモを受け取ると、眉間の皺が深くなった。メモを読む彼が奥歯を噛みしめるのがわかった。マレー博士は再度の編集を望んでいた――三度目か、四度目になるのか、わたしは知らなかった。もう鉛版《えんばん》は鋳造されてしまっただろうか。怖くて訊けなかった。

「病気になっても衒学《げんがく》ぶりは変わらんな」とハートさんが言った。

わたしに言ったのではない。だからわたしは黙っていた。彼は立ち上がるとドアへ向かった。待つようにとは言われなかったので、その背中についていった。

組版室に人声はなかったが、ステッキに活字が入れられ、一頁分のことばを組んだ版になっていくときの金属音が響いていた。わたしはドアのそばで待ち、ハートさんは手近な植字台に近づいた。植字工は若かった。もう見習いではないが、戦争に行くには若すぎる。作業していた組版にハートさんが目を向けるあいだ、不安な表情を浮かべていた。何もかも反転しているのに、そんなに簡単に間違いが見つかるものなのかしらとわたしは思った。ハートさんは満足したらしく、植字工の背を軽くたたくと、次の植字台へ向かった。マレー博士の修正は後回しのようだった。

わたしはドアを入ったところに立ったまま、室内を見渡した。ガレスが以前の植字台のところにいた。今は主任になったが、日に数時間は活字を組む仕事に駆り出されていた。見知らぬ他人を見るようにして、彼を観察する。その姿にはわたしの知らない何かがあった。表情は見たことがないほど集中し、動作は自信に満ちている。わたしはふと思った。人間は他人の視線を意識しているとき、完全に無防備になることはないのだ、と。きっとわたしたちは、自分をすっかりさらけ出しはしないのだろう。喜ばせ、感心させ、説き伏せ、支配する。そんな欲望の中でわたしたちは意識的に振る舞い、お定まりの表情を浮かべるのだ。

彼は痩せているとばかり思っていたが、こうして働いているのを見ていると、シャツの袖をまくった上腕の張りつめた筋肉は、優雅で力強かった。意識を集中し、流れるように動く彼は、わたしの目には画家か作曲家のように映った。楽譜に音符を記すように、慎重に活字を置いていく。

急に申し訳なさを感じた。わたしは彼の仕事をほとんど知らなかった。機械的で単調な仕事に過ぎないと思い込んでいた。つまるところことばを選ぶのは編集者たちであり、ことばの意味を提案するのは書き手たちだ。彼がすることはそれを文字に起こすことだけでしかない。だがわたしが目にしているのは、そんなものではなかった。カードをじっくりと見て、活字を選ぶ。それを置き、熟考し、耳の後ろに挟んだ鉛筆をとるとカードにメモする。編集しているのだろうか？　問題を解決した彼は、迷うことなく活字を外し、よりよい配置に組み直す。

こんなに無防備な彼を見るとしたら、眠っているときくらいだろう。自分が彼の寝顔を見たいと渇望していることに気づいて、わたしは驚いた。その願いはわたしの心臓を疼《うず》かせた。

ガレスが体をまっすぐにし、頭を左右に動かして首の筋を伸ばした。その動きがハートさんの目に留まったのだろう。監督は、検分していた版の活字を修正するように指示してから、主任のほうに向かって歩き出した。ガレスは彼に気づき、肩と顔の筋肉がごくわずかに緊張した。見られることへの切り替え。わたしもガレスのほうへ歩き出した。わたしを見た彼は顔をほころばせ、すっかりいつもどおりの彼になった。

「エズメ」と彼は言った。彼の喜びがわたしの体を隅々まで温めた。

そのとき初めて、ハートさんはわたしがそこにいることに気づいた。「ああ、うむ、そうだった」ハートさんとわたしは、互いに自分が相手とガレスとの会話を邪魔しているのではないかと、ぎこちなく黙り込んだ。

「すみません」とわたしは言った。「廊下でお待ちしていましょうか？」

「いや構いませんとも、ミス・ニコル」とハートさんは言った。

「ハートさん」というガレスの声が、わたしたちをそもそもの目的だった仕事へと引き戻した。「サー・ジェームズの修正ですか？」

「そうなんだ」ハートさんは植字台のガレスに近づいた。「君の予想どおりだよ。これから君が気づいたやつは直してもらうようにするか。よっぽど時間の節約になる、こん畜生め」そう言ってから、わたしがいることを思い出し、口惜しそうにことば遣いを謝った。ガレスは笑いを噛み殺した。

修正についての話し合いが終わると、ガレスは、少し早めに休憩をとってもいいか、と訊ねた。

「ああ、構わんよ。十五分余計に休みたまえ」ハートさんは言った。

「君がいたおかげでハートさん、調子がくるったな」ガレスはハートさんが歩み去ると言った。「この行だけ組んじゃうから」

わたしは、ガレスが目の前の活字ケースから小さな金属の活字を選び出すのを見つめていた。彼の手は素早く動き、ステッキはたちまちいっぱいになった。それを台に移し、親指をこすった。

「ハートさんが、あなたに原稿に変更を加えさせてから活字を組もうって言ったの、本気かしら？」

ガレスは笑った。「まさか、ありえないよ」

「でもあなただって、そうしたいと思ったことあるんじゃない？」わたしは慎重に言った。

「なんでそんなこと言うの？」

「だって、これまであまり考えたことなかったけれど、ここであなたを見てるうちに気づいたのよ、あなたはことばと一緒に、ことばをあるべき場所に並べながらずっと生きてきたんだって。どういう文が読みやすいか、自分なりの意見を持っても不思議はないわ」

「意見を持つことは僕の仕事じゃないよ、エズ」彼はわたしを見ていなかったが、口の端が微かに上がっているのがわかった。

「わたし、意見のない男の人を好きになれるかどうかわからないわ」わたしは言った。

それを聞いて彼はにやりとした。「そうか、じゃあこれだけ言っておくか。スクリプトリウムから来る原稿より、オールド・アシュモレアンからの原稿のほうが、僕はよっぽど言いたいことがあるってね」彼は立ち上がって前掛けを外した。「印刷室に寄ってもいいかい?」

印刷室は活気に満ちていた。巨大な紙が怪鳥の翼のように次々に降りてくる。あるいは大きなドラムからすばやく剝がれ落ちる。昔ながらのやり方と新方式だよ、とガレスが言った。どちらも目と耳に心地よいリズムがあり、積み重なっていく紙を見つめながら、わたしは不思議な安らぎを覚えた。ガレスは一台の古い印刷機へとわたしを導いた。巨大な翼が降りてくるたびに風が起きるのを感じる。

「ハロルド、頼まれた部品を持ってきた」ガレスはポケットから小さな歯車のような部品を取り出して、老人に渡した。「取付けに困ったら、午後に来て僕がやるよ」

ハロルドは部品を受け取った。わたしは彼の手がごくかすかに震えているのに気づいた。

「エズメ、紹介するよ。こちらはハロルド・フェアウェザー。ハロルドは印刷工の親方でね。一度引退したんだけど、最近戻ってきた。だよね、ハロルド?」

「わしも自分のお役目を果たさんと」とハロルドが言った。

「それから、こちらはミス・エズメ・ニコル」ガレスは続けた。「エズメはマレー博士のところで〈辞典〉の仕事をしてる」

ハロルドは微笑した。「わしらがおらなんだら英語はどうなることやら、なあ?」

わたしは印刷機から出てくる紙を見た。「あなたは〈辞典〉を印刷しているの?」

「そうともさ」老人は印刷された紙の山のほうに顎をしゃくった。

一枚の端を持ち上げ、親指とほかの指のあいだに挟み、紙をこすってみた。インクがまだ乾いていないと困るので、ことばに触れないように気をつける。ことばが滲んだせいで、その頁が入る分冊を買った誰かの語彙《ごい》から、そのことばが消えてしまったら大変だ。

「こういう古い機械にはそれぞれ癖があってな」とハロルドが話していた。「ガレスは、こいつをほかの誰よりもよく知っとるんですよ」

わたしはガレスを見た。「そうなの？」

「僕は印刷から始めたからね」と彼は言った。「十四の頃、ハロルドの見習いだったんだ」

「こいつが臍《へそ》を曲げると、宥《なだ》めすかして動かせるのはガレスだけでね。機械工が半分いなくなる前でもそうだった」ハロルドは言った。「ガレスなしでやるとなったら、わしゃ途方に暮れちまいますよ」

「どうして彼なしでやっていかなくちゃいけないのかしら。そんなことあるはずないでしょう」わたしは言った。

「いやいや、もしもの話でさ、お嬢さん」ハロルドは慌てて答えた。

⁂

「もっとしょっちゅう来てくれよ」と、ふたりでウォルトン・ストリートを歩きながら、ガレスが言った。「ハートさんは最近、僕らの昼休みを十五分追加してくれるどころか、十五分減らす癖がついちゃって」

「マレー博士も同じよ。スクリプトリウムと出版局が博士たちの戦場なのね。ほかに何も貢献できないから」口にした途端、後悔した。

「ハートさんは昔から厳しい親方だったけど」とガレスは言った。「でも気をつけないと、戦争より自分の無茶な要求のせいで部下がいなくなるよ」

わたしたちはジェリコの中心へ入ってきた。昼食どきの人々で賑わっていて、ガレスはふたりにひとりの割合で頷いて挨拶していた。どの家族もなんらかの形で出版局につながりがある。

「ハートさんのところから、あなたもいなくなるの？」とわたしは言った。

ガレスは一瞬黙り込んだ。「ハートさんは細かいし、気分屋なところもあるし、必要以上に自分や部下を追い込んだりもするけど、彼と僕とは、いい案配でうまく付き合ってる。長年働くうちに、ハートさんが好きになってきたよ、エズ。たぶんあっちもそうだと思う」

わたしもそれを自分の目で何度も見てきた。ガレスの持つ落ち着きと自信が、マレー博士の心を和らげるのと同じようにハートさんの心も和らげるのだった。

わたしたちは角を曲がってリトル・クラレンドン通りに入り、軽食堂へ向かって歩き続けた。「でも、ハートさんのところからあなたもいなくなるの？」わたしは問いを繰り返した。

ガレスがドアを押し開けると、頭上のベルが鳴った。わたしは戸口に立ったまま、彼の答えを待った。

「ハロルドが言ったろ」と彼は言った。「もしもの話だって」

彼はわたしを店の奥のテーブルに導き、座れるように椅子を引いてくれた。

「ハロルドがあなたに向けた顔を見たわ」と、自分の椅子を引き出すガレスに言った。「申し訳なさそうだった」

「僕が褒められるのが苦手だって知ってるからだよ」

ガレスはわたしを見ることができなかった。代わりに辺りを見回して女給を探した。目で合図を送ると、視線をメニューに戻して検討した。

「何にする？」彼は下を向いたまま言った。

わたしはテーブル越しに手を伸ばして彼の手を包んだ。「わたし、本当のことを知りたいの、ガレス。何を企《たくら》んでいるの？」

彼は顔を上げた。「エッシー……」しかしその後に続くことばはなかった。

「あなた変よ」

彼はズボンのポケットに手を入れて、何かを出した。それを拳に握ってふたりのあいだに置いた。顔を紅潮させ、口をきつく結んでいる。

「何なの？」わたしは訊いた。

彼の指が丸く開き、握りつぶされた白い羽根（当時、従軍しない男性に臆病者の印として渡された）の残骸が現れた。

「そんなのどこかへやって」わたしは言った。

「出版局の裏口に縛りつけてあった」とガレスは言った。

「じゃあ、誰に向けたものかわからないじゃない。あそこでは何百人も働いてるんだもの」

「知ってるよ。必ずしも僕に向けたものじゃないと思ってる。でも、考えちゃうんだよ」

女給が来てことばは途切れ、ガレスは注文した。

「あなたは年をとり過ぎてるわ」わたしは言った。

「三十六はそんなに年寄りでもないよ。それに二十六よりはましだし、十六なんかよりよっぽどいい。あの坊主たちなんか、生きたうちに入らないんだ」

女給がお茶のポットをふたりの間に置いた。彼女が丁寧にティーカップやミルク差しを並べるあいだ、わたしは息をするのもやっとだった。

彼女がテーブルを去るや、わたしは言った。「まるで行きたいみたいに聞こえるわ」

「戦争に行きたいなんて、若い連中や愚か者だけだよ、エッシー。行きたくなんかあるもんか」

「でも、考えてる」

「考えないわけにはいかないんだ」

「代わりにわたしのことを考えて、ね」自分の声に混じる子供の声、必死の哀願を聞いた。これまで彼にこんなふうにせがんだことはなかった。ずっと友情以上の何かを誘うようなあらゆる感傷を避けてきたのだから。

「ああ、エッシー。君のことはいつだって考えてるよ」

サンドウィッチが来たとき、女給はあっさりと皿を置いていったが、それでもわたしたちの会話は途切れた。ふたりともそれを再開する勇気はなく、そのまま十五分間、無言のまま食べ続けた。

食後、わたしたちはカースル・ミル・ストリームの曳き船道を散歩した。岸辺をスノードロップが絨毯のように覆い、冬将軍恐るるに足らずと挑発していた。

「君にことばを持ってきた」とガレスは言った。「もう項目はあるんだけど、〈辞典〉にこういう使い方は載ってないんだ。君が集めてる中に入れるといいと思って」彼はポケットからカードを取り出した。その純白の四角い紙は、印刷機に使われる巨大な紙から切り取ったものだとわたしは気づいた。彼はそれを黙ってひとりで読んでいる。気が変わって取っておくことにしたのだろうか。

次のベンチで、わたしたちは座った。

「このことばの活字は僕が組んだんだ。もうずいぶん前だけどね」彼はそれを手から離そうとせずに言った。「ほんとにいろんな意味があるけど、ある女の人がこのことばを使ったのを聞いて、〈辞典〉には何か足りないものがあるような気がしてさ」

「女の人って誰?」しかし、彼が答える前にわたしにはわかっていた。

「ある母親だよ」

「それでそのことばは?」

「ロス《LOSS》」と彼は言った。

新聞はそのことばで溢れていた。戦争が始まってからというもの、〝ロス〟を含む用例で〈辞典〉

の一巻を丸ごと埋め尽くせるほどだった。ロンドン・タイムズ紙に掲載される死傷者リストには戦没者《ロス》の数が記録され続け、イーペルの戦いは紙面を圧倒した。死者にはオックスフォードの男たちも含まれていた。出版局の男たち。ガレスが子供の頃から知っているジェリコの少年たち。〝ロス〟は便利なことばだ。そしてそれが含むものは恐ろしい。

「見ていい?」

ガレスはカードをもう一度見てから、わたしに渡した。

LOSS（ロス）

「失くしちゃって気の毒に《ソーリー・フォー・ユア・ロス》、ご愁傷様ってみんな言うじゃないか。でも、失くしたってどれのことを言ってるのか、あたしは訊きたいのよ。だって、あたしが亡くしたのは息子たちだけじゃないんだもの。あたしは母親であることも、孫を持つ希望も失くしたの。ご近所との他愛ないおしゃべりも、家族とののんびり暮らす老後も失くした。毎朝目が覚めるたんびに、それまで気づかなかった新しい失くしものを思いつくの。あたし知ってるのよ、そのうち、正気を失くすんだろうって」

ヴィヴィアン・ブラックマン、一九一五年

ガレスはわたしの肩に手を置いた。それは安心をくれた。そっとこめられる力と、彼の親指の愛撫を感じた。わたしが振り払うことができない、友情を超えた何かだった。でも、彼は何も知らないのだ。

〝あたしは母親であることを失くしたの〟。そのことばは記憶の蓋をこじ開けた。そばかすの浮いた顔の親切な目。激痛の中ですがりついた命綱。サラ、わたしの赤ちゃんの母親。〈彼女〉の母親。わたしは〈彼女〉にまつわる何かを思い出そうとしたが、〈彼女〉の匂いは、わたしがかつて書き留めたことばとして、トランクの中に残っているだけだった。目を閉じても〈彼女〉の顔は少しも思い出せず、ただ〈彼女〉の肌が〝透き通って〟いたことと、〈彼女〉の睫毛が〝ほとんど見えない〟と書いたことが蘇った。この女性、ヴィヴィアン・ブラックマンは、わたしの欠片《かけら》を知っている。それはガレスの想像の及ばない欠片だった。

「この人はどういう人？」わたしは訊いた。

「三人息子がいて、みんな出版局で働いてた。三人とも、八月にオックス・アンド・バックス第二歩兵連隊に入隊した。ふたりはまだほんの子供でね、分別もなにもなかった――もっとも、年がいくと分別のせいで臆病になるんだけど」彼は自分のことばによってわたしの顔に浮かんだものを見て取り、早口に続けた。「ハートさんの具合がよくないもんだから、僕が話を聞いたんだ」

「ほかにお子さんはいるの？」とわたしは訊いた。

彼はかぶりを振った。わたしたちはもう何も言わなかった。

⁂

……息子さん方のご無事のお帰りをお祈りしております。

あなたの親友、リジーより

わたしは書き終えた手紙をリジーに渡した。リジーはそれを丁寧に畳むと、封筒に入れ、四枚目のビスケットをとった。

「兄さんたちがいなくなって、トミーはずいぶん寂しがってるだろうねえ」とリジーは言った。

「トミーは志願すると思う？」

「そんなことしたら、ナターシャの胸は潰れちまうよ」

「ねえリジー、リジーが心の奥の奥に持ってる秘密を、ナターシャに打ち明けたいと思ったことある？　手紙を書くときわたしを通さなくてよかったら」

「あたしには心の奥の奥に秘密なんてないよ、エッシーメイ」

「でももしあったら、ナターシャに知ってほしい？　それでナターシャの自分への気持ちが変わっちゃうかもしれなくても」

リジーの手が十字架を探った。視線をテーブルに落とす。リジーはわたしに知恵を授けるとき、いつも神様の手柄にする。とはいえわたしは、神がそれに何か関わりがあるとはとうに信じなくなっていた。

リジーが顔を上げた。「それがあたしにとって大事なこととか、あたしをわかってもらえるようなことなら、ナターシャに知ってほしいと思うかもしれないね」

その答えを聞いて、わたしは胃がぐうっと持ち上がるのを感じた。「でも、秘密を黙っていたらいけないいかしら？」

リジーは立ち上がってティーポットにお湯を足した。

「あんたを裁くなんてことはないんでないかねえ」とリジーは言った。

わたしはさっと振り向いたが、リジーはわたしに背を向けていて、その表情を読み取ることはできなかった。リジーは神様のことを言ったのかもしれない。それともガレスのことを言ったのだろうか。その両方であることをわたしは願った。

⁂

澄みきった夜が明けると、青空が広がり、霜がきらめいた。しかし朝の寒さは続かず、マレー博士の修正の入った校正刷りを運んで出版局へとペダルを漕いでいると、コートが重たく感じられた。

ハートさんの事務室のドアは半分開いていた。ノックしたが返事はなく、中を覗くとハートさんは机を前に両手で頭を抱えていた。また別の母親だ、とわたしは思った。オックスフォード・タイムズ紙に、出版局で志願した男性の人数、そして死者の数についての小さな記事が載っていた。あまりに多くの職員が失われたことにより、『シェイクスピアのイングランド』をはじめ、重要な書籍の出版に遅れが出ることが予想される、と書かれていた。

ハートさんが項垂《うなだ》れているのが『シェイクスピアのイングランド』のためだとは思えなかった。そして突然、あの記事が冷酷なものに思えた。本の題名を載せながら、ひとりの人間の名前も書かれていない。わたしは戸口から一歩下がると、さっきより強く叩いた。今度はハートさんは顔を上げた。少し放心したような、どこか怯えた表情だった。わたしは修正の入った校正刷りをハートさんに渡した。

そのあと、ガレスを探しに行った。でも彼は自分の事務室にはいなかった。彼は組版室にいて、以前の植字台に屈みこんでいた。

「やっぱりそこね」わたしは言った。

ガレスが活字から目を上げた。その微笑は心許《こころもと》なかった。「空っぽの植字台が多いだろ」彼は言った。「印刷室も同じだ。今、いつもどおり人がいるのは製本室ぐらいだよ。女の人が何人か救急看護奉仕隊に志願したけど」両手を前掛けで拭いた。

「ハートさんは、印刷工や植字工に女性を雇うことを考えたらいいんじゃないかしら」

「そういう話も出たんだけど、みんな賛成しなくてね。でもそれしかないと思う」

「ハートさん、ひどい顔してたわ」

ガレスは前掛けをはずし、わたしたちは並んで歩いて、そっくり同じ前掛けが、一枚ずつ掛け釘にずらりと掛かっているところへ行った。「ハートさんは、いつもの気鬱《きうつ》だと思うよ」と彼は言った。「無理もない。ここは村みたいなものだからね。みんながつながってて、誰か死ぬたびに全員に煽《あお》りがくる」

ふたりで中庭を横切りながら、わたしは初めて、そこが本当に静まり返っていることに胸を衝かれた。ジェリコに向かう代わりに、わたしはガレスにグレート・クラレンドン通りを行こうと言った。「そんなに寒くないから、カースル・ミル・ストリーム沿いを散歩できると思って。サンドウィッチを持ってきたの」

歩きながら、わたしは当たり障りのない話題を何も思いつけなかったが、ガレスは気づかないようだった。カナル・ストリートに入り、聖バルナバス教会を過ぎる。曳き船道に入ってから、ようやくガレスは、どうかしたのかい、と訊いた。わたしは微笑もうとしたが、まったくうまくいかなかった。

「気になるなあ」と彼は言った。

わたしは弱い日差しが斑《まだら》に落ちている静かな場所を選んだ。ガレスはコートを脱いで地面に広げ、わたしも自分のをその隣に敷いた。わたしたちは座った。ふたりの距離は、この後に来るだろう辛辣《しんらつ》なことばにはふさわしくないほど近かった。わたしは肩掛け鞄からサンドウィッチを取り出し、ひとつを彼に渡した。

「言ってごらんよ」と彼は言った。

「言うって何を?」

「何を考えてるのか」

わたしは彼の顔を探った。彼がこんなふうにわたしを見るそのまなざしを、何物にも変えさせたくなかった。しかし同時に、彼にわたしを完全に理解してほしかった。わたしの心は様々な絵と感情で渦巻き、練習しておいたことばをただのひとつも呼び起こせなかった。胸苦しさを覚え、立ち上がった。川に沿って歩き、喘《あえ》ぐように空気を吸い込んだが、それでも息ができなかった。ガレスが後ろから呼んだが、激しい耳鳴りのために声は遠かった。

これから彼に〈彼女〉のことを話すのだ。わたしはそのことを知っていた。たとえ許してもらえないとしても。吐き気がした。しかしわたしは振り向いた。

⁂

わたしたちは向かい合って座っていた。それぞれ自分のコートの上に座り、ガレスは今、下を向いて、呆然とことばを失っていた。わたしは彼に何もかも話した。恐れていたことばを――処女、妊娠、出産、誕生、赤ん坊、養子――を口にした。わたしは落ち着きを取り戻した。吐き気は去った。

わたしは、ガレスを超然と見つめた。彼を失ったのかもしれないが、〈彼女〉を失ったことは現実だった。彼はわたしに失望したかもしれないが、わたしが自分に失望しているのは確かだった。

わたしは立ち上がり、歩き出した。振り返ったとき、彼はわたしが彼を残してきた場所に座ったままで、その手はわたしが置いてきたコートを撫でていた。

カナル・ストリートを歩いているとき、聖バルナバス教会の扉が開いているのに気づいた。わたしはモーニング・チャペルに座った。どれだけそこにいたかわからないが、いつの間にかガレスはわたしを見つけ、わたしの肩にコートを掛けた。隣に座り、しばらく経つと彼はわたしの腕をとった。わたしは彼に導かれるまま、冬の陽ざしの中に足を踏み出した。

ふたりで出版局に戻ると、わたしは自転車をとってきて、ひとりでスクリプトリウムに帰れると言い張った。

ガレスはわたしを見た――そこには非難はなく、ただ悲しみがあった。「だからって何も変わらないよ」と彼は言った。

「どうしてそんなこと言えるの？」

「わからない。ただ変わらないだけだよ」

「でも変わるかもしれないわ、時間が経てば」

彼はかぶりを振った。「そうは思わない。戦争のせいで、過去よりも今がずっと大切になった。未来なんか今に比べたらどうなるか全然わからない。僕は自分が今、どう感じるかを信じるだけだ。君がすべてを話してくれた上で、僕は前よりももっと君を愛してると思う」

愛ということばほど、多様な意味を持つことばは数少ない。わたしはそれが胸の奥底に木霊《こだま》するのを感じ、その意味するものが、自分がこれまで聞いた、あるいは口にしたどの愛とも違うことを知った。だが、ガレスの顔に浮かぶ悲しみは消えなかった。彼はわたしの手をとり、傷痕に口づけし、それから背を向けて出版局へ入っていった。

⁂

翌朝目覚めたとき、家は氷のように冷え切っていた。わたしはベッドからやっとの思いで身を起こした。ガレスのことばに胸をなでおろしたはずなのに、彼の悲しげな様子に、その安心は揺らいでいた。彼はわたしに何かを隠している、わたしが彼に秘密を持っていたように。身震いし、リジーがこここにいてくれたら、と願った。

急いで身支度してまだ暗い中をサニーサイドへ向かった。キッチンに入ると、リジーが石鹼水《せっけんすい》に肘まで腕を浸していた。流し台には朝食のものがごたごたと並んでいる。汚れたボウルに紅茶茶碗、トーストの屑《くず》が散らばる皿。

「レンジはがんがん燃えてるよ」とリジーは言った。「あったまっといで。お皿を洗っちゃうから」

「いつも朝に来る女の子はどうしたの？」とわたしは訊いた。これまで何人か代替わりしたのだが、今の子の名前が思い出せなかった。

「辞めちゃったよ。とにかく戦争で儲けてる人もいるんだね。工場じゃ、マレー家がとても出せないようなお給金を出してるって」

わたしはコートを脱ぐと、布巾を手にとった。「隠居したバラードさんが、また戻ってきてくれたりしない？」

「この頃じゃ、椅子から立つのもやっとだよ」とリジーは言った。

わたしはパンを分厚く切り、ジャムを塗った。「一斤、余計に焼いといたから」とリジーが言った。「今晩帰るとき、持ってお行き」

「ほんとにそんなことしてくれなくていいのに」わたしは指についたジャムを舐《な》めながら言った。

「あんたは朝から晩までスクリッピーにいるし、女中もいないし――なんだって女中を辞めさせちゃったのかねえ。誰かがあんたの世話をしなけりゃ、どうもならんでないの」

骨の髄までしっかりと温まり、腹もくちくなって、わたしは庭を横切ってスクリプトリウムに向かった。無人であることがありがたかった。少なくともあと一時間は誰も来ないだろう。

そこは、わたしが仕分け台の下に隠れていた頃からほとんど変わっていなかった。ふと、そこにパパがいて、そして戦争のない世界が胸に浮かんだ。わたしはいくつもの棚に沿って指を滑らせた。それは記憶を蘇らせる方法だった。

自分の席について、静寂に耳を傾けた。壁の穴からささやきがする。手を上げて凍《い》てついた息吹を感じた。それは痛いほど膚《はだ》を刺し、ふと先住民の人々が人生の様々な節目を迎え、自分を定義するために肌に印を入れることを連想した。わたしに彫り込まれるのはきっと、ことばだろう。でもどんな？

からん、とスクリプトリウムの壁に金属のぶつかる音がして、ささやきがやんだ。穴から手を引っ込め、覗いた。ガレスだった。

彼は自転車を立てかけ、体をまっすぐにすると、肩掛け鞄の中を確かめてそっと蓋をした。わたしは彼を百回も盗み見るうちに、ことばをまるで壊れやすい貴重品のようにして出し入れする彼の仕草を好きになった。

しかしわたしは緊張していた。自分の身なりを確かめる。髷から飛び出していた巻き毛を入れ込んだ。頰をつねり、唇を噛む。しゃちこばって背筋を伸ばし、ガレスがスクリプトリウムのドアから入ってくるのを待ち受けた。彼が口にするかもしれないことが怖かった。

彼は入ってこなかった。わたしは仕事の上に屈みこみ、巻き毛が落ちかかるままにした。

十五分ほどして、スクリプトリウムのドアが開くのが聞こえた。

「マレー博士は、君が雀《すずめ》みたいにこんな夜明けから来てるって、知ってるのかい？」彼は訊いた。

「ひとりの時間が好きなの」とわたしは答え、彼の心の内側を読み取る手がかりを、その顔に探した。

「でも、邪魔が入って嬉しいわ。あなたが来たのが聞こえたの。どうしてこんなに長くかかったの？」

「君はリジーと一緒に、キッチンにいると思ったんだ。リジーがお茶を淹れてくれたんで、断れなくてね」

「リジーはあなたが好きなのよ」

「僕もリジーが好きだよ」

わたしはガレスが手で押さえている鞄を見た。「校正刷りの配達には少し早いわね」

彼はすぐには答えなかった。答えずに、あの告白を思い起こすかのようにわたしを見つめた。わたしは目を伏せた。

「校正刷りじゃないよ。ただ、お昼にピクニックはどうかって誘いにきただけだ」彼は言った。「今日もいい天気になりそうだから」

わたしには頷くことしかできなかった。

「じゃあ、正午ごろにまた来るよ」彼は微笑んだ。

「わかったわ」とわたしは言った。

彼が行ってしまうと、わたしは震える息を吐き出し、頭を壁にもたせかけた。穴から差し込む光が、手の古傷を照らした。ガレスが自転車をとりにスクリプトリウムの壁の向こうに近づいたとき、光は暗くなり、また明るくなった。また暗くなる。モールス信号だわ、と思ったけれど、その意味は解読できなかった。彼が鉄の壁に寄りかかったとき、その体の重みを感じ、金属の羽音が頭蓋に響いた。わたしがこんなにそばにいることを知っていたのだろうか。彼はしばらくそこを動かなかった。

⁂

正午の少し前、わたしはキッチンのテーブルにリジーと一緒に座っていた。

「その頭、ちょっと直してあげようか」とリジーが言った。

「やっても無駄よ。どうしても落ちてきちゃうんだもの」

「あんたがやるからさ」リジーはわたしの後ろに立って、ピンを留め直した。手直しが終わると、わたしは頭を振ってみた。巻き毛は収まったままだった。

キッチンの窓から、ガレスの姿が見えた。急ぎ足で庭を横切り、こちらへやって来る。鞄を肩にかけ、片手にはピクニックバスケットを持っていた。リジーは跳び上がるようにしてドアを開け、彼を招きいれた。

ガレスはリジーに向かって頷くと、満面の笑みを浮かべた。「リジー」と彼が言うと、「ガレス」と彼女は応じた。鏡映しのようににこにこしている。

その挨拶のことばに隠れたいくつもの長い文を、わたしは想像もしなかった。ガレスがピクニックバスケットをキッチンテーブルの上に載せると、リジーはレンジに屈みこんで、温めておいたパイを取り出した。それをバスケットの底に置いて布巾で覆い、次に水筒に紅茶を満たして、牛乳を入れた小さな瓶と一緒にガレスに渡す。

「敷物はあるかい？」とリジーは彼に訊いた。

「あるよ」

リジーは椅子の背から自分のウールの肩掛けをとった。「十二月にしてはあったかいかもしれないけど、コートの上にこれを掛けといたほうがいいよ」そう言いながら、わたしに手渡した。

受け取りながら、このピクニックにリジーが浮き立っていることに当惑した。

「一緒に来る？」とわたしは訊いた。

リジーは笑った。「とんでもない。あたしは忙しいんだよ」

ガレスがテーブルからバスケットを持ち上げた。「行こうか？」

わたしは彼に手をとられ、その後についてキッチンを出た。

わたしたちはカースル・ミル・ストリームに向かい、曳き船道をウォルトン橋まで歩いた。

「もう冬だなんてとても信じられないな」ガレスはそう言いながら、敷物を広げ、真ん中にパイを置いた。湯気が立ち上る。

彼はわたしを座らせたい場所を撫でて平らにし、バスケットから水筒を取り出してマグカップにお茶を注いだ。ちょうどいい分量のミルクを注ぎ、砂糖の塊をひとつ落とす。わたしは両手でマグカップを包み、啜《すす》った。わたしの好きな加減だった。わたしたちは無言だった。

ガレスは自分のお茶を飲み終え、もう少し注いだ。その手が、傍らに置いた鞄のほうに無意識に彷徨《さまよ》っていく。マグカップが空になると、まるでそれがブリキではなく水晶でできているかのように、慎重な手つきでバスケットに戻した。彼の手は震えていた。ほんの微かに。

マグカップが無事にバスケットに収まると、深呼吸してこちらを向き、わたしの顔を見た。微笑みが柔らかに顔に広がっていく。目を合わせたまま、彼はわたしのマグカップを取り上げ、さっきよりややぞんざいに草の上に置いた。それから、彼はわたしの両手を自分の手に包んだ。

彼がわたしの指を唇に押し当てると、その息の温もりがわたしの体をわななかせた。全身が彼に押しつけられたがっていたが、心は彼の顔の造作を見ているだけで満ち足りていた。額の皺の一本一本を、濃い眉を、長い睫毛を、夏の夕空のような青い瞳を記憶に刻み込んだ。こめかみには白いものが混じり、わたしはそれが歳月とともに、彼のもつれた黒髪に広がっていくところを見たいと切望した。

どれくらいそうして座っていたかはわからない。でも、わたしの目が彼の顔を探索していたように、彼の目もわたしの顔を探索しているのを感じていた。わたしたちを覆う影はなく、遠慮がつきまとうこともなかった。わたしたちは裸だった。

ふたりの目がようやく合ったとき、それはまるで共に旅をし、もっと深く通じ合って戻ってきたかのようだった。彼はわたしを離すと、鞄に手を伸ばした。微かな震えが留め金を外す指を不器用にする。それまで確信がなかったが、そのとき、わたしは鞄に入っているものを察した。

しかし、それはわたしが予想したものではなかった。

彼は包みを取り出した。それは茶色の紙に包まれていて、紐で結わえられていた。出版局でのいつもの包み方だ。大きさは印刷用紙の束と同じだったが、厚みはもっと薄かった。

「君に」と彼は言って、包みを差し出した。

「まさか校正刷りじゃないわね」

「校正刷りと言えなくもないかな」彼は言った。

わたしが蝶結びをほどくと、厚手の包み紙が落ちた。

それは美しかった。革表紙に金文字が入っている。ガレスの一か月の給料分はかかっただろう。

『女性のことばとその意味』、緑色の革に〈辞典〉の各巻に使われているのと同じ活字で、そう刻印されている。最初の頁を開くと、再び書名が現れた。その下には、〝エズメ・ニコル編著〟とあった。

その巻は薄かった。活字はマレー博士の〈辞典〉の活字よりも大きく、一頁に三列ではなく二列に印刷されている。Cの頁を開き、懐かしいことばの形を——それぞれの女性の声を指でなぞった。滑らかで上品な声もあれば、メイベルの声のように、しわがれて痰《たん》混じりの声もある。やがてそのことばが現れた。最初の頃にカードに書き記したことばのひとつ。印刷されたそれを見て胸が高鳴った。唇にあの五行戯詩《リメリック》が蝶のように羽ばたいていた。

それを口にすること、それを書くこと、それを活字に組むことのうちどれがより猥褻だろう。息に乗せれば、そよ風に攫《さら》われ、おしゃべりに紛れてしまうこともある。聞き間違われ、あるいは無視されることもあるだろう。頁の上にあるそれは、現実だった。それは捕らえられ、ボードにピン留めされている。その文字は拡《ひろ》げられ、誰の目にもそれが何であるかがわかる。

「わたしのこと、はしたないと思ったでしょう」とわたしは言った。

「そのことばの意味がようやくわかって嬉しかったよ」と彼は言い、真面目くさった顔が笑い崩れた。

わたしは頁をめくり続けた。

「一年かかったよ、エズ。毎日、君の手書きのカードを手にしながら、君のことをもっと深く知るようになった。一語ごとに、僕は君に恋をした。僕は、ことばの形や感触や、無限の組み合わせをずっと愛してきた。でも、その限界と可能性を教えてくれたのは君だった」

「でもどうやって？」

「一度に二、三枚ずつね。あった場所に戻すようにいつも気をつけたし。完成する頃には、出版局の人間の半分が一枚噛んでたよ。僕は活字を組むだけじゃなく、隅から隅まで自分の手を掛けたかった。紙も選んだし、印刷もした。頁の裁断もした。製本所の女の人たちが寄ってたかって綴じ方を教えてくれた」

「そうでしょうね」わたしは微笑んだ。

「スクリッピーでは、フレッド・スウェットマンが僕のために目を光らせてくれてたけど、リジーがいなければ、絶対に不可能だったと思う。彼女は君の行動もカードの隠し場所も全部、知り尽くしてるからね。僕に教えたからってリジーに腹を立てちゃいけないよ」

わたしは、机の中の靴箱を、リジーのベッドの下のトランクを思い浮かべた。わたしの〝迷子のことば辞典〟。リジーはその守護者だったことにわたしは気づいた。そして彼女はことばたちが見つけ出されることを望んだのだ。

「リジーに腹を立てるなんてできっこないわ」とわたしは言った。

ガレスはもう一度、わたしの手をとった。彼の手の震えは消えていた。「選ばなきゃならなかったんだ」と彼は言った。「指輪か、ことばか」

わたしはわたしの辞書を見て、その題名を指でなぞり、そのことばをささやく自分の声を聞いた。自分の手に嵌めた指輪を想像し、それがないことを喜んだ。こんなに多くの感情が押し寄せてくることに驚いた。わたしの胸は漲《みなぎ》っていた。

ふたりの間に、もうことばはなかった。彼は訊ねず、わたしは答えなかった。その瞬間をわたしは詩の韻律のように味わっていた。それはこのあと訪れるすべての序文であり、わたしはもうその筋を思い描いていた。わたしは彼の顔を手に挟み、左右の手の皮膚にそれぞれ違う手触りを味わい、そしてそれを引き寄せた。彼の唇はわたしの唇の上で温かく、舌に残るお茶の味が快かった。腰に回された彼の手は何も求めなかったが、わたしは身をすり寄せた。彼にわたしの体の形を感じてほしかった。パイは冷め、食べられないままだった。

⁂

「で、あれはどこなんだい？」わたしがキッチンに入っていくと、リジーが訊いた。

わたしたちはふたりして、わたしの手に目を向けた。いつもどおり、何の装飾もない。

「あなたが知らないことってあるのかしら、リジー・レスター」

「なんも知らないさ。でもあの人があんたを大事に思ってて、あんたもあの人を好いてることは知ってるし、あんたがその指に指輪を嵌めてピクニックから帰ってくるんだとばかり思ってたんだよ」

わたしは肩掛け鞄から薄い本を取り出し、キッチンテーブルの彼女の前に置いた。「彼は、指輪よりもずっと尊いものをくれたわ」

微笑を浮かべ、リジーはエプロンで両手を拭くと、汚れていないか確かめてから革に触れた。「このことばだったら、あんたはうんと言うと思ってたよ。こんなに立派に本にしてもらって。あの人が見せてくれたときにもそう言ったのよ。そしたらね、あの人、あたしの名前が印刷してあるところを開いて見せてくれてさ、あたしがおいおい泣いてるあいだにお茶を淹れてくれて」涙がまた溢れ出し、リジーは慌ててそれを拭いた。「だけどあの人、指輪がないなんてひとことも言わなかったよ」

リジーは本をわたしのほうへ押した。わたしはそれを茶色い紙に包み、紐で結んだ。「リジー、上にちょっと行ってきていい？」

「まさか、またそれを隠しにいくってんじゃないだろうね！」

「ずっとじゃないわ。でも、まだ誰にも見せたくないの」

「あんたはつくづく変わった子だよ、エッシーメイ」

もしガレスがそこに入るなら、わたしは彼をわたしのトランクに閉じ込めて、鍵を隠してしまっただろう。でも、そうするにはもう手遅れだった。ハートさんとマレー博士は、彼が士官訓練課程に入れるよう、もう何か月もあちこちへ手紙を書いていたのだった。

# 一九一五年五月

士官訓練課程は、五月四日に終わった。わたしたちは五日の水曜日に結婚することになっていた。マレー博士はスクリプトリウムの全員がわたしたちの式に参列できるように、有給で二時間の休みを認めてくれた。

わたしはその前の晩、リジーの部屋で眠った。朝になると、リジーはわたしに簡素なクリーム色のドレスを着せた。レースの高い襟がつき、スカートが二枚重ねになっている。リジーは袖口と裾のぐるりに葉っぱを刺繡《ししゅう》し、あちこちに小さなガラスビーズを縫いつけていた。「こうしとくとお日さまが当たったとき、朝露みたいに見えるだろ」と。

マレー博士は体調が優れなかったが、馬車を呼んで聖バルナバス教会まで一緒に行こう、と申し出てくれた。だが、ぎりぎりになって、わたしはその申し出を辞退した。リジーの言ったとおり太陽が輝いていたし、ガレスがハートさんとスウェットマンさんと一緒に、出版局から歩いてくるのを知っていたからだ。彼が士官になる訓練を受けていた三か月間、顔を合わせていなかったので、わたしたちの道がぶつかるカナル・ストリートで彼にばったり出くわすことを考えると胸が躍った。

マレー夫人が、トネリコの木の下に立つわたしの写真を三枚、手早く撮影した。一枚はマレー博士と、一枚はディータと、そしてもう一枚はエルシーとロスフリスと。写真機を片づけようとする夫人に、わたしはもう一枚撮っていただけないかとお願いした。

リジーがおろしたてのドレスを着て、困ったようにキッチンの入り口をうろうろしている。わたしは手招きした。彼女は首を横に振った。

「リジー」わたしは呼びかけた。「お願いよ。わたしの結婚式なんですもの」

リジーはやって来た。自分に向けられる多くの視線を避けるように少し頭を俯《うつむ》けていた。隣に立ったとき、わたしはリジーの母親のピンに気づいた。リジーのフェルト帽のくすんだ緑色の上で煌《きら》めいている。

「ちょっとこっちを向いて、リジー」とわたしは言った。写真機がピンを捉えるようにしたかった。その写真をリジーに贈り物として渡すつもりだった。

ガレスは結婚式のために士官服を着ていた。記憶よりも背が高く見え、わたしは自分の錯覚か、それとも活字を組む仕事から解放されたおかげかしらと首を傾げた。彼は凛々《りり》しく、わたしは人生で一番美しかった。それは、通りの端と端から聖バルナバス教会へと近づきながら、わたしたちが互いに抱いた最初の印象だった。

教会に入り、わたしはガレスとともに、司祭の前に立った。ハートさんがガレスの左に立ち、ディータがわたしの右に立った。会衆席の四列には、〈辞典〉と出版局の人々が座り、マレー博士と夫人、スウェットマンさん、ベスとリジーが最前列に座っていた。本来ならもっと大勢いたはずだが、ガレスの出版局の親しい仲間はフランスで従軍していたし、ティルダは救急看護奉仕隊に入隊していた。ロンドンの聖バーソロミュー病院の看護婦長は、彼女に参列のための休暇を認めてはくれなかった。

式で何が言われたのか記憶がない。司祭の顔も思い出せない。リジーがわたしのために作ってくれた花束をずいぶん長い間、見つめていたのだろう。その繊細な白い花々と馥郁《ふくいく》とした香りはずっとわたしに纏《まと》わりついていた。鈴蘭——リリー・オブ・ザ・ヴァレー《谷間の百合》。ガレスがわたしの指に指輪を嵌める前に、ディータが手を伸ばして花束を受け取ろうとしたが、わたしはそれを手離すのを拒んだ。

ふたりが教会から外に出ると、出版局の製本所で働く女性たちの小さな一団が投げかける米粒が降り注いだ。それから、前掛けをつけた印刷工と植字工たちの聖歌隊が目に入った。彼らが「銀色の月明かりのもとで」を歌う中、ガレスとわたしは、腕を絡め合い、目を輝かせてそこに立っていた。

ロスフリスが写真を撮っていた。だしぬけに、マントルピースの上で凍りつくふたりの姿が脳裏に閃《ひらめ》き、わたしは慄然とした。ガレスは永遠に年をとることなく、老いたわたしが肩掛けにくるまり、ひとり暖炉の前に座っている。

わたしたちは行列を作ってジェリコの通りを練り歩いた。ウォルトン・ストリートに入ると、製本所の女性たちと印刷工の合唱隊は出版局へ戻り、ブラッドリーさんとクレイギーさんの部下たちの数人も、オールド・アシュモレアンに向かって歩いていった。残ったわたしたちはそのままサニーサイドへ向かい、トネリコの木の下でサンドウィッチとケーキを食べた。それは、長い歳月のあいだ、文字がひとつ終わるたびに、あるいは分冊が出版されるたびにそれを祝った、幾度もの午後のお茶会の記憶を呼び起こした。夫人に助けられながらマレー博士が家に入ると、わたしたちはそれを、全員に与えられた二時間が終わった印だと受け取った。ブラッドリーさんとエレノアはオールド・アシュモレアンへ戻り、ハートさんも出版局へ帰っていった。ディータとベスがバラードさんと一緒にキッチンへ入り、ロスフリスとエルシーが、リジーを手伝って後片づけをすると主張した。スクリプトリウムの男性たちの中で、最後まで仕事に戻らず残っていたのはスウェットマンさんだった。彼はガレスの手を握り、わたしの手に口づけした。「父上がおられたら、さぞ誇らしく思い、喜ばれただろう」とスウェットマンさんは言い、わたしはそのまなざしをしっかりと受け止めた。パパの思い出は、分かち合うことでいっそう力強く蘇ることを知っていたから。

わたしたちはパパの家の玄関に立った。パパの家――わたしの家だ。まるで誰かに招き入れられるのを待っているみたいだった。どちらが扉を開けるかで少し揉めた。

「もうふたりの家よ、ガレス」とわたしは言った。

彼は微笑んだ。「そうかもしれないけど、僕は鍵を持ってないよ」

「あら、そうだったわ」わたしはしゃがんで、植木鉢の下から鍵を取り、差し出した。「はい」

彼はそれを見た。「でも、そんなに簡単に渡しちゃだめだと思うよ。花嫁の持参金じゃないんだから」

わたしが返事をする前に、彼は身を屈め、わたしを抱き上げた。

「よし」と彼は言った。「君がドアを開けたら、ふたりで一緒に敷居を跨《また》ごう。ただ急いでくれるかな、エズ。悪いけど」

家の中は鈴蘭でいっぱいで、どの部屋も染みひとつなく磨き上げられていた。ひんやりした夕暮れのキッチンをレンジの火が温めていて、夕食がゆっくりと出来上がりつつあった。

「リジーがいてくれて、君は幸せだよ。わかってるかい?」とガレスは言い、わたしを下ろした。

「知ってるわ。あなたがいてくれて幸せだってこともね」それ以上ことばを交わすことなく、わたしはガレスの手をとって階上へ導いた。

わたしはパパの寝室だった部屋のドアを開けた。ベッドには新しいベッドカバーがかかっている。キルト仕立てで、リジーの繊細な縫い目で装飾がほどこされていた。そこに寝たことは一度もなかったが、今はそのことが嬉しかった。それがふたりの初夜の床だった。

わたしたちは自分たちの体を羞《は》じらいはしなかった。でもそれぞれが、知っていることと、知らないことを隠し持っていた。ビルの記憶が不意に浮かび、恐ろしくなった。彼の指がわたしの髪の分け目をなぞり、顔へと降りて、全身をたどり、その道すがらあちらこちらへと寄り道する。「鼻」彼はわたしの耳元にささやいた。「唇、首、乳房、臍《へそ》……」

思わず身震いし、ガレスは少し身を引いた。わたしは彼の手をとって手のひらに口づけした。それから彼の指を導き、自分の全身をたどった。その道すがらあちらこちらへ寄り道しながら。「ヴィーナスの丘」ふたりが柔毛《にこげ》の絡まりにたどり着いたとき、わたしは言った。

⁂

ガレスはオックス・アンド・バックス第二歩兵連隊への着任辞令を受けていたが、カウリー兵営に出頭するまで一か月の猶予を与えられていた。マレー博士にはわたしを休ませる余裕はとてもなかったものの、勤務時間を短縮することに同意してくれた。毎日午後になると、わたしはスクリプトリウムから出版局へ歩いていった。そこではガレスが若すぎたり、老いすぎたり、近眼すぎたりする男たちに、ライフル銃の構え方を指導している。出版局では、国防義勇軍の調練を行っていた。

わたしは彼を見つめた。いつか彼を観察したときのように。彼は、十五にもならない少年に銃の構え方を教えている。少年の左手を銃身の下に置き、もう一方の手に銃床を握らせ、少年の人差し指を後ろに引いて、指先だけが引金にかかるようにする。まるで活字を選び、ステッキに並べてことばを作るときのように集中していた。後ろに下がって少年の足の位置を確かめている。指示を与えると、少年が小銃を肩から胸のほうに寄せた。

少年がふざけてカウボーイのふりをし、撃つ真似をすると、ガレスは銃身を下げて地面へ向け、少年に何か言った。彼の言ったことは聞こえなかったが、少年の顔に浮かんだものを見て、ガレスが士官になると聞いてリジーがわたしに言ったことを思い出した。「軍隊には若い連中をまとめる大人の男が必要なんだって。気取った喋り方じゃあ、そういうお役目には向かないそうだよ、あたしが聞いた話ではね」リジーの言うとおりだった。ガレスには部下を率いる器があった。年若い植字工たちといるとき、わたしはそれに気づいた。そして印刷室でも。フランスでのそれを想像しようとしたが、うまくいかなかった。

わたしたちは、カースル・ミル・ストリーム沿いを歩いた。ガレスは軍服姿で、本人はそれが新品に見えすぎると文句を言ったが、通りすがりの誰もが、会釈や微笑、あるいは熱心な握手で彼に挨拶した。ひとりだけ、近づいていくわたしたちから目をそらした者があった。若い男性で、民間人の服装が目についた。

わたしは、ガレスが志願しなければよかったのにと思うのをもうやめていた。しかし、彼が死へ向かって歩んでいくのだと考えることはやめられなかった。夜はそれを考えて目を覚ましたまま、眠る彼を見つめた。そのせいで、意味もなく暇さえあれば彼に触れた。ありとあらゆることについて彼の考えを知りたかった。善と悪についての質問を浴びせ、わたしたち英国人とドイツ人のどっちがどっちなの、と訊いては彼を辟易《へきえき》させた。わたしはもっと深く彼の地層を掘り起こそうとした。そうすれば、彼がたとえ死んでも、より多くのものがわたしのもとに遺されるだろうから。

ガレスは、フェステュベールの戦いの後に賜暇《しか》から呼び戻された。ロンドン・タイムズ紙の〝追悼〟の名簿には、オックス・アンド・バックスの四百名も含まれていた。ふたりが結婚してからまだひと月も経っていなかった。

「僕はフランスに送られるわけじゃないよ、エズ」

「でもそうなるでしょう」

「たぶんね。だけど、まず訓練しないとどこへも送れない新兵が百人もいるから、しばらくはカウリーにいることになる。近くだから、例の新式の乗合自動車に乗ってオックスフォードに帰ってくるよ。お昼に待ち合わせよう。それに休暇には家に帰ってこられるし」

「でも、せっかくあなたのだまだらけのマッシュポテトに慣れたのに――それにわたし、お皿の洗い方を忘れちゃったかも」わたしはふざけたふうを装って言った。だがこの数年間、あまりに多くの夜をひとりで過ごしてきたわたしは、これからの孤独の深さを思わずにいられなかった。「わたし、自分を持て余してしまいそう」

「病院で奉仕に来られる人を募集してるよ」解決策を見つけたとばかり、嬉しそうに彼は言った。「兵隊はこの辺の者ばかりじゃないから、誰にも見舞ってもらえない奴らもいるんだ」

わたしは頷いたが、それはなんの解決策でもなかった。

⁂

カウリー兵舎に去ったとき、ガレスは自分の欠片をあちこちに残していった。彼の平服はわたしたちの衣装だんすに、すぐ着られるように下がっていた。彼の髪の毛――黒い毛と硬い白髪――が数本残った櫛《くし》が、浴室の洗面台に置き放しになっていた。ベッドの脇には、ルパート・ブルックの詩集が開いたまま伏せてあり、その背表紙が中ほどで折れていた。ガレスが読んでいた詩を見ようとわたしは詩集を取り上げた。〈死者〉。わたしはそれを置いた。

⁂

わたしはスクリプトリウムに慰安を求めた。だがカードたちがこの戦争を語り出すまで、あとどれくらいあるだろう?

ディータが、フィリス・キャンベルの『前線の裏で』を送ってきた。わたしはそれを机の中に入れておき、ほかの人々が仕事を終えて帰ってしまってから読んだ。キャンベルの戦争は、新聞に書かれている戦争とはずいぶん違っていた。

文脈だよ、とパパはいつも言っていた。すべてに意味を与えるのは文脈なんだ。
ドイツ兵たちはベルギーの女性たちの赤ん坊を串刺しにした、と彼女は書いていた。それから女性たちを強姦し、その乳房を切り取った、と。

わたしは、英語の膨大な単語が持つゲルマン語の語源について、マレー博士が意見を求めたドイツの学者たちの面々を思い浮かべた。戦争が始まってから、彼らは沈黙していた。あるいは沈黙させられていた。言語を愛するあの紳士たちにこんなことができるだろうか？　もしドイツ人がそんな蛮行を犯せるなら、フランス人が、あるいは英国人がそれをしないわけがあるだろうか？

フィリス・キャンベルや、彼女のような女性たちは、こうしたベルギー女性たちのうち、まだ生きていた者の看護をした。トラックの荷台に乗せられて到着した彼女たちは、母乳ではなく血に浸されたぼろ布を胸に巻き、その足元には死んだ赤子が転がっていた。

わたしは震える手で、一枚、また一枚とカードに用例を書き写し、それぞれに〝ウォー《戦争》〟という見出しをつけた。それらは、すでに分類され、原稿になるばかりのカードに、忌まわしいものを付け加えた。終わったとき、わたしは精魂尽き果てていた。立ち上がり、整理棚でそれらを収めるべき仕切りを探す。そこに入っていたカードを取り出し、ぱらぱらとめくった。今、書いたばかりのカードは、何か新しく、何か無残なものを〝戦争〟の意味にもたらすことになる。だがわたしには、カードをそこに加えることができなかった。もとからあったカードを、取り出した仕切りへ戻し、暖炉の火格子《ひごうし》へ歩み寄った。フィリス・キャンベルの本から採った用例を投げ込み、それらが自らの影になっていくのを見つめた。

〝リリー〟が胸に浮かんだ。あのときわたしは、そのことばを救ったなら、母の何かがずっと記憶されると考えた。フィリス・キャンベルにとって戦争が何を意味するのかを、戦争がベルギーの女性たちにとって何だったのかを、削除する権利はわたしにはない。栄光のプロパガンダ、男たちの塹壕《ざんごう》での経験と死、そんなものの中で、女たちの身に何が起きたのか、たとえその一端でも知られる必要がある。わたしは机に戻り、『前線の裏で』を開き、再び書きはじめた。今一度、震えるペン先から、一つひとつ、目をそむけたくなるような文を絞り出すように書いていった。

戦争が、人間の本性を変え得るなら、間違いなくことばの性質も変えるだろう、とわたしは思った。だが、英語のほとんどはすでに活字に組まれ、印刷されてしまっていた。わたしたちは、終わりに近づこうとしていた。

「そのことには、きっと最後の巻で触れることになるだろうな」とスウェットマンさんは、わたしたちがこのことを話し合ったときに言った。「詩人たちがうまくやってくれるだろう。彼らは、いろんなものの意味に含みをもたせる術《すべ》を心得ているからね」

⁂

一九一五年六月五日

親愛なるオーウェン夫人

あなたをエズメ以外の名前で呼ぶなんて想像もできないけれど、一度だけ、自分のペンであなたがそういう女性になったことを確認したかったのです。わたくしは結婚にたいして重きを置いておりませんが、あなたとガレスの結婚はあらゆる点で申し分ありません。もしすべての結婚があのように素晴らしいものであり得るなら、わたくしもこの慣行について考えを改めるような気がします。

このひと月ほど、わたくしのペンは遊んでいたかとお思いでしょうか。誓ってそうではありません。あなたが結婚してからというもの、わたくしは毎日のように、あなたのお父様にお手紙をしたため、聖バルナバス教会を背にし、鈴蘭の花束を手に持って、ガレスの隣に立っていたあなたがどんなに美しかったか、どんなに完璧に満ち足りていたかお知らせすることばかり考えていました。

わたくしはあなたのお父様に四十年も手紙を書いてきましたから、その習慣をやめるのは難しいことでした。努力はしましたが、お父様の思慮深い省察を期待しながらでなくては、物事をきちんと考えることができなかったのです。わたくしはハリーとの文通を再開することに決めましたが、それを恥じてはおりません（そのことで、あなたが嫌な思いをしないことを願っています）。あなたの婚礼がこのきっかけになりました――あの輝かしい日のすべてを事細かに報告するとしたら、ほかに誰がいるでしょうか？　というわけであなたのお父様に手紙を書きたいと考えたというのは、実際にお父様に手紙を書いていたということなのです。お父様は、わたくしの心の中では沈黙されてはいないのですよ、エズメ。

お父様は、あなたがブーケを投げようと決めたことに、さぞ胸を躍らせたでしょう。たとえあなた側の女性の列席者たちが、既婚者か独身を貫くと心に決めた老嬢ばかりだとしてもね。あの小さな集まりにあなたが背を向けたときの驚きといったら。あなたが自分のために一茎抜くのを見たとき、わたくしには次に起きることがわかりました。製本所の娘さんたちが前に進み出ればいいと思ったのですが、ブーケがあなたの手を離れたとき、それが向かう先は明らかでした。リジーとわたくしは唖然としていたに違いありません。ふたりとも、まさかそれを受け止める勇気はなく、といって花束が地面に落ちるのも望みませんでした。リジーがためらうのを見て、わたくしは彼女を葛藤から救い出すしかなかったのです。一瞬、眩暈《めまい》がしたのは認めなくてはなりませんが（でも後悔はありません）、花束ははるばるバースへ戻る道中、甘く愛らしいお供になってくれました。

そして今度は、わたくしがそれをあなたに送り返す番です。押し花にして、あなたがよいと思う方法で保存できるようにしてあります。あなたはきっと本の栞《しおり》にするのではないかしら。何か月も、あるいは何年も置き放していた本を開いたとき、あの日の思い出がそこから零《こぼ》れ落ちるなんて、それ以上に美しいことがあるでしょうか。もちろん、ガラスに閉じ込めて、結婚式の写真の横に飾ることを選ぶかもしれませんが、あなたはもっとよい趣味をしていると思うのよ。

あなたの結婚式からずっと、あなたのお父様にお手紙を書くだけがわたくしの手慰みだったわけではありません。あなたもよくご存じのようにジェームズ・マレーの健康が優れないので、途方に暮れるほどたくさんの校正刷りが送られてきています。ジェームズが寄せてくださる信頼には感じ入るばかりですが、わたくしはお財布を管理している方々に手紙を書き、こうした貢献に対して少しばかり俸給《ほうきゅう》を頂きたいとお願いするつもりです。年を追うごとに仕事は増えるばかりですし、わたくしの名前が謝辞に載っても、以前ほどには埋め合わせになりません。ベスはこの話題にずいぶんと乗り気で、要望の手紙を書くのを手伝ってくれました。とはいえ、まだこれを送るつもりはありません。現在の状況でそんな要求をするのは因業《いんごう》な気がしますから。わたくしもこれまでどおり続けてまいりましょう。わたくしたちの誰もが、そうするほかないのですもの。

ガレスの戦地への出征が間近に迫っていることに触れずに、この手紙を終えるわけにはまいりません。可愛いエズメ、これはあなたにとっての試練になるでしょう。戦争が本当に大勢の人々に試練をもたらしているようにね。わたくしがついているのを忘れないで。お便りをください。訪ねていらっしゃい。必要なだけお頼りなさい。忙しくするのがいいわ——不安や孤独な心に、忙しい一日にまさる薬はないことは、いくら強調してもし足りません。

かしこ
ディータ

リジーがスクリプトリウムのドアからひょいと顔をのぞかせた。「なしてまだいるのさ?」と彼女は言った。「もう七時を回ったよ」

「〝トワイライト《黄昏》〟の項目を見直してるの。マレー博士が、月末までにTを終わらせたがってらっしゃるから。そんなの無理なんだけど、みんななんとかしようとしてるのよ」

「あんたがここにいるのは、そんな理由でないんでないのかい」リジーが言った。

「ねえ、わたしが家に帰って何をするか知ってる? 編み物よ。兵隊さんたちの靴下。一足目を編むのに三週間かかったわ。ガレスが試し履きしたとき、きつすぎて、履いてたら一週間以内に壊疽《えそ》になって帰国させられる、ですって。わざとやったんだろうって意地悪言うのよ」

「わざとやったんかい?」

「まあひどいわ。違うわよ、ただわたしは編み物が嫌いだし、編み物もわたしを嫌いなの。五足編み終えたけど、一足ごとにどんどん下手になっていくみたい。でも、何かしないわけにいかないのよ。そうじゃないとガレスが外国に送られることをくよくよ考えはじめちゃうから」わたしは言った。「毎晩、疲れ果ててベッドに倒れ込めたらどんなにいいかしら。そうすれば、何も考えないで眠れるわ」

「そんな願い、叶ったって嬉しくないよ、エッシーメイ。奉仕活動のこと、ちょっとは考えてみたの?」

「ええ、でも負傷兵に囲まれて座るなんて気が進まないわ。想像すると、みんなガレスの顔になってしまうんだもの」

「包帯を巻くとかそういう仕事に、いつでも女手はいるんだよ」とリジーは言った。「それに、話し相手が別嬪《べっぴん》だと男たちは喜んで喋るんだって。あんたほら、耳を澄ませてたら、ことばのひとつやふたつ、拾えるかもしれないしさ」

「考えておくわ」とわたしは言った。

⁂

「リジーと話をしたの？」わたしはガレスに訊いた。

彼は午後だけ休暇をもらい、カウリー兵営から帰ってきていて、わたしたちはウォルトン橋のそばでサンドウィッチを食べていた。彼はわたしの問いを避けた。

「サムは出版局の奴でね」と彼は言った。「でも、もとは北部の出なんだ。訪ねてくれる人がいたら喜ぶと思う」

「その人、出版局にお友達はいないの？」

「僕がいるけど、僕は君に会いに来る時間もほとんどない始末だからね。それにほかの連中は……みんなまだフランスだし」

まだフランス、とわたしは思った。生きて、それとも死んで？

「サムは君のこと憶えてるよ」とガレスは続けた。「僕は運がいいってさ。君に訊いてみるって言っといたんだ」

ラドクリフ病院は、パパが運び込まれたときからほとんど変わっていなかった。違いは、老人に代わって若者が病室を占領していることだけだ。彼らは下士官兵たちだった。手足が揃っていて、機嫌よくいる者。手足も愉快な気分も失くした者。気力がある者は、わたしが通りかかると笑いかけ、揶揄《からか》った。ガレスの顔をした兵士は誰もいなかった。わたしはほっとして、これまで足を向けなかったことを恥じた。

看護婦が、病棟の一番奥にあるサムのベッドを指した。そこに向かって歩きながら、わたしは二十五人の若者たちのカルテに目を走らせていった。氏名と階級は大きくはっきりと書かれているが、負傷は、医学用語と糊のきいた純白のシーツの下に隠れ、判然としなかった。ひとつの病院のひとつの病棟でこれだ。今、オックスフォードシャーには十の病院がある。

サムは座って、夕食を口に運んでいた。見憶えはあったが、せいぜい街で何度かすれ違ったことがある顔見知りといった程度だった。わたしが名乗ると、彼は顔を上げてにこにこした。右脚が少し高く持ち上げられ、上掛けの下に隠れていた。

「足が失くなっちまいましてね」と彼は言った。まるで時刻を告げるように、そこには何の感情も含まれていなかった。「俺が見てきたものに比べりゃ、こんなのたいしたことでもねえけど」

わたしたちのどちらも、彼が見てきたものについて話したくはなかった。彼は間髪を容れずに出版局のことを話し出し、共通の知り合いかもしれない誰彼の消息を訊ねた。紙倉庫や印刷室、製本室、配送室を、台車を転がしながら行き来していた前掛け姿の大勢の若者たちに、わたしは注意を払ったことがほとんどなく、誰が残っていて誰がいなくなったかも知らなかった。

「逝っちまった奴らなら、わかりますよ」と、彼は足のことを告げたときと同じ、平板な声で言った。そして、死んだと知っている少年たち一人ひとりの名前と職名を並べていった。その情報は単調だった。彼はほとんど息をつぐこともしなかった。だが、彼には彼らを思い出すことが必要だった。そして彼がそうするあいだ、わたしは少年たちがかつて一日に歩いた道筋を思い浮かべた。それは出版局の各所を縫い合わせる糸だった。彼らなしで出版局はどうして動いていけるだろう？

「いっちょ上がり、と」と彼は言った。そうやって並べ上げたのが、人間ではなく、まるで備品や器具の在庫だったかのような口ぶりだった。それからサムはわたしを見てにっと笑った。「ガレス、いやオーウェン少尉が言ってましたよ。奥さん、ことばを集めるのが好きなんだってね」彼はわたしの顔に驚きを見てとった。「俺も、たぶん〈辞典〉には縁のねえことばを持ってますよ」

わたしはカードと鉛筆を取り出した。

「バンフ《Bumf》」とサムは言った。

「文に入れて言ってみてくれるかしら？」わたしは頼んだ。

病棟の向こうから誰かが割り込んできた。「おまえ、文って何だか知ってるだろうな、え？ ティンカ」

「なぜあなたをティンカって呼ぶの？」

「ライフルをいじくりまわし《ティンカリング》ててめえの足を撃っちまったからですよ」サムの隣のベッドの男が言った。「わざとやる奴もいてね」

サムはそれには応えず、こちらを向き、小声で言った。「そこのパンフレットをとってくれ。便所に行くからバンフがいるんだよ」

少し間をおいて、頼んだ文を言ってくれたのだと気づいた。わたしはそれをカードに書き、彼の名を記した。「なぜ〝バンフ〟なの？ 語源は何？」とわたしは訊ねた。

「言わねえほうがよさそうですよ、オーウェンさん」

「エズメって呼んでちょうだい。それに、わたしのことなら気にしないで、サム。あなたが思いもよらないような下品なことばも知っているから」

彼は微笑して言った。「ケツ用の消耗品《バーム・フォッダー》ですよ。司令部から山ほど来るんでね。読んだってしょうがねえ代物《しろもの》だが、腹を下したとくりゃ、値千金《あたい》ってね。おっとすまねえ、奥さん」

「俺もいいことば知ってるぜ、お嬢さん」別の男が大声を出した。

「俺だって」

「下品なやつがお好みなら」と腕を失くした男が言った。「俺のベッドの隣にしばらく座ってくれよ」残された手で、彼はベッドの縁を叩き、薄い唇をキスの形にすぼめた。

病棟を管理しているシスター・モーリーが早足でわたしのところへ来た。冷やかしは止まった。

「オーウェン夫人、ひとことよろしいかしら」

「彼女、ひとことどころか、ことばならたっぷりお持ちだよ、シスター」とわたしに色目を使った片腕の男が言った。「ポケットを調べてみなよ」

わたしはサムの肩に手を載せた。「明日来てもいい？」

「喜んで、奥さん」

「エズメよ、忘れないで」

「昨日、新しい患者が入りましたの」とシスター・モーリーは、一緒に病棟を出ながら言った。「彼に付き添っていただけないかしら。巻いていただきたい包帯のバスケットをお渡しするわ。手持ち無沙汰にならないように」

「もちろんですわ」とわたしは言い、シスターがポケットをひっくり返すように言わなかったことにほっとした。

わたしたちは、長い廊下を歩いて別の病棟へ向かった。病棟はみな、どれも驚くほど似かよっていた。二列に並んだベッド、子供のように寝かしつけられた男たち。体を起こして座り、今にも外へ遊びに出かけそうな者がいる。仰向けに横たわり、ほとんど身じろぎもしない者もいる。

アルバート・ノースロップ二等兵は、ベッドに身を起こしていたが、その虚空を見つめる瞳には、この若者はしばらくどこへも行きそうもないと思わせる何かがあった。

「バートって呼ばれているのかしら？　それともバーティー？」とわたしは彼に訊ねた。

「バーティーと呼んでおります」とシスター・モーリーは言った。「本人がそう呼ばれたいのかはわかりませんの。ひとことも話しませんのでね。ちゃんと聞こえるようなんですけど、どういうわけか、ことばの意味を理解できないらしいのです。ただ、ひとつ例外があって」

「それは？」とわたしは訊いた。

シスター・モーリーはバーティーの肩に手を置くと、立ち去る前に頷いてみせた。彼はただ前を見つめていた。それから、シスターはわたしを連れて病棟を通って引き返した。声の届かないところまで来てから、やっと彼女はわたしの問いに答えた。

「そのことばは〝爆弾〟なんです、オーウェンさん。それを聞くと、バーティーは大変な恐慌をきたしてしまいますの。精神科医が言うには、後天的な反応で、珍しい戦争神経症の一種だとか。彼はフェステュベールの戦いに参加したんですが、何も思い出せないようですの。一緒に従軍した人たちの写真を見せられても、誰なのかわかるそぶりはまったくなくて。自分の持ち物ですら、見憶えがないらしいのよ。体の傷はさほどでもないのですけれど、心の傷が癒えるまでずいぶんかかりそうですわ」彼女はバーティーのほうを振り返った。「あの患者に付き添ってくださってるあいだに、あなたがその紙のカードを取り出すようなことがあったら、ちょっとお祝いしたいくらいですわ、オーウェンさん」

シスター・モーリーは、わたしに別れの挨拶をし、明日の夕方六時にお待ちしている、と言った。

「そうそう」と彼女は言った。「こちらの病棟の患者は全員、例のことばを言わないように注意されています。そのことばをぜひ使いたいという者もおりませんけどね。あなたも使わないようにしていただけると、みな助かりますわ」

わたしがその日、バーティーのベッドのそばに付き添ったのは長い時間ではなかった。包帯を巻き、一日にあったことを話し続けた。はじめは、言ったことが少しでも届いているだろうかと、彼の顔をちらちらと盗み見た。何も通じていないことがはっきりすると、わたしは遠慮なく、彼の顔立ちを観察した。バーティーは子供だった。わたしにはそう見えた。彼の顔には髭よりも、にきびのほうが目立った。

わたしはサムと、そのあとすぐラドクリフに来た出版局の若者ふたりの訪問を続けた。でも、わたしの気を紛らわせてくれたのはバーティーだった。バーティーと話していると、シャボン玉のような、戦争のない世界にいられた。わたしはたいてい〈辞典〉や、編集者たちや、彼らの特有の癖について話した。仕分け台の下で過ごした子供時代を、パパの膝に座ってカードで読み方を覚えたときの楽しさを語った。その何ひとつ、彼が理解している気配はなかった。

「彼に恋しちゃったんじゃないだろうね？」休暇を一日貰って帰ってきたとき、ガレスは揶揄った。

「何に恋すればいいの？　何を考えてるのかさっぱりわからないのに。それに、まだ十八よ」

日々を重ねるうちに、わたしはスクリプトリウムから本を持ち出し、バーティーが喜びそうだと思う一節を朗読するようになった。そうした文章は、ことばより音の響きや調子をもとに選んだが、必ずどのことばも無害であることを慎重に確かめた。詩は、彼のまなざしを穏やかにするように見えた。時折、彼が一心に目を凝らすようにしてわたしを見ていると、もしやその意味のいくらかでも彼に届いたのではないかと思うこともあった。六月の残り、そして七月に入ってしばらくのあいだ、わたしはぐっすりと眠った。

## 一九一五年七月

七月になる頃には、マレー博士がスクリプトリウムで時間を過ごすことはほとんどなくなっていた。ロスフリスは、風邪がなかなか抜けないのよと言っていたが、記憶にある限り、博士が〈辞典〉より風邪を優先したことは一度もなかった。博士は怪《け》しからぬ批判を退けるときと同じように、苛々《いらいら》と不機嫌に風邪を退けたものだった。だが仕事は続いた。〈辞典〉の部員たちは母屋にいる博士のもとを訪れ、原稿が行き来した。『Trink（小さな手回り品）- Turndown（折り返しの）』が完成したとき、わたしたちは、仕分け台を囲み、恒例となった午後のお茶で祝った。席に加わったマレー博士は、これまで見たことがないほど顔色が悪く、痩せていた。

それは静かなお祝いだった。わたしたちは戦争ではなくことばについて話し、マレー博士は、Tが完成するまでの予定を見直すことを提案した。予定はそれでも楽観的に思えたが、誰も博士に口を挟まなかった。

ケーキを食べているとき、ロスフリスがわたしのほうに体を傾けた。「雑誌の『ピリオディカル』が次の号で〈辞典〉のことを写真入りの見開き記事にするんですって。それで、編集主幹三人と部員の写真を撮影する手配をしてるの」

「まあ素敵」わたしは言った。

彼女は父親のほうを見た。博士のケーキは手つかずのままだった。「そうね、でも写真家が七月末まで来られないんですって。だからわたし心配で……」彼女はそのことばを終えられなかった。「悪いんだけど、お母様のブローニーで写真を撮ってもらえないかしら？　念のために？」

マレー博士のいない〈辞典〉。わたしはその考えを押しのけた。「喜んで」とわたしは言った。

ロスフリスは片手をわたしの膝に載せ、悲しげな微笑を浮かべた。「でも、そうするとあなたが写真に入れないことになるけれど」

「本物の写真家が来るときに、きっとここにいるようにするわ」とわたしは言った。

「ええ、もちろんよ。あなたが正式な記事から除《の》け者になるなんてとんでもないわ。わたしが憶えてる限り、あなたはずっとこの事業に関わってきたんですもの」

ロスフリスは家へ戻り、ブローニーを取ってきた。わたしはマレー家の人々と庭で写真を撮ったときに一度か二度、それを使ったことがあったが、ロスフリスは使い方をもう一度説明した。リジーが仕分け台からお茶の道具を片づけ、エルシーが一人ひとりを彼女がふさわしいと思う位置に並ばせた。

残っているのはもう、わたしたち七人だけだった。マレー博士が支えられながら本棚の前に置かれた椅子に腰かけ、エルシーとロスフリスが両側に座った。メイリングさんとスウェットマンさん、そしてヨックニーさんがその後ろに立った。

わたしはレンズ越しにマレー博士を見、焦点を合わせた。その顔は昔、仕分け台の下のわたしをこっそり覗いては、秘密めかして片目をつむってみせた顔だった。出版局の代議員会からの手紙を読んでいた厳《いか》めしい顔であり、ほかの編集主幹の誰かから来た原稿を読んでは苛立《いらだ》ち、興奮したあの顔だった。それはパパと楽しげにスコットランド訛《なま》りを交えながら語らっていたあの顔であり、ガレスが校正刷りを届けにくると、かすかに頬を緩ませたあの顔だった。博士はフレームの中央に座り、その周りを〈辞典〉を構成するすべてが取り巻いていた。膨大な書物と分冊、カードが溢れかえる分類棚、愛娘《まなむすめ》たちと助手たち。これ以上何があるだろうか？

「ひとつ足りないものがあるわ」とわたしは言った。

わたしはマレー博士の一段高い机の後ろにある棚のところへ行った。そこには八巻分のことばが並び、あと四、五巻分の場所が空いていた。その空いた場所に、わたしが幼い頃、マレー博士がかぶっていた角帽が載っていた。わたしはそれを取り上げ、叩いて埃を落とした。指のあいだに房をゆっくりと滑らせながら、ほんのわずかな間、追憶に浸ることを自分に許した。わたしはそれを一度かぶったことがあった。スクリプトリウムでパパとふたりきりだったときに。パパがそれをわたしの頭に載せ、わたしをマレー博士の腰掛けに座らせた。パパは真面目くさった顔で、〝キャット《猫》〟ということばに加えた修正を承認していただけますか、と訊ねた。「修正は適切である」とわたしが言うと、パパは相好を崩し、にんまりと笑った。

「マレー博士、これをかぶられたほうがよろしいですわ」博士はわたしに礼を言ったが、その声はほとんど聞きとれなかった。

ロスフリスが手伝って角帽の位置を直すと、わたしは再び写真機を取り上げた。

「こちらをご覧になって」

全員がわたしを見る。その表情は生真面目だった。時が果てるまでそうだろう。瞬きして涙をこらえると、わたしは写真を撮影した。

わたしが葬儀のために着替えているあいだに、ガレスは最後の荷物を背嚢《はいのう》に詰めていた。暑い日で、冬のことなど想像もできなかったが、彼は衣装だんすから外套《がいとう》を取り出した。

彼がそばに来て、額に口づけした。両手の親指でわたしの目の下をはらい、塩辛い瞼に片方ずつ唇を寄せた。片手をとるとブラウスの袖口のボタンを留め、次にもう一方に同じようにした。

わたしは帽子をつけ、巻き毛をしっかりとたくし込んで、鏡の前に立った。ガレスはわたしの後ろを通って、廊下に出ていった。戻ってきたとき、その手にはブラシと櫛があった。わたしはそれを背囊に入れる彼の姿を鏡越しに見つめ、彼に見つからないようにそれを取り出し、浴室の洗面台に戻すことはできないかしらと考えた。

用意はできた。

わたしたちは、ひと月にも届かないあいだ夜を共に過ごしたベッドの足元に立った。ふたりの唇が出合った。わたしは初めてのキスを思い出した。甘い砂糖入りの紅茶の味。だがこの口づけは、大海の味がした。優しくて静かで果てしなかった。わたしたちはそれぞれ、託さねばならないものをそこに吹き込んだ。これから、その記憶をよすがにわたしたちは生きていかねばならないのだから。

鏡に映ったわたしたちが目に入った。その姿は、乗車を急《せ》かす笛が鳴る前の、どんな男女とも見えた。でもわたしは駅へは行かない。耐えられないから。

ガレスは葬儀のあと出立する。彼は背囊の紐を縛り、肩にひょいと掛けた。わたしはハンドバッグを手に取り、洗い立てのハンカチを入れた。ガレスの後について部屋を出たが、最後に振り返って、何か忘れ物がないか確かめた。ルパート・ブルックの詩集が、まだベッドの隣に置かれたままだった。急いで近寄り、ハンドバッグに入れてから階段を駆け下りた。

葬儀で、わたしはガレスと一緒に会葬者の群れの最後尾に立っていた。急な知らせだったのに、少なくとも二百人は集まっていた。わたしは体裁が悪いほど盛大に泣いた。マレー夫人よりも、エルシーとロスフリス、そしてマレー家の子供と孫たちをすべて合わせたよりも泣いた。最後のことばが話され、家族が前に進み出たとき、わたしは背を向けてその場を去ろうとした。

ガレスの手がわたしの手を探った。わたしは精一杯声をひそめて、行かせてちょうだい、と懇願した。

「全部終わったら、リジーと一緒に戻ってきて。サニーサイドで待ってるわ」

門を入ったとき、そこには奇妙な静寂があった。家は、それを形作っている石でしかなかった。その鼓動も、呼吸も、すべてが教会の墓地に集まっている。人生で初めて、わたしは気づいた。スクリプトリウムが無常の存在であることに――崇高な目的にそぐわない、ただの古ぼけた鉄の小屋であることに。

わたしはキッチンへ回り、ドアを開けた。朝のパンの香りが、その日の暑さで濃く籠っていた。その香りがわたしをつなぎとめてくれた。

階段を一段飛ばしで上ると、リジーのベッドの下からトランクを引き出した。その重みを感じ、年月を数えた。ガレスの贈り物は簡単に紙に包まれ、数枚の新しいカードが上に散っていた。みんな便所紙《バンフ》だ、とわたしは思った。わたし以外の人にとっては。

紐をほどくと、最初のときのように包み紙が剝がれ落ちた。『女性のことばとその意味』。あのときと同じときめきが走り、胸の鼓動が高まる。でも今は、悲哀と恐怖が澱《おり》のように沈んでいた。わたしは贈り物をもっと丁寧に見て、一頁ずつ探していった。彼の櫛、彼の外套、彼の詩集の代わりになるものを見つけたかった。そこに何かがあると期待するのは理屈に合わず、それで何かが変わると思うのは不合理だった。最後に並んだことばのあとに、白紙の数頁だけが残された。

そして、裏表紙の内側に、それはあった。

この辞書の印刷に当たり、バスカヴィル活字を使用した。重要な意義且つ固有の価値を持つ書物のために製作されたこの活字は、その明瞭さと美によって選択された。

ガレス・オーウェン
組版者、印刷者、製本者

わたしは階段を駆け下り、庭に飛び出した。ドアを開くと、スクリプトリウムが迎え入れてくれた。

わたしが必要なことばたちはもう印刷されていたが、その意味をこの手で選びたかった。整理棚を探して、ひとつのことばを、そしてもうひとつを見つけた。新しいカードをとり、書き写す。

LOVE（愛）
熱烈な思慕の情。

カードを裏返す。

ETERNAL（永遠の）
永久に続く、終わりのない、死を超越した。

リジーの部屋に戻り、わたしはそのカードをルパート・ブルックの詩集の頁の間に忍ばせた。

「きっと上だよ」リジーがキッチンで話している声が聞こえた。「トランクを広げてるね、賭けてもいいよ。ベッドも床もことばだらけにしてさ」

やがてガレスの重いブーツの足音が階段に響いた。

「ああ、ルパート・ブルックか」わたしの手に詩集を見つけて言った。

「ベッドのところに忘れてきたでしょう」わたしは立ち上がり、本を渡した。彼は目もくれずに胸ポケットに入れた。

「探しものは見つかったかい？」床のトランクのほうを顎で指した。ベッドの上で、『女性のことばとその意味』の見返しが開いたままだった。

わたしは彼の贈り物を手に取り、胸にきつく抱きしめた。「わたしがうんと言うってわかってた？」

「君が僕を愛してくれてるのは感じてた。僕が君を愛してるようにね。でもうんと言ってくれるかどうかは、まったく自信がなかった」彼はわたしを包み込んだ。ふたりのあいだには、ことばを集めた本があった。それから彼はわたしをリジーのベッドに座らせ、わたしの前に跪《ひざまず》いた。辞書はわたしの膝の上にあった。「僕はどの頁にもいるよ、エズ。君がいるのと同じように」彼は、指をわたしの指と絡ませた。「これは僕らだ。そしてこれは僕らが去った後も、ここにあり続ける。ずっと、永遠に」

彼が行ってしまったとき、わたしは重いブーツが階段を下りていく音に耳を澄ませていた。一歩一歩、足音を数える。彼はリジーにさよならを言い、それからすすり泣くリジーを肩にもたれさせていたのだろう、しばらく一切の音がくぐもって聞こえた。それからキッチンのドアが開き、リジーが呼びかける声がした。

「あんた、きっと帰ってきておくれよ、ガレス。あの子をずっとあたしの部屋に置いとくわけにゃいかないんだからね」

「約束するよ、リジー」彼が大きな声でそう返したのが聞こえた。

列車が動き出し、ガレスが行ってしまったことを確信するまで、わたしはリジーのベッドに座っていた。わたしの醜い指は、彼の贈り物を握りしめたままこわばっていた。その指を開き、さすり、リジーの床で開いたままのトランクを見た。そして、身を屈め、わたしのことばの本を、カードと手紙でできた巣のなかへ戻そうとした。

そのとき手が止まった。一年、彼はこれに費やした。もっと多くの年月を、わたしはこれに費やした。あの大勢の女性たち、彼女たちのことば。自分の名前が書き留められることの喜び。自分の欠片が、自分が忘れ去られた後も遠く残り続けるという希望。

キッチンに降りていくと、リジーはもうサンドウィッチを並べていた。「そろそろ皆さん、墓地を出た頃だろうからね」と彼女は言った。「あんたが最後までいなかったって言って怒る人はいないよ」

リジーは両手をエプロンで拭うと、わたしを抱きしめた。永久にそうしていたかったが、わたしは出版局へ行かねばならなかった。

⁂

ハートさんは印刷室にいた。葬儀のあとのサンドウィッチや雑談を避けたのだろう。印刷機の立てる音と油の臭いが、彼の憂鬱の慰めだった。戦争が長引くにつれ、ハートさんはここにいることが増えた、とガレスが言っていた。ドアの内側に立っていると、その理由が理解できた。ハートさんはわたしを見たが、咄嗟《とっさ》に誰かわからないようだった。わたしだと認めると、深く嘆息し、近づいてきた。

「オーウェンさん」

「エズメと呼んでください」

「エズメ」

わたしたちは、無言のままそこに立っていた。マレー博士とガレスを同じ一週間のうちに失うことは、ハートさんにとってどんな意味を持つのだろう、とわたしは思った。彼も同じことをわたしに対して思っていたかもしれない。

わたしは『女性のことばとその意味』を見せた。「どうか、彼のことを悪く思わないでください、ハートさん。ガレスはわたしのためにこれを作ったのです。これはことばです。わたしが集めたことばです。彼は指輪を買う代わりに、これを活字に組んでくれたのです」わたしは口ごもりながら言った。ハートさんはただ、わたしが両手で捧げ持つその本にじっと目を注いでいた。「彼は鉛版を作っていないでしょうか。もっと印刷したいのです」

ハートさんは本を受け取ると、部屋の端にある小さな机に歩み寄り、座った。印刷機は途切れることなく合唱を続けている。

わたしはそのあとを追い、彼が頁を繰り、まるで点字を読むように指先でことばをなぞっていくあいだ、背後に立っていた。

丁重な手つきでそれを閉じると、ハートさんは表紙に手を重ねた。「鉛版はありませんよ、オーウェンさん。小部数のために鉛版を作るのは費用がかかりすぎるのでね。一部ならなおさらだ」

この瞬間まで、わたしは身のうちに力のようなものを感じていた。目的の明瞭さが、自分を支えてくれると思っていた。もうひとつあった椅子に手を伸ばし、かろうじて間に合った。

「植字工は変更──つまり編集や修正の見込みがあれば、活字を組んだ版を取っておきます。活字は固定されていませんからね。変更するのも簡単なんです」

「ガレスは修正があるとは思っていなかったでしょう」とわたしは言った。

「彼はわたしが最も信頼する植字工でした……いや、植字工です。一定期間、版を保管するのがわれわれの規則になっています」

そのことに思い至って、ふたりは色めき立った。わたしたちは同時に立ち上がると、無言のまま組版室へ向かった。半分しか人がいなかったが、かつてガレスが使っていた植字台には見習い工がいた。ハートさんはまだ使用中の組版が入っている幅広の引き出しのひとつを開けた。次の引き出しを開け、また次を開ける。わたしは彼の後ろに影のようにつきまとうのをやめ、わたしたちの空っぽの家のことを考えはじめた。

「あった」

ハートさんは、一番下の引き出しの前にしゃがみこんでいた。わたしもその横にしゃがんだ。わたしたちの指は一緒に活字をなぞった。わたしは目を閉じ、醜い指の先に触れる違いを感じた。

ことばは、わたしにとっていつも形あるものだったが、決してこんなふうではなかった。こんなふうに、ガレスはことばを知っていたのだ。わたしは急に、目を閉じたままそれを読む術を学びたくなった。

「きっと、増刷を期待してたんでしょうな」と老いた監督は言った。きっと、そうなのだろう。

葬儀のあと数日経って、最初にスクリプトリウムに戻ったのはわたしだった。マレー博士の角帽は、二週間足らず前の写真撮影のあとにわたしが置いたとおり、置き放されていた。その上にまたうすく埃が積もっていたが、払う気になれなかった。あの写真が『ピリオディカル』誌の九月号に掲載されることを、ロスフリスが葬儀のあとで教えてくれた。悲しみに暮れながらも、わたしが写真に入れなかったことをわざわざ謝ってくれた。

だが、彼女が告げた最悪の知らせはそれではなかった。「引っ越すことになったわ」と彼女は言い、その目にまた涙が浮かんだ。「九月よ。オールド・アシュモレアンへ。わたしたち全員。何もかも」

わたしは愕然とした。彼女のことばがまるで理解できなかったように、そこに棒立ちになった。九月はほんの一か月先だ。「スクリプトリウムはどうなるの?」ようやく訊いた。

彼女は悲しげに肩をすくめた。「庭の物置になるんでしょう」

自分の机に向かって歩きながら、カードの入った棚に指を滑らせ、パパがアラジンの物語を読んでくれたことを思い出した。あの頃、スクリプトリウムはわたしの洞窟だった。でもアラジンと違って、わたしは解放されたいと願ってはいなかった。わたしはスクリプトリウムのものだった。スクリプトリウムの幸せな囚人だった。唯一の願いは、〈辞典〉に仕えることであり、その願いは叶えられた。

だが、わたしの奉仕はこの四方の壁の内側にあった。リジーがキッチンと階段の上の彼女の部屋に繋がれているように、わたしははっきりとこの場所に繋がれていた。

わたしは机を前に座り、しばらく両腕の上に顔を伏せた。

⁂

肩に手の重みを感じた。ガレスだと思ったわたしは、はっと目を覚ました。それはスウェットマンさんだった。わたしは疲れ果てて眠り込んでいたのだった。

「なぜ帰らないのかね、エズメ?」スウェットマンさんは言った。

「帰れないんです」

彼はわかってくれたに違いない。頷いて、カードの束をわたしの机に置いた。「AからSまでの新しいことばだよ」とスウェットマンさんは言った。「補遺の出版に合わせて分類する必要がある。いつになるかわからんがね」

単純な仕事だったが、時間潰しにはなるだろう。「ありがとうございます、スウェットマンさん」

「そろそろフレッドと呼んでくれてもいい頃じゃないかね?」

「ありがとう、フレッド」

「君の口からその名前を聞くのは妙な感じだなあ。そのうちふたりとも慣れるだろうが」と彼は言った。「われわれは、どんな変化にも慣れなきゃいかんのだから」

一九一五年八月十日

愛しい僕のエズ

出発してから十日だが、一昔も前のことのような気がする。オックスフォードは僕がいつか訪ねたどこかの街で、君は夢だったのかもしれないと思ったりもした。でもそんなときルパート・ブルックの詩集を開いたら、君のカードが零れ落ちてきたんだ。あのことば、君の筆跡、懐かしい紙の手触り——これから毎日、これを見て、君は現実なんだと思い出すよ。

ブルックをいつもポケットに入れておくことにした。もし負傷したら担架を待つあいだに何か読むものが欲しいし、君のことばが安らぎをくれるだろう。でも、そういう機会はしばらくなさそうだ。僕らはアラスからそう遠くないエビュテルヌという小さな農村に駐屯している。しばらく腰を据えるという話で、毎日、教練のほかはぶらぶら暮らしている。若い連中のなかには、この冒険をすっかり休暇と勘違いしてるのもいる。実際、奴らには休暇なんてなかったからね。僕は、綺麗な女の子の母親たちに謝って歩くので結構忙しい。フランス語がうまくなってきたよ。

インド人の自転車部隊が近くに駐屯している。インド人に会ったことあるかい？　僕は初めてだった。彼らはふたり一組で自転車で村を走り回っていて、ターバンを巻いて立派な口髭を生やしている姿はなかなか堂々としている。少なくとも年長の男たちは口髭を蓄えてるよ。だがイングランド人と一緒で、顔に毛が生える年齢《とし》にならないうちに入隊したインド人の少年たちも多い。聞いた話では、たった十歳でも入隊させているそうだけど、そこまで幼いのにはまだお目にかかっていない。そんな子供はずっと後方に待機させられていることを願うよ。

昨日の晩、友愛の印として、僕らはインド人の士官たちを夕食に招待した。彼らは食事にほとんど手をつけなかったし、酒もほぼ飲まなかったけど、夜遅くまで笑いが絶えなかった。僕はここでは未熟な新米士官だから、いろいろ覚えることがあるらしい。エズ、ここは僕がまったく知らなかった語彙だらけだ。ほとんどは、〝塹壕〟のいろんな言い方だけど、メイベルの傑作と並べても引けを取らないことばが山ほどある。でも今日は、今のところ僕が一番気に入ってることばを贈るよ。

　カードは米の料理法を書いた紙で作った。紙を探し回ってたら、インド人士官の誰かがポケットからしわくちゃになったのを出して、僕にくれたんだ。わくわくしたよ、君が裏にヒンディー語の走り書きを見つけたら大喜びするに決まってるからね。その士官の名前はアジートというんだが、ことばの由来も彼が教えてくれた。それと、彼の名前は〝無敵〟という意味だと君に伝えてほしいそうだ。それもカードに書けってうるさくてね。僕が、自分の名前がどういう意味なのか見当もつかないと言ったら、頭をゆらゆら振って「それはいけない。男の名はその者の運命だから」と言ってたよ。その伝でいけば、彼は戦争にぴったりだね。

　今のところ、毎日はそこそこ〝クッシー〟だ（こんな調子で、僕は新しい仲間うちのことばを吸収している）。でも君の便りが待ち遠しいよ、エズ。明日、郵便が届きはじめるという話だ。陸軍省が僕らの居場所をようやく把握したらしい。君の毎日の報告を楽しみにしている。出版局やスクリプトリウムの出来事や、パーティーのことも、もちろんね。他愛ない細々したことも遠慮なしに書いてくれ。僕にはそれが楽しいんだ。リジーによろしくと伝えてほしい。それからハートさんを訪ねてやってくれ。別便でハートさんにも手紙を送る。でも、彼の気鬱はこの戦争が終わるまでよくはならないだろう。君が顔を出せば、きっと気が晴れると思う。

永遠の愛《エターナル・ラヴ》をこめて
ガレス

Cushy（クッシー）
ヒンディー語で〝喜び〟を意味するkhushが語源（アジート・〝インヴィンシブル《無敵》〟・ハートリ）。

「たるんだ《クッシー》暮らしに慣れちゃいかんぞ、少尉。じきに塹壕でケツまで泥に埋まるんだからな」
ジェラルド・エインズワース中尉、一九一五年

⁂

ガレスが出発してからの数週間を、わたしは彼の死に方を百通りも想像して暮らした。わたしの眠りは浅く、目覚めは恐怖とともに訪れた。だから彼の最初の手紙はまさに妙薬そのものだった。

「リジー、手紙よ！」

「誰からかい？　国王様かい？」リジーはにこにこしながらテーブルを前にくつろぎ、わたしが読むのを待ち構えている。

「なんだかちょっと旅行みたいじゃない？」手紙を読み終わったわたしは言った。

「そうだね。それに面白そうな友達もできたみたいだし」

「ええ。インヴィンシブル氏ね。それで思い出したわ」わたしは封筒からカードを取り出して、ガレスが書いたものを読んだ。

「素敵なことばでしょ？」とわたしは言った。「なるべくしょっちゅう使うって決めたの」

「そりゃ、あたしよりかは使えるだろうね」

手紙はさらに届いた。二、三日に一通ずつ。そして八月が過ぎ、九月に入った。マレー博士が亡くなってからも、忙しさが和らぐ兆しはほとんどなく、誰も箱詰めをしたり、棚を片づけたりしないので、わたしはもしかするとスクリプトリウムはこのまま残るのではないかと期待した。スウェットマンさんが（どうしても〝フレッド〟とは呼びにくい）、調査が必要なことばをわたしにくれるようになり、日常にいくらかの均衡が戻ってきた。オールド・アシュモレアンや出版局へのおつかいも再開

した。ハートさんは確かに塞ぎ込んだ様子だったが、ガレスの願いもむなしく、わたしでは彼の気を引き立てることはできなかった。

平日は、毎日五時になるとスクリプトリウムからまっすぐラドクリフ病院へ行った。土曜日は午後のほとんどをそこで過ごした。必ずといっていいほど、出版局の若者の誰かが病床のひとつに寝ていた。入院したばかりなら、シスターたちは必ずわたしに知らせ、その若者がわたしの担当になるように手配した。だが、大多数は付添人に不自由することはなかった。ラドクリフは出版局から目と鼻の先で、ジェリコの女たちが病院に陣取っていた。病棟を占領した母親や姉妹や恋人たちは、もしできることならそれぞれの愛する者にそうするように、負傷した赤の他人の世話をせっせと焼いた。地元の若者が運び込まれると、彼女たちは一斉に群がり、ビスケットやタフィーと引き換えに、自分の大事な若者たちが今も生きていると納得させてくれるような、情報の切れ端を手に入れようとした。

わたしはいつも、夕食をバーティーととることにしていた。

「彼は相変わらず何もわからないようだけど」とシスター・モーリーは言った。「でも、あなたがそばにいると、よく食べるようになったわ」

ラドクリフでは、わたしの夕食をバーティーのと同じ盆に載せて出してくれた。それはいつも味気ない、似たような献立の繰り返しだった。シスター・モーリーはそのことを詫びて、配給の文句を言ったが、わたしは平気だった。おかげで、家に帰ってから自分のために一人分の料理をしないで済むからだ。

「バーティー」とわたしは言った。彼は反応を示さなかった。「今日はあなたが気に入りそうなことばを見つけたの」

「こいつはどんなことばも嫌《きれ》えだよ、オーウェンさん」とバーティーの隣の兵士が口を出した。

「知ってるわ、アンガス。でも、お医者様はみんな、彼が聞いたことがあることばばかり使うでしょう。これは聞いたことのないことばなの」

「聞いたことねえなら、どうしてこいつに意味がわかるんだい？」

「わからないでしょうね。でも説明してあげるから」

「けど、説明するのに聞いたことのあることばを使うんじゃねえのかい」

「とも限らないわ」

アンガスは笑った。「えらく難しいことを始めたね、奥さん」

「あなたもそうやって盗み聞きしてたら、ここを出るときに、少なくとも語彙は前より増えてるはずよ」

「俺の入り用のことばなんざ、みんな知ってらあ」と彼は言った。

食事をするバーティーは、ほかの男たちと少しも違うところはなかった。そのあいだは、食べ終わったあと彼がおくびを漏らして、大勢の男たちと同じように「失礼、奥さん」と言いそうな気がした。しかしバーティーは食べるだけ食べると、また前方を見つめ出し、相変わらず黙りこくっていた。

「フィニタ」とわたしは言った。

バーティーの目には何の変化もなかった。

「それどういう意味？」とアンガスが訊いた。

「終わった、という意味よ」

「何語？」

「エスペラント語」

「知らねえな」

「人工のことばなの、ある意味ね」とわたしは言った。「誰でも覚えられるように簡単にできているわ。民族の間の平和を育むために作られたのよ」

「ふうん、そこんとこはどうなってるのかね、奥さん？」

わたしは、疲れた笑みを浮かべ、アンガスのベッドの先に視線を向けた。シーツの下に左右の足はない。

「まあそれでも」と彼は続けた。「そいつがこのパーティーの役に立つなら、わざわざ作った甲斐がなくもねえか」彼はパーティーの盆のほうに頷いてみせた。「もう奴が食い終わったんなら、残りをもらっていいかい？」

わたしは食べ物の載った皿を取り上げ、アンガスのところへ運んだ。「エスペラント語で、〝どうも〟は？」と彼は訊いた。

わたしはポケットの中にことばの一覧表を入れていたが、これは覚えていた。「ダンコン」

「そんじゃ、ダンコン、オーウェンさん」

「ネ・ダンキンデ、アンガス」

⁂

マレー夫人がスクリプトリウムのドアをノックして開けた。わたしたちは一斉に机から顔を上げた。

「始まったわ」と夫人は告げると、沈んだ表情で出版局の見慣れた前掛け姿の少年を招き入れた。少年は台車を押しながら入ってきた。平らに畳んだボール紙の箱が積まれている。

「出版局が引っ越しを手伝ってくださるんですって。それで、毎日午後に、台車と一緒に男の子をよこしてくださるの。皆さんが箱詰めしたものは全部、オールド・アシュモレアンに運んでもらえますから」夫人はまだ何か言いたそうにしたが、ことばは出てこなかった。わたしたちは彼女が部屋を見回し、仕切りの並ぶ整理棚に、本に、積み上げられた紙類に視線を向けるのを見つめた。本来それは、彼女ひとりの時間であるべきだった。その目は最後にマレー博士の机に、そして棚の『Q‐Sh』の傍らで安らいでいる角帽に留まった。夫人は背を向け、立ち去った。

ロスフリスとエルシーが立ち上がって母親の後を追った。「箱は床に置いておいてちょうだい」とロスフリスがすれ違うときに台車の少年に言った。「組み立て方は、わたしたちでわかると思うから」

仕事を中断するわけにはいかなかったが、箱の組み立てはわたしたちの午前のお茶の時間の作業になった。昼休みには、みんなでそこに古い辞書や、なくても困らない本や雑誌をすべて詰め込んだ。少年は午後三時になると現れて、それらの箱を運んでいった。

毎日、スクリプトリウムは少しずつ痩せていった。九月の終わりの週には、助手たちそれぞれの、仕事に必要な身の回り品が最後の箱に詰められた。沈鬱な空気が部屋を覆いつくし、最終日、特別なことをするでもなく助手たちは帰っていった。別れを告げるべきものは、スクリプトリウムの中にほとんど残っていなかった。

わたしにはまだ立ち去る覚悟ができていなかった。後に残り、倉庫に保管するかオールド・アシュモレアンに移すかするカードをすべて箱詰めする作業をかって出た。わたしを除けば、スウェットマンさんが荷作りを終えた最後のひとりだった。彼は箱を閉じると、出版局の少年に持っていってもらうように、仕分け台の上に置いた。そしてさよならを言いにきた。

「ずっとここで頑張るつもりかね？」彼はわたしの机と、普段とまったく変わりのないその中身を見て言った。

「そうするかもしれないわ」とわたしは言った。「皆さん、とっても騒々しくて乱暴なんですもの。いなくなったら仕事がもっとはかどりそう」

スウェットマンさんは溜息をついた。いつもの軽口はすっかり消えていた。わたしは立ち上がり、彼に両腕を回した。

ひとりになって、わたしはようやく勇気を奮い起こしてあたりを見回した。仕分け台はいつもどおり、しっかりとそこに立っている。整理棚の仕切りはまだカードでいっぱいだ。だが書棚は空っぽで、机は綺麗に拭き上げられている。スクリプトリウムはほぼすべての肉をこそげ落とされ、その骨は、ただの小屋に過ぎないように見えた。

わたしはその後の数週間、スクリプトリウムとラドクリフ病院を行き来しながら過ごした。

⁂

わたしはバーティーの手に触れた。「マノ」と言った。そして自分の手を指した。「マノ」

⁂

「あんた、これをひとりでやるんじゃ大変だよ、エッシーメイ」とリジーが声をかけてきた。わたしが来たのを見つけたのだろう。庭を横切ってスクリプトリウムのほうにやってくる。

「リジーはじゅうぶん忙しいでしょう」とわたしは言った。

「マレーの奥様が、何週間か手伝いの女の子を入れてくださるってね。だから午前中はあんたの手伝いができるよ」

わたしはリジーの頬にキスして、スクリプトリウムのドアを開けた。空っぽの靴箱が仕分け台にずらりと並んでいた。

「アクヴォ」とわたしは言い、バーティーは水を入れたカップを受け取った。彼は長い指をしていて、従軍していたときの硬いたこはほとんど消えていた。その下の肌は柔らかだった。肉体労働者ではないんだわ、とわたしは思った。事務員だったのかもしれない。

それは親しい誰かを見送った者の役目に似ていた。見憶えのある、しかし半ば忘れられていたカードたち。わたしは手を止めては思い出に耽《ふけ》ってばかりいた。

バーティーの盆からわたしは自分の夕食を取り上げた。「ヴェスペルマンジョ」お茶を飲む。「テオン」

小さなカードの束を靴箱の横に積み上げる。ばらばらのカードはリジーが紐で結わえ、靴箱がいっぱいになるまで次々に並べていった。それからわたしが中身を箱の表側に書き、〝倉庫〟または〝オールド・アシュ〟と書き添えた。カードがあまりぴったりと収まるので驚いた。まるでマレー博士が靴箱まで設計したかのようだった。


「なんでこいつばっかり、一番にヴェスペルマンジョを貰えるんだよ？」とアンガスが訊いた。

「文句を言わないからよ、誰かさんみたいに」とわたしは言った。


リジーがまたひとつ、箱に蓋をして仕分け台の端に置いた。

「あと半分」と彼女は言った。


「アミコ」自分を指す。「アミコ」アンガスを指す。

「なんで俺がこいつの友達なの？」とアンガスが言う。

「あなたが彼に話しかけてるところを見たもの。エスペラント語を使って。それは友情だとわたしは思うわ」

最後のカードをまとめ、縛ってもらうためにリジーに渡した。整理棚の仕切りは完全に空っぽだ。まるで、この瞬間までのわたしの人生が消え失せたかのようだった。

「校正でエクサイズ《Excise》されるってこういう感じなんだわ、きっと」とわたしは言った。「なんだい、それは?」とリジーが言った。

「削除される、切り取られる、消される」

「ねえアンガス、これは大事なことばなんだけど」とわたしは言って、エスペラント語の表を見せた。「でもどうやって彼のために定義してあげればいいかわからないの」

「なんてことば?」

「セクラ」

「どういう意味?」

「安全」

わたしたちはしばらく無言で座っていた。アンガスは考える真似をして顎を支え、わたしはそのことばをじっと見つめたが、何ひとつ浮かんでこなかった。バーティーはわたしたちに挟まれて、無反応のままだった。

「抱きしめてやったら、奥さん」とアンガスが言った。

「抱きしめる?」

「そう。人間誰でも、ほんとに安全っていう気がするのは、母ちゃんに抱いてもらうときだけじゃない?」

⁂

仕分け台の上に靴箱がぎっしりと並んだ。一つひとつにラベルが貼られ、カードがいっぱいに詰め込まれている。

「マレー夫人が、そろそろ整理棚をオールド・アシュモレアンに運ぶ手配をなさってるわ」とわたしはリジーに言った。

「それじゃ、棚をきれいに磨いたら、いっちょあがりだね」

⁂

「セクラ」わたしはバーティーを抱きしめながら言った。

これまでもわたしは、着いたときと帰るときに彼を抱きしめ、そばにいる間にも一、二度彼に腕を回した。だがいつも彼は身を固くしたままだった。ところがこのときは、彼の緊張が緩むのを感じた。

「バーティー?」ようやく体を離し、彼の目を覗き込むようにして、わたしは言った。そこには何もなかった。わたしはまた彼を抱きしめた。「セクラ」

ふたたび彼の体が緩み、その頭がわたしの胸に向かって垂れていった。

# 一九一五年九月

一九一五年九月二十八日、ルーにて

いとしい僕のエズ

僕からの今週のことばは〝ドゥーラリー〟だ。故郷《くに》からトイレットロールを送ってもらって、それを丸々包帯みたいに両目に巻きつけた男を表すのに使われた。仲間たちがようやくその包帯を引き剝がしてみると、可哀そうに、そいつは目が見えなくなっていた。ふりをしてるんだと揶揄《からか》われてたが、ほんとに何ひとつ見えていなかった。医者は戦争神経症だと言う。奴の仲間たちはドゥーラリー《いかれた奴》だと言う。こっちのほうが身につまされる気がする――笑いの余地があるしね。

エズ、この戦争で英語は大変な目に遭いそうな気がし始めている。会う奴みんながトイレットペーパーを意味する新語を持っていて、僕が聞く限り、どれをとってもその由来やトイレットペーパーを使う仕草を正確に伝えていないものはないときてる。そのくせ、千もの恐怖を伝えることばは、片手に入るくらいしかない。

恐怖。それは戦いへの疲弊だ。僕らは言うべきことばが見つからないと、そのことばを使う。たぶん、物事にはことばで言い表せないものがあるんだろう。少なくとも僕みたいな人間には。詩人なら、もしかするとことばをうまく並べて、怖気《おじけ》づいてむず痒《がゆ》くなってくる感じとか、重石《おもし》みたいな不安を作り出せるのかもしれない。泥や濡れたブーツを敵に仕立てて、読む者に動悸《どうき》を起こさせることもできるんだろう。詩人なら、そこらに転がってることばに、われらが〈辞典〉の人々が決めた以上の意味を持たせられるんだ、きっとね。

愛するエズメ。僕は詩人じゃない。僕が持っていることばは、この経験の途方もない力の前で、青ざめ、弱々しく震えている。悲惨だとは言える。泥は泥よりも泥で、ぬかるみはぬかるみよりぬかるみ、ドイツ兵が吹くフルートの音は、僕が生まれてから聴いたどんな音よりも美しく、哀愁に満ちているんだ。でも君にはわからないだろう。マレー博士の辞書には、挑みかかってくるような、この場所の悪臭の凄《すさ》まじさと渡り合えるものは一語もない。僕がたとえるとしたら、暑い午後の魚市場、皮なめし工場、死体置き場、下水だ。この全部を合わせた臭いだが、問題はそいつが体の中に入ってくることなんだ。口にその味がする。喉を締めつけ、腹にしこりを作る。

君は何かおぞましいものを想像するだろう。だが、現実はもっとひどい。そのうえこの殺戮《さつりく》だ。それはタイムズで君に届く。〝名誉の戦没者名簿〟としてね。モノタイプ・モダンの活字で印刷された名前が何列も何列も。煙草の燃えさしが泥の中で光っている。だがそれを咥《くわ》えた唇は吹き飛ばされて、もうないんだよ。それを見るときの魂の捻《ね》じ切れるような感じを言い表すことばを僕は知らない。僕がその煙草に火をつけたんだ、エズ。それが彼の最後の煙草になるのを知っていた。僕らの手順はこうだ。煙草に火をつけてやる。頷き合う。相手の目を見つめる。そして向こう側へ送り出す。そこにことばは一切ない。

今は休息の時間だ。だが休むことなんてできない。頭の中は一瞬たりとも静まらない。どうせまたすぐに始まるから、みんな故郷に手紙を書いている。三人の男の奥さんたちと、四人の男の母親たちが受け取る手紙は、僕が書くことになっている。僕らは戦場のことを細かく書かないように言われている。書こうったって書けるはずもないのに。だがそれでも、やってみようとする奴もいる。今晩の僕の仕事は、そういう手紙を検閲することだ。読み書きも覚束《おぼつか》ないような少年たちや、詩人になれそうな少年たちのことばを真っ黒に塗りつぶし、彼らの母親たちが、この戦争が栄光に満ちた善なる戦いだと信じ続けられるようにする。僕はこの仕事を喜んでやっている。母親たちのためにね。だが僕は、始めからずっと、エズ、君のことを考えていた。君ならこの少年たちをもっと理解するために、彼らが言ったことを救おうと努力しただろう。彼らのことばは平凡だ。だが、それらが寄り集まってグロテスクな文を創り出す。僕はそれを一文残らず書き写した。写した紙をこの手紙に同封する。修正も、省略もしていない。どの文の横にも、それを書いた者の名前を記してある。彼らに敬意を払ってくれる人は、君以外に思いつかなかった。

永遠の愛《エターナル・ラヴ》をこめて
ガレス

追伸　アジートは無敵ではなかった。

⁂

わたしたちの家は、玄関の明かりを除いて闇に沈んでいた。でもその明かりでじゅうぶんだった。わたしはコートを着たままで階段の一番下の段に座り、ガレスの手紙をもう一度読んだ。それから、彼がほかの兵士たちのために黒く塗りつぶし、わたしのために書き写したすべてのことばを読んだ。数時間が過ぎ、冷気が体に沁み込んだ。ガレスの手紙の日付を見る。もう五日も前だった。

わたしはサニーサイドへ向かった。こっそりキッチンに忍び込むと、階段を上がる。リジーは鼾《いびき》をかいていた。できるだけ音を立てずに扉を開け、彼女のベッドの足元からベッドカバーをとりあげると、床に寝床を拵《こしら》えた。

朝、静かに部屋を動き回るリジーの気配でわたしは目を覚ました。わたしが見ているのに気づくと、リジーは、なぜ夜中に起こさなかったかと言って叱った。ガレスの手紙のことを話すと、リジーはわたしを助け起こして自分のベッドに入れた。彼女の体のぬくもりが、まだシーツのあいだに籠っていた。

「あたしはスクリッピーの掃除を始めるからね。あんたは寝ておいで」と、リジーは昔のように上掛けをたくし込んで言った。

だが、眠ることはできなかった。リジーが行ってしまうと、わたしは身を乗り出してベッドの下からトランクを引き出した。『女性のことばとその意味』。僕はどの頁にもいる、と彼は言った。それをベッドの中に持ってくると、革の匂いを嗅ぎ、最初の頁を開いた。ことばをひとつ残らず読んでいく。一年を、彼はこれに費やした。

⁂

スクリプトリウムでの作業が終わると、まだラドクリフに行けることが嬉しかった。もしかしたらガレスもあそこに入ることになるかもしれない。病院に向かって歩きながらわたしは思った。彼は何を失くすだろう？　片腕、それとも片脚？　それとも正気だろうか、バーティーのように。

「よお、奥さん」とアンガスが言った。「ヴェスペル《夕》マンジョ《食》は来て、行っちまったよ。俺とバーティーは、じゃがいもについて楽しくおしゃべりしたところだ。俺は、ここじゃどうもじゃがいもをアクヴォ《水》で潰してると睨んでるんだ。バーティーも黙って同意してくれたよ」

「わたしは元気よ、アンガス。ありがとう」

「うん？　なんか変だな。元気かとは訊いてねえよ。まあ訊いたっていいか。調子はどうだい？」

「そうね、ちょっと疲れてるわ」

「病棟に新入りが入ったよ。偉そうに大口叩く奴だ。礼儀もへったくれもねえ。看護婦たちが手を焼いてるよ。みんなは隻腕《せきわん》の狙撃手って呼んでるらしい。フランスじゃ射撃の腕で鳴らし、ここじゃ毒舌で鳴らしてるからさ。ラドクリフにはだいぶ前からいるんだって。おおかたほかの病棟から追ん出されたんだろう」わたしはアンガスの視線を辿った。

新入りの患者は、わたしが病院での初日に見た顔だった。わたしが見ているのに気づくと、彼は薄い唇をキスの形にすぼめた。わたしは彼を無視して、バーティーのほうを向いた。

「あんた、まだことば集めてんの？」隻腕の狙撃手だった。「そこの腰抜けじゃ、一個もくれやしねえよ。やべえと思っただけで、このとおり牡蠣《かき》みてえにだんまりになっちまうんだからさ」

「無視だ無視、奥さん」

「それがいいわね、アンガス」

だが、無視は役に立たなかった。

「俺はあんたの度肝を抜くことばを知ってるぜ」

心底優しい男もいる。そうでない男もいる。どの国の軍服を着ているかは関係ない。なんということばが放たれるかは誤りようがなかった——それは精確で、ぴたりと照準が合っていた。それは何度も何度も、的に命中したあとでさえ撃ち込まれた。

「**ボム**《爆弾》**、ボム、ボム、ボム、ボム**」

バーティーはマットレスに伏せたかと思うと、藻掻《もが》くようにベッドから起き上がり、勢い余ってわたしを打ち倒した。彼の絶叫は四方の壁に跳ね返り、あらゆる方向から響いてきた。

わたしは床から身を起こし、四つん這いのまま病棟を見渡した。一瞬、頭が混乱し、ちっぽけな悪意ではなく、すわツェッペリンの爆撃かと身構えた。

病棟の様子は、入ってきたときとほとんど変わりはなく、ただ全員がこちらを見ているだけだった。座っていた椅子が倒れ、バーティーのベッドが斜めに動いている。彼はその下に縮こまり、膝を胸に抱え、両手で耳を覆っていた。まるで雪の吹き溜まりに裸でいるように震えていた。彼は失禁していた。

　アンガスがその後ろの床に転がっていた。ベッドからふるい落とされたのだろう。足があるべき場所には、包帯が巻かれていた。塹壕足《ざんごうあし》さ、と言っていたことがある。彼は体を引きずって、バーティーのそばに寄った。「アミコ《友達》」歌うように言った。まるでかくれんぼをする子供のように。「アミコ、アミコ」

　絶叫はぞっとするような唸り声に変わり、バーティーは前後に体を揺すりはじめた。わたしはふたりのほうへ這っていき、バーティーの傍らに跪いて、ぐらぐらと揺れる彼の体を両腕に抱え込んだ。彼は小さくて華奢《きやしや》だった。大人とはとてもいえない。「セクラ《大丈夫》」わたしは彼の耳にささやいた。わたしは、リジーが幾度となくわたしを膝に座らせてはメトロノームのように揺すり、安らかな声で不安を取り去ってくれたときのことを思った。「セクラ」とわたしは言い、バーティーごと体を揺すった。「セクラ」

　やがてアンガスがわたしたちふたりに腕を回し、わたしは彼がわたしたちの動きを抑えようとするのを感じた。バーティーの唸り声は小さくなり、わたしは呪文をささやき続けた。体の揺れが完全に止まると、バーティーはわたしの胸にくずおれ、すすり泣いた。

⁂

　シスター・モーリーが、看護婦たちの席にわたしを座らせ、紅茶を運んできてくれた。「バーティーのような若者は大勢おります」と彼女は言った。「彼のような戦争神経症でなくても――あれは特殊だと思いますから――、お医者様は話せるはずだとおっしゃるのに、口をきかなくなる者は大勢いるんですよ」

「その人たちはどうなるんですの?」わたしは訊いた。

「ほとんどは、サウサンプトンのネトリー病院へ送られます」と彼女は言った。「あちらでは、いろいろな治療法を積極的に試しておりましてね。じつはオスラー先生が、あなたのエスペラント語療法には一定の効果があるかもしれないとお考えで、向こうの病院の同僚の方にお手紙でお伝えしましたの。先生はあなたの〈辞典〉のお仕事をご存じで、そういった専門知識があちらの言語療法のプログラムに役立つかもしれないと期待してらっしゃるんですわ。できたら、あなたにネトリーを訪問して、バーティーになさってきたことを、向こうの先生方にお話ししていただきたいんですって」

「でも、バーティーはひとことも口をきいておりませんけれど」とわたしは言った。「それに、わたしがやってきたことが彼に伝わっている様子はまったくありませんし」

「彼がクロロフォルムではなく、ことばで落ち着いたのはこれが初めてなんですよ、オーウェンさん。それは最初の一歩ですわ」

⁂

フランスにいる夢を見た。ガレスはターバンを巻き、バーティーが話せるようになっていた。アンガスが「セクラ、セクラ」と言いながら、わたしを揺すっている。見下ろすと、わたしの両足は血まみれの切り株になっていた。

翌朝わたしが着いたときには、リジーはもうスクリプトリウムにいて、濡らした雑巾で整理棚を拭いていた。酢の匂いが漂っている。

「寝坊かい？」

「昨日の夜、寝られなくて」

リジーは頷いた。「今朝、整理棚を運び出すんだって。机の中身を箱に詰めたら、それも持っててもらえるよ」

わたしの机。何ひとつ荷造りしていない。机の上にはカードが数枚、そして原稿が一枚載ってさえいる。それはまるで、よくある博物館として公開されている家の一室を見ているようだった。わたしは箱を組み立てて、詰めはじめた。

私物のサミュエル・ジョンソンの辞書をまず入れる。それからパパの本を数冊――パパが〝スクリッピー文庫〟と呼んでいたものだ。古ぼけた『千夜一夜』を手に取り、アラジンの物語の頁を開く。過去が押し寄せてきて、本を閉じた。それも、ほかの本と一緒に箱に入れた。

机の上を片づけ、蓋を開ける。どうしても読み終えられなかった小説が入っていた。その頁の間からカードが落ちる。つまらないことば。たぶん重複していたものだろう。カードを本に戻し、本を箱に入れる。数本の鉛筆にペンが一本。メモ用紙。『ハートの規則集』には、ダンクワースさんのメモがまだ貼りついたままだ。それも全部箱に入った。

次はカードが詰まった靴箱だ。わたしのカード。ガレスがリジーから手に入れ、あるいはスクリプトリウムに忍び込んでこっそり借りていったカードたち。それも箱に入れる。それからわたしは蓋を折り曲げ、互いちがいにはめ込んで開かないようにした。

「これで終わりだと思うわ、リジー」わたしは言った。

「もうひと息」リジーはバケツに雑巾を浸すと、余分な水を絞った。それから膝をついて、整理棚の最後の一段を拭いた。「さ、おしまい」と言って、しゃがんだ姿勢になる。わたしは手を貸して彼女を立ち上がらせた。

リジーがバケツの水をトネリコの木の下に空けにいっているあいだに、年配の男と少年がやってきた。

「全部運ぶだけになってます」とわたしは言った。

年配の男が入り口の手前にある整理棚を指すと、少年がいっぽうの端を持ち上げようと腰を屈めた。ふたりとも同じずんぐりした体つきで、同じ金髪だった。少年がその年頃になる前に戦争が終わっていますように、とわたしは祈った。ふたりは棚を、車回しに停めた小型トラックに運んでいった。

リジーがちりとりとブラシを手に入ってきた。

「やっと終わったと思ったらこれだもの」整理棚の裏に積もった数十年分の埃や塵《ちり》をブラシで擦っている。

一台、また一台と、男と少年は、カードたちがそこに存在していた証を運び出していった。

「これでおしまいですよ」と男は言った。「その箱も持っていきますかね？　オールド・アシュ行きでいいんだね？」

わたしがこれから行くのはそこなのだろうか？　それは疑問の余地のないことだったのに、今、わたしは迷っていた。

「とりあえずそのままにしてください」とわたしは言った。

少年が前に進み、男が頭をときどき横に傾けては、何かにぶつからないか確かめながら、後ろ向きに足を運んでいく。わたしはふたりのあとについてスクリプトリウムを出、最後の整理棚がトラックに積み込まれるところを見守った。ふたりは荷台の扉を閉め、運転台に乗り込み、門からバンベリー・ロードに走り出ていった。

「これで終わりね」中に入りながら、リジーに声をかけた。

「でもないよ」まだ膝をついたまま、リジーは片手にちりとり、もう一方の手にカードの小さな束を持っている。「汚いよ、気をおつけ」と言って、わたしに手渡した。

カードは錆びたピンと蜘蛛《くも》の巣でくっつき合っていた。わたしはそれを表に持っていって、息を吹きかけてきれいにし、仕分け台へ戻った。カードを広げる。全部で七枚あり、それぞれ違う筆跡で、様々な時代の様々な書物からの用例が書かれていた。

「読んでおくれよ」とリジーが膝をついている場所から声をかけてきた。「聞いたことあるか知りたいから」

「聞いたことあるわよ」とわたしは言った。

「いいから」

「ボンドメイド《Bonde mayde》」リジーの床を掃く手が止まった。「バウンドメイデン《Boundmaiden》、ボンドメイデン《Bond maiden》、ボンドサーヴァント《Bond servant》、ボンドサーヴィス《Bond service》、ボンド・メイド《Bond-maid》、ボンドメイド《Bondmaid》」

それぞれの用例は無邪気といってもいいものだったが、三枚のカードに、パパが語釈の候補を書いていた。〝奴隷娘、契約によって一生を主人に仕える義務に縛られた召使〟。

〝奴隷娘〟が丸で囲まれている。

仕分け台の下のわたしを見つけにきたあの表紙カードが脳裏に蘇った。リジーが隣に座った。「そんな顔して」

「このことばのせいよ」

リジーは、ジグソーパズルを埋めるときのようにカードをくるくると動かした。

「あんた、それとっておくの、それともブラッドリーさんに渡すのかい？」

〝ボンドメイド〟はわたしのもとへやってきた——これで二度も。これを〈辞典〉に戻すことは気が進まなかった。卑しく醜悪なことばだ、とわたしは思った。わたしにとっては〝カント《おめこ》〟よりよほど侮蔑的だ。もしわたしが編集主幹なら、これを除外したままにする権利はあるだろうか？

「〝奴隷娘〟っていう意味なのよ、リジー。嫌だと思ったことない？」

彼女はしばらく考えた。「あたしは奴隷じゃないけどね、エッシーメイ。でも、頭ではどうしても自分はボンドメイドだって思っちゃうのよ」

その手が十字架に触れた。彼女が何かを言うためにふさわしいことばを探していることを、わたしは知っていた。

ようやく十字架を離したとき、リジーは微笑していた。「あんたは昔っから、ことばは誰が使うかで意味が変わるって言ってたでしょ。だから〝ボンドメイド〟もそのカードに書いてあるのとは少しばかり違った意味になったっていいんでないのかい。あたしはねえ、あんたがこんなちっちゃこい頃からあんたのボンドメイドだったの、エッシーメイ。そしてね、それを喜ばなかった日は一日もないんだよ」

わたしはスクリプトリウムのドアを閉め、リジーは夕闇の中を、わたしをオブザーヴァトリー通りの家まで送ってくれた。キッチンテーブルを挟んでふたりでバターつきパンを食べ、やがて瞼が重くなってきたわたしは、彼女に泊まっていって、と頼んだ。

「たぶん、昔のわたしの部屋のほうが寝やすいと思うんだけど」とわたしは言った。「でもよかったら一緒のベッドで寝てくれない？」

二階で、リジーは毛布の下にもぐり込むと、わたしを囲うように体を折り曲げた。わたしは彼女にパーティーのことを話した。彼の恐怖、そしてわたしの恐怖を。

「あの人たちにとってそれがどんなものか、今は少しだけ想像できる気がする」わたしは闇の中にささやいた。ガレスの名は口にしなかった。わたしたちは彼の手紙のことは話さなかった。ルーの戦いのことはオックスフォード中に広まり、ささやかれていた。

⁂

目覚めたとき、わたしはひとりだったけれど、リジーがキッチンでカタカタと立てる音が聞こえた。レンジの火に粥《ポリッジ》がかかっていて、リジーはわたしを見ると、スプーンでボウルによそい、クリームと蜂蜜、そしてシナモンを一つまみ加えた。どうやらもう市場へ行ってきたようだった。

わたしたちは、気兼ねのない沈黙の中で食事をした。ふたりのボウルが空になると、リジーはトーストを焼き、紅茶を淹れた。彼女は、キッチンの中をなんのためらいもなく動き回った。それはわたしと正反対だった。シュロップシャーで過ごしたふたりの日々が胸をよぎった。

「あんたがにこにこしてると嬉しいよ」とリジーは言った。

「わたしはリジーがいてくれて嬉しいわ」

庭の門扉の蝶番《ちょうつがい》が歌うような音を立てた。

「朝の郵便だわ」とわたしは言った。「今朝は早いのね」玄関の扉の投げ入れ口に手紙が押し込まれる音を待ったが、それが聞こえてこないので、リジーが外に誰かいるのか見ようと、廊下に出ていった。わたしも後に続いた。

「何してるのかしら？」わたしは言った。

「何か持ってる……」リジーが片手で口元を覆った。その頭が目に見えないほど微かに前後に揺れていた。ノックの音がした。小さすぎて聞こえないほどの。リジーが一歩進み出た。

「待って」口から出たのはささやきだった。「わたし宛よ」だが、わたしは動けなかった。

またノックがあった。こちらを振り向いたリジーの荒れた両の頰に、涙がぽろぽろと静かに零れ落ちていた。彼女は腕を差し出し、わたしはそれをとった。

男は年をとっていた。戦争に行くには年寄りすぎる。だから彼は、戦争の悲哀《ソロー》を配達する役目を負わされた。わたしは電報を手にしたまま、オブザーヴァトリー通りをずっと歩いて帰っていく後ろ姿を見つめた。その背は肩掛け鞄の重さに丸く前屈みになっていた。

⁂

リジーはわたしの家に泊まり込んでくれた。彼女はわたしに食べさせ、湯浴みをさせ、腕を取って、通りの端まで、それから街区を回り、聖バルナバス教会へ連れていった。彼女は祈った。わたしは祈れなかった。

二週間後、わたしはラドクリフ病院に戻ると主張した。アンガスは故郷の近くの更生病院へ送られていた。バーティーはサウサンプトンのネトリー病院に移されていた。ラドクリフにはまだ、経験したことによってことばを失った若者たちが三人いた。わたしはシスターに帰されるまで、彼らに付き添った。

電報から一か月後、小包が届いた。リジーがそれを居間に持ってきた。

「メモがついてる」と言いながら、茶色の紙包みが解けないように縛ってある紐の下からそれを取った。

オーウェン夫人

『女性のことばとその意味』二部と、小生の心よりの賛辞をお納めください。これ以上の部数を印刷できず、また装丁が従来版の基準に達していないことをお詫び申し上げます。ご賢察のとおり、紙の不足によるためです。小生の一存にて、三部目をオックスフォード大学出版局図書室に収蔵させていただきました。ご覧になりたい場合は、〈辞典〉の分冊と同じ書架に並べてあります。

このたびは、ご愁傷様でございました。

敬具

ホレス・ハート

リジーは石炭の火を掻き立ててから、隣に腰を下ろした。わたしが蝶結びをほどくと、包み紙が剝がれ落ちた。

「よかったねえ」とリジーが言った。

「何が？」

「何冊もあるからさ」リジーは一冊を手に取り、口の中で数えながら頁をめくった。十五頁めで手を止める。そこには彼女の名前があった。

「リジー・レスター」とリジーは言った。

「ことばを覚えてる？」

「ナッカード《バテバテ》」そのことばの下を指でなぞり、それからわたしを見ると、暗誦《あんしょう》した。「あたしは夜明け前に起きて、お屋敷の皆様が寒くないように部屋を暖めるだろ。起きてくりゃお食事を支度する。それで皆様がぐうすら寝てる《ゼイズ・スノーリング》頃まで寝に行けない。一日の半分はバテバテ《ナッカード》だねえ、よぼよぼの馬みたいに。要はもう役立たずってこと」

「一語残らず完璧よ、リジー。どうやったらそんなふうに覚えられるの？」

「あたしが覚えられるまで、ガレスが三度も読んでくれたのよ。でも、これは完璧じゃないよ。〝ゼイ・アー・スノーリング〟って言わないと。なして直してくれなかったのさ？」

「あなたが言ったことや、言い回しの正しさを決めるのはわたしの役目じゃないからよ。わたしは記録したかっただけ。それと、たぶん理解したかったんだと思うわ」

　リジーは頷いた。「ガレスがね、あたしの名前が書いてあることばを全部見せてくれてね。どこにあるか、なんて書いてあるか暗記したの」

「何冊もあるのが、なぜいいことなの？」とわたしは訊いた。

「だって、これでみんな風に当ててやれるもの」とリジーは言った。「一冊はブラッドリーさんにあげて、もう一冊はボドリアンにあげたらいいさ。文字に書かれた大事なものはなんだってあそこに入るんだから。あんたがそう言ったんだよ。どんな本も、どんな写本も。なんとか卿《きょう》やらかんとか教授やらが書いた手紙がみんな」

「リジーはこれが大事なものだと思う？」数週間ぶりに微笑していた。

「思うともさ」

　リジーは立ち上がって、手にした『女性のことばとその意味』をわたしの膝の上の開いた包みに戻した。それをぽんと叩いた手のひらをわたしの頬に当て、キッチンへ立っていった。

リジーは、ボドリアン図書館へついてきた。

わたしに閲覧を許して以来、ニコルソン氏は図書館に女性が入ることに対して態度を和らげたが、その後継者については、あまりそうは思えなかった。マダン氏は、表紙を見ると「無理ですな、オーウェン夫人」と言った。彼は眼鏡をはずし、そこに映ったわたしの名前を消し去ろうというように、ハンカチで拭いた。

「でもなぜですの？」

マダン氏は眼鏡を鼻梁《びりょう》にのせ直すと、頁を繰った。「興味深い事業ですが、学術的重要性がありませんから」

「では、どういったものに学術的重要性がありますの？」

「まずは学者が編纂《へんさん》したものであることですな。その上で、主題が重要でなくてはなりません」

それは朝の十時だった。学者たちが、長短のガウンを靡《なび》かせて通り過ぎていく。だが、わたしが初めてこの机の前に立ったときに比べて、男性の数が減り、女性の数が増えていた。わたしはリジーが座っている場所を振り返った。それは何年も昔、マレー博士がわたしを閲覧者にするために熱弁を振るうあいだ、わたしが座っていたそのベンチだった。リジーは場違いに見えたが、あのときわたしも自分をそう感じた。わたしは胸を張って、再びマダン氏に向き直った。

「その主題は重要ですわ。知識の欠落を埋めるものです。それこそが学問の目的ではありませんか」

彼はわたしと目を合わせるために、少し顔を上向けなくてはならなかった。リジーが背後で座り直している。彼の視線が一瞬彼女へ向けられ、またわたしに戻った。

『女性のことばとその意味』が受け入れられるまで、ここを動くものか、とわたしは思った。もし鎖があれば、勇んで机の前の格子に自分を縛りつけただろう。

マダン氏は頁を繰る手を止めた。頬が赤らみ、当惑を咳で胡麻化《ごまか》した。彼は六頁を見ていた。Cのことばだ。

「古いことばですわ、マダンさん。英語における長い歴史があります。チョーサーはそのことばをことさら好んで使いましたが、わたしどもの〈辞典〉には収録されておりません。欠落です、間違いなく」

彼はハンカチで額を拭い、救いを求めるように辺りを見回した。わたしも周囲に目をやった。

わたしたちのやりとりを、三人の老人、そしてエレノア・ブラッドリーが眺めていた——用例を確認しに来ていたのに違いない。目が合うと、彼女は微笑み、励ますように頷いた。わたしはマダン氏を見据えた。

「失礼ながら、あなたは知識の裁定者ではありません。あなたは知識をつかさどる司書なのです」わたしは彼の机に置いた『女性のことばとその意味』を押しやった。「ここにあることばが重要かどうかを裁くのは、あなたの仕事ではありません。ほかの人々がそれをできるようにすることが、あなたの役目です」

⁂

リジーとわたしは腕を組んでバンベリー・ロードをサニーサイドへ向かって歩いた。門を抜けると、エルシーとロスフリスが外に出てきた。ふたりは代わる代わるわたしを抱擁した。

「今日は、オールド・アシュモレアンで会えるかしら、エズメ？」エルシーがそっとわたしの袖に手を触れて言った。「整理棚はみんな部屋に入ったし、もう足りないのはあなただけよ。今はちょっと狭いけれど、スウェットマンさんが、ご自分の机にあなたの場所を作ってくださったわ」

わたしはマレー姉妹をひとりずつ見つめ、そしてリジーを見た。かつてわたしたちは共に子供だった。こうして共に老いていくのだろうか？

「ちょっといいかしら、エルシー、ロスフリスも？　すぐ戻ってくるわ」

わたしは庭を横切った。トネリコの木は葉を落としはじめ、秋風がもう、落ち葉をスクリプトリウムに吹き寄せている。中に入る前に、戸口から落ち葉を除けなければならなかった。

そこは寒く、ほとんど空っぽだった。ただ仕分け台だけがそこにあった。〝ボンドメイド〟のカードがリジーとわたしが置いていったままになっていた。リジーが座ってことばをくるくると動かしていた場所に座る。彼女は文字は読めないが、わたしよりもずっとこのことばたちを理解していた。わたしはポケットを探り、ちびた鉛筆と白紙のカードを取り出した。

Bondmaid（ボンドメイド）
愛情、献身、あるいは義務によって生涯結ばれていること。
「あたしはねえ、あんたがこんなちっちゃこい頃からあんたのボンドメイドだったの、エッシーメイ。そしてね、それを喜ばなかった日は一日もないんだよ」　リジー・レスター、一九一五年

スクリプトリウムのドアを引いて閉めると、その音が、がらんとした空間に反響するのが聞こえた。ただの小屋だ、とわたしは思った。そして三人の女性たちが待つ場所へと戻っていった。

「これをブラッドリーさんに」と言って、エルシーにカードの束を渡した。「掃除中にリジーが見つけたの。抜けていた〝ボンドメイド〟のカードよ」

一瞬エルシーは、わたしが何を言っているのだろうという顔をしたが、やがて眉間の皺が消え、目を丸くした。「まあ」彼女は、信じられないようにカードをつくづくと見た。

ロスフリスも、見ようとして身を乗り出した。「あれはほんとに謎だったわねえ」と彼女は言った。「残念ながら表紙はないみたいだけど」わたしはリジーをちらりと見た。「でも定義になりそうな候補はいくつかあるわ。ずいぶん時間が経ったけど、リジーもわたしも、手に入ったらブラッドリーさんが喜ぶと思って」

「もちろん喜ぶでしょう」とエルシーは言った。「でもあなた、自分で渡せばいいんじゃない?」

「わたし、オールド・アシュモレアンには行かないのよ、エルシー。サウサンプトンのネトリー病院から来てほしいという声がかかったの。そのお話、受けようと思って」

⁂

トランクはキッチンテーブルの上に載っていた。リジーとわたしはそれを挟んで座り、それぞれ紅茶茶碗を手にしていた。

「これはここに置いていったほうがいいと思うの」とわたしは言った。「宿舎は仮住まいだし、いつちゃんと落ち着ける場所を見つけられるかわからないから」

「あんた、もっとことばを集めるんでないのかい」

わたしは紅茶をひと口啜り、微笑した。「そうでもないかも。だって、口をきかなくなった男の人たちのところで働くのよ」

「だけど、これはあんたの〝迷子のことば辞典〟だろうに」

わたしはトランクの中にあるもののことを考えた。「リジー、これはわたしを定義するものなの。

これがなくなったら、わたしは自分が誰だかわからなくなっちゃうわ。パパならこう言ったと思うのよ。あらゆる道を辿って調査を行い、正確な立項に足るだけの材料を揃えたって。それだけで満足なの」

「あんたはことばじゃないんだよ、エッシーメイ」

「リジーにとってはね。でも〈彼女〉にとっては、それがわたしのすべてよ。それですらないかもしれない。いつか時がきたら、わたし、〈彼女〉にこれを受け取ってもらいたい」わたしは手を伸ばし、リジーが胸に押し当てていたその手をとった。「わたし、〈彼女〉にわたしがどんな人間なのかを知ってほしいのよ。〈彼女〉がどんな意味を持っていたのかも。そのすべてがここに入ってる」

わたしたちはトランクを見た。長年開け閉めされ、くたびれたそれは、よく読みこまれた本のように見えた。「あなたはずっとこれの番人をしてきてくれたわ。最初のことばからずっと。どうかわたしが落ち着くまで、守っていてちょうだい」


ガレスの背嚢《はいのう》が届いたとき、わたしの荷造りは終わっていた。

わたしはその中身をそっとキッチンテーブルに空けていった。わたしが編んだ靴下には、まだ泥がついていた。彼の着替えの軍服の上着とズボンには土と血がこびりついていた。彼の血か、ほかの男の血なのか、わたしにはわからなかった。わたしの手紙全部と、ルパート・ブルックの詩集もあった。その頁をパラパラと繰ると、わたしのカードが出てきた――〝愛《LOVE》〟そして〝永遠の《ETERNAL》〟。

彼の髭剃りの道具入れのファスナーを開ける。筆記用具を入れた箱を空にする。ポケットをすべてひっくり返し、糸くずと乾いた泥を指に挟んで捏《こ》ねる。彼が残したすべてを、わたしの肌に触れさせたかった。彼に宛てた自分の手紙を開いた。古いものは、折り目に沿ってすっかり擦り切れ、ことばが読みづらいほどだった。最後の一通を開くと、彼の書いた手紙が、わたしの手紙のあいだに挟み込まれていた。震えた、殴り書きのような筆跡だったが、それはガレスの手が書いたものだった。

一九一五年十月一日、ルーにて
いとしい僕のエズ
　これで三日だ。そんなはずがあるか？　もっと何日も経った気がする。奴らはきりがない。僕らは、一日後方に下がって休養することになっていたが、そうはいかなかった。もう疲れ果てていたのに、それでも戦い続けなくちゃならなかった。いや、僕らは戦っていたのか？
　むしろ僕らは死につつあった。
　しばらく寝ていない。ちゃんとものを考えられない。だけど、エズ、君に手紙を書かずにいられないことはわかる。エズ。エズ。エズ。エズ。エズ。エズ。エッシー。エズメ。僕はずっと、リジーが君をエッシーメイと呼ぶのが本当に好きだった。僕も君をそう呼びたかった。呼びそうになったこともある。舌の先まで出かかった。でもそれはリジーのものだ。それは僕が君に出会う前の君の全部だ。だから僕はそのことばがこんなにも愛しいのかな？
　言わせてくれ、僕は横になりたくて死にそうだ。頭を君の腹にのせて。君の心臓の鼓動を聞きながら。僕は自分の当番兵の胸に頭をのせたが、何も聞こえなかった。なぜだと思う？　彼の両脚が吹き飛ばされたからだ。僕が頼んだことをなんでもやってくれた彼の脚は、もう彼の体についていなかった。
　僕は七人の部下を失ったよ、エズ。その何人かにとって、この戦闘が始まる前の数週間は、人生最良の時間だった。そのうち三人は、肉がその骨から剝がれ落ちるまでに、父親になっているかもしれない。

僕の大事なエズ、僕がこれを書くのはね、君がこう言ったからなんだ――わたしの想像力はことばには到底表せない絵を描き出せる、だから真実を知るほうがいいのよ、と。すべてを包み隠さず書くことはずいぶん救いになる。僕にとって、君の胸で安らぎ、すすり泣くのに一番近いことがこれなんだ。本当に感謝してる。だけど、君は自分が感じる苦しみを想像しなかったね。僕の書くことは君の夢に忍び込むだろう。それは泥の中に横たわる僕、ガラスのような僕の目、吹き飛ばされた僕の破片だ。

毎朝、君は起きるかもしれないことに怯えながら目覚め、それは一日中、君につきまとう。もうくたくただ、いとしい僕のエズ。耳の中のぶんぶんいう音がやまないし、頭に浮かぶものは、目を閉じるたびにより鮮明に、より醜悪になっていく。仮に眠れるとしても、こういう試練に耐えなくちゃならない。こんなことを君に打ち明けるなんて、僕は臆病者なんだろう。

戦闘が終わったら、これを破り捨てて、もう少し穏当にことばを並べ直して改めて書くよ。でも今は、自分がそうするしかないままにことばを並べたおかげで、重荷を下ろせたような気がする。僕の瞼が閉じるとき、最悪のものは免れそうだ。そして眠りへと僕を誘い、導くのは、エズメ、君の姿だろう。

永遠の愛《エターナル・ラヴ》をこめて
ガレス

手紙を折り畳み、わたしのカードをそこに挟んだ。ブルックの詩集の頁を、〈死者〉が現れるまで繰っていった。その最初の数行を、わたしは声に出さず読んだ。

「このすべてに終止符が打たれる」わたしは空っぽの家に向かって言った。その先はもう読めなかっ何物にも意味はないのだ。
へ向かう。ガレスの櫛を洗面台に戻した。わたしは去っていく。この動作になんの意味もない。だが、
た。わたしは、わたしたちの別れのことばをその詩に封じ込めた。立ち上がる。階段を上って、浴室

⁂

留め金をはずすと、蓋が跳ねるように開いた。その内側に〝迷子のことば辞典〟と彫り込まれてい
る。トランクは溢れそうだったが、まだ隙間はあった。
一番上には、わたしたちの辞書。その表紙を開く。

『女性のことばとその意味』　エズメ・ニコル編著

わたしはガレスのルパート・ブルックをその隣に置いた。
ガレスの手で書かれた、兵士たちの身の毛のよだつ文を手にしたが、それはトランクには入れなか
った。彼は、わたしに彼らを閉じ込めて欲しかったわけではないから。
キッチンからはもう、なんの物音も聞こえてこない。リジーは待っているはずだが、わたしを急か
したくないのだろう。だが時間のことを気にしているはずだ。サウサンプトン行きの列車は正午発だ
った。
わたしはポケットから電報を取り出し、『女性のことばとその意味』の上に置いた。その紙の肉屋
の包み紙のような茶色が、革表紙の美しい緑の上で禍々《まがまが》しかった。文言の半分はタイプされている。
〝遺憾ながらお知らせ申し上げます……〟そうしたことばは大概同じだから、手間を省くためだ。残

りは手書きだった。伝言を書き写した電報係は、〝遺憾〟の前に〝誠に〟を付け足していた。

わたしはトランクを閉じた。

# 第六部

一九二八年

Wise（やり方、～風）－Wyzen（気管）

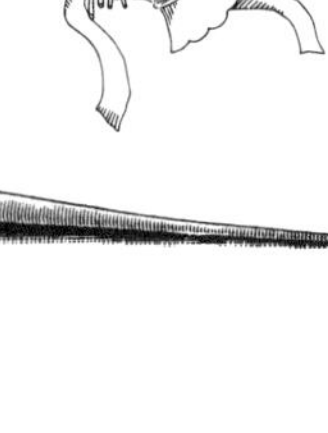

# 一九二八年十一月

一九二八年八月十五日
親愛なるメガン・ブルックス様
　わたくしはイーディス・トンプソンと申します。ご両親からわたくしのことはお聞き及びかもしれません。貴女《あなた》の亡くなられたお母様、サラには大変親しくして頂いておりました。サラは、彼女が面白がって名付けたわたくしの〝歴史うろうろ〟に、よく付き合ってくださった数少ない友人のひとりです（〝うろうろ〟というのが、散歩のことか、それともわたくしの解説のことをいうのかとうとう判然としませんでしたが、わたくしが首をひねるのをお母様は笑っておいででした）。貴女方ご一家がオーストラリアに渡られたときは、お母様のかけがえのなさを痛感したものですが、貴女やお宅のお庭、そちらの政治について近況を頻繁にお知らせくださるお母様のお手紙は、わたくしにとって喜びでした。当然のことながらこの三つのすべてをお母様は誇りにしておられました。本当に、サラのあの機知と実際的な忠告が恋しくてなりません。
　この手紙と併せて、トランクを貴女のお父様宛にお送りいたします。その理由はまもなくおのずと明らかになるでしょう。わたくしは、貴女にその両方の中身を受け取る心準備をさせてさしあげたいと存じました。どうすれば心準備ができるものか、わたくしもよくはわかっておりません。わかるとすれば父親でしょう。そしてあらゆる父親の中で、貴女のお父様は、間違いなく優れて賢明な方でいらっしゃいます。
　そのトランクは、わたくしのもうひとりの親しいお友達のものでした。彼女の名はエズメ・オーウェン、旧姓をニコルといいます。貴女は以前からご自分が養子であることをご存じだとのことですが、おそらくそのいきさつのすべては知らされてはいないのではないでしょうか。わたくしがこれからするお話は、心に強い動揺をもたらすことと推察します。どうかお許しください。でも、そのお話をお伝えしなかったなら、わたくしはさらに大きな悲哀を味わうことになるのです。

親愛なるメガン。二十一年前、エズメは貴女に命を与えました。しかし、その命を守り育てていける立場にありませんでした。こういった事情はとかく扱いが難しいものです。とまれ、貴女のお母様とお父様は、貴女が生まれる前の数か月、エズメと多くの時間を過ごされました。わたくしにはおふたりが、エズメを愛し、賛美するようになったことがよくわかりました。それはちょうどわたくしがエズメを愛し賛美するのと同じでしたから。時が満ちたとき、お母様はわたくしには不可能だった形で、エズメのそばについていてくださいました。お母様が産室にいらっしゃることはこの上なく自然なことでしたし、そしてそのあとも一か月、エズメの枕元に付き添ってくださいました。そして美しいみどり児だった貴女は、ふたりをつなぐきずな《ボンド》となったのです。

　これから書くのもつらいことを書かねばなりません。これが現実である悲しみから、わたくしが立ち直ることはないでしょう。エズメは今年、一九二八年七月二日の朝、世を去りました。まだ四十六歳という若さでした。

　彼女の死の原因は、ありふれたことのようにも思えます——エズメは、ウエストミンスター橋の上で、トラックにはねられたのです。でも、ことエズメに関して平凡ということはありえません。彼女は平等選挙権法案の可決を支持するためにロンドンへ行ったのですが、その目的はスローガンを唱え、横断幕を掲げる人々に加わることではなく、群衆の周縁にいる人々にとってこの出来事がどんな意味を持つのかを記録することでした。エズメは公的な記録から漏れている人々がいることに気づき、彼らに発言する機会を与えようとしたのです。いいですか、彼女のしていたことはこういうことです——エズメは地元の新聞で、週に一度コラムを持っていました。〝小さなことばたち〟

というコラムで、毎週、彼女は名もなき市井《しせい》の人々、文字の読めない人々、社会に忘れられた人々に話しかけ、彼らにとってこうした大きな出来事が持つ意味を理解しようとしました。そして七月二日、ウエストミンスター橋で花売りの女性に話しかけていたとき、エズメは群衆によって道に押し出されたのでした。

エズメについて、彼女の死のことだけでなく、もっとほかにもお話しすべきだろうという気がいたします。わたくしたちが最後に会ったときの思い出こそ、それにふさわしい逸話でしょう。

わたくしは、先だってゴールドスミス・ホールのバルコニーに座る招待をいただきました。ここで『オックスフォード英語大辞典』の完成を記念する晩餐《ばんさん》会が開かれたのです。わたくしと同席したのはロスフリス・マレーとエレノア・ブラッドリーですが、いずれも編集主幹の娘で、生涯を父の仕事に捧げてきました。この観覧については、わたくしたちの性別をめぐるちょっとした騒動がありましたが、たとえ男性たちと一緒に晩餐の席につくことはできないにせよ、少なくとも祝辞はこの耳で聞くことが許されてしかるべきだということになりました。スタンリー・ボールドウィン首相は素晴らしい演説をされ、編集主幹たちや関係者に謝辞を述べられましたが、バルコニーを見上げることはありませんでした。〈辞典〉は、最初のことばが一八八四年に刊行されて以来、最後のことばが刊行されるまで、わたくしがずっと関わってきた事業です。そのような長きにわたって忠誠を捧げてきたと胸を張れる者は、その場に数えるほどもなかったと聞いております。ロスフリスとエレノアも、〈辞典〉に人生の数十年を捧げてきました。エズメも同様です。

少し前にエズメが、自分はずっと〈辞典〉に繋がれたはしため《ボンドメイド》だった、と言ったことがあります。〈辞典〉がわたしの主《あるじ》なの、と彼女は言いました。わたしがいなくなったあとも〈辞典〉がわたしを定義するのよ、と。そして、こうした軛《くびき》を負ってきたにもかかわらず、彼女はバルコニーからの観覧さえ許されませんでした。

男性たちは、茹《ゆ》でた鮭のオランデーズ添えと、デザートにはお好みのムース・グラッセを食べ、一九〇七年物のシャトー・マルゴーを飲みました。わたくしたちには式次第が配られ、そこには献立表も載っておりました。心無い仕打ちですが、無論、他意はなかったのでしょう。

お開きの頃には、一同、すっかりひもじくなっておりましたが、エズメがサウサンプトンからわたくしたちに会うためにロンドンに出てきてくれていました。わたくしたちがゴールドスミス・ホールを出ると、食べ物を詰めた籠を携えて待っていたのです。暖かな晩でしたので、皆でタクシーを捕まえてテムズ川へ向かい、街灯の下でピクニックをして内輪のお祝いを楽しみました。「〈辞典〉の女性たちに」とエズメが言い、わたくしたちは祝杯を上げました。

わたくしはトランクのことを存じませんでしたが、葬儀の後で、エズメの友人のリジー・レスターが、これを貴女のもとに送るべきだと言い出しました。彼女はこのひどく古びたトランクをベッドの下から引っ張り出すと、開けたら何が出てくるのかを説明してくれました。気の毒にリジーは憔悴《しょうすい》しきっておりましたが、できるだけ早くトランクを貴女にお送りすると約束しましたら、安心した様子でした。

わたくしは一週間、トランクを開けずにベッドの足元に置いておりました。エズメのために流した涙がようやく乾くと、わたくしにはその中を探ってみる必要はなくなりました。わたくしにとってエズメは、ある決まった語釈で理解しているお気に入りのことばのような存在ですから、それ以外の方法で理解したいとは思わないのです。

トランクは、メガン、貴女の手に委ねます。開くにせよ、閉じたままにするにせよ。どちらを選ぶとしても、エズメについてお訊ねになりたいことがあれば、お答えするのはわたくしの喜びですから、どうかお忘れになりませんよう。ところで、エズメはわたくしをディータと呼んでおりました。もはやその呼び名に応えることがないことを、これから寂しく思うでしょう。もしも貴女がご返信くださるならば、再びその名前でお呼びいただけたら嬉しく存じます。

愛と深い同情をこめて
ディータ・トンプソン

メグは、ずいぶん長いことトランクと一緒に座っていたので、部屋はすっかり暗くなっていた。ディータの手紙が傍らにあった。何度も繰り返し読まれた手紙の一枚目は、怒りにまかせて握りつぶしたために皺くちゃになっていた。握りつぶして少し経つと、メグはまたそれを平らに伸ばした。

父がドアをノックした。軽い、ためらいがちな音だった。父は娘に紅茶をすすめたが、彼女は断った。父はまたノックして、気分はどうかと訊ねた。大丈夫、と彼女は言ったが、大丈夫ではないことを確信していた。廊下の時計が八時を打ったとき、呪文のようなものが解けた。メグはこの四時間座り続けていた椅子から立ち上がり、ランプをつけた。居間のドアを開けると、父に声をかけた。

「さっきのお茶を飲みたいわ、パパ」とメグは言った。「ビスケットを二枚つけてもらってもいい?」

父は、盆を娘のそばに置いたあと、娘の母親が大切にしていた陶磁器の茶碗に紅茶を注いだ。そこにレモンを一切れ浮かべ、娘の額に唇を触れると部屋を出ていった。冷めてしまった夕食のことは、口に出されなかった。

その茶碗が紅茶の温もりを伝えるのは、三年ぶりだった。メグは母がそうしていたように、把手《とって》を前に向けて、両手で包むようにして持った。本来なら口をつけるところにある縁の小さな欠けを、そうやって避けるのだった。その仕草によってメグの存在の輪郭はぼやけ、自分のすんなりした指の代わりに、母の肉付きのよい指が、紅茶の温もりに溶ける硬いたこが、爪の間に入り込んだ土の名残が浮かんだ。その肘掛け椅子は、メグの長い手足よりも母の太く短い脚にふさわしかったが、メグはあえてそこに座ることを選んだ。暑い日だったが、彼女は身震いをした。ちょうど、庭から入ってきて一緒にお茶をするときに母がよくそうしていたように。

ママだったら、トランクをどうしただろう？　メグは考えた。ママはわたしにトランクを開けなさいと言っただろうか。それともそのままにしておきなさいと言っただろうか。それは寝椅子の上に載っていた。午後中ずっと置かれていたとおりに。改めて見ると、妙な親しみを覚えた。「焦らなくていいのよ」と母なら言っただろう。

メグは紅茶を飲み終えると、古い肘掛け椅子からそっと立ち上がった。寝椅子のトランクの隣に腰を下ろす。留め金はなんの抵抗もなくかちりとはずれ、蓋が勢いよく開いた。

〝迷子のことば辞典〟と、蓋の内側にたどたどしく彫り込まれている。子供の字だ。メグはその瞬間、この中身は子を産み、手放した女性のものであるだけでなく、いつか自分がそうしなければならなくなることを想像もしていなかった少女のものでもあることに気づいた。

電報が一通。『女性のことばとその意味』と表紙に箔押《はくお》しされた薄い革張りの本。何通もの手紙。選挙権運動のパンフレットや演劇のプログラム、新聞の切り抜きなどの雑然とした紙類。女性の裸像を描いたスケッチが三枚あった。一枚目の彼女は窓の外を見ている。腹の膨らみがわずかにわかる。三枚目の彼女の両手と視線は、きっと動いた赤ん坊を包み込んでいるのだろう。

だが、大部分を占めているのは、せいぜい葉書ほどの大きさの紙片だった。ピンで数枚を留めてあるもの。ばらばらのもの。靴箱に詰まったカードは、アルファベット順に整理されて、ちょうど図書館の分類カードの引き出しのように、文字と文字のあいだに小さな紙が挟み込まれている。カードにはそれぞれ、上部に単語が、その下に文が書かれていた。本の題名が記されているものもあったが、多くはただ、女性の名前が書かれているだけだった。時々は男性の名前もあった。

朝の光が出窓から差し込み、メグの頬を温め、はっと目を覚ました。寝椅子で何時間か眠り込んだために背中が痛かった。また暑くなりそう、と彼女は思った。トランクとその中身は夢のように意識の底に沈んでいた。だが『女性のことばとその意味』は膝の上に開いたままで、涙の乾いた肌が引き攣《つ》るのを感じた。アデレードの眩《まばゆ》い太陽の下で、エズメのことばは、あらゆる形で床に散らばっていた。それは剝き出しで、現実だった。

メグはそれらの整理をはじめた。ディータの手紙を集め、ひとつの束にまとめた。ティルダの葉書も別の山にする。女性参政権運動のパンフレットと新聞記事の切り抜きもそれぞれの山にした。『空騒ぎ』のプログラムとひと握りの半券は、ほかの雑多な紙片と合わせてまとめた。

靴箱のカードは、ほとんどすべてひとりの筆跡で書かれていた。確認してみると、どれも『女性のことばとその意味』に項目があった。それはそのままにしておき、ほかのカードを手に取った。その数は膨大で、百枚以上はあり、筆跡も書かれている内容も様々だった。平凡なことばもあれば、メグが聞いたこともないことばもあった。一部の用例はあまりにも古く、彼女にはまったく理解できなかった。それでも一枚一枚に目を通した。

それらのカードはほぼ大きさが統一されていて、大半はこの目的のために作られたもののようだった。しかし、一部は間に合わせの紙でできていて、帳簿用紙やノートを切って作ったカードや、小説やパンフレットの頁を切り抜いて、ことばを丸で囲み、文に下線を引いたものもあった。あることばは、買い物リストの裏に書かれ、書き手はどうやら、牛乳を三パイント、箱入りの重曹、ラード、小麦粉を二ポンド、コチニール、マクビティ・ダイジェスティブビスケットを買ったらしかった。

この女性はケーキを焼き、それから椅子に腰かけて、〝ビート《Beat》〟ということばの意味のひとつをうまく表す文を書いたのだろうか？　用例は教区教会が出す週報の婦人会の頁から採られ、一八七四年のものだった。いらなくなった買い物リストは、寸法も形もぴったりだった。メグはその女性を想像した。裕福でもなく、貧しくもない。キッチンテーブルに向かって座り、目の前には教会の週報が、傍らには紅茶のポットがある。ケーキが膨らむまでの待ち時間は、一日の中でひと息入れられる嬉しい時間だ。やがて子供が駆け込んでくる。美味しい期待に鼻を膨らませ、蠟燭《ろうそく》を吹き消すときが来るまで、母につきまとっている。

道路を挟んだ向かいの公園から歓声が上がって、メグはわれに返り、エズメのことを思い出した。バットがボールに当たる耳慣れた音、繰り返される礼儀正しい拍手、そして時折湧き上がる打者への声援が、今が土曜の朝で、自分がいるのは暑い夏のアデレードであることを教えていた。これらのことばやその推薦者たちの棲む、じめじめと底冷えのする世界は遥か彼方にあった。メグは節々がこわばり、髪や服はよれよれだった。立ち上がると、外でクリケットに興じる人々に目をやった。いつもと変わらない土曜のようだったが、しかしそうではないのだった。

再び歓声が上がったが、メグは窓に背を向けて、書棚へ向かった。そこには、『オックスフォード英語大辞典』全十二巻が並んでいた。手が届きやすいように低い棚に置かれていたが、子供の頃のメグには、持ち上げるのもやっとだった。彼女の記憶する限り両親はずっとそれを集めていて、最終巻は先週届いたばかりだった。

『V‐Z』の巻を棚の端のその場所から引き出すと、最初の頁を開いた。新しい匂いがし、開くときに背表紙の抵抗を感じる。一九二八年刊行。

ほんの数か月前、これは存在していなかった。ほんの数か月前、エズメは存在していた。

棚のもう一方の端に行き、第一巻『A&B』の金文字を指でなぞる。その背表紙は繰り返し開いたために皺が寄り、上部の縁は、彼女の幼い両手が無理に引っ張り出したために傷んでいた。今、メグはそっとそれを書棚から取り出した。その重みにはいつも驚いてしまう。母の肘掛け椅子に運んでいくと、膝に載せた。そして扉の頁を開いた。

**歴史的原理に基づく新英語辞典　第一巻　A&B**

編纂　ジェームズ・A・H・マレー
オックスフォード　クラレンドン出版局
一八八八年刊行

四十年前。エズメは六歳だったはずだ。

メグは〝ビート〟のカードを取り上げ、用例を読んだ。

〝砂糖がよく混ざり、全体が白っぽくなるまで撹拌《ビート》する〟。

〈辞典〉の頁をめくっていき、そのことばを見つけた。〝ビート〟には十列にわたる五十九の語義があったが、暴力的な性格を持っているものがずいぶん多かった。彼女は列の上から下まで指でなぞっていき、ようやくカードに当てはまる語義を見つけた。卵を撹拌することについての四つの用例があった。だがメグのカードに書かれている用例はそこにはなかった。

メグは『A&B』の巻をトランクの横の床に置いた。靴箱を開け、カードをぱらぱらとめくった。

Lie-Child（ライ - チャイルド）

「ライ - チャイルドを手元におくのは、本人も子供もつらいんですよ。あたしが乳母を見つけてきます」

ミード夫人、産婆、一九〇七年

エズメの筆跡はもう見憶えていた。メグは〈辞典〉の第六巻を取ってくると、それに当たる頁を探した。〝ライ・チャイルド〟は影も形もなかった。だが、メグはその意味を理解した。第一巻に戻り、〝バスタード《Bastard》〟を探す。

**婚姻外にもうけられ、生まれた子。非嫡出の、庶出の、未認知の、非公認の。本物でない、偽物の、まがいの、卑しい、不純な、堕落した。**

メグは叩きつけるようにその巻を閉じた。床から立ち上がったが、脚は震えていた。崩れ落ちそうな気がした。急に自分で自分がわからなくなった。肘掛け椅子に座り込むと声を上げてむせび泣いた。〝バスタード〟には二列が費やされていたが、彼女を指す定義には、ひとつの用例もなかった。

母が恋しかった。居間の床を覆いつくすこの混乱に意味をもたらしてくれるはずの、母のことばや仕草のすべてが恋しかった。彼女は椅子の張地に顔を埋め、母の髪の香り、いつも髪を洗っていた懐かしいペアーズの石鹸《せっけん》の香りを吸い込んだ。メグは今もそれを使っている。いっそう深いところから慟哭《どうこく》が湧いた。それが娘であるということなのか？　髪の匂いが母親と同じであることが？　同じ石鹸を使うことが？　それとも同じ情熱を、同じ苛立《いらだ》ちを共有することが？　メグは母のように、泥の中に跪《ひざまず》いて球根を植えたいと思ったことは一度もなかった。メグは――優しい子と言われるのではなく好奇心を認めてもらいたいと思ってきた。考えたことを評価され、自分のことばに敬意を払われたいと切望してきた。

その証が床に散らばったこれなのだろうか？　好奇心旺盛な頭脳の証？　苛立ちの断片？　理解し、説明しようとする努力？　メグの憧れはエズメのそれと同じなのか？　そしてそれが娘であるということなのだろうか？

父がドアをノックする頃には、メグは泣きやんでいた。悲嘆の中から、何かが生まれ出《い》でようとしていた。それが悲しみをさらに拗《こじ》らせるのか、整理してくれるのか、それはわからなかった。

「メグ？」父は、昨晩と同じようにそっと部屋に入ってきた。その様子は、さながらミソサザイを脅《おど》かすことを恐れる、野鳥の観察者のようだった。

メグは無言だった。考えようとするたびに、居心地の悪い何かに繰り返し躓《つまず》いた。

「朝食はどうかね？」父は訊いた。

「紙が欲しいの、パパ。いいかしら」

「何か書くのか？」

「ええ。ママのボンド紙をお願い。書き物机に入ってる薄青い紙よ」メグは父の顔を探るように見たが、そこに反対の影はなかった。

一九二八年十一月十二日、アデレードにて
これを書きながら、わたしは逡巡《しゅんじゅん》している。エズメを母と呼ぶことは、ママへの裏切りのような気がする。しかし、エズメにその呼び名を与えないことは？　やはりためらいがある。一晩ずっと、わたしはことばの意味について考えていた。そのほとんどはわたしが一度も使ったことがなく、聞いたことさえないものだった。それらのことばが発語されたその文脈において重要だったことは間違いない。しかし今座って書棚と向き合いながら、わたしはその一段を埋める辞典の権威に初めて疑問を抱いている。

〃マザー《母》〃はその中にある。当然ある。だがこれまで、それを調べる理由がわたしにはなかった。たった今までわたしは、英語を話すすべての人は、教育の程度にかかわらず、そのことばの意味を、使い方を、そのことばを誰に当てはめるべきかを知っているものと思い込んでいた。でも今、わたしは迷っている。意味は、関係性によって変化するものになってしまった。

　立ち上がって、棚からその巻を取り出したい。でもわたしの読む定義が、ママに当てはまらなかったらと思うと怖い。だから、もう少し座っていようと思う。ママの思い出がすべての不安を消し去ってくれるまで。でも今は、残念ながら〃マザー〃がエズメに当てはめられることはないだろう。

　メグはその紙を折り畳み、トランクに入れた。

　しばらくすると、フィリップ・ブルックスが、朝食を載せた盆を娘の脇にある小さなテーブルに置いた。紅茶のポット。小皿にはレモンの薄切りが二切れ。トーストが四枚。蓋を開けたばかりのオレンジとライムのマーマレード。二人分はたっぷりあった。

「パパ、一緒に食べない？」

「いいのかい？」

「ええ」

　メグは母の陶磁器の茶碗を、昨晩置いた場所から取り上げ、父に差し出した。父は紅茶を娘のために注ぎ、それから自分の茶碗に注いだ。レモンの薄切りをふたつの茶碗にそれぞれ入れた。

「これで何か変わりそうかね？」と父は訊いた。

「何もかも変わるわ」とメグは言った。

　父は項垂《うなだ》れたまま紅茶をすすった。両手が微かに震えていた。メグがその顔を見ると、あらゆる筋肉が働いて感情を抑え込み、それから娘を庇《かば》おうとしていた。

「ほぼ、何もかもよ」と彼女は言った。

父は顔を上げた。

「わたしのパパに対する気持ちは変わらないわ。ママへの気持ちも変わらないし、ママの思い出も変わらない。もしかしたら、前よりもママがもう少し好きになったような気がする。今もママに会いたくて仕方ないもの」

ふたりはエズメの物に囲まれて無言で座っていた。向かいの公園から、バットがボールを打つ長閑《のどか》な音が繰り返し響き、流れゆく時を刻んでいる。

# エピローグ

## 一九八九年、アデレード

講義台に立った男性は咳払いをしたが、効果はなかった。講堂は蜂の巣のようにさんざめいている。書類を揃えなおし、腕時計に目をやり、老眼鏡越しに集まった学者たちを眺める。彼はもう一度咳払いする。さっきよりも少し大きな音をマイクが響かせた。

部屋が静まり返った。数人が席を探してうろうろしている。講義台の男性は話しはじめた。

「第十回オーストラリア辞書学会年次総会へようこそ」と、静かな声をかすかに震わせながら彼は言った。それから、少々長すぎる間をおいてから続けた。「ナア・マニ」そう言った声にはもう少し力が籠っていた。会場全体を見渡す。「二人以上の人に対してこんにちはと言うとき、ガーナ語ではこう言います。本日はここに二人以上の方にお集まりいただき、わたくしは肩の荷を下ろしております」やや興がるようなざわめきが上がる。「当市をご訪問中の方々はもちろん、人生をずっとここで過ごしてこられた方々の中にも、ご説明が必要な方がおられるかもしれません。ガーナ族は、この大講堂が建設される前、否、英語がこの国で初めて話されるよりも前に、この土地を故郷と呼んでいた先住民の人々です。われわれは彼らの土地に立っております。さりながら彼らのことばを話しません。

今朝、わたくしがガーナ語を使用するのは、そのことを指摘するためです。このことばは、一八三〇年代と四〇年代、白人の居留民のあいだではキング・ジョン、キャプテン・ジャック、キング・ロドニーという名で一般に知られていたガーナ族の長老、ムルウィラブルカ、カドリッピーナ、イッタマイイッピーナが使っていました。これら先住民の長老たちは、ふたりのドイツ人と出会います。このドイツ人たちは先住民のことばを学ぶことに関心を持っており、聞いたことを書き留め、ほかの人にも理解できるような語義を考えました。彼らは言語学者や辞書学者の仕事をしたわけです。そうした呼び方はしなかったかもしれませんが。

ドイツ人たちは宣教師でしたが、このふたりの言語に対する情熱、話しことばを記録し理解しようとする熱意は、ここに集う誰の目にも明らかでしょう。彼らはそうすることで当時のことばの正しい用法に資するだけでなく、ことばを保存し、それが持つ歴史的文脈が理解されるようにしたのです。彼らの努力がなければ、ガーナの人々の言語的世界はわれわれにとって失われたものとなり、同じく、彼らにとってかつて意味のあった物事、今、意味のある物事に対するわれわれの理解も失われたはずであります。現在、ガーナ語を話すガーナ族の人々はほとんどおりません。しかし、ガーナ語は書き留められ、ことばの意味が記録されているために、ガーナの人々が――そして敢えて申せば、わたくしのような〝ホワイト《白》フェラーズ《人》〟が――再びこの言語を話すことも可能なのです」興奮とともに彼の声は高まり、壇上の容赦ない照明の下で額がてらてらと光った。演者はことばを切り、一息入れた。

「一九八九年は、英語にとって重要な年ですが、この講堂の外でそれを知っている人はまずいないといって差し支えないでしょう」そこここで笑い声が上がり、演者は嬉しそうに顔を上げた。

「今年、『オ《O》ックスフ《E》ォード《D》英語大辞典』の第二版が、初版の完成から六十一年の時を経て出版されました。第二版では、初版およびその補遺のすべてを合わせ、さらに五千語とその語釈が追加されております。この作業――つまり、言語の記録作業ですが――を担ったのは辞書編纂者たちでありますが、そのうちの数名の方が、本日この会場に来ておられます。この偉大な業績に対し、学会として、お祝いを申し上げます」演者は手を叩き、聴衆がそれに加わった。口笛を吹く者や、歓声を上げる者もいた。「お静かに、皆さん。われわれにはくそ真面目で堅物《かたぶつ》という堅持すべき評判があるのですぞ」いっそうの笑いが起こる。演者はそれが収まるのを待った。だいぶ緊張がほぐれている。

「かの偉大なるジェームズ・マレーはかつてこう語りました。〝わたしは文学の徒ではない。わたしは科学者である。わたしは人間の発話の歴史を扱う文化人類学の一分野に関心があるのだ〟。

ことばはわれわれを定義し、説明します。時にはわれわれを支配し、孤立させる役目を果たすこともあります。しかし、話しことばが記録されなかったら、どうなるでしょうか？　そうしたことばの話し手はいかなる影響を被《こうむ》るでしょうか？　われわれ全員が感謝を捧げるべき、ひとりの辞書編纂者がおられます。その方はマレー博士のOEDを含め、数々の偉大な英語辞書の行間を読み取ってこられました。その辞書編纂者とは、アデレード大学名誉教授であり、オーストラレーシア言語学会会長、そして言語への多大なる貢献によってオーストラリア勲章を受章されたメガン・ブルックス教授であります。

わたくしからはこの辺にいたしまして、ブルックス教授に演壇にお越しいただき、開会の辞を頂きましょう。教授の講演のタイトルは『迷子のことば辞典』です」

拍手とともに、背が高く、姿勢のよい女性が壇に上がった。演台に向かいながら、褪せた赤い巻き毛のほつれを耳の後ろにかける。男性が手を差し出すと彼女はそれを握り、皺が刻まれた顔に微笑を浮かべた。彼は軽く会釈すると後ろに下がった。

メガン・ブルックスは、上着のポケットから白い封筒を出し、慎重に滑らせるようにして、時を経て黄ばみ、ぼろぼろに傷んだ紙のカードを出した。これを――これだけを彼女は演台に置くと、手袋をした両手でそっと撫でた。

講堂を見渡す。数えきれないほど繰り返してきたこれも、今回が最後になる。今から話すことを理解するのに、彼女は一生をかけてきた。そしてそれは重要だという確信があった。

目を中ほどの列に向け、それぞれの顔をすばやく見ていく。視線が止まることはない。大部分が男性だったが、女性も少なからずいた。どれもこの道の古株といった面持ちだ。広大な会場に落ち着かない空気が漂い出すのを感じたが、それを無視して、下の列へ、さらにその下へと視線を走らせた。いくつもの顔が隣を向き、ささやき合いを始める。それでも彼女は探し続けた。

前から二番目の列で、彼女は止まった。そこには若い女性がいた。せいぜい学部の学生だろう。彼女はことばの旅路の出発点に立っている。その顔に浮かぶ好奇心に老女は満足した。微笑を浮かべる。これが始める理由だ。メガン・ブルックスはカードを取り上げた。

「ボンドメイド」と彼女は言った。「いっとき、この美しく不穏なことばの持ち主は、わたしの母でした」

# 著者あとがき

この作品は、ふたつの素朴な疑問をきっかけに生まれた。男性と女性では、ことばの意味に違いはあるのだろうか？　もしあるとしたら、ことばを定義する過程で、何かが失われることはないのだろうか？

　私は人生を通じて、ことば、そして辞書と、愛憎半ばする関係を築いてきた。単語の綴《つづ》りが苦手で、使い方を誤ることが多いのだ（なんといっても〝affluent《裕福な》〟は〝effluent《流れ出る》〟と発音がそっくりで、どう考えても間違えやすい）。子供の頃、身近な大人たちに助けを求めると、彼らは「辞書を引いてごらん」と言ったものだった。が、綴りがわからなければ、辞書は難攻不落の壁になる。しかし英語を操るのは不器用でも、私はことばをある形に書き並べれば、リズムを作ったり、情景を描き出したり、感情を表現したりできることを愛してきた。自分の内側と外側の世界を探索するために、ことばを選ばねばならないことは、昔から私の人生最大の皮肉だった。

　数年前、親しい友人がサイモン・ウィンチェスターの『博士と狂人　世界最高の辞書ＯＥＤの誕生秘話』を読むことをすすめてくれた。『オックスフォード英語大辞典』の編集主幹であるジェームズ・マレーと、とりわけ熱心な（そして悪名高い）協力者だったウィリアム・チェスター・マイナー博士の交流を描いた実話である。私はその本を大変面白く読んだものの、〈辞典〉はじつに男性中心の事業だったのだという印象が残った。調べた限り、編集主幹は全員男性であり、助手の大部分も男性で、協力者もほとんど男性、そしてことばの用法の根拠として使用された文献、手引書、新聞記事といったものも、多くが男性によって書かれたものだった。オックスフォード大学出版局の代議員会――財布の紐を握っていた人々――も、やはり男性だった。

この物語のどこに女性がいるのだろう、と私は思った。彼女たちの不在は問題だろうか？

女性たちを探し当てるまでにしばらくかかった。そして私が見つけ出した彼女たちは、端役や脇役でしかなかった。エイダ・マレーは、十一人の子供たちを育て、家庭を切り盛りし、同時に編集主幹である夫を支えた。イーディス・トンプソンとその妹のエリザベス・トンプソンは、『Ａ＆Ｂ』だけに限ってもふたりで一万五千もの用例を提供し、最後のことばが出版されるまで用例を送り続け、編《へん》纂《さん》を補佐した。ヒルダ、エルシー、ロスフリスのマレー姉妹は、そろってスクリプトリウムで働き、父を助けた。そして、エレノア・ブラッドリーは、オールド・アシュモレアンで父の助手チームの一員として働いた。ほかにはことばの用例を送ってきた無数の女性たちがいて、最後に、一部のことばの用法の根拠として検討された小説や伝記、詩などを書いた女性たちがいる。だが、いずれをとってもその数は同じ立場の男性にくらべて少なく、歴史は彼女たちを思い出すのに苦心している。

私は、女性たちの不在は問題であると考えた。女性を代表する存在がそこにないことは、『オックスフォード英語大辞典』の初版には、男性の経験や感性を優先した偏りがあるということかもしれない。それも初老の、白人の、ヴィクトリア朝の男性である。

この小説は、言語を定義する手法が、私たちをどう定義する可能性があるのかを理解しようとした、私なりの試みである。物語全体を通じて、私たちが自分のことばの理解を問い直したくなるような情景を描き、感情を表現しようと努めた。エズメをことばの中に置くことによって、ことばが彼女にもたらした、そして彼女がことばにもたらしたかもしれない影響を想像することが可能になった。

当初から重要だったのは、エズメの架空の物語をわたしたちが知るとおりの『オックスフォード英語大辞典』の歴史に編み込むことだった。私はまもなく、この歴史がイングランドにおける女性参政権運動と第一次世界大戦をも内包していることに気づいた。この三つに関する出来事の流れとおおまかな内容は史実に基づいている。誤った記述があるとすれば、それは意図したものではない。

本書の執筆における最大の難関は、この歴史的文脈の中に生きた実在の人々を忠実に描き出すことだったかもしれない。『オックスフォード英語大辞典』に魅せられたのは私だけではなく、私は辞書学者や伝記作家による著作を貪るように読んだ。リンダ・マグルストーンの『Lost for Words（ことばに迷って）』は、少なくともいくつかの事例で、女性のことばが実際に男性のことばと違う扱われ方をしたと考えてよいという裏づけを与えてくれた。そしてピーター・ジリヴァーの『The Making of the Oxford English Dictionary（オックスフォード英語大辞典の誕生）』は物語に必要な事実やエピソードを提供してくれた。そうした事実やエピソードによって、物語が史実の土台につなぎ留められていることを願っている。私は二度、『オックスフォード英語大辞典』の資料が保管されているオックスフォード大学出版局を訪れる機会に恵まれた。〈辞典〉の校正刷りを調査し、あれこれのことばが、最後の最後で削除された証拠を探した。さらに、採集された単語カードの原本を参照することも許された。カードの多くは二十世紀初頭に誰かが縛ったまま、当時の紐で束にくくられていた。私は〝Bondmaid（ボンドメイド）〟のカードを見つけた。この美しく、不穏なことばは、エズメと同じくこの物語の主人公である。だが、語釈が記されていたはずの表紙カードはどこにもなかった――それは本当に失われていたのだった。果てしなく並ぶ、紙の詰まった箱の列に圧倒された私は、それらの番人に助けを求めた。ビヴァリー・マカロック、ピーター・ジリヴァー、マーティン・モウは、〈辞典〉とそれを作り上げた出版局への、深い関心と敬意からしか生まれ得ない物語や洞察を語ってくれた。私たちの会話によって歴史は動き出した。

ＯＥＤの男性たちの大多数は、史料の中に簡単に見つけられる。クレイン氏、ダンクワース氏、そして登場場面の少ないひとりふたりを除き、男性の編集者や助手は実在の人々をモデルにしている。当然ながら作中の登場人物同士のやりとりは創作だが、それぞれの関心事や人柄をしのばせるものをいくらかでも描こうと心掛けた。『Ａ＆Ｂ』の完成を祝う園遊会でマレー博士が行ったスピーチは、同巻の前書きから一字一句変えずに借用した。

ニコルソン氏とマダン氏は、本書で描写された時代にボドリアン図書館の司書だった。彼らの台詞はわずかだが、その物腰の一端を伝えられていれば嬉しい。

ロスフリス・マレー、エルシー・マレー、エレノア・ブラッドリーの人物造形には精一杯力を尽くしたが、伝記的な資料が乏しく、私が想像した人物像に、彼女らの近親者が同意してくれるかどうかは保証の限りではない。

おそらく、この小説に登場する最も重要な実在の人物は、イーディス・トンプソンだろう。彼女とその妹エリザベスは、熱心な協力者であり、その仕事ぶりは高く評価された。イーディスは、最初のことばの刊行から最後のことばの刊行まで、〈辞典〉に関わり続けた。彼女は一九二九年、〈辞典〉が完成したわずか一年後に死去した。私は、OEDのアーカイブに保管されていた史料から彼女のことを少しばかり知った。イーディスが書き、校正紙の端にピンで留めつけたメモを見たときは言い知れぬ感動を覚えた。ジェームズ・マレーに宛てた彼女の数々の手紙には、知性とユーモア、辛口のウィットが窺《うかが》える。彼女には、ことばをよりよく説明しようとするとき、注釈つきの絵を描く癖があった。

私は僭越《せんえつ》ながら、イーディス・トンプソンをこの物語の主要人物に作り替えることにした。ほかの女性たちと同様、彼女の人生についてまとまった文献を見つけることは困難だが、突き止め得たことは物語に織り込まれている。たとえば、彼女は当時の学校で広く使われた英国史の教科書を著した。また、妹と一緒にバースに暮らしていたのも史実である。

彼女がジェームズ・マレー宛に〝Lip-Pencil（リップペンシル）〟という単語について書いたメモは実在しているが、それ以外は創作である。私にとって重要だったのは、この登場人物のモデルになった実在の女性の名前が明らかにされ、その貢献が認められることだった。しかし、彼女の人生を私がフィクションとして描いたことの証《あかし》として、エズメが彼女にディータというあだ名をつけた。また、妹のエリザベス・トンプソン（Ｅ・Ｐ・トンプソンとして知られる）に触れておくと、彼女は事実『竜騎兵の妻（A Dragoon's Wife）』を書いている（そしてその一九〇七年刊の初版本は私の机に載っている）。だがそれ以外に彼女の人物像について導きを与えてくれるものはまったく見つけられなかった。私は彼女を、自分が友達になりたい女性として描き、フィクションであることを示すためにベスというニックネームをつけた。

最後にことばについて。この物語で言及されたすべての書物は実在する。また、ＯＥＤの分冊の刊行年代、ＯＥＤの項目、削除されたり却下されたりしたことばや用例も同様に史実に従っている。エズメが集めたことばも実在するが、その用例は、それらを語る登場人物たちと同じく創作である。

物語の終幕で、私はオーストラリア先住民のガーナ族の長老たちが、彼らのことばをドイツ人宣教師たちに教えたことに言及した。ガーナの名前やことばの綴りは一筋縄ではいかない問題であることを明記しておくべきだろう。ガーナ語は、ヨーロッパ人のオーストラリアへの入植以来ずっと、話され、理解される日を待ち続けてきた。それが現在、実現しつつある。ガーナ語の会話を学ぶ人が増えるにつれ、綴りや発音、意味に関する疑問が生まれ、考察の対象となっている。私が助言を求めたKaurna Warra Karrpanthi《ガーナ・ウァラ・カルパンティ》（ガーナ語の創生）は、ガーナの地名の付け方や翻訳の支援を行うために設立された委員会である。その取り組みは、ガーナの言語に活力を与え、先住民との〝和解〟に貢献し続けている。

この小説の第一稿を書き終えるまでに、私は『オックスフォード英語大辞典』の初版が、ジェンダーによる偏見に基づいた欠陥のあるテクストであることを強く意識するようになった。だが同時に、それはたぐいまれな偉業でもあり、手がけたのがジェームズ・マレーであったからこそ、その欠陥とジェンダーバイアスは多分に軽減されたといえるかもしれない。私は今では、〈辞典〉がヴィクトリア朝時代の事業でありながら、一八八四年の『Ａ‐Ａｎｔ（蟻）』以来、巻を追うごとに、英語を話すすべての人々を表象する方向へと僅かずつ向かっていたという認識を持っている。

オックスフォードの訪問中、女性、男性を問わず、多くの辞書編纂者、アーキビスト、辞書学者にお話を伺った。ことばに魅了された彼らの情熱、そうしたことばが彼らの歴史の中でどう使われてきたかを追求する熱意に、私は胸を打たれた。現在、『オックスフォード英語大辞典』は、大々的な改訂作業が進められている。この改訂では、最新のことばと語釈の追加だけにとどまらず、歴史や史料の理解を深め、過去のことばの用法の見直しも行われることになっている。〈辞典〉は、英語という言語と同じく、進化の途上にあるのである。

# 謝辞


**Acknowledgement（アクナレッジメント）**

**承認、告白、認容、事実と認める行為。自白、公言。**

これは単なるひとつの物語である。それを語ることは、私が重要だと考える物事を理解する助けとなった。物語は私の創作だが、多くの真実が詰まっている。過去と現在、有名無名を問わず、『オックスフォード英語大辞典』に関わった女性たち、男性たちの存在をここに記したい。

**Edit（エディット）**

**（初期の著作家による文学作品で、かつて手稿で存在していたものを）出版し、世に出す。**

本書は、以下の人々の助力なしには、単なる思いつきの域を出ることはなかった。この物語を過不足なく、語るべきことを語る美しい書物にするために尽力してくださったアファーム・プレス社の全員に御礼申し上げる。中でも、この物語に驚くほどの期待を寄せてくださったマーティン・ヒューズと、編集者として行き届いた手腕を発揮してくれたルビー・アシュビー＝オアに感謝したい。つまるところ、この本がより良いものになったのは彼女の功績である。また、キーラン・ロジャース、グレース・ブリーン、ステファニー・ビショップ＝ホール、コジマ・マクグラースをはじめとするチーム全員に感謝する。

本書を心から応援し、貴重な編集上のフィードバックを下さった、英国のチャット＆ウィンダス・パブリッシャーズ社のクララ・ファーマーとシャーロット・ハンフリー、米国のバランタイン・ブックス社のスザンナ・ポーターにも御礼を申し上げる。美しい表紙はクリス・ポッターの力作である。

そして鷹《たか》のような目を持ち、歴史を愛するクレア・ケリーに、私はずっと頭が上がらないことだろう。

Mentor（メンター）
経験豊かで、信頼のおける相談相手。
私はどんなときも、自分よりも賢明な人々との旅を愛してきた。トニ・ジョーダン、ありがとう。この冒険の道連れとなり、その体験をより豊かでより鮮やかなものにしてくれたことに感謝します。

Encourage（エンカレッジ）
何らかの企てに必要な勇気を鼓舞すること。勇気づける。自信を与える。
本書の執筆中、ほかの作家たちからの励ましを頂けたことは幸運だった。スザンヌ・ヴェラル、レベカ・クラークソン、ニール・ムカジー、アマンダ・スマイス、キャロル・メイジャーの忠告と熱意に感謝する。また、英国の作家養成コースであるアーヴォン財団のザ・ハースト、オーストラリアのニューサウスウェールズ州カトゥーンバにある国立作家養成施設ヴァルナで共に学んだすべての作家たちにも御礼を述べたい。ライターズSAに加盟する作家仲間にも大いに感謝している。また、サラ・トゥースの変わらぬ叱咤《しった》激励に感謝する。ピーター・グロスのご厚意と速やかな助言に、そして原稿を読んでほしいという頼みに快く応じてくださったトマス・キニーリー、サイモン・ウィンチェスター、ジェラルディン・ブルックス、メリッサ・アシュリーの各氏に深く御礼申し上げる。

Support（サポート）
補助、承認または遵守によって、（人や共同体の）立場を強化する。味方する。支援する。
この物語は『オックスフォード英語大辞典』初期の歴史の中に編み込まれたものであり、当時の人々と出来事に忠実であろうと努力した。中でも次の三名の方々に寛大なご協力をいただいた。彼らの存在なくしては、この本は生まれなかった。

『オックスフォード英語大辞典』のアーキビストであるビヴァリー・マカラックは、本書に必要なカード、校正刷り、手紙、写真をご提供くださったのみならず、原稿を読み、私の間違いを指摘してくださった。深謝するとともに、史実に関する誤謬《ごびゅう》が残っているとすれば、著者の責に帰すものであることを明記する。オックスフォード大学出版局（ＯＵＰ）の辞書編纂者であるピーター・ジリヴァーには、私のバイブルとなったテクストをご提供いただいた。また、多くの時間を割いて語ってくださった素晴らしい逸話によって、過去の辞書編纂者たちが生き生きと蘇《よみがえ》った。オックスフォード大学出版局のアーキビストであるマーティン・モウ博士もまた、テクストのほか、組版の工程や、『オックスフォード英語大辞典』の印刷の様子を伝える貴重な映像をご提供くださった。第一次世界大戦中の出版局についてのお話や、オックスフォード大学出版局博物館をご案内いただいたことにも、厚く御礼申し上げる。

学問的業績や執筆の補助、時間を提供することを通じて支えてくださった方々にも謝意を表したい。リンダ・マグルストーン、『ことばへの情熱　ジェイムズ・マレーとオクスフォード英語大辞典』の著者Ｋ・Ｍ・エリザベス・マレー、イーディス・トンプソンに関する論文著者であるアマンダ・カパーン、小冊子『Women on the March（行進した女性たち）』を著したキャサリン・ブラッドリー、オックスフォード歴史センター、そしてニール・チャーター、スージー・ラッセルをはじめとする南オーストラリア州立図書館の皆さん。そしてＯＥＤの初版全十二巻を、サイモンライブラリーから閲覧室まで苦労して下ろしてきてくださったどなたかにも。

ガーナ・ウァラ・カルパンティ（ＫＷＫ）には、ガーナ語の名前と綴りについての助言を頂いた。自分の言語と物語を教えてくれたリネットおば《アーンティ・リネット》さん、ありがとう。

最後に、美味しい食事で応援してくれた自宅の近くのカフェ、サゾンにお礼を述べたい。コーヒー二、三杯分で賄える時間の限度を超えてしまったことも一度や二度ではない。場面を書き上げるまで隅っこのテーブルで粘り続けるわたしを許してくれて、ありがとう。

Fellowship（フェローシップ）

友情によって連帯する。他者と、または他者につながる、あるいは結びつく。仲間になる。

次に挙げる多くの友人たちが、この物語について語る私に耳を傾け、それを語る自信を与えてくれた。私がこれをやり遂げられると信じてくれて、ありがとう。グウェンダ・ジャレッド、ニコラ・ウィリアムズ、マット・ターナー、アリ・ターナー、アーロ・ターナー、リサ・ハリソン、アリ・エルダー、スザンヌ・ヴェラル、アンドレア・ブリッジズ、クリスタ・ブリッジズ、アン・ビース、ロス・バルハリー、ルー＝ベル・バレット、ヴァネッサ・アイルズ、ジェイン・ローソン、レベカ・クラークソン、デイヴィッド・ワシントン、ジョリー・トーマス、マーク・トーマス、マーギー・サレー、グレッグ・サレー、スージー・ライリー、クリスティン・マケイブ、エヴァン・ジョーンズ、アンジー・ヒル。

Accommodate（アコモデイト）

適応させる。合わせる。融通する。調整する。

請求書の支払いができず、子供たちが飢えるような執筆活動は、情熱による犯罪になってしまう。この本が私の最優先事項であると理解しながら、それでも採用してくれたアンジェラ・ヘイズブルックとマーカス・ロルフには感謝してもしきれない。そして、昼間の仕事を可能にし、張り合いとやり甲斐までも与えてくれた、ＵＲＰＳの素晴らしい同僚の皆さんにも感謝したい。

**Aid（エイド）**

**ある動作を行う際に与えられる補助。役に立つもの。援助の手段や物資。**

二〇一九年にアーツ・サウス・オーストラリアによってメイカーズ・アンド・プレゼンターズ助成金を授与して頂いた。また国立作家養成施設ヴァルナでは、ヴァルナ・フェローシップの機会を頂き、二〇一九年には二度にわたりフェロー経験者向けの滞在を許された。三食付きの静かな環境で執筆し、ほかの作家からの刺激を受けられるチャンスを得たことは、望外の幸せだった。

**Love（ラヴ）**

**（魅力的な性質の認知、自然的な関係性による本能ないし同情に起因して）対象の幸福に対する配慮、および通常は彼の存在に対する喜びおよび彼の承認に対する希求という形でも表出する、感情の傾向ないし状態。温かい思慕の情。慕わしさ。**

ママとパパへ、私が幼い頃に辞書を与え、使うように言いきかせてくれてありがとう。私の好奇心を育み、それを満足させる手段を与えてくれて感謝しています。私の素晴らしい元義母であるメアリー・マキューン、私の物語の成長にいつも耳を傾けてくれることに感謝します。ニコラ、文句なしの姉妹でいてくれてありがとう。

エイダンとライリーへ、世界について説明する私に耳を澄ませ、私に挑戦し、すべてを考え直すきっかけをくれてありがとう。もしふたりを辞書の中に収録するとしたら、それはシンプルでまっすぐな〝愛〟の変異形でしょう。

そしてシャノンへ。あなたの注意深さと五行戯詩《リメリック》への愛情が、大いなる違いをもたらしました。私にとってあなたがどんな存在かはひとことでは表せません。どんな辞書の語義も、私の気持ちを定義するには足りないでしょう。私の物書きとしての人生を、あなたの日常へ迎え入れてくれ、私に空間が必要になるたびに快く応じてくれたことに感謝しています。この本は、ほかのすべてと同じく、私たちふたりのものです。

## Respect（リスペクト）

**敬意、尊重、尊敬をもって扱う、または見る。尊敬を感じる、または示す。**

最後に、この本はガーナとペラマンクの国々について書かれていることを記しておきたい。千年にわたって、これら最初の人々《ファースト・ピープル》の言語は口承の物語を通じて共有され、彼らが使ったことばは、彼らの土地、彼らの文化、彼らの信仰に意味を与えてきた。こうしたことばの多くは時の中に失われたが、再び見出されたものもある。それらは改めて共有されつつある。

過去、現在、そして未来のガーナ族とペラマンク族の長老たちに敬意を表する。彼らの物語と彼らの言語の存在をここに表明し、失われたものの意味の前に粛然と襟を正す。

# 『オックスフォード英語大辞典』年表

一八五七年　ロンドン言語学会の未登録語委員会が、サミュエル・ジョンソンの『英語辞典』（一七五五）の後継として、新しい英語辞典の編纂を要請する。

一八七九年　ジェームズ・マレーが編集主幹に任命される。

一八八一年　イーディス・トンプソンの『イングランド史』（学校用の挿絵入り教科書）が刊行される。その後、版が重ねられ、米国とカナダ市場向けに改訂が加えられる。

一八八四年　およそ百二十五冊に及ぶ分冊の第一冊目である『A‐Ant（蟻）』が刊行される。

一八八五年　ジェームズ・マレーとエイダ・マレーがロンドンからオックスフォードへ転居し、自宅の庭に巨大なトタン板製の小屋を建てる。家は〝サニーサイド〟という名で知られ、小屋は〝写字室《スクリプトリウム》〟と呼ばれた。同年、写字室から送られる大量の郵便物を考慮して、サニーサイドの外に郵便ポストが設置される。

一八八七年　ヘンリー・ブラッドリーが第二編集主幹に任命される。

一八八八年　当初『歴史的原理に基づく新英語辞典』と名付けられた十二巻のうちの第一巻、『A AND B』が刊行される。

一九〇一年　ウィリアム・クレイギーが第三編集主幹に任命される。ブラッドリーとクレイギーがオールド・アシュモレアンの辞典室に移動する。同年、一般読者の手紙により〝Bondmaid〟が脱落していることが発覚する。

一九一四年　チャールズ・アニアンズが第四編集主幹に任命される。

一九一五年　ジェームズ・マレー卿死去。写字室のすべてとスタッフがオールド・アシュモ

一九二八年　レアンへ移動する。

一九二八年　第十二巻『V-Z』が刊行される。

企画の提起から七十一年目にして『オックスフォード英語大辞典』が全巻刊行されたことを記念する祝賀会が催され、ロンドンのゴールドスミス・ホールに百五十名の男性が集う。乾杯の音頭は、スタンリー・ボールドウィン首相がとった。女性は招かれなかったが、イーディス・トンプソンを含む女性三名がバルコニー席から男性たちの晩餐を観覧することが許された。

一九二九年　イーディス・トンプソン死去、八十一歳。

一九八九年　『オックスフォード英語大辞典』第二版が刊行される。

オックスフォードの写字室のスタッフ。1915年7月10日に雑誌『ピリオディカル』のために撮影された。（後列左から）アーサー・メイリング、フレデリック・スウェットマン、F・A・ヨックニー。（着席左から）エルシー・マレー、ジェームズ・マレー卿、ロスフリス・マレー。画像はオックスフォード大学出版局の許可を得て再掲。

## ⚜ 本書に関連する主要歴史年表 ⚜

一八九四年　南オーストラリア州議会が、「憲法修正（成人参政権法）」を成立させる。これにより、すべての成人女性（先住民の女性を含む）に投票権と、議会選挙に立候補する権利が認められた。これらを達成したのは南オーストラリア州議会が世界初である（ニュージーランドの女性は一八九三年に投票権を勝ち取ったが、代議院選挙の被選挙権を得たのは、一九一九年である）。

一八九七年　ミリセント・フォーセットが率いる「婦人参政権協会全国同盟（ＮＵＷＳＳ）」が結成される。

一九〇一年　ヴィクトリア女王の崩御に伴い、エドワード七世が即位。

一九〇二年　新設されたオーストラリア連邦議会で「連邦選挙権法」が成立し、すべての成人女性に連邦選挙における投票権と、連邦議会への立候補の権利が認められる（ただし、オーストラリアのいわゆる先住民、アフリカ、アジア、太平洋諸島出身者は除外）。

一九〇三年　エメリン・パンクハーストが率いる「女性社会政治連合（ＷＳＰＵ）」結成。

一九〇五年　ＷＳＰＵが市民的不服従、器物損壊、放火、爆弾の使用を含む武装闘争を開始。

一九〇六年　サフラジェットという用語が武闘派の女性参政権論者《サフラジスト》に使用される。

一九〇七年　エリザベス・ペロネット・トンプソン著『竜騎兵の妻（A Dragon's Wife）』刊行。

一九〇八年　アデレード出身のミュリエル・マターズが、穏健派女性参政権団体である「女性の自由同盟（ＷＦＬ）」による抗議運動の一環として、庶民院の婦人傍聴席の柵に鎖で自らを縛りつける。

一九〇九年　女性参政権論者マリオン・ウォレス・ダンロップが収監され、初めてハンガーストライキを行い、多くがこれに続く。同年バーミンガムのウィンソン・グリーン刑務所で、シャーロット・マーシュ、ローラ・エインズワース、メアリー・リー（旧姓：ブラウン）に対し、強制摂食が行われる。

一九一三年　一月八日、いわゆる〝サフラジストの戦い〟。オックスフォードの女性参政権諸団体が主催した平和的な行進が、反対派の群衆によって妨害された。
六月三日、オックスフォードのラフス・ボートハウスが放火により焼失。女性三名が小舟で、一名が徒歩で逃げるところを目撃された。武装闘争に反対するサフラジストはこの行動を非難し、解雇された労働者のために募金活動を行った。

一九一四年　英国、ドイツに宣戦布告。直後、オックスフォード大学出版局の六十三名の男性職員が列をなして職場を離れ、軍隊に志願する。

一九一五年　第一次イーペルの戦い。
フェステュベールの戦い。
ルーの戦い。

一九一八年　第一次世界大戦終結。
英国の連立政権により「一九一八年国民代表法」が成立し、二十一歳以上のすべての男性と、一定の財産を所有するという条件付きで三十歳以上の女性に対し、参政権が認められる。

一九二八年　英国の保守党政権により「国民代表法（平等選挙権法）」が成立し、男性と同じ条件で、二十一歳以上のすべての女性に投票権が認められる。

# 訳者あとがき

「英語のすべてを記録する」という壮大な目標を掲げた『オックスフォード英語大辞典（ＯＥＤ）』の編纂《へんさん》事業を、サイモン・ウィンチェスター著『博士と狂人――世界最高の辞書ＯＥＤの誕生秘話』（鈴木主税訳、ハヤカワ文庫）や、これを原作とした映画によって知った方も多いかもしれません。本作は、この偉大な辞典に採録されなかったことばを拾い集め、記録したエズメという架空の女性の人生を描いた物語です。無名のオーストラリア人作家のデビュー長編でありながら、『シンドラーズ・リスト――１２００人のユダヤ人を救ったドイツ人』（幾野宏訳、新潮文庫）でブッカー賞を受賞したトマス・キニーリーの絶賛を受け、本国オーストラリアでベストセラーとなっただけでなく、歴史小説を対象とした英国の権威あるウォルター・スコット賞の最終候補に選ばれました。同賞の選考委員のひとりは「これはビギナーズラックではない。本作は非常に難しい題材を扱いながら、『オックスフォード英語大辞典』と同じく丹念に構成され、愛をもって生み出された。エズメと、女たちの失われたことばの物語は世に見出される必要がある」と語っています。

「著者あとがき」にもあるようにＯＥＤはきわめて男性中心の事業でした。編纂チームが男性ばかりだった上、編集方針により収録語を文字に書かれたことばに限ったためです。出典となった文献の書き手は、九割方が男性だったと考えられ、結果ＯＥＤの初版は男性によることばの理解に偏向しているのではないかと作家は想像しました。しかしその仮説を裏付ける史料は少なく、作家は編纂が行われた写字室《スクリプトリウム》の仕分け台の下に少女エズメを置き、この仮説を歴史フィクションという形に表しました。史実と空想を巧みに織り交ぜたこの物語のなかで、私たちはエズメとともに、十九世紀末から二十世紀初頭の英国で行われた〈辞典〉の編纂作業、そしてそれをめぐる女性たちの人生を追体験していきます。

執筆のために調査を重ねる内に、作家は〝ボンドメイド《bondmaid》〟という見出し語がOEDの初版から抜け落ちていたことを知ります。なぜ抜けていたかはわかっていませんが、作家はその謎の答えをエズメにすることで物語を始動させました。ボンドメイドには〝契約に縛られ死ぬまで主人に仕える召使〟という語義がありますが、物語を通じてこのことばは新たな意味を獲得していきます。エズメの父ハリーの語った「ことばは変化していくもの」という真理を体現したボンドメイドは、まさに本作のもうひとつの主人公です。〝契約に縛られた召使〟という語義を、社会の制約に縛られる女性、と読み替えたなら、ボンドメイドの進化はあるべき理想を示唆しているようにも思えます。

ボンドメイドと並んで、作中で重要な役割を果たすのが女性器を指す俗語〝カント《cunt》〟です。マレー博士の採録条件を満たしているにもかかわらず、卑猥《ひわい》だという理由で〈辞典〉から却下されました。作中で、女性であるリジーはこのことばを口にすることを拒み、エズメに至っては聞いたこともありません。そういえば日本の女性の多くもまた、〝まんこ〟ということばを口にするのをためらいます。単なる体の一器官の名称がこうなってしまったのは、端的にいえば、男性の視点から性行為の同義語として扱われてきた結果です。こうした女性をめぐることばについて、本作は改めて考えるきっかけを与えてくれます。なお猥語《わいご》として〈辞典〉に退けられたカントの行方は本作の読みどころのひとつでもあります。訳者は、カントを含むエズメのことばたちが、英国の栄《は》えあることばの殿堂に受け入れられたと思っていますが、読者はどう読まれるでしょうか。

本作は写字室における粛々とした編纂作業と、ヴィクトリア朝に生きる女性のリアルという、一見かけ離れたテーマをエズメによって見事にまとめあげます。エズメが初潮を迎え、月経についてリジーに聞いても明確な答えをもらえず、〈辞典〉のカードを調べても学術的、あるいは女性差別的な語義しか見つからないという場面は、その白眉《はくび》でしょう。本作の舞台となった時代、多くの英国女性はじゅうぶんな教育が受けられず、自らの体の機能を知らず、避妊の知識もなく、婚外で妊娠すれば、危険を冒して非合法の堕胎手術を受けるか生まれた子を養子に出すしかありませんでした。しかしこの状況は今も大きく変わってはいません。たとえば日本では、性教育は充実しているとはいえず、避妊目的のピルは保険適用でなく、緊急避妊薬の入手も困難です。米国では最近、中絶の権利を認めた最高裁判決が覆され、中絶禁止に動く州が増えています。エズメの現実は、多少の違いはあれ二十一世紀の女性にとっても現実であることにぜひ気づいていただきたいと思います。

一方で、本作にはエズメを心から愛する植字工のガレスをはじめ、父ハリー、スウェットマン氏など、女性の地位向上を支持する男性たちが登場します。〝カント〟を却下した博士にしても、エズメの能力を育もうとする存在として描かれています。エズメが「正しさを決めるのはわたしの役目じゃないからよ」と語っているように、本作は女性差別について男性を「裁く」のではなく、エズメのように様々な事例を集め、記録し、理解することを目指しているのだと感じます。

社会の周縁にいる人々のことばを集めるというエズメの包摂的な姿勢の背景には、作家が文字の認識が難しい失読症を抱えていることが影響しているかもしれません。とはいえ本人は失読症で流し読みができないおかげで、物語を一字一句逃さず味読し、より深く理解できるのは、物書きとしての強みだと述べています。しかも失読症をもつ人は物語を作る能力に長《た》けていると言われ、かのアガサ・クリスティにもそうした傾向があったそうです。というわけでストーリーテラーとしてのピップ・ウィリアムズの今後に期待せずにはいられません。次の作品は、本作と同時代のオックスフォード出版局の製本所で働き、オックスフォード大学への進学を夢見る若い女性が主人公とのことです。

本作の訳出に当たって、参考文献にいくつか当たりましたが、散歩が大好きなマレー博士や、メイリング氏のエスペラント語など、人物像のディテールに史実がうまく組み込まれていることに感心しました。博士の孫娘K・M・エリザベス・マレーによる評伝『ことばへの情熱――ジェイムズ・マレーとオクスフォード英語大辞典』(加藤知己訳、三省堂)で、エズメの父ヘンリー・ニコルを発見したときは胸が躍りました。ニコルはマレー博士の前に編集主幹の候補に挙がりましたが、病弱で三十五歳で夭折《ようせつ》しています。博士のよき助言者だったニコルは、ディータが語るように、ことばによって復活を果たしたと言えるかもしれません。

訳出作業では、多くの方にお力添えをいただきました。植字や印刷の工程に関しては、印刷博物館の式洋子氏より貴重な資料をご提供いただき、訳語についてご教示賜りました。クリケットの場面については、日本クリケット協会の宮地直樹氏が訳文を丁寧にご確認くださいました。オックスフォード博物館の Oliver Parr 氏には、当時のオックスフォードの写真と併せて地名や乗り物に関する情報をご提供いただきました。他にも友人の宗田好美さんをはじめ、お手を煩わせた方々に厚く御礼申し上げます。

また、ゲラの段階で本作をお読みいただき、推薦のおことばを頂戴した飯間浩明先生、担当編集者の皆川裕子さんを筆頭に小学館文芸編集部、校正スタッフ、ご協力くださった辞典編集部の各位に心より感謝申し上げます。

本作で、リジーをはじめ一部の登場人物が北海道方言を話していることに気づかれた方もおられるかもしれません。社会的階級の異なる人々の話す、いわゆる標準的でないことばを翻訳する際には、「異なった方言特徴が混用する象徴的な方言」(ロング、朝日「翻訳と方言」一九九九)がよく用いられます。しかし本作ではできる限り、作中でガレスのいう「本物《リアルな》のことば」、つまり使う人々にとって大事な意味のあることばを使いたいと考えました。訳者にとって懐かしい祖父母のことばである北海道のことばによって、リジーの温かな人柄が描き出せていることを願っています。なお北海道方言については、訳者の母、最所朋江の助言を受けました。感謝と共にここに記したいと思います。

リジーといえば、エズメが初めて記録したリジーのことば〝ナッカード〟は、潰れた馬の買取業者

〝knacker〟を語源としています。そこで訳語には同じく馬に関係のある〝バテバテ〟を当てました。馬たちを哀れに思いつつも、東西で同じような語源と意味をもつことばがあることに興味を覚えます。

「初めにことばがあった。ことばは神とともにあった。ことばは神であった」――翻訳に取り組みながら、繰り返し胸に浮かべた聖書の一節です。日夜ことばと格闘するなかで、「わたしは〈辞典〉のはしため《ボンドメイド》なの」というエズメのことばを読んだとき、自分もことばのはしためであることに思い至りました。世界の基《もとい》であることばに仕えているのだという気づきが、迷い多き訳者の目を開かせてくれたように思います。この作品に出会え、訳出の機会に恵まれたことに感謝いたします。

二〇二二年七月三十一日

最所篤子

追記：本作に登場する〝サフラジェット《suffragette》〟ということばは〝参政権〟という意味の〝サフレッジ《suffrage》〟に〝小さい、取るに足らない〟という意味の -ette という接尾辞をつけ、侮蔑語として生まれました。それをWSPUの女性たちが誇りをもって自ら名乗った経緯があります。これが本作の邦題『小さなことばたちの辞書』と呼応していることに気づき、この題名を選んだ編集の皆川裕子さんの慧眼に敬服しています。

〈読者のみなさまへ〉

本作品には現代では使用をひかえるべき言葉や表現が含まれておりますが、作品の舞台となる時代背景と作者の意図を尊重し、原文を生かした翻訳文にいたしました。本書が決して差別の助長や温存を意図するものではないことをご理解の上、お読みください。

著者　ピップ・ウィリアムズ　Pip Williams

ロンドンに生まれ、オーストラリア・シドニーで育つ。現在はアデレード在住。共著『Time Bomb: Work, Rest and Play in Australia Today』（2012、未邦訳）を出版後、よき人生を求める家族の旅の記録『One Italian Summer』（2017、未邦訳）をアファーム・プレス社より刊行した。ほかに旅行記事や書評を手がけ、掌編小説、詩などの作品もある。『小さなことばたちの辞書』は、著者初の長編小説である。

訳者　最所篤子　Atsuko Saisho

翻訳家。訳書にロッド・パイル著『月へ　人類史上最大の冒険』（三省堂）、ハンナ・マッケンほか著『フェミニズム大図鑑』（共訳、三省堂）、ジョジョ・モイーズ著『ワン・プラス・ワン』（小学館文庫）、同『ミー・ビフォア・ユー　きみと選んだ明日』（集英社文庫）、アンドリュー・ノリス著『マイク』（小学館）など。英国リーズ大学大学院卒業。

編集　皆川裕子


小《ちい》さなことばたちの辞《じ》書《しょ》

2022年10月2日　初版第一刷発行

著者　ピップ・ウィリアムズ
訳者　最所篤子
発行者　石川和男
発行所　株式会社小学館
〒101-8001
東京都千代田区一ツ橋2-3-1
編集　03-3230-5720
販売　03-5281-3555

DTP　株式会社昭和ブライト
印刷所　凸版印刷株式会社
製本所　牧製本印刷株式会社





ISBN978-4-09-356735-0